鲁迅著译编年全集

王世家
止庵
编

人民出版社

鲁迅著译编年全集

柒

目　　录

一九二六

一月

二月

2

十一月

十二月

一
九
二
六

一月

一日

日记 晴。夜往北大第三院观于是剧社演《不忠实的爱情》。

二日

日记 晴。午后往山本医院,值其休息。往女师大维持会。紫佩,秋芳,品青,小峰来,均未遇。夜静农,霁野来。

三日

日记 星期。晴。上午访季市。仲侃来,未遇,留赠茗二合。晚矛尘来。

杂论管闲事·做学问·灰色等

1

听说从今年起,陈源(即西滢)教授要不管闲事了;这豫言就见于《现代评论》五十六期的《闲话》里。惭愧我没有拜读这一期,因此也不知其详。要是确的呢,那么,除了用那照例的客套说声"可惜"之外,真的倒实在很诧异自己之胡涂:年纪这么大了,竟不知道阳历的十二月三十一日和一月一日之交在别人是可以发生这样的大变动。我近来对于年关颇有些神经过钝了,全不觉得怎样。其实,倘要觉得罢,可是也不胜其觉得。大家挂上五色旗,大街上搭起几坐彩坊,中间还有四个字道:"普天同庆",据说这算是过年。大家关了门,贴上门神,爆竹毕剥砰碴的放起来,据说这也是过年。要是言行真跟着过年为转移,怕要转移不迭,势必至于成为转圈子。所以,神经过钝虽然有落伍之虑,但有弊必有利,却也很占一点小小的便宜的。

但是,还有些事我终于想不明白:即如天下有闲事,有人管闲事之类。我现在觉得世上是仿佛没有所谓闲事的,有人来管,便都和自己有点关系;即便是爱人类,也因为自己是人。假使我们知道了火星里张龙和赵虎打架,便即大有作为,请酒开会,维持张龙,或否认赵虎,那自然是颇近于管闲事了。然而火星上事,既然能够"知道",则至少必须已经可以通信,关系也密切起来,算不得闲事了。因为既能通信,也许将来就能交通,他们终于会在我们的头顶上打架。至于咱们地球之上,即无论那一处,事事都和我们相关,然而竟不管者,或因不知道,或因管不着,非以其"闲"也。譬如英国有刘千昭雇了爱尔兰老妈子在伦敦拉出女生,在我们是闲事似的罢,其实并不,也会影响到我们这里来。留学生不是多多,多多了么?倘有合宜之处,就要引以为例,正如在文学上的引用什么莎士比亚呀,塞文狄斯呀,芮恩施呀一般。

(不对,错了。芮恩施是美国的驻华公使,不是文学家。我大约因为在讲什么文艺学术的一篇论文上见过他的名字,所以一不小心便带出来了。合即订正于此,尚希读者谅之。)

即使是动物,也怎能和我们不相干?青蝇的脚上有一个霍乱菌,蚊子的唾沫里有两个疟疾菌,就说不定会钻进谁的血里去。管到"邻猫生子",很有人以为笑谈,其实却正与自己大有相关。譬如我的院子里,现在就有四匹邻猫常常吵架了,倘使这些太太们之一又诞育四匹,则三四月后,我就得常听到八匹猫们常常吵闹,比现在加倍地心烦。

所以我就有了一种偏见，以为天下本无所谓闲事，只因为没有这许多遍管的精神和力量，于是便只好抓一点来管。为什么独抓这一点呢？自然是最和自己相关的，大则因为同是人类，或是同类，同志；小则，因为是同学，亲戚，同乡，——至少，也大概叨光过什么，虽然自己的显在意识上并不了然，或者真实了然，而故意装痴作傻。

但陈源教授据说是去年却管了闲事了，要是我上文所说的并不错，那就确是一个超人。今年不问世事，也委实是可惜之至，真是斯人不管，"如苍生何"，了。幸而阴历的过年又快到了，除夕的亥时一过，也许又可望心回意转的罢。

2

昨天下午我从沙滩回家的时候，知道大琦君来访过我了。这使我很高兴，因为我是猜想他进了病院的了，现在知道并没有。而尤其使我高兴的是他还留赠我一本《现代评论增刊》，只要一看见封面上画着的一枝细长的蜡烛，便明白这是光明之象，更何况还有许多名人学者的著作，更何况其中还有陈源教授的一篇《做学问的工具》呢？这是正论，至少可以赛过"闲话"的；至少，是我觉得赛过"闲话"，因为它给了我许多东西。

我现在才知道南池子的"政治学会图书馆"去年"因为时局的关系，借书的成绩长进了三至七倍"了，但他"家翰笙"却还"用'平时不烧香，临时抱佛脚'十个字形容当今学术界大部分的状况"。这很改正了我许多误解。我先已说过，现在的留学生是多多，多多了，但我总疑心他们大部分是在外国租了房子，关起门来燉牛肉吃的，而且在东京实在也看见过。那时我想：燉牛肉吃，在中国就可以，何必路远迢迢，跑到外国来呢？虽然外国讲究畜牧，或者肉里面的寄生虫可以少些，但燉烂了，即使多也就没有关系。所以，我看见回国的学者，头两年穿洋服，后来穿皮袍，昂头而走的，总疑心他是在外国亲手燉过几年牛肉的人物，而且即使有了什么事，连"佛脚"也未必肯抱的。现在知道并不然，至少是"留学欧美归国的人"并不然。但可惜中国的图书馆里的书太少了，据说北京"三十多个大学，不论国立私立，还不及我们私人的书多"云。这"我们"里面，据说第一要数"溥仪先生的教师庄士敦先生"，第二大概是"孤桐先生"即章士钊，因为在德国柏林时候，陈源教授就亲眼看见他两间屋里"几乎满床满架满桌满地，都是关于社会主义的德文书"。现在呢，想来一定是更多的了。这真教我欣羡佩服。记得自己留学时候，官费每月三十六元，支付衣食学费之外，简直没有赢余，混了几年，所有的书连一壁也遮不满，而且还是杂书，并非专而又专，如"都是关于社会主义的德文书"之类。

但是很可惜，据说当民众"再毁"这位"孤桐先生"的"寒家"时，"好像他们夫妇两位的藏书都散失了"。想那时一定是拉了几十车，向各处走散，可惜我没有去看，否则倒也是一个壮观。

所以"暴民"之为"正人君子"所深恶痛绝，也实在有理由，即如这回之"散失"了"孤桐先生"夫妇的藏书，其加于中国的损失，就在毁坏了三十多个国立及私立大学的图书馆之上。和这一比较，刘百昭司长的失少了家藏的公款八千元，要算小事件了，但我们所引为遗憾的是偏是章士钊刘百昭有这么多的储藏，而这些储藏偏又全都遭了劫。

在幼小时候曾有一个老于世故的长辈告诫过我：你不要和没出息的担子或摊子为难，他会自己摔了，却诬赖你，说不清，也赔不完。这话于我似乎到现在还有影响，我新年去逛火神庙的庙会时，总不敢挤近玉器摊去，即使它不过摆着寥寥的几件。怕的是一不小心，将它碰倒了，或者摔碎了一两件，就要变成宝贝，一辈子赔不完，那罪孽之重，会在毁坏一坐博物馆之上。而且推而广之，连热闹场中也不大去了，那一回的示威运动时，虽有"打落门牙"的"流言"，其实却躺在家里，托福无恙。但那两屋子"关于社会主义的德文书"以及其他从"孤桐先生"府上陆续散出的壮观，却也因此"交臂失之"了。

这实在也就是所谓"有一利必有一弊",无法两全的。

现在是收藏洋书之富,私人要数庄士敦先生,公团要推"政治学会图书馆"了,只可惜一个是外国人,一个是靠着美国公使芮恩施竭力提倡出来的。"北京国立图书馆"将要扩张,实在是再好没有的事,但听说所依靠的还是美国退还的赔款,常年经费又不过三万元,每月二千余。要用美国的赔款,也是非同小可的事,第一,馆长就必须学贯中西,世界闻名的学者。据说,这自然只有梁启超先生了,但可惜西学不大贯,所以配上一个北大教授李四光先生做副馆长,凑成一个中外兼通的完人。然而两位的薪水每月就要一千多,所以此后也似乎不大能够多买书籍。这也就是所谓"有利必有弊"罢,想到这里,我们就更不能不痛切地感到"孤桐先生"独力购置的几房子好书惨遭散失之可惜了。

总之,在近几年中,是未必能有较好的"做学问的工具"的,学者要用功,只好是自己买书读,但又没有钱。听说"孤桐先生"倒是想到了这一节,曾经发表过文章,然而下台了,很可惜。学者们另外还有什么法子呢,自然"也难怪他们除了说说'闲话'便没有什么可干",虽然北京三十多个大学还不及他们"私人的书多"。为什么呢?要知道做学问不是容易事,"也许一个小小的题目得参考百十种书",连"孤桐先生"的藏书也未必够用。陈源教授就举着一个例:"就以'四书'来说"罢,"不研究汉宋明清许多儒家的注疏理论,'四书'的真正意义是不易领会的。短短的一部'四书',如果细细的研究起来,就得用得了几百几千种参考书"。

这就足见"学问之道,浩如烟海"了,那"短短的一部'四书'",我是读过的,至于汉人的"四书"注疏或理论,却连听也没有听到过。陈源教授所推许为"那样提倡风雅的封藩大臣"之一张之洞先生在做给"束发小生"们看的《书目答问》上曾经说:"'四书',南宋以后之名。"我向来就相信他的话,此后翻翻《汉书艺文志》,《隋书经籍志》之类,也只有"五经","六经","七经","六艺",却没有"四书",更何况汉人所做的注疏和理论。但我所参考的，自然不过是通常书，北京大学的图书馆里就有，见闻寡陋，也未可知，然而也只得这样就算了，因为即使要"抱"，却连"佛脚"都没有。由此想来，那能"抱佛脚"的，肯"抱佛脚"的，的确还是真正的福人，真正的学者了。他"家翰笙"还慨乎言之，大约是"《春秋》责备贤者"之意罢。

完

　　现在不高兴写下去了，只好就此完结。总之：将《现代评论增刊》略翻一遍，就觉得五光十色，正如看见有一回广告上所开列的作者的名单。例如李仲揆教授的《生命的研究》呀，胡适教授的《译诗三首》呀，徐志摩先生的译诗一首呀，西林氏的《压迫》呀，陶孟和教授的要到二○二五年才发表而必须我们的玄孙才能全部拜读的大著作的一部分呀……。但是，翻下去时，不知怎的我的眼睛却看见灰色了，于是乎抛开。

　　现在的小学生就能玩七色板，将七种颜色涂在圆板上，停着的时候，是好看的，一转，便变成灰色，——本该是白色的罢，可是涂得不得法，变成灰色了。收罗许多著名学者的大著作的大报，自然是光怪陆离，但也是转不得，转一周，就不免要显出灰色来，虽然也许这倒正是它的特色。

一月三日。

　　原载 1926 年 1 月 18 日《语丝》周刊第 62 期。
　　初收 1927 年 5 月上海、北京北新书局版《华盖集续编》。

四日

　　日记　晴。上午得沈兼士信。往北大讲。午后访张凤举，赠我

H. Bahr：*Expressionismus* 一本，磁小品一件，又为代买 M. Beerbohm：*Fifty Caricatures* 一本，五元二角。往东亚堂买『アルス美術叢書』五本，共泉七元二角。夜朋其来，赠以《出了象牙之塔》一本。

五日

日记 晴。上午往女师大讲。往山本医院诊。下午以《出了象牙之塔》三本寄陶璇卿，许钦文。寄张风举以各人所投稿。

六日

日记 晴。上午寄三弟信。寄钦文信。寄戴敦智信。寄曲广均信。寄朋其以《自叙传略》。寄还贺云鹏稿。寄还有麟稿。往中大讲。下午季市来。晚收教育部奉泉十七元。

七日

日记 晴。上午得寄野信。得李遇安信并稿。得曲广均信并稿。下午得培良信。下午伏园，春台来。晚季市来。夜荆有麟来别。

岁　首*

[日本]长谷川如是闲

这是很古的话。

有一年的开首，希腊的雅典，有一群市民在亚克罗波里斯的石阶上晒太阳取暖。其中的一个，最有学识的汉子，便说出一件提议来。

"诸君，'开首'和'结末'，那一样好呢？"

"'开首'好。一切好事，都从'开首'起来的。"一个人即刻回答他。

"'结末'好。一切坏事,都由'结末'灭亡。"别一个说。

"是的。"一个赞成了这话,说。"'开首'是蒙昧;是野蛮;是黑暗。不知道什么将要发生。'结末'却分明知道什么要完结。"

"所以,我们祈祷着呵。"别一个大声说,"祈祷使一切'开首'成为好事的开首。"

"是呀。"一个附和了。"孩子生下来,我们就祈祷。他成为好人。造屋的时候,我们祈祷。房屋成为安乐和幸福的住宅。"

"但是,"别一个反对起来。"如果坏年头的去年没有'结末',怕是说不定诸君要怎样地不幸罢。"

"不。"两样的声音说。"如果好年头的'开首'不来,怕是诸君要永久不幸罢。"

"是的。好年头的'开首',就带了坏年头的'结末'来。"许多声音叫喊说。

"决定了:是'开首'好。"提议者一说出,大家就应和着:"决定了,决定了!"

"还没决定。"还听到埋在叫喊里的两三个的声音。

"不得了啦,诸君!"一个市民从下面跑上来,大声说。"诸君的奴隶们受了伊略斯的息辟亚斯的唆使,都一同逃走了!"

"这不得了啦! 我们从明天起,连面包也没得吃啦!"狼狈的发抖的声音一领头,"不得了啦","不得了啦"的叫声和嗄声便合唱起来。

一个人跑下石阶去,大家就跟着,瀑布似的奔下了石阶。

"所以,'结末'不行!"被人推挤倒,剩在石阶的中途的四五人中的一个,身子跌坏了,起也起不来,发出疼痛似的声音,独自低声说。

"不知是什么事的'开首'哩。所以,'开首'是不行的!"一个反对者,也是起也起不来地说。

"'开首'不行。"

"'结末'不行。"

四五个人又嚷嚷的闹起来了。

"好不嚷嚷哪。"跌的最厉害,直到现在连嘴也不能张的一个说。

"全不管这些事的奴隶们真叫人羡慕哪。"

原载 1926 年 1 月 7 日《国民新报副刊》。署杜雯译。
初未收集。

八日

日记 晴。上午往女师大讲。

九日

日记 晴。上午寄邓飞黄信。寄霁野信。下午季市来。晚衣萍,品青来。小峰来并交泉八十。夜得矛尘信。得李遇安信并稿。

十日

日记 星期。晴。上午国民新报馆送来上月编辑费卅。季市来。午后培良来,交与泉十为长虹旅费。下午往女师大校务维持会。晚半农至女师校来访,遂同至西吉庆夜饭,并邀季市。夜收《新性道德讨论集》一本,盖章雪箴寄赠。

十一日

日记 昙。上午得梁社乾信。往北大讲。访李霁野。访李小峰。访张凤举,见赠厨川白村墓及奈良寺中驯鹿照象各一枚。下午得重久君明信片。紫佩来,还以泉五十,旧欠俱讫。

十二日

日记 晴。上午往女师大讲。往师大取薪水,计前年十二月分十八元,去年一月分十一元。往直隶书局买严可均校道藏本《尹文子》及《公孙龙子》各一本,共八角;《词学丛书》一部十本,八元。上午寄邓飞黄信。寄曲广均信。寄凤举信。晚季市来。夜得孙伏园信。得静农信并稿。

十三日

日记 昙。上午赴女师大校长欢迎会。得季野信。夜静农来,交以《莽原》稿并印费六十。往女师大纪念会。得凤举信。

十四日

日记 晴。上午寄霁野信。下午季市来。

有趣的消息

虽说北京像一片大沙漠,青年们却还向这里跑;老年们也不大走,即或有到别处去走一趟的,不久就转回来了,仿佛倒是北京还很有什么可以留恋。厌世诗人的怨人生,真是"感慨系之矣",然而他总活着;连祖述释迦牟尼先生的哲人叔本华尔也不免暗地里吃一种医治什么病症的药,不肯轻易"涅槃"。俗语说:"好死不如恶活",这当然不过是俗人的俗见罢了,可是文人学者之流也何尝不这样。所不同的,只是他总有一面辞严义正的军旗,还有一条尤其义正辞严的逃路。真的,倘不这样,人生可真要无聊透顶,无话可说了。

北京就是一天一天地百物昂贵起来;自己的"区区金事",又因为"妄有主张",被章士钊先生革掉了。向来所遭遇的呢,借了安特来夫的话来说,是"没有花,没有诗",就只有百物昂贵。然而也还是"妄有主张",没法回头;倘使有一个妹子,如《晨报副刊》上所艳称的

"闲话先生"的家事似的，叫道："阿哥!"那声音正如"银铃之响于幽谷"，向我求告，"你不要再做文章得罪人家了，好不好?"我也许可以借此拨转马头，躲到别墅里去研究汉朝人所做的"四书"注疏和理论去。然而，惜哉，没有这样的好妹子；"女婺之婵媛兮，申申其詈予，曰：鲧婞直以亡身兮，终然殀乎羽之野。"连有一个那样凶姊姊的幸福也不及屈灵均。我的终于"妄有主张"，或者也许是无可推托之故罢。然而这关系非同小可，将来怕要遭殃了，因为我知道，得罪人是要得到报应的。

话要回到释迦先生的教训去了，据说：活在人间，还不如下地狱的稳妥。做人有"作"就是动作（＝造孽），下地狱却只有"报"（＝报应）了；所以生活是下地狱的原因，而下地狱倒是出地狱的起点。这样说来，实在令人有些想做和尚，但这自然也只限于"有根"（据说，这是"一句天津话"）的大人物，我却不大相信这一类鬼画符。活在沙漠似的北京城里，枯燥当然是枯燥的，但偶然看看世态，除了百物昂贵之外，究竟还是五花八门，创造艺术的也有，制造流言的也有，肉麻的也有，有趣的也有……这大概就是北京之所以为北京的缘故，也就是人们总还要奔凑聚集的缘故。可惜的是只有一些小玩意，老实一点的朋友就难于给自己竖起一杆辞严义正的军旗来。

我一向以为下地狱的事，待死后再对付，只有目前的生活的枯燥是最可怕的，于是便不免于有时得罪人，有时则寻些小玩意儿来开开笑口，但这也就是得罪人。得罪人当然要受报，那也只好准备着，因为寻些小玩意儿来开开笑口的是更不能竖起辞严义正的军旗来的。其实，这里也何尝没有国家大事的消息呢，"关外战事不日将发生"呀，"国军一致拥段"哪，有些报纸上都用了头号字煌煌地排印着，可以刺得人们头昏，但于我却都没有什么鸟趣味。人的眼界之狭是不大有药可救的，我近来觉得有趣的倒要算看见那在德国手格盗匪若干人，在北京率领三河县老妈子一大队的武士刘百昭校长居然做骈文，大有偃武修文之意了；而且"百昭海邦求学，教部备员，多艺之誉愧不如人,审美之情差堪自信",还是一位文武全才,我先前实在没有料想到。第二,就是去年肯管闲事的"学者",今年不管闲事了,在年底结清帐目的办法,原来不止是掌柜之于流水簿,也可以适用于"正人君子"的行为的。或者,"阿哥!"这一声叫,正在中华民国十四年十二月卅一日的夜间十二点钟罢。

但是,这些趣味,刹那间也即消失了,就是我自己的思想的变动,也诚然是可恨。我想,照着境遇,思想言行当然要迁移,一迁移,当然会有所以迁移的道理。况且世界上的国庆很不少,古今中外名流尤其多,他们的军旗,是全都早经竖定了的。前人之勤,后人之乐,要做事的时候可以援引孔丘墨翟,不做事的时候另外有老聃,要被杀的时候我是关龙逄,要杀人的时候他是少正卯,有些力气的时候看看达尔文赫胥黎的书,要人帮忙就有克鲁巴金的《互助论》,勃朗宁夫妇岂不是讲恋爱的模范么,叔本华尔和尼采又是咒诅女人的名人,……归根结蒂,如果杨荫榆或章士钊可以比附到犹太人特莱孚斯去,则他的簑片就可以等于左拉等辈了。这个时候,可怜的左拉要被中国人背出来;幸而杨荫榆或章士钊是否等于特莱孚斯,也还是一个大疑问。

然而事情还没有这么简单,中国的坏人(如水平线下的文人和学棍学匪之类),似乎将来要大吃其苦了,虽然也许要在身后,像下地狱一般。但是,深谋远虑的人,总还以从此小心,不要多说为稳妥。你以为"闲话先生"真是不管闲事了么? 并不然的。据说他是要"到那天这班出锋头的人们脱尽了锐气的日子,我们这位闲话先生正在从容的从事他那'完工的拂拭'(The finishing touch),笑吟吟的擎着他那枝从铁杠磨成的绣针,讽刺我们情急是多么不经济的一个态度,反面说只有无限的耐心才是天才唯一的凭证。"(《晨报副刊》一四二三)

后出者胜于前者,本是天下的平常事情,但除了堕落的民族。即以衣服而论,也是由裸体而用会阴带或围裙,于是有衣裳,衮冕。

我们将来的天才却特异的，别人系了围裙狂跳时，他却躲在绣房里刺绣，——不，磨绣针。待到别人的围裙全数破旧，他却穿了绣花衫子站出来了。大家只好说道"阿!"可怜的性急的野蛮人，竟连围裙也不知道换一条，怪不得锐气终于脱尽;脱尽犹可，还要看那"笑吟吟"的"讽刺"的"天才"脸哩，这实在是对于灵魂的鞭责，虽说还在辽远的将来。

还有更可怕的，是我们风闻二〇二五年一到，陶孟和教授要发表一部著作。内容如何，只有百年后的我们的曾孙或玄孙们知道罢了，但幸而在《现代评论增刊》上提前发表了几节，所以我们竟还能"管中窥豹"似的，略见这一部新书的大概。那是讲"现代教育界的特色"的，连教员的"兼课"之多也说在内。他问:"我的议论太悲观，太刻薄，太荒诞吗？我深愿受这个批评，假使事实可以证明。"这些批评我们且俟之百年之后，虽然那时也许无从知道事实;典籍呢，大概也只有"笑吟吟的"佳作留传。要是当真这样，那大半是"英雄所见略同"的，后人总不至于以为刻薄罢。但我们也难于悬揣，不过就今论今，似乎颇有些"孔子作《春秋》，而乱臣贼子惧"之意了。人们不逢如此盛事者，盖已将二千四百年云。

总之:百年以内，将有陈源教授的许多（?）书，百年以后，将有陶孟和教授的一部书出现。内容虽然不知道怎样，但据目下所走漏的风声看起来，大概总是讽刺"那班出锋头的人们"，或"驰驱九城"的教授的。

我常常感叹，印度小乘教的方法何等厉害:它立了地狱之说，借着和尚，尼姑，念佛老妪的嘴来宣扬，恐吓异端，使心志不坚定者害怕。那诀窍是在说报应并非眼前，却在将来百年之后，至少也须到锐气脱尽之时。这时候你已经不能动弹了，只好听别人摆布，流下鬼泪，深悔生前之妄出锋头;而且这时候，这才认识阎罗大王的尊严和伟大。

这些信仰，也许是迷信罢，但神道设教，于"挽世道而正人心"的事，或者也还是不无裨益。况且，未能将坏人"投畀豺虎"于生前，当然也只好口诛笔伐之于身后，孔子一车两马，倦游各国以还，抽出钢笔来作《春秋》，盖亦此志也。

但是，时代迁流了，到现在，我以为这些老玩意，也只好骗骗极端老实人。连闹这些玩意儿的人们自己尚且未必信，更何况所谓坏人们。得罪人要受报应，平平常常，并不见得怎样奇特，有时说些宛转的话，是姑且客气客气的，何尝想借此免于下地狱。这是无法可想的，在我们不从容的人们的世界中，实在没有那许多工夫来摆臭绅士的臭架子了，要做就做，与其说明年喝酒，不如立刻喝水；待廿一世纪的剖拨戮尸，倒不如马上就给他一个嘴巴。至于将来，自有后起的人们，决不是现在人即将来所谓古人的世界，如果还是现在的世界，中国就会完！

一月十四日。

原载 1926 年 1 月 19 日《国民新报副刊》。

初收 1927 年 5 月上海、北京北新书局版《华盖集续编》。

十五日

日记 昙。上午寄凤举稿。往女师大讲。午同季市往西吉庆饭。下午赴各校教职员联席会议。夜季野来。得尚钟吾信。濯足。

十六日

日记 晴。上午往北大，集合多人赴国务院索学校欠薪，晚回。晚得季市信。

十七日

日记 星期。晴。上午得张光人信。寄李霁野信。柯仲平，宋紫佩来,未见。

十八日

日记 昙,风。午后访李霁野,托其寄朋其稿费十二,遇张目寒,托其寄荫棠稿费二。访李小峰,取《雨天之书》十本。下午往教育部。

致 张目寒

内函并银两元,乞面交越荫棠兄。

迅托 一,一八。

十九日

日记 晴,大风。上午寄张凤举信。往女师大讲。晚紫佩来。寄品青信。夜培良来。

二十日

日记 晴。上午得车耕南信。往中大讲。捐中大浙江同乡会泉五。收教育部薪水泉三十三元。夜得季市信并稿。

二十一日

日记 晴。上午寄李静川信。寄凤举稿。寄霁野信并稿。得三弟信,十四日发。得品青信。得赵荫棠信。下午寄徐旭生信。得凤举信二函。夜靖农,霁野来。寄邓飞黄信。

二十二日

日记 晴。上午往女师大讲。下午往东升平园理发并浴。夜得徐旭生信。风。

二十三日

日记 晴。上午得钦文信,十五日上海发。得朋其信。得霁野信。晚品青来。

二十四日

日记 星期。晴。上午得有麟信,十五日猗氏发。下午季市来。夜得小峰信。

学界的三魂

从《京报副刊》上知道有一种叫《国魂》的期刊,曾有一篇文章说章士钊固然不好,然而反对章士钊的"学匪"们也应该打倒。我不知道大意是否真如我所记得?但这也没有什么关系,因为不过引起我想到一个题目,和那原文是不相干的。意思是,中国旧说,本以为人有三魂六魄,或云七魄;国魂也该这样。而这三魂之中,似乎一是"官魂",一是"匪魂",还有一个是什么呢?也许是"民魂"罢,我不很能够决定。又因为我的见闻很偏隘,所以未敢悉指中国全社会,只好缩而小之曰"学界"。

中国人的官瘾实在深,汉重孝廉而有埋儿刻木,宋重理学而有高帽破靴,清重帖括而有"且夫""然则"。总而言之:那魂灵就在做官,——行官势,摆官腔,打官话。顶着一个皇帝做傀儡,得罪了官就是得罪了皇帝,于是那些人就得了雅号曰"匪徒"。学界的打官话是始于去年,凡反对章士钊的都得了"土匪","学匪","学棍"的称号,但仍然不知道从谁的口中说出,所以还不外乎一种"流言"。

但这也足见去年学界之糟了,竟破天荒的有了学匪。以大点的国事来比罢,太平盛世,是没有匪的;待到群盗如毛时,看旧史,一定是外戚,宦官,奸臣,小人当国,即使大打一通官话,那结果也还是"呜呼哀哉"。当这"呜呼哀哉"之前,小民便大抵相率而为盗,所以我相信源增先生的话:"表面上看只是些土匪与强盗,其实是农民革命军。"(《国民新报副刊》四三)那么,社会不是改进了么?并不,我虽然也是被谥为"土匪"之一,却并不想为老前辈们饰非掩过。农民是不来夺取政权的,源增先生又道:"任三五热心家将皇帝推倒,自己过皇帝瘾去。"但这时候,匪便被称为帝,除遗老外,文人学者却都来恭维,又称反对他的为匪了。

所以中国的国魂里大概总有这两种魂:官魂和匪魂。这也并非硬要将我辈的魂挤进国魂里去,贪图与教授名流的魂为伍,只因为事实仿佛是这样。社会诸色人等,爱看《双官诰》,也爱看《四杰村》,望偏安巴蜀的刘玄德成功,也愿意打家劫舍的宋公明得法;至少,是受了官的恩惠时候则艳羡官僚,受了官的剥削时候便同情匪类。但这也是人情之常;倘使连这一点反抗心都没有,岂不就成为万劫不复的奴才了?

然而国情不同,国魂也就两样。记得在日本留学时候,有些同学问我在中国最有大利的买卖是什么,我答道:"造反。"他们便大骇怪。在万世一系的国度里,那时听到皇帝可以一脚踢落,就如我们听说父母可以一棒打杀一般。为一部分士女所心悦诚服的李景林先生,可就深知此意了,要是报纸上所传非虚。今天的《京报》即载着他对某外交官的谈话道:"予预计于旧历正月间,当能与君在天津晤谈;若天津攻击竟至失败,则拟俟三四月间卷土重来,若再失败,则暂投土匪,徐养兵力,以待时机"云。但他所希望的不是做皇帝,那大概是因为中华民国之故罢。

所谓学界，是一种发生较新的阶级，本该可以有将旧魂灵略加淘洗之望了，但听到"学官"的官话，和"学匪"的新名，则似乎还走着旧道路。那末，当然也得打倒的。这来打倒他的是"民魂"，是国魂的第三种。先前不很发扬，所以一闹之后，终不自取政权，而只"任三五热心家将皇帝推倒，自己过皇帝瘾去"了。

惟有民魂是值得宝贵的，惟有他发扬起来，中国才有真进步。但是，当此连学界也倒走旧路的时候，怎能轻易地发挥得出来呢？在乌烟瘴气之中，有官之所谓"匪"和民之所谓匪；有官之所谓"民"和民之所谓"民"；有官以为"匪"而其实是真的国民，有官以为"民"而其实是衙役和马弁。所以貌似"民魂"的，有时仍不免为"官魂"，这是鉴别魂灵者所应该十分注意的。

话又说远了，回到本题去。去年，自从章士钊提了"整顿学风"的招牌，上了教育总长的大任之后，学界里就官气弥漫，顺我者"通"，逆我者"匪"，官腔官话的余气，至今还没有完。但学界却也幸而因此分清了颜色；只是代表官魂的还不是章士钊，因为上头还有"减膳"执政在，他至多不过做了一个官魄；现在是在天津"徐养兵力，以待时机"了。我不看《甲寅》，不知道说些什么话：官话呢，匪话呢，民话呢，衙役马弁话呢？……

一月二十四日。

原载 1926 年 2 月 1 日《语丝》周刊第 64 期。

初收 1927 年 5 月上海、北京北新书局版《华盖集续编》。

二十五日

日记 晴。上午往北大讲。午后访霁野。访小峰。夜收教育部奉泉卅三。

东西之自然诗观*

〔日本〕厨川白村

一

揭了这个大大的问题,来仔细地讲说,是并非二十张或三十张的稿子纸所能完事的。便是自己,也还没有很立了头绪来研究过,所以单将平素的所感,不必一定顺着理路,想到什么便写出什么,用以塞责罢。

宇宙人生的一切现象,若映在诗人眼里,那不消说,是一切都可以成为文艺的题材的。为考察的便宜起见,我姑且将这广泛的题材,分为(1)人事,(2)自然,(3)超自然的三种,再来想。第一的人事,用不着别的说明;第二的自然,就是通常所谓天地,山川,花鸟,风月的意思的自然;那第三的超自然,则宗教上的神佛不待言,也包含着见于俗说街谈中的一切妖怪灵异的现象。这三种题材,怎样地被诗人所运用呢? 那相互的关系,又是怎样的? 将这些一想,在研究诗文的人,是最重要,也是饶有兴味的问题。我现在取了第二种,来述说东西诗观的比较的时候,也就是将这便宜上的分类作为基础的。

二

先将那十八世纪以前的事想一想。

为欧洲文化的源泉的希腊的思想,是人间本位。揭在亚波罗祠堂上面的"尔其知己"的话,从各种的解释看去,是这思潮的根柢。所以虽是对于自然,那态度也是人间本位,将自然和人间分离的倾向,很显著。或者可以姑且称为"主我底"罢。像那历来的东洋人这样,进了无我,忘我的心境,将自己没入自然中,融合于其怀抱之风,几乎看不见。东洋人的是全然离了自我感情,自然和人间合而为一,由此生成的文学。希腊的却从头到底是人间本位,将自然放在附属的地位上。虽然从荷马(Homeros)的大诗篇起,那里面就已经有了古今独绝的雄丽的自然描写,但上文所说这一端,我以为有着显明的差异。

欧洲思想的别一个大源泉,是希伯来思想。但这又是神明本位,将超自然看得最重;以为自然者,不过是神意的显现罢了。将人间的一切,奉献于神明,拒斥快乐美感的禁欲主义的修士,当旅行瑞士时,据说是不看自然的风景的。后来,进了文艺复兴期,像那通晓古文学,极有教养的蔼拉士谟斯(Erasmus)那样的人,要知道他登阿尔普斯山时,有什么看见,有什么惹心呢,却还说道那不过是悒郁的客店的恶臭,酸味的葡萄酒之类,写在书信里。从瑞士出意大利之际,负着万古的雪的山岳美,是毫没有打动了他的心的。这样的心情,几乎为我们东洋人所不能理解,较之特地到远离人烟的山上,结草庵,友风月的西行和芭蕉的心境,竟不妨说,是几乎在正反对的极端了。为近代思想的渊源的那文艺复兴期,从诗文的题材上说,也不过是"超自然"的兴味转移为对于"人间"的兴味而已。欧洲人真如东洋人一样,觉醒于自然美,那是自此一直后来的时代的事。

三

西洋的诗人真如我们一样,看重了自然,那是新近十八世纪罗曼主义勃兴以后的事情。看作仅仅最近百五十年间的事,就是了。在这以前的文学里,也有着对于自然的兴味,那当然不消说;但大抵不过是目录式的叙述或说明。是 observation 和 description,而还未入于 reflection 或 interpretation 之域的。或者以人事或超自然为主题,而单将这作为其背景或象征之用。便是描写田园的自然美的古来的牧歌体，或者沙士比亚的戏曲呀，但丁的《神曲》呀，弥耳敦的《失掉的乐园》似的大著作，和东洋的诗文来一比较，在运用自然的态度上，就很有疏远之处。深度是浅浅的。总使人、神、恶魔那些东西，和自然对立，或则使自然为那些的从属的倾向，较之和汉的抒情诗人等，其趣致是根本底地不同。

离了都会生活的人工美，而真是企慕田园的自然美的心情，有力地发生于西洋人的心中者，大概是很受卢梭的"归于自然"说的影响的罢；近世罗曼主义之对于这方面特有显著的贡献的，则是英国文学。英吉利人，尤其是苏格兰人，对于自然美，向来就比大陆的人们远有着锐敏的感觉；即以庭园而论，于那用几何学上的线所作成的法兰西式相对，称为英吉利式者，也就如支那日本那样，近于摹写天然的山水照样之美的。在文学方面，则大抵以十八世纪时妥穆生（James Thomson）从古代牧歌体换骨脱胎，歌咏四时景色的《四季》（*The Seasons*）这一篇，为这思想倾向的渊源。不独英吉利，便在法国和德国的罗曼派，也受了这篇著作的影响和感化；至于近代的欧洲文学，则和东洋趣味相像的 Love of nature for its own sake 起得很盛大了。后来出了科尔律支（S. T. Coleridge），渥特渥思（W. Wordsworth）以后的事，那已经无须在这里再来叙述了罢。

有如勃兰兑斯（G. Brandes）《十九世纪文学的主潮》第四卷所说那样，赞美自然的文学渐渐地发达，而这遂产生了在今日二十世纪的法国，崇奉为欧洲最大的自然诗人如祥谟（Francis Jammers）那样的人物之间，我以为西洋人的自然诗观，是逐渐变迁，和我们东洋人的渐相接近起来了。

倘照西洋人所常说的那样，以文艺复兴期为发见了"人间"的时代，则十八世纪的罗曼主义的勃兴，在其一面，也可以说，确是发见了"自然"的罢。

这在绘画上也一样。真的山水画，风景画之出于欧洲，也是这十八世纪以后的事。便是文艺复兴期的天才，最是透视了自然的莱阿那陀（Leonardo da Vinci），风景也不过是他的大作的背景。拉斐罗（Raphaelo）的许多圣母像上，山水也还是点缀。荷兰派的画家，也都这样。这到十八世纪，遂为英国的威勒生（Wilson），为侃士波罗（Gainsborough）。待到康士泰勃（J. Constable）和泰那（Turner）出，这才有和东洋的山水画一样意义的风景画。人物为宾，自然为主的许多作品，进了十九世纪，遂占了欧洲绘画的最重要的位置。于是生了法兰西的科罗（Corot），为芳丁勃罗派，从密莱（Millet）而入印象主义的外光派，攫捉纯然的自然美的艺术，遂至近代而大成。

日本的文学中，并无使用"超自然"的宗教文学的大作，也没有描写"人间"，达了极致的沙士比亚剧似的大戏曲。这也就是日本文学之所以出了抓得"自然"的真髓，而深味其美的许多和歌俳句的抒情诗人的原因罢。

四

从外国输入儒佛思想以前的日本人，是也如希腊人一样，有着以人间味为中心的文学的。上古更不俟言，《万叶集》的诸诗人中，歌咏人事的人就不少。有如山上忆良一样，不以花鸟风月为诗材，而以可以说是现在之所谓社会问题似的《贫穷问答歌》那样，为得意之作的人就不少。但是，一到以后的《古今集》，则即使从歌的数量上看，也就是《四季》六卷，《恋》五卷，自然已经成了最重要的题材。其原因之一部分，也许是日本原也如希腊一般，气候好，是风光明媚之国，和自然美亲近惯了，所以也就不很动心了之故罢。有人说，但是自从受了常常赞美自然的支那文学的感化以后，对于在先是比较底冷淡的自然之美，这才真是觉醒了。我以为此说是也有一理的。

自从"万叶"以后的日本诗人被支那文学所刺戟，所启发，而歌咏自然美以来，在文学上，即也如见于支那的文人画中那样。渔夫呀,仙人呀,总是用作山水的点缀一般,成了自然为主,人物为宾的样子了。然而日本的自然,并没有支那似的大陆底的雄大的瑰奇,倒是温雅而潇洒,明朗的可爱,可亲的。使人恐怖,使人阴郁的景色极其少。尤其是平安朝文学,因为是宫庭台阁的贵公子——所谓"戴着樱花,今天又过去了"的大官人的文学,所以很宽心,没有悲痛深刻之调,对于自然,惟神往于其美,而加以赞叹讴歌的倾向为独盛。此后,又成为支那传来的仙人趣味,入了镰仓时代,则加上宗教底的禅味的分子,于是将西洋人所几乎不能懂得的诗情,即所谓雅趣,俳味,风流之类,在山川,草木,花鸟,风月的世界里发见了。现代的杀风景,没趣味的日本人,至今日竟还能出人意外地懂得赏雪酒,苔封的庭石,月下的虫声之类,为西洋人的鉴赏之力所不及的exquisite 的自然味者,我想,是只得以由于上文所说似的历史底关系来作解释的。

五

西洋人这一流人,是虽然对着自然,而行住坐卧,造次颠沛,总是忘不掉"人间"的人种。他们无论辟园,无论种树,倘不硬显人工,现出"人间"这东西来,是不肯干休的。倘不用几何上的线分划了道路,草地,花圃,理发匠剃孩子的头发一般在树木上加工,就以为是不行的。较之虽然矫枝刈叶,也特地隐藏了"人间",忠实地学着自然的姿态的东洋风,是全然正反对的办法。将日本的插花和西洋的花束一比较,也有相同之感。

东洋人和自然相对的时候,以太有人间味者为"俗",而加以拒斥。从带着仙骨的支那诗人中,寻出白乐天来,评其诗为俗者,是东洋的批评家。往年身侍小泉八云(Lafcadio Hearn)先生的英文学讲筵时,先生曾引用了阿尔特律支(Thomas Bailey Aldrich)之作,题曰《红叶》的四行诗——

October turned my maple's leaves to gold.

The most are gone now, here and there one lingers:

Soon these will slip from out the twig's weak hold,

Like coins between a dying mister's fingers.

而激赏这技巧。然而无论如何,我总不佩服。将落剩在枝梢的一片叶,说是好像临死的老爷的指间捏着钱的这句,以表现法而论,诚然是巧妙的。但是,在我们东洋人眼中,却觉得这四行诗是不成其为诗的俗物。这就因为东洋人是觉得离人间愈远,入自然中愈深,却在那里觅得真的"诗"的缘故。

东洋的厌生诗人虽弃人间,却不弃自然。即使进了宗教生活,和超自然相亲,也决不否定对于自然之爱。岂但不否定呢?那爱且更加深。西洋中世的修士特意不看瑞士的绝景而走过去的例,在东洋是绝没有的。这竟可以说,厌离"人间",而抱于"自然"之怀中;于此再加上宗教味,而东洋的自然趣味乃成立。在西洋,则憎恶人间之极,遂怀自然的裴伦(G. Byron)那样厌生诗人之出世,不也是罗曼主义勃兴以后的事,不过最近约一百年的例子么?虽然厌世间,舍妻子,而西行法师却还是爱自然,与风月为友,歌道"在花下,洒家死去罢"的。

译自《走向十字街头》

原载 1926 年 1 月 25 日《莽原》半月刊第 2 期。

初收 1929 年 4 月上海北新书局版《壁下译丛》。

《学界的三魂》附记

今天到东城去教书,在新潮社看见陈源教授的信,在北京大学门口看见《现代评论》,那《闲话》里正议论着章士钊的《甲寅》,说"也渐渐的有了生气了。可见做时事文章的人官实在是做不得的,……自然有些'土匪'不妨同时做官僚,……"这么一来,我上文的"逆我者'匪'","官腔官话的余气"云云,就又有了"放冷箭"的嫌疑了。现在特地声明:我原先是不过就一般而言,如果陈教授觉得痛了,那是中了流弹。要我在"至今还没有完"之后,加一句"如陈源等辈就是",自然也可以。至于"顺我者'通'"的通字,却是此刻所改的,那根据就在章士钊之曾称陈源为"通品"。别人的褒奖,本不应拿来讥笑本人,然而陈源现就用着"土匪"的字样。有一回的《闲话》(《现代评论》五十)道:"我们中国的批评家实在太宏博了。他们……在地上找寻窃贼,以致整大本的剽窃,他们倒往往视而不见。要举个例吗?还是不说吧,我实在不敢再开罪'思想界的权威'。"按照他这回的慷慨激昂例,如果要免于"卑劣"且有"半分人气",是早应该说明谁是土匪,积案怎样,谁是剽窃,证据如何的。现在倘有记得那括弧中的"思想界的权威"六字,即曾见于《民报副刊》广告上的我的姓名之上,就知道这位陈源教授的"人气"有几多。

从此,我就以别人所说的"东吉祥派"、"正人君子"、"通品"等字样,加于陈源之上了,这回是用了一个"通"字;我要"以眼还眼以牙还牙",或者以半牙,以两牙还一牙,因为我是人,难于上帝似的铢两悉称。如果我没有做,那是我的无力,并非我大度,宽恕了加害于我的敌人。还有,有些下贱东西,每以秽物掷人,以为人必不屑较,一计较,倒是你自己失了人格。我可要照样的掷过去,要是他掷来。但对于没有这样举动的人,我却不肯先动手;而且也以文字为限,"捏造事实"和"散布'流言'"的鬼蜮的长技;自信至今还不屑为。在马弁们的眼里虽然是"土匪",然而"盗亦有道"的。记起一件别的事来了。前几天九校"索薪"的时候,我也当作一个代表,因此很会见了几个前"公理维持会"即"女大后援会"中人。幸而他们倒并不将我捆送三贝子花园或运入深山,"投畀豺虎",也没有实行"割席",将板凳锯开。终于"学官""学匪",都化为"学丐",同聚一堂,大讨其欠账，——自然是讨不来。记得有一个洋鬼子说过：中国先是官国，后来是土匪国，将来是乞丐国。单就学界而论，似乎很有点上这轨道了。想来一定有些人要后悔，去年竟抱了"有奶不是娘"主义，来反对章士钊的罢。

一月二十五日东壁灯下写。

原载 1926 年 2 月 1 日《语丝》周刊第 64 期。

初未收集。

古书与白话

记得提倡白话那时，受了许多谣诼诬谤，而白话终于没有跌倒的时候，就有些人改口说：然而不读古书，白话是做不好的。我们自然应该曲谅这些保古家的苦心，但也不能不悯笑他们这祖传的成法。凡有读过一点古书的人都有这一种老手段：新起的思想，就是"异端"，必须歼灭的，待到它奋斗之后，自己站住了，这才寻出它原来与"圣教同源"；外来的事物，都要"用夷变夏"，必须排除的，但待到这"夷"入主中夏，却考订出来了，原来连这"夷"也还是黄帝的子孙。这岂非出人意料之外的事呢？无论什么，在我们的"古"里竟无不包函了！

用老手段的自然不会长进，到现在仍是说非"读破几百卷书者"即做不出好白话文，于是硬拉吴稚晖先生为例。可是竟又会有"肉麻当有趣"，述说得津津有味的，天下事真是千奇百怪。其实吴先生的"用讲话体为文"，即"其貌"也何尝与"黄口小儿所作若同"。不是"纵笔所之，辄万数千言"么？其中自然有古典，为"黄口小儿"所不知，尤有新典，为"束发小生"所不晓。清光绪末，我初到日本东京时，这位吴稚晖先生已在和公使蔡钧大战了，其战史就有这么长，则见闻之多，自然非现在的"黄口小儿"所能企及。所以他的遣辞用典，有许多地方是惟独熟于大小故事的人物才能够了然，从青年看来，第一是惊异于那文辞的滂沛。这或者就是名流学者们所认为长处的罢，但是，那生命却不在于此。甚至于竟和名流学者们所拉拢恭维的相反，而在自己并不故意显出长处，也无法灭去名流学者们的所谓长处；只将所说所写，作为改革道中的桥梁，或者竟并不想到作为改革道中的桥梁。

愈是无聊赖，没出息的脚色，愈想长寿，想不朽，愈喜欢多照自己的照相，愈要占据别人的心，愈善于摆臭架子。但是，似乎"下意识"里，究竟也觉得自己之无聊的罢，便只好将还未朽尽的"古"一口咬住，希图做着肠子里的寄生虫，一同传世；或者在白话文之类里找出一点古气，反过来替古董增加宠荣。如果"不朽之大业"不过这样，那未免太可怜了罢。而且，到了二九二五年，"黄口小儿"们还要看什么《甲寅》之流，也未免过于可惨罢，即使它"自从孤桐先生下台之后，……也渐渐的有了生气了"。

菲薄古书者，惟读过古书者最有力，这是的确的。因为他洞知弊病，能"以子之矛攻子之盾"，正如要说明吸雅片的弊害，大概惟吸过雅片者最为深知，最为痛切一般。但即使"束发小生"，也何至于说，要做戒绝雅片的文章，也得先吸尽几百两雅片才好呢。

古文已经死掉了；白话文还是改革道上的桥梁，因为人类还在进化。便是文章，也未必独有万古不磨的典则。虽然据说美国的某处已经禁讲进化论了，但在实际上，恐怕也终于没有效的。

　　　　　　　　　　　　　　　　　　一月二十五日。

原载 1926 年 2 月 2 日《国民新报副刊》。

初收 1927 年 5 月上海、北京北新书局版《华盖集续编》。

一点比喻

在我的故乡不大通行吃羊肉,阖城里,每天大约不过杀几匹山羊。北京真是人海,情形可大不相同了,单是羊肉铺就触目皆是。雪白的群羊也常常满街走,但都是胡羊,在我们那里称绵羊的。山羊很少见;听说这在北京却颇名贵了,因为比胡羊聪明,能够率领羊群,悉依它的进止,所以畜牧家虽然偶而养几匹,却只用作胡羊们的领导,并不杀掉它。

这样的山羊我只见过一回,确是走在一群胡羊的前面,脖子上还挂着一个小铃铎,作为智识阶级的徽章。通常,领的赶的却多是牧人,胡羊们便成了一长串,挨挨挤挤,浩浩荡荡,凝着柔顺有余的眼色,跟定他匆匆地竞奔它们的前程。我看见这种认真的忙迫的情形时,心里总想开口向它们发一句愚不可及的疑问——

"往那里去?!"

人群中也很有这样的山羊,能领了群众稳妥平静地走去,直到他们应该走到的所在。袁世凯明白一点这种事,可惜用得不大巧,大概因为他是不很读书的,所以也就难于熟悉运用那些的奥妙。后来的武人可更蠢了,只会自己乱打乱割,乱得哀号之声,洋洋盈耳,结果是除了残虐百姓之外,还加上轻视学问,荒废教育的恶名。然而"经一事,长一智",二十世纪已过了四分之一,脖子上挂着小铃铎的聪明人是总要交到红运的,虽然现在表面上还不免有些小挫折。

那时候,人们,尤其是青年,就都循规蹈矩,既不嚣张,也不浮动,一心向着"正路"前进了,只要没有人问——

"往那里去?!"

君子若曰:"羊总是羊,不成了一长串顺从地走,还有什么别的法子呢? 君不见夫猪乎? 拖延着,逃着,喊着,奔突着,终于也还是被捉到非去不可的地方去,那些暴动,不过是空费力气而已矣。"

这是说:虽死也应该如羊,使天下太平,彼此省力。

这计划当然是很妥帖,大可佩服的。然而,君不见夫野猪乎? 它以两个牙,使老猎人也不免于退避。这牙,只要猪脱出了牧豕奴所造的猪圈,走入山野,不久就会长出来。

Schopenhauer 先生曾将绅士们比作豪猪,我想,这实在有些失体统。但在他,自然是并没有什么别的恶意的,不过拉扯来作一个比喻。*Parerga und Paralipomena* 里有着这样意思的话:有一群豪猪,在冬天想用了大家的体温来御寒冷,紧靠起来了,但它们彼此即刻又觉得刺的疼痛,于是乎又离开。然而温暖的必要,再使它们靠近时,却又吃了照样的苦。但它们在这两种困难中,终于发见了彼此之间的适宜的间隔,以这距离,它们能够过得最平安。人们因为社交的要求,聚在一处,又因为各有可厌的许多性质和难堪的缺陷,再使他们分离。他们最后所发见的距离,——使他们得以聚在一处的中庸的距离,就是"礼让"和"上流的风习"。有不守这距离的,在英国就这样叫,"Keep your distance!"

但即使这样叫,恐怕也只能在豪猪和豪猪之间才有效力罢,因为它们彼此的守着距离,原因是在于痛而不在于叫的。假使豪猪们中夹着一个别的,并没有刺,则无论怎么叫,它们总还是挤过来。孔子说:礼不下庶人。照现在的情形看,该是并非庶人不得接近豪猪,却是豪猪可以任意刺着庶人而取得温暖。受伤是当然要受伤的,但这也只能怪你自己独独没有刺,不足以让他守定适当的距离。孔子又说:刑不上大夫。这就又难怪人们的要做绅士。

这些豪猪们,自然也可以用牙角或棍棒来抵御的,但至少必须拼出背一条豪猪社会所制定的罪名:"下流"或"无礼"。

一月二十五日。

原载 1926 年 2 月 25 日《莽原》半月刊第 4 期。

初收 1927 年 5 月上海、北京北新书局版《华盖集续编》。

二十六日

日记 晴。上午往女师大讲。寄小峰信并稿。寄北大注册部试题。以书籍分寄厨川白村纪念会,山本修二,许钦文,许诗荃。寄还陶璇卿画稿。午得姜华信。

二十七日

日记 晴。上午往中大讲。得静农稿。

二十八日

日记 晴。上午章矛尘来。下午收北大薪水二十一元,计前年十二月分十三元,去年一月分八元,矛尘代领。夜得曲广均稿。得爱华剧社索捐信。

二十九日

日记 昙。上午寄张凤举稿。往女师大讲并收本月薪水四十元五角。午往西吉庆饭。下午往师大取去年一及二月分薪水卅二元。往直隶书局买《拜经楼丛书》一部十本,四元二角。晚李静川来,付以印讲义纸费五元六角,钞写费十元,给工人二元。夜风。长虹来。

三十日

日记 晴。下午季市来。晚子佩来。寄邓飞黄信。

三十一日

日记　星期。晴。上午李季谷赠年糕一筐。午后品青,小峰来。下午曙天,衣萍来。夜得语堂信。寄还霁野稿等。静农,丛芜,善甫,霁野来。复林语堂信。

二月

一日

日记　晴。上午得培良信。得钦文信，二十一日发。得衣萍信。

不 是 信

一个朋友忽然寄给我一张《晨报副刊》，我就觉得有些特别，因为他是知道我懒得看这种东西的。但既然特别寄来了，姑且看题目罢：《关于下面一束通信告读者们》。署名是：志摩。哈哈，这是寄来和我开玩笑的，我想；赶紧翻转，便是几封信，这寄那，那寄这，看了几行，才知道似乎还是什么"闲话……闲话"问题。这问题我仅知道一点儿，就是曾在新潮社看见陈源教授即西滢先生的信，说及我"捏造的事实，传布的'流言'，本来已经说不胜说。"不禁好笑；人就苦于不能将自己的灵魂砍成酱，因此能有记忆，也因此而有感慨或滑稽。记得首先根据了"流言"，来判决杨荫榆事件即女师大风潮的，正是这位西滢先生，那大文便登在去年五月三十日发行的《现代评论》上。我不该生长"某籍"又在"某系"教书，所以也被归入"暗中挑剔风潮"者之列，虽然他说还不相信，不过觉得可惜。在这里声明一句罢，以免读者的误解："某系"云者，大约是指国文系，不是说研究系。那时我见了"流言"字样，曾经很愤然，立刻加以驳正，虽然也很自愧没有"十年读书十年养气的工夫"。不料过了半年，这些"流言"却变成由我传布的了，自造自己的"流言"，这真是自己掘坑埋自己，不必说聪明人，便是傻子也想不通。倘说这回的所谓"流言"，并非关于"某籍某系"的，乃是关于不信"流言"的陈源教授的了，则我实在不知道陈教授有怎样的被捏造的事实和流言在社会上传布。说起来惭愧煞人，我不赴宴会，很少往来，也不奔走，也不结什么文艺学术的社团，实在最不合式于做捏造事实和传布流言的枢纽。只是弄弄笔墨是在所不免的，但也不肯以流言为根据，故意给它传布开来，虽然偶有些"耳食之言"，又大抵是无关大体的事；要是错了，即使月久年深，也决不惜追加订正，例如对于汪原放先生"已作古人"一案，其间竟隔了几乎有两年。——但这自然是只对于看过《热风》的读者说的。

这几天，我的"捏……言"罪案，仿佛只等于昙花一现了，《一束通信》的主要部分中，似乎也承情没有将我"流"进去，不过在后屁股的《西滢致志摩》是附带的对我的专论，虽然并非一案，却因为亲属关系而灭族，或文字狱的株连一般。灭族呀，株连呀，又有点"刑名师爷"口吻了，其实这是事实，法家不过给他起了一个名，所谓"正人君子"是不肯说的，虽然不妨这样做。此外如甲对乙先用流言，后来却说乙制造流言这一类事，"刑名师爷"的笔下就简括到只有两个字："反噬"。呜呼，这实在形容得痛快淋漓。然而古语说，"察见渊鱼者不祥"，所以"刑名师爷"总没有好结果，这是我早经知道的。

我猜想那位寄给我《晨报副刊》的朋友的意思了：来刺激我，讥讽我，通知我的，还是要我也说几句话呢？终于不得而知。好，好在现在正须还笔债，就用这一点事来搪塞一通罢，说话最方便的题目是《鲁迅致□□》，既非根据学理和事实的论文，也不是"笑吟吟"的天才的讽刺，不过是私人通信而已，自己何尝愿意发表；无论怎么说，粪坑也好，毛厕也好，决定与"人气"无关。即不然，也是因为生气发热，被别人逼成的，正如别的副刊将被《晨报副刊》"逼死"一样。我的镜子真可恨，照出来的总是要使陈源教授呕吐的东西，但若以赵子昂——"是不是他？"——画马为例，自然恐怕正是我自己。自己是没有什么要紧的,不过总得替□□想一想。现在不是要谈到《西滢致志摩》么,那可是极其危险的事,一不小心就要跌入"泥潭中",遇到"悻悻的狗",暂时再也看不见"笑吟吟"。至少,一关涉陈源两个字,你总不免要被公理家认为"某籍","某系","某党","喽罗","重女轻男"……等;而且还得小心记住,倘有人说过他是文士,是法兰斯,你便万不可再用"文士"或"法兰斯"字样,否则,——自然,当然又有"某籍"……等等的嫌疑了,我何必如此陷害无辜,《鲁迅致□□》决计不用,所以一直写到这里,还没有题目,且待写下去看罢。

我先前不是刚说我没有"捏造事实"么?那封信里举的却有。说是我说他"同杨荫榆女士有亲戚朋友的关系,并且吃了她许多酒饭"了,其实都不对。杨荫榆女士的善于请酒,我说过的,或者别人也说过,并且偶见于新闻上。现在的有些公论家,自以为中立,其实却偏,或者和事主倒有亲戚,朋友,同学,同乡,……等等关系,甚至于叨光了酒饭,我也说过的。这不是明明白白的么,报社收津贴,连同业中也互讦过,但大家仍都自称为公论。至于陈教授和杨女士是亲戚而且吃了酒饭,那是陈教授自己连结起来的,我没有说曾经吃酒饭,也不能保证未曾吃酒饭,没有说他们是亲戚,也不能保证他们不是亲戚,大概不过是同乡罢,但只要不是"某籍",同乡有什么要紧呢。绍兴有"刑名师爷",绍兴人便都是"刑名师爷"的例,是只适用于绍兴的人们的。

我有时泛论一般现状,而无意中触着了别人的伤疤,实在是非常抱歉的事。但这也是没法补救,除非我真去读书养气,一共廿年,被人们骗得老死牖下;或者自己甘心倒掉;或者遭了阴谋。即如上文虽然说明了他们是亲戚并不是我说的话,但因为列举的名词太多了,"同乡"两字,也足以招人"生气",只要看自己愤然于"流言"中的"某籍"两字,就可想而知。照此看来,这一回的说"叭儿狗"(《莽原半月刊》第一期),怕又有人猜想我是指着他自己,在那里"悻悻"了。

其实我不过是泛论，说社会上有神似这个东西的人，因此多说些它的主人：阔人，太监，太太，小姐。本以为这足见我是泛论了，名人们现在那里还有肯跟太监的呢，但是有些人怕仍要忽略了这一层，各各认定了其中的主人之一，而以"叭儿狗"自命。时势实在艰难，我似乎只有专讲上帝，才可以免于危险，而这事又非我所长。但是，倘使所有的只是暴戾之气，还是让它尽量发出来罢，"一群悻悻的狗"，在后面也好，在对面也好。我也知道将什么之气都放在心里，脸上笔下却全都"笑吟吟"，是极其好看的；可是掘不得，小小的挖一个洞，便什么之气都出来了。但其实这倒是真面目。

第二种罪案是"近一些的一个例"，陈教授曾"泛论图书馆的重要"，"说孤桐先生在他未下台以前发表的两篇文章里，这一层'他似乎没看到'。"我却轻轻地改为"听说孤桐先生倒是想到了这一节，曾经发表过文章，然而下台了，很可惜"了。而且还问道："你看见吗，那刀笔吏的笔尖？""刀笔吏"是不会有漏洞的，我却与陈教授的原文不合，所以成了罪案，或者也就不成其为"刀笔吏"了罢。《现代评论》早已不见，全文无从查考，现在就据这一回的话，敬谨改正，为"据说孤桐先生在未下台以前发表的文章里竟也没想到；现在又下了台，目前无法补救了，很可惜"罢。这里附带地声明，我的文字中，大概是用别人的原文用引号，举大意用"据说"，述听来的类似"流言"的用"听说"，和《晨报》大将文例不相同。

第三种罪案是关于我说"北大教授兼京师图书馆副馆长月薪至少五六百元的李四光"的事，据说已告了一年的假，假期内不支薪，副馆长的月薪又不过二百五十元。别一张《晨副》上又有本人的声明，话也差不多，不过说月薪确有五百元，只是他"只拿二百五十元"，其余的"捐予图书馆购买某种书籍"了。此外还给我许多忠告，这使我非常感谢，但愿意奉还"文士"的称号，我是不属于这一类的。只是我以为告假和辞职不同，无论支薪与否，教授也仍然是教授，这是不待"刀笔吏"才能知道的。至于图书馆的月薪，我确信李教授

（或副馆长）现在每月"只拿二百五十元"的现钱，是美国那面的；中国这面的一半，真说不定要拖欠到什么时候才有。但欠帐究竟也是钱，别人的兼差，大抵多是欠帐，连一半现钱也没有，可是早成了有些论客的口实了，虽然其缺点是在不肯及早捐出去。我想，如果此后每月必发，而以学校欠薪作比例，中国的一半是明年的正月间会有的，倘以教育部欠俸作比例，则须十七年正月间才有，那时购买书籍来，我一定就更正，只要我还在做"官僚"，因为这容易得知，我也自信还有这样的记性，不至于今年忘了去年事。但是，倘若又被章士钊们革掉，那就莫明其妙，更正的事也只好作罢了。可是我所说的职衔和钱数，在今日却是事实。

第四种的罪案是……。陈源教授说，"好了，不举例了。"为什么呢？大约是因为"本来已经说不胜说"，或者是在矫正"打笔墨官司的时候，谁写得多，骂得下流，捏造得新奇就是谁的理由大"的恶习之故罢，所以就用三个例来概其全般，正如中国戏上用四个兵卒来象征十万大军一样。此后，就可以结束，漫骂——"正人君子"一定另有名称，但我不知道，只好暂用这加于"下流"人等的行为上的话——了。原文很可以做"正人君子"的真相的标本，删之可惜，扯下来粘在后面罢——

"有人同我说，鲁迅先生缺乏的是一面大镜子，所以永远见不到他的尊容。我说他说错了。鲁迅先生的所以这样，正因为他有了一面大镜子。你听见过赵子昂——是不是他？——画马的故事罢？他要画一个姿势，就对镜伏地做出那个姿势来。鲁迅先生的文章也是对了他的大镜子写的，没有一句骂人的话不能应用在他自己的身上。要是你不信，我可以同你打一个赌。"

这一段意思很了然，犹言我写马则自己就是马，写狗自己就是狗，说别人的缺点就是自己的缺点，写法兰斯自己就是法兰斯，说"臭毛厕"自己就是臭毛厕，说别人和杨荫榆女士同乡，就是自己和她同乡。赵子昂也实在可笑,要画马,看看真马就够了,何必定作畜生的姿势;他终于还是人,并不沦入马类,总算是侥幸的。不过赵子昂也是"某籍",所以这也许还是一种"流言",或自造,或那时的"正人君子"所造都说不定。这只能看作一种无稽之谈。倘若陈源教授似的信以为真,自己也照样做,则写法兰斯的时候坐下做一个法姿势,讲"孤桐先生"的时候立起作一个孤姿势,倒还堂哉皇哉;可是讲"粪车"也就得伏地变成粪车,说"毛厕"即须翻身充当便所,未免连臭架子也有些失掉罢,虽然肚子里本来满是这样的货色。

"不是有一次一个报馆访员称我们为'文士'吗?鲁迅先生为了那名字几乎笑掉了牙。可是后来某报天天鼓吹他是'思想界的权威者'他倒又不笑了。

"他没有一篇文章里不放几枝冷箭,但是他自己常常的说人'放冷箭',并且说'放冷箭'是卑劣的行为。

"他常常'散布流言'和'捏造事实',如上面举出来的几个例,但是他自己又常的骂人'散布流言''捏造事实',并且承认那样是'下流'。

"他常常的无故骂人,要是那人生气,他就说人家没有'幽默'。可是要是有人侵犯了他一言半语,他就跳到半天空,骂得你体无完肤——还不肯罢休。"

这是根据了三条例和一个赵子昂故事的结论。其实是称别个为"文士"我也笑,称我为"思想界的权威者"我也笑,但牙却并非"笑掉",据说是"打掉"的,这较可以使他们快意些。至于"思想界的权威者"等等,我连夜梦里也没有想做过,无奈我和"鼓吹"的人不相识,无从劝止他,不像唱双簧的朋友,可以彼此心照;况且自然会有"文士"来骂倒,更无须自己费力。我也不想借这些头衔去发财发福,有了它于实利上是并无什么好处的。我也曾反对过将自己的小说采入教科书,怕的是教错了青年,记得曾在报上发表;不过这本不是对上流人说的,他们当然不知道。冷箭呢,先是不肯的,后来也放过几枝，但总是对于先"放冷箭"用"流言"的如陈源教授之辈，"请君入瓮"，也给他尝尝这滋味。不过虽然对于他们，也还是明说的时候多，例如《语丝》上的《音乐》就说明是指徐志摩先生，《我的籍和系》和《并非闲话》也分明对西滢即陈源教授而发；此后也还要射，并无悔祸之心。至于署名，则去年以来只用一个，就是陈教授之所谓"鲁迅，即教育部佥事周树人"就是。但在下半年，应将"教育部佥事"五字删去，因为被"孤桐先生"所革；今年却又变了"暂署佥事"了，还未去做，然而豫备去做的，目的是在弄几文俸钱，因为我祖宗没有遗产，老婆没有奁田，文章又不值钱，只好以此暂且糊口。还有一个小目的，是在对于以我去年的免官为"痛快"者，给他一个不舒服，使他恨得扒耳搔腮，忍不住露出本相。至于"流言"，则先已说过，正是陈源教授首先发明的专卖品，独有他听到过许多；在我呢，心术是看不见的东西，且勿说，我的躲在家里的生活即不利于作"捏……言"的枢纽。剩下的只有"幽默"问题了，我又没有说过这些话，也没有主张过"幽默"，也许将这两字连写，今天还算第一回。我对人是"骂人"，人对我是"侵犯了一言半语"，这真使我记起我的同乡"刑名师爷"来，而且还是弄着不正经的"出重出轻"的玩意儿的时候。这样看来，一面镜子确是该有的，无论生在那一县。还有罪状哩——

"他常常挖苦别人家抄袭。有一个学生钞了沫若的几句诗，他老先生骂得刻骨镂心的痛快，可是他自己的《中国小说史略》，却就是根据日本人盐谷温的《支那文学概论讲话》里面的'小说'一部分。其实拿人家的著述做你自己的蓝本，本可以原谅，只要你在书中有那样的声明，可是鲁迅先生就没有那样的声明。在我们看来，你自己做了不正当的事也就罢了，何苦再去挖苦一个可怜的学生，可是他还尽量的把人家刻薄。'窃钩者诛，窃国者侯'，本是自古已有的道理。"

这"流言"早听到过了；后来见于《闲话》，说是"整大本的摽窃"，但不直指我，而同时有些人的口头上，却相传是指我的《中国小说史略》。我相信陈源教授是一定会干这样勾当的。但他既不指名，我也就只回敬他一通骂街，这可实在不止"侵犯了他一言半语"。这回说出来了；我的"以小人之心"也没有猜错了"君子之腹"。但那罪名却改为"做你自己的蓝本"了，比先前轻得多，仿佛比自谦为"一言半语"的"冷箭"钝了一点似的。盐谷氏的书，确是我的参考书之一，我的《小说史略》二十八篇的第二篇，是根据它的，还有论《红楼梦》的几点和一张《贾氏系图》，也是根据它的，但不过是大意，次序和意见就很不同。其他二十六篇，我都有我独立的准备，证据是和他的所说还时常相反。例如现有的汉人小说，他以为真，我以为假；唐人小说的分类他据森槐南，我却用我法。六朝小说他据《汉魏丛书》，我据别本及自己的辑本，这工夫曾经费去两年多，稿本有十册在这里；唐人小说他据谬误最多的《唐人说荟》，我是用《太平广记》的，此外还一本一本搜起来……。其余分量，取舍，考证的不同，尤难枚举。自然，大致是不能不同的，例如他说汉后有唐，唐后有宋，我也这样说，因为都以中国史实为"蓝本"。我无法"捏造得新奇"，虽然塞文狄斯的事实和"四书"合成的时代也不妨创造。但我的意见，却以为似乎不可，因为历史和诗歌小说是两样的。诗歌小说虽有人说同是天才即不妨所见略同，所作相像，但我以为究竟也以独创为贵；历史则是纪事，固然不当偷成书，但也不必全两样。说诗歌小说相类不妨，历史有几点近似便是"摽窃"，那是"正人君子"的特别意见，只在以"一言半语""侵犯""鲁迅先生"时才适用的。好在盐谷氏的书听说（!）已有人译成（?）中文，两书的异点如何，怎样"整大本的摽窃"，还是做"蓝本"，不久（?）就可以明白了。在这以前，我以为恐怕连陈源教授自己也不知道这些底细，因为不过是听来的"耳食之言"。不知道对不对？（盐谷教授的《支那文学概论讲话》的译本，今年夏天看见了，将五百余页的原书，译成了薄薄的一本，那小说一部分，和我的也无从对比了。广告上却道"选译"。措辞实在聪明得很。十月十四日补记。）

但我还要对于"一个学生钞了沫若的几句诗"这事说几句话；"骂得刻骨镂心的痛快"的，似乎并不是我。因为我于诗向不留心，所以也没有看过"沫若的诗"，因此即更不知道别人的是否钞袭。陈源教授的那些话，说得坏一点，就是"捏造事实"，故意挑拨别人对我的恶感，真可以说发挥着他的真本领。说得客气一点呢，他自说写这信时是在"发热"，那一定是热度太高，发了昏，忘记装腔了，不幸显出本相；并且因为自己爬着，所以觉得我"跳到半天空"，自己抓破了皮肤或者一向就破着，却以为被我"骂"破了。——但是，我在有意或无意中碰破了一角纸糊绅士服，那也许倒是有的；此后也保不定。彼此迎面而来，总不免要挤擦，碰磕，也并非"还不肯罢休"。

　　绅士的跳踉丑态，实在特别好看，因为历来隐藏蕴蓄着，所以一来就比下等人更浓厚。因这一回的放泄，我才悟到陈源教授大概是以为揭发叔华女士的剽窃小说图画的文章，也是我做的，所以早就将"大盗"两字挂在"冷箭"上，射向"思想界的权威者"。殊不知这也不是我做的，我并不看这些小说。"琵亚词侣"的画，我是爱看的，但是没有书，直到那"剽窃"问题发生后，才刺激我去买了一本 Art of A. Beardsley 来，化钱一元七。可怜教授的心目中所看见的并不是我的影，叫跳竟都白费了。遇见的"粪车"，也是境由心造的，正是自己脑子里的货色，要吐的唾沫，还是静静的咽下去罢。

　　太费纸张了，虽然我不至于娇贵到会发热，但也得赶紧的收梢。然而还得粘上一段大罪状——

　　　　"据他自己的自传，他从民国元年便做了教育部的官，从没脱离过。所以袁世凯称帝，他在教育部，曹锟贿选，他在教育部，'代表无耻的彭允彝'做总长，他也在教育部，甚而至于'代表无耻的章士钊'免了他的职后，他还大嚷'佥事这一个官儿倒也并不算怎样的"区区"'，怎样有人在那里钻谋补他的缺，怎样以为无足轻重的人是'慷他人之慨'，如是如是，这样这样……这像'青年叛徒的领袖'吗？

"其实一个人做官也不大要紧,做了官再装出这样的面孔来可叫人有些恶心吧了。

　　"现在又有人送他'土匪'的名号了。好一个'土匪'。"

　　苦心孤诣给我加了上去的"土匪"的恶名,这一回忽又否认了,可见唾沫还是静静的咽下去好,免得后来自己舐回去。但是,"文士"别有慧心,那里会给我便宜呢,自然即代以自"袁世凯称帝"以来的罪恶,仿佛"称帝""贿选"那类事,我既在教育部,即等于全由我一手包办似的。这是真的,从那时以来,我确没有带兵独立过,但我也没有冷笑云南起义,也没有希望国民军失败;对于教育部,其实是脱离过两回,一是张勋复辟时,一就是章士钊长部时,前一回以教授的一点才力自然不知道,后一回却忘却得有些离奇。我向来就"装出这样的面孔",不但毫不顾忌陈源教授可"有些恶心",对于"孤桐先生"也一样。要在我的面孔上寻出些有趣来,本来是没头脑的妄想,还是去看别的面孔罢。

　　这类误解似乎不止陈源教授,有些人也往往如此,以为教员清高,官僚是卑下的。真所谓"得意忘形","官僚官僚"的骂着。可悲的就在此,现在的骂官僚的人里面,到外国去炸大过一回而且做教员的就很多:所谓"钻谋补他的缺"的也就是这一流,那时我说"金事这一个官儿倒也并不算怎样的'区区'",就为此人的乘机想做官而发,刺他一针,聊且快意,不提防竟又被陈教授"刻骨镂心"的记住了,也许又疑心我向他在"放冷箭"了罢。

　　我并非因为自己是官僚,定要上侪于清高的教授之列,官僚的高下也因人而异,如所谓"孤桐先生",做官时办《甲寅》,佩服的人就很多,下台之后,听说更有生气了。而我"下台"时所做的文章,岂不是不但并不更有生气,还招了陈源教授的一顿"教训",而且罪孽深重,延祸"面孔"了么?这是以文才和面孔言;至于从别一方面看,则官僚与教授就有"一丘之貉"之叹,这就是说:钱的来源。国家行政机关的事务官所得的所谓俸钱,国立学校的教授所得的所谓薪水,

43

还不是同一来源，出于国库的么？在曹锟政府下做国立学校的教员，和做官的没有大区别。难道教员的是捐给了学校，所以特别清高了？袁世凯称帝时代，陈源教授或者还在外国的研究室里，是到了曹锟贿选前后才做教授的，比我到北京迟得多，福气也比我好得多。曹锟贿选，他做教授，"代表无耻的彭允彝做总长"，他做教授，"甚而至于'代表无耻的章士钊'做总长"，他自然做教授，我可是被革掉了，甚而至于待到那"甚而至于'代表无耻的章士钊'"不做总长了，他自然还做教授，归国以来，一帆风顺，一个小钉子也没有碰。这当然是因为有适宜的面孔，不"叫人有些恶心"之故喽。看他脸上既无我一样的可厌的"八字胡子"，也可以说没有"官僚的神情"，所以对于他的面孔，却连我也并没有什么大"恶心"，而且仿佛还觉得有趣。这一类的面孔，只要再白胖一点，也许在中国就不可多得了。

不免招我说几句费话的不过是他对镜装成的姿势和"爆发"出来的蕴蓄，但又即刻掩了起来，关上大门，据说"大约不再打这样的笔墨官司"了。前面的香车既经杳然，我且不做叫门的事，因为这些时候所遇到的大概不过几个家丁；而且已是往"国立北京女子师范大学复校纪念会"的时候了，就这样的算收束。

二月一日。

原载 1926 年 2 月 8 日《语丝》周刊第 65 期。

初收 1927 年 5 月上海、北京北新书局版《华盖集续编》。

二日

　　日记　晴。上午季市来。衣萍来。寄小峰稿。

三日

　　日记　晴。午后往北大，在售书处买《中国文学史略》一本，《字

义类例》一本，共泉一元。访季野。访小峰，不值。往东亚公司买
『戲曲の本質』一本，『仏蘭西文学の話』一本，『日本漫画史』一本，共
泉六元八角。访寿山。晚紫佩来。得广平兄信。

我还不能"带住"

一月三十日《晨报副刊》上满载着一些东西，现在有人称它为
"攻周专号"，真是些有趣的玩意儿，倒可以看见绅士的本色。不知
怎的，今天的《晨副》忽然将这事结束，照例用通信，李四光教授开场
白，徐志摩"诗哲"接后段，一唱一和，说道"带住！让我们对着混斗
的双方猛喝一声，带住！"了。还"声明一句，本刊此后不登载对人攻
击的文字"云。

他们的什么"闲话……闲话"问题，本与我没有什么鸟相干，"带
住"也好，放开也好，拉拢也好，自然大可以随便玩把戏。但是，前几
天不是因为"令兄"关系，连我的"面孔"都攻击过了么？我本没有去
"混斗"，倒是株连了我。现在我还没有怎样开口呢，怎么忽然又要
"带住"了？从绅士们看来，这自然不过是"侵犯"了我"一言半语"，
正无须"跳到半天空"，然而我其实也并没有"跳到半天空"，只是还
不能这样地谨听指挥，你要"带住"了，我也就"带住"。

对不起，那些文字我无心细看，"诗哲"所说的要点，似乎是这样
闹下去，要失了大学教授的体统，丢了"负有指导青年重责的前辈"
的丑，使学生不相信，青年不耐烦了。可怜可怜，有臭赶紧遮起来。
"负有指导青年重责的前辈"，有这么多的丑可丢，有那么多的丑怕
丢么？用绅士服将"丑"层层包裹，装着好面孔，就是教授，就是青年
的导师么？中国的青年不要高帽皮袍，装腔作势的导师；要并无伪
饰，——倘没有，也得少有伪饰的导师。倘有戴着假面，以导师自居

的,就得叫他除下来,否则,便将它撕下来,互相撕下来。撕得鲜血淋漓,臭架子打得粉碎,然后可以谈后话。这时候,即使只值半文钱,却是真价值;即使丑得要使人"恶心",却是真面目。略一揭开,便又赶忙装进缎子盒里去,虽然可以使人疑是钻石,也可以猜作粪土,纵使外面满贴着好招牌,法兰斯呀,萧伯讷呀,……毫不中用的!

李四光教授先劝我"十年读书十年养气"。还一句绅士话罢:盛意可感。书是读过的,不止十年,气也养过的,不到十年,可是读也读不好,养也养不好。我是李教授所早认为应当"投畀豺虎"者之一,此时本已不必温言劝谕,说什么"弄到人家无故受累",难道真以为自己是"公理"的化身,判我以这样巨罚之后,还要我叩谢天恩么?还有,李教授以为我"东方文学家的风味,似乎格外的充足,……所以总要写到露骨到底,才尽他的兴会。"我自己的意见却绝不同。我正因为生在东方,而且生在中国,所以"中庸""稳妥"的余毒,还沦肌浃髓,比起法国的勃罗亚——他简直称大报的记者为"蛆虫"——来,真是"小巫见大巫",使我自惭究竟不及白人之毒辣勇猛。即以李教授的事为例罢:一,因为我知道李教授是科学家,不很"打笔墨官司"的,所以只要可以不提,便不提;只因为要回敬贵会友一杯酒,这才说出"兼差"的事来。二,关于兼差和薪水一节,已在《语丝》(六五)上答复了,但也还没有"写到露骨到底"。

我自己也知道,在中国,我的笔要算较为尖刻的,说话有时也不留情面。但我又知道人们怎样地用了公理正义的美名,正人君子的徽号,温良敦厚的假脸,流言公论的武器,吞吐曲折的文字,行私利己,使无刀无笔的弱者不得喘息。倘使我没有这笔,也就是被欺侮到赴诉无门的一个;我觉悟了,所以要常用,尤其是用于使麒麟皮下露出马脚。万一那些虚伪者居然觉得一点痛苦,有些省悟,知道技俩也有穷时,少装些假面目,则用了陈源教授的话来说,就是一个"教训"。只要谁露出真价值来,即使只值半文,我决不敢轻薄半句。但是,想用了串戏的方法来哄骗,那是不行的;我知道的,不和你们来敷衍。

"诗哲"为援助陈源教授起见,似乎引过罗曼罗兰的话,大意是各人的身上都有鬼,但人却只知道打别人身上的鬼。没有细看,说不清了,要是差不多,那就是一并承认了陈源教授的身上也有鬼,李四光教授自然也难逃。他们先前是自以为没有鬼的。假使真知道了自己身上也有鬼,"带住"的事可就容易办了。只要不再串戏,不再摆臭架子,忘却了你们的教授的头衔,且不做指导青年的前辈,将你们的"公理"的旗插到"粪车"上去,将你们的绅士衣装抛到"臭毛厕"里去,除下假面具,赤条条地站出来说几句真话就够了!

二月三日。

　　　　　原载 1926 年 2 月 7 日《京报副刊》。

　　　　　初收 1927 年 5 月上海、北京北新书局版《华盖集续编》。

四日

　　日记　晴。上午寄伏园稿。得李遇安信并稿。下午陆晶清等来。季市来。东亚公司送来『アルス美術叢書』四本,共泉六元八角。

五日

　　日记　晴。上午访季市。午前往中央公园来今雨轩俟季市,寿山,幼渔同饭。下午品青,小峰来交泉百。寄霁野信。得凤举信。得洙邻信。

送灶日漫笔

　　坐听着远远近近的爆竹声,知道灶君先生们都在陆续上天,向玉皇大帝讲他的东家的坏话去了,但是他大概终于没有讲,否则,中国人一定比现在要更倒楣。

灶君升天的那日,街上还卖着一种糖,有柑子那么大小,在我们那里也有这东西,然而扁的,像一个厚厚的小烙饼。那就是所谓"胶牙饧"了。本意是在请灶君吃了,粘住他的牙,使他不能调嘴学舌,对玉帝说坏话。我们中国人意中的神鬼,似乎比活人要老实些,所以对鬼神要用这样的强硬手段,而于活人却只好请吃饭。

今之君子往往讳言吃饭,尤其是请吃饭。那自然是无足怪的,的确不大好听。只是北京的饭店那么多,饭局那么多,莫非都在食蛤蜊,谈风月,"酒酣耳热而歌呜呜"么?不尽然的,的确也有许多"公论"从这些地方播种,只因为公论和请帖之间看不出蛛丝马迹,所以议论便堂哉皇哉了。但我的意见,却以为还是酒后的公论有情。人非木石,岂能一味谈理,碍于情面而偏过去了,在这里正有着人气息。况且中国是一向重情面的。何谓情面?明朝就有人解释过,曰:"情面者,面情之谓也。"自然不知道他说什么,但也就可以懂得他说什么。在现今的世上,要有不偏不倚的公论,本来是一种梦想;即使是饭后的公评,酒后的宏议,也何尝不可姑妄听之呢。然而,倘以为那是真正老牌的公论,却一定上当,——但这也不能独归罪于公论家,社会上风行请吃饭而讳言请吃饭,使人们不得不虚假,那自然也应该分任其咎的。

记得好几年前,是"兵谏"之后,有枪阶级专喜欢在天津会议的时候,有一个青年愤愤地告诉我道:他们那里是会议呢,在酒席上,在赌桌上,带着说几句就决定了。他就是受了"公论不发源于酒饭说"之骗的一个,所以永远是愤然,殊不知他那理想中的情形,怕要到二九二五年才会出现呢,或者竟许到三九二五年。

然而不以酒饭为重的老实人,却是的确也有的,要不然,中国自然还要坏。有些会议,从午后二时起,讨论问题,研究章程,此问彼难,风起云涌,一直到七八点,大家就无端觉得有些焦躁不安,脾气愈大了，议论愈纠纷了，章程愈渺茫了，虽说我们到讨论完毕后才散罢，但终于一哄而散，无结果。这就是轻视了吃饭的报应，六七点钟时分的焦躁不安，就是肚子对于本身和别人的警告，而大家误信了吃饭与讲公理无关的妖言，毫不瞅睬，所以肚子就使你演说也没精采，宣言也——连草稿都没有。

但我并不说凡有一点事情，总得到什么太平湖饭店，撷英番菜馆之类里去开大宴；我于那些店里都没有股本，犯不上替他们来拉主顾，人们也不见得都有这么多的钱。我不过说，发议论和请吃饭，现在还是有关系的；请吃饭之于发议论，现在也还是有益处的；虽然，这也是人情之常，无足深怪的。

顺便还要给热心而老实的青年们进一个忠告，就是没酒没饭的开会，时候不要开得太长，倘若时候已晚了，那么，买几个烧饼来吃了再说。这么一办，总可以比空着肚子的讨论容易有结果，容易得收场。

胶牙饧的强硬办法，用在灶君身上我不管它怎样，用之于活人是不大好的。倘是活人，莫妙于给他醉饱一次，使他自己不开口，却不是胶住他。中国人对人的手段颇高明，对鬼神却总有些特别，二十三夜的捉弄灶君即其一例，但说起来也奇怪，灶君竟至于到了现在，还仿佛没有省悟似的。

道士们的对付"三尸神"，可是更利害了。我也没有做过道士，详细是不知道的，但据"耳食之言"，则道士们以为人身中有三尸神，到有一日，便乘人熟睡时，偷偷地上天去奏本身的过恶。这实在是人体本身中的奸细，《封神传演义》常说的"三尸神暴躁，七窍生烟"的三尸神，也就是这东西。但据说要抵制他却不难，因为他上天的日子是有一定的，只要这一日不睡觉，他便无隙可乘，只好将过恶都放在肚子里，再看明年的机会了。连胶牙饧都没得吃，他实在比灶君还不幸，值得同情。

三尸神不上天，罪状都放在肚子里；灶君虽上天，满嘴是糖，在玉皇大帝面前含含胡胡地说了一通，又下来了。对于下界的情形，玉皇大帝一点也听不懂，一点也不知道，于是我们今年当然还是一切照旧，天下太平。

我们中国人对于鬼神也有这样的手段。

我们中国人虽然敬信鬼神；却以为鬼神总比人们傻，所以就用了特别的方法来处治他。至于对人，那自然是不同的了，但还是用了特别的方法来处治，只是不肯说；你一说，据说你就是卑视了他了。诚然，自以为看穿了的话，有时也的确反不免于浅薄。

二月五日。

原载 1926 年 2 月 11 日《国民新报副刊》。

初收 1927 年 5 月上海、北京北新书局版《华盖集续编》。

六日

日记　晴。上午得邓飞黄信。下午寄霁野信。复雷助翔信。复姜华信。寄李小峰稿。复风举信。寄还甄永安稿。

七日

日记　晴。星期。上午得钦文信，廿七日绍兴发。钟青航寄来照片一张。李静川来。下午寄霁野信。寄三弟信。得姜华信。晚季市来。得风举信并稿费四元。夜静农，霁野来。培良来。

八日

日记　晴。上午以《中国小说史略》一本寄藤冢君。寄钦文信并《国民新报副刊》一本。下午寄张风举信。寄徐旭生信。晚得培良信并还衣服。甄永安来，不见，交到张秀中信并《晓风》一本。

九日

　　日记　昙。午后往北大交试卷四本。赠平民夜校书籍三本。访李小峰,见赠《吴稚晖学术论著》一本,买《儒林外史》一部,九角。下午季市来。夜得李霁野,台静农信并稿。风。

十日

　　日记　晴,风。上午得徐旭生信。下午寄静农,霁野信。寄丛芜信。夜寄野,静农,丛芜来。

十一日

　　日记　晴。上午得柯仲平信。夜微雪。

十二日

　　日记　晴。晚长虹及郑效洵来。夜收教育部奉泉二百三十一元,十三年一月分。

十三日

　　日记　旧历丙寅元旦。晴。上午得尚钟吾信并稿。下午长虹,效洵来。

十四日

　　日记　星期。晴,大风。下午季市来,还以泉百。培良来。晚寄重光葵信。寄邓飞黄信。夜甄永安来。

十五日

　　日记　晴。上午董秋芳来,赠饼饵两合,赠以《出了象牙之塔》,《雨天的书》各一册,《莽原》三期。得钦文信,七日发。下午寄凤举信。紫佩及舒来。郑介石来。得陶璇卿信并图案画一枚，四日绍兴发。夜甄永安来，未见。

《华盖集》后记

本书中至少有两处，还得稍加说明——

一，徐旭生先生第一次回信中所引的话，是出于ＺＭ君登在《京报副刊》（十四年三月八日）上的一篇文章的。其时我正因为回答"青年必读书"，说"不能作文算什么大不了的事"，很受着几位青年的攻击。ＺＭ君便发表了我在讲堂上口说的话，大约意在申明我的意思，给我解围。现在就钞一点在下面——

"读了许多名人学者给我们开的必读书目，引起不少的感想；但最打动我的是鲁迅先生的两句附注，……因这几句话，又想起他所讲的一段笑话来。他似乎这样说：

"'讲话和写文章，似乎都是失败者的征象。正在和运命恶战的人，顾不到这些；真有实力的胜利者也多不做声。譬如鹰攫兔子，叫喊的是兔子不是鹰；猫捕老鼠，啼呼的是老鼠不是猫……。又好像楚霸王……追奔逐北的时候，他并不说什么；等到摆出诗人面孔，饮酒唱歌，那已经是兵败势穷，死日临头了。最近像吴佩孚名士的"登彼西山，赋彼其诗"，齐燮元先生的"放下枪枝，拿起笔干"，更是明显的例了。'"

二，近几年来，常听到人们说学生嚣张，不单是老先生，连刚出学校而做了小官或教员的也往往这么说。但我却并不觉得这样。记得革命以前，社会上自然还不如现在似的憎恶学生，学生也没有目下一般驯顺，单是态度，就显得桀傲，在人丛中一望可知。现在却差远了，大抵长袍大袖，温文尔雅，正如一个古之读书人。我也就在一个大学的讲堂上提起过,临末还说:其实,现在的学生是驯良的,或者竟可以说是太驯良了……。武者君登在《京报副刊》(约十四年五月初)上的一篇《温良》中,所引的就是我那时所说的这几句话。我因此又写了《忽然想到》第七篇,其中所举的例,一是前几年被称为"卖国贼"者的子弟曾大受同学唾骂,二是当时女子师范大学的学生正被同性的校长使男职员威胁。我的对于女师大风潮说话,这是第一回,过了十天,就"碰壁";又过了十天,陈源教授就在《现代评论》上发表"流言",过了半年,据《晨报副刊》(十五年一月三十日)所发表的陈源教授给徐志摩"诗哲"的信,则"捏造事实传布流言"的倒是我了。真是世事白云苍狗,不禁感慨系之矣!

又,我在《"公理"的把戏》中说杨荫榆女士"在太平湖饭店请客之后,任意将学生自治会员六人除名",那地点是错误的,后来知道那时的请客是西长安街的西安饭店。等到五月二十一日即我们"碰壁"的那天,这才换了地方,"由校特请全体主任专任教员评议会会员在太平湖饭店开校务紧急会议,解决种种重要问题。"请客的饭馆是那一个,和紧要关键原没有什么大相干,但从"所有的批评都本于学理和事实"的所谓"文士"学者之流看来,也许又是"捏造事实",而且因此就证明了凡我所说,无一句真话,甚或至于连杨荫榆女士也本无其人,都是我凭空结撰的了。这于我是很不好的,所以赶紧订正于此,庶几"收之桑榆"云。

一九二六年二月十五日校毕记。仍在绿林书屋之东壁下。

未另发表。

初收 1926 年 6 月北京北新书局版《华盖集》。

十六日

日记 晴。无事

十七日

日记 雨雪。下午得丛芜信并稿。夜得风举信。大风。

谈 皇 帝

中国人的对付鬼神,凶恶的是奉承,如瘟神和火神之类,老实一点的就要欺侮,例如对于土地或灶君。待遇皇帝也有类似的意思。君民本是同一民族,乱世时"成则为王败则为贼",平常是一个照例做皇帝,许多个照例做平民;两者之间,思想本没有什么大差别。所以皇帝和大臣有"愚民政策",百姓们也自有其"愚君政策"。

往昔的我家,曾有一个老仆妇,告诉过我她所知道,而且相信的对付皇帝的方法。她说——

"皇帝是很可怕的。他坐在龙位上,一不高兴,就要杀人;不容易对付的。所以吃的东西也不能随便给他吃,倘是不容易办到的,他吃了又要,一时办不到;——譬如他冬天想到瓜,秋天要吃桃子,办不到,他就生气,杀人了。现在是一年到头给他吃波菜,一要就有,毫不为难。但是倘说是波菜,他又要生气的,因为这是便宜货,所以大家对他就不称为波菜,另外起一个名字,叫作'红嘴绿鹦哥'。"

在我的故乡,是通年有波菜的,根很红,正如鹦哥的嘴一样。

这样的连愚妇人看来,也是呆不可言的皇帝,似乎大可以不要了。然而并不,她以为要有的,而且应该听凭他作威作福。至于用处,仿佛在靠他来镇压比自己更强梁的别人,所以随便杀人,正是非备不可的要件。然而倘使自己遇到,且须侍奉呢?可又觉得有些危险了,因此只好又将他练成傻子,终年耐心地专吃着"红嘴绿鹦哥"。

其实利用了他的名位,"挟天子以令诸侯"的,和我那老仆妇的意思和方法都相同,不过一则又要他弱,一则又要他愚。儒家的靠了"圣君"来行道也就是这玩意,因为要"靠",所以要他威重,位高;因为要便于操纵,所以又要他颇老实,听话。

皇帝一自觉自己的无上威权,这就难办了。既然"普天之下,莫非皇土",他就胡闹起来,还说是"自我得之,自我失之,我又何恨"哩!于是圣人之徒也只好请他吃"红嘴绿鹦哥"了,这就是所谓"天"。据说天子的行事,是都应该体帖天意,不能胡闹的;而这"天意"也者,又偏只有儒者们知道着。

这样,就决定了:要做皇帝就非请教他们不可。

然而不安分的皇帝又胡闹起来了。你对他说"天"么,他却道,"我生不有命在天?!"岂但不仰体上天之意而已,还逆天,背天,"射天",简直将国家闹完,使靠天吃饭的圣贤君子们,哭不得,也笑不得。

于是乎他们只好去著书立说,将他骂一通,豫计百年之后,即身殁之后,大行时,自以为这就了不得。

但那些书上,至多就止记着"愚民政策"和"愚君政策"全都不成功。

二月十七日。

原载 1926 年 3 月 9 日《国民新报副刊》。

初收 1927 年 5 月上海、北京北新书局版《华盖集续编》。

十八日

日记 晴。无事。

十九日

日记 晴。上午寄霁野信。寄丛芜信。下午矛尘来假去《游仙窟》二本。夜得丛芜信并稿。至夜半成文一篇五千字。

狗·猫·鼠

从去年起,仿佛听得有人说我是仇猫的。那根据自然是在我的那一篇《兔和猫》;这是自画招供,当然无话可说,——但倒也毫不介意。一到今年,我可很有点担心了。我是常不免于弄弄笔墨的,写了下来,印了出去,对于有些人似乎总是搔着痒处的时候少,碰着痛处的时候多。万一不谨,甚而至于得罪了名人或名教授,或者更甚而至于得罪了"负有指导青年责任的前辈"之流,可就危险已极。为什么呢?因为这些大脚色是"不好惹"的。怎地"不好惹"呢?就是怕要浑身发热之后,做一封信登在报纸上,广告道:"看哪!狗不是仇猫的么?鲁迅先生却自己承认是仇猫的,而他还说要打'落水狗'!"这"逻辑"的奥义,即在用我的话,来证明我倒是狗,于是而凡有言说,全都根本推翻,即使我说二二得四,三三见九,也没有一字不错。这些既然都错,则绅士口头的二二得七,三三见千等等,自然就不错了。

我于是就间或留心着查考它们成仇的"动机"。这也并非敢妄学现下的学者以动机来褒贬作品的那些时髦,不过想给自己预先洗刷洗刷。据我想,这在动物心理学家,是用不着费什么力气的,可惜我没有这学问。后来,在覃哈特博士(Dr. O. Dähnhardt)的《自然史底国民童话》里,总算发见了那原因了。据说,是这么一回事:动物们因为要商议要事,开了一个会议,鸟,鱼,兽都齐集了,单是缺了象。大会议定,派伙计去迎接它,拈到了当这差使的阄的就是狗。"我怎么找到那象呢?我没有见过它,也和它不认识。"它问。"那容易,"大众说,"它是驼背的。"狗去了,遇见一匹猫,立刻弓起脊梁来,它便招待,同行,将弓着脊梁的猫介绍给大家道:"象在这里!"但是大家都嗤笑它了。从此以后,狗和猫便成了仇家。

日耳曼人走出森林虽然还不很久,学术文艺却已经很可观,便是书籍的装潢，玩具的工致，也无不令人心爱。独有这一篇童话却实在不漂亮；结怨也结得没有意思。猫的弓起脊梁，并不是希图冒充，故意摆架子的，其咎却在狗的自己没眼力。然而原因也总可以算作一个原因。我的仇猫，是和这大大两样的。

其实人禽之辨，本不必这样严。在动物界，虽然并不如古人所幻想的那样舒适自由，可是噜苏做作的事总比人间少。它们适性任情，对就对，错就错，不说一句分辩话。虫蛆也许是不干净的，但它们并没有自鸣清高；鸷禽猛兽以较弱的动物为饵，不妨说是凶残的罢，但它们从来就没有竖过"公理""正义"的旗子，使牺牲者直到被吃的时候为止，还是一味佩服赞叹它们。人呢，能直立了，自然是一大进步；能说话了，自然又是一大进步；能写字作文了，自然又是一大进步。然而也就堕落，因为那时也开始了说空话。说空话尚无不可，甚至于连自己也不知道说着违心之论，则对于只能嗥叫的动物，实在免不得"颜厚有忸怩"。假使真有一位一视同仁的造物主，高高在上，那么，对于人类的这些小聪明，也许倒以为多事，正如我们在万生园里，看见猴子翻筋斗，母象请安，虽然往往破颜一笑，但同时也觉得不舒服，甚至于感到悲哀，以为这些多余的聪明，倒不如没有的好罢。然而，既经为人，便也只好"党同伐异"，学着人们的说话，随俗来谈一谈，——辩一辩了。

现在说起我仇猫的原因来，自己觉得是理由充足，而且光明正大的。一，它的性情就和别的猛兽不同，凡捕食雀鼠，总不肯一口咬死，定要尽情玩弄，放走，又捉住，捉住，又放走，直待自己玩厌了，这才吃下去，颇与人们的幸灾乐祸，慢慢地折磨弱者的坏脾气相同。二，它不是和狮虎同族的么？可是有这么一副媚态！但这也许是限于天分之故罢，假使它的身材比现在大十倍，那就真不知道它所取的是怎么一种态度。然而，这些口实，仿佛又是现在提起笔来的时候添出来的，虽然也像是当时涌上心来的理由。要说得可靠一点，或者倒不如说不过因为它们配合时候的嗥叫，手续竟有这么繁重，闹得别人心烦,尤其是夜间要看书,睡觉的时候。当这些时候,我便要用长竹竿去攻击它们。狗们在大道上配合时,常有闲汉拿了木棍痛打;我曾见大勃吕该尔(P. Bruegel d. Ä)的一张铜版画 *Allegorie der Wollust* 上,也画着这回事,可见这样的举动,是中外古今一致的。自从那执拗的奥国学者弗罗特(S. Freud)提倡了精神分析说——Psychoanalysis,听说章士钊先生是译作"心解"的,虽然简古,可是实在难解得很——以来,我们的名人名教授也颇有隐隐约约,检来应用的了,这些事便不免又要归宿到性欲上去。打狗的事我不管,至于我的打猫,却只因为它们嚷嚷,此外并无恶意,我自信我的嫉妒心还没有这么博大,当现下"动辄获咎"之秋,这是不可不预先声明的。例如人们当配合之前,也很有些手续,新的是写情书,少则一束,多则一捆;旧的是什么"问名""纳采",磕头作揖,去年海昌蒋氏在北京举行婚礼,拜来拜去,就十足拜了三天,还印有一本红面子的《婚礼节文》,《序论》里大发议论道:"平心论之,既名为礼,当必繁重。专图简易,何用礼为? ……然则世之有志于礼者,可以兴矣!不可退居于礼所不下之庶人矣!"然而我毫不生气,这是因为无须我到场;因此也可见我的仇猫,理由实在简简单单,只为了它们在我的耳朵边尽嚷的缘故。人们的各种礼式,局外人可以不见不闻,我就满不管,但如果当我正要看书或睡觉的时候,有人来勒令朗诵情书,奉陪作揖,那是为自卫起见,还要用长竹竿来抵御的。还有,平素不大交往的人,忽而寄给我一个红帖子,上面印着"为舍妹出阁","小儿完姻","敬请观礼"或"阖第光临"这些含有"阴险的暗示"的句子,使我不化钱便总觉得有些过意不去的,我也不十分高兴。

但是,这都是近时的话。再一回忆,我的仇猫却远在能够说出这些理由之前,也许是还在十岁上下的时候了。至今还分明记得,那原因是极其简单的:只因为它吃老鼠,——吃了我饲养着的可爱的小小的隐鼠。

听说西洋是不很喜欢黑猫的,不知道可确;但 Edgar Allan Poe

的小说里的黑猫，却实在有点骇人。日本的猫善于成精，传说中的"猫婆"，那食人的惨酷确是更可怕。中国古时候虽然曾有"猫鬼"，近来却很少听到猫的兴妖作怪，似乎古法已经失传，老实起来了。只是我在童年，总觉得它有点妖气，没有什么好感。那是一个我的幼时的夏夜，我躺在一株大桂树下的小板桌上乘凉，祖母摇着芭蕉扇坐在桌旁，给我猜谜，讲故事。忽然，桂树上沙沙地有趾爪的爬搔声，一对闪闪的眼睛在暗中随声而下，使我吃惊，也将祖母讲着的话打断，另讲猫的故事了——

"你知道么？猫是老虎的先生。"她说。"小孩子怎么会知道呢，猫是老虎的师父。老虎本来是什么也不会的，就投到猫的门下来。猫就教给它扑的方法，捉的方法，吃的方法，像自己的捉老鼠一样。这些教完了；老虎想，本领都学到了，谁也比不过它了，只有老师的猫还比自己强，要是杀掉猫，自己便是最强的脚色了。它打定主意，就上前去扑猫。猫是早知道它的来意的，一跳，便上了树，老虎却只能眼睁睁地在树下蹲着。它还没有将一切本领传授完，还没有教给它上树。"

这是侥幸的，我想，幸而老虎很性急，否则从桂树上就会爬下一匹老虎来。然而究竟很怕人，我要进屋子里睡觉去了。夜色更加黯然；桂叶瑟瑟地作响，微风也吹动了，想来草席定已微凉，躺着也不至于烦得翻来复去了。

几百年的老屋中的豆油灯的微光下，是老鼠跳梁的世界，飘忽地走着，吱吱地叫着，那态度往往比"名人名教授"还轩昂。猫是饲养着的，然而吃饭不管事。祖母她们虽然常恨鼠子们咬破了箱柜，偷吃了东西，我却以为这也算不得什么大罪，也和我不相干，况且这类坏事大概是大个子的老鼠做的，决不能诬陷到我所爱的小鼠身上去。这类小鼠大抵在地上走动，只有拇指那么大，也不很畏惧人，我们那里叫它"隐鼠"，与专住在屋上的伟大者是两种。我的床前就帖着两张花纸，一是"八戒招赘"，满纸长嘴大耳，我以为不甚雅观；别的一张"老鼠成亲"却可爱，自新郎新妇以至傧相，宾客，执事，没有一个不是尖腮细腿,像煞读书人的,但穿的都是红衫绿裤。我想,能举办这样大仪式的,一定只有我所喜欢的那些隐鼠。现在是粗俗了,在路上遇见人类的迎娶仪仗,也不过当作性交的广告看,不甚留心;但那时的想看"老鼠成亲"的仪式,却极其神往,即使像海昌蒋氏似的连拜三夜,怕也未必会看得心烦。正月十四的夜,是我不肯轻易便睡,等候它们的仪仗从床下出来的夜。然而仍然只看见几个光着身子的隐鼠在地面游行,不像正在办着喜事。直到我熬不住了,快快睡去,一睁眼却已经天明,到了灯节了。也许鼠族的婚仪,不但不分请帖,来收罗贺礼,虽是真的"观礼",也绝对不欢迎的罢,我想,这是它们向来的习惯,无法抗议的。

老鼠的大敌其实并不是猫。春后,你听到它"咋!咋咋咋咋!"地叫着,大家称为"老鼠数铜钱"的,便知道它的可怕的屠伯已经光降了。这声音是表现绝望的惊恐的,虽然遇见猫,还不至于这样叫。猫自然也可怕,但老鼠只要窜进一个小洞去,它也就奈何不得,逃命的机会还很多。独有那可怕的屠伯——蛇,身体是细长的,圆径和鼠子差不多,凡鼠子能到的地方,它也能到,追逐的时间也格外长,而且万难幸免,当"数钱"的时候,大概是已经没有第二步办法的了。

有一回,我就听得一间空屋里有着这种"数钱"的声音,推门进去,一条蛇伏在横梁上,看地上,躺着一匹隐鼠,口角流血,但两胁还是一起一落的。取来给躺在一个纸盒子里,大半天,竟醒过来了,渐渐地能够饮食,行走,到第二日,似乎就复了原,但是不逃走。放在地上,也时时跑到人面前来,而且缘腿而上,一直爬到膝髁。给放在饭桌上,便检吃些菜渣,舐舐碗沿;放在我的书桌上,则从容地游行,看见砚台便舐吃了研着的墨汁。这使我非常惊喜了。我听父亲说过的,中国有一种墨猴,只有拇指一般大,全身的毛是漆黑而且发亮的。它睡在笔筒里,一听到磨墨,便跳出来,等着,等到人写完字,套上笔,就舐尽了砚上的余墨,仍旧跳进笔筒里去了。我就极愿意有这样的一个墨猴,可是得不到;问那里有,那里买的呢,谁也不知道。

"慰情聊胜无"，这隐鼠总可以算是我的墨猴了罢，虽然它舐吃墨汁，并不一定肯等到我写完字。

现在已经记不分明，这样地大约有一两月；有一天，我忽然感到寂寞了，真所谓"若有所失"。我的隐鼠，是常在眼前游行的，或桌上，或地上。而这一日却大半天没有见，大家吃午饭了，也不见它走出来，平时，是一定出现的。我再等着，再等它一半天，然而仍然没有见。

长妈妈，一个一向带领着我的女工，也许是以为我等得太苦了罢，轻轻地来告诉我一句话。这即刻使我愤怒而且悲哀，决心和猫们为敌。她说：隐鼠是昨天晚上被猫吃去了！

当我失掉了所爱的，心中有着空虚时，我要充填以报仇的恶念！

我的报仇，就从家里饲养着的一匹花猫起手，逐渐推广，至于凡所遇见的诸猫。最先不过是追赶，袭击；后来却愈加巧妙了，能飞石击中它们的头，或诱入空屋里面，打得它垂头丧气。这作战继续得颇长久，此后似乎猫都不来近我了。但对于它们纵使怎样战胜，大约也算不得一个英雄；况且中国毕生和猫打仗的人也未必多，所以一切韬略，战绩，还是全都省略了罢。

但许多天之后，也许是已经经过了大半年，我竟偶然得到一个意外的消息：那隐鼠其实并非被猫所害，倒是它缘着长妈妈的腿要爬上去，被她一脚踏死了。

这确是先前所没有料想到的。现在我已经记不清当时是怎样一个感想，但和猫的感情却终于没有融和；到了北京，还因为它伤害了兔的儿女们，便旧隙夹新嫌，使出更辣的辣手。"仇猫"的话柄，也从此传扬开来。然而在现在，这些早已是过去的事了，我已经改变态度，对猫颇为客气，倘其万不得已，则赶走而已，决不打伤它们，更何况杀害。这是我近几年的进步。经验既多，一旦大悟，知道猫的偷鱼肉，拖小鸡，深夜大叫，人们自然十之九是憎恶的，而这憎恶是在猫身上。假如我出而为人们驱除这憎恶，打伤或杀害了它，它便立刻变为可怜，那憎恶倒移在我身上了。所以，目下的办法，是凡遇猫们捣乱，至于有人讨厌时，我便站出去，在门口大声叱曰："嘘！滚！"小小平静，即回书房，这样，就长保着御侮保家的资格。其实这方法，中国的官兵就常在实做的，他们总不肯扫清土匪或扑灭敌人，因为这么一来，就要不被重视，甚至于因失其用处而被裁汰。我想，如果能将这方法推广应用，我大概也总可望成为所谓"指导青年"的"前辈"的罢，但现下也还未决心实践，正在研究而且推敲。

一九二六年二月二十一日。

原载 1926 年 3 月 10 日《莽原》半月刊第 1 卷第 5 期，副题作《旧事重提之一》。

初收 1928 年 9 月未名社版"未名新集"之一《朝花夕拾》。

二十日

日记 晴。午后寄凤举信。寄语堂信。游厂甸，买小本《陶集》，石印《史通通释》各一，共二元二角。夜霁野，静农，丛芜来。得李小峰信附敬隐渔自里昂来函。

二十一日

日记 星期。昙，大风。上午得邓飞黄信并稿。

二十二日

日记 晴。上午得长虹信并稿。午后大风。得语堂信。夜长虹来，假去泉十。

二十三日

日记 晴。午后寄林语堂信。访李季野。往东亚公司买书九种，共泉二十四元八角。访齐寿山，不值。访张凤举。得章矛尘信并《唐人说荟》两函,代领北大薪水廿。得许季上信。夜柯仲平来。

致 章廷谦

矛尘兄:

廿元,四角,《唐人说荟》两函,俱收到。谢谢!

记得日前面谈,我说《游仙窟》细注,盖日本人所为,无足道。昨见杨守敬《日本访书志》,则以为亦唐人作,因其中所引用书,有非唐后所有者。但唐时日本人所作,亦未可知。然则倘要保存古董之全部,则不删亦无不可者也耳。奉闻备考。

迅 二月廿三日

二十四日

日记 晴。上午寄霁野信。寄矛尘信。下午季市来。夜得洙邻信。培良来。

二十五日

日记 晴。下午访齐寿山。晚访李霁野,取《莽原》。

致 许寿裳

季市兄:

昨得洙邻兄函,言:"案已于昨日开会通过完全胜利大约办稿呈报得批登公报约尚须两星期也"云云。特以奉闻并希以电话告知幼渔兄为托。

树人 二月二十五日

二十六日

日记 晴。上午寄季市信。寄邓飞黄信。得许季上明信片。下午得钦文信并稿,十七日发。品青,小峰来。夜丛芜,霁野来。

二十七日

日记 晴。上午寄陶元庆信。寄朋其信并稿。复许季上信。濯足。下午得林语堂信并稿。寄韦丛芜信。寄许钦文信并《莽原》四本。寄敬隐渔信并《莽原》四本。夜重订旧书。

致 陶元庆

璇卿兄:

已收到寄来信的[和]画,感谢之至。

但这一幅我想留作另外的书面之用,因为《莽原》书小价廉,用两色板的面子是力所不及的。我想这一幅,用于讲中国事情的书上最合宜。

我很希望 兄有空,再画几幅,虽然太有些得陇望蜀。

鲁迅 二月二十七日

无花的蔷薇

1

又是 Schopenhauer 先生的话——

"无刺的蔷薇是没有的。——然而没有蔷薇的刺却很多。"

题目改变了一点,较为好看了。

"无花的蔷薇"也还是爱好看。

2

去年,不知怎的这位叔本华尔先生忽然合于我们国度里的绅士们的脾胃了,便拉扯了他的一点《女人论》;我也就夹七夹八地来称引了好几回,可惜都是刺,失了蔷薇,实在大煞风景,对不起绅士们。

记得幼小时候看过一出戏,名目忘却了,一家正在结婚,而勾魂的无常鬼已到,夹在婚仪中间,一同拜堂,一同进房,一同坐床……实在大煞风景,我希望我还不至于这样。

3

有人说我是"放冷箭者"。

我对于"放冷箭"的解释,颇有些和他们一流不同,是说有人受伤,而不知这箭从什么地方射出。所谓"流言"者,庶几近之。但是我,却明明站在这里。

但是我,有时虽射而不说明靶子是谁,这是因为初无"与众共弃"之心,只要该靶子独自知道,知道有了洞,再不要面皮鼓得急绷绷,我的事就完了。

4

蔡子民先生一到上海,《晨报》就据国闻社电报郑重地发表他的谈话,而且加以按语,以为"当为历年潜心研究与冷眼观察之结果,大足诏示国人,且为知识阶级所注意也。"

我很疑心那是胡适之先生的谈话,国闻社的电码有些错误了。

5

豫言者，即先觉，每为故国所不容，也每受同时人的迫害，大人物也时常这样。他要得人们的恭维赞叹时，必须死掉，或者沉默，或者不在面前。

总而言之，第一要难于质证。

如果孔丘，释迦，耶稣基督还活着，那些教徒难免要恐慌。对于他们的行为，真不知道教主先生要怎样慨叹。

所以，如果活着，只得迫害他。

待到伟大的人物成为化石，人们都称他伟人时，他已经变了傀儡了。

有一流人之所谓伟大与渺小，是指他可给自己利用的效果的大小而言。

6

法国罗曼罗兰先生今年满六十岁了。晨报社为此征文，徐志摩先生于介绍之余，发感慨道："……但如其有人拿一些时行的口号，什么打倒帝国主义等等，或是分裂与猜忌的现象，去报告罗兰先生说这是新中国，我再也不能预料他的感想了。"（《晨副》一二九九）

他住得远，我们一时无从质证，莫非从"诗哲"的眼光看来，罗兰先生的意思，是以为新中国应该欢迎帝国主义的么？

"诗哲"又到西湖看梅花去了，一时也无从质证。不知孤山的古梅，著花也未，可也在那里反对中国人"打倒帝国主义"？

7

志摩先生曰："我很少夸奖人的。但西滢就他学法郎士的文章说,我敢说,已经当得起一句天津话:'有根'了。"而且"像西滢这样,在我看来,才当得起'学者'的名词。"(《晨副》一四二三)

西滢教授曰:"中国的新文学运动,方在萌芽,可是稍有贡献的人,如胡适之,徐志摩,郭沫若,郁达夫,丁西林,周氏兄弟等等都是曾经研究过他国文学的人。尤其是志摩他非但在思想方面,就是在体制方面,他的诗及散文,都已经有一种中国文学里从来不曾有过的风格。"(《现代》六三)

虽然抄得麻烦,但中国现今"有根"的"学者"和"尤其"的思想家及文人,总算已经互相选出了。

8

志摩先生曰:"鲁迅先生的作品,说来大不敬得很,我拜读过很少,就只《呐喊》集里两三篇小说,以及新近因为有人尊他是中国的尼采他的《热风》集里的几页。他平常零星的东西,我即使看也等于白看,没有看进去或是没有看懂。"(《晨副》一四三三)

西滢教授曰:"鲁迅先生一下笔就构陷人家的罪状。……可是他的文章,我看过了就放进了应该去的地方——说句体己话,我觉得它们就不应该从那里出来——手边却没有。"(同上)

虽然抄得麻烦,但我总算已经被中国现在"有根"的"学者"和"尤其"的思想家及文人协力踏倒了。

9

但我愿奉还"曾经研究过他国文学"的荣名。"周氏兄弟"之一,一定又是我了。我何尝研究过什么呢,做学生时候看几本外国小说和文人传记,就能算"研究过他国文学"么?

该教授——想我打一句"官话"——说过,我笑别人称他们为

"文士",而不笑"某报天天鼓吹"我是"思想界的权威者"。现在不了,不但笑,简直唾弃它。

10

其实呢,被毁则报,被誉则默,正是人情之常。谁能说人的左颊既受爱人接吻而不作一声,就得援此为例,必须默默地将右颊给仇人咬一口呢?

我这回的竟不要那些西滢教授所颁赏陪衬的荣名,"说句体己话"罢,实在是不得已。我的同乡不是有"刑名师爷"的么?他们都知道,有些东西,为要显示他伤害你的时候的公正,在不相干的地方就称赞你几句,似乎有赏有罚,使别人看去,很像无私……。

"带住!"又要"构陷人家的罪状"了。只是这一点,就已经够使人"即使看也等于白看",或者"看过了就放进了应该去的地方"了。

二月二十七日。

原载 1926 年 3 月 8 日《语丝》周刊第 69 期。

初收 1927 年 5 月上海、北京北新书局版《华盖集续编》。

二十八日

日记 星期。晴。上午得有麟信,二月九日发。得丛芜信。下午俞小姐来并送板鸭一只。仲侃来,未见。夜得害马信。得寄野信。得小峰信。

三月

一日

日记 晴。上午寄还赵泉澄稿。寄丛芜信。寄伏园信并三弟稿一篇。以一法国来信转寄长虹。下午幼渔来。衣萍来。寄小峰稿。

二日

日记 晴。上午访静农。访小峰,在其书店买石印本《知不足[斋]丛书》一部,石印本《盛明杂剧》一部,《万古愁曲》《归玄恭年谱》合刻一本,共泉四十一元六角。收三弟所寄《自然界》两本。

三日

日记 晴。上午得三弟信,二月二十五日发。往中大讲并收去年十二月份薪水泉十。季市来。得董秋芳信。晚得钦文信,二月二十二日发。夜风。

四日

日记 晴,风。上午寄张凤举信。访李小峰。晚子佩来。

五日

日记 晴。下午小峰,伏园来。

六日

日记 晴。晨寄霁野信。往女师大评议会。上午得凤举信。

旧历正月二十二日也,夜为害马剪去鬃毛。静农,霁野来。培良来。

七日

日记 星期。晴。下午小峰来交泉百。季市来。同品青,小峰等九人骑驴同游钓鱼台。晚赴半农家饭,同席十人,有凤举,玄伯,百年,语堂,维钧等。得曲广均信。

八日

日记 昙。上午矛尘来。得寄野信。收女师大二月分薪水泉二十元二角五分。夜雨。

九日

日记 晴,风。上午寄霁野信。复董秋芳信。复曲广均信。往女师大讲。午季市招饮于西安饭店,同席有语堂,湘生,幼渔。下午得邓飞黄信并三月分《国民新报副刊》编辑费三十元。晚鲁彦来。

十日

日记 晴,风。晨寄邓飞黄信并稿。上午寄瞿永坤信。寄李遇安信。往中国大学讲。午访台静农。访李小峰,收泉廿,在其寓午餐。

中山先生逝世后一周年

中山先生逝世后无论几周年,本用不着什么纪念的文章。只要这先前未曾有的中华民国存在,就是他的丰碑,就是他的纪念。

凡是自承为民国的国民,谁有不记得创造民国的战士,而且是第一人的？但我们大多数的国民实在特别沉静，真是喜怒哀乐不形于色，而况吐露他们的热力和热情。因此就更应该纪念了；因此也更可见那时革命有怎样的艰难，更足以加增这纪念的意义。

记得去年逝世后不很久，甚至于就有几个论客说些风凉话。是憎恶中华民国呢，是所谓"责备贤者"呢，是卖弄自己的聪明呢，我不得而知。但无论如何，中山先生的一生历史具在，站出世间来就是革命，失败了还是革命；中华民国成立之后，也没有满足过，没有安逸过，仍然继续着进向近于完全的革命的工作。直到临终之际，他说道：革命尚未成功，同志仍须努力！

那时新闻上有一条琐载，不下于他一生革命事业地感动过我，据说当西医已经束手的时候，有人主张服中国药了；但中山先生不赞成，以为中国的药品固然也有有效的，诊断的知识却缺如。不能诊断，如何用药？毋须服。人当濒危之际，大抵是什么也肯尝试的，而他对于自己的生命，也仍有这样分明的理智和坚定的意志。

他是一个全体，永远的革命者。无论所做的那一件，全都是革命。无论后人如何吹求他，冷落他，他终于全都是革命。

为什么呢？托洛斯基曾经说明过什么是革命艺术。是：即使主题不谈革命，而有从革命所发生的新事物藏在里面的意识一贯着者是；否则，即使以革命为主题，也不是革命艺术。中山先生逝世已经一年了，"革命尚未成功"，仅在这样的环境中作一个纪念。然而这纪念所显示，也还是他终于永远带领着新的革命者前行，一同努力于进向近于完全的革命的工作。

三月十日晨。

原载 1926 年 3 月 12 日《国民新报·孙中山先生逝世周年纪念特刊》。

初未收集。

阿长与《山海经》

　　长妈妈，已经说过，是一个一向带领着我的女工，说得阔气一点，就是我的保姆。我的母亲和许多别的人都这样称呼她，似乎略带些客气的意思。只有祖母叫她阿长。我平时叫她"阿妈"，连"长"字也不带；但到憎恶她的时候，——例如知道了谋死我那隐鼠的却是她的时候，就叫她阿长。

　　我们那里没有姓长的；她生得黄胖而矮，"长"也不是形容词。又不是她的名字，记得她自己说过，她的名字是叫作什么姑娘的。什么姑娘，我现在已经忘却了，总之不是长姑娘；也终于不知道她姓什么。记得她也曾告诉过我这个名称的来历：先前的先前，我家有一个女工，身材生得很高大，这就是真阿长。后来她回去了，我那什么姑娘才来补她的缺，然而大家因为叫惯了，没有再改口，于是她从此也就成为长妈妈了。

　　虽然背地里说人长短不是好事情，但倘使要我说句真心话，我可只得说：我实在不大佩服她。最讨厌的是常喜欢切切察察，向人们低声絮说些什么事，还竖起第二个手指，在空中上下摇动，或者点着对手或自己的鼻尖。我的家里一有些小风波，不知怎的我总疑心和这"切切察察"有些关系。又不许我走动，拔一株草，翻一块石头，就说我顽皮，要告诉我的母亲去了。一到夏天，睡觉时她又伸开两脚两手，在床中间摆成一个"大"字，挤得我没有余地翻身，久睡在一角的席子上，又已经烤得那么热。推她呢，不动；叫她呢，也不闻。

　　"长妈妈生得那么胖，一定很怕热罢？晚上的睡相，怕不见得很好罢？……"

　　母亲听到我多回诉苦之后，曾经这样地问过她。我也知道这意思是要她多给我一些空席。她不开口。但到夜里，我热得醒来的时候，却仍然看见满床摆着一个"大"字，一条臂膊还搁在我的颈子上。

我想,这实在是无法可想了。

但是她懂得许多规矩;这些规矩,也大概是我所不耐烦的。一年中最高兴的时节,自然要数除夕了。辞岁之后,从长辈得到压岁钱,红纸包着,放在枕边,只要过一宵,便可以随意使用。睡在枕上,看着红包,想到明天买来的小鼓,刀枪,泥人,糖菩萨……。然而她进来,又将一个福橘放在床头了。

"哥儿,你牢牢记住!"她极其郑重地说。"明天是正月初一,清早一睁开眼睛,第一句话就得对我说:'阿妈,恭喜恭喜!'记得么?你要记着,这是一年的运气的事情。不许说别的话!说过之后,还得吃一点福橘。"她又拿起那橘子来在我的眼前摇了两摇,"那么,一年到头,顺顺流流……。"

梦里也记得元旦的,第二天醒得特别早,一醒,就要坐起来。她却立刻伸出臂膊,一把将我按住。我惊异地看她时,只见她惶急地看着我。

她又有所要求似的,摇着我的肩。我忽而记得了——

"阿妈,恭喜……。"

"恭喜恭喜! 大家恭喜! 真聪明! 恭喜恭喜!"她于是十分喜欢似的,笑将起来,同时将一点冰冷的东西,塞在我的嘴里。我大吃一惊之后,也就忽而记得,这就是所谓福橘,元旦辟头的磨难,总算已经受完,可以下床玩耍去了。

她教给我的道理还很多,例如说人死了,不该说死掉,必须说"老掉了";死了人,生了孩子的屋子里,不应该走进去;饭粒落在地上,必须拣起来,最好是吃下去;晒裤子用的竹竿底下,是万不可钻过去的……。此外,现在大抵忘却了,只有元旦的古怪仪式记得最清楚。总之:都是些烦琐之至,至今想起来还觉得非常麻烦的事情。

然而我有一时也对她发生过空前的敬意。她常常对我讲"长毛"。她之所谓"长毛"者,不但洪秀全军,似乎连后来一切土匪强盗都在内,但除却革命党,因为那时还没有。她说得长毛非常可怕,他

73

们的话就听不懂。她说先前长毛进城的时候，我家全都逃到海边去了，只留一个门房和年老的煮饭老妈子看家。后来长毛果然进门来了，那老妈子便叫他们"大王"，——据说对长毛就应该这样叫，——诉说自己的饥饿。长毛笑道："那么，这东西就给你吃了罢!"将一个圆圆的东西掷了过来，还带着一条小辫子，正是那门房的头。煮饭老妈子从此就骇破了胆，后来一提起，还是立刻面如土色，自己轻轻地拍着胸脯道："阿呀，骇死我了，骇死我了……。"

我那时似乎倒并不怕，因为我觉得这些事和我毫不相干的，我不是一个门房。但她大概也即觉到了，说道："像你似的小孩子，长毛也要掳的，掳去做小长毛。还有好看的姑娘，也要掳。"

"那么，你是不要紧的。"我以为她一定最安全了，既不做门房，又不是小孩子，也生得不好看，况且颈子上还有许多灸疮疤。

"那里的话?!"她严肃地说。"我们就没有用么？我们也要被掳去。城外有兵来攻的时候，长毛就叫我们脱下裤子，一排一排地站在城墙上，外面的大炮就放不出来；再要放，就炸了!"

这实在是出于我意想之外的，不能不惊异。我一向只以为她满肚子是麻烦的礼节罢了，却不料她还有这样伟大的神力。从此对于她就有了特别的敬意，似乎实在深不可测；夜间的伸开手脚，占领全床，那当然是情有可原的了，倒应该我退让。

这种敬意，虽然也逐渐淡薄起来，但完全消失，大概是在知道她谋害了我的隐鼠之后。那时就极严重地诘问，而且当面叫她阿长。我想我又不真做小长毛，不去攻城，也不放炮，更不怕炮炸，我惧惮她什么呢!

但当我哀悼隐鼠，给它复仇的时候，一面又在渴慕着绘图的《山海经》了。这渴慕是从一个远房的叔祖惹起来的。他是一个胖胖的，和蔼的老人，爱种一点花木，如珠兰，茉莉之类，还有极其少见的，据说从北边带回去的马缨花。他的太太却正相反，什么也莫名其妙，曾将晒衣服的竹竿搁在珠兰的枝条上，枝折了，还要愤愤地咒骂道:"死尸!"这老人是个寂寞者,因为无人可谈,就很爱和孩子们往来,有时简直称我们为"小友"。在我们聚族而居的宅子里,只有他书多,而且特别。制艺和试帖诗,自然也是有的;但我却只在他的书斋里,看见过陆玑的《毛诗草木鸟兽虫鱼疏》,还有许多名目很生的书籍。我那时最爱看的是《花镜》,上面有许多图。他说给我听,曾经有过一部绘图的《山海经》,画着人面的兽,九头的蛇,三脚的鸟,生着翅膀的人,没有头而以两乳当作眼睛的怪物,……可惜现在不知道放在那里了。

我很愿意看看这样的图画,但不好意思力逼他去寻找,他是很疏懒的。问别人呢,谁也不肯真实地回答我。压岁钱还有几百文,买罢,又没有好机会。有书买的大街离我家远得很,我一年中只能在正月间去玩一趟,那时候,两家书店都紧紧地关着门。

玩的时候倒是没有什么的,但一坐下,我就记得绘图的《山海经》。

大概是太过于念念不忘了,连阿长也来问《山海经》是怎么一回事。这是我向来没有和她说过的,我知道她并非学者,说了也无益;但既然来问,也就都对她说了。

过了十多天,或者一个月罢,我还很记得,是她告假回家以后的四五天,她穿着新的蓝布衫回来了,一见面,就将一包书递给我,高兴地说道:——

"哥儿,有画儿的'三哼经',我给你买来了!"

我似乎遇着了一个霹雳,全体都震悚起来;赶紧去接过来,打开纸包,是四本小小的书,略略一翻,人面的兽,九头的蛇,……果然都在内。

这又使我发生新的敬意了,别人不肯做,或不能做的事,她却能够做成功。她确有伟大的神力。谋害隐鼠的怨恨,从此完全消灭了。

这四本书,乃是我最初得到,最为心爱的宝书。

书的模样,到现在还在眼前。可是从还在眼前的模样来说,却是一部刻印都十分粗拙的本子。纸张很黄;图像也很坏,甚至于几乎全用直线凑合,连动物的眼睛也都是长方形的。但那是我最为心爱的宝书,看起来,确是人面的兽;九头的蛇;一脚的牛;袋子似的帝江;没有头而"以乳为目,以脐为口",还要"执干戚而舞"的刑天。

此后我就更其搜集绘图的书,于是有了石印的《尔雅音图》和《毛诗品物图考》,又有了《点石斋丛画》和《诗画舫》。《山海经》也另买了一部石印的,每卷都有图赞,绿色的画,字是红的,比那木刻的精致得多了。这一部直到前年还在,是缩印的郝懿行疏。木刻的却已经记不清是什么时候失掉了。

我的保姆,长妈妈即阿长,辞了这人世,大概也有了三十年了罢。我终于不知道她的姓名,她的经历;仅知道有一个过继的儿子,她大约是青年守寡的孤孀。

仁厚黑暗的地母呵,愿在你怀里永安她的魂灵!

三月十日。

原载 1926 年 3 月 25 日《莽原》半月刊第 6 期,副题作《旧事重提之二》。

初收 1928 年 9 月北京未名社版"未名新集"之一《朝花夕拾》。

致 翟永坤

永坤先生:

二月份有稿费两元,应送至何处,请示知,以便送上。

鲁迅 三月十日

西四、宫门口、西三条、二十一号

十一日

　　日记　晴。上午寄寄野信。下午翟永坤来,付以稿费二。

十二日

　　日记　晴。午后得寄野信,即复。晚紫佩来。

十三日

　　日记　晴,风。上午得厨川白村会信。下午得季野信。得有麟信。

十四日

　　日记　星期。晴,大风。下午长虹,培良来。晚寄邓飞黄信。

十五日

　　日记　晴,风。上午往美术学校看林风眠个人绘画展览会。访季市。下午得霁野信。夜霁野,静农来。寄陈仲骞信。静农还泉十。

十六日

　　日记　晴。上午往女师大讲。游小市,买《汉律考》一部四本,一元。下午季市来。夜甄永安来。

罗曼罗兰的真勇主义

〔日本〕中泽临川　生田长江

一　罗曼罗兰这人

罗曼罗兰是生在法国的中部叫作克朗希这小镇里的,其时是一

77

八六六年。他是勃尔戈纽人的血统；那降生地，原是法兰西的古国戈尔的中心，开尔忒民族的血液含得最多的处所，出了许多诗人和使徒，贡献于心灵界的这民族的民族底色采，向来就极其显著的。

他先在巴黎和罗马受教育，也暂住在德国。最初的事业，是演剧的改良，因此他作了四五篇剧本。一八九八年，三幕的《亚耳》在巴黎乌勃尔剧场开演，就是第一步，此后便接着将《七月十四日》，《丹敦》，《狼群》，《理性的胜利》等一串的剧曲，做给巴黎人。这是用法国革命作为题材，以展开那可以称为"法兰西国民的《伊里亚特》"的大事故的精神，来做专为民众的戏剧的。民众剧，为民众的艺术，——这是他的目标。一九〇三年他发表一卷演剧论，曰《民众剧》，附在卷末的宣言书中，曾这样说——

艺术正被个人主义和无治底混乱所搅扰。少数人握着艺术的特权，使民众站在远离艺术的地位上。……要救艺术，应该挖取那扼杀艺术的特权；应该将一切人，收容于艺术的世界。这就是应该发出民众的声音；应该兴起众人的戏剧，众人的努力，都用于为众人的喜悦。什么下等社会呀，智识阶级呀那样，筑起一阶级的坛场来的事，并不是当面的问题。我们不想做宗教，道德，以至社会这类的一部分的机械。无论过去的事物，未来的事物，都不想去阻遏。就有着表白那所有的一切的权利。而且只要这不是死的思想，而是生命的思想；只要使人类的活动力得以增大者，不问是怎样的思想，都欢喜地收容。……我们所愿意作为伴侣的，是在艺术里求人间的理想，在生活里寻友爱的理想的人们的一切；是不想使思索和活动，使那美，使民众和选民分立开来的人们的一切。中流人的艺术，已成了老人的艺术了。能使它苏生，康健者，独有民众的力量。我们并非让了步，于是要"到民间去"；并非为了民众，来显示人心之光；乃是为了人心之光，而呼喊民众。

他的艺术观怎样，借此可以约略知道了罢。他是着了思想家以至艺术家的衣服的,最勇敢而伟大的人道的战士。

此后,他以美术及音乐的批评家立身,现在梭尔蓬大学讲音乐史;关于音乐的造诣,且称为当今法兰西的权威。他的气禀的根柢,生成是音乐底的。他自己也曾说,"我的心情,不是画家的心情,而是音乐家的心情。"他的气禀,是较之轮廓,却偏向于节奏,较之静,则偏向于动;较之思索,则偏向于活动……的。要明白他的思想,最要紧的是先知道他的特征。孕育了彻底地主张活动和奋斗的他的英雄主义的一个原因,大概就在此。他倾倒于音乐家培多芬,写了借培多芬为主要人物的小说《约翰克里斯托夫》的事,似乎也可以看出些消息来。《约翰克里斯托夫》的主要人物这样地说着——

> 你们就这么过活。没有放眼看看比近的境界较远的所在;而且以为在那境界上,道路就穷尽了。你们看看漂泛你们的波,但没有看见海。今日的波,就是昨日的波;给昨日的波开道的,乃是我们的灵魂的波呵。今日的波,掘着明日的波的地址罢。而且,明日的波,向往着今日的波罢……。

他的音乐的感受性,又是使他抓住了生命全体的力量。是生活于全意识的力;全人格底地生活着的力;明白地,强力地,看着永远的力;宗教底地生活着的力。要而言之,是使他最确实地抓住那生命,最根本底地践履这人生之路的力。

伯格森的哲学,从一方面看,也是音乐底的。泰戈尔不俟言。晚近的思潮,大概都有着可以用"音乐底的"来形容它的一面。这是大可注意的事实。

罗曼罗兰的面目显现得最分明的,在许多著作中,画家密莱的评传《弗兰梭跋·密莱》,音乐家培多芬的评传《培多芬传》,美术家密开兰该罗的评传《密开兰该罗传》,文豪托尔斯泰的评传《托尔斯泰传》之外,就是长篇小说《约翰克里斯托夫》罢。就中,《培多芬传》和《约翰克里斯托夫》,大概是要算最明白地讲出他的英雄主义的。以下,就想凭了这两种著作,来介绍一点他的主张。

二 《培多芬》

他那序《培多芬传》的一篇文章，载在下面——

大气在我们的周围是这么浓重。老的欧罗巴在钝重汙浊的氛围气里面麻痹着。没有威严的唯物主义压着各种的思想，还妨碍着政府和个人的行为。世界将闷死在这周密而陋劣的利己主义里。世界闷死了。——开窗罢！放进自由的空气来罢！来呼吸英雄的气息罢！

人生是困苦的。她，在不肯委身于"灵魂底庸俗"的人们，是日日夜夜的战斗。而且大抵是没有威严，没有幸福，转战于孤独和沉默之中的悲痛的战斗。厌苦于贫穷和艰辛的家累，于是无目的地失了力，没有希望和欢喜的光明，许多人们互相离开了，连向着正在不幸中的兄弟们，伸出手来的安慰也没有。他们不管这些，也不能管。他们没有法，只好仰仗自己。然而就是最强者，也有为自己的苦痛所屈服的一刹那。他们求救，要一个朋友。

我在他们的周围，来聚集些英雄的"朋友"，为了幸福而受大苦恼的灵魂者，就因为要援助他们。这"伟人的传记"，并非寄与野心家的自负心的。这是献给不幸者的。然则，谁又根本上不是不幸者呢？向着苦恼的人们，献上圣洁的苦恼的香膏罢。在战斗中，我们不止一个。世界之夜，辉煌于神圣的光明。便是今日，在我们左近，我们看见最清纯的两个火焰，"正义"和"自由"的火焰远远地辉煌着。毕凯尔大佐和蒲尔的人民。他们即使没有点火于浓重的黑暗，而他们已在一团电光中，将一条道路示给我们了。跟着他们，举一切国度，一切世纪，孤立而散在的，跟他们那样战斗的人们之后，我们冲上去罢，除去那时间的栅栏罢，使英雄的人民苏生罢。

仗着思想和强力获得胜利的人们,我不称之为英雄。我单将以心而伟大的人们称作英雄。正如他们中间最为伟大的人们之一——这人的一生,我们现在就在这里述说——所说那样:"我不以为有胜于'善'的别的什么标识。"品性不伟大的处所,没有伟大的人,也没有伟大的艺术家和伟大的实行者。在这里,只有为多数的愚人而设的空洞的偶像。时间要将这些一起毁灭。成功在我们不是什么紧要事。只有伟大的事是问题。并不是貌似。

　　我们要在此试作传记的人们的一生,几乎常是一种长期的殉教。即使那悲剧底的运命,要将他们的魂灵在身心的悲苦,贫困和病痛的铁砧上锻炼;即使因为苦恼,或者他们的兄弟们所忍受着的莫可名言的耻辱,荒废了他们的生活,撕碎了他们的心,他们是吃着磨炼的逐日的苦楚的;而他们,实在是因精力而伟大了,也就是实在因不幸而伟大了。他们不很诉说不幸。为什么呢,就因为人性的至善的东西,和他们同在的缘故。凭着他们的雄毅,来长育我们罢! 倘使我们太怯弱了,就将我们的头暂时息在他们的胸间罢。他们会安慰我们的。从这圣洁的魂灵里,会溢出清朗的力和刚强的慈爱的奔流来。即使不细看他们的作品,不听到他们的声音,我们在他们的眼中,在他们一生的历史中,——尤其是在苦恼中,——领会到人生是伟大的,是丰饶的,——而决不是幸福的。

　　在这英雄群的开头,将首坐给了刚健纯洁的培多芬罢。他自己虽在苦恼中间,还愿意他的榜样,能做别的不幸者们的帮助。他的希望,是"不幸者可以安慰的,只要他知道了自己似的不幸者之一,虽然碰着一切自然的障碍,却因为要不愧为'人',竭尽了自己所能的一切的时候。"由长期的战斗和超人底努力,征服了他的悲苦,成就了他的事业,——这如他自己所说,是向着可怜的人类,吹进一点勇气去的事,——这得胜的普洛美迢斯,回答一个向神求救的朋友了:"阿,人呀,你自助罢!"

仗了他的崇高的灵语,使我们鼓舞起来罢。照了他的榜样,使对于人生和人道的"人的信仰",苏生过来罢。这也可以看作他的英雄主义的宣言书。

"开窗罢!放进自由的空气来罢!来呼吸英雄的气息罢!"

真的英雄主义,——这是罗兰的理想。惟有这英雄主义的具现的几多伟人,是伏藏在时代精神的深处,常使社会生动,向众人吹进真生活的意义去。这样的伟人是地的盐,是生命的泉。作为这样的伟人之一,他选出了德国的大音乐家培多芬了。培多芬也是那小说《约翰克里斯托夫》的主要人物的标本。

培多芬是音乐家,然而他失了在音乐家最为紧要的听觉,他聋了。恋爱也舍弃了他;贫困又很使他辛苦。他全然孤独了。像他,培多芬的生涯一样,只充满着酸苦的,另外很少有。但在这样酸苦的底里,他竟得到勇气,站了起来;他虽在苦哀的深渊中,却唱出欢喜的赞颂。"这不幸者,常为哀愁所困的这不幸者,是常常神往于歌唱那欢喜的殊胜的。"到最后,终于成功了。他实在是经过悲哀,而达到大欢喜的人;是将赤条条的身体,站在锋利而夥多的运命的飞箭前面,在通红的血泊的气味里,露出雍容的微笑的人。他在临死的枕上,以平静的沉着,这样地写道:"我想,在完全的忍耐中,便是一切害恶,也和这一同带些'善'来。"他又这样写道:"阿,神呵!从至高处,你俯察我心情的深处罢。你知道,这是和想要扶助人们的愿望一起,充满着热爱人们的心的!人们呵!倘有谁看见这,要知道你们对于我是错误的。使不幸者知道还有别一个不幸者,虽然在一切自然底不利的境遇中,却还仗着自己的力,成就了在有价值的艺术家和人们之间可以获得的一切,给他去安慰自己罢。"

实在,惟培多芬,是勇气和力的化身,是具现了真的英雄主义的大人物。以感激之心,给他作传的罗兰,在那评传的末段中,说道——

亲爱的培多芬呵！许多人赞赏他艺术底伟大。但是他做音乐家的首选，乃是容易的事情。他是近代艺术的最为英雄底的力。他是苦闷着的人们的最伟大而最忠诚的朋友。当我们困窘于现世底悲苦的时候，到我们近旁来的正是他。正如来到一个凄凉的母亲跟前，坐在钢琴前面，默着，只用了那悲伤的忍从之歌，安慰这哭泣的人一样。而且，对于邪恶和正当的不决的永久的战斗，我们疲乏了的时候，在这意志和信仰的大海里，得以更新，也是莫可名言的庆幸。

从他这里流露出来的勇气的感染力，战斗的幸福，衷心感动神明的良心的酩酊。似乎他在和自然的不绝的交通中，竟同化于那深邃的精力了。

又，对于他那勇敢的战争所有的光荣的胜利，是这样说——

这是怎样的征服呵，怎样的波那巴德的征战，怎样的奥斯台烈的太阳，能比这超人底的努力的荣光，魂灵所赢得的之中的最辉煌的这胜利呢？一个无聊的，虚弱的，孤独的，不幸的男子，悲哀造出了这人。对于这人，世界将欢喜拒绝。因为自己要赠与世界，他便创造了欢喜。他用了他的悲运来锻炼它。这正如他所说，其中可以包括他一生的，为一切英雄底精神的象征的，崇高的言语一样："经过苦恼的欢喜。"

三　真实与爱

罗曼罗兰在培多芬那里，看见了理想的真英雄。他给英雄——伟人的生活下了一个定义，是不外乎 The Heroic 的探求。世间有便宜的乐天主义者，他竭力从苦痛的经验遁走，住在梦一般淡淡的空想的世界里。世间又有怠惰的厌世主义者，他就是无端地否定人生，迴避人生，想免去那苦痛。这都是慑于生活的恐怖，不敢从正面和人生相对的乏人，小结构的个人主义者。他说："世间只有一种勇气，这就是照实在地看人世，——而且爱它。"不逃避，不畏惧，从正面站向人生，饱尝了那带来的无论怎样惨苦，怎样害恶，知道它，而且爱它罢。正直地受着运命的鞭笞，尽量地吃苦去。但决不可为运命所战败，要像培多芬似的，"抓住运命的咽喉，拉倒它。"这是他的英雄主义的真髓。

他又这样说："生活于今日罢。无论对于何日，都要虔诚。爱它，敬它，不要亵渎它。而且不要妨害那开花的时候的来到。"

罗曼罗兰的这样的英雄主义，是取了两个形状而表现。就是，在认识上，这成为刚正的真实欲；在行为，则成为宣说战斗的福音的努力主义。

刚正的真实欲，——他是始终追求着真实的。伏藏在时代精神的深处，常使社会生动，向众人吹进真生活的意义的伟人，也必须是绝对真实的人。他们必须是无论在怎样的情况，用怎样的牺牲，总是寻真实，说真实的人。他在那《密开兰该罗传》中说："什么事都真实！我不至于付了虚伪的价钱，预定下我的朋友的幸福。我倒是付了幸福的价钱，将真实——造成永久的灵魂的刚健的真实——约给他们。这空气是荒暴的，然而干净。给我们在这里面，洗洗我们寡血的心脏罢。"

他最恶虚伪。但他的崇敬真实，却不单是因为憎恶虚伪的缘故。他在真实的底里看见"爱"了。他想，真实生于理解；而理解则生于爱。要而言之，真实，是要爱来养育的。他的所谓爱，决不是空空的抽象底观念，也不是繁琐的分析的知识；乃是从生命的活活的实在所造成，即刻可以移到实行上去的东西。为爱所渗透的真，——这是他所谓真实。他曾这样地说："他读别人的思想，而且要爱他们的魂灵。他常常竭力要知，而且尤其要爱。"他是寻求着绝对的真实的；然而还没有主张为了真实，连爱也至于不妨做牺牲。惟这爱，实在是他的英雄主义的始，也是末。他在《约翰克里斯托夫》第七卷里,借了克里斯托夫和他朋友的交谈,这样说——

阿里跋 "我们是不能不管真实的。"

克里斯托夫 "是的。但我们也不能将真实的全部,说给一切人。"

阿 "连你也说这样的话么?你不是始终要求着真实的么?你不是主张着真实的爱,比什么都要紧的么?"

克 "是的。我是要求着为我自己的真实。为了有着强健的脊梁能够背负真实的人们要求着真实。但在并不如此的人们,真实是残忍的东西,是呆气的东西。这是到了现在才这样想的,假使我在故乡,决不会想到这样的事的罢。在德国的人们,正如在法国的你们一样,于真实并没有成病。他们的要活,太热中了。我爱你们,就因为你们不像德国人那样。你们确是正真的,一条边的。然而你们不懂得人情。你们只要以为发见了什么一个真实了,就全像烧着尾巴的圣经上的狐狸似的,并不留心到那真实的火可曾在世上延烧,只将那真实赶到世上去。你们倘若较之你们的幸福,倒是选取真实,我就尊敬你们。然而如果是较之别人的幸福……那就不行。你们做得太自由了。你们较之你们自己,应该更爱真实。然而,较之真实,倒应该更爱他人。"

阿 "那么,我们就不能不对别人说谎么?"

克里斯托夫为要回答阿里跋,就引用了瞿提的话。

——"我们应该从最崇高的真实中,单将能够增进世间幸福的真实表白。其余的真实,包藏在我们的心里就好。这就如夕阳的柔软的微明一般,在我们的一切行为上,发挥那光辉的罢。"

他所写的,还有下面那些话——

阿 "我们来到这世上,为的是发挥光辉,并不是为了消灭光辉。人们各有他的义务。如果德皇要战,给德皇有一点用于战争的军队就是了。给他有一点以战争为职业的往古似的军队就是。我还不至于蠢到空叹'力'的暴虐，来白费时间。虽然这么说，我可没有投在力的军队里。我是投在灵的军队里的。和几千的同胞一同，在这里代表着法国。使德皇征服土地就是了，如果这是他的希望。我们，是征真实的。"

　　克　"要征服，就须打胜。像洞窟的内壁所分泌的钟乳似的，从脑髓分泌出来的生硬的教条（dogma），并不就是真实。真实乃是生命。你们在你们的脑里搜寻它，是不行的。它在别人的心里。和别人协力罢。只要是你们要想的事，无论什么，都去想去罢。但是你们还得每天用人道的水来洗一回。我们应该活在别人的生活里。应该超过自己的运命。应该爱自己的运命。"

看以上的对话，罗曼罗兰的所谓真实是怎么一回事，已可以窥见大略了罢。在他，是真实即生命，也就是爱。他的心，是彻底地为积极底的爱的精神所贯注的。

四　战斗的福音

他的英雄主义，一面成为刚正的真实欲，同时，一面则成了宣说战斗的福音的努力主义而显现。

他将人生看作一个战场，和残酷的恶意的运命战斗，战胜了它，一路用自己的手，创造自己的，是人类进行的唯一的路。他将忍一切苦——忍苦之德，看得最重大。赞叹密莱忍苦的生涯，在"那历日上是没有祭祝日"的密莱的始终辛苦的身世上，看见了真英雄的精神。又曾说："像受苦和战斗似的平正的事，另外还有么？这都是宇宙的骨髓。"罗兰这样地力说忍苦，是极其基督教底的，但同时赞美战斗之德，以尼采一流的强有力的个人主义为根据，则与基督教反对。他的主张，是彻底地积极底的。他不说空使他人怯弱的姑息之爱；也没有说牺牲之德。他使克里斯托夫这样说："我没有将自己做过牺牲。假使我也有过这回事，那是自己情愿的。自己对于自己愿做的事，没有话说。不去做自己该做的事，是人类的不幸，苦楚。再没有比牺牲这话更蠢的了。那是魂灵穷窘的教士们，混同了新教底忧郁的麻痹了的艰涩的思想。……如果牺牲不是欢喜，却是悲哀的种子，那么，你还是停止了好。你于这是不相宜的。"

他将爱看得比什么都重。但是，这爱，并非将自己去做牺牲的爱；乃是将自己扩充开来的爱。也不是暂时的为感情所支配的感伤底的爱；乃是真给其人复活的积极底的爱；透彻了自己和他人的生命的根本的真的爱。真的勇气，就从这样的爱孕育出来。他的英雄主义的中心，要而言之，即在真爱上的战斗。

战斗，——人生就是战斗，不绝的战斗。而这是为生命的战斗。据罗兰的话，是再没有更奇怪的动物，过于现在的道德家的了。他们看着活的人生，而不能懂。更何况意志于人生的事呢。他们观察人生，于是说："这是事实。"然而他们毫没有想要改变这人生的志向。即使有欲望，而和这相副的力量也不足。罗兰的努力主义，第一，是在宣传为生命的战斗。他说，"我所寻求的，不是平和，而是生命。"由战斗得来的平和，也就酿成战斗。这样，人生便从战斗向战斗推移。但是，在这推移之间，生命就进化着。我们的战斗的目的，不是平和，是在无穷无尽地发展进化前去的这生命。《约翰克里斯托夫》中有着这样的会话——

　　克里斯托夫　"我是只为了行为而活着的。假使这招到了死亡的时候，在这世界上，我们总得选取一件：烧尽的火呢，还是死亡。黄昏的梦的凄凉的甜味，也许是好的罢，但在我，却不想有死亡的先驱者似的这样的平和。便是在火焰上，就再加薪，更多，再多。假如必须，就连我的身子也添上去。我不许火焰消灭。倘一消灭，这才是我们的尽头，万事的尽头哩。"

　　阿里跋　"你说的话，古时候就有的。是从野蛮的过去传下来的。"

　　这样说着，他就从书架上取出一本印度的诗集，读了起来——

　　"站起来，而且以断然的决心去战斗！不管是苦是乐，是损是益，是胜利，是败北，但以你的全力去战斗！……"

　　这时，克里斯托夫便赶紧从朋友的手里抢了那书，自己读下去——

　　"我，在世间，无物足以驱使我。在世间，无物不为我所有。然而我还不停止我的工作。假如我的活动一停止，而且不显示世人的可以遵循的轨范，一切人类就会死罢。假如即使是一刹那间，我停止了我的工作，世界就要暗罢。这时候，我便成为生命的破坏者罢。"

　　"成为生命，"阿里跋插口说。"所谓生命，是什么呢？"

　　克里斯托夫道，"是一出悲剧。"

　　所谓生命者，确是一出悲剧。是从永不完结的战斗连接起来的悲剧。然而生命却靠了这战斗而进化。宿在我们里面的神，是为了这生命的战斗，使一切牺牲成为强有力的。

　　其次，来略窥他那长篇《约翰克里斯托夫》的一斑罢。

五　《约翰克里斯托夫》

　　《约翰克里斯托夫》是前后十卷，四千余页的长篇，曾经算作小说，揭载在一种小杂志上，经过了好几年这才完成的。

　　说是描着乐圣培多芬的影子的书中要人克里斯托夫，在德意志联邦的村里降生，是宫廷乐师克赖孚德的儿子。他十岁时，才听到培多芬的音乐，非常感动了——

　　他用耳朵的根底听这音响。那是愤怒的叫唤，是犷野的咆哮。他觉得那送来的热情和血的骚扰，在自己的胸中汹涌了。

他在脸上，感到暴风雨的狂暴的乱打。前进着，破坏着，而且以伟大的赫尔鸠拉斯底意志蓦地停顿着。那巨大的精灵，沁进他的身体里去了。似乎吹嘘着他的四体和心灵，使这些忽然张大。他踏着全世界矗立着。他正如山岳一般。愤怒和悲哀的疾风暴雨，搅动了他的心。……怎样的悲哀呵……怎么一回事呵！他强有力地这样地自己觉得……辛苦，愈加辛苦，成为强有力的人，多么好呢……人为了要强有力而含辛茹苦，多么好呢！

被培多芬所灵感的克赖孚德，当少年时候，已经自觉那力量了。他一步一步，踏碎了横在自己面前的障碍，向前进行。什么也不惧惮，不回避，从正面和这些相对。绝不许一点妥协，一点虚伪。而且和苦难战斗，愈是战斗，就觉得自己更其强，也成为更其大。他对于人生的不正当，罪恶，悲痛，都就照原样地看，但是雄纠纠地跨了过去，向着培多芬之所谓"经过苦恼的欢喜"前行。

他到了十五岁时的有一夜，那放荡的父亲死于非命了。当看到他成为人生的劣败者，躺在面前的那死尸的时候，克里斯托夫就深切地感到："在'死'这一件事实的旁边，所有事物，是一无足取的。"他几乎落在"死"的蛊惑的手里；但神的声音却将他引了回来。他知道了人生应该和决不可免的战斗相终始。他知道了要在这世上，在"人"这名目上，成为相当的人，则对于动辄想要剁碎生命之力的暴力，应该作无休无息的战斗。神告诉他说——

"去，去，决不要休止！"

"但是，神呵，我究竟往那里去呢？无论做什么，无论到那里，归结岂不是还是一样么？就是这样，岂不是'死'就是尽头么？"

"向着神去，你这无常者。到苦痛里去，你这该得苦痛者。人的生下来，并非为有幸福，是为了执行我的法则。苦罢，死罢。然而，应该成为一个富有者——应该成为一个人。"

这样,他就在人生的战场上,继续着无休无息的战斗。罗兰所描写的克里斯托夫的一生,委实是惨淡的战斗的一生。

于是克里斯托夫开始自觉到自己的天才了。他感到摇撼他全身的创造的力。创造者——"就是乘驾着生命的暴风雨。也是'实在的神'。是征服'死亡'。"

克里斯托夫这样地意识到自己的力,放眼看看外面时,首先看见的,是他本国(德国)人民的生活的虚伪。他大抵由音乐的知识,看出德意志精神的欠缺来。他们将无论怎么不同的音乐,都和啤酒和香肠一起,一口喝干。——这所谓"德意志底不诚实"的本源,他以为即出于那神经过敏,病底感伤性,似是而非的理想主义等。"无论到那里,都是一样的懦怯,一样的异性底的快活的欠缺。无论到那里,都是一概的冰冷的热心,一样的夸张的虚假的尊严。——无论在爱国心上,在喝酒上,在宗教上。"罗兰借着克里斯托夫,将一个颇为辛辣的批评给了德国。但同时,对于法国也加以毫无假借的批评。不能相容,离开德国的克里斯托夫,到巴黎,看见发出"尸香"的世界人(Cosmopolitan)的社会了。今天的人,时髦的人,文士,音乐家,新闻记者,犹太人,银行家,律师,阔太太,妓女——竭尽了所有种类的人们的豪华和奢侈,在宴会上,赛马场中,场尾的小饭店里聚会,扬尘震耳,代表着法兰西。使他不快的,尤其是占着这社会的妇女的优胜的地步。克里斯托夫说,"她占着太不平均的位置。单说是男人的同伴,她是不能满足的;即使说是和男人同等,也不能满足。她的夸耀,是在做男人的法则。于是男人这一面,就服从了。——自古以来,久远的女性,就将向上底的影响,给与优越的男人。但是,在常人,尤其是在颓唐的时代,却有使男子堕落的别种的久远的女性。这是支配巴黎人,并且支配这共和国的女性。"

克里斯托夫在德国,即反抗德国的虚伪;到法国,又反抗法国的惰弱。虚伪和惰弱,是他最为憎恶的。——而罗曼罗兰的卓绝的文明批评,也于此可见。他实在是为要到世界上,而尽瘁于民族的人。

他又使克里斯托夫往意大利去旅行，这是因为真要在广大的人道上立脚，即必须有世界底的修养的缘故。罗曼罗兰者，实在是真的意义的世界人。

克里斯托夫在巴黎的生活，很惨苦。他从丧父以后，为了只要得一点最小限度的生活的权利，费尽了心力，也还是得不到。甚至于一连几天，不得不绝食。但是，他彻头彻尾，勇敢地，而且快活地战斗。胜利和光明的早晨逐渐接近；世间终于认识了他那非凡的天才。又得到一个可以说是他的半体的朋友阿里跋；从辛苦凄凉的孤独的境地里，将他救出了。

然而运命的恶意的手竟又抓住了他。阿里跋的恋爱，结婚，他那年青的妻的不贞。阿里跋的失望，接受是死亡——克里斯托夫的生活，又被悲哀锁闭了。但是，比起失掉好友的悲哀来，他还造成了一个更大的悲哀。他为了惭愧和懊悔，觉得无地自容。他是在瑞士，和他恩人的妻私通了。唉，这是怎样的苛责呵！

“人因为爱，所以爱。”——他感得，在这平平常常的生活事实之中，含着情欲的可怕的破坏力。又被爱和憎的不绝的矛盾和生克所苦，他的心完全破产。他的勇气灭裂，他的战斗力消失了。他逃避人眼，躲在傀罗山里。然而那地方有神在，说给他生命的福音。他是在深森的幽邃处，大海之底一般的静寂的境地里，听到那本在自己心中的神声了。

“你又回来了。又回来了。阿阿，你就是我那时失掉的那一个啊！……你为什么弃掉了我的呢？”

“因为要将弃掉你的我的职务完功。”

“所谓那职务者，是什么呢？”

“就是战斗。”

“你为什么非战斗不可呢？你不是万物的主权者么？”

“我不是主权者。”

“你不是‘存在的一切’么？”

"我不是存在的一切。我是和'虚无'战的'生命'。是燃在'夜'中的'火焰'。我不是'夜'。是永远的'战斗'。无论怎样地永远的运命，是并不旁观战斗的。我是永远地战斗的自由的'意志'。来，和我一同去战斗就是，燃烧起来就是。"

"我被战败了。我已经什么也不中用了。"

"你说是战败了么？似乎觉得一切都失掉了么？但是，别的人们要成为战胜者罢。不要这样地专想自己的事，想一想你的军队的事罢。"

"我只有一个人。我所有的，只是一个我。我连一个军队也没有。"

"你不止一个人。而且，你也不是你的。你是我的一个声音，我的一条臂膊。为我扬起声来就是。为我抡起鞭子来就是。即使臂膊折了，声音失了，我是这样地站着。我用了你以外的人们的声音和臂膊战斗着。即使你战败了，也还是属于决不败北的军队的。不要忘掉这事，一直到死也还是战斗下去罢。"

"但是，我不是苦到这样了么？"

"我也一样地苦着的事，你领会不到么？几百年以来，我被'死亡'追寻着；被'虚无'窥伺着。我就单靠了胜利的力，开辟着我的路。生命的河，是因了我的血发着红的。"

"战斗么？无休无息地战斗么？"

"总得无休无息地战斗。神是无休无息地战斗着。神是征服者。就如嗜肉的狮子一般的东西。'虚无'将神禁锢。然而神击毙'虚无'。于是战斗的节奏（rhythm），即造成无上的调和（harmony）。这调和，在你的这世间的耳朵里，是听不见的。你只要知道那调和的存在，就好。静静地尽你的职务去。神们所做的事，就一任它这样。"

"我是早没有气力了。"

"为强有力的人们唱歌罢。"

"我的声音失掉了。"

"祷告罢。"

"我的心污秽着。"

"去掉那污秽的心,拿我的心去。"

"神啊,忘掉自己的事,是容易的。抛却自己的死了的魂灵,是容易的。然而,我能够摆脱我的死掉的人们么,能够忘却我的眷爱的人们么?"

"死掉的人们的,和你的死了的魂灵一同放下!那么,你便可以又会见和我的活着的魂灵一同活着的人们了。"

"你已经弃过我一回了,又将弃掉我了么?"

"我将弃掉你。这样猜疑,是不行的,只要你不再弃掉我就好。"

"假如失了我的生命呢?"

"点火在别的生命上就是。"

"假如我的心死了呢?"

"生命在别的地方。来,给生命开了你的门罢。躲在破烂屋子里的你的道理,也不该这样讲不通。到外面去。在这世上,外面住处还很多哩。"

"阿阿,生命!生命!诚然……我在我的里面搜寻着你。在关闭的空虚的我的魂灵中搜寻着你。我的魂灵被毁坏着。从我的创伤的窗间,空气流了进来。这才再能够呼吸。阿阿,生命!我会见你了……。"

这样,克里斯托夫于是乎苏生。而且更用了新的勇气,进向为生命的无穷尽的战斗的路。而且为了再生,死在那战场上了。

六　永久地战斗的自由意志

罗曼罗兰的神,说道"我是和虚无战的生命","永久地战斗的自由的意志"。据他的话，则生命即是神。在这一点，他的神，和伯格森的神正相同。伯格森是以为生的冲动即是神的。宣说生命的无穷尽的进化，宣说为了这进化的战斗，伯格森也和罗兰相同。罗兰和伯格森，那思想的基调是相等的。伯格森以为提高生命的力，则虽是"死"也可以冲破；罗兰也这样。克里斯托夫濒死时，这样说——

"神呵，你不以这仆人为不足取么？我所做的事，确是微乎其微。这以上的事，我是不能做了。……我战斗过了。苦过了。流宕过了。创造过了。允许我牵着恩爱的手，加入呼吸去罢。有一时，我将为了新的战斗而重生罢。"

于是水波声和汹涌的潮水声，和他一同这样地歌唱——

"我将苏生呀。休憩罢。从今以后，一切的一心。纠结的夜和昼的微笑。溶合的节奏呵——爱和憎的可敬的夫妇啊。我歌颂强有力的双翼之神罢。弥满以生命罢！弥满以死亡罢！"

在罗兰，死亡者，不过是为了"生"的死。他又在《克里斯托夫》的书后说，"人生是几回死亡和几回复活的一串。克里斯托夫啊，为了再生，就死去罢。"诚然，生命者，乃是仗着死和复活的不停的反复，而无休无息地扩充开去的无穷尽的道路。真的英雄，就最勇健地走这路。

对于神，罗兰又这样说——

在克里斯托夫，神并非不感苦痛的造物主；并非放火于罗马的市街上，而自在青铜塔顶，远眺它燃烧起来的那绿皇帝。神战斗着。神苦着。和称为战士的人们一同战斗，和称为苦人的人们一同吃苦。为什么呢，因为神是"生命"的缘故；是落在暗中的一滴光的缘故。这光滴一面逐渐扩大，一面将夜喝干。然而夜是无涯际的，所以神的战斗也没有穷尽。那战斗的结末究竟如何，谁也不知道。雄纠纠的交响乐！在这里，虽是互相冲撞，互相紊乱的破调，也发出妙丽的乐声。在沉默中，而在剧战的山毛榉树林，"生命"也这样，在永远的平和中，而在战斗。

要而言之：神是和虚无战的生命，和死战的生，和憎战的爱。这样子，是永远地战斗的自由意志。他的神，就没有成为满足于自己本身的完体；并不像古时哲学家所设想的神，以及古时宗教家所崇奉的神那样，至上圆满的。这一点，即全与伯格森相通，也和詹谟士相通，也和泰戈尔部分底地相通。毕竟，他也是生命派的哲学者。

他是艺术家。然而，带着许多宗教家的气息。说他是艺术家，倒是道德家；说他是道德家，倒是宗教家。他那宣说忍苦之德等，确也很像基督教徒；但他是一个不肯为任何教条（dogma）所拘束的自由思想者。他也不空谈平和，如基督教徒那样。他并不指示给"握住信仰了的人们"可走的路。单是对于无论何时何地，都能够怀着"信心"的人们，指示了可走的路——无穷无尽地进化前去的生命的路。

神——生命——爱——为了爱的战斗。

罗曼罗兰的英雄主义，就尽在上面的一行里。

　　这是《近代思想十六讲》的末一篇，一九一五年出版，所以于欧战以来的作品都不提及。但因为叙述很简明，就将它译出了。二六年三月十六日，译者记。

原载 1926 年 4 月 25 日《莽原》半月刊第 7、8 期合刊"罗曼罗兰专号"。

初未收集。

十七日

日记　晴。上午往中大讲。往平政院交裁决书送达费一元。得寄野信并稿子。下午访李小峰。往《国民新报》编辑会。朱大枬，蹇先艾来,未见。晚紫佩来。

十八日

日记 晴。上午寄小峰信。下午有麟来并赠糖食三种。夜鲁彦来。得秋芳信。

无花的蔷薇之二

1

英国勃尔根贵族曰:"中国学生只知阅英文报纸,而忘却孔子之教。英国之大敌,即此种极力诅咒帝国而幸灾乐祸之学生。……中国为过激党之最好活动场……。"(一九二五年六月三十日伦敦路透电。)

南京通信云:"基督教城中会堂聘金大教授某神学博士讲演,中有谓孔子乃耶稣之信徒,因孔子吃睡时皆祷告上帝。当有听众……质问何所据而云然;博士语塞。时乃有教徒数人,突紧闭大门,声言'发问者,乃苏俄卢布买收来者'。当呼警捕之。……"(三月十一日《国民公报》。)

苏俄的神通真是广大,竟能买收叔梁纥,使生孔子于耶稣之前,则"忘却孔子之教"和"质问何所据而云然"者,当然都受着卢布的驱使无疑了。

2

西滢教授曰:"听说在'联合战线'中,关于我的流言特别多,并且据说我一个人每月可以领到三千元。'流言'是在口上流的,在纸上到也不大见。"（《现代》六十五。）

该教授去年是只听到关于别人的流言的，却由他在纸上发表；据说今年却听到关于自己的流言了，也由他在纸上发表。"一个人每月可以领到三千元"，实在特别荒唐，可见关于自己的"流言"都不可信。但我以为关于别人的似乎倒是近理者居多。

3

据说"孤桐先生"下台之后，他的什么《甲寅》居然渐渐的有了活气了。可见官是做不得的。

然而他又做了临时执政府秘书长了，不知《甲寅》可仍然还有活气？如果还有，官也还是做得的……。

4

已不是写什么"无花的蔷薇"的时候了。

虽然写的多是刺，也还要些和平的心。

现在，听说北京城中，已经施行了大杀戮了。当我写出上面这些无聊的文字的时候，正是许多青年受弹饮刃的时候。呜呼，人和人的魂灵，是不相通的。

5

中华民国十五年三月十八日，段祺瑞政府使卫兵用步枪大刀，在国务院门前包围虐杀徒手请愿，意在援助外交之青年男女，至数百人之多。还要下令，诬之曰"暴徒"！

如此残虐险狠的行为，不但在禽兽中所未曾见，便是在人类中也极少有的，除却俄皇尼古拉二世使可萨克兵击杀民众的事，仅有一点相像。

6

中国只任虎狼侵食，谁也不管。管的只有几个年青的学生，他们本应该安心读书的，而时局漂摇得他们安心不下。假如当局者稍有良心，应如何反躬自责，激发一点天良？

然而竟将他们虐杀了！

7

假如这样的青年一杀就完，要知道屠杀者也决不是胜利者。

中国要和爱国者的灭亡一同灭亡。屠杀者虽然因为积有金资，可以比较长久地养育子孙，然而必至的结果是一定要到的。"子孙绳绳"又何足喜呢？灭亡自然较迟，但他们要住最不适于居住的不毛之地，要做最深的矿洞的矿工，要操最下贱的生业……。

8

如果中国还不至于灭亡，则已往的史实示教过我们，将来的事便要大出于屠杀者的意料之外——

这不是一件事的结束，是一件事的开头。

墨写的谎说，决掩不住血写的事实。

血债必须用同物偿还。拖欠得愈久，就要付更大的利息！

9

以上都是空话。笔写的，有什么相干？

实弹打出来的却是青年的血。血不但不掩于墨写的谎语，不醉于墨写的挽歌；威力也压它不住，因为它已经骗不过，打不死了。

　　三月十八日，民国以来最黑暗的一天，写。

　　原载 1926 年 3 月 29 日《语丝》周刊第 72 期。
　　初收 1927 年 5 月上海、北京北新书局版《华盖集续编》。

十九日

　　日记　雨雪。上午得凤举信，晚复。寄小峰信。校再版《苦闷之象征》稿毕。

二十日

　　日记　晴，风。下午培良来。晚得任国桢信，八日吉林发。

二十一日

　　日记　星期。晴。下午季市来。曹靖华，韦丛芜，素园，台静农，李霁野来。冯文炳来。紫佩来。晚裘子元来。

二十二日

　　日记　晴。午后往女师大评议会。晚季市来。寿山来。得三弟信，十六日发。

二十三日

　　日记　晴。上午紫佩来。收师大薪水五十三元。午后访素园。访小峰。访寿山。往东亚公司买『愛と死の戯』一本，『支那上代画論研究』一本，『支那画人伝』一本，共泉七元四角。下午寄素园信。寄小峰信。晚紫佩来。夜长虹来。韦素园，静农，霁野来。

二十四日

日记 晴。午后访季市。往孔德校。访齐寿山。晚子佩来。

二十五日

日记 晴。上午赴刘和珍，杨德群两君追悼会。得凤举信。得曲广均信并稿。下午品青来。季市来。

"死 地"

从一般人，尤其是久受异族及其奴仆鹰犬的蹂躏的中国人看来，杀人者常是胜利者，被杀者常是劣败者。而眼前的事实也确是这样。

三月十八日段政府惨杀徒手请愿的市民和学生的事，本已言语道断，只使我们觉得所住的并非人间。但北京的所谓言论界，总算还有评论，虽然纸笔喉舌，不能使洒满府前的青年的热血逆流入体，仍复苏生转来。无非空口的呼号，和被杀的事实一同逐渐冷落。

但各种评论中，我觉得有一些比刀枪更可以惊心动魄者在。这就是几个论客，以为学生们本不应当自蹈死地，前去送死的。倘以为徒手请愿是送死，本国的政府门前是死地，那就中国人真将死无葬身之所，除非是心悦诚服地充当奴子，"没齿而无怨言"。不过我还不知道中国人的大多数人的意见究竟如何。假使也这样，则岂但执政府前，便是全中国，也无一处不是死地了。

人们的苦痛是不容易相通的。因为不易相通，杀人者便以杀人为唯一要道，甚至于还当作快乐。然而也因为不容易相通，所以杀人者所显示的"死之恐怖"，仍然不能够儆戒后来，使人民永远变作牛马。历史上所记的关于改革的事，总是先仆后继者，大部分自然是由于公义，但人们的未经"死之恐怖"，即不容易为"死之恐怖"所愫，我以为也是一个很大的原因。

但我却恳切地希望："请愿"的事，从此可以停止了。倘用了这许多血，竟换得一个这样的觉悟和决心，而且永远纪念着，则似乎还不算是很大的折本。

世界的进步，当然大抵是从流血得来。但这和血的数量，是没有关系的，因为世上也尽有流血很多，而民族反而渐就灭亡的先例。即如这一回，以这许多生命的损失，仅博得"自蹈死地"的批判，便已将一部分人心的机微示给我们，知道在中国的死地是极其广博。

现在恰有一本罗曼罗兰的 *Le Jeu de L'Amour et de La Mort* 在我面前，其中说：加尔是主张人类为进步计，即不妨有少许污点，万不得已，也不妨有一点罪恶的；但他们却不愿意杀库尔跋齐，因为共和国不喜欢在臂膊上抱着他的死尸，因为这过于沉重。

会觉得死尸的沉重，不愿抱持的民族里，先烈的"死"是后人的"生"的唯一的灵药，但倘在不再觉得沉重的民族里，却不过是压得一同沦灭的东西。

中国的有志于改革的青年，是知道死尸的沉重的，所以总是"请愿"。殊不知别有不觉得死尸的沉重的人们在，而且一并屠杀了"知道死尸的沉重"的心。

死地确乎已在前面。为中国计，觉悟的青年应该不肯轻死了罢。

三月二十五日。

原载 1926 年 3 月 30 日《国民新报副刊》。

初收 1927 年 5 月上海、北京北新书局版《华盖集续编》。

二十六日

日记 晴。上午得伏园信。得钦文信，十五日台州发。下午赴女师大评议会。晚访子元，又同访季市。收教育部奉泉三元正。

可惨与可笑

三月十八日的惨杀事件，在事后看来，分明是政府布成的罗网，纯洁的青年们竟不幸而陷下去了，死伤至于三百多人。这罗网之所以布成，其关键就全在于"流言"的奏了功效。

这是中国的老例，读书人的心里大抵含着杀机，对于异己者总给他安排下一点可死之道。就我所眼见的而论，凡阴谋家攻击别一派，光绪年间用"康党"，宣统年间用"革党"，民二以后用"乱党"，现在自然要用"共产党"了。其实，去年有些"正人君子"们称别人为"学棍""学匪"的时候，就有杀机存在，因为这类诨号，和"臭绅士""文士"之类不同，在"棍""匪"字里，就藏着可死之道。但这也许是"刀笔吏"式的深文周纳。

去年，为"整顿学风"计，大传播学风怎样不良的流言，学匪怎样可恶的流言，居然很奏了效。今年，为"整顿学风"计，又大传播共产党怎样活动，怎样可恶的流言，又居然很奏了效。于是便将请愿者作共产党论，三百多人死伤了，如果有一个所谓共产党的首领死在里面，就更足以证明这请愿就是"暴动"。

可惜竟没有。这该不是共产党了罢。据说也还是的，但他们全都逃跑了，所以更可恶。而这请愿也还是暴动，做证据的有一根木棍，两支手枪，三瓶煤油。姑勿论这些是否群众所携去的东西；即使真是，而死伤三百多人所携的武器竟不过这一点，这是怎样可怜的暴动呵！

但次日，徐谦，李大钊，李煜瀛，易培基，顾兆熊的通缉令发表了。因为他们"啸聚群众"，像去年女子师范大学生的"啸聚男生"（章士钊解散女子师范大学呈文语）一样，"啸聚"了带着一根木棍，两支手枪,三瓶煤油的群众。以这样的群众来颠覆政府,当然要死伤三百多人;而徐谦们以人命为儿戏到这地步,那当然应该负杀人之罪了;而况自己又不到场,或者全都逃跑了呢?

以上是政治上的事,我其实不很了然。但从别一方面看来,所谓"严拿"者,似乎倒是赶走;所谓"严拿"暴徒者,似乎不过是赶走北京中法大学校长兼清室善后委员会委员长(李),中俄大学校长(徐),北京大学教授(李大钊),北京大学教务长(顾),女子师范大学校长(易);其中的三个又是俄款委员会委员:一共空出九个"优美的差缺"也。

同日就又有一种谣言,便是说还要通缉五十多人;但那姓名的一部分,却至今日才见于《京报》。这种计画,在目下的段祺瑞政府的秘书长章士钊之流的脑子里,是确实会有的。国事犯多至五十余人,也是中华民国的一个壮观;而且大概多是教员罢,倘使一同放下五十多个"优美的差缺",逃出北京,在别的地方开起一个学校来,倒也是中华民国的一件趣事。

那学校的名称,就应该叫作"啸聚"学校。

三月二十六日。

原载 1926 年 3 月 28 日《京报副刊》。

初收 1927 年 5 月上海、北京北新书局版《华盖集续编》。

二十七日

日记 晴。上午季市来。午有麟来。下午小峰,衣萍来。霁野来。

二十八日

日记 星期。昙。下午子佩来。以三弟信转寄小峰。寄任子卿信。得秋芳信。

二十九日

日记　晴。上午入山本医院。上午淑卿来。有麟来。下午紫佩来。夜寄寄野信。

三十日

日记　晴。午后访裴子元，不值。下午收女师大薪水二十元二角五分。收小峰持来泉七十元，又还三弟者十三元。

三十一日

日记　昙。上午往中国大学讲并收二月分薪水泉五。下午访韦素园等。访小峰。晚紫佩来。

四月

一日

日记 晴。下午季市来。

记念刘和珍君

一

中华民国十五年三月二十五日,就是国立北京女子师范大学为十八日在段祺瑞执政府前遇害的刘和珍杨德群两君开追悼会的那一天,我独在礼堂外徘徊,遇见程君,前来问我道,"先生可曾为刘和珍写了一点什么没有?"我说"没有"。她就正告我,"先生还是写一点罢;刘和珍生前就很爱看先生的文章。"

这是我知道的,凡我所编辑的期刊,大概是因为往往有始无终之故罢,销行一向就甚为寥落,然而在这样的生活艰难中,毅然预定了《莽原》全年的就有她。我也早觉得有写一点东西的必要了,这虽然于死者毫不相干,但在生者,却大抵只能如此而已。倘使我能够相信真有所谓"在天之灵",那自然可以得到更大的安慰,——但是,现在,却只能如此而已。

可是我实在无话可说。我只觉得所住的并非人间。四十多个青年的血,洋溢在我的周围,使我艰于呼吸视听,那里还能有什么言语?长歌当哭,是必须在痛定之后的。而此后几个所谓学者文人的阴险的论调，尤使我觉得悲哀。我已经出离愤怒了。我将深味这非人间的浓黑的悲凉；以我的最大哀痛显示于非人间，使它们快意于我的苦痛，就将这作为后死者的菲薄的祭品，奉献于逝者的灵前。

二

真的猛士，敢于直面惨淡的人生，敢于正视淋漓的鲜血。这是怎样的哀痛者和幸福者？然而造化又常常为庸人设计，以时间的流驶，来洗涤旧迹，仅使留下淡红的血色和微漠的悲哀。在这淡红的血色和微漠的悲哀中，又给人暂得偷生，维持着这似人非人的世界。我不知道这样的世界何时是一个尽头！

我们还在这样的世上活着；我也早觉得有写一点东西的必要了。离三月十八日也已有两星期，忘却的救主快要降临了罢，我正有写一点东西的必要了。

三

在四十余被害的青年之中，刘和珍君是我的学生。学生云者，我向来这样想，这样说，现在却觉得有些踌躇了，我应该对她奉献我的悲哀与尊敬。她不是"苟活到现在的我"的学生，是为了中国而死的中国的青年。

她的姓名第一次为我所见，是在去年夏初杨荫榆女士做女子师范大学校长，开除校中六个学生自治会职员的时候。其中的一个就是她；但是我不认识。直到后来，也许已经是刘百昭率领男女武将，强拖出校之后了，才有人指着一个学生告诉我，说：这就是刘和珍。其时我才能将姓名和实体联合起来，心中却暗自诧异。我平素想，能够不为势利所屈，反抗一广有羽翼的校长的学生，无论如何，总该是有些桀骜锋利的，但她却常常微笑着，态度很温和。待到偏安于宗帽胡同，赁屋授课之后，她才始来听我的讲义，于是见面的回数就较多了，也还是始终微笑着，态度很温和。待到学校恢复旧观，往日的教职员以为责任已尽，准备陆续引退的时候，我才见她虑及母校前途，黯然至于泣下。此后似乎就不相见。总之，在我的记忆上，那一次就是永别了。

四

我在十八日早晨，才知道上午有群众向执政府请愿的事；下午便得到噩耗，说卫队居然开枪，死伤至数百人，而刘和珍君即在遇害者之列。但我对于这些传说，竟至于颇为怀疑。我向来是不惮以最坏的恶意，来推测中国人的，然而我还不料，也不信竟会下劣凶残到这地步。况且始终微笑着的和蔼的刘和珍君，更何至于无端在府门前喋血呢？

然而即日证明是事实了，作证的便是她自己的尸骸。还有一具，是杨德群君的。而且又证明着这不但是杀害，简直是虐杀，因为身体上还有棍棒的伤痕。

但段政府就有令，说她们是"暴徒"！

但接着就有流言，说她们是受人利用的。

惨象，已使我目不忍视了；流言，尤使我耳不忍闻。我还有什么话可说呢？我懂得衰亡民族之所以默无声息的缘由了。沉默呵，沉默呵！不在沉默中爆发，就在沉默中灭亡。

五

但是，我还有要说的话。

我没有亲见；听说，她，刘和珍君，那时是欣然前往的。自然，请愿而已，稍有人心者，谁也不会料到有这样的罗网。但竟在执政府前中弹了,从背部入,斜穿心肺,已是致命的创伤,只是没有便死。同去的张静淑君想扶起她,中了四弹,其一是手枪,立仆;同去的杨德群君又想去扶起她,也被击,弹从左肩入,穿胸偏右出,也立仆。但她还能坐起来,一个兵在她头部及胸部猛击两棍,于是死掉了。

始终微笑的和蔼的刘和珍君确是死掉了,这是真的,有她自己的尸骸为证;沉勇而友爱的杨德群君也死掉了,有她自己的尸骸为证;只有一样沉勇而友爱的张静淑君还在医院里呻吟。当三个女子从容地转辗于文明人所发明的枪弹的攒射中的时候,这是怎样的一个惊心动魄的伟大呵!中国军人的屠戮妇婴的伟绩,八国联军的惩创学生的武功,不幸全被这几缕血痕抹杀了。

但是中外的杀人者却居然昂起头来,不知道个个脸上有着血污……。

六

时间永是流驶,街市依旧太平,有限的几个生命,在中国是不算什么的,至多,不过供无恶意的闲人以饭后的谈资,或者给有恶意的闲人作"流言"的种子。至于此外的深的意义,我总觉得很寥寥,因为这实在不过是徒手的请愿。人类的血战前行的历史,正如煤的形成,当时用大量的木材,结果却只是一小块,但请愿是不在其中的,更何况是徒手。

然而既然有了血痕了,当然不觉要扩大。至少,也当浸渍了亲族,师友,爱人的心,纵使时光流驶,洗成绯红,也会在微漠的悲哀中永存微笑的和蔼的旧影。陶潜说过,"亲戚或徐悲,他人亦已歌,死去何所道,托体同山阿。"倘能如此,这也就够了。

七

我已经说过:我向来是不惮以最坏的恶意来推测中国人的。但这回却很有几点出于我的意外。一是当局者竟会这样地凶残，一是流言家竟至如此之下劣，一是中国的女性临难竟能如是之从容。

我目睹中国女子的办事，是始于去年的，虽然是少数，但看那干练坚决，百折不回的气概，曾经屡次为之感叹。至于这一回在弹雨中互相救助，虽殒身不恤的事实，则更足为中国女子的勇毅，虽遭阴谋秘计，压抑至数千年，而终于没有消亡的明证了。倘要寻求这一次死伤者对于将来的意义，意义就在此罢。

苟活者在淡红的血色中，会依稀看见微茫的希望；真的猛士，将更奋然而前行。

呜呼，我说不出话，但以此记念刘和珍君！

四月一日。

原载 1926 年 4 月 12 日《语丝》周刊第 74 期。

初收 1927 年 5 月上海、北京北新书局版《华盖集续编》。

二日

日记　晴。上午理发。得曹靖华信，午后复。季市来。下午寄紫佩信。寄长虹信。寄三弟信。晚紫佩来。

空　谈

一

请愿的事，我一向就不以为然的，但并非因为怕有三月十八日那样的惨杀。那样的惨杀，我实在没有梦想到，虽然我向来常以"刀笔吏"的意思来窥测我们中国人。我只知道他们麻木，没有良心，不足与言，而况是请愿，而况又是徒手，却没有料到有这么阴毒与凶残。能逆料的，大概只有段祺瑞，贾德耀，章士钊和他们的同类罢。四十七个男女青年的生命，完全是被骗去的，简直是诱杀。

有些东西——我称之为什么呢，我想不出——说：群众领袖应负道义上的责任。这些东西仿佛就承认了对徒手群众应该开枪，执政府前原是"死地"，死者就如自投罗网一般。群众领袖本没有和段祺瑞等辈心心相印，也未曾互相钩通，怎么能够料到这阴险的辣手。这样的辣手，只要略有人气者，是万万豫想不到的。

我以为倘要锻炼群众领袖的错处，只有两点：一是还以请愿为有用；二是将对手看得太好了。

二

但以上也仍然是事后的话。我想，当这事实没有发生以前，恐怕谁也不会料到要演这般的惨剧，至多，也不过获得照例的徒劳罢了。只有有学问的聪明人能够先料到，承认凡请愿就是送死。

陈源教授的《闲话》说："我们要是劝告女志士们，以后少加入群众运动，她们一定要说我们轻视她们，所以我们也不敢来多嘴。可是对于未成年的男女孩童，我们不能不希望他们以后不再参加任何运动。"（《现代评论》六十八）为什么呢？因为参加各种运动，是甚至于像这次一样，要"冒枪林弹雨的险，受践踏死伤之苦"的。

这次用了四十七条性命，只购得一种见识：本国的执政府前是"枪林弹雨"的地方，要去送死，应该待到成年，出于自愿的才是。

我以为"女志士"和"未成年的男女孩童"，参加学校运动会，大概倒还不至于有很大的危险的。至于"枪林弹雨"中的请愿，则虽是成年的男志士们，也应该切切记住，从此罢休！

看现在竟如何。不过多了几篇诗文,多了若干谈助。几个名人和什么当局者在接洽葬地,由大请愿改为小请愿了。埋葬自然是最妥当的收场。然而很奇怪,仿佛这四十七个死者,是因为怕老来死后无处埋葬,特来挣一点官地似的。万生园多么近,而四烈士坟前还有三块墓碑不镌一字,更何况僻远如圆明园。

死者倘不埋在活人的心中,那就真真死掉了。

三

改革自然常不免于流血,但流血非即等于改革。血的应用,正如金钱一般,吝啬固然是不行的,浪费也大大的失算。我对于这回的牺牲者,非常觉得哀伤。

但愿这样的请愿,从此停止就好。

请愿虽然是无论那一国度里常有的事,不至于死的事,但我们已经知道中国是例外,除非你能将"枪林弹雨"消除。正规的战法,也必须对手是英雄才适用。汉末总算还是人心很古的时候罢,恕我引一个小说上的典故:许褚赤体上阵,也就很中了好几箭。而金圣叹还笑他道:"谁叫你赤膊?"

至于现在似的发明了许多火器的时代,交兵就都用壕堑战。这并非吝惜生命,乃是不肯虚掷生命,因为战士的生命是宝贵的。在战士不多的地方,这生命就愈宝贵。所谓宝贵者,并非"珍藏于家",乃是要以小本钱换得极大的利息,至少,也必须卖买相当。以血的洪流淹死一个敌人,以同胞的尸体填满一个缺陷,已经是陈腐的话了。从最新的战术的眼光看起来,这是多么大的损失。

这回死者的遗给后来的功德,是在撕去了许多东西的人相,露出那出于意料之外的阴毒的心,教给继续战斗者以别种方法的战斗。

四月二日。

原载 1926 年 4 月 10 日《国民新报副刊》。

初收 1927 年 5 月上海、北京北新书局版《华盖集续编》。

三日

日记　晴。午后访霁野。访小峰,得再版《苦闷的象征》十五本。季市来。晚紫佩来。

四日

日记　星期。昙。午后寄霁野信。下午有麟来。

五日

日记　晴。上午得秦君烈信,即复。寄还李英群文稿。下午访季市,未遇。寄韦素园信。晚季市来。夜有麟来。紫佩来,托其代定石印《嘉泰会稽志及宝庆续志》一部,黄纸,计泉六元八角。

六日

日记　晴。上午往女师大讲。回家。得韦素园信。得霁野信。下午访霁野。访小峰。仍至医院。从小峰收泉卅。晚寄小峰信。寄风举信。晚紫佩来。夜有麟来。

如此“讨赤”

京津间许多次大小战争,战死了不知多少人,为“讨赤”也;执政府前开排枪,打死请愿者四十七,伤百余,通缉“率领暴徒”之徐谦等人五,为“讨赤”也;奉天飞机三临北京之空中,掷下炸弹,杀两妇人,伤一小黄狗，为"讨赤"也。

京津间战死之兵士和北京中被炸死之两妇人和被炸伤之一小黄狗，是否即"赤"，尚无"明令"，下民不得而知。至于府前枪杀之四十七人，则第一"明令"已云有"误伤"矣；京师地方检察厅公函又云"此次集会请愿宗旨尚属正当，又无不正之行为"矣；而国务院会议又将"从优拟恤"矣。然则徐谦们所率领的"暴徒"那里去了呢？他们都有符咒，能避枪炮的么？

总而言之："讨"则"讨"矣了，而"赤"安在呢？

而"赤"安在，姑且勿论。归根结蒂，"烈士"落葬，徐谦们逃亡，两个俄款委员会委员出缺。六日《京报》云："昨日九校教职员联席会议代表在法政大学开会，查良钊主席，先报告前日因俄款委员会改组事，与教长胡仁源接洽之情形；次某代表发言，略云，政府此次拟以外教财三部事务官接充委员，同人应绝对反对，并非反对该项人员人格，实因俄款数目甚大，中国教育界仰赖甚深……。"

又有一条新闻，题目是："五私大亦注意俄款委员会"云。

四十七人之死，有功于"中国教育界"良非浅尠也。"从优拟恤"，谁曰不宜！？

而今而后，庶几"中国教育界"中，不至于再称异己者为"卢布党"欤？

四月六日。

原载 1926 年 4 月 10 日《京报副刊》。

初收 1927 年 5 月上海、北京北新书局版《华盖集续编》。

七日

日记 晴。上午寄培良信。寄伏园稿。往中大讲。午后访季市。下午季市来。有麟来。

八日

日记　昙，大风。上午得凤举信。午寄霁野信。午后得矛尘信。下午出山本医院。访季市。得长虹信。晚长虹来。夜得小峰信。

淡淡的血痕中

记念几个死者和生者和未生者

目前的造物主，还是一个怯弱者。

他暗暗地使天变地异，却不敢毁灭一个这地球；暗暗地使生物衰亡，却不敢长存一切尸体；暗暗地使人类流血，却不敢使血色永远鲜秾；暗暗地使人类受苦，却不敢使人类永远记得。

他专为他的同类——人类中的怯弱者——设想，用废墟荒坟来衬托华屋，用时光来冲淡苦痛和血痕；日日斟出一杯微甘的苦酒，不太少，不太多，以能微醉为度，递给人间，使饮者可以哭，可以歌，也如醒，也如醉，若有知，若无知，也欲死，也欲生。他必须使一切也欲生；他还没有灭尽人类的勇气。

几片废墟和几个荒坟散在地上，映以淡淡的血痕，人们都在其间咀嚼着人我的渺茫的悲苦。但是不肯吐弃，以为究竟胜于空虚，各各自称为"天之僇民"，以作咀嚼着人我的渺茫的悲苦的辩解，而且悚息着静待新的悲苦的到来。新的，这就使他们恐惧，而又渴欲相遇。

这都是造物主的良民。他就需要这样。

叛逆的猛士出于人间；他屹立着，洞见一切已改和现有的废墟和荒坟，记得一切深广和久远的苦痛，正视一切重叠淤积的凝血，深知一切已死，方生，将生和未生。他看透了造化的把戏；他将要起来

114

使人类苏生,或者使人类灭尽,这些造物主的良民们。

造物主,怯弱者,羞惭了,于是伏藏。天地在猛士的眼中于是变色。

一九二六年四月八日。

原载 1926 年 4 月 19 日《语丝》周刊第 75 期,副题作《野草之二十二》。

初收 1927 年 7 月北京北新书局版"乌合丛书"之一《野草》。

九日

日记　晴。午后访霁野,不在寓。访小峰。往东亚公司买『美学』一本,『美学原論』一本,『有岛武郎著作集』一至三各一本,绒布制象一个,共泉七元。访齐寿山,以绒象赠其第三子。夜紫佩来。

致 章廷谦

矛尘兄:

承示甚感。

五十人案,今天《京报》上有名单,排列甚巧,不像谣言,且云陈任中甚主张之。日前许季黻曾面问陈任中,而该陈任中一口否认,甚至于说并无其事,此真"娘东石杀"之至者也。

但此外却一无所闻,我看这事情大约已经过去了。非奉军入京,或另借事端,似乎不能再发动。至于现在之事端,则最大者盖惟飞机抛掷炸弹,联军总攻击,国直议和三件,而此三件,大概皆不能归咎于五十人煽动之故也欤。

迅　上　四月九日

我想调查五十人的籍贯和饭碗，有所议论，请你将所知者注入掷下，劳驾，劳驾！

其实只有四十八人，未知是遗漏，还是仿九六足串大钱例，以忲算弐也。

十日

日记　晴。上午有麟来。季市来，即同访寿山。下午衣萍来。培良，芝圃来。紫佩来。有麟来。仲侃来，赠以《中国小说史略》一本。

一　觉

飞机负了掷下炸弹的使命，像学校的上课似的，每日上午在北京城上飞行。每听得机件搏击空气的声音，我常觉到一种轻微的紧张，宛然目睹了"死"的袭来，但同时也深切地感着"生"的存在。

隐约听到一二爆发声以后，飞机嗡嗡地叫着，冉冉地飞去了。也许有人死伤了罢，然而天下却似乎更显得太平。窗外的白杨的嫩叶，在日光下发乌金光；榆叶梅也比昨日开得更烂漫。收拾了散乱满床的日报，拂去昨夜聚在书桌上的苍白的微尘，我的四方的小书斋，今日也依然是所谓"窗明几净"。

因为或一种原因，我开手编校那历来积压在我这里的青年作者的文稿了；我要全都给一个清理。我照作品的年月看下去，这些不肯涂脂抹粉的青年们的魂灵便依次屹立在我眼前。他们是绰约的，是纯真的，——阿，然而他们苦恼了，呻吟了，愤怒，而且终于粗暴了,我的可爱的青年们!

魂灵被风沙打击得粗暴,因为这是人的魂灵,我爱这样的魂灵;我愿意在无形无色的鲜血淋漓的粗暴上接吻。漂渺的名园中,奇花盛开着,红颜的静女正在超然无事地逍遥,鹤唳一声,白云郁然而起……。这自然使人神往的罢,然而我总记得我活在人间。

我忽然记起一件事:两三年前,我在北京大学的教员预备室里,看见进来了一个并不熟识的青年,默默地给我一包书,便出去了,打开看时,是一本《浅草》。就在这默默中,使我懂得了许多话。阿,这赠品是多么丰饶呵!可惜那《浅草》不再出版了,似乎只成了《沉钟》的前身。那《沉钟》就在这风沙澒洞中,深深地在人海的底里寂寞地鸣动。

野蓟经了几乎致命的摧折,还要开一朵小花,我记得托尔斯泰曾受了很大的感动,因此写出一篇小说来。但是,草木在旱干的沙漠中间,拼命伸长他的根,吸取深地中的水泉,来造成碧绿的林莽,自然是为了自己的“生”的,然而使疲劳枯渴的旅人,一见就怡然觉得遇到了暂时息肩之所,这是如何的可以感激,而且可以悲哀的事!?

《沉钟》的《无题》——代启事——说:“有人说:我们的社会是一片沙漠。——如果当真是一片沙漠,这虽然荒漠一点也还静肃;虽然寂寞一点也还会使你感觉苍茫。何至于像这样的混沌,这样的阴沉,而且这样的离奇变幻!”

是的,青年的魂灵屹立在我眼前,他们已经粗暴了,或者将要粗暴了,然而我爱这些流血和隐痛的魂灵,因为他使我觉得是在人间,是在人间活着。

在编校中夕阳居然西下,灯火给我接续的光。各样的青春在眼前一一驰去了,身外但有昏黄环绕。我疲劳着,捏着纸烟,在无名的思想中静静地合了眼睛,看见很长的梦。忽而惊觉,身外也还是环绕着昏黄;烟篆在不动的空气中上升,如几片小小夏云,徐徐幻出难以指名的形象。

一九二六年四月十日。

　　　　原载 1926 年 4 月 19 日《语丝》周刊第 75 期,副题作《野
草之二十三》。
　　　　初收 1927 年 7 月北京北新书局版"乌合丛书"之一《野
草》。

十一日

　　日记　星期。晴。上午得小峰信。下午长虹来。晚季市来。
矛尘,伏园,春台来。

十二日

　　日记　晴。上午往北大讲。午后访小峰。得钦文信,三月卅一
日发。夜访季市。

十三日

　　日记　晴。上午往女师大讲。得丛芜信,午复。寄李天织信。
夜得长虹信。得霁野信。校印稿。

大衍发微

　　三月十八日段祺瑞,贾德耀,章士钊们使卫兵枪杀民众,通缉五
个所谓"暴徒首领"之后,报上还流传着一张他们想要第二批通缉的
名单。对于这名单的编纂者,我现在并不想研究。但将这一批人的
籍贯职务调查开列起来,却觉得取舍是颇为巧妙的。先开前六名,
但所任的职务,因为我见闻有限,所以也许有遗漏:
　　一　徐谦(安徽)俄国退还庚子赔款委员会委员,中俄大学校

118

长,广东外交团代表主席。

二　李大钊(直隶)国立北京大学教授,校长室秘书。

三　吴敬恒(江苏)清室善后委员会监理。

四　李煜瀛(直隶)俄款委员会委员长,清室善后委员会委员长,中法大学代理校长,北大教授。

五　易培基(湖南)前教育总长,现国立北京女子师范大学校长。

六　顾兆熊(直隶)俄款委员会委员,北大教务长,北京教育会会长。

四月九日《京报》云:"姓名上尚有圈点等符号,其意不明。……徐李等五人名上各有三圈,吴稚晖虽列名第三,而仅一点。余或两圈一圈或一点,不记其详。"于是就有人推测,以为吴老先生之所以仅有一点者,因章士钊还想引以为重,以及别的原因云云。案此皆未经开列职务,以及未见陈源《闲话》之故也。只要一看上文,便知道圈点之别,不过表明"差缺"之是否"优美"。监理是点查物件的监督者,又没有什么薪水,所以只配一点;而别人之"差缺"则大矣,自然值得三圈。"不记其详"的余人,依此类推,大约即不至于有大错。将冠冕堂皇的"整顿学风"的盛举,只作如是观,虽然太煞风景,对不住"正人君子"们,然而我的眼光这样,也就无法可想。再写下去罢,计开:

七　陈友仁(广东)前《民报》英文记者,现《国民新报》英文记者。

八　陈启修(四川)中俄大学教务长,北大教授,女师大教授,《国民新报副刊》编辑。

九　朱家骅(浙江)北大教授。

十　蒋梦麟(浙江)北大教授,代理校长。

十一　马裕藻(浙江)北大国文系主任,师大教授,前女师大总务长现教授。

十二　许寿裳(浙江)教育部编审员,前女师大教务长现教授。

十三　沈兼士(浙江)北大国文系教授,清室善后委员会委员,
女师大教授。

十四　陈垣(广东)前教育次长,现清室善后委员会委员,北大
导师。

十五　马叙伦(浙江)前教育次长,教育特税督办,现国立师范
大学教授,北大讲师。

十六　邵振青(浙江)《京报》总编辑。

十七　林玉堂(福建)北大英文系教授,女师大教务长,《国民新
报》英文部编辑,《语丝》撰稿者。

十八　萧子升(湖南)前《民报》编辑,教育部秘书,《猛进》撰
稿者。

十九　李玄伯(直隶)北大法文系教授,《猛进》撰稿者。

二十　徐炳昶(河南)北大哲学系教授,女师大教授,《猛进》撰
稿者。

二十一　周树人(浙江)教育部佥事,女师大教授,北大国文系
讲师,中国大学讲师,《国副》编辑,《莽原》编辑,《语丝》
撰稿者。

二十二　周作人(浙江)北大国文系教授,女师大教授,燕京大
学副教授,《语丝》撰稿者。

二十三　张凤举(江西)北大国文系教授,女师大讲师,《国副》
编辑,《猛进》及《语丝》撰稿者。

二十四　陈大齐(浙江)北大哲学系教授,女师大教授。

二十五　丁维汾(山东)国民党。

二十六　王法勤(直隶)国民党,议员。

二十七　刘清扬(直隶)国民党妇女部长。

二十八　潘廷干

二十九　高鲁(福建)中央观象台长,北大讲师。

三　十　谭熙鸿（江苏）北大教授，《猛进》撰稿者。

三十一　陈彬和（江苏）前平民中学教务长，前天津南开学校总务长，现中俄大学总务长。

三十二　孙伏园（浙江）北大讲师，《京报副刊》编辑。

三十三　高一涵（安徽）北大教授，中大教授，《现代评论》撰稿者。

三十四　李书华（直隶）北大教授，《猛进》撰稿者。

三十五　徐宝璜（江西）北大教授，《猛进》撰稿者。

三十六　李麟玉（直隶）北大教授，《猛进》撰稿者。

三十七　成平（湖南）《世界日报》及《晚报》总编辑，女师大讲师。

三十八　潘蕴巢（江苏）《益世报》记者。

三十九　罗敦伟（湖南）《国民晚报》记者。

四　十　邓飞黄（湖南）《国民新报》总编辑。

四十一　彭齐群（吉林）中央观象台科长，《猛进》撰稿者。

四十二　徐巽（安徽）中俄大学校务委员会委员长。

四十三　高穰（福建）律师，曾担任女师大学生控告章士钊刘百昭事。

四十四　梁鼎

四十五　张平江（四川）女师大学生。

四十六　姜绍谟（浙江）前教育部秘书。

四十七　郭春涛（河南）北大学生。

四十八　纪人庆（云南）大中公学教员。

以上只有四十八人，五十缺二，不知是失抄，还是像九六的制钱似的，这就算是足串了。至于职务，除遗漏外，怕又有错误，并且有几位是为我所一时无从查考的。但即此已经足够了，早可以看出许多秘密来——

甲，改组两个机关：

1.俄国退还庚子赔款委员会;

2.清室善后委员会。

乙,"扫除"三个半学校:

1.中俄大学;

2.中法大学;

3.女子师范大学;

4.北京大学之一部分。

丙,扑灭四种报章:

1.《京报》;

2.《世界日报》及《晚报》;

3.《国民新报》;

4.《国民晚报》。

丁,"逼死"两种副刊:

1.《京报副刊》;

2.《国民新报副刊》。

戊,妨害三种期刊:

1.《猛进》;

2.《语丝》;

3.《莽原》。

"孤桐先生"是"正人君子"一流人,"党同伐异"怕是不至于的,
"睚眦之怨"或者也未必报。但是赵子昂的画马,岂不是据说先对着
镜子,摹仿形态的么? 据上面的镜子,从我的眼睛,还可以看见一些
额外的形态——

1. 连替女师大学生控告章士钊的律师都要获罪,上面已经说
   过了。

2. 陈源"流言"中的所谓"某籍",有十二人,占全数四分之一。

3. 陈源"流言"中的所谓"某系"(案盖指北大国文系也),计有
   五人。

4. 曾经发表反章士钊宣言的北大评议员十七人,有十四人在内。

5. 曾经发表反杨荫榆宣言的女师大教员七人,有三人在内,皆"某籍"。

这通缉如果实行,我是想要逃到东交民巷或天津去的;能不能自然是别一问题。这种举动虽将为"正人君子"所冷笑,但我却不愿意为要博得这些东西的夸奖,便到"孤桐先生"的麾下去投案。但这且待后来再说,因为近几天是"孤桐先生"也如"政客,富人,和革命猛进者及民众的首领"一般,"安居在东交民巷里"了。

原载 1926 年 4 月 16 日《京报副刊》。

初收 1928 年 10 月上海北新书局版《而已集》,列为附录。

十四日

日记 晴。上午得田问山信并稿。往中大讲。午后寄伏园稿。下午培良来。得丛芜信,晚复之。夜得朋其信并稿。濯足。

十五日

日记 晴。上午寄霁野信。寄朋基信。下午季市来,同访寿山。往山本医院。得季野信。晚移住德国医院。

十六日

日记 雨。下午淑卿来。寄风举信。晚访寿山。

十七日

日记 晴。上午回家一省视。往东亚公司买『有岛武郎著作集』第十一一本,『支那游記』一本,共泉二元五角。寄伏园信。寄霁野信。夜往东安饭店。

十八日

日记 星期。晴。上午往东安饭店。得董秋芳信。午有麟来。紫佩来。寿山来,同往德国饭店午餐。下午广平来。晚淑卿来。得钦文及元庆信,八日发。

十九日

日记 昙,风。上午有麟来。得季野信。

二十日

日记 晴。上午淑卿来。有麟来。得小峰信。访寿山。午寄霁野信。午后访小峰。回家一省视。

二十一日

日记 晴。上午淑卿来。回家省视,夜至医院。得三弟信,十四日发。

二十二日

日记 昙。上午寿山来。晚淑卿来。得培良信并稿,十七日杨柳青发。得朋其稿。得田问山信,骂而索旧稿,即检寄之。有麟来。夜小雨。

二十三日

日记 昙。上午往女师大考试。回家一视。得敬隐渔信。午后访静农。访小峰。晚自德国医院回家。得韦素园信。得钦文信并图案一枚,三月廿八日发。夜得李遇安信,十五日定县发。

二十四日

　　日记　昙。上午寄凤举信。寄钦文信。寄三弟信。下午有麟来。

二十五日

　　日记　星期。晴,风。下午秋芳来。寄敬隐渔信。紫佩来。夜得李遇安信。得衣萍信。得名肃信。得霁野信并稿。

二十六日

　　日记　昙。上午往北大讲。访霁野,付以印书泉百。午后访小峰,收泉百。得凤举信。往东亚公司买『有岛武郎著作集』第十二辑一本,一元二角。访寿山,不值。下午季市来。夜往法国医院。

二十七日

　　日记　晴。下午访寿山。往东亚公司买『最近之英文学』一本,二元。

二十八日

　　日记　晴。下午子佩来。如山来。夜浴。

二十九日

　　日记　晴。无事。

三十日

　　日记　晴。下午得曲均九信。得台静农信。寄邓飞黄信。夜回家。

五月

一日

日记 昙。午后寄静农信。复曲均九信。下午陈炜谟,冯至来。缪金源来。晚往医院。

致 韦素园

素园兄:

日前得来函,在匆忙中,未即复。关于我的小说,如能如来信所说,作一文,我甚愿意而且希望。此可先行发表,然后收入本子中。但倘如霁野所定律令,必须长至若干页,则是一大苦事,我以为长短可以不拘也。

昨看见张凤举,他说 Dostojewski 的《穷人》,不如译作"可怜人"之确切。未知原文中是否也含"穷"与"可怜"二义。倘也如英文一样,则似乎可改,请与霁野一商,改定为荷。

迅 五,一〇

二日

日记 星期。晴。上午紫佩来。午后访小峰,不遇,取《故乡》十本。访素园,校译诗。下午回家一转,仍往医院。晚小峰,矛尘来。夜回家。

三日

日记　昙。上午往北大讲。午后往邮政总局取陶璇卿所寄我之画象,人众拥挤不能得,往法国医院取什物少许,仍至邮政总局取画象归。夜东亚公司送来『男女と性格』,『作者の感想』,『永遠の幻影』各一本,共泉四元五角。

四日

日记　昙。上午得丛芜信。下午季市来。得三弟信,二十八日发,即复。紫佩来。

五日

日记　小雨。上午静农来并交《莽原》十本。往中大讲并收三月分薪水泉五。买鞋一双,二元五角。得邓飞黄信并上月编辑费卅,即复。晚得陈炜谟信并《沉钟》第四期一分,安特来夫照象一枚。夜得车耕南信片,四日天津发。

六日

日记　晴。上午得邓飞黄信。午后大风。下午访韦素园。访李小峰。往法国医院取什物。

无花的蔷薇之三

1

积在天津的纸张运不到北京,连印书也颇受战争的影响,我的旧杂感的结集《华盖集》付印两月了,排校还不到一半。可惜先登了一个预告,以致引出陈源教授的"反广告"来——

"我不能因为我不尊敬鲁迅先生的人格,就不说他的小说好,我也不能因为佩服他的小说,就称赞他其余的文章。我觉得他的杂感,除了《热风》中二三篇外,实在没有一读之价值。"(《现代评论》七十一,《闲话》。)

这多么公平!原来我也是"今不如古"了;《华盖集》的销路,比起《热风》来,恐怕要较为悲观。而且,我的作小说,竟不料是和"人格"无关的。"非人格"的一种文字,像新闻记事一般的,倒会使教授"佩服",中国又仿佛日见其光怪陆离了似的,然则"实在没有一读之价值"的杂感,也许还要存在罢。

2

做那有名的小说 *Don Quijote* 的 M. de Cervantes 先生,穷则有之,说他像叫化子,可不过是一种特别流行于中国学者间的流言。他说 Don Quijote 看游侠小说看疯了,便自己去做侠客,打不平。他的亲人知道是书籍作的怪,就请了间壁的理发匠来检查;理发匠选出几部好的留下来,其余的便都烧掉了。

大概是烧掉的罢,记不清楚了;也忘了是多少种。想来,那些入选的"好书"的作家们,当时看了这小说里的书单,怕总免不了要面红耳赤地苦笑的罢。

中国虽然似乎日见其光怪陆离了。然而,乌乎哀哉!我们连"苦笑"也得不到。

3

有人从外省寄快信来问我平安否。他不熟于北京的情形,上了

128

流言的当了。

北京的流言报,是从袁世凯称帝,张勋复辟,章士钊"整顿学风"以还,一脉相传,历来如此的。现在自然也如此。

第一步曰:某方要封闭某校,捕拿某人某人了。这是造给某校某人看,恐吓恐吓的。

第二步曰:某校已空虚,某人已逃走了。这是造给某方看,煽动煽动的。

又一步曰:某方已搜检甲校,将搜检乙校了。这是恐吓乙校,煽动某方的。

"平生不作亏心事,夜半敲门不吃惊。"乙校不自心虚,怎能给恐吓呢? 然而,少安毋躁罢。还有一步曰:乙校昨夜通宵达旦,将赤化书籍完全焚烧矣。

于是甲校更正,说并未搜检;乙校更正,说并无此项书籍云。

4

于是连卫道的新闻记者,圆稳的大学校长也住进六国饭店,讲公理的大报也摘去招牌,学校的号房也不卖《现代评论》:大有"火炎昆冈,玉石俱焚"之概了。

其实是不至于此的,我想。不过,谣言这东西,却确是造谣者本心所希望的事实,我们可以借此看看一部分人的思想和行为。

5

中华民国九年七月直皖战争开手;八月,皖军溃灭,徐树铮等九人避入日本公使馆。这时还点缀着一点小玩意,是有一些正人君子——不是现在的一些正人君子——去游说直派武人,请他杀戮改革论者了。终于没有结果;便是这事也早从人们的记忆上消去。但试去翻那年八月的《北京日报》，还可以看见一个大广告，里面是什么大英雄得胜之后，必须廓清邪说，诛戮异端等类古色古香的名言。

那广告是有署名的，在此也无须提出。但是，较之现在专躲在暗中的流言家，却又不免令人有"今不如古"之感了。我想，百年前比现在好，千年前比百年前好，万年前比千年前好……特别在中国或者是确凿的。

6

在报章的角落里常看见对青年们的谆谆的教诫：敬惜字纸咧；留心国学咧；伊卜生这样，罗曼罗兰那样咧。时候和文字是两样了，但含义却使我觉得很耳熟：正如我年幼时所听过的耆宿的教诫一般。

这可仿佛是"今不如古"的反证了。但是，世事都有例外，对于上一节所说的事，这也算作一个例外罢。

五月六日。

原载 1926 年 5 月 17 日《语丝》周刊第 79 期。

初收 1927 年 5 月上海、北京北新书局版《华盖集续编》。

七日

日记 晴。上午凤举，旭生来。晚季市来。得凤举信。

八日

日记 晴。午后高歌，段沸声来。下午李季谷来，未见，留赠杭笔八枝。得凤举信。

九日

日记　星期。昙。午后小雨。访李遇安,交以稿费五。托直隶书局订书。

十日

日记　晴。上午往北大讲。访小峰。访季野。得谭在宽信。午后得语堂信招饮于大陆春,晚赴之,同席为幼渔,季市。董秋芳来,赠以《故乡》一本。

生艺术的胎[*]

[日本]有岛武郎

生艺术的胎是爱。除此以外,再没有生艺术的胎了。有人以为"真"生艺术。然而真所生的是真理。说真理即是艺术,是不行的。真得了生命而动的时候,真即变而成爱。这爱之所生的,乃是艺术。

一切皆动。在静止的状态者,绝没有。一切皆变。在不变的状态者,未尝有。如果有静止不变的,那不过是因了想要凝视一种事物的欲望,我们在空中所假设的楼阁。

所谓真,说起来,也就是那楼阁之一。我们硬将常动常变的爱,姑且暂放在静止不变的状态上,给与一个名目,叫作"真"。流水落在山石间,不绝地在那里旋出一个涡纹。倘若流水的量是一定的,则涡纹的形也大抵一定的罢。然而那涡纹的内容,却虽是一瞬间,也不同一。这和细微的外界的影响——例如气流,在那水上游泳的小鱼,落下来的枯叶,涡纹本身小变化的及于后一瞬间的力——相伴,永远行着应接不暇的变化。独在想要凝视这涡纹的人,这才推却了这样的摇动,发出试将涡纹这东西,在脑里分明地再现一回的欲望来。而在那人的心里,是可以将流水在争求一个中心点,回旋状地行着求心底的运动这一种现象,作为静止不变的假象而设想的。

假如涡纹这东西是爱,则涡纹的假象就是真。涡纹实在;但涡纹的假象却不过是再现在人心中的幻影。正如有了涡纹,才生涡纹的假象一样,有了爱,这才生出真来。

所以,我说的"真得了生命而动的时候,真即变而成爱"者,其实是颠倒了本末的说法。正当地说,则真者,是不动的,真一动,就在这瞬间,已失却真的本质了。爱在人心中,被嵌在假定为不变的型范里的时候,即成为真。

爱者,是使人动的力;真者,是人使动的力。

那么,何以我说,惟有爱,是产生艺术的胎呢?

我觉得当断定这事之前,还有应该作为前提,放在这里的事。

人的行为,无论是思索底,是动作底,都是一个活动。这活动有两种动向:一是以自己为对象的活动,一是以环境——自己以外的事物——为对象的活动。以自己为对象的活动者,不消说,便是爱的活动。为什么呢?就因为所谓自己与其所有,乃是爱的别名。而独有以自己为对象的活动,据我的意见,是艺术底活动。

从这前提出发,我说:因为以自己为对象的活动是爱的活动,所以惟有爱,是产生艺术的胎。

诘难者怕要说罢:你的话,将艺术的范畴弄得很狭小了。能动底地以社会为对象,可以活动的分野,在艺术上岂非也广大地存留着么?艺术是不应该蹐躅于抒情诗和自叙传里的。

我回答这难问题说:艺术家以因了爱而成为自己的所有的环境为对象,换了话说,就是以摄取在自己中,而成了自己的一部分的环境以外的环境为对象,活动着,则不特是不逊的事,较之不逊,较之什么，倒是绝对地不可能的事。所谓自己以外的社会者，即指不属于自己的所有的环境而言。纵使艺术家怎样非凡，怎么天纵，对于自己所没有切实地把握净尽的环境，怎么能够驱使呢？在想要驱使这一瞬间，艺术家便为那懵懂所罚，只好灭亡。

从表面上看去，也有见得艺术家以社会为对象，成就了创作的例子的。这样的例子，很多很多。然而绵密地一考察，如果那创作是有价值的创作，则我敢断定，那对象，即决定不会是和艺术家的自己毫无交涉的对象。一定是那艺术家将摄取在自己之中的环境，再现出来的。也就是分明地表现着自己。题材无论是社会的事，是自己的事，是客观底，是主观底，而真的艺术品，则总而言之，除了艺术家本身的自己表现之外，是不能有的。

而自己的本质是爱。所以惟有爱，是产生艺术的胎。

从一眼看去，见得干燥的上文似的推理，我试来暂时移到实际的问题上去看罢。

有主张艺术必须从真产生的人们。被科学底精神的勃兴所刺戟而起来的自然主义和写实主义的信奉者就是。依他们的所信，则对于事物的真相，使人见得偏颇者，莫如爱憎。人之愿望于艺术者，不该在由了一个性的爱憎而取舍的自然及生活；因为个性是无论怎样扩大，总不及群集之大的。反之，倒必须是将艺术家的爱憎（即自己）压至最小限度，而照在竭尽拂拭的心镜里的自然及生活。故艺术家以爱憎取舍为事，是无益，或有害的。

我不能相信这些。因为前文已经说过，真者，不过是爱的假象的缘故。因为所谓真者，不过是我们的爱憎所假设的约束的缘故。因为我们不能料想，枯死了的无机底的真，能产生有生气的有机底的艺术的缘故。

这是涉及余谈了：论我们的心底活动，常区分为智情意这三要素。为便利起见，我也并不拒斥这办法。但是，如果在智情意的后面,加上了爱,再来一想,便见得全两样了:会看出这三要素,毕竟不过是爱的作用的显现的罢。爱选择事物,其能力假称为智;加作用于被选择者之上,其能力假称为情;所加的作用永续着,其能力假称为意志。智情意三者,毕竟是写在爱的背后的字,成为"三位一体"的。

要识别真,不消说是在智力。但智力者,不过是爱的一面。倘说智力单独动作着,亦即自己全体动作着,那是想不通的。

主张必得从真产生艺术的人,是陷在错误的归纳里了。他们以为艺术必须真,所以艺术即必须从真产生。这是并不如此的。乃是爱生艺术的。而艺术因为生于爱,所以就生真。

产生艺术的力,必须是主观底。只有从这主观,才生出真的客观来。

真者,毕竟不过是一种概念。概念的内容,人可以随时随地使它变化的。而主观,即自己,即爱,却反是,是不可动摇的严肃的实在。

毕竟,是自己的问题;是爱的问题。艺术家的爱,爱到有多么深,略夺到多么广,向上到多么高,燃烧着到几度的热:这是问题。至于所谓个性者,从人间的生活全体看来有多么小,是怎样不正确的尺度的事,那倒并不是问题。因为好的个性,比人间的生活全体更其大,也可以作为较为完全的尺度的事例,是历史上有着太多的证明了的。

爱的生活的向上。——除此以外,那里还有艺术家的权威?对于这一事,没有觉到不能自休的要求者,根本上就没有成为艺术家的资格。艺术家以此苦痛,以此欢喜,以此劳役,以此创造。其余一切,都不过是落了第二义以下的可怜的属性。

一切活动,结局无非是想要表现自己的过程。我先前已经说过：活动有两种动向，一是以自己为对象，一是以自己以外的环境为对象。而以自己为对象的活动，则是艺术底活动。

这是全在各人的嗜好的。或者想以自己以外的环境为对象，来表现自己。他的个性，和与其个性并没有有机底的交涉的环境，混淆得很杂乱。所谓事业家呀，道学家呀，Politician 呀，社交家呀这一流的生活，就是这个。他们将自己散漫地向外物放射。他们的个性，逐渐磨擦减少，到后来，便只是环境和个性的古怪的化合物，作为渣滓而遗留。那个性，也不成为已燃的个性和将燃的个性的连络，但瓦砾一般杂乱地摊在人生的衢路上。

要以自己为对象，来表现自己者，对于上述那样的生活，则感到无可忍耐的不安。他们倘不纯粹地表现出自己，便不能满足。他们虽然也因为被自己表现的要求所驱策，常有遭着诱惑，和环境作未熟的妥协的事，但无论如何，总不能安住在那境地里。他们从自己的放散，归到爱的摄取里去。被从所谓实世间拉了出来的他们，只好被激而成极端的革命家，或者被蹂躏为可怜的败残者。于是他们中的或人，就据守在留遗于实世间的他们的唯一的城堡里，即艺术里了。在这里，他们才能够寻出自己的纯粹的氛围气来。而他们的自己，便成了形象，在人们的眼前显现。爱得到报酬，艺术底创造即于是成就。

有一事也不做而是艺术底的人。
有并非不做而是非艺术底的人。
决定这一点，是在对于爱的觉醒与否。

艺术游戏说以为艺术底冲动是精力过多所致的事，这是怎样地浮薄呵。
艺术享乐说以为艺术底感兴是应该以不和实感相伴为特色的，

这是怎样地悠闲呵。

我以为艺术底冲动者，是爱的过多所致的事；又以为艺术底感兴者，应该是和纯粹到从实世间的事象不能直接地得来的实感相伴的东西。

所以，我对于单从兴趣一方面，来感受艺术的态度，觉到深的侮辱和厌恶。"有趣地读过了。""兴味深长地看了。"——遇到这样的周旋的时候，艺术家是应该不能坦然的。

也许不应当在这样的地方提起的事罢，近来，和我正在作思想上的论战的一个论者说，"我以兴味看《十字架上的基督》。但是，我并不以杀害基督的人们的行为为然。"所谓《十字架上的基督》者，是谁画的《十字架上的基督》呢。这里没有说出来。然而，如果那绘画是可以称为艺术底作品的，而观者又如那论者一样，是不以杀害基督的人们的行为为然的人，则那人从画面上，我以为总该和技巧上的兴味一同，感受到锐利的实感。论者于此，不是为浅薄的艺术论所误，那便是生来就没有感受艺术的能力的了。艺术说竟至于堕落到可以将生活上的事件和艺术远远地分离到这样，谁能不深切地觉得悲哀呢。

倘使如我所说，艺术乃因爱而生，则艺术者，言其究竟，那运命即必当在愈进于人类底；那运命必当在逃脱了乡土，人种，风俗之类的桎梏，于人心中成为共通的爱的端的（读入声）的表现。

我从这意思推想，即不觉得在传统主义那样的东西，于艺术上有许多期待和牵引。传统者，对于使人的爱觉醒的事，也许是有用的。然而一经觉醒的爱，却要放下传统，向前飞跑的罢。

我忘却了自己是将为艺术家的一人，而将艺术描写得太重，太尊了么？现在的我，还畏惮于这样的艺术的信奉者。

然而，这是因为我有所未至，所以畏惮的。艺术这事，是应该用了比我的话更重,更尊的话来讲的。只是现在的我,还当不起这样的重担。

同时,我也并不在"谦逊"这一个假面具之下,来回避责任。我觉着:我的艺术,是应当锋利地凭了我自己的话来处分的。

我将太徐徐地,——然而并不是没有强固的意志地,一直准备至今的自己的生活一反顾,即不能不被激动于只有自己知道的一种强有力的感情了。

我的前面,明知道辽远地接续着艰难很多的路。不自量度而敢于立在这路上的我,在现在,感到了发于本心的踌躇。

然而,虽然幼稚,虽然粗野,我的爱,是将我领到那里了。

我再说:爱是生艺术的眙。而且惟有爱。

一九一七年作。译自《爱是恣意劫夺的》《余录》。

原载 1926 年 5 月 10 日《莽原》半月刊第 9 期。
初收 1929 年 4 月上海北新书局版《壁下译丛》。

《二十四孝图》

我总要上下四方寻求,得到一种最黑,最黑,最黑的咒文,先来诅咒一切反对白话,妨害白话者。即使人死了真有灵魂,因这最恶的心,应该堕入地狱,也将决不改悔,总要先来诅咒一切反对白话,妨害白话者。

自从所谓"文学革命"以来,供给孩子的书籍,和欧,美,日本的一比较,虽然很可怜,但总算有图有说,只要能读下去,就可以懂得的了。可是一班别有心肠的人们,便竭力来阻遏它,要使孩子的世界中，没有一丝乐趣。北京现在常用"马虎子"这一句话来恐吓孩子们。或者说，那就是《开河记》上所载的，给隋炀帝开河，蒸死小儿的麻叔谋；正确地写起来，须是"麻胡子"。那么，这麻叔谋乃是胡人了。但无论他是甚么人，他的吃小孩究竟也还有限，不过尽他的一生。妨害白话者的流毒却甚于洪水猛兽，非常广大，也非常长久，能使全中国化成一个麻胡，凡有孩子都死在他肚子里。

只要对于白话来加以谋害者，都应该灭亡！

这些话，绅士们自然难免要掩住耳朵的，因为就是所谓"跳到半天空，骂得体无完肤，——还不肯罢休。"而且文士们一定也要骂，以为大悖于"文格"，亦即大损于"人格"。岂不是"言者心声也"么？"文"和"人"当然是相关的，虽然人间世本来千奇百怪，教授们中也有"不尊敬"作者的人格而不能"不说他的小说好"的特别种族。但这些我都不管，因为我幸而还没有爬上"象牙之塔"去，正无须怎样小心。倘若无意中竟已撞上了，那就即刻跌下来罢。然而在跌下来的中途，当还未到地之前，还要说一遍：——

只要对于白话来加以谋害者，都应该灭亡！

每看见小学生欢天喜地地看着一本粗拙的《儿童世界》之类，另想到别国的儿童用书的精美，自然要觉得中国儿童的可怜。但回忆起我和我的同窗小友的童年，却不能不以为他幸福，给我们的永逝的韶光一个悲哀的吊唁。我们那时有什么可看呢，只要略有图画的本子，就要被塾师，就是当时的"引导青年的前辈"禁止，呵斥，甚而至于打手心。我的小同学因为专读"人之初性本善"读得要枯燥而死了，只好偷偷地翻开第一叶，看那题着"文星高照"四个字的恶鬼一般的魁星像，来满足他幼稚的爱美的天性。昨天看这个，今天也看这个，然而他们的眼睛里还闪出苏醒和欢喜的光辉来。

在书塾以外，禁令可比较的宽了，但这是说自己的事，各人大概不一样。我能在大众面前，冠冕堂皇地阅看的，是《文昌帝君阴骘文图说》和《玉历钞传》，都画着冥冥之中赏善罚恶的故事，雷公电母站在云中，牛头马面布满地下，不但"跳到半天空"是触犯天条的，即使半语不合，一念偶差，也都得受相当的报应。这所报的也并非"睚眦之怨"，因为那地方是鬼神为君，"公理"作宰，请酒下跪，全都无功，简直是无法可想。在中国的天地间，不但做人，便是做鬼，也艰难极了。然而究竟很有比阳间更好的处所：无所谓"绅士"，也没有"流言"。

阴间，倘要稳妥，是颂扬不得的。尤其是常常好弄笔墨的人，在现在的中国，流言的治下，而又大谈"言行一致"的时候。前车可鉴，听说阿尔志跋绥夫曾答一个少女的质问说，"惟有在人生的事实这本身中寻出欢喜者，可以活下去。倘若在那里什么也不见，他们其实倒不如死。"于是乎有一个叫作密哈罗夫的，寄信嘲骂他道，"……所以我完全诚实地劝你自杀来祸福你自己的生命，因为这第一是合于逻辑，第二是你的言语和行为不至于背驰。"

其实这论法就是谋杀，他就这样地在他的人生中寻出欢喜来。阿尔志跋绥夫只发了一大通牢骚，没有自杀。密哈罗夫先生后来不知道怎样，这一个欢喜失掉了，或者另外又寻到了"什么"了罢。诚然，"这些时候，勇敢，是安稳的；情热，是毫无危险的。"

然而，对于阴间，我终于已经颂扬过了，无法追改；虽有"言行不符"之嫌，但确没有受过阎王或小鬼的半文津贴，则差可以自解。总而言之，还是仍然写下去罢：——

我所看的那些阴间的图画，都是家藏的老书，并非我所专有。我所收得的最先的画图本子，是一位长辈的赠品：《二十四孝图》。这虽然不过薄薄的一本书，但是下图上说，鬼少人多，又为我一人所独有，使我高兴极了。那里面的故事，似乎是谁都知道的；便是不识字的人，例如阿长，也只要一看图画便能够滔滔地讲出这一段的事迹。但是，我于高兴之余，接着就是扫兴，因为我请人讲完了二十四个故事之后，才知道"孝"有如此之难，对于先前痴心妄想，想做孝子的计划，完全绝望了。

"人之初,性本善"么？这并非现在要加研究的问题。但我还依稀记得,我幼小时候实未尝蓄意忤逆,对于父母,倒是极愿意孝顺的。不过年幼无知,只用了私见来解释"孝顺"的做法,以为无非是"听话","从命",以及长大之后,给年老的父母好好地吃饭罢了。自从得了这一本孝子的教科书以后,才知道并不然,而且还要难到几十几百倍。其中自然也有可以勉力仿效的,如"子路负米","黄香扇枕"之类。"陆绩怀橘"也并不难,只要有阔人请我吃饭。"鲁迅先生作宾客而怀橘乎?"我便跪答云,"吾母性之所爱,欲归以遗母。"阔人大佩服,于是孝子就做稳了,也非常省事。"哭竹生笋"就可疑,怕我的精诚未必会这样感动天地。但是哭不出笋来,还不过抛脸而已,一到"卧冰求鲤",可就有性命之虞了。我乡的天气是温和的,严冬中,水面也只结一层薄冰,即使孩子的重量怎样小,躺上去,也一定哗喇一声,冰破落水,鲤鱼还不及游过来。自然,必须不顾性命,这才孝感神明,会有出乎意料之外的奇迹,但那时我还小,实在不明白这些。

　　其中最使我不解,甚至于发生反感的,是"老莱娱亲"和"郭巨埋儿"两件事。

　　我至今还记得,一个躺在父母跟前的老头子,一个抱在母亲手上的小孩子,是怎样地使我发生不同的感想呵。他们一手都拿着"摇咕咚"。这玩意儿确是可爱的,北京称为小鼓,盖即鞉也,朱熹曰,"鞉,小鼓,两旁有耳;持其柄而摇之,则两耳还自击,"咕咚咕咚地响起来。然而这东西是不该拿在老莱子手里的,他应该扶一枝拐杖。现在这模样,简直是装佯,侮辱了孩子。我没有再看第二回,一到这一叶,便急速地翻过去了。

　　那时的《二十四孝图》,早已不知去向了,目下所有的只是一本日本小田海僊所画的本子,叙老莱子事云,"行年七十,言不称老,常著五色斑斓之衣,为婴儿戏于亲侧。又常取水上堂,诈跌仆地,作婴儿啼,以娱亲意。"大约旧本也差不多,而招我反感的便是"诈跌"。

无论忤逆，无论孝顺，小孩子多不愿意"诈"作，听故事也不喜欢是谣言，这是凡有稍稍留心儿童心理的都知道的。

然而在较古的书上一查，却还不至于如此虚伪。师觉授《孝子传》云，"老莱子……常著斑斓之衣，为亲取饮，上堂脚跌，恐伤父母之心，僵仆为婴儿啼。"（《太平御览》四百十三引）较之今说，似稍近于人情。不知怎地，后之君子却一定要改得他"诈"起来，心里才能舒服。邓伯道弃子救侄，想来也不过"弃"而已矣，昏妄人也必须说他将儿子捆在树上，使他追不上来才肯歇手。正如将"肉麻当作有趣"一般，以不情为伦纪，诬蔑了古人，教坏了后人。老莱子即是一例，道学先生以为他白璧无瑕时，他却已在孩子的心中死掉了。

至于玩着"摇咕咚"的郭巨的儿子，却实在值得同情。他被抱在他母亲的臂膊上，高高兴兴地笑着；他的父亲却正在掘窟窿，要将他埋掉了。说明云，"汉郭巨家贫，有子三岁，母尝减食与之。巨谓妻曰，贫乏不能供母，子又分母之食。盍埋此子?"但是刘向《孝子传》所说，却又有些不同：巨家是富的，他给了两弟；孩子是才生的，并没有到三岁。结末又大略相像了，"及掘坑二尺，得黄金一釜，上云：天赐郭巨，官不得取，民不得夺!"

我最初实在替这孩子捏一把汗，待到掘出黄金一釜，这才觉得轻松。然而我已经不但自己不敢再想做孝子，并且怕我父亲去做孝子了。家景正在坏下去，常听到父母愁柴米；祖母又老了，倘使我的父亲竟学了郭巨，那么，该埋的不正是我么? 如果一丝不走样，也掘出一釜黄金来，那自然是如天之福，但是，那时我虽然年纪小，似乎也明白天下未必有这样的巧事。

现在想起来，实在很觉得傻气。这是因为现在已经知道了这些老玩意，本来谁也不实行。整饬伦纪的文电是常有的，却很少见绅士赤条条地躺在冰上面，将军跳下汽车去负米。何况现在早长大了，看过几部古书，买过几本新书，什么《太平御览》咧，《古孝子传》咧，《人口问题》咧，《节制生育》咧，《二十世纪是儿童的世界》咧，可以抵抗被埋的理由多得很。不过彼一时,此一时,彼时我委实有点害怕:掘好深坑,不见黄金,连"摇咕咚"一同埋下去,盖上土,踏得实实的,又有什么法子可想呢。我想,事情虽然未必实现,但我从此总怕听到我的父母愁穷,怕看见我的白发的祖母,总觉得她是和我不两立,至少,也是一个和我的生命有些妨碍的人。后来这印象日见其淡了,但总有一些留遗,一直到她去世——这大概是送给《二十四孝图》的儒者所万料不到的罢。

五月十日。

原载 1926 年 5 月 25 日《莽原》半月刊第 1 卷第 10 期,副题作《旧事重提之三》。

初收 1928 年 9 月未名社版"未名新集"之一《朝花夕拾》。

十一日

日记 晴。下午半农寄赠《瓦釜集》一本。

致 陶元庆

璇卿兄:

给我画的像,这几天才寄到,去取来了。我觉得画得很好。我很感谢。

那洋铁筒已经断作三段,因为外面有布,所以总算还相连,但都挤得很扁。现在在箱下压了几天,平直了,不过画面上略有磨损的地方,微微发白,如果用照相缩小,或者看不出来。

画面上有胶,嵌在玻璃框上,不知道泛潮时要粘住否? 应该如

何悬挂才好,便中请

示知。

鲁迅　五月十一日

十二日

日记　晴。晨寄谭在宽信。寄钦文,璇卿信。上午往中大讲。季市来。晚子佩来。夜川岛来。得钦文信,四日发。

《痴华鬘》题记

尝闻天竺寓言之富,如大林深泉,他国艺文,往往蒙其影响。即翻为华言之佛经中,亦随在可见,明徐元太辑《喻林》,颇加搜录,然卷帙繁重,不易得之。佛藏中经,以譬喻为名者,亦可五六种,惟《百喻经》最有条贯。其书具名《百句譬喻经》;《出三藏记集》云,天竺僧伽斯那从《修多罗藏》十二部经中钞出譬喻,聚为一部,凡一百事,为新学者,撰说此经。萧齐永明十年九月十日,中天竺法师求那毗地出。以譬喻说法者,本经云,"如阿伽陀药,树叶而裹之,取药涂毒竟,树叶还弃之,戏笑如叶裹,实义在其中"也。王君品青爱其设喻之妙,因除去教诫,独留寓言;又缘经末有"尊者僧伽斯那造作《痴华鬘》竟"语,即据以回复原名,仍印为两卷。尝称百喻,而实缺二者,疑举成数,或并以卷首之引,卷末之偈为二事也。尊者造论,虽以正法为心,譬故事于树叶,而言必及法,反多拘牵;今则已无阿伽陀药,更何得有药裹,出离界域,内外洞然,智者所见,盖不惟佛说正义而已矣。

中华民国十五年五月十二日,鲁迅。

　　最初印入 1926 年 6 月北新书局版《痴华鬘》（王品青校点）。

　　初收 1935 年 5 月上海群众图书公司版《集外集》。

十三日

　　日记　　昙。上午寄霁野信并稿。寄小峰信。午后得霁野信。得小峰信并《寄小读者》一本。得素园信。晚寄品青信并稿。与耀辰，幼渔，季市饯语堂于宣南春。季野来过，未遇。得李季谷信。

十四日

　　日记　　晴。上午寄寄野信。往女师大讲。午后得品青信。

十五日

　　日记　　晴。上午语堂来。午后昙，风。下午收女师大薪水泉六。顾颉刚，傅彦长，潘家洵来。晚教育部送来奉泉七十九元。夜濯足。

十六日

　　日记　　星期。昙。午后小雨，下午晴。朋其来，假以泉十。高歌来。

十七日

　　日记　　晴。上午往北大讲。午后访素园，霁野。访小峰，见赠《寄小读者》，《情书一束》，《渺茫的西南风》各二部，又即在其书局买《公孙龙子注》一本，《春秋复始》一部六本，《史记探原》一部二本，共泉二元八角。下午往北大取薪水计二月分八元，三月分者二元。

十八日

日记 晴。上午得半农信。晚得秋芳信并稿。夜风。

十九日

日记 晴。上午往中大。午后北大送来《国学季刊》一本。下午往师大取三月分薪水二十四元。往直隶书局取改订书,计工泉一元二角。赴女师大钱别林语堂茶话会,并收薪水泉十元一角。

二十日

日记 晴。下午得霁野信。寄半农信。

二十一日

日记 晴。上午往女师大讲。午往西吉庆饭。下午得丛芜信。得李遇安信并稿。季市来。晚东亚公司送来『有岛武郎著作集』第十三至十五辑共三本,计泉三元七角。

二十二日

日记 晴。上午得翟永坤信。雷川先生来。夜得霁野信片,二十一日天津发。得小峰信。雨。

二十三日

日记 星期。雨。午后得丛芜信并稿。

新的蔷薇
然而还是无花的

因为《语丝》在形式上要改成中本了,我也不想再用老题目,所以破格地奋发，要写出"新的蔷薇"来。

——这回可要开花了？

——嗡嗡，——不见得罢。

我早有点知道：我是大概以自己为主的。所谈的道理是"我以为"的道理，所记的情状是我所见的情状。听说一月以前，杏花和碧桃都开过了。我没有见，我就不以为有杏花和碧桃。

——然而那些东西是存在的。——学者们怕要说。

——好！那么，由它去罢。——这是我敬谨回禀学者们的话。

有些讲"公理"的，说我的杂感没有一看的价值。那是一定的。其实，他来看我的杂感，先就自己失了魂了，——假如也有魂。我的话倘会合于讲"公理"者的胃口，我不也成了"公理维持会"会员了么？我不也成了他，和其余的一切会员了么？我的话不就等于他们的话了么？许多人和许多话不就等于一个人和一番话了么？

公理是只有一个的。然而听说这早被他们拿去了，所以我已经一无所有。

这回"北京城内的外国旗"，大约特别地多罢，竟使学者为之愤慨："……至于东交民巷界线以外，无论中国人外国人，那就不能藉插用外国国旗，以为保护生命财产的护符。"

这是的确的。"保护生命财产的护符"，我们自有"法律"在。

如果还不放心呢，那么，就用一种更稳妥的旗子：红卍字旗。介乎中外之间，超于"无耻"和有耻之外，——确是好旗子！

从清末以来，"莫谈国事"的条子帖在酒楼饭馆里，至今还没有跟着辫子取消。所以，有些时候，难煞了执笔的人。

但这时却可以看见一种有趣的东西，是：希望别人以文字得祸的人所做的文字。

聪明人的谈吐也日见其聪明了。说三月十八日被害的学生是值得同情的,因为她本不愿去而受了教职员的怂恿。说"那些直接或间接用苏俄的金钱的人"是情有可原的,因为"他们自己可以挨饿,老婆子女却不能不吃饭呵!"

推开了甲而陷没了乙,原谅了情而坐实了罪;尤其是他们的行动和主张,都见得一钱不值了。

然而听说赵子昂的画马,却又是镜中照出来的自己的形相哩。

因为"老婆子女却不能不吃饭",于是自然要发生"节育问题"了。但是先前山格夫人来华的时候,"有些志士"却又大发牢骚,说她要使中国人灭种。

独身主义现今尚为许多人所反对,节育也行不通。为赤贫的绅士计,目前最好的方法,我以为莫如弄一个有钱的女人做老婆。

我索性完全传授了这个秘诀罢:口头上,可必须说是为了"爱"。

"苏俄的金钱"十万元,这回竟弄得教育部和教育界发生纠葛了,因为大家都要一点。

这也许还是因为"老婆子女"之故罢。但这批卢布和那批卢布却不一样的。这是归还的庚子赔款;是拳匪"扶清灭洋",各国联军入京的余泽。

那年代很容易记:十九世纪末,一九〇〇年。二十六年之后,我们却"间接"用了拳匪的金钱来给"老婆子女"吃饭;如果大师兄有灵,必将爽然若失者欤。

还有,各国用到中国来做"文化事业"的,也是这一笔款……。

五月二十三日。

原载 1926 年 5 月 31 日《语丝》周刊第 81 期。

初收 1927 年 5 月上海、北京北新书局版《华盖集续编》。

二十四日

日记　晴。晨寄半农信。上午往北大讲。午后访小峰。访素园。得黄运新信并诗。晚秋芳来，假以学费十五。得织芳信，二十二日保定发。夜得三弟信附伏园信，十七日发。得语堂辞行片并照象。得苏滨信。

再来一次

去年编定《热风》时，还有绅士们所谓"存心忠厚"之意，很删削了好几篇。但有一篇，却原想编进去的，因为失掉了稿子，便只好从缺。现在居然寻出来了；待《热风》再版时，添上这篇，登一个广告，使迷信我的文字的读者们再买一本，于我倒不无裨益。但是，算了罢，这实在不很有趣。不如再登一次，将来收入杂感第三集，也就算作补遗罢。

这是关于章士钊先生的——

"两个桃子杀了三个读书人"

章行严先生在上海批评他之所谓"新文化"说，"二桃杀三士"怎样好，"两个桃子杀了三个读书人"便怎样坏，而归结到新文化之"是亦不可以已乎？"

是亦大可以已者也！"二桃杀三士"并非僻典，旧文化书中

148

常见的。但既然是"谁能为此谋？相国齐晏子。"我们便看看《晏子春秋》罢。

《晏子春秋》现有上海石印本，容易入手的了，这古典就在该石印本的卷二之内。大意是"公孙接田开疆古冶子事景公，以勇力搏虎闻，晏子过而趋，三子者不起，"于是晏老先生以为无礼，和景公说，要除去他们了。那方法是请景公使人送他们两个桃子，说道，"你三位就照着功劳吃桃罢。"呵，这可就闹起来了：

> "公孙接仰天而叹曰，'晏子，智人也，夫使公之计吾功者，不受桃，是无勇也。士众而桃寡，何不计功而食桃矣？接一搏猏而再搏虎，若接之功，可以食桃而无与人同矣。'援桃而起。
>
> "田开疆曰，'吾仗兵而却三军者再。若开疆之功，可以食桃而无与人同矣。'援桃而起。
>
> "古冶子曰，'吾尝从君济于河，鼋衔左骖以入砥柱之流。当是时也，冶少不能游，潜行逆流百步，顺流九里，得鼋杀之，左操骖尾，右挈鼋头，鹤跃而出。津人皆曰，河伯也；若冶视之，则大鼋之首。若冶之功，可以食桃而无与人同矣！二子何不反桃？'抽剑而起。"

钞书太讨厌。总而言之，后来那二士自愧功不如古冶子，自杀了；古冶子不愿独生，也自杀了：于是乎就成了"二桃杀三士"。

我们虽然不知道这三士于旧文化有无心得，但既然书上说是"以勇力闻"，便不能说他们是"读书人"。倘使《梁父吟》说是"二桃杀三勇士"，自然更可了然，可惜那是五言诗，不能增字，所以不得不作"二桃杀三士"，于是也就害了章行严先生解作"两个桃子杀了三个读书人"。

旧文化也实在太难解，古典也诚然太难记，而那两个旧桃子也未免太作怪：不但那时使三个读书人因此送命，到现在还使一个读书人因此出丑,"是亦不可以已乎"!

去年,因为"每下愈况"问题,我曾经很受了些自以为公平的青年的教训,说是因为他革去了我的"签事",我便那么奚落他。现在我在此只得特别声明:这还是一九二三年九月所作,登在《晨报副刊》上的。那时的《晨报副刊》,编辑尚不是陪过泰戈尔先生的"诗哲",也还未负有逼死别人,掐死自己的使命,所以间或也登一点我似的俗人的文章;而我那时和这位后来称为"孤桐先生"的,也毫无"睚眦之怨"。那"动机",大概不过是想给白话的流行帮点忙。

在这样"祸从口出"之秋,给自己也辩护得周到一点罢。或者将曰,且夫这次来补遗,却有"打落水狗"之嫌,"动机"就很"不纯洁"了。然而我以为也并不。自然,和不多时以前,士钊秘长运筹帷幄,假公济私,谋杀学生,通缉异己之际,"正人君子"时而相帮讥笑着被缉诸人的逃亡,时而"孤桐先生""孤桐先生"叫得热剌剌地的时候一比较,目下诚不免有落寞之感。但据我看来,他其实并未落水,不过"安住"在租界里而已:北京依旧是他所豢养过的东西在张牙舞爪,他所勾结着的报馆在颠倒是非,他所栽培成的女校在兴风作浪:依然是他的世界。

在"桃子"上给一下小打击,岂遂可与"打落水狗"同日而语哉?!

但不知怎的,这位"孤桐先生"竟在《甲寅》上辩起来了,以为这不过是小事。这是真的,不过是小事。弄错一点,又何伤乎? 即使不知道晏子,不知道齐国,于中国也无损。农民谁懂得《梁父吟》呢,农业也仍然可以救国的。但我以为攻击白话的豪举,可也大可以不必了;将白话来代文言,即使有点不妥,反正也不过是小事情。

我虽然未曾在"孤桐先生"门下钻,没有看见满桌满床满地的什么德文书的荣幸,但偶然见到他所发表的"文言",知道他于法律的不可恃,道德习惯的并非一成不变,文字语言的必有变迁,其实倒是懂得的。懂得而照直说出来的,便成为改革者;懂得而不说,反要利用以欺瞒别人的,便成为"孤桐先生"及其"之流"。他的保护文言,内骨子也不过是这样。

如果我的检验是确的，那么，"孤桐先生"大概也就染了《闲话》所谓"有些志士"的通病，为"老婆子女"所累了，此后似乎应该另买几本德文书，来讲究"节育"。

五月二十四日。

原载 1926 年 6 月 10 日《莽原》半月刊第 11 期。

初收 1927 年 5 月上海、北京北新书局版《华盖集续编》。

二十五日

日记　雨。上午复苏萍信。寄素园信。李世军来。

五 猖 会

孩子们所盼望的，过年过节之外，大概要数迎神赛会的时候了。但我家的所在很偏僻，待到赛会的行列经过时，一定已在下午，仪仗之类，也减而又减，所剩的极其寥寥。往往伸着颈子等候多时，却只见十几个人抬着一个金脸或蓝脸红脸的神像匆匆地跑过去。于是，完了。

我常存着这样的一个希望：这一次所见的赛会，比前一次繁盛些。可是结果总是一个"差不多"；也总是只留下一个纪念品，就是当神像还未抬过之前，化一文钱买下的，用一点烂泥，一点颜色纸，一枝竹签和两三枝鸡毛所做的，吹起来会发出一种刺耳的声音的哨子，叫作"吹都都"的，吡吡地吹它两三天。

现在看看《陶庵梦忆》，觉得那时的赛会，真是豪奢极了，虽然明人的文章,怕难免有些夸大。因为祷雨而迎龙王,现在也还有的,但办法却已经很简单,不过是十多人盘旋着一条龙,以及村童们扮些海鬼。那时却还要扮故事,而且实在奇拔得可观。他记扮《水浒传》中人物云:"……于是分头四出,寻黑矮汉,寻梢长大汉,寻头陀,寻胖大和尚,寻茁壮妇人,寻姣长妇人,寻青面,寻歪头,寻赤须,寻美髯,寻黑大汉,寻赤脸长须。大索城中;无,则之郭,之村,之山僻,之邻府州县。用重价聘之,得三十六人,梁山泊好汉,个个呵活,臻臻至至,人马称娖而行。……"这样的白描的活古人,谁能不动一看的雅兴呢? 可惜这种盛举,早已和明社一同消灭了。

　　赛会虽然不像现在上海的旗袍,北京的谈国事,为当局所禁止,然而妇孺们是不许看的,读书人即所谓士子,也大抵不肯赶去看。只有游手好闲的闲人,这才跑到庙前或衙门前去看热闹;我关于赛会的知识,多半是从他们的叙述上得来的,并非考据家所贵重的"眼学"。然而记得有一回,也亲见过较盛的赛会。开首是一个孩子骑马先来,称为"塘报";过了许久,"高照"到了,长竹竿揭起一条很长的旗,一个汗流浃背的胖大汉用两手托着;他高兴的时候,就肯将竿头放在头顶或牙齿上,甚而至于鼻尖。其次是所谓"高跷","抬阁","马头"了;还有扮犯人的,红衣枷锁,内中也有孩子。我那时觉得这些都是有光荣的事业,与闻其事的即全是大有运气的人,——大概羡慕他们的出风头罢。我想,我为什么不生一场重病,使我的母亲也好到庙里去许下一个"扮犯人"的心愿的呢? ……然而我到现在终于没有和赛会发生关系过。

　　要到东关看五猖会去了。这是我儿时所罕逢的一件盛事。因为那会是全县中最盛的会,东关又是离我家很远的地方,出城还有六十多里水路,在那里有两座特别的庙。一是梅姑庙,就是《聊斋志异》所记,室女守节,死后成神,却篡取别人的丈夫的;现在神座上确塑着一对少年男女,眉开眼笑,殊与"礼教"有妨。其一便是五猖庙了,名目就奇特。据有考据癖的人说:这就是五通神。然而也并无确据。神像是五个男人，也不见有什么猖獗之状；后面列坐着五位太太，却并不"分坐"，远不及北京戏园里界限之谨严。其实呢，这也是殊与"礼教"有妨的，——但他们既然是五猖，便也无法可想，而且自然也就"又作别论"了。

因为东关离城远，大清早大家就起来。昨夜预定好的三道明瓦窗的大船，已经泊在河埠头，船椅，饭菜，茶炊，点心盒子，都在陆续搬下去了。我笑着跳着，催他们要搬得快。忽然，工人的脸色很谨肃了，我知道有些蹊跷，四面一看，父亲就站在我背后。

"去拿你的书来。"他慢慢地说。

这所谓"书"，是指我开蒙时候所读的《鉴略》，因为我再没有第二本了。我们那里上学的岁数是多拣单数的，所以这使我记住我其时是七岁。

我忐忑着，拿了书来了。他使我同坐在堂中央的桌子前，教我一句一句地读下去。我担着心，一句一句地读下去。

两句一行，大约读了二三十行罢，他说：——

"给我读熟。背不出，就不准去看会。"

他说完，便站起来，走进房里去了。

我似乎从头上浇了一盆冷水。但是，有什么法子呢？自然是读着，读着，强记着，——而且要背出来。

　　粤自盘古，生于太荒，

　　首出御世，肇开混茫。

就是这样的书，我现在只记得前四句，别的都忘却了；那时所强记的二三十行，自然也一齐忘却在里面了。记得那时听人说，读《鉴略》比读《千字文》，《百家姓》有用得多，因为可以知道从古到今的大概。知道从古到今的大概，那当然是很好的，然而我一字也不懂。"粤自盘古"就是"粤自盘古"，读下去，记住它，"粤自盘古"呵！"生于太荒"呵！……

应用的物件已经搬完，家中由忙乱转成静肃了。朝阳照着西墙，天气很清朗。母亲，工人，长妈妈即阿长，都无法营救，只默默地静候着我读熟，而且背出来。在百静中，我似乎头里要伸出许多铁钳，将什么"生于太荒"之流夹住；也听到自己急急诵读的声音发着抖，仿佛深秋的蟋蟀，在夜中鸣叫似的。

他们都等候着；太阳也升得更高了。

我忽然似乎已经很有把握，便即站了起来，拿书走进父亲的书房，一气背将下去，梦似的就背完了。

"不错。去罢。"父亲点着头，说。

大家同时活动起来，脸上都露出笑容，向河埠走去。工人将我高高地抱起，仿佛在祝贺我的成功一般，快步走在最前头。

我却并没有他们那么高兴。开船以后，水路中的风景，盒子里的点心，以及到了东关的五猖会的热闹，对于我似乎都没有什么大意思。

直到现在，别的完全忘却，不留一点痕迹了，只有背诵《鉴略》这一段，却还分明如昨日事。

我至今一想起，还诧异我的父亲何以要在那时候叫我来背书。

五月二十五日。

原载 1926 年 6 月 10 日《莽原》半月刊第 1 卷第 11 期，副题作《旧事重提之四》。

初收 1928 年 9 月北京未名社版"未名新集"之一《朝花夕拾》。

《何典》题记

《何典》的出世，至少也该有四十七年了，有光绪五年的《申报馆书目续集》可证。我知道那名目，却只在前两三年，向来也曾访求，但到底得不到。现在半农加以校点，先示我印成的样本，这实在使我很喜欢。只是必须写一点序，却正如阿Q之画圆圈，我的手不免有些发抖。我是最不擅长于此道的，虽然老朋友的事，也还是不会捧场，写出洋洋大文，俾于书，于店，于人，有什么涓埃之助。

我看了样本，以为校勘有时稍迁，空格令人气闷，半农的士大夫气似乎还太多。至于书呢？那是，谈鬼物正像人间，用新典一如古典。三家村的达人穿了赤膊大衫向大成至圣先师拱手，甚而至于翻筋斗，吓得"子曰店"的老板昏厥过去；但到站直之后，究竟都还是长衫朋友。不过这一个筋斗，在那时，敢于翻的人的魄力，可总要算是极大的了。

成语和死古典又不同，多是现世相的神髓，随手拈掇，自然使文字分外精神；又即从成语中，另外抽出思绪：既然从世相的种子出，开的也一定是世相的花。于是作者便在死的鬼画符和鬼打墙中，展示了活的人间相，或者也可以说是将活的人间相，都看作了死的鬼画符和鬼打墙。便是信口开河的地方，也常能令人仿佛有会于心，禁不住不很为难的苦笑。

够了。并非博士般角色，何敢开头？难违旧友的面情，又该动手。应酬不免，圆滑有方；只作短文，庶无大过云尔。

中华民国十五年五月二十五日，鲁迅谨撰。

最初印入1926年6月北京北新书局版《何典》（刘半农校点）。

初未收集。

为半农题记《何典》后，作

还是两三年前，偶然在光绪五年（1879）印的《申报馆书目续集》上看见《何典》题要，这样说：

"《何典》十回。是书为过路人编定，缠夹二先生评，而太平客人为之序。书中引用诸人,有曰活鬼者,有曰穷鬼者,有曰活死人者,有曰臭花娘者,有曰畔房小姐者:阅之已堪喷饭。况阅其所记,无一非三家村俗语;无中生有,忙里偷闲。其言,则鬼话也;其人,则鬼名也;其事,则开鬼心,扮鬼脸,钓鬼火,做鬼戏,搭鬼棚也。语曰,‘出于何典’? 而今而后,有人以俗语为文者,曰‘出于《何典》’而已矣。”

疑其颇别致,于是留心访求,但不得;常维钧多识旧书肆中人,因托他搜寻,仍不得。今年半农告我已在厂甸庙市中无意得之,且将校点付印;听了甚喜。此后半农便将校样陆续寄来,并且说希望我做一篇短序,他知道我是至多也只能做短序的。然而我还很踌躇,我总觉得没有这种本领。我以为许多事是做的人必须有这一门特长的,这才做得好。譬如,标点只能让汪原放,做序只能推胡适之,出版只能由亚东图书馆;刘半农,李小峰,我,皆非其选也。然而我却决定要写几句。为什么呢? 只因为我终于决定要写几句了。

还未开手,而躬逢战争,在炮声和流言当中,很不宁帖,没有执笔的心思。夹着是得知又有文士之徒在什么报上骂半农了,说《何典》广告怎样不高尚,不料大学教授而竟堕落至于斯。这颇使我凄然,因为由此记起了别的事,而且也以为“不料大学教授而竟堕落至于斯”。从此一见《何典》,便感到苦痛,再也说不出一句话。

是的,大学教授要堕落下去。无论高的或矮的,白的或黑的,或灰的。不过有些是别人谓之堕落,而我谓之困苦。我所谓困苦之一端,便是失了身分。我曾经做过《论“他妈的!”》早有青年道德家乌烟瘴气地浩叹过了,还讲身分么? 但是也还有些讲身分。我虽然“深恶而痛绝之”于那些戴着面具的绅士,却究竟不是“学匪”世家;见了所谓“正人君子”固然决定摇头,但和歪人奴子相处恐怕也未必融洽。用了无差别的眼光看,大学教授做一个滑稽的,或者甚而至于夸张的广告何足为奇? 就是做一个满嘴“他妈的”的广告也何足为奇? 然而呀,这里用得着然而了,我是究竟生在十九世纪的,又做

156

过几年官，和所谓"孤桐先生"同部，官——上等人——气骤不易退，所以有时也觉得教授最相宜的也还是上讲台。又要然而了，然而必须有够活的薪水，兼差倒可以。这主张在教育界大概现在已经有一致赞成之望，去年在什么公理会上一致攻击兼差的公理维持家，今年也颇有一声不响地去兼差的了，不过"大报"上决不会登出来，自己自然更未必做广告。

半农到德法研究了音韵好几年，我虽然不懂他所做的法文书，只知道里面很夹些中国字和高高低低的曲线，但总而言之，书籍具在，势必有人懂得。所以他的正业，我以为也还是将这些曲线教给学生们。可是北京大学快要关门大吉了；他兼差又没有。那么，即使我是怎样的十足上等人，也不能反对他印卖书。既要印卖，自然想多销，既想多销，自然要做广告，既做广告，自然要说好。难道有自己印了书，却发广告说这书很无聊，请列位不必看的么？说我的杂感无一读之价值的广告，那是西滢（即陈源）做的。——顺便在此给自己登一个广告罢：陈源何以给我登这样的反广告的呢，只要一看我的《华盖集》就明白。主顾诸公，看呀！快看呀！每本大洋六角，北新书局发行。

想起来已经有二十多年了，以革命为事的陶焕卿，穷得不堪，在上海自称会稽先生，教人催眠术以糊口。有一天他问我，可有什么药能使人一嗅便睡去的呢？我明知道他怕施术不验，求助于药物了。其实呢，在大众中试验催眠，本来是不容易成功的。我又不知道他所寻求的妙药，爱莫能助。两三月后，报章上就有投书（也许是广告）出现，说会稽先生不懂催眠术，以此欺人。清政府却比这干鸟人灵敏得多，所以通缉他的时候，有一联对句道："著《中国权力史》，学日本催眠术。"

《何典》快要出版了，短序也已经迫近交卷的时候。夜雨潇潇地下着，提起笔，忽而又想到用麻绳做腰带的困苦的陶焕卿，还夹杂些和《何典》不相干的思想。但序文已经迫近交卷的时候，只得写出来，而且还要印上去。我并非将半农比附"乱党"，——现在的中华民国虽由革命造成，但许多中华民国国民，都仍以那时的革命者为乱党，是明明白白的，——不过说，在此时，使我回忆从前，念及几个朋友，并感到自己的依然无力而已。

但短序总算已经写成，虽然不像东西，却究竟结束了一件事。我还将此时的别的心情写下，并且发表出去，也作为《何典》的广告。

　　　　　　　　　　五月二十五日之夜，碰着东壁下，书。

原载 1926 年 6 月 7 日《语丝》周刊第 82 期。

初收 1927 年 5 月上海、北京北新书局版《华盖集续编》。

二十六日

日记　昙。上午耕南夫人来。午抑卮来。下午阅试卷讫。夜得半农信。

二十七日

日记　雨。上午寄还刘锡愈稿。寄翟永坤信。寄女师大评议会信辞会员。午得宫竹心信。午后访韦素园，见《往星中》已出，取得十本。访李小峰，见赠《纺轮故事》三本，《女性美》二本。寄半农信并文。得郑振铎信并版税汇票五十九元。

致 翟永坤

永坤兄：

女师大今年听说要招考，但日期及招考那几班，我却不知，大概不远便可以在报上看见了。

旁听生也有的，但仍须有试验（大概只考几样），且须在开学两月以内才行。

迅　五月廿七日

二十八日

日记　昙。上午往女师大讲。午后访季市。往留黎厂买《师曾遗墨》第七至第十集共四本，计泉六元四角。下午得织芳信，廿四日肥乡发。晚季谷来。

二十九日

日记　晴，夜大风。无事。

三十日

日记　晴，风。上午得钦文信，二十日发。得冯文炳信。往女师大讲。品青来，未遇。下午得钦文稿。冯文炳来，赠以《往星中》一本。晚得李秉中信并画片三枚，十二日墨斯科发。寄还女师大试卷。

三十一日

日记　晴。上午以《往星中》一本寄诗荃，一本寄钦文，又代未名社以四本寄璇卿。晚复沈立之信。寄中国大学信，辞续讲。

六月

一日

日记 晴。上午得织芳明信片,二十八日金滩镇发。往邮政总局取泉五十九元。往孔德学校访品青未遇,留书而出。访小峰。午后访素园。在东亚公司买『有岛武郎著作集』第十六辑一本,『無産階級芸術論』一本,『文芸辞典』一本,共泉四元六角。从小峰收泉百。夜校印刷稿子。寄赠马珏小姐《痴华鬘》一本。

二日

日记 晴。夜裴子元来。东亚公司送来『文学に志す人に』一本,一元四角。得高歌信。

《穷人》小引

　　千八百八十年,是陀思妥夫斯基完成了他的巨制之一《卡拉玛卓夫兄弟》这一年;他在手记上说:"以完全的写实主义在人中间发见人。这是彻头彻尾俄国底特质。在这意义上,我自然是民族底的。……人称我为心理学家(Psychologist)。这不得当。我但是在高的意义上的写实主义者,即我是将人的灵魂的深,显示于人的。"第二年,他就死了。

　　显示灵魂的深者,每要被人看作心理学家;尤其是陀思妥夫斯基那样的作者。他写人物,几乎无须描写外貌,只要以语气,声音,就不独将他们的思想和感情,便是面目和身体也表示着。又因为显示着灵魂的深,所以一读那作品,便令人发生精神底变化。灵魂的深处并不平安,敢于正视的本来就不多,更何况写出?因此有些柔软无力的读者,便往往将他只看作"残酷的天才"。

陀思妥夫斯基将自己作品中的人物们,有时也委实太置之万难忍受的,没有活路的,不堪设想的境地,使他们什么事都做不出来。用了精神底苦刑,送他们到那犯罪,痴呆,酗酒,发狂,自杀的路上去。有时候,竟至于似乎并无目的,只为了手造的牺牲者的苦恼,而使他受苦,在骇人的卑污的状态上,表示出人们的心来。这确凿是一个"残酷的天才",人的灵魂的伟大的审问者。

然而,在这"在高的意义上的写实主义者"的实验室里,所处理的乃是人的全灵魂。他又从精神底苦刑,送他们到那反省,矫正,忏悔,苏生的路上去;甚至于又是自杀的路。到这样,他的"残酷"与否,一时也就难于断定,但对于爱好温暖或微凉的人们,却还是没有什么慈悲的气息的。

相传陀思妥夫斯基不喜欢对人述说自己,尤不喜欢述说自己的困苦;但和他一生相纠结的却正是困难和贫穷。便是作品,也至于只有一回是并没有豫支稿费的著作。但他掩藏着这些事。他知道金钱的重要,而他最不善于使用的又正是金钱;直到病得寄养在一个医生的家里了,还想将一切来诊的病人当作佳客。他所爱,所同情的是这些,——贫病的人们,——所记得的是这些,所描写的是这些;而他所毫无顾忌地解剖,详检,甚而至于鉴赏的也是这些。不但这些,其实,他早将自己也加以精神底苦刑了,从年青时候起,一直拷问到死灭。

凡是人的灵魂的伟大的审问者,同时也一定是伟大的犯人。审问者在堂上举劾着他的恶,犯人在阶下陈述他自己的善;审问者在灵魂中揭发污秽,犯人在所揭发的污秽中阐明那埋藏的光耀。这样,就显示出灵魂的深。

在甚深的灵魂中,无所谓"残酷",更无所谓慈悲;但将这灵魂显示于人的,是"在高的意义上的写实主义者"。

陀思妥夫斯基的著作生涯一共有三十五年,虽那最后的十年很偏重于正教的宣传了,但其为人,却不妨说是始终一律。即作品,也没有大两样。从他最初的《穷人》起,最后的《卡拉玛卓夫兄弟》止,所说的都是同一的事,即所谓"捉住了心中所实验的事实,使读者追求着自己思想的径路,从这心的法则中,自然显示出伦理的观念来。"

这也可以说:穿掘着灵魂的深处,使人受了精神底苦刑而得到创伤,又即从这得伤和养伤和愈合中,得到苦的涤除,而上了苏生的路。

《穷人》是作于千八百四十五年,到第二年发表的;是第一部,也是使他即刻成为大家的作品;格里戈洛维奇和涅克拉梭夫为之狂喜,培林斯基曾给他公正的褒辞。自然,这也可以说,是显示着"谦逊之力"的。然而,世界竟是这么广大,而又这么狭窄;穷人是这么相爱,而又不得相爱;暮年是这么孤寂,而又不安于孤寂。他晚年的手记说:"富是使个人加强的,是器械底和精神底满足。因此也将个人从全体分开。"富终于使少女从穷人分离了,可怜的老人便发了不成声的绝叫。爱是何等地纯洁,而又何其有搅扰咒诅之心呵!

而作者其时只有二十四岁,却尤是惊人的事。天才的心诚然是博大的。

中国的知道陀思妥夫斯基将近十年了,他的姓已经听得耳熟,但作品的译本却未见。这也无怪,虽是他的短篇,也没有很简短,便于急就的。这回丛芜才将他的最初的作品,最初绍介到中国来,我觉得似乎很弥补了些缺憾。这是用 Constance Garnett 的英译本为主,参考了 Modern Library 的英译本译出的,歧异之处,便由我比较了原白光的日文译本以定从违,又经素园用原文加以校定。在陀思妥夫斯基全集十二巨册中,这虽然不过是一小分,但在我们这样只有微力的人,却很用去许多工作了。藏稿经年,才得印出,便借了这短引,将我所想到的写出,如上文。陀思妥夫斯基的人和他的作品,本是一时研究不尽的，统论全般，决非我的能力所及，所以这只好算作管窥之说；也仅仅略翻了三本书：Dostoievsky's *Literarsche Schriften*，Mereschkovsky's *Dostoievsky und Tolstoy*，昇曙梦的《露西亚文学研究》。

俄国人姓名之长，常使中国的读者觉得烦难，现在就在此略加解释。那姓名全写起来，是总有三个字的：首先是名，其次是父名，第三是姓。例如这书中的解屋斯金，是姓；人却称他马加尔亚列舍维奇，意思就是亚列舍的儿子马加尔，是客气的称呼；亲昵的人就只称名，声音还有变化。倘是女的，便叫她"某之女某"。例如瓦尔瓦拉亚列舍夫那，意思就是亚列舍的女儿瓦尔瓦拉；有时叫她瓦兰加，则是瓦尔瓦拉的音变，也就是亲昵的称呼。

一九二六年六月二日之夜，鲁迅记于东壁下。

原载 1926 年 6 月 14 日《语丝》周刊第 83 期。
初收 1935 年 5 月上海群众图书公司版《集外集》。

三日

日记 晴。上午寄素园信并《〈穷人〉小引》。寄小峰信，午后得复并《华盖集》廿本，下午复之。寄凤举信。寄三弟信附与郑振铎笺。晚寿山来，同饮酒，并赠以书四种。夜得马珏小姐信。校排印稿子。

四日

日记 晴。上午往女师大讲。午后访季市。下午陆秀珍来。晚得凤举信。

五日

日记 晴。上午寄小峰信。濯足。下午得高歌信。夜风。

六日

日记　星期。晴。上午陈炜谟，冯至来。往中央公园看司徒乔所作画展览会，买二小幅，泉九。品青，小峰来，未遇，留《痴华鬘》五本而去。夜得钦文，璇卿信，上月二十八日发。

七日

日记　晴。午后访素园。访小峰，得《何典》十本。晚季市邀夜饭并寿山。得罗学濂信。得陈炜谟信。寄王品青信。夜失眠。

八日

日记　晴。清晨耕南夫人回天津。上午得品青信并稿。罗学濂来。

九日

日记　晴。上午赵荫棠，沈孜研来。夜雨。

通　信（复未名）

未名先生：

多谢你的来信，使我们知道，知道我们的《莽原》原来是"谈社会主义"的。

这也不独武昌的教授为然，全国的教授都大同小异。一个已经足够了，何况是聚起来成了"会"。他们的根据，就在"教授"，这是明明白白的。我想他们的话在"会"里也一定不会错。为什么呢？就因为他们是教授。我们的乡下评定是非，常是这样："赵太爷说对的，还会错么？他田地就有二百亩！"

至于《莽原》，说起来实在惭愧，正如武昌的C先生来信所说，不过"是些废话和大部分的文艺作品"。我们倒也并不是看见社会主义四个字就吓得两眼朝天,口吐白沫,只是没有研究过,所以也没有谈,自然更没有用此来宣传任何主义的意思。"为什么要办刊物?一定是要宣传什么主义。为什么要宣传主义? 一定是在得某国的钱"这一类的教授逻辑,在我们的心里还没有。所以请你尽可放心看去,总不至于因此会使教授化为白痴,富翁变成乞丐的。——但保险单我可也不写。

你的名字用得不错,在现在的中国,这种"加害"的确要防的。北京大学的一个学生因为投稿用了真名,已经被教授老爷谋害了。《现代评论》上有人发议论道,"假设我们把知识阶级完全打倒后一百年,世界成个什么世界呢?"你看他多么"心上有杞天之虑"?

鲁迅。六,九。

顺便答复 C 先生:来信已到,也就将上面那些话作为回答罢。

原载 1926 年 6 月 25 日《莽原》半月刊第 12 期。
初收 1935 年 5 月上海群众图书公司版《集外集》。

十日

日记 雨。上午得车耕南信。

十一日

日记 昙。上午寄凤举信。寄素园信并稿。下午得小峰信。得织芳信,六日洛阳发。晚 Battlet,丛芜及张君来。

十二日

日记 晴。无事。编旧抄关于小说之琐闻。

十三日

日记　星期。晴。上午访丛芜。访小峰,得《心的探险》十二本。下午紫佩来。季市来。

十四日

日记　旧端午。晴。午后吕云章来。得长虹稿,八日杭州发。得董秋芳信。晚收教育部奉泉八十三元。濯足。

十五日

日记　晴。午前陈慎之来。下午顾颉刚寄赠《古史辨》第一册一本。收女师大薪水泉廿。

十六日

日记　晴。下午访丛芜,素园。访小峰,遇品青,半农。

十七日

日记　晴。上午寄李秉中信并书三本。雨。往师大取薪水三月分八元,四月分十四元。往直隶书局买《太平广记》一部,缺第一本,泉八元;又《观古堂汇刻书目》一部十六本,十二元。得钦文信,七日发。晚寄品青信。

致 李秉中

秉中兄:

收到你的来信后,的确使我"出于意表之外"地喜欢。这一年来,不闻消息,我可是历来没有忘记,但常有两种推测,一是在东江负伤或战死了，一是你已经变了一个武人，不再写字，因为去年你从梅县给我的信，内中已很有几个空白及没有写全的字了。现在才知道你已经跑得如此之远，这事我确没有预先想到，但我希望你早早从休养室走出，"偷着到啤酒店去坐一坐"，我以为倒不妨，但多喝酒究竟不好。去年夏间，我因为各处碰钉子，也很大喝了一通酒，结果是生病了，现在已愈，也不再喝酒，这是医生禁止的。他又禁止我吸烟，但这一节我却没有听。

从去年以来，我因为喜欢在报上毫无顾忌地发议论，就树敌很多，章士钊之来咬，乃是报应之一端，出面的虽是章士钊，其实黑幕中大有人在。不过他们的计划，仍然于我无损，我还是这样，因为我目下可以用印书所得之版税钱，维持生活。今年春间，又有一般人大用阴谋，想加谋害，但也没有什么效验。只是使我很觉得无聊，我虽然对于上等人向来并不十分尊敬，但尚不料其卑鄙阴险至于如此也。

多谢你的梦。新房子尚不十分旧，但至今未加修葺，却是真的。我大约总该老了一点，这是自然的定律，无法可想，只好"就这样罢"。直到现在，文章还是做，与其说"文章"，倒不如说是"骂"罢。但是我实在困倦极了，很想休息休息，今年秋天，也许要到别的地方去，地方还未定，大约是南边。目的是：一，专门讲书，少问别事（但这也难说，恐怕仍然要说话），二，弄几文钱，以助家用，因为靠版税究竟还不够。家眷不动，自己一人去，期间是少则一年，多则两年，此后我还想仍到热闹地方，照例捣乱。

"指导青年"的话，那是报馆替我登的广告，其实呢，我自己尚且寻不着头路，怎么指导别人。这些哲学式的事情，我现在不很想它了，近来想做的事，非常之小，仍然是发点议论，印点关于文学的书。酒也想喝的，可是不能。因为我近来忽然还想活下去了。为什么呢？说起来或者有些可笑，一，是世上还有几个人希望我活下去，二，是自己还要发点议论，印点关于文学的书。

我现在仍在印《莽原》，以及印些自己和别人的翻译及创作。可惜没有钱，印不多。我今天另封寄给你三本书，一是翻译，两本是我的杂感集，但也无甚可观。

我的住址是"西四，宫门口，西三条胡同，二十一号"，你信面上写的并不大错，只是门牌多了五号罢了。即使我已出京，信寄这里也可以，因为家眷在此，可以转寄的。

你什么时候可以毕业回国？我自憾我没有什么话可以寄赠你，但以为使精神堕落下去，是不好的，因为这能使自己受苦。第一着须大吃牛肉，将自己养胖，这才能做一切事。我近来的思想，倒比先前乐观些，并不怎样颓唐。你如有工夫，望常给我消息。

迅　六月十七日

十八日

日记　雨。上午得三弟信，十二日发。陈慎之来。得兼士信。午后晴。季市来。晚半农来。

十九日

日记　晴。上午季市，诗荃来，为立一方治胃病。兼士来。夜东亚公司送来『現代仏蘭西文芸叢書』四本，『東西文芸評論』一本，共泉八元二角。得品青信并书。

二十日

日记　星期。雨。上午托淑卿往商务印书馆豫约石印《汉魏丛书》一部四十本，《顾氏文房小说》一部十本，共泉二十一元三角。

二十一日

日记　昙。上午寄三弟信。寄王品青信。午晴。得遇安信。得素园信。得衣萍信并稿。午后托广平往北新局取《语丝》，往未名社取《穷人》。下午季市来。夜得阮久巽信,十二日发。

致韦素园、韦丛芜

沙滩新开路五号

韦^{素园}_{丛芜}先生:

《穷人》如已出,请给我十二本。

这几天生小病,但今日已渐愈,《莽原》稿就要做了。《关于鲁迅》已校了一点,至多,不过一百二十面罢。

二十一日　后面还有

来信顷已收到。《外套》校后,即付印罢,社中有款,我以为印费亦不必自出。像不如在京华印,比较的好些。

巴特勒特的谈话,不要等他了,我想,丛芜亦不必再去问他。

序文我当修改一点,和目录一同交给北京书局,书面怎样,后来再商。

迅　又言　廿一日午后

二十二日

　　日记　昙。夜东亚公司送来『アルス美術叢書』七本,十二元八角。得半农信。

二十三日

　　日记　晴。午后得小峰信并《飘渺的梦》十五本,又半农见借之《浣玉轩集》二本。下午素园来。得品青信并《诗人征略》二函,即还以前所借书。晚高歌来,赠以书三本。夜风。

无　常

　　迎神赛会这一天出巡的神，如果是掌握生杀之权的，——不，这生杀之权四个字不大妥，凡是神，在中国仿佛都有些随意杀人的权柄似的，倒不如说是职掌人民的生死大事的罢，就如城隍和东岳大帝之类，那么，他的卤簿中间就另有一群特别的脚色：鬼卒，鬼王，还有活无常。

　　这些鬼物们，大概都是由粗人和乡下人扮演的。鬼卒和鬼王是红红绿绿的衣裳，赤着脚；蓝脸，上面又画些鱼鳞，也许是龙鳞或别的什么鳞罢，我不大清楚。鬼卒拿着钢叉，叉环振得琅琅地响，鬼王拿的是一块小小的虎头牌。据传说，鬼王是只用一只脚走路的；但他究竟是乡下人，虽然脸上已经画上些鱼鳞或者别的什么鳞，却仍然只得用了两只脚走路。所以看客对于他们不很敬畏，也不大留心，除了念佛老妪和她的孙子们为面面圆到起见，也照例给他们一个"不胜屏营待命之至"的仪节。

　　至于我们——我相信：我和许多人——所最愿意看的，却在活无常。他不但活泼而诙谐，单是那浑身雪白这一点，在红红绿绿中就有"鹤立鸡群"之概。只要望见一顶白纸的高帽子和他手里的破芭蕉扇的影子，大家就都有些紧张，而且高兴起来了。

　　人民之于鬼物，惟独与他最为稔熟，也最为亲密，平时也常常可以遇见他。譬如城隍庙或东岳庙中，大殿后面就有一间暗室，叫作"阴司间"，在才可辨色的昏暗中，塑着各种鬼：吊死鬼，跌死鬼，虎伤鬼，科场鬼，……而一进门口所看见的长而白的东西就是他。我虽然也曾瞻仰过一回这"阴司间"，但那时胆子小，没有看明白。听说他一手还拿着铁索，因为他是勾摄生魂的使者。相传樊江东岳庙的

"阴司间"的构造,本来是极其特别的:门口是一块活板,人一进门,踏着活板的这一端,塑在那一端的他便扑过来,铁索正套在你脖子上。后来吓死了一个人,钉实了,所以在我幼小的时候,这就已不能动。

倘使要看个分明,那么,《玉历钞传》上就画着他的像,不过《玉历钞传》也有繁简不同的本子的,倘是繁本,就一定有。身上穿的是斩衰凶服,腰间束的是草绳,脚穿草鞋,项挂纸锭;手上是破芭蕉扇,铁索,算盘;肩膀是耸起的,头发却披下来;眉眼的外梢都向下,像一个"八"字。头上一顶长方帽,下大顶小,按比例一算,该有二尺来高罢;在正面,就是遗老遗少们所戴瓜皮小帽的缀一粒珠子或一块宝石的地方,直写着四个字道:"一见有喜"。有一种本子上,却写的是"你也来了"。这四个字,是有时也见于包公殿的扁额上的,至于他的帽上是何人所写,他自己还是阎罗王,我可没有研究出。

《玉历钞传》上还有一种和活无常相对的鬼物,装束也相仿,叫作"死有分"。这在迎神时候也有的,但名称却讹作死无常了,黑脸,黑衣,谁也不爱看。在"阴司间"里也有的,胸口靠着墙壁,阴森森地站着;那才真真是"碰壁"。凡有进去烧香的人们,必须摩一摩他的脊梁,据说可以摆脱了晦气;我小时也曾摩过这脊梁来,然而晦气似乎终于没有脱,——也许那时不摩,现在的晦气还要重罢,这一节也还是没有研究出。

我也没有研究过小乘佛教的经典,但据耳食之谈,则在印度的佛经里,焰摩天是有的,牛首阿旁也有的,都在地狱里做主任。至于勾摄生魂的使者的这无常先生,却似乎于古无征,耳所习闻的只有什么"人生无常"之类的话。大概这意思传到中国之后,人们便将他具象化了。这实在是我们中国人的创作。

然而人们一见他,为什么就都有些紧张,而且高兴起来呢?

凡有一处地方,如果出了文士学者或名流,他将笔头一扭,就很容易变成"模范县"。我的故乡,在汉末虽曾经虞仲翔先生揄扬过,但是那究竟太早了,后来到底免不了产生所谓"绍兴师爷",不过也并非男女老小全是"绍兴师爷",别的"下等人"也不少。这些"下等人",要他们发什么"我们现在走的是一条狭窄险阻的小路,左面是一个广漠无际的泥潭,右面也是一片广漠无际的浮砂,前面是遥遥茫茫荫在薄雾的里面的目的地"那样热昏似的妙语,是办不到的,可是在无意中,看得往这"荫在薄雾的里面的目的地"的道路很明白:求婚,结婚,养孩子,死亡。但这自然是专就我的故乡而言,若是"模范县"里的人民,那当然又作别论。他们——敝同乡"下等人"——的许多,活着,苦着,被流言,被反噬,因了积久的经验,知道阳间维持"公理"的只有一个会,而且这会的本身就是"遥遥茫茫",于是乎势不得不发生对于阴间的神往。人是大抵自以为衔些冤抑的;活的"正人君子"们只能骗鸟,若问愚民,他就可以不假思索地回答你:公正的裁判是在阴间!

　　想到生的乐趣,生固然可以留恋;但想到生的苦趣,无常也不一定是恶客。无论贵贱,无论贫富,其时都是"一双空手见阎王",有冤的得伸,有罪的就得罚。然而虽说是"下等人",也何尝没有反省?自己做了一世人,又怎么样呢?未曾"跳到半天空"么?没有"放冷箭"么?无常的手里就拿着大算盘,你摆尽臭架子也无益。对付别人要滴水不羼的公理,对自己总还不如虽在阴间里也还能够寻到一点私情。然而那又究竟是阴间,阎罗天子,牛首阿旁,还有中国人自己想出来的马面,都是并不兼差,真正主持公理的脚色,虽然他们并没有在报上发表过什么大文章。当还未做鬼之前,有时先不欺心的人们,遥想着将来,就又不能不想在整块的公理中,来寻一点情面的末屑,这时候,我们的活无常先生便见得可亲爱了,利中取大,害中取小,我们的古哲墨翟先生谓之"小取"云。

　　在庙里泥塑的,在书上墨印的模样上,是看不出他那可爱来的。最好是去看戏。但看普通的戏也不行,必须看"大戏"或者"目连戏"。目连戏的热闹,张岱在《陶庵梦忆》上也曾夸张过,说是要连演两三天。在我幼小时可已经不然了,也如大戏一样,始于黄昏,到

172

次日的天明便完结。这都是敬神禳灾的演剧,全本里一定有一个恶人,次日的将近天明便是这恶人的收场的时候,"恶贯满盈",阎王出票来勾摄了,于是乎这活的活无常便在戏台上出现。

我还记得自己坐在这一种戏台下的船上的情形,看客的心情和普通是两样的。平常愈夜深愈懒散,这时却愈起劲。他所戴的纸糊的高帽子,本来是挂在台角上的,这时预先拿进去了;一种特别乐器,也准备使劲地吹。这乐器好像喇叭,细而长,可有七八尺,大约是鬼物所爱听的罢,和鬼无关的时候就不用;吹起来,Nhatu, nhatu, nhatututuu 地响,所以我们叫它"目连嗐头"。

在许多人期待着恶人的没落的凝望中,他出来了,服饰比画上还简单,不拿铁索,也不带算盘,就是雪白的一条莽汉,粉面朱唇,眉黑如漆,蹙着,不知道是在笑还是在哭。但他一出台就须打一百零八个嚏,同时也放一百零八个屁,这才自述他的履历。可惜我记不清楚了,其中有一段大概是这样:——

"…………

大王出了牌票,叫我去拿隔壁的癞子。

问了起来呢,原来是我堂房的阿侄。

生的是什么病?伤寒,还带痢疾。

看的是什么郎中?下方桥的陈念义 la 儿子。

开的是怎样的药方?附子,肉桂,外加牛膝。

第一煎吃下去,冷汗发出;

第二煎吃下去,两脚笔直。

我道 nga 阿嫂哭得悲伤,暂放他还阳半刻。

大王道我是得钱买放,就将我捆打四十!"

这叙述里的"子"字都读作入声。陈念义是越中的名医,俞仲华曾将他写入《荡寇志》里,拟为神仙;可是一到他的令郎,似乎便不大高明了。la 者"的"也;"儿"读若"倪",倒是古音罢;nga 者,"我的"或"我们的"之意也。

他口里的阎罗天子仿佛也不大高明,竟会误解他的人格,——不,鬼格。但连"还阳半刻"都知道,究竟还不失其"聪明正直之谓神"。不过这惩罚,却给了我们的活无常以不可磨灭的冤苦的印象,一提起,就使他更加蹙紧双眉,捏定破芭蕉扇,脸向着地,鸭子浮水似的跳舞起来。

Nhatu,nhatu,nhatu-nhatu-nhatututuu! 目连嗐头也冤苦不堪似的吹着。

他因此决定了:——

　　"难是弗放者个!

　　那怕你,铜墙铁壁!

　　那怕你,皇亲国戚!

　　⋯⋯⋯⋯⋯"

"难"者,"今"也;"者个"者,"的了"之意,词之决也。"虽有忮心,不怨飘瓦",他现在毫不留情了,然而这是受了阎罗老子的督责之故,不得已也。一切鬼众中,就是他有点人情;我们不变鬼则已,如果要变鬼,自然就只有他可以比较的相亲近。

我至今还确凿记得,在故乡时候,和"下等人"一同,常常这样高兴地正视过这鬼而人,理而情,可怖而可爱的无常;而且欣赏他脸上的哭或笑,口头的硬语与谐谈⋯⋯。

迎神时候的无常,可和演剧上的又有些不同了。他只有动作,没有言语,跟定了一个捧着一盘饭菜的小丑似的脚色走,他要去吃;他却不给他。另外还加添了两名脚色,就是"正人君子"之所谓"老婆儿女"。凡"下等人",都有一种通病:常喜欢以己之所欲,施之于人。虽是对于鬼,也不肯给他孤寂,凡有鬼神,大概总要给他们一对一对地配起来。无常也不在例外。所以,一个是漂亮的女人,只是很有些村妇样,大家都称她无常嫂;这样看来,无常是和我们平辈的,无怪他不摆教授先生的架子。一个是小孩子,小高帽,小白衣;虽然小,两肩却已经耸起了,眉目的外梢也向下。这分明是无常少爷了,大家却叫他阿领,对于他似乎都不很表敬意;猜起来,仿佛是无常嫂的前夫之子似的。但不知何以相貌又和无常有这么像?吁!鬼神之事,难言之矣,只得姑且置之弗论。至于无常何以没有亲儿女,到今年可很容易解释了:鬼神能前知,他怕儿女一多,爱说闲话的就要旁敲侧击地锻成他拿卢布,所以不但研究,还早已实行了"节育"了。

这捧着饭菜的一幕,就是"送无常"。因为他是勾魂使者,所以民间凡有一个人死掉之后,就得用酒饭恭送他。至于不给他吃,那是赛会时候的开玩笑,实际上并不然。但是,和无常开玩笑,是大家都有此意的,因为他爽直,爱发议论,有人情,——要寻真实的朋友,倒还是他妥当。

有人说,他是生人走阴,就是原是人,梦中却入冥去当差的,所以很有些人情。我还记得住在离我家不远的小屋子里的一个男人,便自称是"走无常",门外常常燃着香烛。但我看他脸上的鬼气反而多。莫非入冥做了鬼,倒会增加人气的么?吁!鬼神之事,难言之矣,这也只得姑且置之弗论了。

六月二十三日。

原载 1926 年 7 月 10 日《莽原》半月刊第 1 卷第 13 期,副题作《旧事重提之五》。

初收 1928 年 9 月未名社版"未名新集"之一《朝花夕拾》。

二十四日

日记 晴。上午秋芳来,未见。有麟来并赠柿霜糖两包。寄半农信。寄朋其信。寄小峰信。寄素园信。寄女师大试题。下午雨。

二十五日

日记 晴。午后访季市。往留黎厂取书。下午雨一阵。

小儿的睡相[*]

〔日本〕有岛武郎

有人说，小儿的睡相，是纯朴，可爱的。

我曾经这样想着，对这凝视过。但在今，却不这样想了。夜一深，独自醒着，凝视着熟睡的小儿，愈凝视，我的心就愈凄凉。他的面颊，以健康和血气而鲜红。他的皮肤，没有为苦虑所刻成的一条皱。但在那不识不知的崇高的颜面全体之后，岂不是就有可怕的黑暗的运命，冷冷地，恶意地窥伺着么？

一个小儿，他将怎样生活，怎样死去呢？无论是谁，都不能知道这些事。而人们却因了互相憎恶，在无意中，为一个小儿准备着难于居住的世界。

不可知的运命，将这样的重担，小儿已经沉重地，在那可怜的肩上担着了。单是这个，不是已经尽够了么？而人们，却还非因了互相憎恶，将更不能堪的重担抛给那一个小儿不可么？

（一九二二年原作，一九二六年
从《艺术与生活》译出。）

原载 1926 年 6 月 25 日《莽原》半月刊第 12 期。
初未收集。

论 诗[*]

〔日本〕武者小路实笃

诗是无论什么时代都存在着的。有人的处所，有男女的处所，有自然和人类的交涉的处所,就有诗。在婴儿,没有语言,也没有性欲,然而诗是有的。

独行山路时,不成语言的诗即脱口而出。看见海,走在郊野上,也想唱唱歌。

人心之中有诗,生命之中有诗,和外界相调和时有诗,诗虽说是做的,然而是生出来的。所谓做者,不过是将那生出的东西加以整理。

诗不生于没有润泽的心。诗仅生于活泼泼地的心。利害打算,和诗是缘分很少的。

在诗,附属着韵律(Rhythm);那韵律,是和其人的生命,呼吸,血行有关系的。试合着既成的形式,使自己的生命充实而流行,有时虽然也有趣,然而内部也不可没有动辄想要打破形式的力。

这一点,是和水很相像的。大河,是仗着河堤防止着力的泛滥而存在的;但河堤须不可是纸糊的东西。河的力,必须不绝地和河堤战斗。

避了河堤而流行的川,不是真的川。所可尊敬者,只在它不使从内部溢出的力散漫,以竭力成为集注的状态,作为可以溢出的前约这一点。

好的骑士,并非使驽马变成骏马的幻术家,不过是能够统一了骏马的力,使它更加生发的人。这虽然是很普通的话:倘不磨,即使钻石也不发光的就是。但无论怎么磨,倘是瓦,可也没有法。然而如果是很大的岩石,就又有趣了。这么一说,便成为即使不磨,也是有趣的意思了。可是以诗而论,将自己的心的动作,照样地表现出来的事,也还是一种艺术。领会,是必要的。只是也不能说:将心的所有照样,煎浓了而表现,便不成其为东西。

将在自己内部的东西,照样地生发起来的时候,单是这个,就大抵成为出色的好诗。

第一,最紧要的是本心。闲话和稗贩,是无聊的。技巧呢,依着办法,虽然也会有趣,但倘若内部的生命萎缩着,可就糟。

不充满于生命的东西,我是嫌恶的。

火以各种的状态飞舞,并不是做作的。人的生命,也以各种状态显现,这一到纯粹,便是诗。

如果生命并不纤细,则用了自己所喜欢的装束出来也可以。生命必须愈加生发起来。

此后,诗要渐渐地盛大罢,也不能不盛大。在人造人类,人造社会的人类里,诗是不必要的。

所以,带着生命而生下来的人,总要继续着唱歌,直到生命能够朴素地生活的时候的罢;而且生命倘能够朴素地生活,也还要继续地唱歌的罢。

前者的时候,如喷火山的,

后者的时候,如春天的太阳的,

诗呀,诗呀,生命之火呀!

烧起来罢!

在散文底的时代,诗更应该被饥渴似的寻求。

如果诗中没有这样的力,这是诗人之罪,不过是在说明诗人的力的微弱。

一九二○,一二。译自《为有志于文学的人们》。

原载 1926 年 6 月 25 日《莽原》半月刊第 12 期。
初收 1929 年 4 月上海北新书局版《壁下译丛》。

马上日记

豫　序

在日记还未写上一字之前,先做序文,谓之豫序。

我本来每天写日记，是写给自己看的；大约天地间写着这样日记的人们很不少。假使写的人成了名人，死了之后便也会印出；看的人也格外有趣味，因为他写的时候不像做《内感篇》外冒篇似的须摆空架子，所以反而可以看出真的面目来。我想，这是日记的正宗嫡派。

我的日记却不是那样。写的是信札往来，银钱收付，无所谓面目，更无所谓真假。例如：二月二日晴，得 A 信；B 来。三月三日雨，收 C 校薪水 X 元，复 D 信。一行满了，然而还有事，因为纸张也颇可惜，便将后来的事写入前一天的空白中。总而言之：是不很可靠的。但我以为 B 来是在二月一，或者二月二，其实不甚有关系，即便不写也无妨；而实际上，不写的时候也常有。我的目的，只在记上谁有来信，以便答复，或者何时答复过，尤其是学校的薪水，收到何年何月的几成几了，零零星星，总是记不清楚，必须有一笔帐，以便检查，庶几乎两不含胡，我也知道自己有多少债放在外面，万一将来收清之后，要成为怎样的一个小富翁。此外呢，什么野心也没有了。

吾乡的李慈铭先生，是就以日记为著述的，上自朝章，中至学问，下迄相骂，都记录在那里面。果然，现在已有人将那手迹用石印印出了，每部五十元，在这样的年头，不必说学生，就是先生也无从买起。那日记上就记着，当他每装成一函的时候，早就有人借来借去的传钞了，正不必老远的等待"身后"。这虽然不像日记的正脉，但若有志在立言，意存褒贬，欲人知而又畏人知的，却不妨模仿着试试。什么做了一点白话，便说是要在一百年后发表的书里面的一篇，真是其蠢臭为不可及也。

我这回的日记，却不是那样的"有厚望焉"的，也不是原先的很简单的，现在还没有，想要写起来。四五天以前看见半农，说是要编《世界日报》的副刊去，你得寄一点稿。那自然是可以的喽。然而稿子呢？这可着实为难。看副刊的大抵是学生，都是过来人，做过什么"学而时习之不亦说乎论"或"人心不古议"的，一定知道做文章是怎样的味道。有人说我是"文学家"，其实并不是的，不要相信他们的话，那证据，就是我也最怕做文章。

然而既然答应了，总得想点法。想来想去，觉得感想倒偶尔也有一点的，平时接着一懒，便搁下，忘掉了。如果马上写出，恐怕倒也是杂感一类的东西。于是乎我就决计：一想到，就马上写下来，马上寄出去，算作我的画到簿。因为这是开首就准备给第三者看的，所以恐怕也未必很有真面目，至少，不利于己的事，现在总还要藏起来。愿读者先明白这一点。

如果写不出，或者不能写了，马上就收场。所以这日记要有多么长，现在一点不知道。

一九二六年六月二十五日，记于东壁下。

原载 1926 年 7 月 5 日《世界日报副刊》第 1 卷第 5 期。
初收 1927 年 5 月上海、北京北新书局版《华盖集续编》。

马上日记

六月二十五日

晴。

生病。——今天还写这个，仿佛有点多事似的。因为这是十天以前的事，现在倒已经可以算得好起来了。不过余波还没有完，所以也只好将这作为开宗明义章第一。谨案才子立言，总须大嚷三大苦难：一曰穷，二曰病，三曰社会迫害我。那结果，便是失掉了爱人；若用专门名词，则谓之失恋。我的开宗明义虽然近似第二大苦难，实际上却不然，倒是因为端午节前收了几文稿费，吃东西吃坏了，从此就不消化，胃痛。我的胃的八字不见佳，向来就担不起福泽的。

也很想看医生。中医，虽然有人说是玄妙无穷，内科尤为独步，我可总是不相信。西医呢，有名的看资贵，事情忙，诊视也潦草，无名的自然便宜些，然而我总还有些踌蹰。事情既然到了这样，当然只好听凭敝胃隐隐地痛着了。

自从西医割掉了梁启超的一个腰子以后，责难之声就风起云涌了，连对于腰子不很有研究的文学家也都"仗义执言"。同时，"中医了不得论"也就应运而起；腰子有病，何不服黄蓍欤？什么有病，何不吃鹿茸欤？但西医的病院里确也常有死尸抬出。我曾经忠告过G先生：你要开医院，万不可收留些看来无法挽回的病人；治好了走出，没有人知道，死掉了抬出，就哄动一时了，尤其是死掉的如果是"名流"。我的本意是在设法推行新医学，但G先生却似乎以为我良心坏。这也未始不可以那么想，——由他去罢。

但据我看来，实行我所说的方法的医院可很有，只是他们的本意却并不在要使新医学通行。新的本国的西医又大抵模模胡胡，一出手便先学了中医一样的江湖诀，和水的龙胆丁几两日份八角；漱口的淡硼酸水每瓶一元。至于诊断学呢，我似的门外汉可不得而知。总之，西方的医学在中国还未萌芽，便已近于腐败。我虽然只相信西医，近来也颇有些望而却步了。

前几天和季黻谈起这些事，并且说，我的病，只要有熟人开一个方就好，用不着向什么博士化冤钱。第二天，他就给我请了正在继续研究的Dr. H.来了。开了一个方，自然要用稀盐酸，还有两样这里无须说；我所最感谢的是又加些Sirup Simpel使我喝得甜甜的，不为难。向药房去配药，可又成为问题了，因为药房也不免有模模胡胡的，他所没有的药品，也许就替换，或者竟删除。结果是托Fraeulein H.远远地跑到较大的药房去。

这样一办，加上车钱，也还要比医院的药价便宜到四分之三。

胃酸得了外来的生力军，强盛起来，一瓶药还未喝完，痛就停止了。我决定多喝它几天。但是，第二瓶却奇怪，同一的药房，同一的药方,药味可是不同一了;不像前一回的甜,也不酸。我检查我自己,并不发热,舌苔也不厚,这分明是药水有些蹊跷。喝了两回,坏处倒也没有;幸而不是急病,不大要紧,便照例将它喝完。去买第三瓶时,却附带了严重的质问;那回答是:也许糖分少了一点罢。这意思就是说紧要的药品没有错。中国的事情真是稀奇,糖分少一点,不但不甜,连酸也不酸了,的确是"特别国情"。

现在多攻击大医院对于病人的冷漠,我想,这些医院,将病人当作研究品,大概是有的,还有在院里的"高等华人",将病人看作下等研究品,大概也是有的。不愿意的,只好上私人所开的医院去,可是诊金药价都很贵。请熟人开了方去买药呢,药水也会先后不同起来。

这是人的问题。做事不切实,便什么都可疑。吕端大事不胡涂,犹言小事不妨胡涂点,这自然很足以显示我们中国人的雅量,然而我的胃痛却因此延长了。在宇宙的森罗万象中,我的胃痛当然不过是小事,或者简直不算事。

质问之后的第三瓶药水,药味就同第一瓶一样了。先前的闷胡卢,到此就很容易打破,就是那第二瓶里,是只有一日分的药,却加了两日分的水的,所以药味比正当的要薄一半。

虽然连吃药也那么蹭蹬,病却也居然好起来了。病略见好,H就攻击我头发长,说为什么不赶快去剪发。

这种攻击是听惯的,照例"着毋庸议"。但也不想用功,只是清理抽屉。翻翻废纸,其中有一束纸条,是前几年钞写的;这很使我觉得自己也日懒一日了,现在早不想做这类事。那时大概是想要做一篇攻击近时印书,胡乱标点之谬的文章的,废纸中就钞有很奇妙的例子。要塞进字纸篓里时,觉得有几条总还是爱不忍释,现在钞几条在这里,马上印出,以便"有目共赏"罢。其余的便作为换取火柴之助——

"国朝陈锡路黄嫻余话云。唐傅奕考覈道经众本。有项羽妾。本齐武平五年彭城人。开项羽妾冢。得之。"(上海进步书局石印本《茶香室丛钞》卷四第二叶。)

182

“国朝欧阳泉点勘记云。欧阳修醉翁亭。记让泉也。本集及滁州石刻。并同诸选本。作酿泉。误也。”(同上卷八第七叶。)

“袁石公典试秦中。后颇自悔。其少作诗文。皆粹然一出于正。”(上海士林精舍石印本《书影》卷一第四叶。)

“考……顺治中,秀水又有一陈忱,……著诚斋诗集,不出户庭,录读史随笔,同姓名录诸书。”(上海亚东图书馆排印本《水浒续集两种序》第七叶。)

标点古文,确是一种小小的难事,往往无从下笔;有许多处,我常疑心即使请作者自己来标点,怕也不免于迟疑。但上列的几条,却还不至于那么无从索解。末两条的意义尤显豁,而标点也弄得更聪明。

原载 1926 年 7 月 8 日《世界日报副刊》第 1 卷第 8 期。

初收 1927 年 5 月上海、北京北新书局版《华盖集续编》。

二十六日

日记 晴。午后访品青并还书。访寿山,不值。往东亚公司买『猿の群から共和国まで』一本,『小説から見たる支那の民族性』一本,共泉三元八角。访小峰,未遇。访丛芜。下午得朋其信。得季野信。得李季谷信片。

马上日记

六月二十六日

晴。

上午,得霁野从他家乡寄来的信,话并不多,说家里有病人,别的一切人也都在毫无防备的将被疾病袭击的恐怖中；末尾还有几句感慨。

午后，织芳从河南来，谈了几句，匆匆忙忙地就走了，放下两个包，说这是"方糖"，送你吃的，怕不见得好。织芳这一回有点发胖，又这么忙，又穿着方马褂，我恐怕他将要做官了。

打开包来看时，何尝是"方"的，却是圆圆的小薄片，黄棕色。吃起来又凉又细腻，确是好东西。但我不明白织芳为什么叫它"方糖"？但这也就可以作为他将要做官的一证。

景宋说这是河南一处什么地方的名产，是用柿霜做成的；性凉，如果嘴角上生些小疮之类，用这一搽，便会好。怪不得有这么细腻，原来是凭了造化的妙手，用柿皮来滤过的。可惜到他说明的时候，我已经吃了一大半了。连忙将所余的收起，豫备将来嘴角上生疮的时候，好用这来搽。

夜间，又将藏着的柿霜糖吃了一大半，因为我忽而又以为嘴角上生疮的时候究竟不很多，还不如现在趁新鲜吃一点。不料一吃，就又吃了一大半了。

原载 1926 年 7 月 10 日《世界日报副刊》第 1 卷第 10 期。
初收 1927 年 5 月上海、北京北新书局版《华盖集续编》。

二十七日

日记 星期。晴。母亲病，往延山本医士来。下午寄朋其信。寄遇安信。晚小峰，品青来。夜有麟来。

二十八日

日记 晴。上午往留黎厂。往信昌药房买药。访刘半农，不值。访寿山。下午访小峰，收泉百，并托其寄半农［信］并稿。夜得小峰信，即复。濯足。收久巽所寄干菜一篓。

马上日记

六月二十八日

晴,大风。

上午出门,主意是在买药,看见满街挂着五色国旗;军警林立。走到丰盛胡同中段,被军警驱入一条小胡同中。少顷,看见大路上黄尘滚滚,一辆摩托车驰过;少顷,又是一辆;少顷,又是一辆;又是一辆;又是一辆……。车中人看不分明,但见金边帽。车边上挂着兵,有的背着扎红绸的板刀;小胡同中人都肃然有敬畏之意。又少顷,摩托车没有了,我们渐渐溜出,军警也不作声。

溜到西单牌楼大街,也是满街挂着五色国旗,军警林立。一群破衣孩子,各各拿着一把小纸片,叫道:欢迎吴玉帅号外呀! 一个来叫我买,我没有买。

将近宣武门口,一个黄色制服,汗流满面的汉子从外面走进来,忽而大声道:草你妈! 许多人都对他看,但他走过去了,许多人也就不看了。走进宣武门城洞下,又是一个破衣孩子拿着一把小纸片,但却默默地将一张塞给我,接来一看,是石印的李国恒先生的传单,内中大意,是说他的多年痔疮,已蒙一个国手叫作什么先生的医好了。

到了目的地的药房时,外面正有一群人围着看两个人的口角;一柄浅蓝色的旧洋伞正挡住药房门。我推那洋伞时,斤量很不轻;终于伞底下回过一个头来,问我"干什么?"我答说进去买药。他不作声,又回头去看口角去了,洋伞的位置依旧。我只好下了十二分的决心,猛力冲锋;一冲,可就冲进去了。

药房里只有帐桌上坐着一个外国人,其余的店伙都是年青的同胞,服饰干净漂亮。不知怎地,我忽而觉得十年以后,他们便都要变为高等华人,而自己却现在就有下等人之感。于是乎恭恭敬敬地将药方和瓶子捧呈给一位分开头发的同胞。

"八毛五分。"他接了,一面走,一面说。

"喂!"我实在耐不住,下等脾气又发作了。药价八毛,瓶子钱照例五分,我是知道的。现在自己带了瓶子,怎么还要付五分钱呢? 这一个"喂"字的功用就和国骂的"他妈的"相同,其中含有这么多的意义。

"八毛!"他也立刻懂得,将五分钱让去,真是"从善如流",有正人君子的风度。

我付了八毛钱,等候一会,药就拿出来了。我想,对付这一种同胞,有时是不宜于太客气的。于是打开瓶塞,当面尝了一尝。

"没有错的。"他很聪明,知道我不信任他。

"唔。"我点头表示赞成。其实是,还是不对,我的味觉不至于很麻木,这回觉得太酸了一点了,他连量杯也懒得用,那稀盐酸分明已经过量。然而这于我倒毫无妨碍的,我可以每回少喝些,或者对上水,多喝它几回。所以说"唔";"唔"者,介乎两可之间,莫明其真意之所在之答话也。

"回见回见!"我取了瓶子,走着说。

"回见。不喝水么?"

"不喝了。回见。"

我们究竟是礼教之邦的国民,归根结蒂,还是礼让。让出了玻璃门之后,在大毒日头底下的尘土中趱行,行到东长安街左近,又是军警林立。我正想横穿过去,一个巡警伸手拦住道:不成! 我说只要走十几步,到对面就好了。他的回答仍然是:不成! 那结果,是从别的道路绕。

绕到 L 君的寓所前,便打门,打出一个小使来,说 L 君出去了,须得午饭时候才回家。我说,也快到这个时候了,我在这里等一等罢。他说:不成! 你贵姓呀? 这使我很狼狈,路既这么远,走路又这么难,白走一遭,实在有些可惜。我想了十秒钟,便从衣袋里挖出一张名片来,叫他进去禀告太太,说有这么一个人,要在这里等一等,可以不? 约有半刻钟,他出来了,结果是:也不成! 先生要三点钟才回来哩,你三点钟再来罢。

又想了十秒钟,只好决计去访 C 君,仍在大毒日头底下的尘土中趱行,这回总算一路无阻,到了。打门一问,来开门的答道:去看一看可在家。我想:这一次是大有希望了。果然,即刻领我进客厅,C 君也跑出来。我首先就要求他请我吃午饭。于是请我吃面包,还有葡萄酒;主人自己却吃面。那结果是一盘面包被我吃得精光,虽然另有奶油,可是四碟菜也所余无几了。

吃饱了就讲闲话,直到五点钟。

客厅外是很大的一块空地方,种着许多树。一株频果树下常有孩子们徘徊;C 君说,那是在等候频果落下来的;因为有定律:谁拾得就归谁所有。我很笑孩子们耐心,肯做这样的迂远事。然而奇怪,到我辞别出去时,我看见三个孩子手里已经各有一个频果了。

回家看日报,上面说:"……吴在长辛店留宿一宵。除上述原因外,尚有一事,系吴由保定启程后,张其锽曾为吴卜一课,谓二十八日入京大利,必可平定西北。二十七日入京欠佳。吴颇以为然。此亦吴氏迟一日入京之由来也。"因此又想起我今天"不成"了大半天,运气殊属欠佳,不如也卜一课,以觇晚上的休咎罢。但我不明卜法,又无筮龟,实在无从措手。后来发明了一种新法,就是随便拉过一本书来,闭了眼睛,翻开,用手指指下去,然后张开眼,看指着的两句,就算是卜辞。

用的是《陶渊明集》,如法泡制,那两句是:"寄意一言外,兹契谁能别。"详了一会,竟不知道是怎么一回事。

原载 1926 年 7 月 12 日《世界日报副刊》第 1 卷第 12 期。

初收 1927 年 5 月上海、北京北新书局版《华盖集续编》。

二十九日

日记 晴。晚得陈慎之信,即复。

马上支日记

前几天会见小峰,谈到自己要在半农所编的副刊上投点稿,那名目是《马上日记》。小峰怃然曰,回忆归在《旧事重提》中,目下的杂感就写进这日记里面去……。意思之间,似乎是说:你在《语丝》上做什么呢? ——但这也许是我自己的疑心病。我那时可暗暗地想:生长在敢于吃河豚的地方的人,怎么也会这样拘泥?政党会设支部,银行会开支店,我就不会写支日记的么?因为《语丝》上须投稿,而这暗想马上就实行了,于是乎作支日记。

六月二十九日

晴。

早晨被一个小蝇子在脸上爬来爬去爬醒,赶开,又来;赶开,又来;而且一定要在脸上的一定的地方爬。打了一回,打它不死,只得改变方针:自己起来。

记得前年夏天路过 S 州,那客店里的蝇群却着实使人惊心动魄。饭菜搬来时,它们先追逐着赏鉴;夜间就停得满屋,我们就枕,必须慢慢地,小心地放下头去,倘若猛然一躺,惊动了它们,便轰的一声,飞得你头昏眼花,一败涂地。到黎明,青年们所希望的黎明,那自然就照例地到你脸上来爬来爬去了。但我经过街上，看见一个孩子睡着，五六个蝇子在他脸上爬，他却睡得甜甜的，连皮肤也不牵动一下。在中国过活，这样的训练和涵养工夫是万不可少的。与其鼓吹什么"捕蝇"，倒不如练习这一种本领来得切实。

什么事都不想做。不知道是胃病没有全好呢，还是缺少了睡眠时间。仍旧懒懒地翻翻废纸，又看见几条《茶香室丛钞》式的东西。已经团入字纸篓里的了，又觉得"弃之不甘"，挑一点关于《水浒传》的，移录在这里罢——

　　宋洪迈《夷坚甲志》十四云："绍兴二十五年，吴傅朋说除守安丰军，自番阳遣一卒往呼吏士，行至舒州境，见村民穰穰，十百相聚，因弛担观之。其人曰，吾村有妇人为虎衔去，其夫不胜愤，独携刀往探虎穴，移时不反，今谋往救也。久之，民负死妻归，云，初寻迹至穴，虎牝牡皆不在，有二子戏岩窦下，即杀之，而隐其中以俟。少顷，望牝者衔一人至，倒身入穴，不知人藏其中也。吾急持尾，断其一足。虎弃所衔人，踉跄而窜；徐出视之，果吾妻也，死矣。虎曳足行数十步，堕涧中。吾复入窦伺，牡者俄咆跃而至，亦以尾先入，又如前法杀之。妻冤已报，无憾矣。乃邀邻里往视，舁四虎以归，分烹之。"案《水浒传》叙李逵沂岭杀四虎事，情状极相类，疑即本此等传说作之。《夷坚甲志》成于乾道初（1165），此条题云《舒民杀四虎》。

　　宋庄季裕《鸡肋编》中云："浙人以鸭儿为大讳。北人但知鸭羹虽甚热，亦无气。后至南方，乃始知鸭若只一雄，则虽合而无卵，须二三始有子，其以为讳者，盖为是耳，不在于无气也。"案《水浒传》叙郓哥向武大索麦稃，"武大道：'我屋里又不养鹅鸭，那里有这麦稃？'郓哥道：'你说没麦稃，怎地栈得肥腯腯地，便颠倒提起你来也不妨，煮你在锅里也没气？'武大道：'含鸟猢狲！倒骂得我好。我的老婆又不偷汉子，我如何是鸭？'……"鸭必多雄始孕，盖宋时浙中俗说，今已不知。然由此可知《水浒

189

传》确为旧本，其著者则浙人；虽庄季裕，亦仅知鸭羹无气而已。《鸡肋编》有绍兴三年（1133）序，去今已将八百年。

　　元陈泰《所安遗集》《江南曲序》云："余童丱时，闻长老言宋江事，未究其详。至治癸亥秋九月十六日，过梁山泊，舟遥见一峰，蝶嵲雄跨，问之篙师，曰，此安山也，昔宋江事处，绝湖为池，阔九十里，皆蕖荷菱茨，相传以为宋妻所植。宋之为人，勇悍狂侠，其党如宋者三十六人。至今山下有分赃台，置石座三十六所，俗所谓'去时三十六，归时十八双'，意者其自誓之辞也。始予过此，荷花弥望，今无复存者，惟残香相送耳。因记王荆公诗云：'三十六陂春水，白头想见江南。'味其词，作《江南曲》以叙游历，且以慰宋妻种荷之意云。（原注：曲因蠹损无存。）"案宋江有妻在梁山泺中，且植芰荷，仅见于此；而谓江勇悍狂侠，亦与今所传性格绝殊，知《水浒》故事，宋元来异说多矣。泰字志同，号所安，茶陵人，延祐甲寅（1314），以《天马赋》中省试第十二名，会试赐乙卯科张起岩榜进士第，由翰林庶吉士改授龙南令，卒官。至曾孙朴，始集其遗文为一卷。成化丁未，来孙铨等又并补遗重刊之。《江南曲》即在补遗中，而失其诗。近《涵芬楼秘笈》第十集收金侃手写本，则并序失之矣。"舟遥见一峰"及"昔宋江事处"二句，当有脱误，未见别本，无以正之。

　　原载 1926 年 7 月 12 日《语丝》周刊第 87 期。
　　初收 1927 年 5 月上海、北京北新书局版《华盖集续编》。

三十日

　　日记　晴。上午以小说史分数寄北大注册部。寄小峰信。下午得遇安信。季市来。晚遇安来并持来《国文读本》三本，赠以《华盖集》等四本。夜得高歌信并《弦上》第十九期五分。

七月

一日

日记 晴。上午得语堂信,六月廿一日厦门发。寄半农稿。午后理发。下午得敬隐渔信并《欧罗巴》一本。晚得兼士信。得品青信。得东亚考古学会柬。夜符九铭来。夜寄小林信辞东亚考古学会之招宴。

马上支日记

七月一日

晴。

上午,空六来谈;全谈些报纸上所载的事,真伪莫辨。许多工夫之后,他走了,他所谈的我几乎都忘记了,等于不谈。只记得一件:据说吴佩孚大帅在一处宴会的席上发表,查得赤化的始祖乃是蚩尤,因为"蚩""赤"同音,所以蚩尤即"赤尤","赤尤"者,就是"赤化之尤"的意思;说毕,合座为之"欢然"云。

太阳很烈,几盆小草花的叶子有些垂下来了,浇了一点水。田妈忠告我:浇花的时候是每天必须一定的,不能乱;一乱,就有害。我觉得有理,便踌躇起来;但又想,没有人在一定的时候来浇花,我又没有一定的浇花的时候,如果遵照她的学说,那些小花可只好晒死罢了。即使乱浇,总胜于不浇;即使有害,总胜于晒死罢。便继续浇下去，但心里自然也不大踊跃。下午，叶子都直起来了，似乎不甚有害，这才放了心。

灯下太热，夜间便在暗中呆坐着，凉风微动，不觉也有些"欢然"。人倘能够"超然象外"，看看报章，倒也是一种清福。我对于报章，向来就不是博览家，然而这半年来，已经很遇见了些铭心绝品。远之，则如段祺瑞执政的《二感篇》，张之江督办的《整顿学风电》，陈源教授的《闲话》；近之，则如丁文江督办(?)的自称"书呆子"演说，胡适之博士的英国庚款答问，牛荣声先生的"开倒车"论(见《现代评论》七十八期)，孙传芳督军的与刘海粟先生论美术书。但这些比起赤化源流考来，却又相去不可以道里计。今年春天，张之江督办明明有电报来赞成枪毙赤化嫌疑的学生，而弄到底自己还是逃不出赤化。这很使我莫明其妙；现在既知道蚩尤是赤化的祖师，那疑团可就冰释了。蚩尤曾打炎帝，炎帝也是"赤魁"。炎者，火德也，火色赤；帝不就是首领么？所以三一八惨案，即等于以赤讨赤，无论那一面，都还是逃不脱赤化的名称。

这样巧妙的考证天地间委实不很多，只记得先前在日本东京时，看见《读卖新闻》上逐日登载着一种大著作，其中有黄帝即亚伯拉罕的考据。大意是日本称油为"阿蒲拉"(Abura)，油的颜色大概是黄的，所以"亚伯拉"就是"黄"。至于"帝"，是与"罕"形近，还是与"可汗"音近呢，我现在可记不真确了，总之：阿伯拉罕即油帝，油帝就是黄帝而已。篇名和作者，现在也都忘却，只记得后来还印成一本书，而且还只是上卷。但这考据究竟还过于弯曲，不深究也好。

原载 1926 年 7 月 12 日《语丝》周刊第 87 期。

初收 1927 年 5 月上海、北京北新书局版《华盖集续编》。

二日

日记 晴。晚寄久巽信。寄小峰信。寄半农稿。

马上支日记

七月二日

晴。

午后,在前门外买药后,绕到东单牌楼的东亚公司闲看。这虽然不过是带便贩卖一点日本书,可是关于研究中国的就已经很不少。因为或种限制,只买了一本安冈秀夫所作的《从小说看来的支那民族性》就走了,是薄薄的一本书,用大红深黄做装饰的,价一元二角。

傍晚坐在灯下,就看看那本书,他所引用的小说有三十四种,但其中也有其实并非小说和分一部为几种的。蚊子来叮了好几口,虽然似乎不过一两个,但是坐不住了,点起蚊烟香来,这才总算渐渐太平下去。

安冈氏虽然很客气,在绪言上说,"这样的也不仅只支那人,便是在日本,怕也有难于漏网的。"但是,"一测那程度的高下和范围的广狭,则即使夸称为支那的民族性,也毫无应该顾忌的处所",所以从支那人的我看来,的确不免汗流浃背。只要看目录就明白了:一,总说;二,过度置重于体面和仪容;三,安运命而肯罢休;四,能耐能忍;五,乏同情心多残忍性;六,个人主义和事大主义;七,过度的俭省和不正的贪财;八,泥虚礼而尚虚文;九,迷信深;十,耽享乐而淫风炽盛。

他似乎很相信 Smith 的 *Chinese Characteristies*,常常引为典据。这书在他们,二十年前就有译本,叫作『支那人气质』;但是支那人的我们却不大有人留心它。第一章就是 Smith 说，以为支那人是颇有点做戏气味的民族，精神略有亢奋，就成了戏子样，一字一句，一举手一投足，都装模装样，出于本心的分量，倒还是撑场面的分量多。这就是因为太重体面了，总想将自己的体面弄得十足，所以敢于做出这样的言语动作来。总而言之，支那人的重要的国民性所成的复合关键，便是这"体面"。

我们试来博观和内省，便可以知道这话并不过于刻毒。相传为戏台上的好对联，是"戏场小天地，天地大戏场"。大家本来看得一切事不过是一出戏，有谁认真的，就是蠢物。但这也并非专由积极的体面，心有不平而怯于报复，也便以万事是戏的思想了之。万事既然是戏，则不平也非真，而不报也非怯了。所以即使路见不平，不能拔刀相助，也还不失其为一个老牌的正人君子。

我所遇见的外国人，不知道可是受了 Smith 的影响，还是自己实验出来的，就很有几个留心研究着中国人之所谓"体面"或"面子"。但我觉得，他们实在是已经早有心得，而且应用了，倘若更加精深圆熟起来，则不但外交上一定胜利，还要取得上等"支那人"的好感情。这时须连"支那人"三个字也不说，代以"华人"，因为这也是关于"华人"的体面的。

我还记得民国初年到北京时，邮局门口的扁额是写着"邮政局"的，后来外人不干涉中国内政的叫声高起来，不知道是偶然还是什么，不几天，都一律改了"邮务局"了。外国人管理一点邮"务"，实在和内"政"不相干，这一出戏就一直唱到现在。

向来，我总不相信国粹家道德家之类的痛哭流涕是真心，即使眼角上确有珠泪横流，也须检查他手巾上可浸着辣椒水或生姜汁。什么保存国故，什么振兴道德，什么维持公理，什么整顿学风……心里可真是这样想？一做戏，则前台的架子，总与在后台的面目不相同。但看客虽然明知是戏，只要做得像，也仍然能够为它悲喜，于是这出戏就做下去了；有谁来揭穿的，他们反以为扫兴。

中国人先前听到俄国的"虚无党"三个字，便吓得屁滚尿流，不下于现在之所谓"赤化"。其实是何尝有这么一个"党"；只是"虚无主义者"或"虚无思想者"却是有的，是都介涅夫（I. Turgeniev）给创立出来的名目，指不信神，不信宗教，否定一切传统和权威，要复归那出于自由意志的生活的人物而言。但是，这样的人物，从中国人看来也就已经可恶了。然而看看中国的一些人，至少是上等人，他们的对于神，宗教，传统的权威，是"信"和"从"呢，还是"怕"和"利用"？只要看他们的善于变化，毫无特操，是什么也不信从的，但总要摆出和内心两样的架子来。要寻虚无党，在中国实在很不少；和俄国的不同的处所，只在他们这么想，便这么说，这么做，我们的却虽然这么想，却是那么说，在后台这么做，到前台又那么做……。将这种特别人物，另称为"做戏的虚无党"或"体面的虚无党"以示区别罢，虽然这个形容词和下面的名词万万联不起来。

夜，寄品青信，托他向孔德学校去代借《闾邱辨囿》。

夜半，在决计睡觉之前，从日历上将今天的一张撕去，下面这一张是红印的。我想，明天还是星期六，怎么便用红字了呢？仔细看时，有两行小字道："马厂誓师再造共和纪念"。我又想，明天可挂国旗呢？……于是，不想什么，睡下了。

原载 1926 年 7 月 26 日《语丝》周刊第 89 期。

初收 1927 年 5 月上海、北京北新书局版《华盖集续编》。

三日

日记　晴。上午同母亲往山本医院诊。郑介石来，未遇。午后往伊东医士寓拔去三齿。访齐寿山。往东亚公司。访小峰。访素园。

马上支日记

七月三日

晴。

热极,上半天玩,下半天睡觉。

晚饭后在院子里乘凉,忽而记起万牲园,因此说:那地方在夏天倒也很可看,可惜现在进不去了。田妈就谈到那管门的两个长人,说最长的一个是她的邻居,现在已经被美国人雇去,往美国了,薪水每月有一千元。

这话给了我一个很大的启示。我先前看见《现代评论》上保举十一种好著作,杨振声先生的小说《玉君》即是其中的一种,理由之一是因为做得"长"。我于这理由一向总有些隔膜,到七月三日即"马厂誓师再造共和纪念"的晚上这才明白了:"长",是确有价值的。《现代评论》的以"学理和事实"并重自许,确也说得出,做得到。

今天到我的睡觉时为止,似乎并没有挂国旗,后半夜补挂与否,我不知道。

原载 1926 年 7 月 26 日《语丝》周刊第 89 期。

初收 1927 年 5 月上海、北京北新书局版《华盖集续编》。

四日

日记 星期。晴。上午得素园信,即复,旋又得答。培良,高歌来。下午得高歌信并稿。兼士来。晚寄半农信。得语堂信,六月二十五日厦门发。得三弟信并丛芜稿,六月二十九日发。

马上支日记

七月四日

晴。

早晨，仍然被一个蝇子在脸上爬来爬去爬醒，仍然赶不走，仍然只得自己起来。品青的回信来了，说孔德学校没有《闾邱辨囿》。

也还是因为那一本《从小说看来的支那民族性》。因为那里面讲到中国的肴馔，所以也就想查一查中国的肴馔。我于此道向来不留心，所见过的旧记，只有《礼记》里的所谓"八珍"，《酉阳杂俎》里的一张御赐菜帐和袁枚名士的《随园食单》。元朝有和斯辉的《饮馔正要》，只站在旧书店头翻了一翻，大概是元版的，所以买不起。唐朝的呢，有杨煜的《膳夫经手录》，就收在《闾邱辨囿》中。现在这书既然借不到，只好拉倒了。

近年尝听到本国人和外国人颂扬中国菜，说是怎样可口，怎样卫生，世界上第一，宇宙间第 n。但我实在不知道怎样的是中国菜。我们有几处是嚼葱蒜和杂合面饼，有几处是用醋，辣椒，腌菜下饭；还有许多人是只能舐黑盐，还有许多人是连黑盐也没得舐。中外人士以为可口，卫生，第一而第 n 的，当然不是这些；应该是阔人，上等人所吃的肴馔。但我总觉得不能因为他们这么吃，便将中国菜考列一等，正如去年虽然出了两三位"高等华人"，而别的人们也还是"下等"的一般。

安冈氏的论中国菜，所引据的是威廉士的《中国》（*Middle Kingdom by Williams*），在最末《耽享乐而淫风炽盛》这一篇中。其中有这么一段——

"这好色的国民，便在寻求食物的原料时，也大概以所想像的性欲底效能为目的。从国外输入的特殊产物的最多数，就是认为含有这种效能的东西。……在大宴会中，许多菜单的最大部分，即是想像为含有或种特殊的强壮剂底性质的奇妙的原料所做。……"

我自己想，我对于外国人的指摘本国的缺失，是不很发生反感的，但看到这里却不能不失笑。筵席上的中国菜诚然大抵浓厚，然而并非国民的常食；中国的阔人诚然很多淫昏，但还不至于将肴馔和壮阳药并合。"纣虽不善，不如是之甚也。"研究中国的外国人，想得太深，感得太敏，便常常得到这样——比"支那人"更有性底敏感——的结果。

安冈氏又自己说——

"笋和支那人的关系，也与虾正相同。彼国人的嗜笋，可谓在日本人以上。虽然是可笑的话，也许是因为那挺然翘然的姿势，引起想像来的罢。"

会稽至今多竹。竹，古人是很宝贵的，所以曾有"会稽竹箭"的话。然而宝贵它的原因是在可以做箭，用于战斗，并非因为它"挺然翘然"像男根。多竹，即多笋；因为多，那价钱就和北京的白菜差不多。我在故乡，就吃了十多年笋，现在回想，自省，无论如何，总是丝毫也寻不出吃笋时，爱它"挺然翘然"的思想的影子来。因为姿势而想像它的效能的东西是有一种的，就是肉苁蓉，然而那是药，不是菜。总之，笋虽然常见于南边的竹林中和食桌上，正如街头的电干和屋里的柱子一般，虽"挺然翘然"，和色欲的大小大概是没有什么关系的。

然而洗刷了这一点，并不足证明中国人是正经的国民。要得结论，还很费周折罢。可是中国人偏不肯研究自己。安冈氏又说，"去今十余年前，有……称为《留东外史》这一种不知作者的小说，似乎是记事实，大概是以恶意地描写日本人的性底不道德为目的的。然而通读全篇，较之攻击日本人，倒是不识不知地将支那留学生的不品行，特地费了力招供出来的地方更其多，是滑稽的事。"这是真的，要证明中国人的不正经，倒在自以为正经地禁止男女同学，禁止模特儿这些事件上。

我没有恭逢过奉陪"大宴会"的光荣，只是经历了几回中宴会，吃些燕窝鱼翅。现在回想，宴中宴后，倒也并不特别发生好色之心。但至今觉得奇怪的，是在燉，蒸，煨的烂熟的肴馔中间，夹着一盘活活的醉虾。据安冈氏说，虾也是与性欲有关系的；不但从他，我在中国也听到过这类话。然而我所以为奇怪的，是在这两极端的错杂，宛如文明烂熟的社会里，忽然分明现出茹毛饮血的蛮风来。而这蛮风，又并非将由蛮野进向文明，乃是已由文明落向蛮野，假如比前者为白纸，将由此开始写字，则后者便是涂满了字的黑纸罢。一面制礼作乐，尊孔读经，"四千年声明文物之邦"，真是火候恰到好处了，而一面又坦然地放火杀人，奸淫掳掠，做着虽蛮人对于同族也还不肯做的事……全个中国，就是这样的一席大宴会！

我以为中国人的食物，应该去掉煮得烂熟，萎靡不振的；也去掉全生，或全活的。应该吃些虽然熟，然而还有些生的带着鲜血的肉类……。

正午，照例要吃午饭了，讨论中止。菜是：干菜，已不"挺然翘然"的笋干，粉丝，腌菜。对于绍兴，陈源教授所憎恶的是"师爷"和"刀笔吏的笔尖"，我所憎恶的是饭菜。《嘉泰会稽志》已在石印了，但还未出版，我将来很想查一查，究竟绍兴遇着过多少回大饥馑，竟这样地吓怕了居民，仿佛明天便要到世界末日似的，专喜欢储藏干物品。有菜，就晒干；有鱼，也晒干；有豆，又晒干；有笋，又晒得它不像样；菱角是以富于水分，肉嫩而脆为特色的，也还要将它风干……。听说探险北极的人，因为只吃罐头食物，得不到新东西，常常要生坏血病；倘若绍兴人肯带了干菜之类去探险，恐怕可以走得更远一点罢。

晚，得乔峰信并丛芜所译的布宁的短篇《轻微的歆歔》稿，在上海的一个书店里默默地躺了半年,这回总算设法讨回来了。

中国人总不肯研究自己。从小说来看民族性,也就是一个好题目。此外,则道士思想(不是道教,是方士)与历史上大事件的关系,在现今社会上的势力;孔教徒怎样使"圣道"变得和自己的无所不为相宜;战国游士说动人主的所谓"利""害"是怎样的,和现今的政客有无不同;中国从古到今有多少文字狱;历来"流言"的制造散布法和效验等等……可以研究的新方面实在多。

原载 1926 年 8 月 2 日《语丝》周刊第 90 期。

初收 1927 年 5 月上海、北京北新书局版《华盖集续编》。

致 魏建功

建功兄:

品青兄来信,说　兄允给我校《太平广记》中的几篇文章,现在将要校的几篇寄上。其中抄出的和剪贴的几篇,卷数及原题都写在边上。其中的一篇《枕中记》,是从《文苑英华》抄出的,不在校对之内。

我的底子是小版本,怕多错字,现在想用北大所藏的明刻大字本来校正它。我想可以径用明刻本来改正,不必细标某字明本作某。

那一种大字本是何人所刻,并乞查示。

迅　上　七月四日

五日

日记　晴。晚得半农信。寄语堂信。寄品青信。寄三弟信。

夜东亚公司送来『新露西亜パンフレット』二本,『現代文豪評伝叢書』四本,共泉八元二角。

马上支日记

七月五日

晴。

晨,景宋将《小说旧闻钞》的一部分理清送来。自己再看了一遍,到下午才毕,寄给小峰付印。天气实在热得可以。

觉得疲劳。晚上,眼睛怕见灯光,熄了灯躺着,仿佛在享福。听得有人打门,连忙出去开,却是谁也没有,跨出门去根究,一个小孩子已在暗中逃远了。

关了门,回来,又躺下,又仿佛在享福。一个行人唱着戏文走过去,余音袅袅,道,“咿,咿,咿!”不知怎地忽然想起今天校过的《小说旧闻钞》里的强汝询老先生的议论来。这位先生的书斋就叫作求有益斋,则在那斋中写出来的文章的内容,也就可想而知。他自己说,诚不解一个人何以无聊到要做小说,看小说。但于古小说的判决却从宽,因为他古,而且昔人已经著录了。

憎恶小说的也不只是这位强先生,诸如此类的高论,随在可以闻见。但我们国民的学问,大多数却实在靠着小说,甚至于还靠着从小说编出来的戏文。虽是崇奉关岳的大人先生们,倘问他心目中的这两位“武圣”的仪表,怕总不免是细着眼睛的红脸大汉和五绺长须的白面书生,或者还穿着绣金的缎甲,脊梁上还插着四张尖角旗。

近来确是上下同心,提倡着忠孝节义了,新年到庙市上去看年画,便可以看见许多新制的关于这类美德的图。然而所画的古人,却没有一个不是老生,小生,老旦,小旦,末,外,花旦……。

原载 1926 年 8 月 16 日《语丝》周刊第 92 期。
初收 1927 年 5 月上海、北京北新书局版《华盖集续编》。

六日

日记　晴。上午得小峰信并泉五十,《语丝》合订本第四册六本,即复。午后往信昌药房买药。下午往中央公园,与齐寿山开始译书。晚培良,高歌来。

马上支日记

七月六日

晴。

午后,到前门外去买药。配好之后,付过钱,就站在柜台前喝了一回份。其理由有三:一,已经停了一天了,应该早喝;二,尝尝味道,是否不错的;三,天气太热,实在有点口渴了。

不料有一个买客却看得奇怪起来。我不解这有什么可以奇怪的;然而他竟奇怪起来了,悄悄地向店伙道:

"那是戒烟药水罢?"

"不是的!"店伙替我维持名誉。

"这是戒大烟的罢?"他于是直接地问我了。

我觉得倘不将这药认作"戒烟药水",他大概是死不瞑目的。人

202

生几何,何必固执,我便似点非点的将头一动,同时请出我那"介乎两可之间"的好回答来:

"唔唔……。"

这既不伤店伙的好意,又可以聊慰他热烈的期望,该是一帖妙药。果然,从此万籁无声,天下太平,我在安静中塞好瓶塞,走到街上了。

到中央公园,径向约定的一个僻静处所,寿山已先到,略一休息,便开手对译《小约翰》。这是一本好书,然而得来却是偶然的事。大约二十年前,我在日本东京的旧书店头买到几十本旧的德文文学杂志,内中有着这书的绍介和作者的评传,因为那时刚译成德文。觉得有趣,便托丸善书店去买来了;想译,没有这力。后来也常常想到,但总为别的事情岔开;直到去年,才决计在暑假中将它译好,并且登出广告去,而不料那一暑假过得比别的时候还艰难。今年又记得起来,翻检一过,疑难之处很不少,还是没有这力。问寿山可肯同译,他答应了,于是开手;并且约定,必须在这暑假期中译完。

晚上回家,吃了一点饭,就坐在院子里乘凉。田妈告诉我,今天下午,斜对门的谁家的婆婆和儿媳大吵了一通嘴。据她看来,婆婆自然有些错,但究竟是儿媳妇太不合道理了。问我的意思,以为何如。我先就没有听清吵嘴的是谁家,也不知道是怎样的两个婆媳,更没有听到她们的来言去语,明白她们的旧恨新仇。现在要我加以裁判,委实有点不敢自信,况且我又向来并不是批评家。我于是只得说:这事我无从断定。

但是这句话的结果很坏。在昏暗中,虽然看不见脸色,耳朵中却听到:一切声音都寂然了。静,沉闷的静;后来还有人站起,走开。

我也无聊地慢慢地站起,走进自己的屋子里,点了灯,躺在床上看晚报;看了几行,又无聊起来了,便碰到东壁下去写日记,就是这《马上支日记》。

院子里又渐渐地有了谈笑声,谈论声。

今天的运气似乎很不佳:路人冤我喝"戒烟药水",田妈说我……。她怎么说，我不知道。但愿从明天起，不再这样。

原载 1926 年 8 月 16 日《语丝》周刊第 92 期。

初收 1927 年 5 月上海、北京北新书局版《华盖集续编》。

七日

日记　晴。上午季市来。午后钦文来。下午往公园译书，遇螺
舲。晚得品青信。得兼士信，即复。夜濯足。

马上日记之二

七月七日

晴。

每日的阴晴，实在写得自己也有些不耐烦了，从此想不写。好
在北京的天气，大概总是晴的时候多；如果是梅雨期内，那就上午
晴，午后阴，下午大雨一阵，听到泥墙倒塌声。不写也罢，又好在我
这日记，将来决不会有气象学家拿去做参考资料的。

上午访素园，谈谈闲天，他说俄国有名的文学者毕力涅克（Boris
Piliniak）上月已经到过北京，现在是走了。

我单知道他曾到日本，却不知道他也到中国来。

这两年中，就我所听到的而言，有名的文学家来到中国的有四
个。第一个自然是那最有名的泰戈尔即"竺震旦"，可惜被戴印度帽
子的震旦人弄得一榻胡涂，终于莫名其妙而去；后来病倒在意大利，

还电召震旦"诗哲"前往,然而也不知道"后事如何"。现在听说又有人要将甘地扛到中国来了,这坚苦卓绝的伟人,只在印度能生,在英国治下的印度能活的伟人,又要在震旦印下他伟大的足迹。但当他精光的脚还未踏着华土时,恐怕乌云已在出岫了。

其次是西班牙的伊本纳兹(Blasco Ibanez),中国倒也早有人绍介过;但他当欧战时,是高唱人类爱和世界主义的,从今年全国教育联合会的议案看来,他实在很不适宜于中国,当然谁也不理他,因为我们的教育家要提倡民族主义了。

还有两个都是俄国人。一个是斯吉泰烈支(Skitalez),一个就是毕力涅克。两个都是假名字。斯吉泰烈支是流亡在外的。毕力涅克却是苏联的作家,但据他自传,从革命的第一年起,就为着买面包粉忙了一年多。以后,便做小说,还吸过鱼油,这种生活,在中国大概便是整日叫穷的文学家也未必梦想到。

他的名字,任国桢君辑译的《苏俄的文艺论战》里是出现过的,作品的译本却一点也没有。日本有一本《伊凡和马理》(*Ivan and Maria*),格式很特别,单是这一点,在中国的眼睛——中庸的眼睛——里就看不惯。文法有些欧化,有些人尚且如同眼睛里著了玻璃粉,何况体式更奇于欧化。悄悄地自来自去,实在要算是造化的。

还有,在中国,姓名仅仅一见于《苏俄的文艺论战》里的里培进司基(U. Libedinsky),日本却也有他的小说译出了,名曰《一周间》。他们的介绍之速而且多实在可骇。我们的武人以他们的武人为祖师,我们的文人却毫不学他们文人的榜样,这就可预卜中国将来一定比日本太平。

但据《伊凡和马理》的译者尾濑敬止氏说,则作者的意思,是以为"频果的花,在旧院落中也开放,大地存在间,总是开放"的。那么,他还是不免于念旧。然而他眼见,身历了革命了,知道这里面有破坏,有流血,有矛盾,但也并非无创造,所以他决没有绝望之心。这正是革命时代的活着的人的心。诗人勃洛克(Alexander Block)也如此。他们自然是苏联的诗人,但若用了纯马克斯流的眼光来批评,当然也还是很有可议的处所。不过我觉得托罗兹基(Trotsky)的文艺批评,倒还不至于如此森严。

可惜我还没有看过他们最新的作者的作品《一周间》。

革命时代总要有许多文艺家萎黄,有许多文艺家向新的山崩地塌般的大波冲进去,乃仍被吞没,或者受伤。被吞没的消灭了;受伤的生活着,开拓着自己的生活,唱着苦痛和愉悦之歌。待到这些逝去了,于是现出一个较新的新时代,产出更新的文艺来。

中国自民元革命以来,所谓文艺家,没有萎黄的,也没有受伤的,自然更没有消灭,也没有苦痛和愉悦之歌。这就是因为没有新的山崩地塌般的大波,也就是因为没有革命。

原载 1926 年 7 月 19 日《世界日报副刊》。

初收 1927 年 5 月上海、北京北新书局版《华盖集续编》。

八日

日记 晴。上午往伊东寓。午后访兼士。下午往公园。

马上日记之二

七月八日

上午,往伊东医士寓去补牙,等在客厅里,有些无聊。四壁只挂着一幅织出的画和两副对,一副是江朝宗的,一副是王芝祥的。署名之下,各有两颗印,一颗是姓名,一颗是头衔;江的是"迪威将军",

王的是"佛门弟子"。

午后,密斯高来,适值毫无点心,只得将宝藏着的搽嘴角生疮有效的柿霜糖装在碟子里拿出去。我时常有点心,有客来便请他吃点心;最初是"密斯"和"密斯得"一视同仁,但密斯得有时委实利害,往往吃得很彻底,一个不留,我自己倒反有"向隅"之感。如果想吃,又须出去买来。于是很有戒心了,只得改变方针,有万不得已时,则以落花生代之。这一著很有效,总是吃得不多,既然吃不多,我便开始敦劝了,有时竟劝得怕吃落花生如织芳之流,至于因此逡巡逃走。从去年夏天发明了这一种花生政策以后,至今还在继续厉行。但密斯们却不在此限,她们的胃似乎比他们要小五分之四,或者消化力要弱到十分之八,很小的一个点心,也大抵要留下一半,倘是一片糖,就剩下一角。拿出来陈列片时,吃去一点,于我的损失是极微的,"何必改作"?

密斯高是很少来的客人,有点难于执行花生政策。恰巧又没有别的点心,只好献出柿霜糖去了。这是远道携来的名糖,当然可以见得郑重。

我想,这糖不大普通,应该先说明来源和功用。但是,密斯高却已经一目了然了。她说:这是出在河南汜水县的;用柿霜做成。颜色最好是深黄;倘是淡黄,那便不是纯柿霜。这很凉,如果嘴角这些地方生疮的时候,便含着,使它渐渐从嘴角流出,疮就好了。

她比我耳食所得的知道得更清楚,我只好不作声,而且这时才记起她是河南人。请河南人吃几片柿霜糖,正如请我喝一小杯黄酒一样,真可谓"其愚不可及也"。

茭白的心里有黑点的,我们那里称为灰茭,虽是乡下人也不愿意吃,北京却用在大酒席上。卷心白菜在北京论斤论车地卖,一到南边,便根上系着绳,倒挂在水果铺子的门前了,买时论两,或者半株,用处是放在阔气的火锅中,或者给鱼翅垫底。但假如有谁在北京特地请我吃灰茭,或北京人到南边时请他吃煮白菜,则即使不至

207

于称为"笨伯",也未免有些乖张罢。

但密斯高居然吃了一片,也许是聊以敷衍主人的面子的。到晚上我空口坐着,想:这应该请河南以外的别省人吃的,一面想,一面吃,不料这样就吃完了。

凡物总是以希为贵。假如在欧美留学,毕业论文最好是讲李太白,杨朱,张三;研究萧伯讷,威尔士就不大妥当,何况但丁之类。《但丁传》的作者跋忒莱尔(A. J. Butler)就说关于但丁的文献实在看不完。待到回了中国,可就可以讲讲萧伯讷,威尔士,甚而至于莎士比亚了。何年何月自己曾在曼殊斐儿墓前痛哭,何月何日何时曾在何处和法兰斯点头,他还拍着自己的肩头说道:你将来要有些像我的! 至于"四书""五经"之类,在本地似乎究以少谈为是。虽然夹些"流言"在内,也未必便于"学理和事实"有妨。

原载 1926 年 7 月 23 日《世界日报副刊》。

初收 1927 年 5 月上海、北京北新书局版《华盖集续编》。

九日

日记 晴。午后往公园。晚得矛尘信,即复。夜小雨。

致 章廷谦

矛尘兄:

来信收到。但我近来午后几乎都不在家,非上午,或晚八时左右,便看不见也,如枉驾,请勿在十二至八时之间。

《游仙窟》上作一《痴华鬘》似的短序,并不需时,当然可以急就。

但要两部参考书,前些日向京师图书馆去借,竟没有,不知北大有否,名列下,请一查,并代借。如亦无,则颇难动手,须得后才行,前途颇为渺茫矣。

该《游仙窟》如已另抄,则敝抄当已无用,请便中带来为荷。

迅 七,九

计开

一、杨守敬《日本访书志》

二、森立之《经籍访古志》

案以上二部当在史部目录类中。

十日

日记 雨。午后往伊东寓补牙讫,泉十五。往东亚公司买『詩魂礼賛』一本,一元三角也。往信[昌]药房买药。下午晴。访寿山,往中央公园,遇季市同饮茗,晚归。得小峰信并《语丝》十五本,《呐喊》十本。得建功信。夜东亚公司送来『仏蘭西文芸叢書』一本,一元四角。得陆晶清从杭州所寄信片及照相。得半农信。

所谓怀疑主义者

[日本]鹤见祐辅

一

波士顿的学者勃洛克亚丹的名著《摩那调舍支州的解放》的再版,隔了四十年之久,重行出世的时候,有一个批评家评论这本书,以为勃洛克亚丹是悲观主义者(Pessimist)。还说,在世上,真的所谓悲观主义者这一类人,实在很少有,所有的大概是居中的乐天家。要成为真的悲观主义者,是须有与众不同的勇气的。我想:这是至言。

凡悲观主义者,并不一定便是怀疑主义者。但这两者几乎是比邻的兄弟,倒是确凿的。而且要成为这彻底的 Sketch-book(小品集子),也一样地很要些与众不同的智能和勇气。

二

有一天,约翰穆来去访格兰斯敦的隐居了。这是格兰斯敦从政界脱身,静待着逐渐近来的死的时候。穆来走进他的屋子里去,格兰斯敦正在看穆来的名著《迪兑罗》。他拿起这书来,说:——

"便是现在,你也还和做这本书的时候一样意见么?"

穆来默着点点头。

格兰斯敦放下那书,说道:——

"可惜。"

只是这样,他们两人便谈论别的事了。从热心的基督教徒的格兰斯敦看来,他对于几乎是第一挚友的穆来卿,至今还依然持续着壮年时代的无神论,并且赞叹着也是无神论者的迪兑罗的事,要很以为可惜,而且觉得凄凉,是不为无理的。

这故事,是穆来到了八十二岁,自己也已经引退的时候,对着去访他的朋友说的。在纠结在这英国的两个伟人的插话之中,含着我们寻味不尽的甚深的意义。

他们俩都是自由主义的战士;他们俩都是将伟大的足迹留在文化人类史上而后死去的人。而一个是以虔敬的有神论者终身,一个却毕生是良心锐敏的无神论者。现在是两个都不是这世上的人了;严饰过维多利亚女王的治世的两个天才,都已经不活在这世上了。

这样子,在隔海几千里外的异地,静想着这两个英国人的事,便会有很深的感慨,涌上心头来。

究竟，所谓 Sketch-book 者，是什么呢？

三

亚那托尔法兰斯的家里，聚集着两三个好朋友。这是他正在踌躇着《约翰达克传》应否付印的时分。有一个忽然说了：——

"反对者说，你似的 Sketch-book，是没有触着这样的神圣的肖像的权利的。这话还仿佛就在耳朵边。"

于是先前安静地谈讲着的法兰斯便蓦地厉声大嚷起来：——

"说是 Sketch-book！说是 Sketch-book！是罢。他们是就叫我 Sketch-book 的罢。他们以为这是最大的侮辱罢。但是，在我，是再没有比这更好的称赞了。

"Sketch-book 么？法国思想界的巨人，不都是 Sketch-book 么；拉勃来（Rabelais），蒙丁（Montaigne），摩理埃尔，服尔德，卢南（Renan），就都是的。我们这民族中的最高的哲人，都是 Sketch-book 呵。我战栗着，崇拜着，以门弟子自居而尊崇着的这些人们，就都是 Sketcd-book 呵。

"所谓怀疑主义者，究竟是什么呢？世间的那些东西，竟以为和'否定'和'无力'是同一的名词。

"然而，我们国民中的大怀疑主义者，有时岂不是最肯定底，而且常常是最勇敢的人么？"

"他们是将'否定说'否定了的，他们是攻击了束缚着人们的'知'和'意'的一切的。他们是和那使人愚昧的无智，压抑人们的癖见，对人专制的不恕，凌虐人们的惨酷，杀戮人们的憎恶，和诸如此类的东西战斗的。"

年老的文豪的声音，因愤怒而发抖了，他的脸紧张起来，而且颤动着。他接续着说：——

"世人称这些人们为无信仰之徒。但是，当说出这样的话之前，我们应该研究的，是轻率地信仰的事，是否便是道德；还有，对于毫无可信之理的事，加以怀疑，岂不是在真的意义上的'强'。"

在这一世的文豪的片言之中，我们就窥见超越的人的内心的秘密。

怀疑，就是吃苦；是要有非常强固的意志和刀锋一般锐利的思索力的。一切智识，都在疑惑之上建设起来。凡是永久的人类文化的建设者们，个个都从苦痛的怀疑的受难出发，也是不得已的运命罢。

我们孱弱者，智力不足者，是大抵为周围的大势所推荡，在便宜的信仰里，半吞半吐的理解里，寻求着姑息的安心。

谁能指穆来的纯真为无信仰之徒呢？谁又竟能称法兰斯的透彻为怀疑之人呢？这两个天才，是不相信旧来的传统和形式，悟入了新的人生的深的底里的。但是，他们是在自己一人的路上走去了。所以，许多结着党的世人，便称他们为不信之人。如果这样子，那么，谁敢保证，无信仰之人却是信仰之人，而世上所谓信仰之人，却反而是无信仰之人呢?!

一九二四，六，三〇。

原载 1926 年 7 月 25 日《莽原》周刊第 14 期。

初收 1928 年 5 月上海北新书局版《思想·山水·人物》。

十一日

日记 星期。晴。上午矛尘来。午后秋芳来。下午往公园。晚小雨。半农来，在途中遇之。得建功信并校稿。钦文来。

十二日

日记 晴。上午璇卿来。钦文来。下午得季市信。陈炜谟等四人来。大雨一陈。

十三日

日记　晴。晨收以"三言"为中心之小说书目并表五分,长泽规矩也氏自东京寄来。上午李仲侃来。幼渔来。下午往公园。丛芜来,未遇。得矛尘信。

致 韦素园

李稿已无用,陈稿当寄还,或从中选一篇短而较为妥当的登载亦可。

布宁小说已取回,我以为可以登《莽原》。

《外套》已看过,其中有数处疑问,用 ？ 号标在上面。

我因无暇作文,只译了六页。

《关于鲁迅……》已出版否?

迅　七,一三

此系残简,第一页遗失。

十四日

日记　雨。下午寄半侬稿两封。寄素园信。寄矛尘信。往公园。晚得长虹信并稿,十一日杭州发。得素园信。

致 章廷谦

矛尘兄:

来信已到。《唐人说荟》如可退还,我想大可以不必买,编者"山阴莲塘居士"虽是同乡,然而实在有点"仰东硕杀",所收的东西,大半是乱改和删节的,拿来玩玩,固无不可,如信以为真,则上当不浅也。近来商务馆所印的《顾氏文房小说》,大概比他好得多。

《唐人说荟》里的《义山杂纂》,也很不好。我有从明抄本《说郛》刻本《说郛》,也是假的。抄出的一卷,好得多,内有唐人俗语,明人不解,将他改正,可是改错了。如要印,不如用我的一本。后面有宋人续的两种,可惜我没有抄,如也印入,我以为可以从刻本《说郛》抄来,因为宋人的话,易懂,明人或者不至于大改。

迅　七,十四

龚颐正《续释常谈》:

　　"李商隐《杂纂》《七不称意》内云'少(去声)阿姝'。"

十五日

日记　昙。上午静赠茶叶两合。下午寄培良信。往公园。晚钦文赠茶叶一合。得素园信。夜高歌,培良来。

十六日

日记　晴。上午访素园、丛芜。访小峰,在其寓午饭,并买小说等三十三种,共泉十五元,托其寄给敬隐渔。下午往公园。矛尘来,未遇。晚得有麟信,十四日保定发。

十七日

日记　晴。上午寄素园信。下午往公园。晚得朋其信并稿。

十八日

日记　星期。昙。上午陶书诚来。钦文来。下午晴。往公园。郑介石来,未遇。夜培良,高歌来。

十九日

　　日记　晴。上午寄建功信。得丛芜信。午前幼渔来,并借我书。晚紫佩来。夜东亚公司送来『バイロン』一本,『無産階級文学の理論と実際』一本,共二元二角。

致 魏建功

建功兄:

　　给我校对过的《太平广记》,都收到齐了,这样的热天做这样的麻烦事,实在不胜感谢。

　　到厦门,我总想拖延到八月中旬才动身,其实很有些琐事须小收束,也非拖到那时不可。不过如那边来催,非早去不可,便只好早走。

　　　　　　　　　　　　　　　　　迅　上　七月十九日

二十日

　　日记　雨,午晴。萧盛嶷来,未见。钦文来。下午往公园。

二十一日

　　日记　晴。晨萧盛嶷来,未见。午后访素园。访小峰,得《扬鞭集》卷上二本。下午往公园。往教育部取十三年二月分奉泉九十九元。晚得李秉中信,六日墨斯科发。得已然信,六月二十九日法国发。得三弟信,十七日发。大雨。

记"发 薪"

　　下午,在中央公园里和Ｃ君做点小工作,突然得到一位好意的老同事的警报,说,部里今天发给薪水了,计三成;但必须本人亲身去领,而且须在三天以内。

否则?

否则怎样,他却没有说。但这是"洞若观火"的,否则,就不给。

只要有银钱在手里经过,即使并非檀越的布施,人是也总爱逞逞威风的,要不然,他们也许要觉到自己的无聊,渺小。明明有物品去抵押,当铺却用这样的势利脸和高柜台;明明用银元去换铜元,钱摊却帖着"收买现洋"的纸条,隐然以"买主"自命。钱票当然应该可以到负责的地方去换现钱,而有时却规定了极短的时间,还要领签,排班,等候,受气;军警督压着,手里还有国粹的皮鞭。

不听话么? 不但不得钱,而且要打了!

我曾经说过,中华民国的官,都是平民出身,并非特别种族。虽然高尚的文人学士或新闻记者们将他们看作异类,以为比自己格外奇怪,可鄙可嗤;然而从我这几年的经验看来,却委实不很特别,一切脾气,却与普通的同胞差不多,所以一到经手银钱的时候,也还是照例有一点借此威风一下的嗜好。

"亲领"问题的历史,是起源颇古的,中华民国十一年,就因此引起过方玄绰的牢骚,我便将这写了一篇《端午节》。但历史虽说如同螺旋,却究竟并非印板,所以今之与昔,也还是小有不同。在昔盛世,主张"亲领"的是"索薪会"——呜呼,这些专门名词,恕我不暇一一解释了,而且纸张也可惜。——的骁将,昼夜奔走,向国务院呼号,向财政部坐讨,一旦到手,对于没有一同去索的人的无功受禄,心有不甘,用此给吃一点小苦头的。其意若曰,这钱是我们讨来的,就同我们的一样;你要,必得到这里来领布施。你看施衣施粥,有施主亲自送到受惠者的家里去的么?

然而那是盛世的事。现在是无论怎么"索",早已一文也不给了,如果偶然"发薪",那是意外的上头的嘉惠,和什么"索"丝毫无关。不过临时发布"亲领"命令的施主却还有,只是已非善于索薪的骁将，而是天天"画到"，未曾另谋生活的"不贰之臣"了。所以，先前的"亲领"是对于没有同去索薪的人们的罚，现在的"亲领"是对于不能空着肚子，天天到部的人们的罚。

但这不过是一个大意，此外的事，倘非身临其境，实在有些说不清。譬如一碗酸辣汤，耳闻口讲的，总不如亲自呷一口的明白。近来有几个心怀叵测的名人间接忠告我，说我去年作文，专和几个人闹意见，不再论及文学艺术，天下国家，是可惜的。殊不知我近来倒是明白了，身历其境的小事，尚且参不透，说不清，更何况那些高尚伟大，不甚了然的事业？我现在只能说说较为切己的私事，至于冠冕堂皇如所谓"公理"之类，就让公理专家去消遣罢。

总之，我以为现在的"亲领"主张家，已颇不如先前了，这就是"孤桐先生"之所谓"每况愈下"。而且便是空牢骚如方玄绰者，似乎也已经很寥寥了。

"去！"我一得警报，便走出公园，跳上车，径奔衙门去。

一进门，巡警就给我一个立正举手的敬礼，可见做官要做得较大，虽然阔别多日，他们也还是认识的。到里面，不见什么人，因为办公时间已经改在上午，大概都已亲领了回家了。觅得一位听差，问明了"亲领"的规则，是先到会计科去取得条子，然后拿了这条子，到花厅里去领钱。

就到会计科，一个部员看了一看我的脸，便翻出条子来。我知道他是老部员，熟识同人，负着"验明正身"的重大责任的；接过条子之后，我便特别多点了两个头，以表示告别和感谢之至意。

其次是花厅了，先经过一个边门，只见上帖纸条道："丙组"，又有一行小注是"不满百元"。我看自己的条子上，写的是九十九元，心里想，这真是"人生不满百，常怀千岁忧。……"同时便直撞进去。看见一个和我差不多大的官，说道这"不满百元"是指全俸而言，我的并不在这里，是在里间。

就到里间，那里有两张大桌子，桌旁坐着几个人，一个熟识的老同事就招呼我了；拿出条子去，签了名，换得钱票，总算一帆风顺。这组的旁边还坐着一位很胖的官，大概是监督者，因为他敢于解开了官纱——也许是纺绸，我不大认识这些东西。——小衫，露着胖得拥成折叠的胸肚，使汗珠雍容地越过了折叠往下流。

这时我无端有些感慨，心里想，大家现在都说"灾官""灾官"，殊不知"心广体胖"的还不在少呢。便是两三年前教员正嚷索薪的时候，学校的教员豫备室里也还有人因为吃得太饱了，咳的一声，胃中的气体从嘴里反叛出来。

走出外间，那一位和我差不多大的官还在，便拉住他发牢骚。

"你们怎么又闹这些玩艺儿了？"我说。

"这是他的意思……。"他和气地回答，而且笑嘻嘻的。

"生病的怎么办呢？放在门板上抬来么？"

"他说：这些都另法办理……。"

我是一听便了然的，只是在"门——衙门之门——外汉"怕不易懂，最好是再加上一点注解。这所谓"他"者，是指总长或次长而言。此时虽然似乎所指颇蒙胧，但再掘下去，便可以得到指实，但如果再掘下去，也许又要更蒙胧。总而言之，薪水既经到手，这些事便应该"适可而止，毋贪心也"的，否则，怕难免有些危机。即如我的说了这些话，其实就已经不大妥。

于是我退出花厅，却又遇见几个旧同事，闲谈了一回。知道还有"戊组"，是发给已经死了的人的薪水的，这一组大概无须"亲领"。又知道这一回提出"亲领"律者，不但"他"，也有"他们"在内。所谓"他们"者，粗粗一听，很像"索薪会"的头领们，但其实也不然，因为衙门里早就没有什么"索薪会"，所以这一回当然是别一批新人物了。

我们这回"亲领"的薪水，是中华民国十三年二月份的。因此，事前就有了两种学说。一，即作为十三年二月的薪水发给。然而还有新来的和新近加俸的呢，可就不免有向隅之感。于是第二种新学说自然起来：不管先前，只作为本年六月份的薪水发给。不过这学说也不大妥，只是"不管先前"这一句，就很有些疵病。

这个办法，先前也早有人苦心经营过。去年章士钊将我免职之后，自以为在地位上已经给了一个打击，连有些文人学士们也喜得手舞足蹈。然而他们究竟是聪明人，看过"满床满桌满地"的德文书的，即刻又悟到我单是抛了官，还不至于一败涂地，因为我还可以得欠薪，在北京生活。于是他们的司长刘百昭便在部务会议席上提出，要不发欠薪，何月领来，便作为何月的薪水。这办法如果实行，我的受打击是颇大的，因为就受着经济的迫压。然而终于也没有通过。那致命伤，就在"不管先前"上；而刘百昭们又不肯自称革命党，主张不管什么，都从新来一回。

所以现在每一领到政费，所发的也还是先前的钱；即使有人今年不在北京了，十三年二月间却在，实在也有些难于说是现今不在，连那时的曾经在此也不算了。但是，既然又有新的学说起来，总得采纳一点，这采纳一点，也就是调和一些。因此，我们这回的收条上，年月是十三年二月的，钱的数目是十五年六月的。

这么一来，既然并非"不管先前"，而新近升官或加俸的又可以多得一点钱，可谓比较的周到。于我是无益也无损，只要还在北京，拿得出"正身"来。

翻开我的简单日记一查，我今年已经收了四回俸钱了：第一次三元；第二次六元；第三次八十二元五角，即二成五，端午节的夜里收到的；第四次三成，九十九元，就是这一次。再算欠我的薪水，是大约还有九千二百四十元，七月份还不算。

我觉得已是一个精神上的财主；只可惜这"精神文明"是不很可靠的，刘百昭就来动摇过。将来遇见善于理财的人，怕还要设立一个"欠薪整理会"，里面坐着几个人物，外面挂着一块招牌，使凡有欠薪的人们都到那里去接洽。几天或几月之后，人不见了，接着连招牌也不见了；于是精神上的财主就变了物质上的穷人了。

但现在却还的确收了九十九元，对于生活又较为放心，趁闲空来发一点议论再说。

七月二十一日。

原载 1926 年 8 月 10 日《莽原》半月刊第 15 期。

初收 1927 年 5 月上海、北京北新书局版《华盖集续编》。

《十二个》后记

俄国在一九一七年三月的革命，算不得一个大风暴；到十月，才是一个大风暴，怒吼着，震荡着，枯朽的都拉杂崩坏，连乐师画家都茫然失措，诗人也沉默了。

就诗人而言，他们因为禁不起这连底的大变动，或者脱出国界，便死亡，如安得列夫；或者在德法做侨民，如梅垒什珂夫斯奇，巴理芒德；或者虽然并未脱走，却比较的失了生动，如阿尔志跋绥夫。但也有还是生动的，如勃留梭夫和戈理奇，勃洛克。

但是，俄国诗坛上先前那样盛大的象征派的衰退，却并不只是革命之赐；从一九一一年以来，外受未来派的袭击，内有实感派，神秘底虚无派，集合底主我派们的分离，就已跨进了崩溃时期了。至于十月的大革命，那自然，也是额外的一个沉重的打击。

梅垒什珂夫斯奇们既然作了侨民，就常以痛骂苏俄为事；别的作家虽然还有创作，然而不过是写些"什么"，颜色很黯淡，衰弱了。象征派诗人中，收获最多的，就只有勃洛克。

勃洛克名亚历山大，早就有一篇很简单的自叙传——

"一八八〇年生在彼得堡。先学于古典中学,毕业后进了彼得堡大学的言语科。一九〇四年才作《美的女人之歌》这抒情诗,一九〇七年又出抒情诗两本,曰《意外的欢喜》,曰《雪的假面》。抒情悲剧《小游览所的主人》,《广场的王》,《未知之女》,不过才脱稿。现在担当着《梭罗忒亚卢拿》的批评栏,也和别的几种新闻杂志关系着。"

　　此后,他的著作还很多:《报复》,《文集》,《黄金时代》,《从心中涌出》,《夕照是烧尽了》,《水已经睡着》,《运命之歌》。当革命时,将最强烈的刺戟给与俄国诗坛的,是《十二个》。

　　他死时是四十二岁,在一九二一年。

　　从一九〇四年发表了最初的象征诗集《美的女人之歌》起,勃洛克便被称为现代都会诗人的第一人了。他之为都会诗人的特色,是在用空想,即诗底幻想的眼,照见都会中的日常生活,将那朦胧的印象,加以象征化。将精气吹入所描写的事象里,使它苏生;也就是在庸俗的生活,尘嚣的市街中,发见诗歌底要素。所以勃洛克所擅长者,是在取卑俗,热闹,杂沓的材料,造成一篇神秘底写实的诗歌。

　　中国没有这样的都会诗人。我们有馆阁诗人,山林诗人,花月诗人……;没有都会诗人。

　　能在杂沓的都会里看见诗者,也将在动摇的革命中看见诗。所以勃洛克做出《十二个》,而且因此"在十月革命的舞台上登场了"。但他的能上革命的舞台,也不只因为他是都会诗人;乃是,如托罗兹基言,因为他"向着我们这边突进了。突进而受伤了"。

　　《十二个》于是便成了十月革命的重要作品,还要永久地流传。

　　旧的诗人沉默,失措,逃走了,新的诗人还未弹他的奇颖的琴。勃洛克独在革命的俄国中,倾听"咆哮狞猛,吐着长太息的破坏的音乐"。他听到黑夜白雪间的风,老女人的哀怨,教士和富翁和太太的彷徨,会议中的讲嫖钱,复仇的歌和枪声,卡基卡的血。然而他又听到癞皮狗似的旧世界:他向着革命这边突进了。

然而他究竟不是新兴的革命诗人,于是虽然突进,却终于受伤,他在十二个之前,看见了戴着白玫瑰花圈的耶稣基督。

但这正是俄国十月革命"时代的最重要的作品"。

呼唤血和火的,咏叹酒和女人的,赏味幽林和秋月的,都要真的神往的心,否则一样是空洞。人多是"生命之川"之中的一滴,承着过去,向着未来,倘不是真的特出到异乎寻常的,便都不免并含着向前和反顾。诗《十二个》里就可以看见这样的心:他向前,所以向革命突进了,然而反顾,于是受伤。

篇末出现的耶稣基督,仿佛可有两种的解释:一是他也赞同,一是还须靠他得救。但无论如何,总还以后解为近是。故十月革命中的这大作品《十二个》,也还不是革命的诗。

然而也不是空洞的。

这诗的体式在中国很异样;但我以为很能表现着俄国那时(!)的神情;细看起来,也许会感到那大震撼,大咆哮的气息。可惜翻译最不易。我们曾经有过一篇从英文的重译本;因为还不妨有一种别译,胡成才君便又从原文译出了。不过诗是只能有一篇的,即使以俄文改写俄文,尚且决不可能,更何况用了别一国的文字。然而我们也只能如此。至于意义,却是先由伊发尔先生校勘过的;后来,我和韦素园君又酌改了几个字。

前面的《勃洛克论》是我译添的,是《文学与革命》(*Literatura i Revolutzia*)的第三章,从茂森唯士氏的日本文译本重译;韦素园君又给对校原文,增改了许多。

在中国人的心目中,大概还以为托罗兹基是一个暗呜叱咤的革命家和武人，但看他这篇，便知道他也是一个深解文艺的批评者。他在俄国，所得的俸钱，还是稿费多。但倘若不深知他们文坛的情形，似乎不易懂；我的翻译的拙涩，自然也是一个重大的原因。

书面和卷中的四张画，是玛修丁（V. Masiutin）所作的。他是版画的名家。这几幅画，即曾被称为艺术底版画的典型；原本是木刻。卷头的勃洛克的画像，也不凡，但是从《新俄罗斯文学的曙光期》转载的，不知道是谁作。

俄国版画的兴盛，先前是因为照相版的衰颓和革命中没有细致的纸张，倘要插图，自然只得应用笔路分明的线画。然而只要人民有活气，这也就发达起来，在一九二二年弗罗连斯的万国书籍展览会中，就得了非常的赞美了。

一九二六年七月二十一日，鲁迅记于北京。

最初印入 1926 年 8 月北京北新书局版"未名丛刊"之一《十二个》。

初未收集。

亚历山大·勃洛克

［苏联］托罗兹基

勃洛克就全体看，是属于十月革命以前的文学系统的。勃洛克的一切冲动——无论这是向神秘主义的旋风，或是向革命的旋风——不起于真空的空间，却在旧俄罗斯贵族底智识阶级文化的极其浓厚的氛围气里。勃洛克的象征主义，就是这密接而又可厌的氛围气的变形。象征者，是现实的受了概括的姿态。勃洛克的抒情诗是罗曼底的，象征底的，神秘底的，非形式底的，非现实底的——但在其间,却预含有已被决定的种种形式和关系的很现实底的生活。罗曼底的象征主义者,仅在遁出具体化,以及个性底特质和固有的名称这一个意义上,是生活的逃避。而象征主义,则在根本上是生活的变形和上升的方法。勃洛克的晴夜的飞雪一般的无形式的抒情诗,是反映着一定的环境和时代,其构成,其习惯和韵律的。在这时代以外,则成为云似的斑点而下垂着。这抒情诗,大概不能长生过自己的时代,到作者的死后的罢。

勃洛克是属于十月革命以前的文学系统的。然而将这征服,因了《十二个》,在十月革命的舞台上登场了。因此,他将来在俄罗斯的艺术底创造力的历史中,要占得特别的位置的罢。

对于纠缠在他魂灵的周围,但直到现在——唉唉,规矩的没分晓汉子们!——连认玛雅珂夫斯基为伟大的天才的勃洛克,怎么可以公然向着古弼略夫打呵欠,也还是不懂得的,这样地小器的诗人底的,半诗人底的魔鬼们,要隐蔽勃洛克的真价值,是不能允许的。抒情诗人之中,最为"纯粹的"勃洛克,没有谈过纯粹的艺术,也没有将诗放在生活的上面。反之,他是承认了"艺术和生活和政治的不可分性和不混同性"的。"我惯了,——勃洛克在一九一九年所作的《报复》的序文上说,——将目下进了我的眼里的生活的一切范围内的事实,加以对照。而且我深信,这些一切,常常互相创造着一个音乐底调和。"这较之自己满足底的审美学,即议论那艺术对于一般社会生活的超越性,独立性的昏话,却稍高,稍强,稍深。

勃洛克是知道智识阶级的价值的——"无论怎么说,我在血统上也还是和智识阶级连结着,"——他说,——"但智识阶级总常被放在束缚的网中。如果我的心没有进向革命之中,则在战争,怕更没有参与的价值罢。"勃洛克没有"走进革命之中去",然而精神底地,却到了那里了。一九〇五年的接近,是第一次将他的创造力拿到抒情诗底的朦胧底倾向之上,勃洛克发表了一篇《工厂》(一九〇三年作)。第一革命将他从个人主义底的自己满足和神秘底的寂静主义拉开,而向他突击。革命中间时代的间隙,在勃洛克感到了好像精神底空虚,时代的无目的性——好像用莓汁代替了血的闹戏场似的。勃洛克写了关于"第一次革命前几年的真实的神秘底的暗黑"和"接着起来的不真实的神秘底的宿醉"《报复》。将觉醒和活动和目的和意义的感觉,给与了他的,是第二革命。勃洛克不是革命的诗人。正消灭在革命前的生活和艺术底没有出路的忧郁的状态中,勃洛克一只手抓住了革命的车轮了。作为那接触的结果而出现的,就是诗《十二个》。这在勃洛克的作品中,是最为重要的东西,是也许要跳出时代而生存的唯一的东西。

据他自己的话,则勃洛克一生,在自身中带着混沌。对于这事,也如他的世界观和抒情诗都是无形式的一般,他只是无形式地说出。他的觉得混沌者,就因为他没有使主观底的事物和客观底的事物相一致的才能。又在强大的震动已经准备,以后便爆发了的时代中,他也没有本身意志,能自己作最深的警戒,受动底地等待着。假使 Decadence 这话,广义地历史底地来讲,换了话说,就是在将颓废底的个人主义,放在贵族底高上的个人主义的反对的位置的意义上,则勃洛克在一切具象化之内,为真实的 Decadence 而遗留。

勃洛克的不安的混沌状态,牵合在神秘主义底和革命底的两种主要倾向上了。然而无论在那一种倾向上,到底没有解决。他的宗教,也如他的抒情诗一样,是流动底的,不安定的,而不是不可避的。将事实上的石雨,事件的地质学底的地塌,掷在诗人上面的革命,也并非否认了正在种种苦闷和豫感中间衰损下去的革命前的勃洛克,乃是将他推开,摔出了。革命是用了咆哮狞猛,吐着长太息的破坏的音乐,将个人主义的优婉的蚊子一般的调子消掉了。于是就不能不选择一条自己可走的路了。总之,幽居的室内的诗人,即使不选择,也可以将自己的歌啭,加在沉闷的生活的愁诉上,连接下去。然而在被时代所拘絷,而且将时代译为自己的内面底的言语的勃洛克,却有选择的必要的。于是他选择了,而且写了《十二个》了。

这诗,不消说,是勃洛克的最高的到达点。在那根柢里,有着对于灭亡了的过去的绝望的叫喊,然而,这是提高到向着未来的希望的绝望的叫喊。骇人的变故的音乐①,授意了勃洛克:你到今所写的事,全都不是那么一回事;另外一些人在走着,带着另外一些心;在他们(革命人),这是无用的;对于旧世界的他们的胜利,同时也显示着对于你的胜利,对于你的抒情诗——不过是旧世界的临终的苦闷的你的抒情诗的胜利……勃洛克倾听了这个,承受了。然而承受这个,是不容易的,在自己的革命底信念之中,他也想寻求自己的不信的帮助,将自己守住,将确信保持,——为要砍断那退走的一切的桥梁,他便将这革命的承受,竭力用了极端的形状来表现。对于变革,勃洛克连想要俨然地来加点白糖的影子也没有。却相反,他将这收在最粗野的——但不过单是粗野的——自己的表现里面了。娼妇的团结,赤军兵士的卡基卡杀害,贵族层楼的破坏……然而他说——承受这个——。而且将这一切,仿佛受了基督的祝福似的,极显明地醇化着——但是,或者想将基督的艺术底形态,藉革命来支持,由此加以援助,也未可料的。

《十二个》也还不是革命的诗。这是遇着革命的个人主义艺术的最后的挽歌。而这歌将要流传下去。暗淡的勃洛克的抒情诗,已经走向过去,不会重复回来罢——因为站在前面的时代完全不是这样的了,——但是,《十二个》总要流传的罢。恶意的风,布告,雪上的卡基卡,革命的足音,癫皮狗似的旧世界。

勃洛克的写了《十二个》的事,和他的不再倾听音乐(革命的),《十二个》之后,便沉默了的事,都是满从勃洛克的性格里流溢出来的;而同时,从他在一九一八年所获的不很平常的"音乐"里,也有流溢出来的。和一切过去的痉挛的悲痛的诀绝,在这诗人,是致命底的裂痕。可以支持勃洛克的——如果离开了起于他的全生活体中

---

① 勃洛克尝称革命为一部盛大的 Orchestra(管弦乐)。

的破灭底的过程——恐怕只有革命的诸事件的永是增加上去的发展,和抓住了全世界的强有力的震动的旋涡罢。然而历史的路程,是不合于为革命所贯通的罗曼派的精神底要求的。要在一时底的暗礁上存身,必须有别的气质,对于革命的别的信念,——必须有对于革命的合节的韵律的理解,并不仅是对于那革命的洪流的混沌的音乐的理解。在勃洛克,这些全没有,也是不会有的。凡有作为革命的指导者而出来的,在他,总是毫不相干的外人,无论在精神底关系上,在虽是自己的日常生活方面。因此他在《十二个》之后,便转向别的,沉默了。但他的常常一同精神底地过活的人们,识者和诗人们——常常作为"被捕于束缚之网"者而出现的人们——,却恶意地表示了憎恶,从勃洛克离开了。"癞狗"他们是不能够原谅的。他们将勃洛克当奸细看待,不再和他握手,只到了他的死后,这才"和解了"。于是什么《十二个》里面,并无真出于意料之外的什么东西呀;这全不是取材于十月革命,是从旧的勃洛克出来的呀;《十二个》的一切要素,是在于过去呀;莫使布尔札维克以为勃洛克是他们的呀,将这些事,动手来指摘了。其实,在《十二个》里,要将受着那开发的言语和韵律和韵语和节奏的种种时代,从勃洛克抽出,是不难的。但是在个人主义者勃洛克那里,也可以寻出完全两样的韵律和结构来。然而勃洛克自己,正当一九一八年,在自己里面(自然,已经不在"石路"①上,是在自己里面!)寻了《十二个》的被碎毁的音乐了。所以成为必需的,是十月革命的石路。别人是从这石路跑向国外,或则搬到国内的"岛"上去了。在这里,就有着问题的中心点,在这里,就有大家不饶放勃洛克的理由。

> 这样——满足者都愤懑着,
> 沉重的肚子的满肚是厌倦着——
> 槽不是翻倒着么,

---

① 勃洛克在他诗中,常常歌咏彼得格勒的夜间的石路。

他们的烂透了的牛牢不是闲着么！

（亚·勃洛克,《满足者》。）

《十二个》也还不是革命的诗。为什么呢,因为革命底威力的意义(假如单就威力而言),是不会成为将出路给与碰壁的个人主义的。革命的内面底意义,是在诗的范围以外的什么处所的,——革命者,是在机械学底的意思上的脱了中心的事,——因此勃洛克便用基督来装饰革命。然而无论如何,基督总不是革命的出产,不过是过去的勃洛克的出产。

极其恶意地,就是,极其透彻地,表现着对于《十二个》的资产阶级底关系的亚翰跋里特如果说,勃洛克的脚色们的"举动",是给"同志"加上特色的,则他便是连一步也没有跨出给与他的问题——诽谤革命——的范围以外。像见于《十二个》里的那样,赤军的兵士因嫉妒而杀了卡基卡……这是会有的事呢,还是不会有的事呢? 这是很会有的。然而这样的赤军兵士,倘革命裁判所一经逮捕,便下了枪毙的宣告罢。采用恐怖主义的骇人的剑的革命,是严峻地守着自己的国法的。假如恐怖主义的手段,一为个人底目的而动,则无可逃避的破灭,便会来迫胁革命罢。在一九一八年之初,革命已经以无政府主义的破格底手段作准备,而用了派尔谛山主义[1]的将无论什么,都加毁坏的方略,博得没有慈悲的,胜利的战斗了。

"请开却地窖,穷人们此刻要来游赏。"(《十二个》)也有这样的事。但是,赤军和破坏者之间,在这地上有过几多的血腥的冲突呢! 在革命的旗帜上,写着"严肃"。当那极其紧张的时期,革命是尤为辛苦艰难的。于是勃洛克将革命表现在著作里,而这自然已不是将作为指导革命的先驱的劳动,乃是将虽说因革命而起,在本质上却和革命在反对的倾向的,和革命相伴的现象。诗人勃洛克仿佛想要这样说,——在这里面,我也觉着革命,觉着那羽搏,心脏的可骇的

---

[1]　Rartisan 是一种党,常于不意中袭击敌人,颇残酷。

震动,觉醒,奔突,危险。而且便在这些的互相冲撞的无意味的血腥的现象中,也屈折着革命的精神。这精神,在勃洛克,就是从柱上起来的基督的精神。

论勃洛克和《十二个》的文字中,最不可忍的之一,是久珂夫斯基氏的著作。他的关于勃洛克的书,比起他别的书来,并不算坏。就是,在那里,虽当没有将自己的思想,整顿在怎样的一种形态上的才能之际,而有表面底的新鲜,有断片底叙述,有近于小地方报纸的对句似的倾向,同时又有可怜相的衒学,有凑合在表面底的对照之上的组织。而且久珂夫斯基氏是常常发见着谁也没有留心到的事的。在《十二个》里面,有谁看定了起于那十月的革命的诗呢?决没有人看定的。久珂夫斯基是立刻会说明这一切,而且因此便将勃洛克决然和"一般的意见"相一致的罢。在《十二个》中给与光辉者,并非革命,是俄罗斯,虽然是革命,却是俄罗斯。"在这里,有不为任何事物所乱,纵使这污秽是俄罗斯,则即在污秽之中,将欲见圣的执迷的国家主义在。"(久珂夫斯基《亚历山大勃洛克论》)于是成了这样的事:虽然是革命,或者要说得更正确些,则为虽然是革命的污秽,勃洛克是承受着俄罗斯的么?这是在一切地方都一定了的。但到这地方,就知道了这事:勃洛克常(!)是革命的诗人,"然而这并非现今发生的革命,乃是别的国家底的,俄罗斯底的革命……"一难去而一难来了。这样,勃洛克在《十二个》里所说的,虽然是革命,不是俄罗斯,说到底也还是革命,——然而并非已经发生的革命,这名称,在久珂夫斯基是确凿地知道的,是别样的革命。这样,在有才干的青年们那里,是这样讲说着,"他的所歌的革命,并非在我们周围渐就完成的革命,而是另外的,真实的,火一般的革命。"但是,他的所歌,岂不是我们刚才就听到说,是污秽,至于热火,却全然没有么?而且他之所以歌这污秽,乃是因为这是俄罗斯的东西的缘故,并非因为这是革命的东西。到这里,我们就看出,他的没有和真实的革命的污秽完全和解的理由,就只因为这是俄罗斯的东西的缘故;他之所以欢欣地歌咏革命,但是那别的真实的热火的革命,就只因为这是和现存的污秽取着反对的方向的缘故云。

凡卡用了他的阶级为要守护革命,给与他的来福枪打死卡基卡。我们说,这是和革命相伴的事,但这并非就是革命。勃洛克作为自己的诗的意义,这样说着,——这个也承受,为什么呢,因为便是在这里,我也听到卷起变故的电动力,暴风雨的音乐的缘故。解说者久珂夫斯基跑过来,这样说明道,——凡卡的杀害卡基卡,是革命的污秽。勃洛克因为这是俄罗斯,所以和这污秽一同,承受俄罗斯。然而同时,一面歌咏着凡卡的卡基卡杀害,贵族层楼的破坏,勃洛克又歌咏着革命,但并非这污秽的,现在的,实际的,俄罗斯的革命,而是别的,真实的,热火的那个。这真实的热火的革命的名称,久珂夫斯基会即刻告知我们的罢……

然而,如果由勃洛克作为革命而表现的东西,即是照现有的俄罗斯本身,则将革命当作谋叛的辩护家[①],是表示什么的呢?没有关系地从旁走过去的牧师,是表示什么的呢?台仪庚和密柳珂夫和楷尔诺夫和侨民,是表示什么的呢?"癞皮狗似的旧世界",是表示什么的呢?俄罗斯裂而为二了——那里面,有革命在。勃洛克将一半称为癞皮狗,那一半,即在他的话里已经祝福地命名为诗和基督。但久珂夫斯基却将这一切解释为单是不可解。这是怎样的言语的朦混,怎样的思想的不相称的胡闹,怎样的精神底荒废,廉价的,污秽的,可耻的饶舌呵!

自然,勃洛克并不是我们的。然而他向着我们这边突进了。突进而受伤了。然而作为他的冲动的成果而出现的,是我们的时代的最重要的作品。诗《十二个》,要永久地流传的罢。

最初印入 1926 年 8 月北京北新书局版"未名丛刊"之一

---

① 为资本家辩护的著作家及演说家。

《十二个》卷首。未署名。

初未收集。

二十二日

日记 晴。上午寄朋其信。得品青信并《青琐高议》一部,即复。下午往公园。金仲芸来。夜钦文来。

二十三日

日记 晴。上午陈炜谟,陈翔鹤来。下午往公园。

二十四日

日记 晴。上午得李遇安信并稿。午得韦丛芜信二封。午后得小峰信并泉四十,《茶花女》二本。下午往公园。收女师大薪水十二元三角二分,三四月分。

二十五日

日记 星期。晴。上午得久巽信片。书臣来。矛尘来。午后培良,高歌,沸声来。下午往公园。夜雨。

二十六日

日记 昙。上午寄丛芜信。午陶璇卿来。下午得小峰信并《骆驼》两本,即复。陶书臣来,交以寄公侠函二。得静农信并稿,十八日霍邱发。丛芜来。

二十七日

日记 昙。晨得半农信并《扬鞭集》,《茶花女》各一本。上午陶冶公来。午后访小峰。下午寄矛尘信并还书。寄敬隐渔信。往公园。凤举来,未遇,留赠毕力涅克照像一枚,柿霜糖一包。晚寄陶璇卿信。钦文来。得兼士信。

致 章廷谦

矛尘兄:

书目中可用之处,已经抄出,今奉还,可以还给图书馆了。

迅　七,二七

致 陶元庆

璇卿兄:

《沉钟》的大小,是和附上的这一张纸一样。他们想于八月十日出版,不知道可以先给一画否?

迅　上　七月二十七日

二十八日

日记　晴。午得素园信。午后寄久巽信。寄三弟信。寄小峰信。下午访兼士。收厦门大学薪水四百,旅费百。往公园,还寿山泉百,又假以百。

二十九日

日记　晴。晨得素园信,即复。寄紫佩信。午后得丛芜信。下午往公园。伍斌来,未遇,留笺而去。晚收北大薪水泉十五。金仲芸来。

三十日

日记 晴。上午得素园信。寄伍斌信。寄陈炜谟信。午后雨一阵。得矛尘信，下午复。寄风举信。寄素园及丛芜信。往公园。得伏园信并屋子照相一枚。得紫佩及秋芳信。

致 章廷谦

矛尘兄：

得廿八日信，知道你又摔坏了脚，这真是出于我的"意表之外"，赶紧医，而且小心不再摔坏罢。

我的薪水送来了，钱以外是一张收条，自己签名。这样看来，似乎并非代领，而是会计科送来的。但无论如何，总之已经收到了，是谁送来的，都不成其为问题。

至于你写给北新小板的收书条，我至今没有见。

迅 七，卅

三十一日

日记 昙。上午寄陶冶公信。郁达夫来。得小峰信。下午雨。往公园。有麟来，未遇。得重久君信，廿四日日本东京发。

致 陶冶公

冶公兄：

兄拟去之地，近觅得两人可作介绍，较为切实。但此等书信，邮

寄能否达到,殊不可必,除自往投递外,殊无善法也。未知　兄
之计画是否如此,待示进行。此布,即颂

时绥

弟树人　上　七月卅一日

本月

《未名丛刊》与《乌合丛书》[*]

所谓《未名丛刊》者,并非无名丛书之意,乃是还未想定名目,然
而这就作为名字,不再去苦想他了。

这也并非学者们精选的宝书,凡国民都非看不可。只要有稿
子,有印费,便即付印,想使萧索的读者,作者,译者,大家稍微感到
一点热闹。内容自然是很庞杂的,因为希图在这庞杂中略见一致,
所以又一括而为相近的形式,而名之曰《未名丛刊》。

大志向是丝毫也没有。所愿的:无非(1)在自己,是希望那印成
的从速卖完,可以收回钱来再印第二种;(2)对于读者,是希望看了
之后,不至于以为太受欺骗了。

以上是一九二四年十二月间的话。

现在将这分为两部分了。《未名丛刊》专收译本;另外又分立了
一种单印不阔气的作者的创作的,叫作《乌合丛书》。

最初印入 1926 年 7 月北京未名社版《关于鲁迅及其著
作》(台静农编)版权页后。

初未收集。

《未名丛刊》与《乌合丛书》

乌合丛书

呐喊（四版）　实价七角

　　鲁迅的短篇小说集，从一九一八至二二年的作品都在内，计十五篇，前有自序一篇。

故乡　实价八角

　　许钦文的短篇小说集。由长虹与鲁迅将从最初至一九二五年止的作品严加选择，留存二十二篇，作者的以热心冷面，来表现乡村，家庭，现代青年的内生活的特长，在这一册里显得格外挺秀。陶元庆画封面。

心的探险　实价六角

　　长虹的散文及诗集。将他的以虚无为实有，而又反抗这实有的精悍苦痛的战叫，尽量地吐露着。鲁迅选并画封面。

飘渺的梦及其他　五角

　　向培良的短篇小说集，鲁迅选定，从最初至现在的作品中仅留十四篇。革新与念旧，直前与回顾；他自引明波乐夫的话道：矛盾，矛盾，矛盾，这是我们的生活，也就是我们的真理。司徒乔画封面。

彷徨　校印中

　　鲁迅的短篇小说集第二本。从一九二四至二五年的作品都在内，计十一篇。陶元庆画封面。

　　以上五种，北京东城翠花胡同十二号

北新书局印行。

未名丛刊

苦闷的象征　实价五角

　　日本厨川白村作文艺论四篇,鲁迅译。插图四幅,作者照像一幅。陶元庆画封面。再版。

苏俄的文艺论战　三角半

　　褚沙克等论文四篇,任国桢辑译,可以看见新俄国文坛的论辩的一斑。附录一篇,是用经济说于文艺上的。

　　以上二种,北新书局印行。

出了象牙之塔　七角

　　日本厨川白村作关于文艺的论文及演说十二篇,是一部极能启发青年的神智的书。鲁迅译。插图四幅,又作者照像一幅。陶元庆画封面。

往星中　实价四角半

　　俄国安特列夫作戏剧,李霁野译。是反映一个时代的名篇,表现一九零五年俄国革命失败后社会上矛盾和混乱的心绪的。韦素园序。卷头有作者像。陶元庆画封面。

穷人　实价六角半

　　俄国陀斯妥夫斯基作,韦丛芜译。这是作者的第一部,也是即刻使他成为大家的书简体小说,人生的困苦和悦乐,崇高和卑下,以及留恋和决绝,都从一个少女和老人的通信中写出。译者对比了数种译本,并由韦素园用原文校定,这才印行,其正确可想。鲁迅序。前有作者画像一幅,并用其手书及法人跋乐顿画像作封面。

外套　校印中

　　俄国果戈理作,韦素园译。这是一篇极有名的讽刺小说,然而诙谐中藏着隐痛,冷语里仍见同情,凡留心世界文学的都知道。别国译本每有删略,今从原文译出,最为完全。首有关于作者的论述及肖像。司徒乔画封面。

十二个　日内付印

俄国勃洛克作长诗,胡斅译。作者原是有名的都会诗人,这一篇写革命时代的变化和动摇,尤称一生杰作。译自原文,又屡经校定,和重译的颇有不同。前为托罗兹基的《勃洛克论》一篇;鲁迅作后记,加以解释。又有缩印的俄国插画名家玛修庚木刻图画四幅;卷头有作者的画像。

小约翰　日内付印

荷兰望蔼覃作,鲁迅译。是用象征来写实的童话体散文诗。叙约翰原是大自然的朋友,因为要求知,终于成为他所憎恶的人类了。前有近世荷兰文学大略,作者的评论及照像。

　　　　此外要续出的,还有:

白茶　曹靖华译

俄国现代独幕剧集。

罪与罚　韦丛芜译

俄国陀斯妥夫斯基小说。

格里佛游记　韦丛芜译

英国斯惠孚德小说(全译)

北京东城沙滩新开路五号

未名社刊物经售处发行。

　　　最初印入 1926 年 7 月北京未名社版《关于鲁迅及其著作》(台静农编)版权页后。

　　　初未收集。

八月

一日

日记　星期。晴。上午翟永坤来，未见。上午得季市信，七月廿九日嘉兴发。车耕南来，饭后去。下午访小峰。访丛芜，分以泉百。访凤举，被邀往德国晚［饭］店夜饭，并同傅书迈君。往东亚公司买『風景は動く』一本，二元。往山本照相店买 ALBUM 三本，每本一元。李遇安来，未遇，留笺并师大《国文选本》二册而去。晚小雨。得陶冶公信。

《小说旧闻钞》序言

昔尝治理小说，于其史实，有所钩稽。时蒋氏瑞藻《小说考证》已版行，取以检寻，颇获稗助；独惜其并收传奇，未曾理析，校以原本，字句又时有异同。于是凡值涉猎故记，偶得旧闻，足为参证者，辄复别行迻写。历时既久，所积渐多；而二年已前又复废置，纸札丛杂，委之蟫尘。其所以不即焚弃者，盖缘事虽猥琐，究尝用心，取舍两穷，有如鸡肋焉尔。今年之春，有所怅触，更发旧稿，杂陈案头。一二小友以为此虽不足以饷名家，或尚非无稗于初学，助之编定，斐然成章，遂亦印行，即为此本。自愧读书不多，疏陋殊甚，空灾楮墨，贻痛评坛。然皆摭自本书，未尝转贩；而通卷俱论小说，如《小浮梅闲话》、《小说丛考》、《石头记索隐》、《红楼梦辨》等，则以本为专著，无烦披拣，冀省篇幅，亦不复采也。凡所录载，本拟力汰複重，以便观览，然有破格，可得而言：在《水浒传》、《聊斋志异》、《阅微草堂笔记》下有複重者,著俗说流传之迹也;在《西游记》下有複重者,揭此书不著录于地志之渐也;在《源流篇》中有複重者,明札记尼说稗贩之多也。无稽甚者,亦在所删,而独留《消夏闲记》《扬州梦》各一则,则以见悠谬之谈,故书中盖常有,且复至于此耳。翻检之书,别为目录附于末;然亦有未尝通观全部者,如王圻《续文献通考》,实仅阅其《经籍考》而已。

一千九百二十六年八月一日,校讫记。鲁迅。

最初印入 1926 年 8 月北京北新书局版《小说旧闻钞》。
初未收集。

二日

日记 晴。上午往师大取四月分薪水泉五。往东升平园浴。下午有麟,仲芸来。晚半农来。夜钦文来。

三日

日记 晴。上午得兼士信,即复。寄凤举信。寄李遇安信。下午往公园。得丛芜函约在北海公园茶话,晚赴之,坐中有李[朱]寿恒女士,许广平女士,常维钧,赵少侯及素园。

四日

日记 晴。上午兼士来,同往松筠阁视土俑。下午往公园。收世界日报社稿费十四元三角。夜丛芜来。得凤举信附胡适之信。

五日

日记 晴。上午得诗荃信,七月十九日兰州发。得顾颉刚信并《孔教大纲》一本。午后紫佩来。下午寄小峰信。寄培良信。往公园。晚冯君来,不知其名。夜东亚公司送来『アルス美術叢書』,『近代英詩概論』各一本,共泉五元四角。

六日

日记 晴。上午得小峰信。下午往公园。晚雨。得三弟信,三日发。

七日

日记 昙。上午得三弟信,四日发。季市来,还以泉百。得幼渔信。下午往公园。晚紫佩,仲侃,秋芳在长美轩饯行,坐中又有紫佩之子舒及陶君。

八日

日记 星期。晴。晨得广平信。上午广平,陆秀珍来。裘子元来。培良,高歌来。得李小峰信并泉百五十。午后有麟,仲芸来。下午访幼渔。访冶公。晚幼渔,尹默,风举在德国饭店饯行,坐中又有兼士及幼渔令郎。

致 韦素园

素园兄:

《关于鲁迅……》须送冯文炳君二本(内有他的文字),希即令人送去。但他的住址,我不大记得清楚,大概是北大东斋,否则,是西斋也。

下一事乞转告丛芜兄:

《博徒别传》是 *Rodney Stone* 的译名,但是 C. Doyle 做的。《阿 Q

正传》中说是迭更司作,乃是我误记,英译中可改正;或者照原误译出,加注说明亦可。

迅　八月八日

九日

日记　昙。上午得黄鹏基,石珉,仲芸,有麟信,约今晚在漪澜堂饯行。午雨。下午矛尘来并交盐谷节山信及书目一分。晚赴漪澜堂。

十日

日记　晴。上午得丛芜信。午后钦文来。仲芸来。下午往公园。夜东亚公司送来『仏教美術』一本,『文学論』一本,共泉五元二角。得丛芜诗并信。

致 陶元庆

璇卿兄:

《彷徨》书面的锌版已制成,今寄上草底,请将写"书名""人名"的位置指出,仍寄敝寓,以便写入,令排成整版。

鲁迅　八月十日

十一日

日记　昙。午后晴。钦文来。寄季市信。寄张我军信。下午往公园。寄半农信并朋其稿。夜遇安来。张我军来并赠台湾《民报》四本。

十二日

日记 晴。午得素园信,即复,附致丛芜笺。下午寄小峰信。往公园。常维钧来,未遇。得小峰信并食物四种,《小说旧闻钞》二十本,《沉钟》十本。得吕云章,许广平,陆秀珍信。夜培良等来,不见。

十三日

日记 晴。上午赴女子师范大学送别会。午赴吕,许,陆三位小姐们午餐之招,同坐有徐旭生,朱遏先,沈士远,尹默,许季市。下午寄常维钧《小说旧闻钞》一本,照相一张。往公园译《小约翰》毕,寿山约往来今雨轩晚餐,同坐有芦舲,季市。夜大风一陈。东亚公司送来『東西文学比較評論』一部二本,共泉七元四角。

十四日

日记 晴。上午赵丹若来。午往小市买书柜一个,泉十元。往山本医院诊。夜高歌,培良,沸声来。雨。

十五日

日记 星期。晴。上午寄吕,许,陆小姐信。往山本医院行霍乱预防注射。午陶冶公来。得玉堂信二封。午后访韦素园。访小峰。

致 许广平

景宋"女士"学席:程门

飞雪，贻误多时。愧循循之无方，幸

骏才之易教。而乃年届结束，南北东西；虽尺素之能通，或

下问之不易。言念及此，不禁泪下四条。吾

生倘能赦兹愚劣，使师得备薄馔，于月十六日午十二时，假宫门口

西三条胡同二十一号周宅一叙，俾罄愚诚，不胜厚幸！顺颂

时绥。

师鲁迅　谨订　八月十五日早

十六日

日记　晴。晨得素园信。上午季市来。午邀云章，晶清，广平午餐。下午以丛芜诗转寄徐耀辰。得三弟信，十三日发。钦文来。晚复三弟信附致振铎笺。

十七日

日记　晴。上午分寄盐谷节山，章锡箴，阎宗临书籍。往公园，望潮约午餐。晚得紫佩信。辛岛骁君来并送盐谷节山所赠《全相平话三国志》一部，冈野同来。

十八日

日记　晴。上午得公侠信。下午书臣来。晚寄语堂信。寄小峰信。雨。

十九日

日记　晴。上午辛岛君来，留其午餐，赠以排印本《西洋记》，《醒世姻缘》各一部。下午季市来。夜小峰来并交泉百，品青同来，并赠《孔德学校国文教材》十余册，常维钧所赠《托尔斯泰寓言》一本，又尹默所代买《儒学警悟》七集一部共十本，泉二十四元。

二十日

日记　晴。上午洙邻兄来。刘亚雄来。下午钦文来。晚李遇安来。

二十一日

日记　晴。上午往山本医院续行霍乱预防注射。午赴中央公园来今雨轩应季市午餐之约，同席云章，晶卿，广平，淑卿，寿山，诗英。下午紫佩来。得钦文信。晚有麟来并赠罐头食物四个。

二十二日

日记　星期。晴。上午往女师大毁校周年纪念并演说。以李遇安稿寄半农。下午马巽伯来。

记 谈 话

　　鲁迅先生快到厦门去了，虽然他自己说或者因天气之故而不能在那里久住，但至少总有半年或一年不在北京，这实在是我们认为很使人留恋的一件事。八月二十二日，女子师范大学学生会举行毁校周年纪念，鲁迅先生到会，曾有一番演说，我恐怕这是他此次在京最后的一回公开讲演，因此把它记下来，表示我一点微弱的纪念的意思。人们一提到鲁迅先生，或者不免觉得他稍微有一点过于冷静，过于默视的样子，而其实他是无时不充满着热烈的希望，发挥着丰富的感情的。在这一次谈话里，尤其可以显明地看出他的主张；那么，我把他这一次的谈话记下，作为他出京的纪念，也许不是完全没有重大的意义罢。我自己，为免得老实人费心起见，应该声明一下：那天的会，我是以一个小小的办事员的资格参加的。

（培　良）

　　我昨晚上在校《工人绥惠略夫》，想要另印一回，睡得太迟了，到现在还没有很醒；正在校的时候，忽然想到一些事情，弄得脑子里很混乱，一直到现在还是很混乱，所以今天恐怕不能有什么多的话可说。

　　提到我翻译《工人绥惠略夫》的历史，倒有点有趣。十二年前，欧洲大混战开始了，后来我们中国也参加战事，就是所谓“对德宣战”；派了许多工人到欧洲去帮忙；以后就打胜了，就是所谓“公理战胜”。中国自然也要分得战利品，——有一种是在上海的德国商人的俱乐部里的德文书，总数很不少，文学居多，都搬来放在午门的门楼上。教育部得到这些书，便要整理一下，分类一下，——其实是他们本来分类好了的，然而有些人以为分得不好，所以要从新分一下。——当时派了许多人，我也是其中的一个。后来，总长要看看那些书是什么书了。怎样看法呢？叫我们用中文将书名译出来，有义译义，无义译音，该撒呀，克来阿派忒拉呀，大马色呀……。每人每月有十块钱的车费，我也拿了百来块钱，因为那时还有一点所谓行政费。这样的几里古鲁了一年多，花了几千块钱，对德和约成立了，后来德国来取还，便仍由点收的我们全盘交付，——也许少了几本罢。至于“克来阿派忒拉”之类，总长看了没有，我可不得而知了。

　　据我所知道的说，“对德宣战”的结果，在中国有一座中央公园里的“公理战胜”的牌坊，在我就只有一篇这《工人绥惠略夫》的译本，因为那底本，就是从那时整理着的德文书里挑出来的。

　　那一堆书里文学书多得很，为什么那时偏要挑中这一篇呢？那意思，我现在有点记不真切了。大概，觉得民国以前，以后，我们也有许多改革者，境遇和绥惠略夫很相像，所以借借他人的酒杯罢。然而昨晚上一看，岂但那时，譬如其中的改革者的被迫，代表的吃

245

苦,便是现在,——便是将来,便是几十年以后,我想,还要有许多改革者的境遇和他相像的。所以我打算将它重印一下……。

《工人绥惠略夫》的作者阿尔志跋绥夫是俄国人。现在一提到俄国,似乎就使人心惊胆战。但是,这是大可以不必的,阿尔志跋绥夫并非共产党,他的作品现在在苏俄也并不受人欢迎。听说他已经瞎了眼睛,很在吃苦,那当然更不会送我一个卢布……。总而言之:和苏俄是毫不相干。但奇怪的是有许多事情竟和中国很相像,譬如,改革者,代表者的受苦,不消说了;便是教人要安本分的老婆子,也正如我们的文人学士一般。有一个教员因为不受上司的辱骂而被革职了,她背地里责备他,说他"高傲"得可恶,"你看,我以前被我的主人打过两个嘴巴,可是我一句话都不说,忍耐着。究竟后来他们知道我冤枉了,就亲手赏了我一百卢布。"自然,我们的文人学士措辞决不至于如此拙直,文字也还要华赡得多。

然而绥惠略夫临末的思想却太可怕。他先是为社会做事,社会倒迫害他,甚至于要杀害他,他于是一变而为向社会复仇了,一切是仇仇,一切都破坏。中国这样破坏一切的人还不见有,大约也不会有的,我也并不希望其有。但中国向来有别一种破坏的人,所以我们不去破坏的,便常常受破坏。我们一面被破坏,一面修缮着,辛辛苦苦地再过下去。所以我们的生活,便成了一面受破坏,一面修补,一面受破坏,一面修补的生活了。这个学校,也就是受了杨荫榆章士钊们的破坏之后,修补修补,整理整理,再过下去的。

俄国老婆子式的文人学士也许说,这是"高傲"得可恶了,该得惩罚。这话自然很像不错的,但也不尽然。我的家里还住着一个乡下人,因为战事,她的家没有了,只好逃进城里来。她实在并不"高傲",也没有反对过杨荫榆,然而她的家没有了,受了破坏。战事一完,她一定要回去的,即使屋子破了,器具抛了,田地荒了,她也还要活下去。她大概只好搜集一点剩下的东西,修补修补,整理整理,再来活下去。

中国的文明，就是这样破坏了又修补，破坏了又修补的疲乏伤残可怜的东西。但是很有人夸耀它，甚至于连破坏者也夸耀它。便是破坏本校的人，假如你派他到万国妇女的什么会里去，请他叙述中国女学的情形，他一定说，我们中国有一个国立北京女子师范大学在。

这真是万分可惜的事，我们中国人对于不是自己的东西，或者将不为自己所有的东西，总要破坏了才快活的。杨荫榆知道要做不成这校长，便文事用文士的"流言"，武功用三河的老妈，总非将一班"毛鸦头"赶尽杀绝不可。先前我看见记载上说的张献忠屠戮川民的事，我总想不通他是什么意思；后来看到别一本书，这才明白了：他原是想做皇帝的，但是李自成先进北京，做了皇帝了，他便要破坏李自成的帝位。怎样破坏法呢？做皇帝必须有百姓；他杀尽了百姓，皇帝也就谁都做不成了。既无百姓，便无所谓皇帝，于是只剩了一个李自成，在白地上出丑，宛如学校解散后的校长一般。这虽然是一个可笑的极端的例，但有这一类的思想的，实在并不止张献忠一个人。

我们总是中国人，我们总要遇见中国事，但我们不是中国式的破坏者，所以我们是过着受破坏了又修补，受破坏了又修补的生活。我们的许多寿命白费了。我们所可以自慰的，想来想去，也还是所谓对于将来的希望。希望是附丽于存在的，有存在，便有希望，有希望，便是光明。如果历史家的话不是诳话，则世界上的事物可还没有因为黑暗而长存的先例。黑暗只能附丽于渐就灭亡的事物，一灭亡，黑暗也就一同灭亡了，它不永久。然而将来是永远要有的，并且总要光明起来；只要不做黑暗的附着物，为光明而灭亡，则我们一定有悠久的将来，而且一定是光明的将来。

原载 1926 年 8 月 28 日《语丝》周刊第 94 期，原题作《记鲁迅先生的谈话》，培良记录。

初收 1927 年 5 月上海、北京北新书局版《华盖集续编》。

二十三日

日记　昙。上午得小峰信。访素园。访小峰。下午寄素园信。夜培良来。

二十四日

日记　晴。上午季市来。寄小峰信并稿。午矛尘来。下午紫佩来。晚钦文来。雨。

二十五日

日记　晴。收拾行李。晚吕云章来并赠《漫云》一本。得小峰信。夜风。

在一切艺术 *

[日本]武者小路实笃

在一切艺术，最犯忌的是有空虚的处所；有无谓的东西；还没有全充实。只有真东西充实着。不充实的艺术，都是虚伪的；至少，那没有充实的处所，是虚伪的，是玩着把戏的，虽然也有工拙。

虚伪有时也装着充实似的脸。然而那是纸糊玩意儿，一遇着时间和事实，便不能不现出本相。不能分别真东西和假东西的人，就因为这人就是假东西的缘故。

以假的也不妨，只要真实似的写着为满足的时代，已经过去了。只要写真实，则见得虚假似的也不妨的时代，已经来到了。

有人说，真实的事是不能写的。这样的人很可怜。将事物，照样地写，是不能的，然而真实的事却能写；不是真实的事，是不能真实地写出来的。即使意思之间是在造谎，但倘使知道是在造着谎，便知道了造着谎这一件真实的事。

然而，也许有人要说，只要知道了造着谎这一件真实的事，那就不下于写着真实了，也就行罢。这样的人，是拿出十元的镀金的金币来，说道"这是假的"，而想别人便道"哦，原来如此"，就当作十元收用了去的人。

像陀密埃（H. Daumier）和陀拉克罗亚（E. Delacroix）所画那样的人和动物，是没有的罢。但陀密埃和陀拉克罗亚的画是真东西；是写了真实的。像沙樊（P. Chavannes）和迢尼（M. Denis）所画那样的风景和人，是没有的罢，然而谁说是写了虚假了呢？如戈耶（F. Goya），如比亚兹莱（A. Beardsley），如卢敦（O. Redon），也决不画假东西。不明白这一点的人，便说真实是不能写的。

无论怎样的写实家，"如实"地是不能写的，然而"实"却能写。不明白这一点的人，也就不会懂得所谓"自由"和"个性"；而且也不会懂得伟大的作品。

陀思妥夫斯基（F. Dostoevski）的文章也许拙罢。但倘教陀思妥夫斯基写了都介涅夫（I. Turgeniev）似的文章，将怎样呢？即使写了托尔斯泰似的文章，陀思妥夫斯基也就不成其为陀思妥夫斯基了。要显出陀思妥夫斯基来，陀思妥夫斯基的文章是最好的文章。只有懂得这意思的人，才能够批评文事。

凡是大艺术家，大文豪，都各有自己独特的技巧，而且使这技巧进步，一直到极端。不使进步，是不干休的。世间没有半生不熟的天才。

毫不带着世界底的分子的人，即毫无人类底的处所的人，是根的浮浅的人；是作为人类，没有大处的人。

我们不愿意到什么时候总还是支流，要跳进本流，做些尽自己的力量的事。如果不行，便是不行也好。

被称为日本的摩泊桑（Guy de Maupassant），日本的惠尔伦（P. Verlaine），就得以为名誉，是使人寒心的。假使和默退林克（M.

Maeterlinck)是比国的沙士比亚,契诃夫(A. Chekhov)是俄国的摩泊桑,惠尔哈连(E. Vcrhaeren)是欧洲的威德曼(W. Whitman),罗德勒克(Henri de Toulouse-Loutrec)是法国的歌麿之类,是一样意思,那倒还不妨,但看去总不像一样意思。在"日本的"之中,总含有盘旋于范围里的意味。这也是范围里的不很好的地方。

我们不应该怕受别人的感化,而躲在洞窟里。为要使自己活,不尽量受取,是不行的。只有能够因着受取而使自己愈加生发的人,才是真有个性的人。

我们是活用着迄今所记得的东西而生活着的。便是人类,也如此。活用着人类所记得的东西,更将新的真,善,美使人类记得,是文艺之士的工作。文艺之士应该成为人类的头脑或官能,而且使人类生长。人类是记性很好的人;也不是闲人,倘将已经记得的事,新鲜似的讲起来,就要觉得不高兴。日本现今的文艺之士,不过是将人类已经知道的事,向乡下的乡下的又乡下去通知。为人类所轻蔑,已无法可想。然而既然称为文艺之士,则乡下的乡下的巡游,想来总该要不耐烦的。

正如落乡的戏子们,自称我是戏子,便使人发笑一样,日本的文艺之士称着什么文豪呀艺术家呀,要不为人所笑,也还须经过一些时间。

然而,在乡下,听说是称为大文豪,大艺术家的。

一九二一,七。译自《为有志于文学的人们》。

原载 1926 年 8 月 25 日《莽原》半月刊第 16 期。

初收 1929 年 4 月上海北新书局版《壁下译丛》。

二十六日

日记 晴。上午寄盐谷节山信。季市来。有麟,仲芸来。下午寄小峰信。子佩来，钦文来，同为押行李至车站。三时至车站，淑卿，季市，有麟，仲芸，高歌，沸声，培良，璇卿，云章，晶清，评梅来送，秋芳亦来。四时二十五分发北京，广平同行。七时半抵天津，寓中国旅馆。

二十七日

日记　晴。上午以明信片寄寿山，淑卿。午登车，一点钟发天津。

二十八日

日记　昙。午后二时半抵浦口，即渡江，寓招商旅馆。下午以明信片寄淑卿，季市。同广平阅市一周。夜十时登车，十一时发下关。

二十九日

日记　昙。晨七时抵上海，寓沪宁旅馆，湫小不可居。访三弟，同至旅舍，移孟渊旅社。午后大雨。晚广平移寓其旅〔族〕人家，持行李俱去。夜同三弟至北新书局访李志云。至开明书店访章锡箴。以明信片寄淑卿。

三十日

日记　昙。上午广平来。午李志云，邢穆卿，孙春台来。午后雪箴来。下午得郑振铎柬招饮。与三弟至中洋茶楼饮茗，晚至消闲别墅夜饭，座中有刘大白，夏丐尊，陈望道，沈雁冰，郑振铎，胡愈之，朱自清，叶圣陶，王伯祥，周予同，章雪村，刘勋宇，刘叔琴及三弟。夜大白，丐尊，望道，雪村来寓谈。雨。

上海通信（致李小峰）

小峰兄：

别后之次日，我便上车，当晚到天津。途中什么事也没有，不过刚出天津车站，却有一个穿制服的，大概是税吏之流罢，突然将我的提篮拉住，问道"什么?"我刚答说"零用什物"时，他已经将篮摇了两摇，扬长而去了。幸而我的篮里并无人参汤榨菜汤或玻璃器皿，所以毫无损失，请勿念。

从天津向浦口，我坐的是特别快车，所以并不嚣杂，但挤是挤的。我从七年前护送家眷到北京以后，便没有坐过这车；现在似乎男女分坐了，间壁的一室中本是一男三女的一家，这回却将男的逐出，另外请进一个女的去。将近浦口，又发生一点小风潮，因为那四口的一家给茶房的茶资太少了，一个长壮伟大的茶房便到我们这里来演说，"使之闻之"。其略曰：钱是自然要的。一个人不为钱为什么？然而自己只做茶房图几文茶资，是因为良心还在中间，没有到这边（指腋下介）去！自己也还能卖掉田地去买枪，招集了土匪，做个头目；好好地一玩，就可以升官，发财了。然而良心还在这里（指胸骨介），所以甘心做茶房，赚点小钱，给儿女念念书，将来好好过活。……但，如果太给自己下不去了，什么不是人做的事要做也会做出来！我们一堆共有六个人，谁也没有反驳他。听说后来是添了一块钱完事。

我并不想步勇敢的文人学士们的后尘，在北京出版的周刊上斥骂孙传芳大帅。不过一到下关，记起这是投壶的礼义之邦的事来，总不免有些滑稽之感。在我的眼睛里，下关也还是七年前的下关，无非那时是大风雨，这回却是晴天。赶不上特别快车了，只好趁夜车，便在客寓里暂息。挑夫（即本地之所谓"夫子"）和茶房还是照旧地老实；板鸭，插烧，油鸡等类，也依然价廉物美。喝了二两高粱酒，也比北京的好。这当然只是"我以为"；但也并非毫无理由：就因为它有一点生的高粱气味,喝后合上眼,就如身在雨后的田野里一般。

正在田野里的时候,茶房来说有人要我出去说话了。出去看时,是几个人和三四个兵背着枪,究竟几个,我没有细数;总之是一大群。其中的一个说要看我的行李。问他先看那一个呢?他指定了一个麻布套的皮箱。给他解了绳,开了锁,揭开盖,他才蹲下去在衣服中间摸索。摸索了一会,似乎便灰心了,站起来将手一摆,一群兵便都"向后转",往外走出去了。那指挥的临走时还对我点点头,非常客气。我和现任的"有枪阶级"接洽,民国以来这是第一回。我觉得他们倒并不坏;假使他们也如自称"无枪阶级"的善造"流言",我就要连路也不能走。

向上海的夜车是十一点钟开的,客很少,大可以躺下睡觉,可惜椅子太短,身子必须弯起来。这车里的茶是好极了,装在玻璃杯里,色香味都好,也许因为我喝了多年井水茶,所以容易大惊小怪了罢,然而大概确是很好的。因此一共喝了两杯,看看窗外的夜的江南,几乎没有睡觉。

在这车上,才遇见满口英语的学生,才听到"无线电""海底电"这类话。也在这车上,才看见弱不胜衣的少爷,绸衫尖头鞋,口嗑南瓜子,手里是一张《消闲录》之类的小报,而且永远看不完。这一类人似乎江浙特别多,恐怕投壶的日子正长久哩。

现在是住在上海的客寓里了;急于想走。走了几天,走得高兴起来了,很想总是走来走去。先前听说欧洲有一种民族,叫作"吉柏希"的,乐于迁徙,不肯安居,私心窃以为他们脾气太古怪,现在才知道他们自有他们的道理,倒是我胡涂。

这里在下雨,不算很热了。

鲁迅。八月三十日,上海。

原载 1926 年 10 月 2 日《语丝》周刊第 99 期。

初收 1927 年 5 月上海、北京北新书局版《华盖集续编》。

三十一日

日记 昙。午后广平来。长虹,雪村来。李志云来并赠糖三合,酒四瓶。下午雨,晚霁。夜同三弟阅市,在旧书坊买《宋元旧书经眼录》一部一本,《萝摩亭札记》一部四本,共泉四元八角。雪村,梓生来。

本月

巴什庚之死

[俄国]阿尔志跋绥夫

我还没有到三十岁,然而回顾身后,就仿佛经过了一片广大的墓场,除坟墓和十字架之外,什么也没有见。有一时——或迟或早,有一处,总要立起一坐新墓来罢。这无论用了怎样的墓标做装饰,普通的十字架也好,大理石也好,要而言之,这——便是从我所留遗下来的东西的一切罢。想起来,这也不是什么重大的事情,不死,是无聊的,生活也并不很有趣。因为死可怕,所以难堪,不能将自己送给魔鬼,大约也为此。活下去好罢,在称为"人生"的这墓场里,永是彷徨着好罢,你所经过的路的尽头,不绝地,总会次第辉煌着新的十字架的罢。宝贵的一切,可爱的一切,都留在后面,生长在心中的一切,都会秋叶似的飘零的罢。于是你就如运命一般,孤单地,走着走着,走向收场那里去罢。

而今巴什庚是死了。从和我一同上那文学的路的人们之中,又少了一个了。

然而,死了倒好。他一生中的欢喜,竟至于比普通人们的生存的仅只一日间的欢喜，也还要小一些。文学是一切美德的宝库的时代，已经远去了。从所有罅隙中，汗秽侵入了我们的小小的世界，幽静谦逊的巴什庚的住在那里，就恰如看见被弃在市场的尘芥中的紫云英似的，那样的酒店，那样的交易所开张了，在那先前，他的精神和深沉稳妥的天才的静穆的美，一定可以得到不同的估计的罢。但在现今充满着骇人的卖买的喧嚣，奸计和广告的巧妙的争斗的文学的大路上，却必须强壮的手，有力的意志，残忍的心。无论那一样，巴什庚是没有的。他在落魄中，被撕裂，被践踏，于是死了，死于和俄国著作家相称的肺病了。

认识他的本来就不多。巴什庚的名字，在文学上决不占着重大的位置。他的天分也有限，他的魅力的一切，只在巴什庚这人是温良，纯净，连心底里都是真实而良善的人。这些个人底的性质，是正如映在清水中的深邃的苍空一般，反映在他的工作的每一篇里，将独特的，深沉的魅力，赋给于他的有限的天分的。

什么时候，如果只要我的希望之一，得以实现的时候一来到——这时从那些教运命成为地之盐和人类的捕获者的人们，以及使文学作为渺小的欺诈者流的洞穴的人们的生涯中，要留下一篇很大的故事——则我也要将巴什庚的模型，依照了他留在我的心中的分明的记忆，添在我的故事里。在现在，他的容貌却还太接近，种种的回忆也太了然地散在眼前。我还不能赋与普遍性，他的死和埋葬的三个景况，三个瞬间，还太分明地在我的眼前浮动着。

我几乎有两年没有见巴什庚。一样的病，将我们两人抛向两样的地方去了。而当他临终的前一天，我们这才成了最后的睹面。

我跨进屋子里去的时候，巴什庚是睡着，靠了吗啡的力，陷在奇异的可怕睡眠中。有谁点了蜡烛。那黄色的光，闪闪地显出明亮的影，在顶篷和墙壁上动摇，带着奇怪的花样的墙壁颤抖着。极其些细的事情，为什么有时竟至于这样使人心惊胆战的呢？但我记得，我恐怖地看了那些壁纸，房子的四围都是奇异的杂乱的线，连续着一种七弦琴似的东西，一想到这些都未曾一弹，便不知怎的觉得不舒服，甚至于还觉得烦厌……。烛光闪烁地在墙壁上走，七弦琴排着沉默的玫瑰色的序列，各各伸着自己们的画得很细的头。一张床上，在这瞬间，用了可怕的力量，正在那里生死之境里奋斗着的人的胸膛，发出一种枯干的，吹着口笛似的声音，鼓起来了。大概，这就是临终的苦痛罢。而且巴什庚，假使我们不叫他，那时便死掉了罢。他骤然张开眼睛的最初的一刹那，巴什庚分明是什么也不知道。向我这一面凝视着的两只眼的眼色，正如从什么极其辽远的地方，向这里看着的眼睛的眼色一般，奇怪而且可怕。

"华西理华西理维支，"我叫。

眼色忽然变换了。正如什么可怕的不懂的东西，被我的声音消去了似的。半死的苍白的脸上，显出熟识的亲密的表情来，病人想拥抱我。我弯了腰，而且和他亲吻。巴什庚突然抱住我的头，发出含有什么的枯干的声音，按向突突地动悸着的胸前，温和地，像母亲抚摩孩子一般，开始抚摩我的头了。宛如以无限的爱和温和的怜，按向胸前沉默着，而且求我护卫他，救助他似的。

而且很奇怪。我于巴什庚，是当他开手著作时就认识的，而且一生涯中，帮助他，常是年长的保护者，也是恩惠者。然而现在，一听到有什么含在他的胸中，发出干枯的声音，无力的他的手抚摩着我的头，我就不能不感到所谓我的自己者，是怎样地渺小，微细，而且纤弱的东西了。

人的年纪，是不应该从诞生算起，却该从临死的瞬间算起的。巴什庚所知道，巴什庚所经验的事，大约我还不能容易地懂得。被赞美的我的天分，我的姓名，唉唉，这较之就在这里和我们并立着的"死"所给与于巴什庚的伟大的爱和怜的最后的睿智，怎样地渺小而可笑呵！

我常常和巴什庚辩论。我的意见，是谁都知道的，许多时候，我们住在一处。而且我是较强者，用了自己的权威压迫他。现在是我

们算总帐的时候来到了。我们之间的自以为是的生涯,已到最后的一页了。我不知怎地便带了恐怖的好奇心问:

"怎样,华西理华西理维支,我们现在是一致了,还是越加离开了呢?"

巴什庚并不微笑,用了明亮的良善的眼睛凝视着我。

"离开了,"他说。"对于一切,应该爱,怜。"

也许他是对的罢。我不知道。

然而,当我们送了藏着巴什庚的遗骸的棺木,向墓场去的时候,除了愤怒和憎恶之外,还有什么能在我的心里呢?

送葬的何其少呵!被风绞雪吹卷着,分开没膝的积雪,在广大的白的平野间走着的我们,是怎样地渺小,难看,可怜呵。白皮的棺木,静静地在前面摇动着,风绞雪将系在环上的几个采色飘带吹去了,在眼界中,除了白的平野和越吹越猛的风绞雪之外,什么也看不见。我们跟在棺木后面走,屡次失脚滑在深雪中,并且百来遍的读那花环上的题记。

——贵重的父亲及夫子灵前,妻及男敬献。这是一个小小的难看的花环。而且署名也不在飘带上,乃是写在那钉在最穷的埋葬的十字架上的铁片后面的。

我读了,并且由我很不容易地为巴什庚的遗族募集的二百卢布在我的衣袋里的事,也想到了。我想,巴什庚的妻,是没有知道他的死的;当他死去的那天,她大概正在临蓐;而且又想,他的"妻及男",此后将怎么办呢。而且又这样想,便是这个,岂非也就是"著作家的葬式"么?所以,实在,倘说我在这瞬间,对于在猛烈的风绞雪的帐后,地平线上的一角里,漠然地将那青苍的大市街的肚子鸣动着,喧嚣着,大嚼着什么的几百万的商人们,人生的帝王们,畜生们,死人们,都得感到一样的爱和怜,那真是莫名其妙。

他们要得到三遍咒诅!

但是,有一点什么明亮的东西,从这葬式留在心里了。何以明亮的呢,在那本质上——虽然是不确的事,无聊的事,偶然的事——不知道,然而有什么留下了。

我们开手将棺木放进那掘在农民墓地的一角上的墓穴里去的时候,风绞雪停止了。是晴朗的,白的,清明的冬天。发着严寒的气息,而且在圆的白的帽子上,十字架屹立着。野鸽的一群,从什么地方飞向坟墓上来了。有一匹,很想要停在棺木上。而且又飞开去,停在左近的十字架上了。很美观。

大约,全世界的肯定,是只在于美罢?大约,一切事物,是只为了美而存在的罢?

野鸽的群,白的冬天,白的棺木,静寂的悲哀,死掉了的巴什庚的心的优婉的魅力,那各样的美。

(一九〇九年,彼得堡。)

感想文十篇,收在《阿尔志跋绥夫著作集》的第三卷中;这是第二篇,从日本馬場哲哉的《作者的感想》中重译的。一九二六年八月,附记。

原载 1926 年 9 月 10 日《莽原》半月刊第 17 期。
初未收集。

九月

一日

日记　昙。上午金有华来。下午寄羡苏明信片。同三弟阅市，买《南浔镇志》一部八本，三元二角。夜十二时登"新宁"轮船，三弟送至船。雨。

二日

日记　昙。晨七时发上海。

三日

日记　昙。无事。

四日

日记　昙。下午一时抵厦门，寓中和旅馆。以明信片寄羡苏及三弟。语堂、兼士、伏园来寓，即雇船移入厦门大学。

致 许广平

广平兄：

　　我于九月一日夜半上船，二日晨七时开，四日午后一时到厦门，一路无风，船很平稳。这里的话，我一字都不懂，只得暂到客寓，打电话给林玉堂，他便来接，当晚即移入学校居住了。

　　我在船上时，看见后面有一只轮船，总是不远不近地走着，我疑心是广大。不知你在船中，可看见前面有一只船否？倘看见，那我所悬拟的便不错了。

此地背山面海，风景佳绝，白天虽暖——约八十七八度——夜却凉。四面几无人家，离市面约有十里，要静养倒好的。普通的东西，亦不易买。听差懒极，不会做事也不肯做事，邮政也懒极，星期六下午及星期日都不办事。

因为教员住室尚未造好——据说一月后可完工，但未必确——所以我暂住在一间很大的三层楼上，上下虽不便，眺望却佳。学校开课是二十日，还有许多天可闲。

我写此信时，你还在船上，但我当于明天发出，则你一到校，此信也就到了。你到校后望即见告，那时再写较详细的情形罢，因为现在我初到，还不知道什么。

迅　九月四日夜

五日

日记　星期。晴。上午林君来。雨。午寄淑卿信。寄三弟信。寄广平信。同伏园往语堂寓午餐，下午循海滨归，拾贝壳一匊。

六日

日记　晴。晚至海滨闲步。

七日

日记　晴。下午昙。无事。

致 许寿裳

季市兄：

四日下午到厦门，即迁入校中，因未悉大略，故未发信，今稍观察,知与我辈所推测者甚为悬殊。玉堂极被掣肘,校长有秘书姓孙,无锡人,可憎之至,鬼祟似皆此人所为,我与玵士等三人,虽已有聘书,而孙伏园等四人已到两星期,则校长尚未签字,与以切实之定议,是作态抑有中变,未可知也。

在国文系尚且如此,则于他系有所活动,自然更难。兄事曾商量数次,皆不得要领,据我看去,是没有结果的。玵士于合同尚未签字,或者亦不久居,我之行止,临时再定。

此地风景极佳,但食物极劣,语言一字不懂,学生止四百人,寄宿舍中有京调及胡琴声,令人聆之气闷。离市约十余里,消息极不灵通,上海报章,到此常须一礼拜。

迅　上　八[九]月七日之夜

八日

日记　晴,风。午后寄季市信。寄小峰信并稿。下午得淑卿信,二日发。陈定谟君来。俞念远来。顾颉刚赠宋濂《诸子辨》一本。

九日

日记　晴。午后访陈定谟君,同游南普陀。夜玵士赠景印《教宗禁约》一分。风。

十日

日记　昙。下午风,雨。收八月分薪水泉四百。夜大风雨,破窗发屋,盖飓风也。

凡有艺术品*

[日]武者小路实笃

凡有艺术品,无须要懂得快,然而既经懂得,就须有味之不尽的味道。这是，不消说得，必须有作者的人格的深的。凡艺术家，应该走着自己的路，而将对于自然和人类的深的爱，注入于自己的作品里。

外观无须见得奇拔，也无须恐怕见得奇拔，但最要，是在将自己的全体，倾注在作品里。将深的自己，照样地，不偏地，倾注在作品里。这事，是在自己有得于心的。有得于心，则只好无论别人怎样说，也毫不吃惊，而确实地走向有着确信的处所去。

有人说，我的东西是没有热情的，有几处是妥帖的。要怎么做，才中这些人们的意，我是知道的。然而这不消说，是邪路。无论被人们怎样说，我也只好在别人没有留心的处所，使良心无所不屈，顺着后顾不疚的路，耐心地走去。定做的东西，只顾外观，不顾质料。作者是应该较外观更重质料的。被个人的误解，并非致命伤。不置重于虽然站在"时"的面前，也不辟易的内容，而惟将包裹展开去，是耻辱，同时也是致命伤。赏赞无须要它来得快；在别人没有留心的处所，使良心无所不屈，倒是必要的。但是不要将这看作战战兢兢的意思。走着自己的路的人，不会战战兢兢的。战战兢兢者，是因为顾虑别人，走着里面空虚的路的缘故。走着有确信的路的人，是不会战战兢兢的。

批评家的一想情愿的要求，置之不理就是。他们本不是真心希望着作者好起来。他们也是人，不会根本地懂得别人的作品的。况且在短期间中，看许多作品，总得说些什么，所以大抵说出没有自觉的话来，固然也无足怪。又，作者要向批评家教给点什么，也可虑的。自己的路，除了自己工作着，自觉着走去之外，没有别的法。而且较之在能见处做，倒是在不能见处做尤为必要。惟有在不能见的东西显现出来的处所，才生出微妙的味道来。技巧家的作品的味道之所以薄，就因为技巧家太尽力于能见的处所了，而忘却了不能见的处所的缘故。

一九一五，十。译自《为有志于文学的人们》。

原载 1926 年 9 月 10 日《莽原》半月刊第 17 期。

初收 1929 年 4 月上海北新书局版《壁下译丛》。

十一日

日记 昙。上午托伏园往中国银行汇泉二百于三弟,又一百托其买书。

十二日

日记 星期。晴。下午寄淑卿信并明信片一。寄辛岛君信。

十三日

日记 晴。上午寄广平信片。寄韦素园信片。寄三弟信。下午收三弟所寄《顾氏文房小说》一部,商务印书馆书目一本,四日发。夜雨。

十四日

日记 晴,风。上午得广平信二函,六日及八日发。得素园信,四日北京发。得寄野信,八月廿五日安徽发。寄三弟信。以培良文稿寄长虹。下午寄广平信并《新女性》一本。晚庄奎章来。

致 许 广 平

广平兄:

依我想,早该得到你的来信了,然而还没有。大约闽粤间的通邮,不大便当,因为并非每日都有船。此地只有一个邮局代办所,星期六下午及星期日不办事，所以今天什么信件也没有——因为是星期——且看明天怎样罢。

我到厦门后便发一信（五日），想早到。现在住了已经近十天，渐渐习惯起来了，不过言语仍旧不懂，买东西仍旧不便。开学在二十日，我有六点钟功课，就要忙起来，但未开学之前，却又觉得太闲，有些无聊，倒望从速开学，而且合同的年限早满。学校的房子尚未造齐，所以我暂住在国学院的陈列所里，是三层楼上，眺望风景，极其合宜，我已写好一张有这房子照相的明信片，或者将与此信一同发出。季黻的事没有结果，我心中很不安，然而也无法可想。

十日之夜发飓风，十分利害，林玉堂的住宅的房顶也吹破了，门也吹破了。粗如笔干的铜闩也都挤弯，毁东西不少。我所住的屋子只破了一扇外层的百叶窗，此外没有损失。今天学校近旁的海边漂来不少东西，有卓子，有枕头，还有死尸，可见别处还翻了船或漂没了房屋。

此地四无人烟，图书馆中书籍不多，常在一处的人，又都是"面笑心不笑"，无话可谈，真是无聊之至。海水浴倒是很近便，但我多年没有浮水了；又想，倘使害马在这里，恐怕一定不赞成我这种举动，所以没有去洗；以后也不去洗罢，学校有洗浴处的。夜间，电灯一开，飞虫聚集甚多，几乎不能做事，此后事情一多，大约非早睡而一早起来做不可。

九月十二日夜　迅。

今天（十四日）上午到邮政代办所去看看，得到你六日八日的两封来信，高兴极了。此地的代办所太懒，信件往往放在柜台上，不送来，此后来信可于厦门大学下加"国学院"三字，使他易于投递，且看如何。这几天，我是每日去看的，昨天还未见你的信，因想起报载英国鬼子在广州胡闹，入口船或者要受影响，所以心中很不安，现在放心了。看上海报，北京已解严，不知何故；女师大已被合并为女子学院，师范部的主任是林素园（小研究系），而且于四日武装接收了，真令人气愤，但此时无暇管也无法管，只得暂且不去理会它，还有将来呢。

回上去讲我途中的事,同房的是一个五十多岁的广东人,姓魏或韦,我没有问清楚,似乎也是民党中人,所以还可谈,也许是老同盟会员罢。但我们不大谈政事,因为彼此都不知道底细;也曾问他从厦门到广州的走法,据说最好是从厦门到汕头,再到广州,和你所闻的客栈中人的话一样,我将来就这么走罢。船中的饭菜顿数,和"广大"一样,也有鸡粥,船也平稳,但无耶稣教徒,比你所遭遇的好得多了。小船的倾侧,真太危险,幸而终于"马"已登陆,使我得以放心。我到厦时亦以小船搬入学校,浪也不小,但我是从小惯于坐小船的,所以一点也没有什么。

我前信似乎说过这里的听差很不好,现在熟识些了,觉得殊不尽然。大约看惯了北京的听差的唯唯从命的,即易觉得南方人的倔强,其实是南方的阶级观念,没有北方之深,所以便是听差,也常有平等言动,现在我和他们的感情已经好起来了,觉得并不可恶。但茶水很不便,所以我现在少喝茶了,或者这倒是好的。烟卷似乎也比先前少吸。

我上船时,是建人送我去的,并有客栈里的茶房。当未上船之前,我们谈了许多话。谈到我的事情时,据说伏园已经宣传过了。(怎么这样地善于推测,连我也以为奇)所以上海的许多人,见我的一行组织,便多已了然,且深信伏园之说。建人说:这也很好,省得将来自己发表。

建人与我有同一之景况,在北京所闻的流言,大抵是真的。但其人在绍兴,据云有时到上海来。他自己说并不负债,然而我看他所住的情形,实在太苦了,前天收到八月分的薪水,已汇给他二百元,或者可以略作补助。听说他又常喝白干,我以为很不好,此后想勒令喝蒲桃酒,每月给与酒钱十元,这样,则三天可以喝一瓶了,而且是每瓶一元的。

我已不喝酒了;饭是每餐一大碗(方底的碗,等于尖底碗的两碗),但因为此地的菜总是淡而无味(校内的饭菜是不能吃的,我们合雇了一个厨子,每月工钱十元,每人饭菜钱十元,但仍然淡而无味),所以还不免吃点辣椒末,但我还想改良,逐渐停止。

我的功课,大约每周当有六小时,因为玉堂希望我多讲,情不可却。其中两点是小说史,无须豫备;两点是专书研究,须豫备;两点是中国文学史,须编讲义。看看这里旧存的讲义,则我随便讲讲就很够了,但我还想认真一点,编成一本较好的文学史。你已在大大地用功,豫备讲义了罢,但每班一小时,八时相同,或者不至于很费力罢。此地北伐顺利的消息也甚多,极快人意。报上又常有闽粤风云紧张之说,在此却看不出;不过听说鼓浪屿上已有很多寓客,极少空屋了,这屿就在学校对面,坐舢板一二十分钟可到。

迅　九月十四日午。

十五日

　　日记　晴。上午得三弟所寄《自然界》二本,四日发。下午雨一阵。

十六日

　　日记　昙。下午得矛尘信。得小峰信并《语丝》。得三弟信,九日发。夜风雨。

致 韦素园

素园兄:

　　到厦后寄一明信片,想已到。昨得四日来信,此地邮递甚迟,因为从上海到厦门的邮件,每星期只有两三回,此地又是一离市极远之地，邮局只有代办所（并非分局），所以京，沪的信，往往要十来天。

收到寄野的信，说廿七动身，现在想已到了。

《莽原》请寄给我一本（厦门大学国学院），另外十本，仍寄西三条二十一号许羡苏先生收。

此地秋冬并不潮湿，所以还好，但五六天前遇到飓风，却很可怕（学校在海边），玉堂先生的家，连门和屋顶都吹破了，我却无损失。它吹破窗门时，能将粗如筷子的螺丝钉拔出，幸而听说这样的风，一年也不过一两回。

林先生太忙，我看不能做文章了。我自然想做，但二十开学，要忙起来，伏处孤岛，又无刺激，竟什么意思也没有，但或译或做，我总当寄稿。

迅　九月十六日

十七日

日记　昙。晨寄三弟信。寄素园信。上午小雨且风。下午晴。得景宋信，十三日发。得小峰所寄《彷徨》及《十二个》各五本。得苏遂如君等信。夜风。

十八日

日记　晴，风。上午寄羡苏信并《语丝》十本。寄景宋书二本。寄小峰信。

从百草园到三味书屋

我家的后面有一个很大的园，相传叫作百草园。现在是早已并屋子一起卖给朱文公的子孙了,连那最末次的相见也已经隔了七八年,其中似乎确凿只有一些野草;但那时却是我的乐园。

不必说碧绿的菜畦,光滑的石井栏,高大的皂荚树,紫红的桑椹;也不必说鸣蝉在树叶里长吟,肥胖的黄蜂伏在菜花上,轻捷的叫天子(云雀)忽然从草间直窜向云霄里去了。单是周围的短短的泥墙根一带,就有无限趣味。油蛉在这里低唱,蟋蟀们在这里弹琴。翻开断砖来,有时会遇见蜈蚣;还有斑蝥,倘若用手指按住它的脊梁,便会拍的一声,从后窍喷出一阵烟雾。何首乌藤和木莲藤缠络着,木莲有莲房一般的果实,何首乌有拥肿的根。有人说,何首乌根是有像人形的,吃了便可以成仙,我于是常常拔它起来,牵连不断地拔起来,也曾因此弄坏了泥墙,却从来没有见过有一块根像人样。如果不怕刺,还可以摘到覆盆子,像小珊瑚珠攒成的小球,又酸又甜,色味都比桑椹要好得远。

长的草里是不去的,因为相传这园里有一条很大的赤练蛇。

长妈妈曾经讲给我一个故事听:先前,有一个读书人住在古庙里用功,晚间,在院子里纳凉的时候,突然听到有人在叫他。答应着,四面看时,却见一个美女的脸露在墙头上,向他一笑,隐去了。他很高兴;但竟给那走来夜谈的老和尚识破了机关。说他脸上有些妖气,一定遇见"美女蛇"了;这是人首蛇身的怪物,能唤人名,倘一答应,夜间便要来吃这人的肉的。他自然吓得要死,而那老和尚却道无妨,给他一个小盒子,说只要放在枕边,便可高枕而卧。他虽然照样办,却总是睡不着,——当然睡不着的。到半夜,果然来了,沙沙沙!门外像是风雨声。他正抖作一团时,却听得豁的一声,一道金光从枕边飞出,外面便什么声音也没有了,那金光也就飞回来,敛在盒子里。后来呢?后来,老和尚说,这是飞蜈蚣,它能吸蛇的脑髓,美女蛇就被它治死了。

结末的教训是:所以倘有陌生的声音叫你的名字,你万不可答应他。

这故事很使我觉得做人之险,夏夜乘凉,往往有些担心,不敢去看墙上,而且极想得到一盒老和尚那样的飞蜈蚣。走到百草园的草丛旁边时,也常常这样想。但直到现在,总还是没有得到,但也没有遇见过赤练蛇和美女蛇。叫我名字的陌生声音自然是常有的,然而都不是美女蛇。

冬天的百草园比较的无味;雪一下,可就两样了。拍雪人(将自己的全形印在雪上)和塑雪罗汉需要人们鉴赏,这是荒园,人迹罕至,所以不相宜,只好来捕鸟。薄薄的雪,是不行的;总须积雪盖了地面一两天,鸟雀们久已无处觅食的时候才好。扫开一块雪,露出地面,用一枝短棒支起一面大的竹筛来,下面撒些秕谷,棒上系一条长绳,人远远地牵着,看鸟雀下来啄食,走到竹筛底下的时候,将绳子一拉,便罩住了。但所得的是麻雀居多,也有白颊的"张飞鸟",性子很躁,养不过夜的。

这是闰土的父亲所传授的方法,我却不大能用。明明见它们进去了,拉了绳,跑去一看,却什么都没有,费了半天力,捉住的不过三四只。闰土的父亲是小半天便能捕获几十只,装在叉袋里叫着撞着的。我曾经问他得失的缘由,他只静静地笑道:你太性急,来不及等它走到中间去。

我不知道为什么家里的人要将我送进书塾里去了,而且还是全城中称为最严厉的书塾。也许是因为拔何首乌毁了泥墙罢,也许是因为将砖头抛到间壁的梁家去了罢,也许是因为站在石井栏上跳了下来罢,……都无从知道。总而言之:我将不能常到百草园了。Ade,我的蟋蟀们!Ade,我的覆盆子们和木莲们!……

出门向东,不上半里,走过一道石桥,便是我的先生的家了。从一扇黑油的竹门进去,第三间是书房。中间挂着一块扁道:三味书屋;扁下面是一幅画,画着一只很肥大的梅花鹿伏在古树下。没有孔子牌位,我们便对着那扁和鹿行礼。第一次算是拜孔子,第二次算是拜先生。

第二次行礼时,先生便和蔼地在一旁答礼。他是一个高而瘦的老人,须发都花白了,还戴着大眼镜。我对他很恭敬,因为我早听到,他是本城中极方正,质朴,博学的人。

不知从那里听来的,东方朔也很渊博,他认识一种虫,名曰"怪哉",冤气所化,用酒一浇,就消释了。我很想详细地知道这故事,但阿长是不知道的,因为她毕竟不渊博。现在得到机会了,可以问先生。

"先生,'怪哉'这虫,是怎么一回事?……"我上了生书,将要退下来的时候,赶忙问。

"不知道!"他似乎很不高兴,脸上还有怒色了。

我才知道做学生是不应该问这些事的,只要读书,因为他是渊博的宿儒,决不至于不知道,所谓不知道者,乃是不愿意说。年纪比我大的人,往往如此,我遇见过好几回了。

我就只读书,正午习字,晚上对课。先生最初这几天对我很严厉,后来却好起来了,不过给我读的书渐渐加多,对课也渐渐地加上字去,从三言到五言,终于到七言。

三味书屋后面也有一个园,虽然小,但在那里也可以爬上花坛去折蜡梅花,在地上或桂花树上寻蝉蜕。最好的工作是捉了苍蝇喂蚂蚁,静悄悄地没有声音。然而同窗们到园里的太多,太久,可就不行了,先生在书房里便大叫起来:——

"人都到那里去了?!"

人们便一个一个陆续走回去;一同回去,也不行的。他有一条戒尺,但是不常用,也有罚跪的规则,但也不常用,普通总不过瞪几眼,大声道:——

"读书!"

于是大家放开喉咙读一阵书,真是人声鼎沸。有念"仁远乎哉我欲仁斯仁至矣"的,有念"笑人齿缺曰狗窦大开"的,有念"上九潜龙勿用"的,有念"厥土下上上错厥贡苞茅橘柚"的……。先生自己也念书。后来，我们的声音便低下去，静下去了，只有他还大声朗读着：——

"铁如意，指挥倜傥，一座皆惊呢～～～；金叵罗，颠倒淋漓噫，千杯未醉嗬～～～……。"

我疑心这是极好的文章，因为读到这里，他总是微笑起来，而且将头仰起，摇着，向后面拗过去，拗过去。

先生读书入神的时候，于我们是很相宜的。有几个便用纸糊的盔甲套在指甲上做戏。我是画画儿，用一种叫作"荆川纸"的，蒙在小说的绣像上一个个描下来，像习字时候的影写一样。读的书多起来，画的画也多起来；书没有读成，画的成绩却不少了，最成片段的是《荡寇志》和《西游记》的绣像，都有一大本。后来，因为要钱用，卖给一个有钱的同窗了。他的父亲是开锡箔店的；听说现在自己已经做了店主，而且快要升到绅士的地位了。这东西早已没有了罢。

九月十八日。

原载 1926 年 10 月 10 日《莽原》半月刊第 1 卷第 19 期，副题作《旧事重提之六》。

初收 1928 年 9 月未名社版"未名新集"之一·《朝花夕拾》。

十九日

日记 星期。晴。上午得乌一蝶信。得三弟信并西泠印社书目一本，十三日发。得辛岛骁君所寄《李卓吾墓碣》拓本一分，北京发。戴锡璋，宋文翰来邀至南普陀午餐，庄奎章在寺相俟，同坐又有语堂，兼士，伏园。

二十日

日记 晴。上午寄小峰信。寄素园信并稿。赴厦门大学开学礼式。得辛岛骁信并李卓吾墓摄影一枚,十日北京发。得章雪村信。下午寄广平信。

致 韦素园

素园兄:

寄上稿子四张,请察收。

《关于鲁迅……》及《出了象牙之塔》,请各寄三本来,用挂号为妥。

到此地也并不较闲,再谈罢。

迅 九,二十

致 许广平

广平兄:

十三日发的给我的信,已经收到了。我从五日发了一信之后,直到十三四日才发信;十三以前,我只是等着等着,并没有写信,这一封才是第三封。前天,我寄了《彷徨》和《十二个》各一本。

看你所开的职务,似乎很繁重,住处亦不见佳。这种四面"碰壁"的住所,北京没有,上海是有的,在厦门客店里也看见过,实在使人气闷。职务有定,除自己心知其意,善为处理外,更无他法;住室总该有一间较好才是,否则,恐怕要瘦下。

本校今天行开学礼,学生在三四百人之间,就算作四百人罢,分为豫科及本科七系,每系分三年级,则每级人数之寥寥,亦可想而知。此地不但交通不便,招考极严,寄宿舍也只容四百人,四面是荒

272

地，无屋可租，即使有人要来，也无处可住，而学校当局还想本校发达，真是梦想。大约早先就是没有计画的，现在也很散漫，我们来后，便都搁在须作陈列室的大洋楼上，至今尚无一定住所。听说现正赶造着教员的住所，但何时造成，殊不可知。我现在如去上课，须走石阶九十六级，来回就是一百九十二级，喝开水也不容易，幸而近来倒已习惯，不大喝茶了。我和兼士及顾颉刚，是早就收到聘书的，此外还有几个人，已经到此，而忽然不送聘书，玉堂费了许多力，才于前天送来；玉堂在此似乎也不大顺手，所以季黻的事，竟无法开口。

我的薪水不可谓不多，教科是五或六小时，也可以算很少，但所谓别的"相当职务"，却太繁，有本校季刊的作文，有本院季刊的作文，有指导研究员的事（将来还有审查），合计起来，很够做做了。学校当局又急于事功，问履历，问著作，问计画，问年底有什么成绩发表，令人看得心烦。其实我只要将《古小说钩沈》拿出去，就可以做为研究教授三四年的成绩了，其余都可以置之不理，但为了玉堂好意请我，所以我除教文学史外，还拟指导一种编辑书目的事，范围颇大，两三年未必能完，但这也只能做到那里算那里了。

在国学院里的，顾颉刚是胡适之的信徒，另外还有两三个，似乎是顾荐的，和他大同小异，而更浅薄，一到这里，孙伏园便要算可以谈谈的了。我真想不到天下何其浅薄者之多。他们语言无味，夜间还唱留声机，什么梅兰芳之类。我现在唯一的方法是少说话；他们的家眷到来之后，大约要搬往别处去了罢。从前在女师大的黄坚是一个职员兼林玉堂的秘书，一样浮而不实，将来也许会生风作浪；我现在也竭力地少和他往来。此外，教员内有一个熟人，是往陕西去时认识的，并不坏；集美中学内有师大旧学生五人，都是先前的国文系，昨天他们请我们吃饭，算作欢迎，他们是主张白话的，在此似乎有点孤立，吃苦。

这一星期以来，我对于本地更加习惯了，饭量照旧，这几天而且更能睡觉，每晚总可以睡九十小时；但还有点懒，未曾理发，只在前晚用安全剃刀刮了一回髭须而已。我想从此整理为较有条理的生活；大约只要少应酬，关起门来，是做得到的。此地的点心很好；鲜龙眼已吃过了，并不见佳，还是香蕉好。但我不能自己去买东西，因为离市有十里，校旁只有一个小店，东西非常之少，店中人能说几句"普通话"，但我懂不到一半。这里的人似乎很有点欺生，因为是闽南了，所以称我们为北人，我被称为北人，这回是第一次。

现在的天气正像北京的夏末，虫类多极了，最利害的是蚂蚁，有大有小，无处不至，点心是放不过夜的。蚊子倒不多，大概是我在三层楼上之故；生疟疾的很多，所以校医常给我们吃金鸡那霜。霍乱已经减少了；但那街道，却真是坏，其实是在绕着人家的墙下，檐下走，无所谓路的。

兼士似乎还要回京去，他叫我代他的职务，我不答应他。最初的布置，我未与闻，中途接手，一班极不相干的人，指挥不灵，如何措手，还不如关起门来，"自扫门前雪"罢，况且我的工也已够多了。

章锡箴托建人写信给我，说想托你给《新女性》做一点文章，嘱我转达。不知可有这兴致？如有，可以先寄我，我看后转寄去。《新女性》的编辑，近来似乎是建人了，不知何故。那第九（？）期，我已寄上，想早到了。

我从昨日起，已停止吃青椒，而改为胡椒了，特此奉闻。再谈

迅　九月二十日下午

二十一日

日记　晴。朱镜宙约在东园午餐，午前与玖士，伏园同往，坐中又有黄莫京，周醒南及其他五人，未询其名。旧历中秋也，有月。语堂送月饼一筐予住在国学院中人，并投子六枚多寡以博取之。

二十二日

日记 晴。上午理发。午后得景宋信，十七日发，晚复。

致 许广平

广平兄：

十七日的来信，今天收到了。我从五日发信后，只在十三日发一信片，十四日发一信，中间间隔，的确太多，致使你猜我感冒，我真不知怎样说才好。回想那时，也有些傻气，我到此以后，因为正听见英人在广州肇事，因疑你所坐的船，亦将为彼等所阻，所以只盼望来信，连寄信的事也拖延了。这结果，却使你久不得我的信。

现在十四的信，总该早到了罢。此后，我又于同日寄《新女性》一本，于十八日寄《彷徨》及《十二个》各一本，于二十日寄信一封（信面却写了二十一），想来都该到在此信之前。

我在这里，不便则有之，身体却好。此地无人力车，只好坐船或步行，现在已经练得走扶梯百余级，毫不费力了。眠食也都好，每晚吃金鸡那霜一粒，别的药一概未吃。昨日到市去，买了一瓶麦精鱼肝油，拟日内吃它。因为此地得开水颇难，所以不能吃散拿吐瑾。但十天内外，我要移住教员寄宿舍去了，那时情形又当与在此不同，或者易得开水罢。（教员寄宿舍有两所，一所住单身人者曰博学楼，一所住有夫人者曰兼爱楼，不知何人所名，颇可笑。）

教科也不算忙，我只六时，开学之结果，专书研究二小时无人选，只剩了文学史，小说史各二小时了。其中只有文学史须编讲义，大约每星期四五千字即可。看这里旧有的讲义和别人的办法，我本只要随便讲讲便够，但感林玉堂的好意，我还想好好的编一编，功罪在所不计。

这学校化钱不可谓不多,而并无基金,也无计画,办事散漫之至,我看是办不好的。

昨天中秋,有月,玉堂送来一筐月饼,大家分吃了,我吃了便睡,我近来睡得早了。

迅　九月二十二日下午

二十三日

日记　晴。上午寄章雪村信。寄三弟信。午后得羡苏信,十五日发。

厦门通信

H. M. 兄:

我到此快要一个月了,懒在一所三层楼上,对于各处都不大写信。这楼就在海边,日夜被海风呼呼地吹着。海滨很有些贝壳,检了几回,也没有什么特别的。四围的人家不多,我所知道的最近的店铺,只有一家,卖点罐头食物和糕饼,掌柜的是一个女人,看年纪大概可以比我长一辈。

风景一看倒不坏,有山有水。我初到时,一个同事便告诉我:山光海气,是春秋早暮都不同。还指给我石头看:这块像老虎,那块像癞虾蟆,那一块又像什么什么……。我忘记了,其实也不大相像。我对于自然美,自恨并无敏感,所以即使恭逢良辰美景,也不甚感动。但好几天,却忘不掉郑成功的遗迹。离我的住所不远就有一道城墙,据说便是他筑的。一想到除了台湾,这厦门乃是满人入关以后我们中国的最后亡的地方,委实觉得可悲可喜。台湾是直到一六八三年，即所谓"圣祖仁皇帝"二十二年才亡的，这一年，那"仁皇帝"们便修补"十三经"和"二十一史"的刻板。现在呢，有些国民巴不得读经；殿板"二十一史"也变成了宝贝，古董藏书家不惜重资，购藏于家，以贻子孙云。然而郑成功的城却很寂寞，听说城脚的沙，还被人盗运去卖给对面鼓浪屿的谁，快要危及城基了。有一天我清早望见许多小船，吃水很重，都张着帆驶向鼓浪屿去，大约便是那卖沙的同胞。

周围很静；近处买不到一种北京或上海的新的出版物，所以有时也觉得枯寂一些，但也看不见灰烟瘴气的《现代评论》。这不知是怎的，有那么许多正人君子，文人学者执笔，竟还不大风行。

这几天我想编我今年的杂感了。自从我写了这些东西，尤其是关于陈源的东西以后，就很有几个自称"中立"的君子给我忠告，说你再写下去，就要无聊了。我却并非因为忠告，只因环境的变迁，近来竟没有什么杂感，连结集旧作的事也忘却了。前几天的夜里，忽然听到梅兰芳"艺员"的歌声，自然是留在留声机里的，像粗糙而钝的针尖一般，刺得我耳膜很不舒服。于是我就想到我的杂感，大约也刺得佩服梅"艺员"的正人君子们不大舒服罢，所以要我不再做。然而我的杂感是印在纸上的，不会振动空气，不愿见，不翻他开来就完了，何必冒充了中立来哄骗我。我愿意我的东西躺在小摊上，被愿看的买去，却不愿意受正人君子赏识。世上爱牡丹的或者是最多，但也有喜欢曼陀罗花或无名小草的，朋其还将霸王鞭种在茶壶里当盆景哩。不过看看旧稿，很有些太不清楚了，你可以给我抄一点么？

此时又在发风，几乎日日这样，好像北京，可是其中很少灰土。我有时也偶然去散步，在丛葬中，这是 Borel 讲厦门的书上早就说过的：中国全国就是一个大墓场。墓碑文很多不通：有写先妣某而没有儿子的姓名的；有头上横写着地名的；还有刻着"敬惜字纸"四字的，不知道叫谁敬惜字纸。这些不通，就因为读了书之故。假如问一个不识字的人,坟里的人是谁,他道父亲;再问他什么名字,他说张二;再问他自己叫什么,他说张三。照直写下来,那就清清楚楚了。而写碑的人偏要舞文弄墨,所以反而越舞越胡涂,他不知道研究"金石例"的,从元朝到清朝就终于没有了局。

我还同先前一样;不过太静了,倒是什么也不想写。

鲁迅　九月二十三日。

原载 1926 年 11 月《波艇》第 1 期。

初收 1927 年 5 月上海、北京北新书局版《华盖集续编》。

二十四日

日记　晴。上午寄羡苏信并《语丝》。寄紫佩信。得广平信,十八日发。

二十五日

日记　晴。下午从国学院迁居集美楼。夜风。

以生命写成的文章*

[日本]有岛武郎

想一想称为世界三圣的释迦,基督,苏格拉第的一生,在那里就发见奇特的一致。这三个人,是没有一个有自己执笔所写的东西遗给后世的。而这些人遗留后世的所谓说教,和我们现今之所为说教者也不同。他们似乎不过对了自己邻近所发生的事件呀,或者或人的质问等类,说些随时随地的意见罢了,并不组织底地,将那大哲学发表出来。日常茶饭底的谈话,即是他们留给我们的大说教。

倘说是暗合罢,那现象却太特殊。这十分使人反省,我们的生活是怎样像做戏,尤其是我似的以文笔为生活的大部分的人们。

一九二二年作。译自《艺术与生活》。

原载 1926 年 9 月 25 日《莽原》半月刊第 18 期。

初收 1929 年 4 月上海北新书局版《壁下译丛》。

二十六日

日记 星期。昙,大风。上午得三弟信,十九日发。得陶书臣信,十九日徐州发。

致 许广平

广平兄:

十八日之晚的信,昨天收到了。我十三日所发的明信片既然已经收到,我惟有希望十四日所发的信也接着收到。我惟有以你现在一定已经收到了我的几封信的事,聊自慰解而已。至于你所寄的七,九,十二,十七的信,我却都收到了,大抵是我或孙伏园从邮务代办处去寻来的,他们很乱,堆成一团,或送或不送,只要人去说要拿那几封,便给拿去,但冒领的事倒似乎还没有;我或伏园是每日自去看一回。

看厦大的国学院,越看越不行了。顾颉刚是自称只佩服胡适陈源两个人的,而潘家洵陈万里黄坚三人,皆似他所荐引。黄坚(江西人)尤善兴风作浪,他曾在女师大,你知道的罢,现在是玉堂的襄理,还兼别的事,对于较小的职员,气焰不可当,嘴里都是油滑话。我因为亲闻他密语玉堂："谁怎样不好"等等，就看不起他了。前天就很给他碰了一个钉子，他昨天借题报复，我便又给他碰了一个大钉子，而自己则辞去国学院兼职，我是不与此辈共事的；否则，何必到厦门。

我原住的房屋，须陈列物品了，我就须搬。而学校之办法甚奇，一面催我们，却并不指出搬到那里，此地又无客栈，真是无法可想。后来指给我一间了，又无器具，向他们要，而黄坚又故意刁难起来（不知何意，此人大概是有喜欢给别人为难的脾气的），要我开账签名，所以就给他碰了钉子而又大发其怒。大发其怒之后，器具就有了，又添了一个躺椅；总务长亲自监督搬运。因为玉堂邀请我一场，我本想做点事，现在看来，恐怕不行的，能否到一年，也很难说，所以我已决计将工作范围缩小，希图在短时日中，可以有点小成绩，不算来骗别人的钱。

此校用钱并不少，也很不得法，而有许多悭吝举动，却令人难耐。即如今天我搬房时，就又有一件。房中有两个电灯，我当然只用一个的，而有电机匠来必要取去其一个玻璃泡，止之不可。其实对于一个教员，薪水已经化了这许多了，多点一个电灯或少点一个，又何必如此计较呢？取下之后，我就即刻发见了一件危险事，就是他只是宝贝似的将电灯泡拿走，并不关闭电门。如果凑巧，我就也许竟会触电。将他叫回来，他才关上了，真是麻木万分。

至于我今天所搬的房，却比先前的静多了，房子颇大，是在楼上。前回的明信片上，不是有照相么？中间一共五座，其一是图书馆，我就住在那楼上，间壁是孙伏园与张颐（今天才到，也是北大教员），那一面本是钉书作场，现在还没有人。我的房有两个窗门，可以看见山。今天晚上，心就安静得多了，第一是离开了那些无聊人，也不必一同吃饭，听些无聊话了，这就很舒服。今天晚饭是在一个小铺里买了面包和罐头牛肉吃的，明天大概仍要叫厨子包做。又自雇了一个当差的，每月连饭钱十二元，懂得两三句普通话。但恐怕很有点懒。如果再没有什么麻烦事,我想开手编《中国文学史略》了。来听我的讲义的学生,一共有二十三人(内女生二人),这不但是国文系全部,而且还含有英文,教育系的。这里的动物学系,全班只有一人,天天和教员对坐而听讲。

但是我也许还要搬。因为现在是图书馆主任请假着,玉堂代理,所以他有权。一旦本人回来,或者又有变化也难说。在荒地中开学校,无器具,无房屋给教员住,实在可笑。至于搬到那里去,现在是无从捉摸的。

现在的住房还有一样好处,就是到平地只须走扶梯二十四级,比原先要少七十二级了,然而“有利必有弊”,那“弊”是看不见海,只能见轮船的烟通。

今夜的月色还很好,在楼下徘徊了片时,因有风,遂回,已是十一点半了。我想,我的十四的信,到二十,二十一或二十二总该寄到了罢,后天(二十七)也许有信来,先来写了这两张,待二十八日寄出。

二十二日曾寄一信,想已到了。

迅 二十五日之夜

今天是礼拜,大风,但比起那一回来,却差得远了。明天未必一定有从粤来的船,所以昨天写好的两张信,我决计于明天一早寄出。

昨天雇了一个人，叫作流水，然而是替工；今天本人来了，叫作春来，也能说几句普通话，大约可以用罢。今天又买了许多器具，大抵是铝做的，又买了一只小水缸，所以现在是不但茶水饶足，连吃散拿吐瑾也不为难了。（我从这次旅行，才觉到散拿吐瑾是补品中之最麻烦者，因为它须兼用冷水热水两种，别的补品不如此。）

有人看见我这许多器具，以为我在此要作长治久安之计了，殊不知其实不然。我仍然觉得无聊。我想，一个人要生活必需有生活费，人生劳劳，大抵为此。但是，有生活而无"费"，固然痛苦；在此地则似乎有"费"而没有了生活，更使人没有趣味了。我也许敷衍不到一年。

今天忽然有瓦匠来给我刷墙壁了，懒懒地乱了一天。夜间大约也未必能静心编讲义，玩一整天再说罢。

迅　九月二十六日晚七点钟

二十七日

日记　昙，风。上午寄广平信。收璇卿所画象。收小景片十二枚，十六日淑卿自北京寄。下午雨一陈即霁而风。

二十八日

日记　晴，大风。下午收开明书店所寄书籍，杂志等四种。

二十九日

日记　晴，风。上午得霁野及丛芜信，十九日发。下午得季市信，廿一日发。得三弟信，廿四日发，并书一包五种十九本，共泉四元四角。

三十日

日记　晴，风。上午得广平信，廿四日发。

致 许广平

广平兄：

廿七日寄上一信，到了没有？今天是我在等你的信了，据我想，你于廿一二大约该有一封信发出，昨天或今天要到的，然而竟还没有到。所以我等着。

我所辞的兼职，（研究教授）终于辞不掉，昨晚又将聘书送来了，据说林玉堂因此一晚睡不着。使玉堂睡不着，我想，这是对他不起的，所以只得收下，将辞意取消。玉堂对于国学院，虽然很热心，但由我看来，希望不多，第一是没有人才，第二是校长有些掣肘（我觉得这样）。但我仍然做我该做的事，从昨天起，已开手编中国文学史讲义，今天编好了第一章；眠食都好，饭两浅碗，睡觉是可以有八或九小时。

从前天起，开始吃散拿吐瑾，只是白糖无法办理。这里的蚂蚁可怕极了，小而红的，无处不到。我现在将糖放在碗里，将碗放在贮水的盘中，然而倘若偶然忘记，则顷刻之间，满碗都是小蚂蚁，点心也这样；这里的点心很好，而我近来却怕敢买了，买来之后，吃过几个，其余的竟无处安放，我住在四层楼上的时候，常将一包点心和蚂蚁一同抛到草地里去。

风也很厉害，几乎天天发，较大的时候，使人疑心窗玻璃就要吹破，若在屋外，则走路倘不小心，也可以被吹倒的。现在就呼呼地吹着。我初到时，夜夜听到波声，现在不听见了，因为习惯了，再过几时，风声也会习惯的罢。

现在的天气，同我初来时差不多，须穿夏衣，用凉席，在太阳下行走，即遍身是汗。听说这样的天气，要继续到十月（阳历？）底。

九月二十八日夜 H. M.

今天下午收到廿四发的来信了,我所料的并不错,粤中学生情形如此,却真出于我的"意表之外",北京似乎还不至此。你自然只能照你来信所说的做,但看那些职务,不是忙得连一点闲空都没有么?我想做事自然是应该做的,但不要拼命地做才好。此地对于外面情形,也不大了然。北伐军是顺手的,看今天的报章,登有上海电(但这些电甚什来路,却不明),总结起来:武昌还未降,大约要攻击;南昌猛扑数次,未取得。孙传芳已出兵。吴佩孚似乎在郑州,现正与奉天方面暗争保定大名。

我之愿"合同早满"者,就是愿意年月过得快,快到民国十七年,可惜到此未及一月,却如过了一年了。其实此地对于我的身体,仿佛倒好,能吃能睡,便是证据,也许肥胖一点了罢。不过总有些无聊,有些不满足,仿佛缺了什么似的,但我也以转瞬便是半年,一年,……聊自排遣,或者开手编讲义,来排遣排遣,所以眠食是好的。我在这里的心绪,还不能算不安,还可以毋须帮助,你可以给学校做点事再说。

中秋的情形,前信说过了,在黑龙江的谢君的事,我早向玉堂提过,没有消息。看这里的情形,似乎喜欢用外江佬,据说是倘有不合,外江佬卷铺盖就走了,从此完事;本地人却永在近旁,容易结仇云。这也是一种特别的哲学。谢君令兄的事,我趁机还当一提;相见不如且慢,因为我在此不大有事情,倘他来招呼我,我也须回看他,反而多一番应酬也。

伏园今天接孟余一电,招他往粤办报。他去否似尚未定。这电报是廿三发的,走了七天,同信一样慢,真奇。至于他所宣传的,是说:L家不但常有男学生,也常有女学生,有二人最熟,但L是爱长的那个的。他是爱才的,而她最有才气,所以他爱她。但在上海,听了这些话并不为奇。

此地所请的教授,我和兼士之外,还有顾颉刚。这人是陈源,我是早知道的,现在一调查,则他所荐引之人,在此竟有七人之多,玉堂与兼士,真可谓胡涂之至。此人颇阴险,先前所谓不管外事,专看书云云的舆论,乃是全都为其所欺。他颇注意我,说我是名士派,可笑。好在我并不想在此挣子孙帝王万世之业,不管他了。只是玉堂们真是呆得可怜。

齐寿山所要的书,我记得是小板《说文解字注》(段玉裁的?)但我却未闻广东有这样的板。我想是不必给他买的,他说了大约已忘记了。他现在不在家,大概是上天津了,问何时回来,他家里的人答道不一定。(季黻来信说如此)

我到邮政代办处的路,大约有八十步,再加八十步,才到便所,所以我一天总要走过三四回,因为我须去小解,而它就在中途,只要伸首一窥,毫不费事。天一黑,我就不到那里去了,就在楼下的草地上了事。此地的生活法,就是如此散漫,真是闻所未闻。我因为多来了几天,渐渐习惯,而且骂来了一些用具,又自买了一些用具,又自雇了一个用人,好得多了;近几天有几个初来的教员,被迎进在一间冷房里,口干则无水,要小便则需远行,还在"茫茫若丧家之狗"哩。

听讲的学生倒多起来了,大概有许多是别科的。女生共五人。我决定目不邪视,而且将来永远如此,直到离开厦门,和 HM 相见。东西不大乱吃,只吃了几回香蕉,自然比北京的好。但价亦不廉,此地有一所小店,我去买时,倘五个,那里的一个老婆子就要"吉格浑"(一角钱),倘是十个,便要"能(二)格浑"了。究竟是确要这许多呢,还是欺我是外江佬之故,我至今还不得而知。好在我的钱原是从厦门骗来的,拿出"吉格浑""能格浑"去给厦门人,也不打紧。

我的功课现在有五小时了,只有两小时须编讲义,然而颇费事,因为文学史的范围太大了。我到此之后,从上海又买了约一百元书。建已有信来,讶我寄他之钱太多,他已迁居,而与一个无锡人同住,我想这是不好的,但他也不笨,想不至于上当。

要睡觉了,已是十二时,再谈罢。

九月三十日之夜　迅

十月

一日

日记 昙。上午寄广平信并《莽原》二。寄小峰信并《语丝》五。寄幼渔信。下午收九月分薪水泉四百。晚欧阳治来谈。夜大风。

二日

日记 昙,风。上午伏园往厦门市,托其买《四部汇刊》本《乐府诗集》一部十六本,四元五角。下午得羡苏信,廿四日发。得李遇安信,廿五日发。

三日

日记 星期。昙。上午罗常培君见访。

致 章廷谦

矛尘兄:

来信早到,本应早复,但因未知究竟在南在北,所以迟迟。昨接乔峰信,今天又见罗常培君,知道已由上海向杭,然则确往道墟而去矣,故作答。

且夫厦大之事,很迟迟,虽云办妥,而往往又需数日,总而言之,有些散漫也。但今川资既以需时一周之电汇而到,则此事已无问题;而且聘请一端,亦已经校长签字,则一到即可取薪水矣,此总而言之,所望令夫人可以荣行之时,即行荣行者也。

若夫房子，确是问题，我初来时，即被陈列于生物院四层楼上者三星期，欲至平地，一上一下，扶梯就有一百九十二级，要练脚力，甚合式也。然此乃收拾光棍者耳。倘有夫人，则当住于一座特别的洋楼曰"兼爱楼"，而可无高升生物院之虑矣。惟该兼爱楼现在是否有空，则殊不可知。总之既聘教员，当有住所，他们总该设法。即不配上兼爱楼如不佞，现亦已在图书馆楼上霸得一间房子，一上一下，只须走扶梯五十二级矣。

但饭菜可真有点难吃，厦门人似乎不大能做菜也。饭中有沙，其色白，视之莫辨，必吃而后知之。我们近来以十元包饭，加工钱一元，于是而饭中之沙免矣，然而菜则依然难吃也，吃它半年，庶几能惯软。又开水亦可疑，必须自有火酒灯之类，沸之，然后可以安心者也。否则，不安心者也。

夜深了，将来面谈罢。

迅　上　十，三，夜

四日

日记　晴。上午寄矛尘信。寄淑卿信。寄素园，丛芜，霁野信。寄三弟信。得广平信，廿九日发。得淑卿信，廿七日发。下午寄季市信。

致 韦丛芜、韦素园、李霁野

丛芜
素园兄：
霁野

前回寄上文稿一篇（《旧事重提》之六），想已早到。十九日的来

287

信,今已收到了。别人的稿子,一篇也没有寄来。

我竟什么也做不出。一者这学校孤立海滨,和社会隔离,一点刺激也没有;二者我因为编讲义,天天看中国旧书,弄得什么思想都没有了,而且仍然没有整段的时间。

此地初见虽然像有趣,而其实却很单调,永是这样的山,这样的海。便是天气,也永是这样暖和;树和花草,也永是这样开着,绿着。我初到时穿夏布衫,现在也还穿夏布衫,听说想脱下它,还得两礼拜。

在上海时看见章雪村,他说想专卖《未名丛刊》(大约只是上海方面),我没有答应他,说须得大家商量,以后就不提了。近来不知道他可曾又来信? 他的书店,大概是比较的可靠的。但应否答应他,应仍由北京方面定夺。

迅 十,四

致 许寿裳

季黻兄:

十九日来函,于月底已到。思一别遂已匝月,为之怅然。此地虽是海滨,背山面水,而少住几日,即觉单调;天气则大抵夜即有风。

学校颇散漫,盖开创至今,无一贯计画也。学生止三百余人,因寄宿舍满,无可添招。此三百余人分为豫科及本科,本科有七门,门又有系,每系又有年级,则一级之中,寥落可知。弟课堂中约有十余人,据说已为盛况云。

语堂亦不甚得法,自云与校长甚密,而据我看去,殊不尽然,被疑之迹昭著。国学院中,佩服陈源之顾颉刚所汲引者,至有五六人之多,前途可想。女师大旧职员之黄坚,亦在此大跳扈,不知招之来此何为者也。

兄何日送家眷南行？闻中日学院已成立，幼渔颇可说话，但未知有无教员位置，前数日已作函询之矣。兄可以自己便中面询之否？

此间功课并不多，只六小时，二小时须编讲义，但无人可谈，寂寞极矣。为求生活之费，仆仆奔波，在北京固无费，尚有生活，今乃有费而失了生活，亦殊无聊。或者在此至多不过一年可敷衍欤？上月因嫌黄坚，曾辞国学院兼职，后因玉堂为难，遂作罢论。

北京想已凉，此地尚可著夏衣，但较之一月前确已稍凉矣。专此顺颂
曼福。

树　上　十月四日

致 许广平

广平兄：

一日寄出一信并《莽原》两本，早到了罢。今天收到九月廿九的来信了，忽然于十分的邮票大发感慨，真是孩子气。花了十分，比寄失不是好得多么？我先前闻粤中学生情形，颇出于"意表之外"，今闻教员情形，又出于"意表之外"，我先前总以为广东学界状况，总该比别处好的多，现在看来，似乎也只是一种幻想。你初作事，要努力工作，我当然不能说什么，但也须兼顾自己，不要"鞠躬尽瘁"才好。至于作文，我怎样鼓舞，引导呢？我说：大胆做来，先寄给我！不够么？好否我先看，即使不好，现在太远，不能打手心，只得记账了，这就已可以放胆写来，无须畏缩了。称人"嫩弟"之罪，亦一并记在账上。

看起放大的住室来，似乎比我的阔些。我的房如上图，器具寥

289

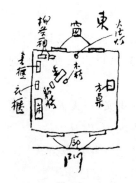

寥，皆以奋斗得来者也，所以只有半屋。但自从买了火酒灯之后，我也忙了一点，因为凡有饮用之水，我必煮沸一回才用，因为忙，无聊也仿佛减少了。酱油已买，也常吃罐头牛肉，何尝省钱！火腿我却不想吃，在西三条时吃厌了。在上海时，我和建人因为吃不多，只叫了一碗虾仁炒饭，不料又惹出影响，至于不在先施公司多买东西，孩子之神经过敏，真令人无法可想。相距又远，鞭长不及马腹，也还是姑且记在账上罢。

我在此常吃香蕉，柚子，都很好；至于杨桃，却没有见过，又不知道是甚么名字，所以也无从买，鼓浪屿也许有罢，但我还未去过，那地方无非像租界，我也无甚趣味，终于懒下来了。此地雨倒不多，只有风，现在还热，可是荷叶却干了，一切花，我大概不认识；羊是黑的。防止蚂蚁，我现也用四面围水之法，总算白糖已经安全；而在桌上，则昼夜总有十余匹爬着，拂去又来，没有法子。

我现在专取闭关主义，一切教职员，少与往来，也少说话。此地之学生似尚佳，清早便运动，晚亦常有；阅报室中也常有人，对我之感情似亦好，多说文科今年有生气了，我自省自己之懒惰，殊为内愧。小说史有成本；所以我对于编文学史讲义，不愿草率，现已有两章付印了，可惜此地藏书不多，编起来很不便。

西三条有信来，都平安的，煤已买，每吨至二十元。学校还未开课，北大学生去缴学费，而当局不收，可谓客气，然则开学之毫无把握可知。女师大的事，没有听到什么，单知道教员大抵换了男师大的，历史兼国文主任是白月恒（字眉初），黎锦熙也去教书了，大概暂时当是研究系势力，总之，环境如此，女师大是不会单独弄好的。

季黻要送家眷回南，自己行踪未定，我曾为之写信向中日学院（在天津）设法，但恐亦无效。他也想赴广东，而无介绍，去看寿山，则他已经不在家了。此地总无法想，玉堂也不能指挥如意，许多人的聘书，校长压了多日才发下来。他是尊孔的，对于我和兼士，倒还没有什么，但因为化了这许多钱，汲汲乎要有成效，如以好草喂牛，要挤好牛乳一般。玉堂也略有此意，所以不日要开展览会，除学校自买之泥人而外，还要将我的石刻拓片挂出。其实这些古董，此地人那里会懂，无非胡里胡涂，忙碌一番而已。

在此地似乎刺戟少些，所以我颇能睡，但也做不出文章来，北京来催，只好不理；这几天觉得心绪也平稳些，大约有些习惯了。开明书店想我有书给他印，我还没有。对于北新，则我还未将《华盖集续篇［编］》整理给他，因为没有工夫。长虹和这两店，闹起来了，因为要钱的事。沉钟社和创造社，也闹起来了，现已以文章口角。创造社伙计内部，也闹起来了，已将柯仲平逐走，原因我不知道。

迅　十，四，夜。

五日

日记　晴。上午寄公侠信。寄广平信。寄辛岛骁信。收三弟所寄书籍五包九种八十五本，又杂书一包四种六本，共泉三十元五角，下午得信，一日发。得品青信，九月二十七日发。林仙亭来访并赠《血泪之花》一本。

六日

日记　晴。午后寄淑卿信。寄三弟信。寄小峰信附答品青笺。下午收北新书局所寄书籍四包，又未名社者一包。晚大风。得董秋芳信并译稿。

七日

日记　晴，风。无事。

父亲的病

　　大约十多年前罢，S城中曾经盛传过一个名医的故事：——

　　他出诊原来是一元四角，特拔十元，深夜加倍，出城又加倍。有一夜，一家城外人家的闺女生急病，来请他了，因为他其时已经阔得不耐烦，便非一百元不去。他们只得都依他。待去时，却只是草草的一看，说道"不要紧的"，开一张方，拿了一百元就走。那病家似乎很有钱，第二天又来请了。他一到门，只见主人笑面承迎，道，"昨晚服了先生的药，好得多了，所以再请你来复诊一回。"仍旧引到房里，老妈子便将病人的手拉出帐外来。他一按，冷冰冰的，也没有脉，于是点点头道，"唔，这病我明白了。"从从容容走到桌前，取了药方纸，提笔写道：——

　　"凭票付英洋壹百元正。"下面是署名，画押。

　　"先生，这病看来很不轻了，用药怕还得重一点罢。"主人在背后说。

　　"可以，"他说。于是另开了一张方：——

　　"凭票付英洋贰百元正。"下面仍是署名，画押。

　　这样，主人就收了药方，很客气地送他出来了。

　　我曾经和这名医周旋过两整年，因为他隔日一回，来诊我的父亲的病。那时虽然已经很有名，但还不至于阔得这样不耐烦；可是诊金却已经是一元四角。现在的都市上，诊金一次十元并不算奇，可是那时是一元四角已是巨款，很不容易张罗的了；又何况是隔日一次。他大概的确有些特别，据舆论说，用药就与众不同。我不知道药品，所觉得的，就是"药引"的难得，新方一换，就得忙一大场。先买药，再寻药引。"生姜"两片，竹叶十片去尖，他是不用的了。起码是芦根,须到河边去掘;一到经霜三年的甘蔗,便至少也得搜寻两三天。可是说也奇怪,大约后来总没有购求不到的。

据舆论说,神妙就在这地方。先前有一个病人,百药无效;待到遇见了什么叶天士先生,只在旧方上加了一味药引:梧桐叶。只一服,便霍然而愈了。"医者,意也。"其时是秋天,而梧桐先知秋气。其先百药不投,今以秋气动之,以气感气,所以……。我虽然并不了然,但也十分佩服,知道凡有灵药,一定是很不容易得到的,求仙的人,甚至于还要拼了性命,跑进深山里去采呢。

这样有两年,渐渐地熟识,几乎是朋友了。父亲的水肿是逐日利害,将要不能起床;我对于经霜三年的甘蔗之流也逐渐失了信仰,采办药引似乎再没有先前一般踊跃了。正在这时候,他有一天来诊,问过病状,便极其诚恳地说:——

"我所有的学问,都用尽了。这里还有一位陈莲河先生,本领比我高。我荐他来看一看,我可以写一封信。可是,病是不要紧的,不过经他的手,可以格外好得快……。"

这一天似乎大家都有些不欢,仍然由我恭敬地送他上轿。进来时,看见父亲的脸色很异样,和大家谈论,大意是说自己的病大概没有希望的了;他因为看了两年,毫无效验,脸又太熟了,未免有些难以为情,所以等到危急时候,便荐一个生手自代,和自己完全脱了干系。但另外有什么法子呢?本城的名医,除他之外,实在也只有一个陈莲河了。明天就请陈莲河。

陈莲河的诊金也是一元四角。但前回的名医的脸是圆而胖的,他却长而胖了:这一点颇不同。还有用药也不同,前回的名医是一个人还可以办的,这一回却是一个人有些办不妥帖了,因为他一张药方上,总兼有一种特别的丸散和一种奇特的药引。

芦根和经霜三年的甘蔗,他就从来没有用过。最平常的是"蟋蟀一对",旁注小字道:"要原配,即本在一窠中者。"似乎昆虫也要贞节,续弦或再醮,连做药资格也丧失了。但这差使在我并不为难,走进百草园,十对也容易得,将它们用线一缚,活活地掷入沸汤中完事。然而还有"平地木十株"呢,这可谁也不知道是什么东西了,问药店,问乡下人,问卖草药的,问老年人,问读书人,问木匠,都只是摇摇头,临末才记起了那远房的叔祖,爱种一点花木的老人,跑去一问,他果然知道,是生在山中树下的一种小树,能结红子如小珊瑚珠的,普通都称为"老弗大"。

"踏破铁鞋无觅处,得来全不费工夫。"药引寻到了,然而还有一种特别的丸药:败鼓皮丸。这"败鼓皮丸"就是用打破的旧鼓皮做成;水肿一名鼓胀,一用打破的鼓皮自然就可以克伏他。清朝的刚毅因为憎恨"洋鬼子",预备打他们,练了些兵称作"虎神营",取虎能食羊,神能伏鬼的意思,也就是这道理。可惜这一种神药,全城中只有一家出售的,离我家就有五里,但这却不像平地木那样,必须暗中摸索了,陈莲河先生开方之后,就恳切详细地给我们说明。

"我有一种丹,"有一回陈莲河先生说,"点在舌上,我想一定可以见效。因为舌乃心之灵苗……。价钱也并不贵,只要两块钱一盒……。"

我父亲沉思了一会,摇摇头。

"我这样用药还会不大见效,"有一回陈莲河先生又说,"我想,可以请人看一看,可有什么冤愆……。医能医病,不能医命,对不对?自然,这也许是前世的事……。"

我的父亲沉思了一会,摇摇头。

凡国手,都能够起死回生的,我们走过医生的门前,常可以看见这样的扁额。现在是让步一点了,连医生自己也说道:"西医长于外科,中医长于内科。"但是 S 城那时不但没有西医,并且谁也还没有想到天下有所谓西医,因此无论什么,都只能由轩辕岐伯的嫡派门徒包办。轩辕时候是巫医不分的,所以直到现在,他的门徒就还见鬼,而且觉得"舌乃心之灵苗"。这就是中国人的"命",连名医也无从医治的。

不肯用灵丹点在舌头上，又想不出"冤愆"来，自然，单吃了一百多天的"败鼓皮丸"有什么用呢？依然打不破水肿，父亲终于躺在床上喘气了。还请一回陈莲河先生，这回是特拔，大洋十元。他仍旧泰然的开了一张方，但已停止败鼓皮丸不用，药引也不很神妙了，所以只消半天，药就煎好，灌下去，却从口角上回了出来。

从此我便不再和陈莲河先生周旋，只在街上有时看见他坐在三名轿夫的快轿里飞一般抬过；听说他现在还康健，一面行医，一面还做中医什么学报，正在和只长于外科的西医奋斗哩。

中西的思想确乎有一点不同。听说中国的孝子们，一到将要"罪孽深重祸延父母"的时候，就买几斤人参，煎汤灌下去，希望父母多喘几天气，即使半天也好。我的一位教医学的先生却教给我医生的职务道：可医的应该给他医治，不可医的应该给他死得没有痛苦。——但这先生自然是西医。

父亲的喘气颇长久，连我也听得很吃力，然而谁也不能帮助他。我有时竟至于电光一闪似的想道："还是快一点喘完了罢……。"立刻觉得这思想就不该，就是犯了罪；但同时又觉得这思想实在是正当的，我很爱我的父亲。便是现在，也还是这样想。

早晨，住在一门里的衍太太进来了。她是一个精通礼节的妇人，说我们不应该空等着。于是给他换衣服；又将纸锭和一种什么《高王经》烧成灰，用纸包了给他捏在拳头里……。

"叫呀，你父亲要断气了。快叫呀！"衍太太说。

"父亲！父亲！"我就叫起来。

"大声！他听不见。还不快叫？！"

"父亲！！！父亲！！！"

他已经平静下去的脸，忽然紧张了，将眼微微一睁，仿佛有一些苦痛。

"叫呀！快叫呀！"她催促说。

"父亲！！！"

"什么呢？……不要嚷。……不……。"他低低地说，又较急地喘着气，好一会，这才复了原状，平静下去了。

"父亲!!!"我还叫他，一直到他咽了气。

我现在还听到那时的自己的这声音，每听到时，就觉得这却是我对于父亲的最大的错处。

十月七日。

原载 1926 年 11 月 10 日《莽原》半月刊第 1 卷第 21 期，副题作《旧事重提之七》。

初收 1928 年 9 月北京未名社版"未名新集"之一《朝花夕拾》。

致 韦素园

素园兄：

寄来的书籍一包，收到了。承给我《外套》三本，谢谢。

今寄上《莽原》稿一篇，请收入。到此仍无闲暇，做不出东西。

从《莽原》十九期起，每期请给我两本。我前回曾经通信声明，这信大约没有到。但以前的不必补寄，只要从十九期起就好了。

《旧事重提》我还想做四篇，尽今年登完，但能否如愿，也殊难说，因为在此琐事仍然多。

迅　上　十月七日夜

八日

日记　昙，风。上午寄素园信并稿。夜微雨。

琐　记

　　衍太太现在是早经做了祖母,也许竟做了曾祖母了;那时却还年青,只有一个儿子比我大三四岁。她对自己的儿子虽然狠,对别家的孩子却好的,无论闹出什么乱子来,也决不去告诉各人的父母,因此我们就最愿意在她家里或她家的四近玩。

　　举一个例说罢,冬天,水缸里结了薄冰的时候,我们大清早起一看见,便吃冰。有一回给沈四太太看到了,大声说道:"莫吃呀,要肚子疼的呢!"这声音又给我母亲听到了,跑出来我们都挨了一顿骂,并且有大半天不准玩。我们推论祸首,认定是沈四太太,于是提起她就不用尊称了,给她另外起了一个绰号,叫作"肚子疼"。

　　衍太太却决不如此。假如她看见我们吃冰,一定和蔼地笑着说,"好,再吃一块。我记着,看谁吃的多。"

　　但我对于她也有不满足的地方。一回是很早的时候了,我还很小,偶然走进她家去,她正在和她的男人看书。我走近去,她便将书塞在我的眼前道,"你看,你知道这是什么?"我看那书上画着房屋,有两个人光着身子仿佛在打架,但又不很像。正迟疑间,他们便大笑起来了。这使我很不高兴,似乎受了一个极大的侮辱,不到那里去大约有十多天。一回是我已经十多岁了,和几个孩子比赛打旋子,看谁旋得多。她就从旁计着数,说道,"好,八十二个了!再旋一个,八十三!好,八十四……"但正在旋着的阿祥,忽然跌倒了,阿祥的婶母也恰恰走进来。她便接着说道,"你看,不是跌了么? 不听我的话。我叫你不要旋,不要旋……。"

　　虽然如此,孩子们总还喜欢到她那里去。假如头上碰得肿了一大块的时候,去寻母亲去罢,好的是骂一通,再给擦一点药;坏的是没有药擦,还添几个栗凿和一通骂。衍太太却决不埋怨,立刻给你用烧酒调了水粉,搽在疙瘩上,说这不但止痛,将来还没有瘢痕。

父亲故去之后，我也还常到她家里去，不过已不是和孩子们玩耍了，却是和衍太太或她的男人谈闲天。我其时觉得很有许多东西要买，看的和吃的，只是没有钱。有一天谈到这里，她便说道，"母亲的钱，你拿来用就是了，还不就是你的么？"我说母亲没有钱，她就说可以拿首饰去变卖；我说没有首饰，她却道，"也许你没有留心。到大厨的抽屉里，角角落落去寻去，总可以寻出一点珠子这类东西……"。

这些话我听去似乎很异样，便又不到她那里去了，但有时又真想去打开大厨，细细地寻一寻。大约此后不到一月，就听到一种流言，说我已经偷了家里的东西去变卖了，这实在使我觉得有如掉在冷水里。流言的来源，我是明白的，倘是现在，只要有地方发表，我总要骂出流言家的狐狸尾巴来，但那时太年青，一遇流言，便连自己也仿佛觉得真是犯了罪，怕遇见人们的眼睛，怕受到母亲的爱抚。

好。那么，走罢！

但是，那里去呢？S城人的脸早经看熟，如此而已，连心肝也似乎有些了然。总得寻别一类人们去，去寻为S城人所诟病的人们，无论其为畜生或魔鬼。那时为全城所笑骂的是一个开得不久的学校，叫作中西学堂，汉文之外，又教些洋文和算学。然而已经成为众矢之的了；熟读圣贤书的秀才们，还集了"四书"的句子，做一篇八股来嘲诮它，这名文便即传遍了全城，人人当作有趣的话柄。我只记得那"起讲"的开头是：——

> "徐子以告夷子曰：吾闻用夏变夷者，未闻变于夷者也。今也不然：鴃舌之音，闻其声，皆雅言也。……"

以后可忘却了，大概也和现今的国粹保存大家的议论差不多。但我对于这中西学堂，却也不满足，因为那里面只教汉文，算学，英文和法文。功课较为别致的，还有杭州的求是书院，然而学费贵。

无须学费的学校在南京，自然只好往南京去。第一个进去的学校，目下不知道称为什么了，光复以后，似乎有一时称为雷电学堂，很像《封神榜》上"太极阵""混元阵"一类的名目。总之，一进仪凤门,便可以看见它那二十丈高的桅杆和不知多高的烟通。功课也简单,一星期中,几乎四整天是英文:"It is a cat.""Is it a rat?"一整天是读汉文:"君子曰,颍考叔可谓纯孝也已矣,爱其母,施及庄公。"一整天是做汉文:《知己知彼百战百胜论》,《颍考叔论》,《云从龙风从虎论》,《咬得菜根则百事可做论》。

初进去当然只能做三班生,卧室里是一桌一凳一床,床板只有两块。头二班学生就不同了,二桌二凳或三凳一床,床板多至三块。不但上讲堂时挟着一堆厚而且大的洋书,气昂昂地走着,决非只有一本"泼赖妈"和四本《左传》的三班生所敢正视;便是空着手,也一定将肘弯撑开,像一只螃蟹,低一班的在后面总不能走出他之前。这一种螃蟹式的名公巨卿,现在都阔别得很久了,前四五年,竟在教育部的破脚躺椅上,发见了这姿势,然而这位老爷却并非雷电学堂出身的,可见螃蟹态度,在中国也颇普遍。

可爱的是桅杆。但并非如"东邻"的"支那通"所说,因为它"挺然翘然",又是什么的象征。乃是因为它高,乌鸦喜鹊,都只能停在它的半途的木盘上。人如果爬到顶,便可以近看狮子山,远眺莫愁湖,——但究竟是否真可以眺得那么远,我现在可委实有点记不清楚了。而且不危险,下面张着网,即使跌下来,也不过如一条小鱼落在网子里;况且自从张网以后,听说也还没有人曾经跌下来。

原先还有一个池,给学生学游泳的,这里面却淹死了两个年幼的学生。当我进去时,早填平了,不但填平,上面还造了一所小小的关帝庙。庙旁是一座焚化字纸的砖炉,炉口上方横写着四个大字道:"敬惜字纸"。只可惜那两个淹死鬼失了池子,难讨替代,总在左近徘徊,虽然已有"伏魔大帝关圣帝君"镇压着。办学的人大概是好心肠的,所以每年七月十五,总请一群和尚到雨天操场来放焰口,一个红鼻而胖的大和尚戴上毗卢帽,捏诀,念咒:"回资啰,普弥耶吽!唵耶吽!唵!耶!吽!!!"

我的前辈同学被关圣帝君镇压了一整年,就只在这时候得到一点好处，——虽然我并不深知是怎样的好处。所以当这些时，我每每想：做学生总得自己小心些。

总觉得不大合适，可是无法形容出这不合适来。现在是发见了大致相近的字眼了，"乌烟瘴气"，庶几乎其可也。只得走开。近来是单是走开也就不容易，"正人君子"者流会说你骂人骂到了聘书，或者是发"名士"脾气，给你几句正经的俏皮话。不过那时还不打紧，学生所得的津贴，第一年不过二两银子，最初三个月的试习期内是零用五百文。于是毫无问题，去考矿路学堂去了，也许是矿路学堂，已经有些记不真，文凭又不在手头，更无从查考。试验并不难，录取的。

这回不是 It is a cat 了，是 Der Mann，Das Weib，Das Kind。汉文仍旧是"颍考叔可谓纯孝也已矣"，但外加《小学集注》。论文题目也小有不同，譬如《工欲善其事必先利其器论》，是先前没有做过的。

此外还有所谓格致，地学，金石学，……都非常新鲜。但是还得声明：后两项，就是现在之所谓地质学和矿物学，并非讲舆地和钟鼎碑版的。只是画铁轨横断面图却有些麻烦，平行线尤其讨厌。但第二年的总办是一个新党，他坐在马车上的时候大抵看着《时务报》，考汉文也自己出题目，和教员出的很不同。有一次是《华盛顿论》，汉文教员反而惴惴地来问我们道："华盛顿是什么东西呀？……"

看新书的风气便流行起来，我也知道了中国有一部书叫《天演论》。星期日跑到城南去买了来，白纸石印的一厚本，价五百文正。翻开一看，是写得很好的字，开首便道：——

　　"赫胥黎独处一室之中，在英伦之南，背山而面野，槛外诸
　　境，历历如在机下。乃悬想二千年前，当罗马大将恺彻未到时，
　　此间有何景物？计惟有天造草昧……"

哦！原来世界上竟还有一个赫胥黎坐在书房里那么想，而且想得那么新鲜？一口气读下去，"物竞""天择"也出来了，苏格拉第，柏拉图也出来了，斯多噶也出来了。学堂里又设立了一个阅报处，《时

务报》不待言,还有《译学汇编》,那书面上的张廉卿一流的四个字,就蓝得很可爱。

"你这孩子有点不对了,拿这篇文章去看去,抄下来去看去。"一位本家的老辈严肃地对我说,而且递过一张报纸来。接来看时,"臣许应骙跪奏……",那文章现在是一句也不记得了,总之是参康有为变法的;也不记得可曾抄了没有。

仍然自己不觉得有什么"不对",一有闲空,就照例地吃侉饼,花生米,辣椒,看《天演论》。

但我们也曾经有过一个很不平安的时期。那是第二年,听说学校就要裁撤了。这也无怪,这学堂的设立,原是因为两江总督(大约是刘坤一罢)听到青龙山的煤矿出息好,所以开手的。待到开学时,煤矿那面却已将原先的技师辞退,换了一个不甚了然的人了。理由是:一,先前的技师薪水太贵;二,他们觉得开煤矿并不难。于是不到一年,就连煤在那里也不甚了然起来,终于是所得的煤,只能供烧那两架抽水机之用,就是抽了水掘煤,掘出煤来抽水,结一笔出入两清的账。既然开矿无利,矿路学堂自然也就无须乎开了,但是不知怎的,却又并不裁撤。到第三年我们下矿洞去看的时候,情形实在颇凄凉,抽水机当然还在转动,矿洞里积水却有半尺深,上面也点滴而下,几个矿工便在这里面鬼一般工作着。

毕业,自然大家都盼望的,但一到毕业,却又有些爽然若失。爬了几次桅,不消说不配做半个水兵;听了几年讲,下了几回矿洞,就能掘出金银铜铁锡来么? 实在连自己也茫无把握,没有做《工欲善其事必先利其器论》的那么容易。爬上天空二十丈和钻下地面二十丈,结果还是一无所能,学问是"上穷碧落下黄泉,两处茫茫皆不见"了。所余的还只有一条路:到外国去。

留学的事,官僚也许可了,派定五名到日本去。其中的一个因为祖母哭得死去活来,不去了,只剩了四个。日本是同中国很两样的,我们应该如何准备呢? 有一个前辈同学在,比我们早一年毕业,曾经游历过日本,应该知道些情形。跑去请教之后,他郑重地说:——

"日本的袜是万不能穿的,要多带些中国袜。我看纸票也不好,你们带去的钱不如都换了他们的现银。"

四个人都说遵命。别人不知其详,我是将钱都在上海换了日本的银元,还带了十双中国袜——白袜。

后来呢? 后来,要穿制服和皮鞋,中国袜完全无用;一元的银圆日本早已废置不用了,又赔钱换了半元的银圆和纸票。

十月八日。

原载 1926 年 11 月 25 日《莽原》半月刊第 1 卷第 22 期,副题作《旧事重提之八》。

初收 1928 年 9 月未名社版"未名新集"之一《朝花夕拾》。

九日

日记 昙。上午寄陶书臣信。寄董秋芳信。兼士赠唐人墓志打本二枚。

十日

日记 星期。昙。上午本校行国庆纪念。午后开国学研究院成立会。下午得钦文信,九月卅日发。得漱园信,同日发。得矛尘信,四日绍兴发。夜赴全校恳亲会听演奏及观电影。濯足。

致 章廷谦

矛尘兄:

　侧闻 大驾过沪之后,便奉一书于行素堂,今得四日来信,略答于下——

你同斐君太太将要担任什么一节，今天去打听，据云玉堂已自有详函去了，所以不好再问。记得前曾窃闻：太太教官话，老爷是一种干事。至于何事之干，则不得而知。

厦大方面和我的"缘分"，有好的，有坏的，不可一概论也。但这些都无大关系，一听他们之便而已。至于住处，却已搬出生物之楼而入图书之馆，楼只两层，扶梯亦减为二十六级矣。饭菜仍不好。你们两位来此，倘不自做菜吃，怕有"食不下咽"之虞。

北京大捕之事，此间无消息。不知何日之事乎？今天接到钦文九月卅日从北京来之信，绝未提起也。

迅　上十月十日

致 许广平

广平兄：

十月四日得九月廿九日来信后，即于五日寄一信，想已收到了。人间的纠葛真多，兼士直到现在，未在应聘书上签名，前几天便拟于国学研究院成立会开毕之后，便回北京去，因为那边也有许多事待他料理。玉堂就大不谓然，甚至于说了许多气话（对我）。然而兼士却非去不可。我便从中调和：先令兼士在应聘书上签名，然后请假到北京去一趟，年内再来厦门一次，算是在此半年。兼士有些可以了，玉堂却又坚执不允，非他在此整半年不可。我只好退开。过了两天，玉堂也可以了，大约也觉得除此更无别路了罢。现在此事只要经校长允许后，便要告一结束了。兼士大约十五左右动身，闻先将赴粤一看，再向上海。伏园恐怕也同行，是否便即在粤，抑接洽之后，仍再回厦门一次，则不得而知，孟余请他是办副刊，他已经答应

303

了,但何时办起,则似未定。

从我想,兼士当初是未尝不豫备常在这里的,待到厦门一看,觉交通之不便,生活之无聊,就不免"归心如箭"了。这实在是无可奈何的事,叫我如何劝得他。

这里的学校当局,虽出重资聘请教员,而未免视教员如变把戏者,要他空拳赤手,显出本领来。即如这回开展览会,我就吃苦不少。当开会之先,兼士要我的碑碣拓片去陈列,我答应了。但我只有一张小书桌和小方桌,不够用,只是摊在地上,一一选出。待到拿到会场去时,则除孙伏园自告奋勇,同去陈列之外,没有第二人帮忙,寻校役也寻不到。于是只得二人陈列,高处则须桌上放一椅子,由我站上去。弄至中途,黄坚硬将孙伏园叫去了,因为他是"襄理"(玉堂的),有叫孙伏园去之权力。兼士看不过去,便自来帮我,他喝了一点酒,跳上跳下,晚上便大吐了一通。襄理的位置,正如明朝的太监,可以倚靠权势,胡作非为,而受害的却不是他,是学校。昨天因为黄坚对书记下条子(上谕式的),下午同盟罢工了,后事不知如何。玉堂信用此人,可谓昏极。我前回辞国学院研究教授而又中止者,因恐怕兼士玉堂为难也,现在看来,总非坚决辞去兼职不可,人亦何苦因为太为别人计,而自轻自辱至此哉。

此地的生活也实在无聊,外省的教员,几乎无一人作长久之计。兼士之去,固无足怪。但我比兼士随便些,又因为见玉堂的兄弟(他有二兄一弟都在厦大)及太太,都很为我们的生活操心;学生对我尤好,只恐怕我在此住不惯,有几个本地人,甚至于星期六不回家,豫备星期日我要往市上去玩,他们好同去作翻译,所以只要没有什么大下不去的事,我总想至少在此讲一年,否则,我也许早跑到广州或上海去了。(但还有几个很欢迎我的人,是想我开口攻击此地的社会等等,他们来跟着开枪。)

今天是双十节,却使我欢喜非常,本校先行升旗礼,三呼万岁,于是有演说,运动,放鞭炮。北京的人,似乎厌恶双十似的,沉沉如死,此地这才像双十节。我因为听北京过年的鞭炮听厌了,对鞭炮有了恶感,这回才觉得却也好听。中午同学生上饭厅,吃了一碗不大可口的面(大半碗是豆芽菜),晚上是恳亲会,有音乐和电影,电影因为电力不足,不甚了然,但在此已视同宝贝了。教员太太将最新的衣服都穿上了,大约在这里,一年中另外也没有什么别的聚会了罢。

听说厦门市上今天也很热闹,商民都自动的地挂旗结彩庆贺,不像北京那样,听警察吩咐之后,才挂出一张污秽的五色旗来。此地人民的思想,我看其实是"国民党的",并不老旧。

自从我到此之后,各种寄给我的期刊很杂乱,忽有忽无。我有时想分寄给你,但不见得期期有,勿疑为邮局失落,好在这类东西,看过便罢,未必保存,完全与否亦无什么关系。

我来此已一月余,只做了两篇讲义,两篇稿子给《莽原》;但能睡,身体似乎好些。今天听到一种传说,说孙传芳的主力兵已败,没有什么可用的了,不知确否。我想一二天内该可以得到来信,但这信我明天要寄出了。

迅　十月十日

十一日

日记　昙。上午寄广平信。寄矛尘信。林仙亭及其友四人来。下午得小峰信,九月二十九日发。夜风。

十二日

日记　晴,风。上午得品青所寄稿及钦文所寄《故乡》四本。下午得紫佩信,三日发。得广平信,五日发。

藤野先生

东京也无非是这样。上野的樱花烂熳的时节,望去确也像绯红的轻云,但花下也缺不了成群结队的"清国留学生"的速成班,头顶上盘着大辫子,顶得学生制帽的顶上高高耸起,形成一座富士山。也有解散辫子,盘得平的,除下帽来,油光可鉴,宛如小姑娘的发髻一般,还要将脖子扭几扭。实在标致极了。

中国留学生会馆的门房里有几本书买,有时还值得去一转;倘在上午,里面的几间洋房里倒也还可以坐坐的。但到傍晚,有一间的地板便常不免要咚咚咚地响得震天,兼以满房烟尘斗乱;问问精通时事的人,答道,"那是在学跳舞。"

到别的地方去看看,如何呢?

我就往仙台的医学专门学校去。从东京出发,不久便到一处驿站,写道:日暮里。不知怎地,我到现在还记得这名目。其次却只记得水户了,这是明的遗民朱舜水先生客死的地方。仙台是一个市镇,并不大;冬天冷得利害;还没有中国的学生。

大概是物以希为贵罢。北京的白菜运往浙江,便用红头绳系住菜根,倒挂在水果店头,尊为"胶菜";福建野生着的芦荟,一到北京就请进温室,且美其名曰"龙舌兰"。我到仙台也颇受了这样的优待,不但学校不收学费,几个职员还为我的食宿操心。我先是住在监狱旁边一个客店里的,初冬已经颇冷,蚊子却还多,后来用被盖了全身,用衣服包了头脸,只留两个鼻孔出气。在这呼吸不息的地方,蚊子竟无从插嘴,居然睡安稳了。饭食也不坏。但一位先生却以为这客店也包办囚人的饭食,我住在那里不相宜,几次三番,几次三番地说。我虽然觉得客店兼办囚人的饭食和我不相干,然而好意难却,也只得别寻相宜的住处了。于是搬到别一家,离监狱也很远,可惜每天总要喝难以下咽的芋梗汤。

从此就看见许多陌生的先生,听到许多新鲜的讲义。解剖学是两个教授分任的。最初是骨学。其时进来的是一个黑瘦的先生,八字须,戴着眼镜,挟着一叠大大小小的书。一将书放在讲台上,使用了缓慢而很有顿挫的声调,向学生介绍自己道:——

"我就是叫作藤野严九郎的……。"

后面有几个人笑起来了。他接着便讲述解剖学在日本发达的历史,那些大大小小的书,便是从最初到现今关于这一门学问的著作。起初有几本是线装的;还有翻刻中国译本的,他们的翻译和研究新的医学,并不比中国早。

那坐在后面发笑的是上学年不及格的留级学生,在校已经一年,掌故颇为熟悉的了。他们便给新生讲演每个教授的历史。这藤野先生,据说是穿衣服太模胡了,有时竟会忘记带领结;冬天是一件旧外套,寒颤颤的,有一回上火车去,致使管车的疑心他是扒手,叫车里的客人大家小心些。

他们的话大概是真的,我就亲见他有一次上讲堂没有带领结。

过了一星期,大约是星期六,他使助手来叫我了。到得研究室,见他坐在人骨和许多单独的头骨中间,——他其时正在研究着头骨,后来有一篇论文在本校的杂志上发表出来。

"我的讲义,你能抄下来么?"他问。

"可以抄一点。"

"拿来我看!"

我交出所抄的讲义去,他收下了,第二三天便还我,并且说,此后每一星期要送给他看一回。我拿下来打开看时,很吃了一惊,同时也感到一种不安和感激。原来我的讲义已经从头到末,都用红笔添改过了,不但增加了许多脱漏的地方,连文法的错误,也都一一订正。这样一直继续到教完了他所担任的功课:骨学,血管学,神经学。

可惜我那时太不用功,有时也很任性。还记得有一回藤野先生将我叫到他的研究室里去,翻出我那讲义上的一个图来,是下臂的血管,指着,向我和蔼的说道:——

"你看,你将这条血管移了一点位置了。——自然,这样一移,的确比较的好看些,然而解剖图不是美术,实物是那么样的,我们没法改换它。现在我给你改好了,以后你要全照着黑板上那样的画。"

但是我还不服气,口头答应着,心里却想道:——

"图还是我画的不错;至于实在的情形,我心里自然记得的。"

学年试验完毕之后,我便到东京玩了一夏天,秋初再回学校,成绩早已发表了,同学一百余人之中,我在中间,不过是没有落第。这回藤野先生所担任的功课,是解剖实习和局部解剖学。

解剖实习了大概一星期,他又叫我去了,很高兴地,仍用了极有抑扬的声调对我说道:——

"我因为听说中国人是很敬重鬼的,所以很担心,怕你不肯解剖尸体。现在总算放心了,没有这回事。"

但他也偶有使我很为难的时候。他听说中国的女人是裹脚的,但不知道详细,所以要问我怎么裹法,足骨变成怎样的畸形,还叹息道,"总要看一看才知道。究竟是怎么一回事呢?"

有一天,本级的学生会干事到我寓里来了,要借我的讲义看。我检出来交给他们,却只翻检了一通,并没有带走。但他们一走,邮差就送到一封很厚的信,拆开看时,第一句是:——

"你改悔罢!"

这是《新约》上的句子罢,但经托尔斯泰新近引用过的。其时正值日俄战争,托老先生便写了一封给俄国和日本的皇帝的信,开首便是这一句。日本报纸上很斥责他的不逊,爱国青年也愤然,然而暗地里却早受了他的影响了。其次的话,大略是说上年解剖学试验的题目,是藤野先生在讲义上做了记号,我预先知道的,所以能有这样的成绩。末尾是匿名。

我这才回忆到前几天的一件事。因为要开同级会,干事便在黑板上写广告，末一句是"请全数到会勿漏为要"，而且在"漏"字旁边加了一个圈。我当时虽然觉到圈得可笑，但是毫不介意，这回才悟出那字也在讥刺我了，犹言我得了教员漏泄出来的题目。

我便将这事告知了藤野先生；有几个和我熟识的同学也很不平，一同去诘责干事托辞检查的无礼，并且要求他们将检查的结果，发表出来。终于这流言消灭了，干事却又竭力运动，要收回那一封匿名信去。结末是我便将这托尔斯泰式的信退还了他们。

中国是弱国，所以中国人当然是低能儿，分数在六十分以上，便不是自己的能力了：也无怪他们疑惑。但我接着便有参观枪毙中国人的命运了。第二年添教霉菌学，细菌的形状是全用电影来显示的，一段落已完而还没有到下课的时候，便影几片时事的片子，自然都是日本战胜俄国的情形。但偏有中国人夹在里边：给俄国人做侦探，被日本军捕获，要枪毙了，围着看的也是一群中国人；在讲堂里的还有一个我。

"万岁！"他们都拍掌欢呼起来。

这种欢呼，是每看一片都有的，但在我，这一声却特别听得刺耳。此后回到中国来，我看见那些闲看枪毙犯人的人们，他们也何尝不酒醉似的喝采，——呜呼，无法可想！但在那时那地，我的意见却变化了。

到第二学年的终结，我便去寻藤野先生，告诉他我将不学医学，并且离开这仙台。他的脸色仿佛有些悲哀，似乎想说话，但竟没有说。

"我想去学生物学，先生教给我的学问，也还有用的。"其实我并没有决意要学生物学，因为看得他有些凄然，便说了一个慰安他的谎话。

"为医学而教的解剖学之类，怕于生物学也没有什么大帮助。"他叹息说。

将走的前几天，他叫我到他家里去，交给我一张照相，后面写着两个字道："惜别"，还说希望将我的也送他。但我这时适值没有照相了；他便叮嘱我将来照了寄给他，并且时时通信告诉他此后的状况。

我离开仙台之后，就多年没有照过相，又因为状况也无聊，说起来无非使他失望，便连信也怕敢写了。经过的年月一多，话更无从说起，所以虽然有时想写信，却又难以下笔，这样的一直到现在，竟没有寄过一封信和一张照片。从他那一面看起来，是一去之后，杳无消息了。

但不知怎地，我总还时时记起他，在我所认为我师的之中，他是最使我感激，给我鼓励的一个。有时我常常想：他的对于我的热心的希望，不倦的教诲，小而言之，是为中国，就是希望中国有新的医学；大而言之，是为学术，就是希望新的医学传到中国去。他的性格，在我的眼里和心里是伟大的，虽然他的姓名并不为许多人所知道。

他所改正的讲义，我曾经订成三厚本，收藏着的，将作为永久的纪念。不幸七年前迁居的时候，中途毁坏了一口书箱，失去半箱书，恰巧这讲义也遗失在内了。责成运送局去找寻，寂无回信。只有他的照相至今还挂在我北京寓居的东墙上，书桌对面。每当夜间疲倦，正想偷懒时，仰面在灯光中瞥见他黑瘦的面貌，似乎正要说出抑扬顿挫的话来，便使我忽又良心发现，而且增加勇气了，于是点上一枝烟，再继续写些为"正人君子"之流所深恶痛疾的文字。

十月十二日。

原载 1926 年 12 月 10 日《莽原》半月刊第 1 卷第 23 期，副题作《旧事重提之九》。

初收 1928 年 9 月北京未名社版"未名新集"之一《朝花夕拾》。

十三日

日记 晴。风。上午寄紫佩信。得遇安信片，四日大连发。得春台笺,六日上海发。

十四日

日记 昙。晨收紫佩所寄《历代名人年谱》一部十本,二元五角。上午往周会演讲三十分时。下午伏园往市,托其买《山海经》一部二本,五角。

《华盖集续编》小引

还不满一整年,所写的杂感的分量,已有去年一年的那么多了。秋来住在海边,目前只见云水,听到的多是风涛声,几乎和社会隔绝。如果环境没有改变,大概今年不见得再有什么废话了罢。灯下无事,便将旧稿编集起来;还豫备付印,以供给要看我的杂感的主顾们。

这里面所讲的仍然并没有宇宙的奥义和人生的真谛。不过是,将我所遇到的,所想到的,所要说的,一任它怎样浅薄,怎样偏激,有时便都用笔写了下来。说得自夸一点,就如悲喜时节的歌哭一般,那时无非借此来释愤抒情,现在更不想和谁去抢夺所谓公理或正义。你要那样,我偏要这样是有的;偏不遵命,偏不磕头是有的;偏要在庄严高尚的假面上拨它一拨也是有的,此外却毫无什么大举。名副其实,"杂感"而已。

从一月以来的,大略都在内了;只删去了一篇。那是因为其中开列着许多人,未曾,也不易遍征同意,所以不好擅自发表。

书名呢?年月是改了,情形却依旧,就还叫《华盖集》。然而年月究竟是改了,因此只得添上两个字:"续编"。

一九二六年十月十四日,鲁迅记于厦门。

原载 1926 年 11 月 6 日《语丝》周刊 104 期。

初收 1927 年 5 月上海、北京北新书局版《华盖集续编》。

《华盖集续编》校讫记

这半年我又看见了许多血和许多泪，
然而我只有杂感而已。

泪揩了，血消了；
屠伯们逍遥复逍遥，
用钢刀的，用软刀的。
然而我只有"杂感"而已。

连"杂感"也被"放进了应该去的地方"时，
我于是只有"而已"而已！

十月十四夜，校讫记。

未另发表。

初收 1927 年 5 月上海、北京北新书局版《华盖集续编》。
又收《而已集》。

《记谈话》附记

我赴这会的后四日，就出北京了。在上海看见日报，知道女师大已改为女子学院的师范部，教育总长任可澄自做院长，师范部的学长是林素园。后来看见北京九月五日的晚报，有一条道："今日下午一时半，任可澄特同林氏，并率有警察厅保安队及军督察处兵士共四十左右，驰赴女师大，武装接收。……"原来刚一周年，又看见用兵了。不知明年这日，还是带兵的开得校纪念呢，还是被兵的开毁校纪念？现在姑且将培良君的这一篇转录在这里，先作一个本年的纪念罢。

一九二六年十月十四日，鲁迅附记。

未另发表。

初收 1927 年 5 月上海、北京北新书局版《华盖集续编》。

十五日

日记 晴。上午得景宋信，八日发。下午编定《华盖集续编》。

致 韦素园

素园兄：

九月卅日的信早收到了，看见《莽原》，早知道你改了号，而且推知是因为林素园。但写惯了，一写就又写了素园，下回改正罢。

《莽原》我也总想维持下去。但不知近来销路何如？这几天做了两篇，今寄上，可以用到十一月了，续稿缓几时再寄。这里虽然不欠薪，然而如在深山中，竟没有什么作文之意。因为太单调，而小琐事却仍有的，加以编讲义，弄得人如机器一般了。

《坟》的上面，我还想做一篇序并加目录，但序一时做不出来，想来一时未必印成,将来再说罢。

听说北新要迁移了,不知迁了没有?寄小峰一笺,请即加封寄去为荷。

批评《彷徨》的两篇文章,已见过了,没有什么意思。

此后寄挂号信,用社名便当呢?还是用你的号便当?你的新号(漱园)的印章,已刻了么?

迅 十,一五,夜

致 许广平

广平兄:

昨天刚寄出一封信,今天就收到你五日的来信了。你这封信,在船上足足躺了七天多,因为有一个北大学生来此做编辑员的,就于五日从广州动身,船因避风或行或止,直到今天才到,你的信大概就与他同船的。一封信的往返,来回就须二十天,真是可叹。

我看你的职务太烦剧了,薪水又这么不可靠,衣服又须如此变化,你够用么?我想一个人也许应该做点事,但也无须乎劳而无功。天天看学生的脸色办事,于人我都无益,就是敝精神于无用之地,你说寻别的事并不难,然则何必一定要等到学期之末呢?忙自然不妨,但倘若连自己休息的时间都没有,那可是不值得的。

我的能睡,是出于自然的,此地虽然不乏琐事,但究竟没有北京的忙,即如校对等事,在此就没有。酒是自己不想喝,我在北京,太高兴和太愤懑时就喝酒,这里虽仍不免有小刺戟,然而不至于"太",所以可以无须喝了,况且我本来没有瘾。少吸烟卷,可不知道是怎么一回事,大约因为编讲义,只要调查,不须思索之故罢。但近几天可又多吸了一点,因为我连做了四篇《旧事重提》。这东西还有两篇便完，拟下月再做；从明天起，又要编讲义了。

钟少梅的事，我先前也知道一点，似乎是在《世界日报》上看见的，赵世德的事却没有载。人心真是难测。兼士尚未动身，他连替他的人也还未弄妥，本来我最相宜，但我早拒绝了，不再自投于这样口舌是非之地。他因为急于回北京，听说不往广州了；伏园似乎还要去一趟。今天又得李遇安从大连来信，知道他往广州，但不知道他去作何事。

广东多雨，天气和厦门竟这么不同么？这里不下雨，不过天天有风，而风中很少灰尘，所以并不讨厌。我从自买了火酒灯以后，开水不生问题了，但饭菜总不见佳。从后天起要换厨子了，然而大概总还是差不多的罢。

迅　十月十二日夜

八日的信，今天收到了；以前九月廿四，廿九，十月五日的信，也都收到。看你收入和做事的比例，实在太不值得了，与其如此，岂不是还是拿几十元的地方好些么？你不知能即另作他图否？那里可能即别有机会否？我以为如此情形，努力也都是白费的。

"经过一次解散而去的"，自然要算有福，倘我们在那里，当然要气愤得多。至于我在这里的情形，我信中都已陆续说出，辞去研究教授之后（我现在还想辞），还有国文系教授，所以于去留并不发生问题。我在此地其实也是卖身，除了为了薪水之外，再没有别的什么，但我现在或者还可以暂时敷衍，再看情形。当初我也未尝不想起广州，后来一听情形，就暂时不作此想了，你看陈惺农尚且站不住，何况我呢。

其实我在这里不大高兴的原因，首先是在周围多是语言无味的人，不足与语，令我觉得无聊。他们倘让我独自躲在房里看书，倒也罢了，偏又常常给我小刺戟。我也未尝不自己在设法消遣，例如大家集资看影戏，我也加入的，在这里要看影戏，也非请来做不可，一晚六十元。

你收入这样少，够用么？我希望你通知我。

伏园不远要到广州去看一看，但我的事绝不想他留心，所以我也不要他在顾先生面前说。我的离开厦门，现在似乎时机未到，看后来罢。其实我在此地，很有一班人当作大名士看，和在北京的提心吊胆时候一比，平安得多，只要自己的心静一静，也未尝不可暂时安住。但因为无人可谈，所以将牢骚都在信里对你发了，你不要以为我在这里苦得很。其实也不然的。身体大概比在北京还要好点。

今天本地报上的消息很好，但自然不知道可确的。一，武昌已攻下；二，九江已取得；三，陈仪（孙之师长）等通电主张和平；四，樊钟秀已取得开封，吴逃保定（一云郑州）。但总而言之，即使要打折扣，情形很好总是真的。

迅　十月十五夜

十六日

日记　晴。晨寄景宋信。上午得景宋信，十日发。得郑介石信。得留仙电。寄韦素园信并稿，附致小峰笺一。夜风甚大。

致 许广平

广平兄：

今天（十六日）刚寄一信，下午就收到双十节的来信了。寄我的信，是都收到的。我一日所寄的信，既然未到，那就恐怕已和《莽原》一同遗失。我也记不清那信里说的是什么了，由它去罢。

我的情形，并未因为怕害马神经过敏而隐瞒，大约一受刺激，便心烦，事情过后，即平安些。可是本校情形实在太不见佳，顾颉刚之流已在国学院大占势力，周览（鲠生）又要到这里来做法律系主任了，从此现代评论色彩，将弥漫厦大。在北京是国文系对抗着的，而这里的国学院却弄了一大批胡适之陈源之流，我觉得毫无希望。你想：坚士至于如此胡涂，他请了一个顾颉刚，顾就荐三人，陈乃乾，潘家洵，陈万里，他收了；陈万里又荐两人，罗某，黄某，他又收了。这样，我们个体，自然被排斥。所以我现在很想至多在本学期之末，离开厦大。他们实在有永久在此之意，情形比北大还坏。

另外又有一班教员，在作两种运动：一是要求永久聘书，没有年限的；一是要求十年二十年后，由学校付给养老金终身。他们似乎要想在这里建立他们理想中的天国，用橡皮做成的。谚云"养儿防老"，不料厦大也可以"防老"。

我在这里又有一事不自由，学生个个认得我了，记者之类亦有来访，或者希望我提倡白话，和旧社会大闹一通，或者希望我编周刊，鼓吹本地新文艺，而玉堂之流又要我在《国学季刊》上做些"之乎者也"，还有学生周会去演说，我其[真]没有这三头六臂。今天在本地报上载着一篇访我的记事，记者对于我的态度，以为"没有一点架子，也没有一点派头，也没有一点客气，衣服也随便，铺盖也随便，说话也不装腔作势……"觉得很出意料之外。这里的教员是外国博士很多，他们看惯了那俨然的模样的。

今天又得了朱家骅君的电报，是给兼士玉堂和我的，说中山大学已改职（当是"委"字之误）员制，叫我们去指示一切。大概是议定学制罢。兼士急于回京，玉堂是不见得去的。我本来大可以借此走一遭，然而上课不到一月，便请假两三星期，又未免难于启口，所以十之九总是不能去了，这实是可惜，倘在年底，就好了。

无论怎么打击，我也不至于"秘而不宣"，而且也被打击而无怨。现在柚子是不吃已有四五天了，因为我觉得不大消化。香蕉却还吃，先前是一吃便要肚痛的，在这里却不，而对于便秘，反似有好处，所以想暂不停止它，而且每天至多也不过四五个。

一点泥人和一点拓片便开展览会,你以为可笑么? 还有可笑的呢。陈万里并将他所照的照片陈列起来,几张古壁画的照片,还可以说是与"考古"相关,然而还有什么牡丹花,夜的北京,北京的刮风,苇子……。倘使我是主任,就非令撤去不可;但这里却没有一个人觉得可笑,可见在此也惟有陈万里们相宜。又国学院从商科借了一套历代古钱来,我一看,大半是假的,主张不陈列,没有通过;我说"那么,应该写作'古钱标本'。"后来也不实行,听说是恐怕商科生气。后来的结果如何呢? 结果是看这假古钱的人们最多。

这里的校长是尊孔的,上星期日他们请我到周会演说,我仍说我的"少读中国书"主义,并且说学生应该做"好事之徒"。他忽儿大以为然,说陈嘉庚也正是"好事之徒",所以肯兴学,而不悟和他的尊孔冲突。这里就是如此胡里胡涂。

H. M. 十月十六日之夜。

十七日

日记 星期。昙,风。无事。

十八日

日记 晴,风。上午寄景宋信。复郑介石信。得淑卿信,九日发。得三弟信,十一日发。晚同人六人共饯兼士于南普陀寺。

十九日

日记 晴。上午寄三弟信。寄淑卿信。寄小峰信并《卷葹》及《华盖续》稿。下午得季市信,十二日发。得淑卿信,十二日发。得漱园信片,十日发。

致 韦素园

漱园兄：

今天接十月十日信片，知已迁居。

我于本月八日寄出稿子一篇，十六日又寄两篇（皆挂号），而皆系寄新开路，未知可不至于失落否？甚念，如收到，望即示知。

否则即很为难，因我无草稿也。

迅　十，十九

．

二十日

日记　晴。上午寄淑卿信。寄漱园信。寄春台信。下午得广平信，十五日发。

致 许广平

广平兄：

伏园今天动身了。我于十八日寄你一信，恐怕就在邮局里一直躺到今天，将与伏园同船到粤罢。我前几天几乎也要同行，后来中止了。要同行的理由，小半自然也有些私心，但大部分却是为公，我以为中山大学既然需我们商议，应该帮点忙，而且厦大也太过于闭关自守，此后还应与他大学往还。玉堂正病着，医生说三四天可好，我便去将此意说明，他亦深以为然，约定我先去，倘尚非他不可，我便打电报叫他，这时他病已好，可以坐船了。不料昨天又有了变化，他不但自己不说去，而且对于我的自去也借口阻挠，说最好是向校长请假。教员请假，向来应归主任管理的，现在这样说，明明是拿难题给我做。我想了一通，就中止了。此外还有一个原因，大概因为与南洋相距太近之故罢，此地实在太斤斤于银钱，"某人多少钱一月"等等的话，谈话中常听见；我们在此，当局者也日日希望我们做许多工作，发表许多成绩，像养牛之每日挤牛奶一般。某人每日薪水几元，大约是大家念念不忘的。我一行，至少需两星期，有许多人一定以为我白白骗去了他们半月薪水，或者玉堂之不愿我旷课，也是此意。我已收了三月的薪水，而上课才一月，自然不应该又请假，但倘计画远大，就不必斤斤于此，因为将来可以尽力之日正长。然而他们是眼光不远的，我也不作久远之想，所以我便不走，拟于本年中为他们作一篇季刊上的文章，给他们到学术讲演会去讲演一次，又将我所辑的《古小说钩沉》献出，则学校可以觉得钱不白化，而我也可以来去自由了。至于研究教授，则自然不再去辞，因为即使辞掉，他们也仍要想法使你做别的工作，使利息与国文系教授之薪水相当，不会给我便宜的，倒是任它拖着的好。

关于银钱的推测，你也许以为我神经过敏，然而这是的确的。当兼士要走的时候，玉堂托我挽留，不得结果。玉堂便愤愤地对我道：他来了这几天就走，薪水怎么报销。兼士从到至去，那时诚然不满二月，但计画规程，立了国学院基础，费力最多，以厦大而论，给他三个月薪水，也不算多。今乃大有索还薪水之意，我听了实在倒抽了一口冷气。现在是说妥当了，兼士算应聘一年，前薪不提，此后是再来一两回；不在此的时候不支薪，他月底要走了。

此地研究系的势力，我看要膨涨起来，当局者的性质，也与此辈相合。理科也很忌文科，正与北大一样。闽南与闽北人之感情如水火，有几个学生很希望我走，但并非对我有恶意，乃是要学校倒楣。

这几天此地正在欢迎两个名人。一个是太虚和尚到南普陀来讲经，于是佛化青年会提议，拟令童子军捧花，随太虚行踪而散之，以示"步步生莲花"之意。但此议似未实行，否则和尚化为潘妃，倒也有趣。一个是马寅初博士到厦门来演说，所谓"北大同人"，正在发昏章第十一,排班欢迎。我固然是"北大同人"之一,也非不知银行可以发财,然而于"铜子换毛钱,毛钱换大洋"学说,实在没有什么趣味,所以都不加入,一切由它去罢。

(二十日下午)

写了以上的信之后,躺下看书,听得打四点的下课钟了,便到邮政代办所去看,收得了十五日的来信。我那一日的信既已收到,那很好。邪视尚不敢,而况"瞪"乎?至于张先生的伟论,我也很佩服,我若作文,也许这样说的;但事实怕很难,我若有公之于众的东西,那是自己所不要的,否则不愿意。以己之心,度人之心,知道私有之念之消除,大约当在二十五纪,所以决计从此不瞪了。

这里近三天凉起来了,可穿夹衫,据说到冬天,比现在冷得不多,但草却已颇有黄了的,蚂蚁已用水防止,纱厨太费事了,我用的是一盘贮水,上加一杯,杯上放一箱,内贮食物,蚂蚁倒也无法飞渡。至于学生方面,对我还是好的,他们想出一种文艺刊物,我已为之看稿,大抵尚幼稚,然而初学的人,也只能如此,或者下月要印出来。至于工作,我不至于拼命,我实在懒得多了,时常闲着玩,不做事。

你不会起草章程,并不足为能力薄弱之证据。草章程是别一种本领,一须多看章程之类,二须有法律趣味,三须能顾到各种事件。我就最厌恶这东西,或者也非你所长罢。然而人又何必定须会做章程呢?即使会做,也不过一个"做章程者"而已。

研究系比狐狸还坏,而国民党则太老实,你看将来实力一大,他们转过来来拉拢,民国便会觉得他们也并不坏。今年科学会在广州开会,即是一证,该会还不是多是灰色的学者么?科学在那里?而广州则欢迎之矣。现在我最恨什么"学者只讲学问,不问派别"这些话,假如研究造炮的学者,将不问是蒋介石,是吴佩孚,都为之造么?国民党有力时,对于异党宽容大量,而他们一有力,则对于民党之压迫陷害,无所不至,但民党复起时,却又忘却了,这时他们自然也将故态隐藏起来。上午和兼士谈天,他也很以为然,希望我以此提醒

321

众人,但我现在没有机会,待与什么言论机关有关系时再说罢。我想伏园未必做政论,是办副刊,孟余们的意思,大约以为副刊的效力很大,所以想大大的干一下。

北伐军得武昌,得南昌,都是确的;浙江确也独立了,上海近旁也许又要小战,建人又要逃难,此人也是命运注定,不大能够安逸的。但走几步便是租界,不成问题。

重九日这里放一天假,我本无功课,毫无好处,登高之事,则厦门似乎不举行。肉松我不要吃,不去查考了。我现在买来吃的,只是点心和香蕉;偶然也买罐头。

明天要寄你一包书,都是另另碎碎的期刊之类,历来积下,现在一总寄出了。内中的一本《域外小说集》,是北新新近寄来的,夏季你要,我托他们去买,回说北京没有,这回大约是碰见了,所以寄来的罢,但不大干净,也许是久不印,没有新书之故。现在你不教国文了,已没有用,但他们既然寄来,也就一并寄上,自己不要,可以给人的。

我已将《华盖集续编》编好,昨天寄去付印了。

(季黻终于找不到事做,真是可怜。我不得已,已托伏园面托孟余)

迅　二十日灯下。

二十一日

日记　晴。上午寄广平信并书一包。寄小峰信。收日本文求堂所赠抽印《古本三国志演义》十二叶,淑卿转寄。下午寄春台信。晚南普陀寺及闽南佛学院公宴太虚和尚,亦以柬来邀,赴之,坐众三十余人。夜风。

二十二日

日记　晴。午后得谢旦信。下午得钦文信,十六日发。

二十三日

日记 晴。上午与兼士同寄朱骝先信。得遇安信,十九日广州发。得小峰信,十三日发。下午得景宋信并稿,十九日发。得静农信,十六日发。得矛尘信,十五日发。夜风。

致 章廷谦

矛尘兄:

十五日信收到了,知道斐君太太出版延期,为之怃然。其实出版与否,与我无干,用"怃然"殊属不合,不过此外一时也想不出恰当的字。总而言之,是又少拿多少薪水,颇亦可惜之意也。至于瞿英乃之说,那当然是靠不住的,她的名字我就讨厌,至于何以讨厌,却说不出来。

伏园"叫苦连天",我不知其何故也。"叫苦"还是情有可原,"连天"则大可不必。我看此处最不便的是饭食,然而凡有太太者却未闻叫苦之声。斐君太太虽学生出身,然而煎荷包蛋,燉牛肉,"做鸡蛋糕",当必在六十分以上,然则买牛肉而燉之,买鸡蛋而糕之,又何惧食不甘味也哉。

至于学校,则难言之矣。北京如大沟,厦门则小沟也,大沟污浊,小沟独干净乎哉?既有鲁迅,亦有陈源。但你既然"便是黄连也决计吞下去",则便没有问题。要做事是难的,攻击排挤,正不下于北京,从北京来的人们,陈源之徒就有。你将来最好是随时预备走路,在此一日,则只要为"薪水",念兹在兹,得一文算一文,庶几无咎也。

我实在熬不住了,你给我的第一信,不是说某君首先报告你事已弄妥了么?这实在使我很吃惊于某君之手段,据我所知,他是竭力反对玉堂邀你到这里来的,你瞧! 陈源之徒!

玉堂还太老实,我看他将来是要失败的。

兼士星期三要往北京去了。有几个人也在排斥我。但他们很愚,不知道我一走,他们是站不住的。

这里的情形,我近来想到了很适当的形容了,是:"硬将一排洋房,摆在荒岛的海边"。学校的精神似乎很像南开,但压迫学生却没有那么利害。

我现在寄居在图书馆的楼上,本有三人,一个搬走了,伏园又去旅行,所以很大的洋楼上,只剩了我一个了,喝了一瓶啤酒,遂不免说酒话,幸祈恕之。

迅　上　十月二十三日灯下

斐君太太尊前即此请安不另,如已出版,则请在少爷前问候。

致 许广平

广平兄:

我今天(二十一)上午刚发一信,内中说到厦门佛化青年会欢迎太虚的笑话,不料下午便接到请柬,是南普陀寺和闽南佛学院公宴太虚,并请我作陪,自然也还有别的人。我决计不去,而本校的职员硬邀我去,说否则他们以为本校看不起他们。个人的行动,会涉及全校,真是窘极了,我只得去,只穿一件蓝洋布大衫而不戴帽,乃敝人近日之服饰也。罗庸说太虚"如初日芙蓉",我实在看不出这样,只是平平常常。入席,他们要我与太虚并排上坐,我终于推掉,将一个哲学教员供上完事。太虚倒并不专讲佛事,常论世俗事情,而作陪之教员们,偏好问他佛法,真是其愚不可及,此所以只配作陪也欤。其时又有乡下女人来看,结果是跪下大磕其头,得意之状可掬而去。

这样，总算白吃了一餐素斋。这里的酒席，是先上甜菜，中间咸菜，末后又上一碗甜菜，这就完了，并无饭及稀饭，我吃了几回，都是如此，听说这是厦门特别习惯，福州即不然。

散后，一个教员和我谈起，知道那些北京同来的小鬼之排斥我，渐渐显著了，因为从他们的口气里，他已经听得出来，而且他们似乎还同他去联络（他也是江苏人，去年到此，我是前年在陕西认识的）。他于是叹息，说：玉堂敌人颇多，对于国学院不敢下手者，只因为兼士和我两人在此；兼士去而我在，尚可支持，倘我亦走，则敌人即无所顾忌，玉堂的国学院就要开始动摇了。玉堂一失败，他们也站不住了。而他们一面排斥我，一面又个个接家眷，准备作长久之计，真是胡涂云云。我看这是确的，这学校，就如一坐梁山泊，你枪我剑，好看煞人。北京的学界在都市中挤轧，这里是在小岛上挤轧，地点虽异，挤轧则同。但国学院中的排挤现象，反对者还未知道（他们以为小鬼们是兼士和我的小卒，我们是给他们来打地盘的），将来一知道，就要乐不可支。我于这里毫无留恋，吃苦的还是玉堂，玉堂一失势，他们也就完，现在还欣欣然自以为得计，真是愚得可怜。我和玉堂交情，还不到可以向他说明这些事情的程度，即使说了，他是否相信，也难说的。我所以只好一声不响，做我的事，他们想攻倒我，一时也很难，我在这里到年底或明年，看我自己的高兴。至于玉堂，大概是爱莫能助的了。

二十一日灯下

十九的信和文稿，都收到了。文是可以用的，据我看来。但其中的句法有不妥处，这是小姐的老毛病，其病根在于粗心，写完之后，大约自己也未必再看一遍。过一两天，改正了寄去罢。

兼士拟于廿七日动身向沪，不赴粤；伏园却已走了，问陈惺农一定可以知道他住在那里。但我以为你殊不必为他出力，他总善于给别人一点长远的小麻烦。我不是雇了一个工人么？他却给这工人的朋友绍介,去包"陈原之徒"的饭,我叫他不要多事,也不听。现在是陈源之徒对我骂饭莱坏,工人是因为帮他朋友,我的事不大来做了。我总算出了十二块钱给他们雇了一个厨子的帮工,还要听费话。今天听说他们要不包了,真是感激之至。

季黻的事,除嘱那该死的伏园面达外,昨天又和兼士合写了一封信给孟余他们,可做的事已做,且听下回分解罢。孟余的"后转",大约颇确而实不然,兼士告诉我,孟余的肺病,近来颇重,人一有这种病,便容易灰心,颓唐,那状态也近于后转;但倘苦重起来,则党中损失也不少,我们实在担心,最要的是要休息保养,但大概未必做得到罢。至于我的别处的位置,可从缓议,因为我在此虽无久留之心,但现在也还没有决去之必要,所以倒非常从容。既无"患得患失"的念头,心情也自然安闲,决非欲"骗人安心,所以这样说"的,切祈明鉴为幸。

理科诸公之攻击国学院,这几天已经开始了,因国学院屋未造,借用生物学院屋,所以他们第一着是讨还房屋。此事和我辈毫不相关,就含笑而旁观之,看一堆泥人儿搬在露天之下,风吹雨打,倒也有趣。此校大概很和南开相像,而有些教授,则惟校长之喜怒是伺,妒别科之出风头,中伤挑眼,无所不至,妾妇之道也。我以北京为污浊,乃至厦门,现在想来,可谓妄想,大沟不干净,小沟就干净么?此胜于彼者,惟不欠薪水而已。然而"校主"一怒,亦立刻可以关门也。

我所住的这么一坐大洋楼上,到夜,就只住着三个人,一张颐教授(上半年在北大,似亦民党,人很好),一伏园,一即我。张因不便,住到他朋友那里去了,伏园又已走,所以现在就只有我一人。但我却可以静坐着默念 HM,所以精神上并不感到寂寞。年假之期又已近来,于是就比先前沉静了。我自己计算,到此刚五十天,而恰如过了半年。但这不只我,兼士们也这样说,则生活之单调可知。

我新近想到了一句话,可以形容这学校的,是"硬将一排洋房,摆在荒岛的海边上。"然而虽然是这样的地方,人物却各式俱有,正如一点水,用显微镜看,也是一个大世界。其中有一班"妾妇"们,上面已说过了,还有希望得爱,以九元一盒的糖果送人的老外国教授;有和著名的美人结婚,三月复离的青年教授;有以异性为玩艺儿,每年一定和一个人往来,先引之而终拒之的密斯先生;有打听糖果所在,群往吃之的好事之徒……世事大概差不多,地的繁华和荒僻,人的多少,都没有多大关系。

浙江独立,是确的了,今天听说陈仪的兵力已与卢香亭开仗,那么,陈在徐州也独立了,但究竟确否,却不能知。闽边的消息倒少听见,似乎周荫人是必倒的,而民军已到漳州。

长虹和韦素园又闹起来了,在上海出版的《狂飙》上大骂,又登了一封给我的信,要我说几句话。他们真是吃得闲空,然而我却不愿意陪着玩了,先前也陪得够苦了,所以拟置之不理。(闹的原因是因为《莽原》上不登培良的一篇剧本。)我的生命,实在为少爷们耗去了好几年,现在躲在岛上了,他们还不放。但此地的几个学生,已组织了一种出版物,叫做《波艇》,要我看稿,已经看了一期,自然是幼稚,但为鼓动空气计,所以仍然怂恿他们出版。逃来逃去,还是这样。

此地天气凉起来了,可穿夹衣。明天是星期,夜间大约要看影戏,是林肯一生的故事。大家集资招来的,共六十元,我出了一元,可坐特别座。林肯之类的事,我是不大要看的,但在这里,能有好的影片看么?大家所知道而以为好看的,至多也不过是林肯的一生之类罢了。

这信将于明天寄出,开学以后,邮政代办所也办公半天了。

H. M. 十月二十三日灯下

二十四日

日记 星期。晴,大风。上午寄景宋信并《语丝》,《莽原》。寄遇安信附与星农函。寄矛尘信。下午寄小峰信。夜观影戏,演林肯事迹。

二十五日

日记 晴。下午复谢旦信。收钦文所寄小说一包。收中国书店所寄《八史经籍志》一部十六本，直五元，由三弟代买，十八日发。晚寄钦文信。夜风。

二十六日

日记 晴，风。上午收淑卿所寄绒线衣两件，十滴药水一瓶，八日付邮。

二十七日

日记 昙。晨兼士来别。上午得景宋信，廿二日发。得伏园信，廿三日发。得三弟信，二十日发。得矛尘信，廿一日发。得季野信，十五日发。得秋芳信，十七日发。下午得北新局所寄书一包八种，十八日发。夜雨。

二十八日

日记 雨。上午寄淑卿信。

致 许广平

广平兄：

廿三日得十九日信及文稿后，廿四日即发一信，想已到。廿二日寄来的信，昨天收到了。闽粤间往来的船，当有许多艘，而邮递信件的船，似乎专为一个公司所包办，惟它的船才带信，所以一星期只有两回，上海也如此，我疑心这公司是太古。

我不得许可，不见得用对付三先生之法，请放心。但据我想，自已是恐怕未必开口,真是无法可想。这样食少事繁的生活,怎么持久?但既然决心做一学期,又有人来帮忙,做做也好,不过万不要拼命。人自然要办"公",然而总须大家都办,倘人们偷懒,而只有几个人拼命,未免太不"公"了,就该适可而止,可以省下的路少走几趟,可以不管的事少做几件,这并非昧了良心,自己也是国民之一,应该爱惜的,谁也没有要求独独几个人应该做得劳苦而死的权利。

我这几年来,常想给别人出一点力,所以在北京时,拼命地做,不吃饭,不睡觉,吃了药校对,作文。谁料结出来的,都是苦果子。一群人将我做广告自利,不必说了;便是小小的《莽原》,我一走也就闹架。长虹因为他们压下(压下而已)了投稿,和我理论,而他们则时时来信,说没有稿子,催我作文。我才知道牺牲一部分给人,是不够的,总非将你磨消完结,不肯放手。我实在有些愤怒了,我想至二十四期止,便将《莽原》停刊,没有了刊物,看他们再争夺什么。

我早已有点想到,亲戚本家,这回要认识你了,不但认识,还要要求帮忙,帮忙之后,还要大不满足,而且怨愤,因为他们以为你收入甚多,即使竭力地帮了,也等于不帮。将来如果偶需他们帮助时,便都退开,因为他们没有得过你的帮助,或者还要下石,这是对于先前吝啬的罚。这种情形,我都曾一一尝过了,现在你似乎也正在开始尝着这况味。这很使人苦恼,不平,但尝尝也好,因为更可以知道所谓亲戚本家是怎么一回事,知道世事就更真切了。倘永是在同一境遇,不忽儿穷忽儿有点收入,看世事就不能有这么多变化。但这状态是永续不得的,经验若干时之后,便须斩钉截铁地将他们撇开,否则,即使将自己全部牺牲了,他们也仍不满足,而且仍不能得救。

以上是午饭前写的,现在是四点钟,已经上了两堂课,今天没有事了。兼士昨天已走,早上来别,乃云玉堂可怜,如果可以敷衍,就维持维持他。至于他自己呢,大概是不再来,至多,不过再来转一转而已。伏园已有信来,云船上大吐,(他上船之前吃了酒,活该!)现寓长堤广泰来客店,大概我信到时,他也许已走了。浙江独立已失败，前回所闻陈仪反孙的话，可见也是假的。外面报上，说得甚热闹，但我看见浙江本地报，却很吞吐其词，似乎独立之初，本就灰色似的，并不如外间所传的轰轰烈烈。福建事也难明真相，有一种报上说周荫人已为乡团所杀，我想也未必真。

这里可穿夹衣，晚上或者可加棉坎肩，但近几天又无需了，今天下雨，也并不凉。我自从雇了一个工人之后，比较的便当得多。至于工作，其实也并不多，闲工夫尽有，但我总不做什么事，拿本无聊的书，玩玩的时候多，倘连编三四点钟讲义，便觉影响于睡眠，不易睡着，所以我讲义也编得很慢，而且少爷们来催我做文章时，大抵置之不理，做事没有上半年那么急进了，这似乎是退步，但从别一面看，倒是进步也难说。

楼下的后面有一片花圃，用有刺的铁丝拦着，我因为要看它有怎样的拦阻力，前几天跳了一回试试。跳出了，但那刺果然有效，刺了我两个小伤，一股上，一膝旁，不过并不深，至多不过一分。这是下午的事，晚上就全愈了，一点没有什么。恐怕这事将受训斥；然而这是因为知道没有危险，所以试试的。倘觉可虑，就很谨慎。这里颇多小蛇，常见打死着，腮部大抵不膨大，大概是没有什么毒的。但到天暗，我已不到草地上走，连晚上小解也不下楼去了，就用磁的唾壶装着，看没有人时，即从窗口泼下去。这虽然近于无赖，然而他们的设备如此不完全，我也只得如此。

玉堂病已好了。黄坚已往北京去接家眷，他大概决计要这里安身立命。我身体是好的，不吸酒，胃口亦佳，心绪比先前较安帖。

迅　十月二十八日

二十九日

日记　晴。上午寄景宋信。得伏园信附达夫函，廿五日发。得景宋信，二十三日发。得璇卿信，二十四日发。寄三弟信附景宋稿。

午后复陶璇卿信。寄小峰信。下午大风。

致 陶元庆

璇卿兄：

今天收到二十四日来信，知道又给我画了书面，感谢之至。惟我临走时，曾将一个武者小路作品的别的书面交给小峰，嘱他制板印刷，作为《青年的梦》的封面。现在不知可已印成，如已印成，则你给我画的那一个能否用于别的书上，请告诉我。小峰那边，我也写信问去了。

《彷徨》的书面实在非常有力，看了使人感动。但听说第二板的颜色有些不对了，这使我很不舒服。上海北新的办事人，于此等事太不注意，真是无法可想。但第二版我还未见过，这是从通信里知道的。

很有些人希望你给他画一个书面，托我转达，我因为不好意思贪得无厌的要求，所以都压下了。但一面想，兄如可以画，我自然也很希望。现在就都开列于下：

一　《卷葹》　这是王品青所希望的。乃是淦女士的小说集，《乌合丛书》之一。内容是四篇讲爱的小说。卷葹是一种小草，拔了心也不死，然而什么形状，我却不知道。品青希望将书名"卷葹"两字，作者名用一"淦"字，都即由你组织在图画之内，不另用铅字排印。此稿大约日内即付印，如给他画，请直寄钦文转交小峰。

二　《黑假面人》　李霁野译的安特来夫戏剧，内容大概是一个公爵举行假面跳舞会，连爱人也认不出了，因为都戴着面具，后来便发狂，疑心一切人永远都戴着假面，以至于死。这并不忙，现在尚未付印。

三　《坟》　这是我的杂文集，从最初的文言到今年的，现已付印。可否给我作一个书面？我的意思是只要和"坟"的意义绝无关系的装饰就好。字是这样写：鲁迅 坟 1907—25 （因为里面的都是这几年中所作）请你组织进去或另用铅字排印均可。以上两种是未名社的,《黑假面人》不妨从缓,因为还未付印。《坟》如画成,请寄厦门,或寄钦文托其转交未名社均可。

还有一点,董秋芳译了一本俄国小说革命以前的,叫作《争自由的波浪》,稿在我这里,将收入《未名丛刊》中了,可否也给他一点装饰。

一开就是这许多,实在连自己也觉得太多了。

鲁迅 十月二十九日

致 李霁野

霁野兄：

十四日的来信,昨天收到了,走了十五天。《坟》的封面画,自己想不出,今天写信托陶元庆君去了,《黑假面人》的也一同托了他。近来我对于他有些难于开口,因为他所作的画,有时竟印得不成样子,这回《彷徨》在上海再版,颜色都不对了,这在他看来,就如别人将我们的文章改得不通一样。

为《莽原》,我本月中又寄了三篇稿子,想已收到。我在这里所担的事情太繁,而且编讲义和作文是不能并立的,所以作文时和作了以后,都觉无聊与苦痛。稿子既然这样少,长虹又在捣乱见上海出版的《狂飙》,我想：不如至廿四期止,就停刊,未名社就专印书籍。一点广告,大约《语丝》还不至于拒绝罢。据长虹说,似乎《莽原》便是《狂飙》的化身,这事我却到他说后才知道。我并不希罕"莽原"这两个字,此后就废弃它。《坟》也不要称《莽原丛刊》之一了。至于期刊,则我以为有两法,一,从明年一月起,多约些做的人,改名另出,以免什么历史关系的牵扯,倘做的人少,就改为月刊,但稿须精选,至于名目,我想,"未名"就可以。二,索性暂时不出,待大家有兴致做的时候再说。《君山》单行本也可以印了。

这里就是不愁薪水不发。别的呢,交通不便,消息不灵,上海信的往来也需两星期,书是无论新旧,无处可买。我到此未及两月,似乎住了一年了,文字是一点也写不出。这样下去是不行的,所以我在这里能多久,也不一定。

《小约翰》还未动手整理,今年总没工夫了,但陶元庆来信,却云已准备给我画封面。

总之,薪水与创作,是势不两立的。要创作,还是要薪水呢?我现在一时还决不定。

此信不要发表。

迅　上十,二九,夜

《坟》的序言,将来当做一点寄上。

(此信的下面,自己拆过了重封的。)

致 许广平

广平兄:

前日(廿七)得廿二日的来信后;写一回信,今天上午自己拿到邮局去,刚投入邮箱,局员便将二十二日发的快信交给我了。这两封信是同船来的,论理本应该先收到快信,但说起来实在可笑,这里的情形是异乎寻常的。平常信件,一到就放在玻璃箱内,我们倒早看见;至于挂号的呢,却秘而不宣,一个局员躲在房里,一封一封上账,又写通知单,叫人带印章去取。这通知单也并不送来,仍旧供在玻璃箱内,等你自己走过看见快信也同样办理,所以凡挂号信和"快"信,一定比普通信收到得迟。

我暂不赴粤的情形,记得又在二十一日的信里说过了;现在伏园已有信来,并未有非我即去不可之意,既然开学在明年三月,则年底去也还不迟。我自然也有非即去不可之心,虽然并不全为公事。但事实的牵扯实在也太利害,就是,走开三礼拜后,所任的事搁下太多,倘此后一一补做,则工作太重,倘不补,就有沾了便宜的嫌疑。假如长在这里,自然可以慢慢地补做,不成问题,但我又并不作长久之计,而况还有玉堂的苦处呢。

至于我下半年那里去,那是不成问题的。上海,北京,我都不去,倘无别处可去,就仍在这里混半年。现在的去留,专在我自己,外界的鬼祟,一时还攻我不倒。我很想吃杨桃,其所以熬着者,为己,只有一个经济问题,为人,就只怕我一走,玉堂要立刻被攻击,所以有些彷徨。人就能为这样的小问题所牵制,实在可叹。

才发信,没有什么事了,再谈罢。

迅 十,二九,夜

三十日

日记 晴,大风。晨寄广平信。上午寄霁野信。收三弟所代买寄《全汉三国晋南北朝诗》一部二十本,《历代诗话》及《续编》四十本,直十九元。收辛岛君所寄『斯文』三本。下午得谢旦信。

《坟》题记

将这些体式上截然不同的东西,集合了做成一本书样子的缘由，说起来是很没有什么冠冕堂皇的。首先就因为偶尔看见了几篇将近二十年前所做的所谓文章。这是我做的么？我想。看下去，似乎也确是我做的。那是寄给《河南》的稿子；因为那编辑先生有一种怪脾气，文章要长，愈长，稿费便愈多。所以如《摩罗诗力说》那样，简直是生凑。倘在这几年，大概不至于那么做了。又喜欢做怪句子和写古字，这是受了当时的《民报》的影响；现在为排印的方便起见，改了一点，其余的便都由他。这样生涩的东西，倘是别人的，我恐怕不免要劝他"割爱"，但自己却总还想将这存留下来，而且也并不"行年五十而知四十九年非"，愈老就愈进步。其中所说的几个诗人，至今没有人再提起，也是使我不忍抛弃旧稿的一个小原因。他们的名，先前是怎样地使我激昂呵，民国告成以后，我便将他们忘却了，而不料现在他们竟又时时在我的眼前出现。

其次，自然因为还有人要看，但尤其是因为又有人憎恶着我的文章。说话说到有人厌恶，比起毫无动静来，还是一种幸福。天下不舒服的人们多着，而有些人们却一心一意在造专给自己舒服的世界。这是不能如此便宜的，也给他们放一点可恶的东西在眼前，使他有时小不舒服，知道原来自己的世界也不容易十分美满。苍蝇的飞鸣，是不知道人们在憎恶他的；我却明知道，然而只要能飞鸣就偏要飞鸣。我的可恶有时自己也觉得，即如我的戒酒，吃鱼肝油，以望延长我的生命，倒不尽是为了我的爱人，大大半乃是为了我的敌人，——给他们说得体面一点，就是敌人罢——要在他的好世界上多留一些缺陷。君子之徒曰：你何以不骂杀人不眨眼的军阀呢？斯亦卑怯也已！但我是不想上这些诱杀手段的当的。木皮道人说得好，"几年家软刀子割头不觉死"，我就要专指斥那些自称"无枪阶级"而其实是拿着软刀子的妖魔。即如上面所引的君子之徒的话，也就是一把软刀子。假如遭了笔祸了，你以为他就尊你为烈士了么？不，那时另有一番风凉话。倘不信，可看他们怎样评论那死于三一八惨杀的青年。

此外,在我自己,还有一点小意义,就是这总算是生活的一部分的痕迹。所以虽然明知道过去已经过去,神魂是无法追蹑的,但总不能那么决绝,还想将糟粕收敛起来,造成一座小小的新坟,一面是埋藏,一面也是留恋。至于不远的踏成平地,那是不想管,也无从管了。

　　我十分感谢我的几个朋友,替我搜集,抄写,校印,各费去许多追不回来的光阴。我的报答,却只能希望当这书印钉成工时,或者可以博得各人的真心愉快的一笑。别的奢望,并没有什么;至多,但愿这本书能够暂时躺在书摊上的书堆里,正如博厚的大地,不至于容不下一点小土块。再进一步,可就有些不安分了,那就是中国人的思想,趣味,目下幸而还未被所谓正人君子所统一,譬如有的专爱瞻仰皇陵,有的却喜欢凭吊荒冢,无论怎样,一时大概总还有不惜一顾的人罢。只要这样,我就非常满足了;那满足,盖不下于取得富家的千金云。

　　一九二六年十月三十大风之夜,鲁迅记于厦门。

　　　　原载 1926 年 11 月 20 日《语丝》周刊第 106 期,题作
《〈坟〉的题记》。
　　　　初收 1927 年 3 月北京未名社版《坟》。

三十一日

　　日记　星期。晴,风。上午得重久信,二十三日发。得漱园信,二十二日发。

十一月

一日

日记 晴。午后得广平信，十月廿七日发。夜风。

致 许广平

"林"兄：

十月廿七日的信，今天收到了；十九，二十二，二十三的信，也都收到。我于廿四，廿九，卅日均发信，想已到。至于刊物，则查载在日记上的，是廿一，廿四各一回，什么东西，已经忘记，只记得有一回内中有《域外小说集》。至于十，六的刊物，则日记上不载，不知道是否失载，还是其实是廿一所发，而我将月日写错了。只要看你是否收到廿一寄的一包，就知道，倘没有，那是我写错的了；但我仿佛又记得六日的是别一包，似乎并不是包，而是三本书对叠，像普通寄期刊那样的。

伏园已有信来，据说季黻的事很有希望，学校的别的事情却没有提。他大约不久当可回校，我可以知道一点情形，如果中大很想我去，我到后于学校有益，那我便于开学之前到那边去。此处别的都不成问题，只在对不对得住玉堂，但玉堂也太胡涂——不知道还是老实——无药可救。昨天谈天，有几句话很可笑。我之讨厌黄坚，有二事，一，因为他在食饭时给我不舒服；二，因为他令我一个人挂拓本，不许人帮忙。而昨天玉堂给他辨解，却道他"人很爽直"，那么，我本应该吃饭受气，独自陈列，他做的并不错，给我帮忙和对我客气的，倒都是"邪曲"的了。黄坚是玉堂的"襄理"，他的言动，是玉堂应该负责的,而玉堂似乎尚不悟。现黄坚已同兼士赴京,去接家眷去了,已大有永久之计,大约当与国学院同其始终罢。

顾颉刚在此专门荐人,图书馆有一缺,又在计画荐人了,是胡适之的书记。但昨听玉堂口气,对于这一层却似乎有些觉悟,恐怕他不能达目的了。至于学校方面,则这几天正在大敷衍马寅初;昨天浙江学生欢迎他,硬要拖我同去照相,我严辞拒绝,他们颇以为怪。呜呼,我非不知银行之可以发财,其如"道不同不相为谋"何。明天是校长赐宴,陪客又有我,他们处心积虑,一定要我去和银行家扳谈,苦哉苦哉!但我在知单上只[写]了一个"知"字,不去可知矣。

据伏园信说,副刊十二月开手,那么他到厦之后,两三礼拜便又须去了,也很好。

十一月一日午后

但我对于此后的方针,实在很有些徘徊不决,就是:做文章呢,还是教书?因为这两件事,是势不两立的。作文要热情,教书要冷静。兼做两样时,倘不认真,便两面都油滑浅薄,倘都认真,则一时使热血沸腾,一时使心平气和,精神便不胜困惫,结果也还是两面不讨好。看外国,做教授的文学家,是从来很少有的,我自己想,我如写点东西,大概于中国怕不无小好处,不写也可惜;但如果使我研究一种关于中国文学的事,一定也可以说出别人没有见到的话来,所以放下也似乎可惜。但我想,或者还不如做些有益于目前的文章,至于研究,则于余暇时做,不过如应酬一多,可又不行了。

研究系应该痛击,但我想,我大约只能乱骂一通,因为我太不冷静,他们的东西一看就生气,所以看不完,结果就只好乱打一通了。季黻是很细密的,可惜他文章不辣。办了副刊鼓吹起来,或者会有新手出现。

你的一篇文章,删改了一点寄出去了。建人近来似乎很忙,写给我的信都只草草的一点,我疑心他的朋友又到上海了,所以他至于无心写信。

此地这几天很冷，可穿夹袍，晚上还可以加棉背心。我是好的，胃口照常，但菜还是不能吃，这在这里是无法可想的。讲义已经一共做了五篇，从明天起想做季刊的文章了，我想在离开此地之前，给做一篇季刊的文章，给在学术讲演会讲演一次，其实是没有什么人听的。

迅　十一月一日灯下。

二日

日记　晴。上午寄广平信。下午得王衡信，十月廿四日发，并照相。

三日

日记　晴。下午得郑振铎信附宓汝卓信，即复。得曹轶欧信，即复。收辛岛骁君所寄抽印《古本三国志演义》十二叶，十月二十六日付邮。风。

四日

日记　晴，风。上午寄漱园信并《坟》之序目，附致小峰信，又附振铎来信之半。下午收十月分薪水泉四百。得景宋信，十月卅日发。

致 韦素园

漱园兄：

杨先生的文，我想可以给他登载，文章是絮烦点，但这也无法，自然由作者负责，现在要十分合意的稿，也很难。

寄上《坟》的序和目录，又第一页上的一点小画，请做锌板，至于那封面,就只好专等陶元庆寄来。序已另抄拟送登《语丝》,请不必在《莽原》发表。这种广告性的东西,登《莽原》不大好。

附上寄小峰的一函,是要紧的,请即叫一个可靠的人送去。

迅 十一,四

致 许广平

广平兄:

昨天刚发一信,现在也没有什么话要说,不过有一些小闲事,可以随便谈谈。我又在玩。——我这几天不大用功,玩着的时候多——所以就随便写它下来。

今天接到一篇来稿,是上海大学的曹轶欧(女生)寄的,其中讲起我在北京穿着洋布大衫在街上走,看不出是有名的文学家的事。下面注道:“这是我的朋友 P 京的 HM 女校生亲口对我说的。”P 自然是北京,但那校名却奇怪,我总想不出是那一个学校来,莫非就是女师大,和我们所用的是同一意义么?

今天又知道一件事,一个留学生在东京自称我的代表去见盐谷温氏,向他要他所印的书,自然说是我要的,但书尚未钉成,没有拿去。他怕事情弄穿,事后才写信到我这里来认错。你看他们的行为是多么荒唐,无论什么都要利用,可怕极了。

今天又知道一件事。先前顾颉刚要荐一个人到国学院,(是给胡适抄写的,冒充清华校研究生,)但没有成。现在这人终于来了,住在南普陀寺。为什么住到那里去的呢?因为伏园在那寺里的佛学院有几点钟功课(每月五十元),现在请人代着,他们就想挖取这地方。从昨天起,顾颉刚已在大施宣传手段,说伏园假期已满(实则未满)而不来,乃是在那边已经就职,不来的了。今天又另派探子,到我这里来探听伏园消息，我不禁好笑，答得极其神出鬼没，似乎不来，似乎并非不来，而且立刻要来，于是乎终于莫名其妙而去。你看研究系下的小卒就这么阴险，无孔不入，真是可怕可恨。不过我想这实在难对付，譬如要我对付，就必须将别的事情放下，另用一番心机，本业抛荒，所做的事就浮浅了。研究系学者之浅薄，就因为分心于此等下流事情之故也。

十一月三日大风之夜，迅。

十月卅日的信，今天收到了。马又要发脾气，我也无可奈何。事情也只得这样办，索性解决一下，较之天天对付，劳而无功自然好得多。叫我看戏目，我就看戏目；在这里也只能看戏目；不过总希望不要太做得力尽筋疲，一时养不转。

今天有从中大寄给伏园的信到来，那么，他早动身了，但尚未到，也许到汕头，福州游观去了罢。他走后给我两封信，关于我的事，一字不提。今天看见中大的考试委员（？）名单，文科中人多得很，他也在内，郭，郁也在，大约正不必再需别人，我似乎也不必太放在心上了。

关于我所用的听差的事，说起来话长了。初来时确是好的，现在也许还不坏。但自从伏园要他的朋友给大家包饭之后，他就忙得很，不大见面。后来他的朋友因为有几个人不大肯付钱（这是据听差说的），一怒而去，几个人就算了，而还有几个人要他续办，此事由伏园开端，我也无法禁止，也无从一一去接洽，劝他们另寻别人。现在这听差是忙，钱不够，我的饭钱和他的工钱都已预支一月以上，又伏园临走宣言：他不在时仍付饭钱。然而是一句话，现在这一笔账也在向我索取。我本来不善于管这些琐事，所以常常弄得头昏眼花。这些代付和预支的款，将来如能取回，则无须说，否则，在十月一日之内，我就是每日早上得一盆脸水，吃两顿饭，共需大洋约五十元。这样贵的听差，那里用得下去呢。解铃还仗系铃人，所以这回伏园回来，我仍要他将事情弄清楚，否则，我大概只能不再雇人了。

明天是季刊交稿的日期，所以昨夜我写信一张后，即动手做文章,别的东西不想动手研究了,便将先前弄过的东西东抄西撮,到半夜,今天一上半天,做好了,有四千字,并不吃力,从此就豫备玩几天;默念着一个某君,尤其是独坐在电灯下,窗外大风呼呼的时候。这里已可穿棉坎肩,似乎比广州冷。我先前同兼士往市上,见他买鱼肝油,便趁热闹也买了一瓶。近来散拿吐瑾吃完了,就试用鱼肝油,这几天胃口仿佛渐渐好起来似的,我想再试几天看,将来或者就吃鱼肝油(麦精的,即"帕勒塔")也说不定。

迅。 十月[十一月]四日灯下。

五日

　　日记 晴,风。上午得季黻信,廿八日发。得吕云章信,同日发。得淑卿信,同日发,午后复,附致季市笺。寄景宋信。下午伏园自广州回,持来遇安信并代买之广雅书局书十八种三十四本,共泉十二元八角。

六日

　　日记 晴,风。上午得素园信片,十月廿七日发。

七日

　　日记 星期。晴,风。上午得素园信二封,廿九及卅日发。得钦文信,二十九日发。

厦门通信(二)

小峰兄:

　　《语丝》百一和百二期,今天一同收到了。许多信件一同收到,在这里是常有的事，大约每星期有两回。我看了这两期的《语丝》特别喜欢，恐怕是因为他们已经超出了一百期之故罢。在中国，几个人组织的刊物要出到一百期，实在是不容易的。

我虽然在这里，也常想投稿给《语丝》，但是一句也写不出，连"野草"也没有一茎半叶。现在只是编讲义。为什么呢？这是你一定了然的：为吃饭。吃了饭为什么呢？倘照这样下去，就是为了编讲义。吃饭是不高尚的事，我倒并不这样想。然而编了讲义来吃饭，吃了饭来编讲义，可也觉得未免近于无聊。别的学者们教授们又作别论，从我们平常人看来，教书和写东西是势不两立的，或者死心塌地地教书，或者发狂变死地写东西，一个人走不了方向不同的两条路。

忽然记起一件事来了，还是夏天罢，《现代评论》上仿佛曾有正人君子之流说过：因为骂人的小报流行，正经的文章没有人看，也不能印了。我很佩服这些学者们的大才。不知道你可能替我调查一下，他们有多少正经文章的稿子"藏于家"，给我开一个目录？但如果是讲义，或者什么民法八万七千六百五十四条之类，那就不必开，我不要看。

今天又接到漱园兄的信，说北京已经结冰了。这里却还只穿一件夹衣，怕冷就晚上加一件棉背心。宋玉先生的什么"皇天平分四时兮窃独悲此凛秋，白露既下百草兮奄离披此梧楸"等类妙文，拿到这里来就完全是"无病呻吟"。白露不知可曾"下"了百草，梧楸却并不离披，景象大概还同夏末相仿。我的住所的门前有一株不认识的植物，开着秋葵似的黄花。我到时就开着花的了，不知道他是什么时候开起的；现在还开着；还有未开的蓓蕾，正不知道他要到什么时候才肯开完。"古已有之"，"于今为烈"，我近来很有些怕敢看他了。还有鸡冠花，很细碎，和江浙的有些不同，也红红黄黄地永是这样一盆一盆站着。

我本来不大喜欢下地狱，因为不但是满眼只有刀山剑树，看得太单调，苦痛也怕很难当。现在可又有些怕上天堂了。四时皆春，一年到头请你看桃花,你想够多么乏味？即使那桃花有车轮般大,也只能在初上去的时候,暂时吃惊,决不会每天做一首"桃之夭夭"的。

然而荷叶却早枯了;小草也有点萎黄。这些现象,我先前总以为是所谓"严霜"之故,于是有时候对于那"凛秋"不免口出怨言,加以攻击。然而这里却没有霜,也没有雪,凡萎黄的都是"寿终正寝",怪不得别个。呜呼,牢骚材料既被减少,则又有何话之可说哉!

现在是连无从发牢骚的牢骚,也都发完了。再谈罢。从此要动手编讲义。

鲁迅。十一月七日。

原载 1926 年 11 月 27 日《语丝》周刊第 107 期。

初收 1927 年 5 月上海、北京北新书局版《华盖集续编》。

致 韦素园

漱园兄:

十月廿八及卅日信,今日俱收到。长虹的事,我想这个广告也无聊,索性完全置之不理。

关于《莽原》封面,我想最好是请司徒君再画一个,或就近另设法,因为我刚寄陶元庆一信,托他画许多书面,实在难于再开口了。

丛书及《莽原》事,最好是在京的几位全权办理。书籍销售似不坏,当然无须悲观。但大小事务,似不必等我决定,因为我太远。

此地现只能穿夹衣。薪水不愁,而衣食均不便,——须自经理,又极不便,话也一句不懂,连买东西都难。又无刺戟,思想都停滞了,毫无做文章之意。这样下去,是不行的,所以我现在心思颇活动,想走到别处去。

迅 十一,七

344

八日

日记 晴。午后汪剑尘来。寄吕云章信。寄景宋信并书一包。寄小峰稿。寄漱园信。下午得漱园信片,二十九日发。夜大风。

致 许广平

广平兄:

昨上午寄出一信,想已到。下午伏园就回来了,关于学校的事,他不说什么,问了的结果,所知道的是(1)学校想我去教书,但并无聘书;(2)季黻的事尚无结果,最后的答复是"总有法子想";(3)他自己除编副刊外,也是教授,已有聘书;(4)学校又另电请几个人,内有顾颉刚。顾之反对民党,早已显然,而广州则电邀之,对于热心办事如季黻者,说了许多回,则懒懒地不大注意,似乎当局者于看人一端,很不了然,实属无法。所以我的行止,当看以后的情形再定,但总当于阴历年假去走一回,这里阳历只放几天,阴历却有三礼拜。

李遇安前有信来,说访友不遇,要我给他设法介绍,我即给了一封绍介于陈惺农的信,从此无消息。这回伏园说遇诸途,他早在中大做职员了,也并不去见惺农,这些事真不知是怎么的,我如在做梦。他带一封信来,并不提起何以不去见陈,但说我如往广州,创造社的人们很喜欢,似乎又与那社的人在一处,真是莫名其妙。

伏园带了杨桃回来,昨晚吃过了。我以为味并不十分好,而汁多可取,最好是那香气,出于各种水果之上。又有"桂花蝉"和"龙虱",样子实在好看,但没有一个人敢吃;厦门有这两种东西,但不吃。你吃过么?什么味道?

以上是午前写的,写到那地方,须往外面的小饭店去吃饭。因为我的听差不包饭了,说是本校的厨房要打他,(这是他的话,确否殊不可知)我们这里虽吃一点饭也就如此麻烦。在店里遇见容肇祖(东莞人,本校讲师)和他的满口广东话的太太。对于桂花蝉之类,他们俩的主张就不同,容说好吃的,他的太太说不好吃的。

六日灯下

从昨天起,吃饭又发生问题了,须上小馆子或买面包来,这种问题都得自己时时操心,所以也不大静得下。我本可以于年底将此地决然舍去,但所迟疑的怕广州比这里还烦劳,认识我的少爷们也多,不几天就忙得如在北京一样。

中大的薪水比厦大少,这我倒并不在意。所虑的是功课多,听说每周最多可至十二小时,而作文章一定也万不能免,即如伏园所办的副刊,我一定也就是被用的器具之一,倘再加别的事情,我就又须吃药做文章了。前回因莽原社来信说无人投稿,我写信叫停刊,现在回信说不停,因为投稿又有了好几篇。我为了别人,牺牲已不可谓不少,现在从许多事情观察起来,只觉得他们对于我凡可以使役时便竭力使役,可以诘责时便竭力诘责,将来可以攻击时便自然竭力攻击,因此我于进退去就,颇有戒心,这或者也是颓唐之一端,但我觉得也是环境造成的。

其实我也还有一点野心,也想到广州后,对于研究系加以打击,至多无非我不能到北京去,并不在意;第二是同创造社连络,造一条战线,更向旧社会进攻,我再勉力做一点文章,也不在意。但不知怎的,看见伏园回来吞吞吐吐之后,就很心灰意懒了。但这也不过是这一两天如此,究竟如何,还当看后来的情形。

今天大风,为一点吃饭的小事情而奔忙;又是礼拜,陪了半天客,无聊得头昏眼花了,所以心绪不大好,发了一通牢骚。望勿以为虑,静一静又会好的。

迅 十一月七日灯下

明天想寄给你一包书,没有什么好的,自己如不要,可以分给别人。

昨天信上发了一通牢骚后,又给《语丝》做了一点《厦门通信》,牢骚已经发完,舒服得多了。今天已经说好一个厨子包饭,每月十元,饭菜还可以吃,大概又可以敷衍半月一月罢。

昨夜玉堂来打听广东情形,我们因劝其将此处放弃,明春同赴广州,他想了一会说,我来时提出的条件,学校一一允许,怎能忽而不干呢?他大约决不离开这里的了,所以我看他对于国学院现状,似乎颇满足,既无决然舍去之心,亦无彻底改造之意,不过小小补苴,混下去而已。他之不能活动,而必须在此,似与太太很有关系,太太之父在鼓浪屿,其兄在此为校医,玉堂之来,闻系彼力荐,今玉堂之二兄一弟,亦俱在校,大有生根之概,自然不能动弹了。

浙江独立早已灰色,夏超确已死了,是为自己的兵所杀的,浙江的警备队,全不中用。今天看报,知九江已克,周凤岐(浙兵师长)降,也已见于路透电,定是确的,则孙传芳仍当声势日蹙耳,我想浙江或当还有点变化。

H. M. 十一月八日午后

九日

日记 晴。下午得景宋信,五日发。

致 韦素园

漱园兄:

昨才寄一信,下午即得廿九之信片。我想《莽原》只要稿,款两样不缺,便管自己办下去。对于长虹,印一张夹在里面也好,索性置之不理也好,不成什么问题。他的种种话,也不足与辩,《莽原》收不到,也不能算一种罪状的。

要鸣不平,我比长虹可鸣的要多得多多;他说以"生命赴《莽原》"了,我也并没有从《莽原》延年益寿,现在之还在生存,乃是自己寿命未尽之故也。他们不知在玩什么圈套。今年夏天就有一件事,是尚钺的小说稿,原说要印入《乌合丛书》的。一天高歌忽而来取,说尚钺来信,要拿回去整理一番。我便交给他了。后来长虹从上海来信,说"高歌来信说你将尚钺的稿交还了他,不知何故?"我不复。一天,高歌来,抽出这信来看,见了这话,问道,"那么,拿一半来,如何?"我答:"不必了。"你想,这奇怪不奇怪?然而我不但不写公开信,并且没有向人说过。

《狂飙》已经看到四期,逐渐单调起来了。较可注意的倒是《幻洲》《莽原》在上海减少百份,也许是受它的影响,因为学生的购买力只有这些,但第二期已不及第一期,未卜后来如何。《莽原》如作者多几个,大概是不足虑的,最后的决定究竟是在实质上。

迅 十一,九,夜

·

致 许广平

广平兄:

昨天上午寄出一包书并一封信,下午即得五日的来信,我想如果再等信来而后写,恐怕要隔许多天了,所以索性再写几句,明天付邮,任它和前信相接,或一同寄到罢。

校事也只能这么办。但不知近来如何?但如忙则无须详叙,因为我对于此事并不怎样放在心里,因为这一回的战斗,情形已和对杨荫榆不同也。

伏园已到厦，大约十二月中再去。遇安只托他带给我函函胡胡的一封信，但我已研究出，他前信说无人认识是假的。《语丝》第百一期上徐祖正做的《送南行的爱而君》的 L 就是他，给他好几封信，绍介给熟人（＝创造社中人），所以他和创造社人在一处了，突然遇见伏园，乃是意外之事，因此对我便只好吞吞吐吐。"老实"与否，可研究之。我又已探明他现在的地位，是中大委员会的速记员，和委员们很接近的，并闻，以备参考。

忽而写信来骂，忽而自行取消的黎锦明也和他在一处，我这几天忽儿对于到广州教书的事，很有些踌躇了，觉得情形将和在北京时相同，厦门当然难以久留，此外也无处可去，实在有些焦躁。我其实还敢于站在前线上，但发见称为"同道"的暗中将我作傀儡或背后枪击我，却比被敌人所伤更其悲哀。长虹和素园的闹架还没有完，长虹迁怒于《未名丛刊》，连厨川白村的书也忽然不过是"灰色的勇气"了。听说小峰也并不能将约定的钱照数给家里，但家用却并没有不足。我的生命，被他们乘机另碎取去的，我觉得已经很不少，此后颇想不蹈这覆辙了。

突又发起牢骚来，这回的牢骚似乎日子发得长一点，已经有两三天，但我想明后天就要平复了，不要紧的。

这里还是照先前一样，并没有什么；只听说漳州是民军就要入城了。克复九江，则甚[其]事当甚确。昨天又听到一消息，说陈仪入浙后，也独立了，这使我很高兴，但今天无续得之消息，必须再过几天，才能知道真假。

中国学生学什么意大利，以趋奉北政府，还说什么"树的党"，可笑可恨。别的人就不能用更粗的棍子对打么？伏园回来说广州学生情形，似乎和北京的大差其远，这很出我意外。

迅　十一月九日灯下

349

十日

日记 晴。上午寄景宋信。寄漱园信。同伏园往厦门市买药及鞋，帽，火酒等，共泉二十二元。在商务印书馆买《资治通鉴考异》、《笺注陶渊明集》各一部，信封百，笺五十，共泉二元八角。往南轩酒楼午餐，下午雇船归。得淑卿信，一日发。得漱园信，二日发。得春台信，三日绍兴发。得邢墨卿信，三日上海发。夜风。

十一日

日记 晴。上午得中山大学聘书并李遇安信，五日发。得景宋信，七日发。

写在《坟》后面

在听到我的杂文已经印成一半的消息的时候，我曾经写了几行题记，寄往北京去。当时想到便写，写完便寄，到现在还不满二十天，早已记不清说了些甚么了。今夜周围是这么寂静，屋后面的山脚下腾起野烧的微光；南普陀寺还在做牵丝傀儡戏，时时传来锣鼓声，每一间隔中，就更加显得寂静。电灯自然是辉煌着，但不知怎地忽有淡淡的哀愁来袭击我的心，我似乎有些后悔印行我的杂文了。我很奇怪我的后悔；这在我是不大遇到的，到如今，我还没有深知道所谓悔者究竟是怎么一回事。但这心情也随即逝去，杂文当然仍在印行，只为想驱逐自己目下的哀愁，我还要说几句话。

记得先已说过：这不过是我的生活中的一点陈迹。如果我的过往，也可以算作生活，那么，也就可以说，我也曾工作过了。但我并无喷泉一般的思想，伟大华美的文章，既没有主义要宣传，也不想发起一种什么运动。不过我曾经尝得，失望无论大小，是一种苦味，所以几年以来,有人希望我动动笔的,只要意见不很相反,我的力量能够支撑,就总要勉力写几句东西,给来者一些极微末的欢喜。人生多苦辛,而人们有时却极容易得到安慰,又何必惜一点笔墨,给多尝些孤独的悲哀呢?于是除小说杂感之外,逐渐又有了长长短短的杂文十多篇。其间自然也有为卖钱而作的,这回就都混在一处。我的生命的一部分,就这样地用去了,也就是做了这样的工作。然而我至今终于不明白我一向是在做什么。比方做土工的罢,做着做着,而不明白是在筑台呢还是掘坑。所知道的是即使是筑台,也无非要将自己从那上面跌下来或者显示老死;倘是掘坑,那就当然不过是埋掉自己。总之:逝去,逝去,一切一切,和光阴一同早逝去,在逝去,要逝去了。——不过如此,但也为我所十分甘愿的。

然而这大约也不过是一句话。当呼吸还在时,只要是自己的,我有时却也喜欢将陈迹收存起来,明知不值一文,总不能绝无眷恋,集杂文而名之曰《坟》,究竟还是一种取巧的掩饰。刘伶喝得酒气熏天,使人荷锸跟在后面,道:死便埋我。虽然自以为放达,其实是只能骗骗极端老实人的。

所以这书的印行,在自己就是这么一回事。至于对别人,记得在先也已说过,还有愿使偏爱我的文字的主顾得到一点喜欢;憎恶我的文字的东西得到一点呕吐,——我自己知道,我并不大度,那些东西因我的文字而呕吐,我也很高兴的。别的就什么意思也没有了。倘若硬要说出好处来,那么,其中所介绍的几个诗人的事,或者还不妨一看;最末的论“费厄泼赖”这一篇,也许可供参考罢,因为这虽然不是我的血所写,却是见了我的同辈和比我年幼的青年们的血而写的。

偏爱我的作品的读者,有时批评说,我的文字是说真话的。这其实是过誉,那原因就因为他偏爱。我自然不想太欺骗人,但也未尝将心里的话照样说尽,大约只要看得可以交卷就算完。我的确时时解剖别人,然而更多的是更无情面地解剖我自己,发表一点,酷爱温暖的人物已经觉得冷酷了，如果全露出我的血肉来，末路正不知要到怎样。我有时也想就此驱除旁人，到那时还不唾弃我的，即使是枭蛇鬼怪，也是我的朋友，这才真是我的朋友。倘使并这个也没有，则就是我一个人也行。但现在我并不。因为，我还没有这样勇敢，那原因就是我还想生活，在这社会里。还有一种小缘故，先前也曾屡次声明，就是偏要使所谓正人君子也者之流多不舒服几天，所以自己便特地留几片铁甲在身上，站着，给他们的世界上多有一点缺陷，到我自己厌倦了，要脱掉了的时候为止。

倘说为别人引路，那就更不容易了，因为连我自己还不明白应当怎么走。中国大概很有些青年的"前辈"和"导师"罢，但那不是我，我也不相信他们。我只很确切地知道一个终点，就是：坟。然而这是大家都知道的，无须谁指引。问题是在从此到那的道路。那当然不只一条，我可正不知那一条好，虽然至今有时也还在寻求。在寻求中，我就怕我未熟的果实偏偏毒死了偏爱我的果实的人，而憎恨我的东西如所谓正人君子也者偏偏都磨铄，所以我说话常不免含胡，中止，心里想：对于偏爱我的读者的赠献，或者最好倒不如是一个"无所有"。我的译著的印本，最初，印一次是一千，后来加五百，近时是二千至四千，每一增加，我自然是愿意的，因为能赚钱，但也伴着哀愁，怕于读者有害，因此作文就时常更谨慎，更踌躇。有人以为我信笔写来，直抒胸臆，其实是不尽然的，我的顾忌并不少。我自己早知道毕竟不是什么战士了，而且也不能算前驱，就有这么多的顾忌和回忆。还记得三四年前，有一个学生来买我的书，从衣袋里掏出钱来放在我手里，那钱上还带着体温。这体温便烙印了我的心，至今要写文字时，还常使我怕毒害了这类的青年，迟疑不敢下笔。我毫无顾忌地说话的日子，恐怕要未必有了罢。但也偶尔想，其实倒还是毫无顾忌地说话，对得起这样的青年。但至今也还没有决心这样做。

今天所要说的话也不过是这些，然而比较的却可以算得真实。

此外，还有一点余文。

记得初提倡白话的时候，是得到各方面剧烈的攻击的。后来白话渐渐通行了，势不可遏，有些人便一转而引为自己之功，美其名曰"新文化运动"。又有些人便主张白话不妨作通俗之用；又有些人却道白话要做得好，仍须看古书。前一类早已二次转舵，又反过来嘲骂"新文化"了；后二类是不得已的调和派，只希图多留几天僵尸，到现在还不少。我曾在杂感上掊击过的。

新近看见一种上海出版的期刊，也说起要做好白话须读好古文，而举例为证的人名中，其一却是我。这实在使我打了一个寒噤。别人我不论，若是自己，则曾经看过许多旧书，是的确的，为了教书，至今也还在看。因此耳濡目染，影响到所做的白话上，常不免流露出它的字句，体格来。但自己却正苦于背了这些古老的鬼魂，摆脱不开，时常感到一种使人气闷的沉重。就是思想上，也何尝不中些庄周韩非的毒，时而很随便，时而很峻急。孔孟的书我读得最早，最熟，然而倒似乎和我不相干。大半也因为懒惰罢，往往自己宽解，以为一切事物，在转变中，是总有多少中间物的。动植之间，无脊椎和脊椎动物之间，都有中间物；或者简直可以说，在进化的链子上，一切都是中间物。当开首改革文章的时候，有几个不三不四的作者，是当然的，只能这样，也需要这样。他的任务，是在有些警觉之后，喊出一种新声；又因为从旧垒中来，情形看得较为分明，反戈一击，易制强敌的死命。但仍应该和光阴偕逝，逐渐消亡，至多不过是桥梁中的一木一石，并非什么前途的目标，范本。跟着起来便该不同了，倘非天纵之圣，积习当然也不能顿然荡除，但总得更有新气象。以文字论，就不必更在旧书里讨生活，却将活人的唇舌作为源泉，使文章更加接近语言，更加有生气。至于对于现在人民的语言的穷乏欠缺，如何救济，使他丰富起来，那也是一个很大的问题，或者也须在旧文中取得若干资料，以供使役，但这并不在我现在所要说的范围以内，姑且不论。

我以为我倘十分努力，大概也还能够博采口语，来改革我的文章。但因为懒而且忙，至今没有做。我常疑心这和读了古书很有些关系，因为我觉得古人写在书上的可恶思想，我的心里也常有，能否忽而奋勉，是毫无把握的。我常常诅咒我的这思想，也希望不再见于后来的青年。去年我主张青年少读，或者简直不读中国书，乃是用许多苦痛换来的真话，决不是聊且快意，或什么玩笑，愤激之辞。古人说，不读书便成愚人，那自然也不错的。然而世界却正由愚人造成，聪明人决不能支持世界，尤其是中国的聪明人。现在呢，思想上且不说，便是文辞，许多青年作者又在古文，诗词中摘些好看而难懂的字面，作为变戏法的手巾，来装潢自己的作品了。我不知这和劝读古文说可有相关，但正在复古，也就是新文艺的试行自杀，是显而易见的。

不幸我的古文和白话合成的杂集，又恰在此时出版了，也许又要给读者若干毒害。只是在自己，却还不能毅然决然将他毁灭，还想借此暂时看看逝去的生活的余痕。惟愿偏爱我的作品的读者也不过将这当作一种纪念，知道这小小的丘陇中，无非埋着曾经活过的躯壳。待再经若干岁月，又当化为烟埃，并纪念也从人间消去，而我的事也就完毕了。上午也正在看古文，记起了几句陆士衡的吊曹孟德文，便拉来给我的这一篇作结——

既眡古以遗累，信简礼而薄葬。

彼裘绂于何有，贻尘谤于后王。

嗟大恋之所存，故虽哲而不忘。

览遗籍以慷慨，献兹文而凄伤！

一九二六，一一，一一，夜。鲁迅。

原载 1926 年 12 月 4 日《语丝》周刊第 108 期。

初收 1927 年 3 月北京未名社版《坟》。

致 韦素园

漱园兄：

饶超华的《致母》，我以为并不坏，可以给他登上，今寄回；其余的已直接寄还他了。

小酩的一篇太断片似的，描写也有不足，以不揭载为是，今亦寄回。

《莽原》背上可以无须写何人所编，我想，只要写"莽原合本_格空一1"就够了。

我本想旅行一回，后来中止了，因为一请假，则荒废的事情太多。

迅　十一月十一日

十二日

日记　晴。上午寄饶超华信并稿。寄韦漱园信并稿。寄邢墨卿信。

十三日

日记　晴。夜同丁山，伏园往南普陀寺观傀儡戏，食面。大风雨。

致 韦素园

漱园兄：

前天写了一点东西，拟放在《坟》之后面，还想在《语丝》上先发

表一回（本来《莽原》亦可，但怕太迟，离本书的发行已近，而纸面亦可惜），今附上致小峰一笺，请并稿送去，印后仍收回，交与排《坟》之印局。倘《坟》之出版期已近，则不登《语丝》亦可，请酌定。

首尾的式样，写一另纸，附上。

目录上也须将题目添上，但应与以上之本文的题目离开一行。

迅　十一，十三

另页起

空半格　　　空一行

上空四格3 写在坟后面

空一行

5 在听到我的杂文已经印成一半的消息的时候，我曾经……

结尾的样子。

作结——

空一行

不知印本每行多少字，如30字则此四行上空6格；如36字，则空8格

空格 ｛ 既睇古以遗累，信简礼而薄葬。

彼裘绂于何有，贻尘谤于后王。

嗟大恋之所存，故虽哲而不忘。

览遗籍以慷慨，献兹文而凄伤！

空一行

5 一九二六，十一，十一，夜。下空四格

5鲁　迅 下空八格

致 李小峰

小峰兄：

有一篇《坟》的跋，不知《语丝》要一印否？如要，请即发表。排后并请将原稿交还漱园兄，并嘱手民，勿将原稿弄脏。

356

十四日

日记　星期。晦。上午寄漱园信并稿，附致小峰笺。大风雨。寄淑卿信。

《争自由的波浪》小引

俄国大改革之后，我就看见些游览者的各种评论。或者说贵人怎样惨苦，简直不像人间；或者说平民究竟抬了头，后来一定有希望。或褒或贬，结论往往正相反。我想，这大概都是对的。贵人自然总要较为苦恼，平民也自然比先前抬了头。游览的人各照自己的倾向，说了一面的话。近来虽听说俄国怎样善于宣传，但在北京的报纸上，所见的却相反，大抵是要竭力写出内部的黑暗和残酷来。这一定是很足使礼教之邦的人民惊心动魄的罢。但倘若读过专制时代的俄国所产生的文章，就会明白即使那些话全是真的，也毫不足怪。俄皇的皮鞭和绞架，拷问和西伯利亚，是不能造出对于怨敌也极仁爱的人民的。

以前的俄国的英雄们，实在以种种方式用了他们的血，使同志感奋，使好心肠人堕泪，使刽子手有功，使闲汉得消遣。总是有益于人们，尤其是有益于暴君，酷吏，闲人们的时候多；餍足他们的凶心，供给他们的谈助。将这些写在纸上，血色早已轻淡得远了；如但兼珂的慷慨，托尔斯多的慈悲，是多么柔和的心。但当时还是不准印行。这做文章，这不准印，也还是使凶心得餍足，谈助得加添。英雄的血，始终是无味的国土里的人生的盐，而且大抵是给闲人们作生活的盐,这倒实在是很可诧异的。

这书里面的梭斐亚的人格还要使人感动,戈理基笔下的人生也还活跃着,但大半也都要成为流水帐簿罢。然而翻翻过去的血的流水帐簿,原也未始不能够推见将来,只要不将那帐目来作消遣。

有些人到现在还在为俄国的上等人鸣不平,以为革命的光明的标语,实际倒成了黑暗。这恐怕也是真的。改革的标语一定是较光明的;做这书中所收的几篇文章的时代,改革者大概就很想普给一切人们以一律的光明。但他们被拷问,被幽禁,被流放,被杀戮了。要给,也不能。这已经都写在帐上,一翻就明白。假使遏绝革新,屠戮改革者的人物,改革后也就同浴改革的光明,那所处的倒是最稳妥的地位。然而已经都写在帐上了,因此用血的方式,到后来便不同,先前似的时代在他们已经过去。

中国是否会有平民的时代,自然无从断定。然而,总之,平民总未必会舍命改革以后,倒给上等人安排鱼翅席,是显而易见的,因为上等人从来就没有给他们安排过杂合面。只要翻翻这一本书,大略便明白别人的自由是怎样挣来的前因,并且看看后果,即使将来地位失坠,也就不至于妄鸣不平,较之失意而学佛,切实得多多了。所以,我想,这几篇文章在中国还是很有好处的。

一九二六年十一月十四日风雨之夜,鲁迅记于厦门。

原载 1927 年 1 月 1 日《语丝》周刊第 112 期。

初未收集。

《嵇康集》考

自汉至隋时人别集,《隋书》《经籍志》著录四百三十五部四千三百七十七卷,合以梁所曾有,得八百八十四部八千一百二十一卷。

然在今，则虽宋人重辑之本，已不多觏。若其编次有法，赠答具存，可略见原来矩度者，惟魏嵇，阮，晋二陆，陶潜，宋鲍照，齐谢朓，梁江淹而已。尝写得明吴匏庵丛书堂本《嵇康集》，颇胜众本，深惧湮昧，因稍加校雠，并考其历来卷数名称之异同及逸文然否，以备省览云。

一　考卷数及名称

《隋书》《经籍志》：魏中散大夫《嵇康集》十三卷。（原注：梁十五卷，《录》一卷。）

《唐书》《经籍志》：《嵇康集》十五卷。

《新唐书》《艺文志》：《嵇康集》十五卷。

> 案：康集最初盖十五卷，《录》一卷。隋缺二卷，及《录》。至唐复完，而失其《录》。其名皆曰《嵇康集》。

郑樵《通志》《艺文略》：魏中散大夫《嵇康集》十五卷。

《崇文总目》：《嵇康集》十卷。

晁公武《郡斋读书志》：《嵇康集》十卷。右魏嵇康叔夜也，谯国人。康美词气，有丰仪，不事藻饰。学不师受，博览该通。长好老庄，属文玄远。以魏宗室婚，拜中散大夫。景元初，钟会谮于晋文帝，遇害。

尤袤《遂初堂书目》：《嵇康集》。

陈振孙《直斋书录解题》：《嵇中散集》十卷。魏中散大夫谯嵇康叔夜撰。本姓奚，自会稽涉谯之铚县嵇山，家其侧，遂氏焉，取"嵇"字之上，志其本也。所著文论六七万言，今存于世者仅如此。《唐志》犹有十五卷。

《宋史》《艺文志》：《嵇康集》十卷。

马端临《文献通考》《经籍考》：《嵇康集》十卷。……

> 案：至宋，仅存十卷，其名仍曰《嵇康集》。《通志》作十五卷者，录《唐志》旧文。《书录解题》称《嵇中散集》者，陈

氏书久佚,清人从《永乐大典》辑出,因用后来所称之名,原书盖不如此。

　　宋时《嵇康集》大概,见王柳楙《野客丛书》(卷八),其文云:"《嵇康传》曰,康喜谈名理,能属文,撰《高士传赞》,作《太师箴》,《声无哀乐论》。余得毘陵贺方回家所藏缮写《嵇康集》十卷,有诗六十八首,今《文选》所载才三数首。《选》惟载康《与山巨源绝交书》一首,不知又有《与吕长悌绝交》一书。《选》惟载《养生论》一篇,不知又有《与向子期论养生难答》一篇,四千余言,辩论甚悉。集又有《宅无吉凶摄生论难》上中下三篇,《难张辽□自然好学论》一首,《管蔡论》,《释私论》,《明胆论》等文。其词旨玄远,率根于理,读之可想见当时之风致。《崇文总目》谓《嵇康集》十卷,正此本尔。唐《艺文志》谓《嵇康集》十五卷,不知五卷谓何?"

杨士奇《文渊阁书目》:《嵇康文集》。(原注:一部,一册。阙。)

叶盛《菉竹堂书目》:《嵇康文集》一册。

焦竑《国史》《经籍志》:《嵇康集》十五卷。

高儒《百川书志》:《嵇中散集》十卷。魏中散大夫谯人嵇康叔夜撰。诗四十七,赋十(按此字衍)三,文十五,附四。

祁承爜《澹生堂书目》:《嵇中散集》三册。(原注:十卷,嵇康。)《嵇中散集略》一册。(原注:一卷。)

　　　案:明有二本。一曰《嵇康文集》,卷数未详。一曰《嵇中散集》,仍十卷。十五卷本宋时已不全,焦竑所录,盖仍袭《唐志》旧文,不足信。

钱谦益《绛云楼书目》:《嵇中散集》二册。(陈景云注:十卷。黄刻,佳。)

钱曾《述古堂藏书目》:《嵇中散集》十卷。

《四库全书总目》:《嵇中散集》十卷。……

案：至清，皆称《嵇中散集》，仍十卷。其称《嵇康文集》
者，无闻。

孙星衍《平津馆鉴藏记》：《嵇中散集》十卷。每卷目录在前。前
有嘉靖乙酉黄省曾序，称"校次瑶编，汇为十卷"，疑此本为黄氏所
定。然……与王楙所见本同。此本即从宋本翻雕。黄氏序文，特夸
言之耳。……

洪颐煊《读书丛录》：《嵇中散集》十卷。每卷目录在前。前有嘉
靖乙酉黄省曾序。《三国志》《邴原传》裴松之注："张貌父邈，字叔
辽，《自然好学论》在《嵇康集》。"今本亦有此篇。又诗六十六首，与
王楙《野客丛书》本同。是从宋本翻雕。……

朱学勤《结一庐书目》：《嵇中散集》十卷。（原注：计一本。魏嵇
康撰。明嘉靖四年，黄氏仿宋刊本。）

案：明刻《嵇中散集》，有黄省曾本，汪士贤本，程荣本，
又有张燮《七十二家集》本，张溥《一百三家集》本。黄刻最
先，清藏书家皆以为出于宋本，最善。

陆心源《皕宋楼藏书志》：《嵇康集》十卷。（原注：旧抄本。）晋嵇
康撰。……今世所通行者，惟明刻二本，一为黄省曾校刊本，一为张
溥《百三家集》本。……然脱误并甚，几不可读。……此本从明吴匏庵
丛书堂抄宋本过录。……余以明刊本校之，知明本脱落甚多。……书
贵旧抄，良有以也。

江标《丰顺丁氏持静斋书目》：《嵇中散集》十卷。明汪士贤刊
本。康熙间，前辈以吴匏庵手抄本详校。

缪荃孙《清学部图书馆善本书目》：《嵇康集》十卷，魏嵇康撰。
明吴匏庵丛书堂抄本。格心有"丛书堂"三字。……

案：黄省曾本而外，佳本今仅存丛书堂写本。不特佳
字甚多，可补刻本脱误，曰《嵇康集》，亦合唐宋旧称，盖最
不失原来体式者。其本今藏京师图书馆，抄手甚拙，江标
云匏庵手抄，不确。

二　考目录及阙失

　　　抄本与刻本文字之异，别为校记。今但取抄本篇目，以黄省曾本比较之，著其违异，并以概众家刻本，因众本大抵从黄刻本出也。有原本残缺之迹，为刻本所弥缝，今得推见者，并著之。

　　第一卷。五言古意一首。四言十八首赠兄秀才入军。

　　　　案：刻本以《五言古意》为赠秀才诗，是也。《艺文类聚》卷九十引首六句，亦作"嵇叔夜赠秀才诗"。

秀才答四首。幽愤诗一首。述志诗二首。游仙诗一首。六言诗十首。重作六言诗十首代秋胡歌诗七首。

　　　　案：刻本作《重作四言诗》七首，注云："一作《秋胡行》。"此所改甚谬。盖六言诗亡三首，《代秋胡行》则仅存篇题，不得云"一作"。

思亲诗一首。诗三首，郭遐周赠。诗五首，郭遐叔赠。五言诗三首，答二郭。五言诗一首，与阮德如。

□□□。

　　　　案：一篇失题。刻本作《酒会诗》七首之一。

四言诗。

　　　　案：十一首。刻本以前六首为《酒会诗》，无后五首。

五言诗。

　　　　案：三首。刻本无。

　　　　又案：抄本多《四言诗》五首，《五言诗》三首。《重作六言诗》两本皆缺三首。《代秋胡歌诗》七首并亡。《秀才答诗》"南厉伊渚，北登邙丘，青林华茂"后有缺文，下之"青鸟群嬉，感寤长怀，能不永思"云云，乃别一篇，刻本辄衔接之，遂莫辨。

　　第二卷。琴赋。与山巨源绝交书。与吕长悌绝交书。

案：此卷似原缺上半，因从《文选》录《琴赋》以足之。刻本并据《选》以改《与山巨源绝交书》，抄本未改，故字句与今本《文选》多异，与罗氏景印之残本《文选集注》多合。

第三卷。卜疑。嵇荀录（亡）。养生论。

案：此卷似原缺后半。《嵇荀录》仅存篇题，后人因从《文选》抄《养生论》以足之。

第四卷。黄门郎向子期难养生论。

案：康答文在内。刻本析为两篇，别题曰《答难养生论》。然宋本盖不分，故王楙云"又有《与向子期论养生难答》一篇，四千余言。"唐本亦不分，故《文选》江文通《杂体诗》李善注引"养生有五难"等十一句，是嵇康语，而云《向秀难嵇康养生论》也。

又案：《隋书》《经籍志》道家：梁有《养生论》三卷，嵇康撰。是《养生论》不止两篇，今仅存此数尔。

第五卷。声无哀乐论。

第六卷。释私论。管蔡论。明胆论。

第七卷。自然好学论，张叔辽作。难自然好学论。

案：刻本作张辽叔《自然好学论》。

又案：第六第七似本一卷，后人所分，故篇叶特少。

第八卷。宅无吉凶摄生论。（原注：难上。）难摄生中。

案：刻本第一篇无注，第二篇作《难宅无吉凶摄生论》。

第九卷。释难宅无吉凶摄生论。（原注：难中。）答释难曰。

案：刻本第一篇无注，第二篇作《答释难宅无吉凶摄生论》。

又案：王楙云"集又有《宅无吉凶摄生论难》上中下三篇"，似今本缺其一，然或指难上，难摄生中，难下及答释难为上中下，未可知也。《隋书》《经籍志》道家有《摄生论》二卷，晋河内太守阮侃撰，疑即此与康论难之文。

第十卷。太师箴。家诫。

案：以卷止两篇，不足二千言，疑有散佚。

又案：今本《嵇康集》虽亦十卷，与宋时者合，然第二卷缺前，第三卷缺后，第十卷亦不完，第六第七本一卷，实只残缺者三卷，具足者六卷而已。

三　考逸文然否

嵇康《游仙诗》云：翩翩凤辖，逢此网罗。（《太平广记》四百引《续齐谐记》引。）

嵇康有《白首赋》。（《文选》谢惠连《秋怀诗》李善注。）

嵇康《怀香赋序》曰：余以太簇之月，登于历山之阳，仰眺崇冈，俯察幽坂。乃靓怀香，生蒙楚之间。曾见斯草，植于广厦之庭，或被帝王之圃，怪其遐弃，遂迁而树之中唐。华丽则殊采阿那，芳实则可以藏书。又感其弃本高崖，委身阶廷，似傅说显殷，四叟归汉，故因事义赋之。（《艺文类聚》八十一。）

案：《太平御览》九百八十三引嵇含《槐香赋》，文与此同，《类聚》以为康作，非也。张溥本存其目，严可均辑《全三国文》，据《类聚》录之，并误。

嵇康《酒赋》云：重酎至清，渊凝冰洁，滋液兼备，芬芳□□。（《北堂书钞》一百四十八。）

案：同卷又引嵇含《酒赋》云：“浮螘萍连，醪华鳞设。”则上四句殆亦嵇含之文。

嵇康《蚕赋》曰：食桑而吐丝，先乱而后治。（《太平御览》八百十四。）

嵇康《琴赞》云：懿吾雅器，载璞灵山。体具德真，清和自然。澡以春雪，澹若洞泉。温乎其仁，玉润外鲜。昔在黄农，神物以臻。穆穆重华，记以五弦。闲邪纳正，亹亹其仙。宣和养气，介乃遐年。（《北堂书钞》一百九。）

案:亦见《初学记》十六。"记以"作"託心","养气"作"养素"。

嵇康《太师箴》曰:若会酒坐,见人争语,其形势似欲转盛,便当舍去,此斗之兆也。(《太平御览》四百九十六。)

案:此《家诫》中语,见本集卷十,《御览》误题篇名。严可均辑《全三国文》,注云:"此疑是序,未敢定之。"甚谬。

嵇康《灯铭》:肃肃宵征,造我友庐,光灯吐耀,华缦长舒。

案:见严可均《全三国文》,不著所出。实《杂诗》也,见本集卷一,亦见《文选》。

《嵇康集目录》曰:孙登者,字公和。不知何许人。无家属,于汲县北山土窟中得之。夏则编草为裳,冬则披发自覆。好读《易》,鼓一弦琴,见者皆亲乐之。每所止家,辄给其衣服饮食,得无辞让。(《三国魏志》《王粲传》注。)

案:《世说新语》《栖逸》篇注,《太平御览》二十七,又九百九十九亦引,作《嵇康集序》。

《嵇康文集录》注曰:河内山钦,守颍川,山公族父。(《文选》嵇叔夜《与山巨源绝交书》李善注。)

《嵇康文集录》注曰:阿都,吕仲悌,东平人也。(同上。)

案:康文长于言理,藻艳盖非所措意,唐宋类书,因亦尟予征引。今并目录仅得十一条,去其误者,才存七条。《水经》《汝水篇》注引嵇康赞襄城小童,《世说》《品藻篇》注引《井丹赞》,《司马相如赞》。《初学记》十七引《原宪赞》。《太平御览》五十六引《许由赞》。皆出康所著《圣贤高士传赞》,本别自为书,不当在集中。张燮本有之,非也,今不录。

一九二六,一一,一四。

据手稿编入,未另发表。

初未收集。

十五日

日记　风雨。上午得李季谷信,五日发。得三弟信,七日发,下午复。

致 许广平

广平兄:

十日寄出一信后,次日即得七日来信,略略一懒,便迟到今天才写回信了。

对于侄子的帮助,你的话是对的。我愤激的话多,有时几乎说:"宁我负人,毋人负我。"然而自己也觉得太过,做起事来或者且正与所说的相反。人也不能将别人都作坏人看,能帮也还是帮,不过最好是"量力",不要拼命就是了。

"急进"问题,我已经不大记得清楚了,这意思,大概是指"管事"而言,上半年还不能不管事者,并非因为有人和我淘气,乃是身在北京,不得不尔,譬如挤在戏台面前,想不看而退出,是不甚容易的。至于不以别人为中心,也很难说,因为一个人的中心并不一定在自己,有时别人倒是他的中心,所以虽说为人,其实也是为己,所以不能"以自己为定夺"的事,往往有之。

我先前为北京的少爷们当差,耗去生命不少,自己是知道的。但到这里,又有一些人办了一种月刊,叫作《波艇》,每月要做些文章。也还是上文所说,不能将别人都作坏人看,能帮还是帮的意思。不过先前利用过我的人,知道现已不能再利用,开始攻击了。长虹在《狂飙》第五期已尽力攻击,自称见过我不下百回,知道得很清楚,并捏造了许多会话(如说我骂郭沫若之类)。其意盖在推倒《莽原》,一方面则推广《狂飙》消路,其实还是利用,不过方法不同。他们专想利用我,我是知道的,但不料他看出活着他不能吸血了,就要杀了

366

煮吃,有如此恶毒。我现在拟置之不理,看看他技俩发挥到如何。现在看来,山西人究竟是山西人,还是吸血的。

校事不知如何,如少暇,简略地告知几句便好。我已收到中大聘书,月薪二百八,无年限的,大约那计画是将以教授治校,所以认为非研究系的,不至于开倒车的,不立年限。但我的行止如何,一时也还不易决定。此地空气恶劣,当然不愿久居,然而到广州也有不合的几点。(一)我对于行政方面,素不留心,治校恐非所长。(二)听说政府将移武昌,则熟人必多离粤,我独以"外江佬"留在校内,大约未必有味;而况(三)我的一个朋友,或者将往汕头,则我虽至广州,与在厦门何异。所以究竟如何,当看情形再定了,好在开学当在明年三月初,很有考量的余地。

我又有种感触,觉得现在的社会,可利用时则竭力利用,可打击时则竭力打击,只要于他有利。我在北京是这么忙,来客不绝,但倘一失脚,这些人便是投井下石的,反面不识还是好人;为我悲哀的大约只有两个,我的母亲和一个朋友。所以我常迟疑于此后所走的路:(1)积几文钱,将来什么都不做,苦苦过活;(2)再不顾自己,为人们做一点事,将来饿肚也不妨,也一任别人唾骂;(3)再做一点事,(被利用当然有时仍不免),倘同人排斥我了,为生存起见,我便不问什么事都敢做,但不愿失了我的朋友。第三[二]条我已实行过两年多了,终于觉得太傻。前一条当托庇于资本家,须熬;末一条则颇险,也无把握(于生活),所以实在难于下一决心,我也就想写信和我的朋友商量,给我一条光。

昨天今天此地都下雨,天气稍凉。我仍然好的,也不怎么忙。

迅 十一月十五日灯下。

十六日

日记 昙。上午得汪剑馀信。下午寄景宋信。得小峰信,七日发。得矛尘信,十一发。夜林景良及和清来。

致 章廷谦

矛尘兄：

十一日的信，今天收到了。令夫人尚未将成绩发表，殊令局外人如不佞者亦有"企予望之"之意矣。所愿此信到时，早已诞育麟儿，为颂为祝也。敝厦一切如常，鼓浪屿亦毫不鼓浪，兄之所闻，无一的确；家眷分居，亦无其事，岂陈源已到绍兴，遂至"流言"如此之多乎哉？伏园已回，下月初或将复往。小峰已寄来《杂纂》一册，但非精装本耳。此地天气渐凉，可穿两件夹衣。今日又收到小峰七日所发信，皆闲谈也，并闻。

迅　上　十一月十六日之夜

十七日

日记　晴。上午寄矛尘信。午后寄小峰信并秋芳稿一包。下午校中教职员照相毕开恳亲会，终至林玉霖妄语，缪子才痛斥。夜大风。

十八日

日记　晴。下午得广平信，十二日发。夜大风。

范 爱 农

在东京的客店里，我们大抵一起来就看报。学生所看的多是

《朝日新闻》和《读卖新闻》，专爱打听社会上琐事的就看《二六新闻》。一天早晨，辟头就看见一条从中国来的电报，大概是：——

"安徽巡抚恩铭被 Jo Shiki Rin 刺杀，刺客就擒。"

大家一怔之后，便容光焕发地互相告语，并且研究这刺客是谁，汉字是怎样三个字。但只要是绍兴人，又不专看教科书的，却早已明白了。这是徐锡麟，他留学回国之后，在做安徽候补道，办着巡警事务，正合于刺杀巡抚的地位。

大家接着就预测他将被极刑，家族将被连累。不久，秋瑾姑娘在绍兴被杀的消息也传来了，徐锡麟是被挖了心，给恩铭的亲兵炒食净尽。人心很愤怒。有几个人便秘密地开一个会，筹集川资；这时用得着日本浪人了，撕乌贼鱼下酒，慷慨一通之后，他便登程去接徐伯荪的家属去。

照例还有一个同乡会，吊烈士，骂满洲；此后便有人主张打电报到北京，痛斥满政府的无人道。会众即刻分成两派：一派要发电，一派不要发。我是主张发电的，但当我说出之后，即有一种钝滞的声音跟着起来：——

"杀的杀掉了，死的死掉了，还发什么屁电报呢。"

这是一个高大身材，长头发，眼球白多黑少的人，看人总像在渺视。他蹲在席子上，我发言大抵就反对；我早觉得奇怪，注意着他的了，到这时才打听别人：说这话的是谁呢，有那么冷？认识的人告诉我说：他叫范爱农，是徐伯荪的学生。

我非常愤怒了，觉得他简直不是人，自己的先生被杀了，连打一个电报还害怕，于是便坚执地主张要发电，同他争起来。结果是主张发电的居多数，他屈服了。其次要推出人来拟电稿。

"何必推举呢？自然是主张发电的人啰～～～～。"他说。

我觉得他的话又在针对我，无理倒也并非无理的。但我便主张这一篇悲壮的文章必须深知烈士生平的人做，因为他比别人关系更密切，心里更悲愤，做出来就一定更动人。于是又争起来。结果是他不做，我也不做，不知谁承认做去了；其次是大家走散，只留下一个拟稿的和一两个干事，等候做好之后去拍发。

从此我总觉得这范爱农离奇，而且很可恶。天下可恶的人，当初以为是满人，这时才知道还在其次；第一倒是范爱农。中国不革命则已，要革命，首先就必须将范爱农除去。

然而这意见后来似乎逐渐淡薄，到底忘却了，我们从此也没有再见面。直到革命的前一年，我在故乡做教员，大概是春末时候罢，忽然在熟人的客座上看见了一个人，互相熟视了不过两三秒钟，我们便同时说：——

"哦哦，你是范爱农！"

"哦哦，你是鲁迅！"

不知怎地我们便都笑了起来，是互相的嘲笑和悲哀。他眼睛还是那样，然而奇怪，只这几年，头上却有了白发了，但也许本来就有，我先前没有留心到。他穿着很旧的布马褂，破布鞋，显得很寒素。谈起自己的经历来，他说他后来没有了学费，不能再留学，便回来了。回到故乡之后，又受着轻蔑，排斥，迫害，几乎无地可容。现在是躲在乡下，教着几个小学生糊口。但因为有时觉得很气闷，所以也趁了航船进城来。

他又告诉我现在爱喝酒，于是我们便喝酒。从此他每一进城，必定来访我，非常相熟了。我们醉后常谈些愚不可及的疯话，连母亲偶然听到了也发笑。一天我忽而记起在东京开同乡会时的旧事，便问他：——

"那一天你专门反对我，而且故意似的，究竟是什么缘故呢？"

"你还不知道？我一向就讨厌你的，——不但我，我们。"

"你那时之前，早知道我是谁么？"

"怎么不知道。我们到横滨，来接的不就是子英和你么？你看不起我们，摇摇头，你自己还记得么？"

我略略一想，记得的，虽然是七八年前的事。那时是子英来约

370

我的，说到横滨去接新来留学的同乡。汽船一到，看见一大堆，大概一共有十多人，一上岸便将行李放到税关上去候查检，关吏在衣箱中翻来翻去，忽然翻出一双绣花的弓鞋来，便放下公事，拿着子细地看。我很不满，心里想，这些鸟男人，怎么带这东西来呢。自己不注意，那时也许就摇了摇头。检验完毕，在客店小坐之后，即须上火车。不料这一群读书人又在客车上让起坐位来了，甲要乙坐在这位上，乙要丙去坐，揖让未终，火车已开，车身一摇，即刻跌倒了三四个。我那时也很不满，暗地里想：连火车上的坐位，他们也要分出尊卑来……。自己不注意，也许又摇了摇头。然而那群雍容揖让的人物中就有范爱农，却直到这一天才想到。岂但他呢，说起来也惭愧，这一群里，还有后来在安徽战死的陈伯平烈士，被害的马宗汉烈士；被囚在黑狱里，到革命后才见天日而身上永带着匪刑的伤痕的也还有一两人。而我都茫无所知，摇着头将他们一并运上东京了。徐伯荪虽然和他们同船来，却不在这车上，因为他在神户就和他的夫人坐车走了陆路了。

我想我那时摇头大约有两回，他们看见的不知道是那一回。让坐时喧闹，检查时幽静，一定是在税关上的那一回了，试问爱农，果然是的。

"我真不懂你们带这东西做什么？是谁的？"

"还不是我们师母的？"他瞪着他多白的眼。

"到东京就要假装大脚，又何必带这东西呢？"

"谁知道呢？你问她去。"

到冬初，我们的景况更拮据了，然而还喝酒，讲笑话。忽然是武昌起义，接着是绍兴光复。第二天爱农就上城来，戴着农夫常用的毡帽，那笑容是从来没有见过的。

"老迅，我们今天不喝酒了。我要去看看光复的绍兴。我们同去。"

我们便到街上去走了一通，满眼是白旗。然而貌虽如此，内骨子是依旧的,因为还是几个旧乡绅所组织的军政府,什么铁路股东是行政司长,钱店掌柜是军械司长……。这军政府也到底不长久,几个少年一嚷,王金发带兵从杭州进来了,但即使不嚷或者也会来。他进来以后,也就被许多闲汉和新进的革命党所包围,大做王都督。在衙门里的人物,穿布衣来的,不上十天也大概换上皮袍子了,天气还并不冷。

我被摆在师范学校校长的饭碗旁边,王都督给了我校款二百元。爱农做监学,还是那件布袍子,但不大喝酒了,也很少有工夫谈闲天。他办事,兼教书,实在勤快得可以。

"情形还是不行,王金发他们。"一个去年听过我的讲义的少年来访问我,慷慨地说,"我们要办一种报来监督他们。不过发起人要借用先生的名字。还有一个是子英先生,一个是德清先生。为社会,我们知道你决不推却的。"

我答应他了。两天后便看见出报的传单,发起人诚然是三个。五天后便见报,开首便骂军政府和那里面的人员;此后是骂都督,都督的亲戚,同乡,姨太太……。

这样地骂了十多天,就有一种消息传到我的家里来,说都督因为你们诈取了他的钱,还骂他,要派人用手枪来打死你们了。

别人倒还不打紧,第一个着急的是我的母亲,叮嘱我不要再出去。但我还是照常走,并且说明,王金发是不来打死我们的,他虽然绿林大学出身,而杀人却不很轻易。况且我拿的是校款,这一点他还能明白的,不过说说罢了。

果然没有来杀。写信去要经费,又取了二百元。但仿佛有些怒意,同时传令道:再来要,没有了!

不过爱农得到了一种新消息,却使我很为难。原来所谓"诈取"者,并非指学校经费而言,是指另有送给报馆的一笔款。报纸上骂了几天之后,王金发便叫人送去了五百元。于是乎我们的少年们便开起会议来,第一个问题是:收不收?决议曰:收。第二个问题是:

收了之后骂不骂？决议曰：骂。理由是：收钱之后，他是股东；股东不好，自然要骂。

我即刻到报馆去问这事的真假。都是真的。略说了几句不该收他钱的话，一个名为会计的便不高兴了，质问我道：——

"报馆为什么不收股本？"

"这不是股本……。"

"不是股本是什么？"

我就不再说下去了，这一点世故是早已知道的，倘我再说出连累我们的话来，他就会面斥我太爱惜不值钱的生命，不肯为社会牺牲，或者明天在报上就可以看见我怎样怕死发抖的记载。

然而事情很凑巧，季茀写信来催我往南京了。爱农也很赞成，但颇凄凉，说：——

"这里又是那样，住不得。你快去罢……。"

我懂得他无声的话，决计往南京。先到都督府去辞职，自然照准，派来了一个拖鼻涕的接收员，我交出账目和余款一角又两铜元，不是校长了。后任是孔教会会长傅力臣。

报馆案是我到南京后两三个星期了结的，被一群兵们捣毁。子英在乡下，没有事；德清适值在城里，大腿上被刺了一尖刀。他大怒了。自然，这是很有些痛的，怪他不得。他大怒之后，脱下衣服，照了一张照片，以显示一寸来宽的刀伤，并且做一篇文章叙述情形，向各处分送，宣传军政府的横暴。我想，这种照片现在是大约未必还有人收藏着了，尺寸太小，刀伤缩小到几乎等于无，如果不加说明，看见的人一定以为是带些疯气的风流人物的裸体照片，倘遇见孙传芳大帅，还怕要被禁止的。

我从南京移到北京的时候，爱农的学监也被孔教会会长的校长设法去掉了。他又成了革命前的爱农。我想为他在北京寻一点小事做，这是他非常希望的，然而没有机会。他后来便到一个熟人的家里去寄食，也时时给我信，景况愈困穷，言辞也愈凄苦。终于又非走出这熟人的家不可,便在各处飘浮。不久,忽然从同乡那里得到一个消息,说他已经掉在水里,淹死了。

我疑心他是自杀。因为他是浮水的好手,不容易淹死的。

夜间独坐在会馆里,十分悲凉,又疑心这消息并不确,但无端又觉得这是极其可靠的,虽然并无证据。一点法子都没有,只做了四首诗,后来曾在一种日报上发表,现在是将要忘记完了。只记得一首里的六句,起首四句是:"把酒论天下,先生小酒人。大圜犹酩酊,微醉合沉沦。"中间忘掉两句,末了是"旧朋云散尽,余亦等轻尘。"

后来我回故乡去,才知道一些较为详细的事。爱农先是什么事也没得做,因为大家讨厌他。他很困难,但还喝酒,是朋友请他的。他已经很少和人们来往,常见的只剩下几个后来认识的较为年青的人了,然而他们似乎也不愿意多听他的牢骚,以为不如讲笑话有趣。

"也许明天就收到一个电报,拆开来一看,是鲁迅来叫我的。"他时常这样说。

一天,几个新的朋友约他坐船去看戏,回来已过夜半,又是大风雨,他醉着,却偏要到船舷上去小解。大家劝阻他,也不听,自己说是不会掉下去的。但他掉下去了,虽然能浮水,却从此不起来。

第二天打捞尸体,是在菱荡里找到的,直立着。

我至今不明白他究竟是失足还是自杀。

他死后一无所有,遗下一个幼女和他的夫人。有几个人想集一点钱作他女孩将来的学费的基金,因为一经提议,即有族人来争这笔款的保管权,——其实还没有这笔款,——大家觉得无聊,便无形消散了。

现在不知他唯一的女儿景况如何?倘在上学,中学已该毕业了罢。

十一月十八日。

原载 1926 年 12 月 25 日《莽原》半月刊第 1 卷第 24 期,

副题作《旧事重提之十》。

初收 1928 年 9 月未名社版"未名新集"之一《朝花夕拾》。

致 许广平

广平兄：

　　十六日寄出一信，想已到。十二日发的信，今天收到了。校事已见头绪，很好，总算结束了一件事。至于你此后所去的地方，却叫我很难下批评。你脾气喜欢动动，又初出来办事，向各处看看，办几年事；历练历练，本来也很好的，但于自己，却恐怕没有好处，结果变成政客之流。你大概早知道我有两种矛盾思想，一是要给社会上做点事，一是要自己玩玩。所以议论即如此灰色。折衷起来，是为社会上做点事而于自己也无害，但我自己就不能实行，这四五年来，毁损身心不少。我不知道你自己是要在政界呢还是学界。伏园下月中旬当到粤，我想如中大女生指导员之类有无缺额，或者（由我）也可以托他问一问，他一定肯出力的。季黻的事，我也要托他办。

　　曹某大约不是少爷们冒充的，因为回信的住址是女生宿舍。中山生日的情形，我以为于他本身是无关的，我的意思是"身后名，不如即时一杯酒"。但于别人有益。即如这里，竟没有这样有生气的盛会，只有和尚自做水陆道场，男男女女上庙拜佛，真令人看得索然气尽。默坐电灯下，还要算我的生趣，何得"打"之，莫非并"默念"也不准吗？近来只做了几篇付印的书的序跋，虽多牢骚，却有不少真话。还想做一篇记事，将五年来少爷们利用我，给我吃苦的事，讲一个大略，不过究竟做否，现在还未决定。至于其［真］正的用功，却难，这里无须用功，也不是用功的地方。国学院也无非装面子，不要实际。对于指导教员的成绩，常要查问，上星期我气起来，对校长说，我的成绩是辑古小说十本，早已成功，只须整理，学校如如此急急，便可付印，我一面整理就是。于是他们便没有后文了。他们只是空急，并不准备付印。

我先前虽已决定不在此校，但时期是本学期末抑明年夏天，却没有定。现在是至迟至本学期末非走不可了。昨天出了一件可笑可叹的事。下午有恳亲会，我向来不赴这宗会的，而玉堂的哥哥硬拉我去。（玉堂有二兄一弟在校内。这是第二个哥哥，教授兼学生指导员，每开会，他必有极讨人厌的演说）我不得已，去了。不料会中他又演说，先感谢校长给我们吃点心，次说教员吃得多么好，住得多么舒服，薪水又这么多，应该大发良心，拼命做事。而校长之如此体贴我们，真如父母一样……。我真就要跳起来，但立刻想到他是玉堂的哥哥，我一翻脸，玉堂必大为敌人所笑，我真是"哑子吃苦瓜"，说不出的苦，火焰烧得我满脸发热。照这里的人看起来，出来反抗的该是我了，但我竟不动，而别一个教员起来驳斥他，闹得不欢而散。

还有希奇的事情。教员里面，竟有对于驳斥他的教员，不以为然的。莫非真以儿子自居，我真莫名其妙。至于玉堂的哥哥，今天开学生周会，他又在演说了，依然如故。他还教"西汉哲学"哩，冤哉西汉哲学，苦哉玉堂。

昨天的教职员恳亲会，是第三次，我却初次到，见是男女分房的，不但分坐。

我才知道在金钱下的人们是这样的，我决定要走了，但为玉堂面子计，决不以这一事作口实，且须于学期之类作一结束。至于到何处，一时难定，总之无论如何，年假中我总要到广州走一遭，即使无噉饭处，厦门也决不居住的了。又我近来忽然对于做教员发生厌恶，于学生也不愿意亲近起来，接见这里的学生时，自己觉得很不热心，不诚恳。

我还要忠告玉堂一回，劝他离开这里，到武昌或广州做事。但看来大大半是无效的，他近来看事情似乎颇胡涂，又牵连的人物太多，非大失败，大概是决不走的。我的计画，也不过聊尽同事一场的交情而已。结果一定是他怪我舍他而去，使他为难。

迅　十八，夜。

十九日

日记　晴。下午寄广平信。得叶渊信。

所谓"思想界先驱者"鲁迅启事

《新女性》八月号登有"狂飙社广告"，说："狂飙运动的开始远在二年之前……去年春天本社同人与思想界先驱者鲁迅及少数最进步的青年文学家合办《莽原》……兹为大规模地进行我们的工作起见于北京出版之《乌合》《未名》《莽原》《弦上》四种出版物外特在上海筹办《狂飙丛书》及一篇幅较大之刊物"云云。我在北京编辑《莽原》，《乌合丛书》，《未名丛刊》三种出版物，所用稿件，皆系以个人名义送来；对于狂飙运动，向不知是怎么一回事；如何运动，运动甚么。今忽混称"合办"，实出意外；不敢掠美，特此声明。又，前因有人不明真相，或则假借虚名，加我纸冠，已非一次，业经先有陈源在《现代评论》上，近有长虹在《狂飙》上，迭加嘲骂，而狂飙社一面又锡以第三顶"纸糊的假冠"，真是头少帽多，欺人害己，虽"世故的老人"，亦身心之交病矣。只得又来特此声明：我也不是"思想界先驱者"即英文 Forerunner 之译名。此等名号，乃是他人暗中所加，别有作用，本人事前并不知情，事后亦未尝高兴。倘见者因此受愚，概与本人无涉。

原载 1926 年 12 月 10 日《莽原》半月刊第 23 期,又发表
于《语丝》、《北新》、《新女性》等刊物。

初收 1927 年 5 月上海、北京北新书局版《华盖集续编》。

二十日

日记　晴。上午得景宋信三函,十五六七日发。下午赴玉堂邀
约之茶话会。

致 韦素园

漱园兄:

《旧事重提》又做了一篇,今寄上。这书是完结了。明年如何?
如撰者尚多,仍可出版,我当另寻题目作文,或登《小约翰》,因另行
整理《小约翰》的工夫,看来是没有的了。

我到上海看见狂飙社广告后,便对人说:我编《莽原》,《未名》,
《乌合》三种,俱与所谓什么狂飙运动无干,投稿者多互不相识,长虹
作如此广告,未免过于利用别人了。此语他似乎今已知道,在《狂
飙》上骂我。我作了一个启事,给开一个小玩笑。今附上,请登入
《莽原》。又登《语丝》者一封,请即叫人送去为托。

迅　十一月二十日

致 许广平

广平兄:

十九日寄出一信;今天收到十五,六,七日来信了,一同来的。

看来广州有事做，所以你这么忙，这里是死气沉沉，也不能改革，学生也太沉静，数年前闹过一次，激烈的都走出，在上海另立大夏大学了。我决计至迟于本学期末（阳底〔历〕正月底）离开这里，到中山大学去。

中大的薪水是二百八十元，可以不搭库券。据朱骝仙对伏园说，另觅兼差，照我现在的收入数也可以想法的，但我却并不计较这一层，实收百余元，大概也已够用，只要不在不死不活的空气里就够了。我想我还不至于完在这样的空气里，到中大后大概也不难择一不很繁杂吃力，而较有益于学校或社会的事。至于厦大，其实是不必请我的，因为我虽颓唐，而他们还比我颓唐得多。

玉堂今天辞职了，因为减缩豫算的事。但只辞国学院秘书，未辞文科主任。我已乘间令伏园达我的意见，劝他不必烂在这里，他无回话。我还要亲自对他说一回。但我有〔看〕他的辞职是不会准的，不过有此一事，则我有辞可借，比较容易脱身。

从昨天起，我的心又平静了。一是因为决定赴粤，二是因为决定对长虹们给一打击。你的话并不错；但我之所以愤慨，却并非因为他们以平常待我，而在他日日吮血，一觉到我不肯给他们吮了，便想一棒打杀，还将肉作罐头卖以获利。这回长虹笑我对章士钊的失败道"于是遂戴其纸糊的'思想界的权威者'之假冠，而入于身心交病之状态矣"。但他八月间在《新女性》登广告，却云"与思想先驱者鲁迅合办《莽原》"，自己加我"假冠"，又因别人所加之"假冠"而骂我，真是不像人样。我之所以苦恼，是因我平生言动，即使青年来杀我，我总不愿意还手，而况是常常见面的人。因为太可恶，昨天竟决定了，虽是什么青年，我也不再留情面，于是作一启事，将他利用我的名字，而对于别人用我名字的事，则加笑骂等情状，揭露出来，比他的长文要刻毒些。且毫不客气，刀锋正对着他们的所谓"狂飙社"，即送登《语丝》，《莽原》，《新女性》，《北新》四种刊物。我已决定不再彷徨，拳来拳对，所以心里也舒服了。

其实我大约也终于不见得因为小障碍而不走路，不过因为神经不好,所以容易说愤话。小障碍能绊倒我,我不至于要离开厦门了。但我也极愿意知道还在开垦的路,可惜现在不能知道,非不愿,势不可也。本校附近是不能暂时停留的,市上,则离校有五六里,客栈坏极,有一窗门之屋,便称洋房,中间只有一床一桌一凳,别的什么也没有,倘有人访我,不但安身,连讲话的便利也没有。好在我还不至于怎样天鹅绒,所以无须有"劳民伤财"之举,学期结末也快到了。况且我的心也并不"空虚",有充实我的心者在。

你说我受学生的欢迎,足以自慰吗?我对于他们不大敢有希望,我觉得特出者很少,或者竟没有。但我做事是还要做的,希望是在未见面的人们,或者如你所说:"不要认真"。所以我的态度其实毫不倒退,一面发牢骚,一面编好《华盖续编》,做完《旧事重提》,编好《争自由的波浪》(董秋芳译小说),《卷葹》,都寄出去了。至于有一个人,我自然足以自慰,且因此增加我许多勇气,但我有时总还虑他为我而牺牲。并且也不能"推及一二以至无穷",有这样多的么?我倒不要这样多,有一个就好了。

说起《卷葹》,又想到一件事了。这是淦女士做的,共四篇,皆在《创造》上发表过。这回送来印入《乌合丛书》,是因为创造社印成丛书,自行发卖,所以这边也出版,借我来抵制他们的,凡未在那边发表过者,一篇也不在内。我明知这也是被人利用,但给她编定了。你看,这种皮〔脾?〕气,怎么好呢?

我过了明天礼拜,便要静下来,编编讲义,大约至汉末止,作一结束。余闲便玩玩。待明年换了空气,再好好做事。今天来客太多,无工夫可写信,写了这两张,已经夜十二点半了,心也不静。

和这信同时,我还想寄一束杂志,计《新女性》十一月号,《北新》十一,二,《语丝》一百三,四。又九,七,八两本,则因为上回所寄是切边的,所以补寄毛边者两本,但你大概是不管这些的,不过我的皮气如此,所以仍寄。

迅 十一月廿日。

二十一日

日记 星期。昙。上午寄景宋信并刊物一束。寄漱园信并稿，附致小峰信。寄春台及墨卿信，雪村信附启事稿。得淑卿信，十一日发。得幼渔信，十三日发。得漱园信，十三日发。得培良信，十二日发。得矛尘信，十二日发。得璇卿信，十二日发。午复幼渔信。夜风。

致 韦素园

漱园兄：

十三日来信收到了。《坟》的序，跋；《旧事重提》第十（已完），俱已寄出，想必先此信而到了。

《野草》向登《语丝》，北新又印《乌合丛书》，不能忽然另出。《野草丛刊》亦不妥。我想不如用《未名新集》，即以《君山》为第一本。《坟》独立，如《小说史略》一样。

未名社的事，我以为有两途：(1)专印译，著书；(2)兼出期刊。《莽原》则停刊。

如出期刊，当名《未名》，系另出，而非《莽原》改名。但稿子是一问题，当有在京之新进作者作中坚，否则靠不住。刘，张未必有稿，沅君一人亦难支持，我此后未必能静下，每月恐怕至多只能做一回。与其临时困难，不如索性不出，专印书，一点广告，大约《语丝》上还肯登的。

我在此也静不下，琐事太多，心绪很乱，即写回信，每星期须费去两天。周围是像死海一样，实在住不下去，也不能用功，至迟到阴历年底，我决计要走了。

迅 十一，廿一日

致 章廷谦

矛尘兄：

　　前得十日信后，即于十七日奉上一函，想已到。今日收到十二日来信了，路上走了十天，真奇。你所闻北京传来的话，都是真的，伏将于下月初动身，我则至多敷衍到本学期末，广大的聘书，我已接收了。玉堂对你，毫无恶意，他且对伏园说过几次，深以不能为你的薪水争至二百为歉。某公之阴险，他亦已知，这一层不成问题，所虑者只在玉堂自己可以敷衍至何时之问题耳，盖因他亦常受掣肘，不能如志也。所以你愈早到即愈便宜，因为无论如何，川资总可挣到手，一因谣言，一因京信，又迟迟不行，真可惜也。

　　某公之阴谋，我想现在已可以暂不对你了。盖彼辈谋略，无非欲多拉彼辈一流人，而无位置，则攻击别人。今则在厦者且欲相率而去，大小饭碗，当空出三四个，他们只要有本领，拿去就是。无奈校长并不听玉堂之指挥，玉堂也并不听顾公之指挥，所以陈乃乾不来之后，顾公私运了郑某来厦，欲以代替，而终于无法，现住和尚庙里，又欲挖取伏园之兼差（伏曾为和尚之先生，每星期五点钟），因伏园将赴广，但又被我们抵制了。郑某现仍在，据说是在研究"唯物史观之中国哲学史"云。试思于自己不吃之饭碗，顾公尚不能移赠别人，而况并不声明不吃之川岛之饭碗乎？他们自己近来似乎也不大得意，大约未必再有什么积极的进攻。他们的战将也太不出色，陈万里已经专在学生会上唱昆腔，被大家"优伶蓄之"了。

　　我的意见是：事已至此，你们还是来。倘令夫人已生产，你们一同来，倘尚无消息，你就赶紧先来，夫人满月后，可托人送至沪，又送上船，发一电，你去接就是了。但两人须少带笨重器具，准备随时可走。总而言之,勿作久长之计,只要目前有钱可拿,便快快来拿,拿一月算一月,能拿至明年六月,固好,即不然,从速拿,盘川即决不会折本,若回翔审慎,则现在的情形时时变化,要一动也不能动了。

其实呢,这里也并非一日不可居,只要装聋作哑。校中的教员,谋为"永久教员"者且大有其人。我的脾气太不好,吃了三天饱饭,就要头痛,加以一卷行李一个人,容易作怪,毫无顾忌。你们两位就不同,自有一个小团体,只要还他们应尽的责任,此外则以薪水为目的,以"爱人呀"为宗旨,关起门来,不问他事,即偶有不平,则于回房之后,夫曰:某公是畜生! 妇曰:对呀,他是虫豸! 闷气既出,事情就完了。我看凡有夫人的人,在这里都比别人和气些。顾公太太已到,我觉他比较先前,瘟得多了,但也许是我的神经过敏。

若夫不佞者,情状不同,一有感触,就坐在电灯下默默地想,越想越火冒,而无人浇一杯冷水,于是终于决定曰:仰东硕杀! 我壒来带者! 其实这种"活得弗靠活",亦不足为训,所以因我要走而以为厦大不可一日居,也并非很好的例证。至于"糟不可言",则诚然不能为讳,然他们所送聘书上,何尝声明要我们来改良厦大乎? 薪水不糟,亦可谓责任已尽也矣。

迅　上　十一月二十一日

二十二日

日记　晴。上午寄矛尘信。寄淑卿信。寄漱园信。下午得广平信,十七日发。得霁野及丛芜信,十四日发。夜大风。

致　陶元庆

璇卿兄:

给我的信昨天收到了。画尚未到,大概因为挂号的,照例比信迟。收到后当寄给钦文去。

《争自由的波浪》我才将原稿看好付邮，或者这几天才到北京，即使即刻付印，也不必这么急。秋芳着急，是因为他性急的缘故。

未名社以社的名义托画，又须于几日内画成，我觉得实在不应该，他们是研究文艺的，应当知道这道理，而做出来的事还是这样，真可叹。《卷葹》的封面，他们先前托我转托，我没有十分答应，后来终于写上了。近闻他们托司徒乔画了一张。

兄如未动手，可以作罢，如已画，则可寄与，因为其一可以用在里面的第一张上，使那书更其美观。

我只是一批一批的索画，实在抱歉而且感激。

这里有一个德国人，叫 Ecke，是研究美学的，一个学生给他看《故乡》和《彷徨》的封面，他说好的。《故乡》是剑的地方很好。《彷徨》只是椅背和坐上的图线，和全部的直线有些不调和。太阳画得极好。

迅　上　十一月二十二日

二十三日

日记　晴。下午寄璇卿信。寄培良信。

致 李霁野

霁野兄：

十四日发出的快信，今天收到了，比普通的信要迟一天。因为这里只有一个邮政代办处，不分送，要我们自己去留心。一批信到，他就将刊物和平常信塞在玻璃柜内，给各人自己拿去。这才慢慢地将宝贵的——包裹，挂号信，快信—— 一批在房里打开，一张一张写通知票，将票又塞在玻璃柜内，我们见票，取了印章去取信，所以凡是快信，一定更慢，外边不知道这情形，时常上当的。

《莽原丛刊》，我想改作《未名新集》；《坟》不在内，独立，如《中国小说史略》一般。该集以《君山》为第一部。至于半月刊，我想，应以你们为中坚，如大家都有兴趣，或译或作，就办下去，半依，沉君们的帮忙，都不能作为基本的。至于我，却很难说，因为仍不能用功，我确拟于年底离开这里。这里是死海一样，不愁没饭吃，而令人头痛之事常有，往往反而不想吃饭，宁可走开。此后之生活状态如何，此时实难豫测，大约总是仍不能关起门来用功的。我现在想，一月一回，该可以作，因为倘没有文思，做出来也是无聊的东西，如近来这几月，就是如此。

你们青年且上一年阵试试看，卖不去也不要紧，就印千五百，倘再卖不去，就印一千，五百，再卖不去，关门未迟。如果以为如此不妥，那就停刊罢。

倘不停，我想名目也不必改了，还是《莽原》。《莽原》究竟不是长虹家的。我看他《狂飙》第五期上的文章，已经堕入黑幕派了，已无须客气。我已作了一个启事，寄《北新》，《新女性》，《语丝》，《莽原》，和他开一个小玩笑。

《莽原》的合本，我以为最好至廿四期出全了，一齐发卖。

"圣经"两字，使人见了易生反感，我想就分作两份，称"旧约"及"新约"的故事，何如？

六斤家只有这一个钉过的碗，钉是十六或十八，我也记不清了。总之两数之一是错的，请改成一律。记得七斤曾说用了若干钱，将钱数一算，就知道是多少钉。倘其中没有七斤口述的钱数（手头无书，记不清了），则都改十六或十八均可。

关于《创世纪》的作者，随他错去罢，因为是旧稿。人猿间确没有深知道连锁，这位 Haeckel 博士一向是常不免"以意为之"的。

陶元庆君来信言《坟》的封面已寄出但未到，嘱我看后寄给钦文。

用三色版印，钦文于校三色板多有经验，我想就托他帮忙罢。只要知道这书大约多少厚，便可以付京华印书面。

迅 十一月二十三日

二十四日

日记 晴。下午收璇卿所寄画一帧。寄寿山信。寄霁野，丛芜信。

二十五日

日记 晴，风。午林梦琴邀午餐。下午寄淑卿信内附与钦文信，又刊物一包九本，内附璇卿画一枚。寄王衡信。寄李季谷信。

二十六日

日记 晴，大风。下午寄景宋信。林河清来。晚蒋希曾来。夜观电影。

致 许广平

广平兄：

二十一日寄一信，想已到。十七日所发之又一简信，二十二日收到了；包裹尚未来，大约包裹及书籍之类，照例比普通信件迟，我想明天大概要到，或者还有信，我等着。我还想从上海买一合较好的印色来，印在我到厦后所得的书上。

近日因为校长要减少国学院豫算，玉堂颇愤慨，要辞主任，我因进言，劝其离开此地，他极以为然。我亦觉此是脱身之机会。今天和校长开谈话会，乃提出强硬之抗议，且露辞职之意，不料校长竟取消前议了，别人自然大满足，玉堂亦软化，反一转而留我，谓至少维持一年，因为教员中途难请云云。又我将赴中大消息，此地报上亦揭载，大约是从广州报上来的，学生因亦有劝我教满他们一年者。这样看来，年底要脱身恐怕麻烦得很，我的豫计，因此似乎也无从说起了。

我自然要从速走开此地，但结果如何，殊难预料。我想这大半年中，HM不如不以我之方针为方针，而到于自己相宜的地方去，否则也许做了很牵就，非意所愿的事务，而结果还是不能常见。我的心绪往往起落如波涛，这几天却很平静。我想了半天，得不到结论，但以为，这一学期居然已经去了五分之三，年底已不远，可以到广州看一回，此时即使仍不能脱离厦大，再熬五个月，似乎也还做得到，此后玉堂便不能以聘书为口实，可以自由了。自然，以后如何，我自然也茫无把握。

今天本地报上的消息很好，泉州已得，浙陈仪又独立，商震反戈攻张家口，国民一军将至潼关，此地报纸大概是民党色采，消息或倾于宣传，但我想，至少泉州攻下总是确的。本校学生民党不过三十左右，其中不少是新加入者，昨夜开会，我觉他们都不经训练，不深沉，甚至于连暗暗取得学生会以供我用的事情都不知道，真是奈何奈何。开一回会，徒令当局者注意，那夜反民党的职员却在门外窃听。

二十五日之夜，大风时。

写了一张之（刚写了这五个字，就来了一个学生，一直坐到十二点）后，另写了一张应酬信，还不想睡，再写一点罢。伏园下月准走，十二月十五左右，一定可到广州了。他是大学教授兼编辑，位置很高，但大家正要用他，也无怪其然。季黻的事，则至今尚无消息，不知何故，我同兼士曾合发一信，又托伏园面说，又写一信，都无回音，其实季黻的办事能力，比我高得多多。

我想HM正要为社会做事，为了我的牢骚而不安。实在不好，想到这里，忽然静下来了，没有什么牢骚。其实我在这里的不方便，仔细想起来，大半在于言语不通，例如前天厨房又不包饭了，我竟无法查问是厨房自己不愿包,还是听差和他冲突,叫我不要他办了。不包则不包亦可。乃同伏园去到一个福州馆,要他包饭,而馆中只有面,问以饭,曰无有,废然而返。今天我托一个福州学生去打听,才知道无饭者,乃适值那时无饭,并非永远无饭也,为之大笑。大约明天起,当在该福州馆包饭了。

仍是二十五日之夜,十二点半。

此刻是上午十一时,到邮务代办处去看了一回,没有信;而我这信要寄出了,因为明天大约有从厦赴粤之船,倘不寄,便须待下星期三这一只了。但我疑心此信一寄,明天便要收到来信,那时再写罢。

记得约十天以前,见报载新宁轮由沪赴粤,在汕头被盗劫,纵火。不知道我的信可有被烧在内。我的信是十日之后,有十六,十九,二十一等三封。

此外没有什么事了,下回再谈罢。

迅。十一月二十六日。

午后一时经过邮局门口,见有别人的东莞来信,而我无有,那么,今天是没有信的了,就将此发出。

二十七日

日记 晴。晨蒋希曾及玉堂来,同乘小汽船往集美学校,午后讲演三十分,与玉堂仍坐汽船归。得广平信,二十三日发。夜礼堂走电,小焚。

二十八日

日记 星期。晴。上午得漱园信,十六日发。得淑卿信,十七日发。得静农信,二十日发。得邝富灼信,二十四日发。晚魏兆淇,朱斐,王方仁,崔真吾合饯伏园于镇南关之一福州小饭店,邀同往,饮馔颇佳。

致 韦素园

漱园兄：

　　十六日来信，今天收到了。我后又续寄《坟》跋一，《旧事重提》一，想已到。《狂飙》第五期已见过，但未细看，其中说诳挑拨之处似颇多，单是记我的谈话之处，就是改头换面的记述，当此文未出之前，我还想不到长虹至于如此下劣。这真是不足道了。关于我在京从五六年前起所遇的事，我或者也要做一篇记述发表，但未一定，因为实在没有工夫。

　　明年的半月刊，我恐怕一月只能有一篇，深望你们努力。我曾有信给季野，你大约也当看见罢。我觉得你，丛芜，霁野，均可于文艺界有所贡献，缺点只是疏懒一点，将此点改掉，一定可以有为。但我以为丛芜现在应该静养。

　　《莽原》改名，我本为息事宁人起见。现在既然破脸，也不必一定改掉了，《莽原》究竟不是长虹的。这一点请与霁野商定。

迅　十一月廿八日

《坟》的封面画，陶元庆君已寄来，嘱我看后转寄钦文，托他印时校对颜色，我已寄出，并附一名片，绍介他见你，接洽。这画是三色的，他于印颜色版较有经验，我想此画即可托他与京华接洽，并校对。因为是石印，大约价钱也不贵的。

致 许广平

广平兄：

　　二十六日寄出一信，想当已到。次日即得二十三日来信，包裹的通知书,也一并送到了,即刻向邮政代办处取得收据,星期六下午已来不及,星期日不办事,下星期一(廿九日)可以取来,这里的邮政,就是如此费事。星期六这一天(廿七),我同玉堂往集美学校演说,以小汽船来往,还耗去一整天;夜间会客,又耗去了许多工夫,客去正想写信,间壁的礼堂走了电,校役吵嚷,校警吹哨,闹得石破天惊,究竟还是物理学教员有本领,进去关住了总电门,才得无事,只烧焦了几块木头。我虽住在并排的楼上,但因为墙是石造的,知道不会延烧,所以并不搬动,也没有损失,不过因为电灯俱熄,洋烛的光摇摇而昏暗,于是也不能写信了。

我一生的失计,即在历来并不为自己生活打算,一切听人安排,因为那时豫计是生活不久的。后来豫计并不确中,仍须生活下去,于是遂弊病百出,十分无聊。后来思想改变了,而仍是多所顾忌,这些顾忌,大部分自然是为生活,几分也为地位,所谓地位者,就是指我历来的一点小小工作而言,怕因我的行为的剧变而失去力量。但这些瞻前顾后,其实也是很可笑的,这样下去,更将不能动弹。第三法最为直截了当,其次如在北京所说则较为安全,但非经面谈,一时也决不下,总之我以前的办法,已是不妥,在厦大就行不通,所以我也决计不再敷衍了,第一步我一定于年底离开此地,就中大教授职。但我极希望那一个人也在同地,至少也可以时常谈谈,鼓励我再做有益于人的工作。

昨天我向玉堂提出以本学期为止,即须他去的正式要求,并劝他同走。对于我走这一层,略有商量的话,终于他无话可说了,所以前信所说恐怕难于脱身云云,已经不成问题,届时他只能听我自便。他自己呢,大约未必走,他很佩服陈友仁,自云极愿意在他旁边学学。但我看他仍然于厦门颇留恋,再碰几个钉子,则来年夏天可以离开。

此地无甚可为,近来组织了一种期刊,而作者不过寥寥数人,或则受创造社影响,过于颓唐(比我颓唐得多),或则太大言无实;又在日报上添了一种文艺周刊,恐怕不见得有什么好结果。大学生都很沉静,本地人文章,则"之乎者也"居多,他们一面请马寅初写字,一面请我做序,真是殊属胡涂。有几个因为我和兼士在此而来的,我们一走,大约也要转学到中大去。

离开此地之后,我必须改变我的农奴生活;为社会方面,则我想除教书外,或者仍然继续作文艺运动,或更好的工作,待面谈后再定。我觉得现在 HM 比我有决断得多,我自到此地以后,仿佛全感空虚,不再有什么意见,而且时有莫名其妙的悲哀,曾经作了一篇我的杂文集的跋,就写着那时的心情。十二月末的《语丝》上可以发表,一看就知道。自己也知道这是须改变的,我现在已决计离开,好在已只有五十天,为学生编编文学史讲义,作一结束(大约讲至汉末止),时光也容易度过的了,明年从新来过罢。

遇安既知通信的地方,何以又须详询住址,举动颇为离奇,或者是在研究 HM 是否真在羊城,亦未可知。因他们一群中流言甚多,或者会有 HM 在厦门之说也。

校长给三主任的信,我在报上早见过了,现未知如何?能别有较好之地,自以离开为宜,但不知可有这样相宜的处所?

迅　十一月廿八日十二时。

二十九日

日记　阴。上午寄淑卿信。寄漱园信。寄三弟信。寄广平信。午后收广平所寄毛线背心一件,名印一枚,十七日付邮。得静农信,十七日发。

三十日

日记　晴,风。午后收商务印书馆所寄英译《阿Q正传》三本,分赠玉堂,伏园各一本。下午得淑卿信,廿三日发。得钦文信,同日发。得有麟信,廿二日发。又得仲芸信,同日发。得漱园信,廿三日发。得矛尘信,廿六日发。得三弟信,廿七日发。夜雨。

致 章廷谦

矛尘兄:

　　廿六信今天到。斐君太太已发表其蕴蓄,甚善甚善。绍兴东西,并不想吃,请无须"带奉",但欲得木版有图之《玉历钞传》一本,未知有法访求否?此系善书,书坊店不出售,或好善之家尚有存者。我因欲看其中之"无常"画像,故欲得之。如无此像者,则不要也。

　　伏园复往,确系上任;我暂不走,拟敷衍至本学期之末,而后滚耳,其实此地最讨厌者,却是饭菜不好。

　　小峰在北京,何以能"直接闻之于厦大",殊不可解。兄行期当转告玉堂。

　　　　　　　　　　　　　　　　迅　上　十一月卅日

十二月

一日

日记 昙。上午寄邝富灼信。寄有麟，仲芸信。寄矛尘信。寄淑卿信。寄三弟信。寄苏州振新书社信并泉八元一角以买书。晚小雨。

二日

日记 晴，风。上午得广平信，廿七日发。下午寄集美学校讲演稿。

致 许广平

广平兄：

上月二十九日寄一信，想已收到了。廿七日发来的信，今天已到。同时伏园也接陈醒农信，知道政府将移武昌，他和孟余都将出发，报也移去，改名《中央日报》。叫伏园直接往那边去，因为十二月下旬须出版，所以伏园大概不再往广州。广州情状，恐怕比较地要不及先前热闹了。

至于我呢，仍然决计于本学期末离开这里而往广州中大，教半年书看看再说。一则换换空气，二则看看风景，三则……。要活动，明年夏天又可以活动的，倘住得便，多教几时也可以。不过"指导员"一节，无人先为设法了。

你既然不宜于"五光十色"之事，教几点钟书如何呢？要豫备足，则钟点可以少一些。办事与教书，在目下都是淘气之事，但我们舍此亦无事可为。我觉得教书与办别事实在不能并行，即使没有风潮，也往往顾此失彼。你不知此后可别有教书之处（国文之类），有则可以教几点钟，不必多，每日匀出三四点钟来看书，也算豫备，也算自己玩玩，就好了；暂时也算是一种职业。你大约世故没有我深之故，似乎思想比我明晰些，也较有决断，研究一种东西，不会困难的，不过那粗心要纠正。还有一种吃亏之处是不能看别国书，我想较为便利是来学日本文，从明年起我想勒令学习，反抗就打手心。

至于中央政府迁移而我到广州，于我倒并没有什么。我并非追踪政府，却是别有追踪。中央政府一移，许多人一同移去，我或者反而可以闲暇些，不至于又大欠文章债，所以无论如何，我还是到中大去的。

包裹已经取来了，背心已穿在小衫外，很暖，我看这样就可以过冬，无需棉袍了。印章很好，没有打破，我想这大概就是称为"金星石"的，并不是玻璃。我已经写信到上海去买印泥，因为盒内的一点油太多，印在书上是不合式的。

计算起来，我在此至多也只有两个月了，其间编编讲义，烧烧开水，也容易混过去。何况还有默念，但这默念之度常有加增的倾向，不知其故何也，似乎终于也还是那一个人胜利了。厨子的菜又不能吃，现在是单买饭，伏园自己做一点汤，且吃罐头。伏园十五左右当去，我是什么菜都不会做的，那时只好仍包菜，但好在其时离放学已只四十多天了。

阅报，知女师大失火，焚烧不多，原因是学生自己做菜，烧坏了两个人：杨立侃，廖敏。姓名很生，大约是新生，你知道吗？她们后来都死了。

以上是午后四点钟写的，因琐事放下，后来是吃饭，陪客，现已是夜九点钟了。在钱下呼吸，实在太苦，苦还不妨，受气却难耐。大约中国在最近几十年内，怕未必能够做若干事，即得若干相当的报酬,干干净净。(写到这里,又放下了,因为有人来,我这里是毫无躲避处,有人进来就进来,你看如此住处,岂能用功)往往须费额外的力,受无谓的气,无论做什么事,都是如此。我想此后只要以工作赚得生活费,不受意外的气,又有点自己玩玩的余暇,就可以算是幸福了。

我现在对于做文章的青年,实在有些失望,我想有希望的青年似乎大抵打仗去了,至于弄弄笔墨的,却还未看见一个真有几分为社会的,他们多是挂新招牌的利己主义者。而他们却以为他们比我新一二十年,我真觉得他们无自知之明,这也就是他们之所以"小"的地方。

上午寄出一束刊物,是《语丝》《北新》各两本,《莽原》一本。《语丝》上有我的一篇文章,不是我前信所说发牢骚的那一篇;那一篇还未登出,大概当在一〇八期。

迅　十二月二日之夜半。

三日

日记　晴。晨寄广平信并期刊五本。下午寄景宋信。收上月薪水泉四百。捐给平民学校五元。夜略看电影,为《新人之家庭》,劣极。

《阿 Q 正传》的成因

在《文学周报》二五一期里,西谛先生谈起《呐喊》,尤其是《阿 Q 正传》。这不觉引动我记起了一些小事情,也想借此来说一说,一则也算是做文章,投了稿;二则还可以给要看的人去看去。

我先要抄一段西谛先生的原文——

　　"这篇东西值得大家如此的注意，原不是无因的。但也有几点值得商榷的，如最后'大团圆'的一幕，我在《晨报》上初读此作之时，即不以为然，至今也还不以为然，似乎作者对于阿Q之收局太匆促了；他不欲再往下写了，便如此随意的给他以一个'大团圆'。像阿Q那样的一个人，终于要做起革命党来，终于受到那样大团圆的结局，似乎连作者他自己在最初写作时也是料不到的。至少在人格上似乎是两个。"

　　阿Q是否真要做革命党，即使真做了革命党，在人格上是否似乎是两个，现在姑且勿论。单是这篇东西的成因，说起来就要很费功夫了。我常常说，我的文章不是涌出来的，是挤出来的。听的人往往误解为谦逊，其实是真情。我没有什么话要说，也没有什么文章要做，但有一种自害的脾气，是有时不免呐喊几声，想给人们去添点热闹。譬如一匹疲牛罢，明知不堪大用的了，但废物何妨利用呢，所以张家要我耕一弓地，可以的；李家要我挨一转磨，也可以的；赵家要我在他店前站一刻，在我背上帖出广告道：敝店备有肥牛，出售上等消毒滋养牛乳。我虽然深知道自己是怎么瘦，又是公的，并没有乳，然而想到他们为张罗生意起见，情有可原，只要出售的不是毒药，也就不说什么了。但倘若用得我太苦，是不行的，我还要自己觅草吃，要喘气的工夫；要专指我为某家的牛，将我关在他的牛牢内，也不行的，我有时也许还要给别家挨几转磨。如果连肉都要出卖，那自然更不行，理由自明，无须细说。倘遇到上述的三不行，我就跑，或者索性躺在荒山里。即使因此忽而从深刻变为浅薄，从战士化为畜生，吓我以康有为，比我以梁启超，也都满不在乎，还是我跑我的，我躺我的，决不出来再上当，因为我于"世故"实在是太深了。

　　近几年《呐喊》有这许多人看，当初是万料不到的，而且连料也没有料。不过是依了相识者的希望，要我写一点东西就写一点东西。也不很忙，因为不很有人知道鲁迅就是我。我所用的笔名也不只一个：LS，神飞，唐俟，某生者，雪之，风声；更以前还有：自树，索士，令飞，迅行。鲁迅就是承迅行而来的，因为那时的《新青年》编辑者不愿意有别号一般的署名。

现在是有人以为我想做什么狗首领了，真可怜，侦察了百来回，竟还不明白。我就从不曾插了鲁迅的旗去访过一次人；"鲁迅即周树人"，是别人查出来的。这些人有四类：一类是为要研究小说，因而要知道作者的身世；一类单是好奇；一类是因为我也做短评，所以特地揭出来，想我受点祸；一类是以为于他有用处，想要钻进来。

那时我住在西城边，知道鲁迅就是我的，大概只有《新青年》，《新潮》社里的人们罢；孙伏园也是一个。他正在晨报馆编副刊。不知是谁的主意，忽然要添一栏称为"开心话"的了，每周一次。他就来要我写一点东西。

阿Q的影像，在我心目中似乎确已有了好几年，但我一向毫无写他出来的意思。经这一提，忽然想起来了，晚上便写了一点，就是第一章：序。因为要切"开心话"这题目，就胡乱加上些不必有的滑稽，其实在全篇里也是不相称的。署名是"巴人"，取"下里巴人"，并不高雅的意思。谁料这署名又闯了祸了，但我却一向不知道，今年在《现代评论》上看见涵庐（即高一涵）的《闲话》才知道的。那大略是——

"……我记得当《阿Q正传》一段一段陆续发表的时候，有许多人都栗栗危惧，恐怕以后要骂到他的头上。并且有一位朋友，当我面说，昨日《阿Q正传》上某一段仿佛就是骂他自己。因此便猜疑《阿Q正传》是某人作的，何以呢？因为只有某人知道他这一段私事。……从此疑神疑鬼，凡是《阿Q正传》中所骂的，都以为就是他的阴私；凡是与登载《阿Q正传》的报纸有关系的投稿人，都不免做了他所认为《阿Q正传》的作者的嫌疑犯了！等到他打听出来《阿Q正传》的作者名姓的时候，他才知道他和作者素不相识，因此，才恍然自悟，又逢人声明说不是骂

他。"(第四卷第八十九期)

我对于这位"某人"先生很抱歉,竟因我而做了许多天嫌疑犯。可惜不知是谁,"巴人"两字很容易疑心到四川人身上去,或者是四川人罢。直到这一篇收在《呐喊》里,也还有人问我:你实在是在骂谁和谁呢?我只能悲愤,自恨不能使人看得我不至于如此下劣。

第一章登出之后,便"苦"字临头了,每七天必须做一篇。我那时虽然并不忙,然而正在做流民,夜晚睡在做通路的屋子里,这屋子只有一个后窗,连好好的写字地方也没有,那里能够静坐一会,想一下。伏园虽然还没有现在这样胖,但已经笑嬉嬉,善于催稿了。每星期来一回,一有机会,就是:"先生,《阿Q正传》……。明天要付排了。"于是只得做,心里想着,"俗语说:'讨饭怕狗咬,秀才怕岁考。'我既非秀才,又要周考,真是为难……。"然而终于又一章。但是,似乎渐渐认真起来了;伏园也觉得不很"开心",所以从第二章起,便移在"新文艺"栏里。

这样地一周一周挨下去,于是乎就不免发生阿Q可要做革命党的问题了。据我的意思,中国倘不革命,阿Q便不做,既然革命,就会做的。我的阿Q的运命,也只能如此,人格也恐怕并不是两个。民国元年已经过去,无可追踪了,但此后倘再有改革,我相信还会有阿Q似的革命党出现。我也很愿意如人们所说,我只写出了现在以前的或一时期,但我还恐怕我所看见的并非现代的前身,而是其后,或者竟是二三十年之后。其实这也不算辱没了革命党,阿Q究竟已经用竹筷盘上他的辫子;此后十五年,长虹"走到出版界",不也就成为一个中国的"绥惠略夫"了么?

《阿Q正传》大约做了两个月,我实在很想收束了,但我已经记不大清楚,似乎伏园不赞成,或者是我疑心倘一收束,他会来抗议,所以将"大团圆"藏在心里,而阿Q却已经渐渐向死路上走。到最末的一章,伏园倘在,也许会压下,而要求放阿Q多活几星期的罢。但是"会逢其适",他回去了,代庖的是何作霖君,于阿Q素无爱憎,我便将"大团圆"送去,他便登出来。待到伏园回京,阿Q已经枪毙了一个多月了。纵令伏园怎样善于催稿,如何笑嬉嬉,也无法再说"先生,《阿Q正传》……。"从此我总算收束了一件事,可以另干别的去。另干了别的什么,现在也已经记不清,但大概还是这一类的事。

其实"大团圆"倒不是"随意"给他的;至于初写时可曾料到,那倒确乎也是一个疑问。我仿佛记得:没有料到。不过这也无法,谁能开首就料到人们的"大团圆"?不但对于阿Q,连我自己将来的"大团圆",我就料不到究竟是怎样。终于是"学者",或"教授"乎?还是"学匪"或"学棍"呢?"官僚"乎,还是"刀笔吏"呢?"思想界之权威"乎,抑"思想界先驱者"乎,抑又"世故的老人"乎?"艺术家"?"战士"?抑又是见客不怕麻烦的特别"亚拉籍夫"乎?乎?乎?乎?乎?

但阿Q自然还可以有各种别样的结果,不过这不是我所知道的事。

先前,我觉得我很有写得"太过"的地方,近来却不这样想了。中国现在的事,即使如实描写,在别国的人们,或将来的好中国的人们看来,也都会觉得 grotesk。我常常假想一件事,自以为这是想得太奇怪了;但倘遇到相类的事实,却往往更奇怪。在这事实发生以前,以我的浅见寡识,是万万想不到的。

大约一个多月以前,这里枪毙一个强盗,两个穿短衣的人各拿手枪,一共打了七枪。不知道是打了不死呢,还是死了仍然打,所以要打得这么多。当时我便对我的一群少年同学们发感慨,说:这是民国初年初用枪毙的时候的情形;现在隔了十多年,应该进步些,无须给死者这么多的苦痛。北京就不然,犯人未到刑场,刑吏就从后脑一枪,结果了性命,本人还来不及知道已经死了呢。所以北京究竟是"首善之区",便是死刑,也比外省的好得远。

但是前几天看见十一月二十三日的北京《世界日报》,又知道我的话并不的确了,那第六版上有一条新闻,题目是《杜小拴子刀铡而死》,共分五节,现在撮录一节在下面——

▲杜小拴子刀铡余人枪毙　　先时，卫戍司令部因为从了毅军各兵士的请求，决定用"枭首刑"，所以杜等不曾到场以前，刑场已预备好了铡草大刀一把了。刀是长形的，下边是木底，中缝有厚大而锐利的刀一把，刀下头有一孔，横嵌木上，可以上下的活动，杜等四人入刑场之后，由招扶的兵士把杜等架下刑车，就叫他们脸冲北，对着已备好的刑桌前站着。……杜并没有跪，有外右五区的某巡官去问杜：要人把着不要？杜就笑而不答，后来就自己跑到刀前，自己睡在刀上，仰面受刑，先时行刑兵已将刀抬起，杜枕到适宜的地方后，行刑兵就合眼猛力一铡，杜的身首，就不在一处了。当时血出极多。在旁边跪等枪决的宋振山等三人，也各偷眼去看，中有赵振一名，身上还发起颤来。后由某排长拿手枪站在宋等的后面，先毙宋振山，后毙李有三赵振，每人都是一枪毙命。……先时，被害程步墀的两个儿子忠智忠信，都在场观看，放声大哭，到各人执刑之后，去大喊：爸！妈呀！你的仇已报了！我们怎么办哪？听的人都非常难过，后来由家族引导着回家去了。

　　假如有一个天才，真感着时代的心搏，在十一月二十二日发表出记叙这样情景的小说来，我想，许多读者一定以为是说着包龙图爷爷时代的事，在西历十一世纪，和我们相差将有九百年。

　　这真是怎么好……。

　　至于《阿Q正传》的译本，我只看见过两种。法文的登在八月分的《欧罗巴》上，还止三分之一，是有删节的。英文的似乎译得很恳切，但我不懂英文，不能说什么。只是偶然看见还有可以商榷的两处：一是"三百大钱九二串"当译为"三百大钱，以九十二文作为一百"的意思；二是"柿油党"不如译音，因为原是"自由党"，乡下人不能懂，便讹成他们能懂的"柿油党"了。

　　　　　　　　　　　　　　　十二月三日，在厦门写。

原载 1926 年 12 月 18 日《北新》周刊第 18 期。

初收 1927 年 5 月上海、北京北新书局版《华盖集续编》。

致 许广平

广平兄：

今天刚发一信，也许这信要一同寄到罢。你或者初看以为又有什么要事了，其实并不，不过是闲谈。前回的信，我半夜放在邮筒中；这里邮筒有两个，一在所内，五点后就进不去了，夜间便只能投入所外的一个。而近日邮政代办所里的伙计是新换的，满脸呆气，我觉得他连所外的一个邮筒也未必记得开，我的信不知送往总局否，所以再写几句，俟明天上午投到所内的一个邮筒里去。

我昨夜的信里是说：伏园也得醒农信，说国民政府要搬了，叫他直接上武昌去，所以他不再往广州。至于我则无论如何，仍于学期末离开厦门而往中大，因为我倒并不一定要跟随政府，熟人如伏园辈不在一处，或者反而可以清闲些。但你如离开师范，不知在原地可有做事之处，我想还不如教一点国文，钟点以少为妙，可以多豫备。大略不过如此。

政府一搬，广东的"外江佬"要减少了，广东被"外江佬"刮了许多未[天]，此后也许要向"遗佬"报仇，连累我未曾搜刮的外江佬吃苦，但有害马保镳，所以不妨胆大。《幻洲》上有一篇东西，很称赞广东人，所以我愿意去看看，至少也住到夏季。大约说话是一点不懂，和在此相同，但总不至于连买饭的处所也没有。我还想吃一回蛇，尝一点龙虱。

到我这里来空谈的人太多，即此一端也就不宜久居于此。我到中大后，拟静一静，暂时少与别人往来，或用点功，或玩玩。我现在身体是好的，能吃能睡，但今天我发见我的手指有点抖，这是吸烟太多了之故，近来我吸到每天三十支了，我从此要减少。我回忆在北京因节制吸烟之故而令一个人碰钉子的事，心里很难受，觉得脾气实在坏得可以。但不知怎的，我于这一点不知何以自制力竟这么薄弱，总是戒不掉。但愿明年有人管束，得渐渐矫正，并且也甘心被管，不至于再闹脾气的了。

我明年的事，自然是教一点书；但我觉得教书和创作，是不能并立的，郭沫若郁达夫之不大有文章发表，其故盖亦由于此。所以我此后的路还当选择，研究而教书呢，还是仍作游民而创作？倘须兼顾，即两皆没有好成绩。或者研究一两年，将文学史编好，此后教书无须豫备，则有余暇，再从事于创作之类也可以。但这也并非紧要问题，不过随便说说。

《阿Q正传》的英译本已经出版了，译得似乎并不坏，但也有一点小错处，你要否？如要，当寄上，因为商务馆有送给我的。

写到这里，还不到五点钟，也没有什么别的事了，就此封入信封，赶今天寄出罢。

迅 十二月三日下午。

四日

日记 晴。午与伏园合邀魏，朱，王，崔四人饮。下午得漱园信，十一月二十八日发。

五日

日记 星期。晴。上午寄漱园信。寄三弟信。晚陈定谟，罗心田来谈。

致 韦素园

漱园兄：

十一月二十八日信已到。《写在〈坟〉后面》登《莽原》，也可以的。《坟》能多校一回，自然较好；封面画我已寄给许钦文了，想必已经接洽过。

《君山》多加插画，很好。我想：凡在《莽原》上登过而印成单行本的书，对于定《莽原》全年的人，似应给以特别权利。倘预定者不满百人，则简直各送一本，倘是几百，就附送折价（对折？）券（或不送而只送券亦可），请由你们在京的几位酌定。我的《旧事重提》（还要改一个名字）出版时，也一样办理。

《黑假面人》费了如许工夫，我想卖掉也不合算，倘自己出版，则以《往星中》为例，半年中想亦可售出六七百本。未名社之立脚点，一在出版多，二在出版的书可靠。倘出版物少，亦觉无聊。所以此书仍不如自己印。霁野寒假后不知需款若干，可通知我，我当于一月十日以前将此款寄出，二十左右便可到北京，作为借给他的，俟《黑假面人》印成，卖去，除掉付印之本钱后，然后再以收来的钱还我就好了。这样，则未名社多了一本书，且亦不至于为别的书店去作苦工，因为我想剧本卖钱是不会多的。

对于《莽原》的意见，已经回答霁野，但我想，如果大家有兴致，就办下去罢。当初我说改名，原为避免纠纷，现长虹既挑战，无须改了，陶君的画，或者可作别用。明年还是叫《莽原》，用旧画。退步须两面退，倘我退一步而他进一步，就只好拔出拳头来。但这仍请你与霁野酌定，我并不固执。至于内容，照来信所说就好。我的译作，现在还说不定什么题目，因为正编讲义，须十日后才有暇，那时再想。我不料这里竟新书旧书都无处买，所以得材料就很难，或者头几期只好随便或做或译一点，待离开此地后，倘环境尚可，再来好好地选译。我到此以后，琐事太多，客也多，工夫都耗去了，一无成绩，真是困苦。将来我想躲起来，每星期只定出日期见一两回客，以便有自己用功的时间，倘这样下去，将要毫无长进。

留学自然很好，但既然对于出版事业有兴趣，何妨再办若干时。我以为长虹是泼辣有余，可惜空虚。他除掉我译的《绥惠略夫》和郭译的尼采小半部而外，一无所有。所以偶然作一点格言式的小文，似乎还可观，一到长篇，便不行了，如那一篇《论杂交》，直是笑话。他说那利益，是可以没有家庭之累，竟不想到男人杂交后虽然毫无后患，而女人是要受孕的。

在未名社的你们几位，是小心有余，泼辣不足。所以作文，办事，都太小心，遇见一点事，精神上即很受影响，其实是小小是非，成什么问题，不足介意的。但我也并非说小心不好，中国人的眼睛倘此后渐渐亮起来，无论创作翻译，自然只有坚实者站得住，《狂飙》式的恫吓，只能欺骗一时。

长虹的骂我，据上海来信，说是除投稿的纠葛之外，还因为他与开明书店商量，要出期刊，遭开明拒绝，疑我说了坏话之故。我以为这是不对的，由我看来，是别有两种原因。一，我曾在上海对人说，长虹不该擅登广告，将《乌合》《未名》都拉入什么"狂飙运动"去，我不能将这些作者都暗暗卖给他。大约后来传到他耳朵里去了。二，我推测得极奇怪，但未能决定，已在调查，将来当面再谈罢，我想，大约暑假时总要回一躺北京。

前得静农信，说起《蒩蒁》，我为之叹息，他所听来的事，和我所经历的是全不对的。这稿子，是品青来说，说愿出在《乌合》中，已由小峰允印，将来托我编定，只四篇。我说四篇太少；他说这是一时期的，正是一段落，够了。我即心知其意，这四篇是都登在《创造》上的，现创造社不与作者商量，即翻印出售，所以要用《乌合》去抵制他们，至于未落创造社之手的以后的几篇，却不欲轻轻送入《乌合》之内。但我虽这样想，却答应了。不料不到半年，却变了此事全由我作主,真是万想不到。我想他们那里会这样信托我呢? 你不记得公园里饯行那一回的事吗? 静农太老实了,所以我无话可答。不过此事也无须对人说,只要几个人(丛,霁,静)心里知道就好了。

迅　十二月五日

六日

日记　昙。上午得顾敦铩及梁社乾信,十一月廿八日闸口发。下午得景宋信,二日发。收北新书局所寄《中国小说史略》四十本,《桃色之云》,《彷徨》各五本。

致 许广平

广平兄:

三日寄出一信,并刊物一束,系《语丝》等五本,想已到。今天得二日来信,可谓快矣。对于廿六日函中的一段议论,我于廿九日即发一函,想当我接到此函时,那边亦已寄到,知道我已决计离开此地,所以我也无须多说了。其实我这半年来并不发生什么"奇异感想",不过"我不太将人当作牺牲么"这一种思想——这是我一向常常想到的思想——却还有时起来,一起来,便沉闷下去,就是所谓"静下去",而间或形于词色。但也就悟出并不尽然,故往往立即恢复,二日得中央政府迁移消息后,即连夜发一信(次日又发一信),说明我的意思与廿九日信中所说并无变更,实未曾有愿意害马"终生被播弄于其中而不自拔"之意,当初仅以为在社会上阅历几时,可以得较多之经验而已,并非我将永远静着,以至于冷眼旁观,将害马卖掉,而自以为在孤岛中度寂寞生活,咀嚼着寂寞,即足以自慰自赎也。

但廿六日信中的事,已成过去,也不必多说了,到年底或可当作闲谈的材料。广大的钟点虽然较多,但我想总可以设法教一点担子

405

较轻的功课，以求有休息的余暇，况且抄录材料等等，又可以有忙［帮］我的人，所以钟点倒不成问题，每周二十时左右者，大概是纸面文章，未必实做。

你们的学校，真是好像"湿手捏了干面粉"，粘缠极了。虽说"天下兴亡，匹夫有责"，但当局不讲信用，专责"匹夫"，使几个人挑着重担，未免太任意将人做牺牲。我想事到如此，别的都可不管了，以自己为主，觉得耐不住，便即离开；倘因生计关系及别的关系，须敷衍若干时，便如我之在厦大一样，姑且敷衍敷衍，"以德感""以情维系"等等，只好置之度外，一有他处可去，也便即离开，什么都不管它。

伏园须直往武昌去了，不再转广州，前信似已说过。昨（五日）有人从汕头到此地（据云系民党），说陈启修因为泄漏机密，被党部捕治了。我和伏园正惊疑，拟电询，今日得你信，知二日看见他，则以日期算来，此人是造谣言的，但何以要造如此谣言，殊不可解。

前一束刊物不知到否？记得前回也有一次，久不到，而在学校的刊物中找来。三日又寄一束，到否也是问题。此后寄书，殆非挂号不可。《桃色之云》再版已出了，拟寄上一册，但想写上几个字，并用新印，而印泥才向上海去带，大约须十日后才来，那时再寄罢。

迅　十二月六日之夜。

七日

日记　晴。上午寄景宋信。寄淑卿信。下午雨，夜大风。

《说幽默》译者识

将 humor 这字，音译为"幽默"，是语堂开首的。因为那两字似乎含有意义,容易被误解为"静默""幽静"等,所以我不大赞成,一向没有沿用。但想了几回,终于也想不出别的什么适当的字来,便还是用现成的完事。一九二六,一二,七。译者识于厦门。

原载 1927 年 1 月 10 日《莽原》半月刊第 2 卷第 1 期。
初收 1928 年 5 月上海北新书局版《思想·山水·人物》。

八日

日记　晴,风。上午得矛尘信,一日发。得淑卿信,上月廿九日发,附敬[隐]渔来函及画信片四枚,从巴黎。下午得漱园信,即复。夜大风,天气骤冷。

致 韦素园

漱园兄:

十二月一日的快信,今天收到了。关于《莽原》的事,我于廿九,本月五日所发两信,均经说及,现在不必重说。总之:能办下去,就很好了。我前信主张不必改名,也就因为长虹之骂,商之霁野,以为何如?

《范爱农》一篇,自然还是登在 24 期上,作一结束。来年第一期,创作大约没有了,拟译一篇《说"幽默"》,是日本鹤见祐辅作的,虽浅,却颇清楚明白,约有十面,十五以前可寄出。此后,则或作译,殊难定,因为此间百事须自己经营,繁琐极了,无暇思索;译呢,买不到一本新书,没有材料。这样下去,是要淹死在死海里了,薪水虽不欠,又有何用?我决计于学期末离开,或者可以较有活气。那时再看。倘万不得已,就用《小约翰》充数。

我对于你们几位,毫无什么意见;只有对于目寒是不满的,因为他有时确是"无中生有"的造谣，但他不在京了，不成问题。至于长虹，则我看了他近出的《狂飙》，才深知道他很卑劣，不但挑拨，而且于我的话也都改头换面，不像一个男子所为。他近来又在称赞周建人了，大约又是在京时来访我那时的故技。

《莽原》印处改换也好。既然销到二千，我想何妨增点页数，每期五十面，纸张可以略坏一点（如《穷人》那样），而不加价。因为我觉得今年似乎薄一点。

迅　十二月八日

九日

日记　晴。上午寄淑卿信。复梁社乾，顾雍如信。复之江大学月刊社信。傍晚往铃记理发。

十日

日记　晴。上午同伏园往厦门市，在别有天午餐。买皮箱一口，泉七元。在商务馆买《外国人名地名表》一本，泉一元三角。夜略观电影。大风。

十一日

日记　晴。上午丁丁山邀往鼓浪屿，并罗心田，孙伏园，在洞天午餐，午后游日光岩及观海别墅，下午乘舟归。收梁社乾所寄赠英译《阿Q正传》六本。

致 许广平

广平兄：

本月六日接到三日来信后，次日（七日）即发一信，想已到。我推想昨今两日当有信来，但没有；昨天是星期，没有信件到校的了。我想或者是你校事太忙没有发，或者是轮船误了期。

从粤，从沪，到此的信，一星期两回；从此向沪向粤的船，似乎也是一星期两回。但究竟是星期几呢，我终于推算不出，又仿佛并不一定似的。

计算从今天到一月底，只有五十天了，已不满两月，我到此，是已经三个月又一星期了。现在倒没有什么事。我每天能睡八九小时，但是仍然懒；有人说我胖了一点了，也不知确否？恐怕也未必。对于学生，我已经说明了学期末要离开。有几个因我在此而来的，大约也要走。至于厦门学生，无药可医，他们整天读《古文观止》。

伏园就要动身，仍然十五左右；但也许仍从广州，取陆路往武昌。

我想一两日内，当有信来，我的廿九日的信的回信也应该就到了。那时再写罢。

迅　十二月十一日夜

十二日

日记　星期。晴。上午寄广平信。赴平民学校成立会，演说五分钟。得景宋信三函，其二七日发，一函八日发。晚同伏园访语堂，在其寓夜餐。

致 许广平

广平兄：

今天早上寄了一封信。现在是虽是星期日，邮政代办所也开半天了。我今天也起得早，因为平民学校成立大会要我演说，我说了五分钟，又恭听校长辈之胡说至十一时，溜出会场，再到代办所去一看，果然已有三封信在：两封是七日发的，一封是八日发的。

金星石虽然中国也有，但看印盒的样子，还是日本做的，不过这也没有什么关系。"随便叫它曰玻璃"，则可谓胡涂，玻璃何至于这样脆？若夫"落地必碎"，则凡有印石，大抵如斯，岂独玻璃为然。可惜的是包印章者，当时竟未细心研究，因为注意移到包裹之白包上去了，现在还保存着。对于这，我倒立刻感觉到是用过的。特买印泥，亦非多事，因为非如此，则不舒服也。

此地冷了几天，但夹袍亦已够，大约穿背心而无棉袍，足可过冬了。背心我现穿在小衫外，较之穿在夹袄之外暖得多，或者也许还有别种原因。我之失败，我现在细想，是只能承认的。不过何至于"没出色"？天下英雄，不失败者有几人？恐怕人们以为"没出色"者，在他自己正以为大有"出色"，失败即胜利，胜利即失败，总而言之，就是这样，莫名其妙。置首于一人之足下，甘心什倍于戴王冠，久矣夫，已非一日矣……。

近来对于厦大一切，已不过问了，但他们还常要来找我演说，一演说，则与当局者的意见，一定是相反的，此校竟如教会学校或英国人所开的学校；玉堂现在亦深知其不可为，有相当机会，什九是可以走的。我手已不抖，前信竟未说明。至于寄给《语丝》的那篇文章，因由未名社转寄，被他们截留了，登在《莽原》第廿三期上。其中倒没有什么未尽之处。当时著作的动机，一是愤慨于自己为生计起见，不能不戴假面；二是感得少爷们于我，见可利用则尽情利用，倘觉不能利用则便想一棒打杀，所以很有些哀怨之言。寄来时当寄上；不过这种心情，现在也已经过去了。我时时觉得自己很渺小；但看少爷们著作，竟没有一个如我，敢自说是戴着假面和承认"党同伐异"的，他们说到底总必以"公平"自居。因此，我又觉得我或者并不渺小；现在故意要轻视我和骂倒我的人们的眼前，终于黑的妖魔似的站着 L. S. 两个字, 大概就是为此。

我离厦门后, 恐怕有几个学生要随我转学, 还有一个助教也想同我走, 因为我的金石的研究于他有帮助。我在这里常有学生来谈天, 弄得自己的事无暇做; 倘这样下去, 是不行的。我将来拟在校中取得一间屋, 算是住室, 作为豫备功课及会客之用, 而实不住。另在外面觅一相当地方, 作为创作及休息之用, 庶几不至于起居无节, 饮食不时, 再蹈在北京时之覆辙。但这可待到粤时再说, 无须"未雨绸缪"。总之: 我的意见, 是想少陪无聊之访问之客而已。倘在学校, 大家可以直冲而入, 殊不便也。

现在我们的饭是可笑极了, 外面仍无好的包饭处, 所以还是从本校厨房买饭, 每人每月三元半, 伏园做菜, 辅以罐头。而厨房屡次宣言: 不买菜, 他要连饭也不卖了。那么, 我们为买饭计, 必须月出十元, 一并他不能吃之菜。现在还敷衍着, 伏园走后, 我想索性一并买菜, 以免麻烦, 好在他们也只能讹去我十余元了。听差则欠我二十元, 其中二元, 是他兄弟急病时借去的, 我以为他可怜, 说这二元不要他还了, 算是欠我十八元; 他便第二日又来借二元, 仍是二十元。伏园订洋装书, 每本要他一元。厦门人对于"外江佬", 似乎颇欺侮。

以中国人的脾气而论, 倒后的著作, 是没有人看的, 他们见可利用则尽量利用, 遇可骂则尽量地骂, 虽一向怎样常常往来, 也即刻翻脸不识, 看和我往还的少爷们的举动, 便可推知。只要作品好, 大概十年或数十年后, 便又有人看了, 但这大抵只是书坊老板得益, 至于作者, 也许早被逼死了, 不再有什么相干。遇到这样的时候, 我以为走外国也行; 为争存计, 无所不为也行, 倒行逆施也行; 但我还没有细想过, 好在并不急迫, 可以慢慢从长讨论。

"能食能睡", 是的确的, 现在还如此, 每天可以睡至八九小时, 然而人还是懒, 这大约是气候之故。我想厦门的气候, 水土, 似乎于居人都不宜, 我所见的人们, 胖子很少, 十之九都黄瘦, 女性也很少美丽活泼的，加以街道污秽，空地上就都是坟，所以人寿保险的价格，居厦门者比别处贵。我想国学院倒大可以缓办，不如作卫生运动，一面将水，土壤，都分析分析，讲个改善之方。

此刻已经夜一时了，本来还可以投到所外的箱子里去，但既有命令，就待至明晨罢，真是可惧。

迅　十二月十二日

十三日

日记　昙。上午寄景宋信。寄还宋文翰《小说史略》上下册，并赠以三版合本一册。以译稿寄漱园并英译《阿Q正传》二本，分赠霁野，丛芜。午后得骝先信，七日发。下午得尚钺信，一日发。得淑卿信，一日发。得小峰信，六日发。得漱园信，六日发。得振铎信，六日发。夜雨。

说 幽 默

［日本］鹤见祐辅

一

幽默（humor）在政治上的地位，——将有如这样的题目，我久已就想研究它一番。幽默者，正如在文学上占着重要的地位一般，在政治上，也做着颇要紧的脚色的事，就可以看见。有幽默的政治家和没有幽默的政治家之间，那生前不消说，便在死后，我以为也似乎很有不同的。英国的格兰斯敦这人，自然是伟人无疑，但我总不觉得可亲近。这理由，长久没有明白。在往轻井泽的汽车中，遇到一个英国女人的时候，那女人突然说：——

"格兰斯敦是不懂得幽默的人。"
我就恍然像眼睛上落了鳞片似的。自己觉得，从年青时候以来，对于格兰斯敦不感到亲暱，而于林肯却感到亲暱者，原来就为此。对于克林威尔这人，不知怎的，我也不喜欢。这大概也就因为他是不懂得幽默的人的缘故罢。

二

缺少幽默者，至少，是这人对于人生的一方面——对于重要的一方面——全不懂得的证据。这和所谓什么有人味呀，有情呀之类不同；而关系于更其本质底的人的性格。

嘉勒尔说过：不会真笑的人，不是好人。但是，笑和幽默，是各别的。

倘问：那么，幽默是什么呢？我可也有些难于回答。使心理学家说起来，该有相当的解释罢；在哲学家，在文学家，也该都有一番解释。然而似乎也无须下这么麻烦的定义，一下定义，便会成为毫不为奇的事的罢。

倘问：幽默者，日本话是甚么？那可也为难。说是滑稽呢，太下品；说是发笑罢，流于轻薄；若说是谐谑，又太板。这些文字，大约各在封建时代成了带着别的联想的文字，所以显不出真的意思来了。于是我们在暂时之间，不得已，就索性用着外国话的罢。

三

倘说，那么，幽默是怎么一回事呢？要举例，是容易的。不过以幽默而论,那一个是上等,却因着各人的鉴赏而不同,所以在幽默,因此也就有了种种的阶级和种类了。

熊本地方的传说里,有着不肯认错的人的例子。那是两个男人,指着一株大树,说道那究竟是什么树呢,争论着。这一个说,那是槲树;那一个便说,不,那是榎树,不肯服。这个说,但是,那树上不是现生着槲树子么? 那对手却道:——

"不。即使生着槲树子,树还是榎树。"

我以为在这"即使生着槲树子,树还是榎树"的一句里,是很有幽默的。遇见这一流人的时候,我们的一伙便常常说:"那人是即使生着槲树子,树还是榎树呵。"

这话,是从友人岩本裕吉君那里听来的。在一个集会上,讲起这事,柳田国男君也在座,便说,还有和这异曲同工的呢。那讲出来的,是:——

"即使爬着,也是黑豆。"

也是两个人争论着:掉在那里的,是黑豆。不,是黑的虫。正在争持不下的时候,那黑东西,蠕蠕地爬动起来了。于是一个说,你看,岂不是虫么? 那不肯认错的对手却道:——

"不。即使爬着,也是黑豆。"

这一个似乎要比"即使生着槲树子,树还是榎树"高超些。在黑豆蠕蠕地爬着这一点上,是使人发笑的。

四

于是,柳田国男君更进一步,讲了

"纳狸于函,纳鲤于笼"

的事。这些事都很平常;但惟其平常,愈想却愈可笑。虽是颇通文墨的人,这样的字的错误是常有的。而那人是生着胡子的颇知分别的老人似的人,所以就更发笑。

三河国之南的海边,有一个村;这村里,人家只有两户。有一天,旅客经过这地方,一个老人惘惘然无聊似的坐在石头上。旅客问他在做什么事。老人便答道:

"今天是村子的集会呵。"
这是无须说明的,这村子只有两家,有着到村会的资格的,是只有这老人一个。

然而,这话的发笑,是在"村的集会"这句里,比说"正开着一个人的村会议"更有趣。说到这里,就发生关于幽默的议论了。例如,将这话翻成外国语,还能留下多少发笑的分子。

五

前年,和从英国来的司各得氏夫妇谈起幽默,便听到西洋人所常说的话:在日本人,究竟可有幽默么? 我说,有是有的,但不容易翻译。这样说着各样的话的时候,司各得君突然说:

"日本人富于机智(wit),是可以承认的;究竟可富于幽默,却是一个疑问。"

于是便成了机智和幽默的区别,究竟如何的问题。经过种种思索之后,他便定义为:——

"机智者,是地方底的,而幽默,则普遍底也。"作为收束了。总而言之,所谓机智者,是只在一国或一地方觉得有趣,倘译作别国的言语,即毫不奇特;而幽默,则无论翻成那一国的话,都是发笑的。

其次,司各得君又说了这样的话:——

"日本人所喜欢的笑话,大抵是我们的所谓沙士比亚时代的笑话。譬如说,一个人滑落在土坑里了,这很可笑。就是这样的东西。"

这在不懂日本话的司各得君,自然是无足怪的,但也很有切中的处所。

前年，梅毘博士作为交换教授来到日本的时候，讲演之际，说了种种发笑的话。然而听众并不笑；于是无法可施，说道，"从此不再讲笑话，"悲观了。这并不只是语学程度之不足；是因为日本的听众，对于幽默没有美国听众那样的敏感。例如，倘将先前所说的"即使爬着，也是黑豆"那样的话，用在演说里，千人的听众中，怕只有两三人会笑罢。

六

说话稍稍进了岔路了，这缺少幽默的事，我以为也是日本人被外国人所误解的一个原因。支那人是被称为有幽默的。这就是说，还是支那人有人味。然而，这也并非日本人生来就缺少幽默，从明治到大正的日本人，太忙于生活，没有使日本人固有的幽默显于表面的余地了，我想。

在德川时代的末期那样，平稳的时代，日本特有的幽默曾经很发达，是周知的事实。大概一到王政维新，日清，日俄战争似的窘促的时代，便没有闲空，来赏味这样宽裕的幽默之类了。

七

但是，从一方面想，也可以说，懂得幽默，是由于深的修养而来的。这是因为倘若目不转睛地正视着人生的诸相，我们便觉得倘没有幽默，即被赶到仿佛不能生活的苦楚的感觉里去。悲哀的人，是大抵喜欢幽默的。这是寂寞的内心的安全瓣。

以历史上的人物而论，林肯是极其寂寞的人。他对于人生，正视了，凝视了，而且为寂寞不堪之感所充满了。不必读他的传记，只要注视他的肖像，便可见这自然人的心中，充满着寂寞。而他，是爱幽默的。

他的逸事中，充满着发笑的话。他的演说，他的书信中，也有笑话散在。寂寞的他，不笑，是苦得无法可想了。

先几时死掉的威尔逊氏，也是喜欢幽默的人。这也像林肯一般，似乎是想要逃避那寂寥之感的安全瓣。新渡户稻造先生也喜欢幽默，据我想，那原因也就从同一的处所涌出来的。

现今英国的劳动党内阁的首相麦唐纳氏，也是富于幽默的人。那心情，也还是体酸了人生的悲哀的他，要作为多泪的内心的安全瓣，所以便不识不知，爱上了幽默，修练着幽默的罢。

泪和笑只隔一张纸，恐怕只有尝过了泪的深味的人，这才懂得人生的笑的心情。

八

然而在这样幽默癖之中，有一种不可疏忽的危险。

幽默者，和十八岁的姑娘看见筷子跌倒，便笑成一团的不同。那可笑味，是从理智底的事发生的。较之鼻尖上沾着墨，所以可笑之类，应该有更其洗炼的可笑味。

幽默既然是诉于我们的理性的可笑味，则在那可笑味所由来之处，必有理由在。那是大抵从"理性底倒错感"而生的。

在或一种非论理底的事象中，我们之所以觉到幽默，就在于没有幽默的人要怒的事，而我们倒反笑。有时候，我们对于人生的悲哀，也用了笑来代哭。还有，也或以笑代怒，以笑代妒。这也可以说是一种倒错感。

但是，故意地笑，并不是幽默，只在真可笑的时候，才是幽默。

在这里，我所视为危险者，就是幽默的本性，和冷嘲（cynic）只隔一张纸。幽默常常容易变成冷嘲，就因为这缘故。

从全无幽默的人看来，毫不可笑的事，却被大张着嘴笑，不能不有些吃惊，然而那幽默一转而落到冷嘲的时候，对手便红了脸发怒。

睁开了心眼,正视起来,则我们所住的世界,乃是不能住的悲惨的世界。倘若二六时中,都意识着这悲惨,我们便到底不能生活了。于是我们就寻出了一条活路,而以笑了之。这心中一点的余裕,变愤为笑,化泪为笑,所以,从以这余裕为轻薄的人看来,如幽默者,是不认真,在人生是不应该有的。但是从真爱幽默的人们看来,则倘无幽默,这世间便是只好愤死的不合理的悲惨的世界。所以虽无幽默,也能生活的人,倒并非认真的人,而是还没有真觉到人生的悲哀的老实人,或者是虽然知道,却故作不知的伪善者。

然而,因为幽默是从悲哀而生的"理性底逃避"的结果,所以这常使人更进而冷嘲人间。对于一切气愤的事,并不直率地发怒,却变成衔着香烟,只有嘲笑,是很容易的。约翰穆勒的话里,曾有"专制政治使人们变成冷嘲"的句子。这是因为在专制治下的时候,直率的敏感的人们,大概是愤怒着,活不下去的。于是直率的人,便成为殉教者而被杀害了。不直率的人,就玩弄人生,避在幽默中,冷冷地笑着过活。

所以幽默是如火,如水,用得适当,可以使人生丰饶,使世界幸福,但倘一过度,便要焚屋,灭身,妨害社会的前进的。

九

使幽默不堕于冷嘲,那最大的因子,是在纯真的同情罢。同情是一切事情的础石。法兰斯曾说,天才的础石是同情;托尔斯泰也以同情为真的天才的要件。

幽默不怕多,只怕同情少。以人生为儿戏,笑着过日子的,是冷嘲。深味着人生的尊贵,不失却深的人类爱的心情,而笑着的,是幽默罢。

那么,就不得不说,幽默者,作为人类发达的一个助因,是可以尊重的心的动作。

古罗马的诗圣呵累条斯曾经讴歌道：——

"含笑谈真理，又有何妨呢？"

可以说，靠着嫣然的笑的美德，在我们萧条的人生上，这才也有一点温情流露出来。

一九二四，七，三。

原载 1927 年 1 月 10 日《莽原》半月刊第 2 卷第 1 期。

初收 1928 年 5 月上海北新书局版《思想·山水·人物》。

十四日

日记 小雨。上午寄振铎信。寄小峰信。寄兼士信。得遇安信，八日发。午后赵风和，倪文宙来。下午寄广平以期刊一束。语堂邀晚饭并伏园。

十五日

日记 晴，暖。下午收小峰所寄书三包。收茶叶二斤，印泥一合，皆三弟购寄。晚李叔珍来。夜大风，微雨。

十六日

日记 晴。上午得景宋信，十二日发，下午复。晚庄奎章来。夜风雨。

致 许广平

广平兄：

昨（十三日）寄一信；今天则寄出期刊一束，怕失少，所以挂号，非因特别宝贵也。内计《莽原》一本;《新女性》一本,有大作在内;《北新》两本,其十四号或前已寄过,亦未可知,记不清楚了,如重出,则可不要其一;又《语丝》两期,我之发牢骚文,即登在内,盖先被未名社截留,到底又被小峰夺过去了,所以终于还在《语丝》上。

慨自二十三日之信发出之后,几乎大不得了,伟大之钉子,迎面碰来,幸而上帝保佑,早有廿九日之信发出,声明前此一函,实属大逆不道,合该取消,于是始蒙褒为"傻子",赐以"命令",作善者降之百祥,幸何如之。现在对于校事,一切不问,但编讲义,拟至汉末为止,作一结束,授课已只有五星期,此后便是考试了。但离开此地,恐当在二月初,因为一月薪水,是要等着拿走的。

朱家骅又有信来,催我速去,且云教员薪水,当设法加增。但我还是只能于二月初出发。至于伏园,却于二十左右要走了,大约先至粤,再从陆路入武汉。今晚语堂饯行,亦颇有活动之意,而其太太则不大谓然,以为带着两个孩子,常常搬家,如何是好。其实站在她的地位上来观察,的确也困苦的,旅行式的家庭,大抵的女性确乎也大都过不惯。但语堂则颇激烈,后事如何,只得"且听下回分解"了。

狂飙社中人,一面骂我,一面又要用我了。培良要我寻地方,尚钺要将小说印入《乌合丛书》。我想,我先前种种不客气,大抵施之于同辈及地位相同者,至于对少爷们,则照例退让,或者自甘牺牲一点。不料他们竟以为可欺,或纠缠,或责骂,反弄得不可开交。现在是方针要改变了,都置之不理。我常叹中国无"好事之徒",所以什么也没有人管,现在看来,做好事之徒实在不容易,我略管闲事,便弄得这么麻烦。现在我将门关上,且看他们另向何处寻这类的牺牲。

《妇女之友》第五期上,有沄沁给你的一封公开信,见了没有?内中也没有什么,不过是对于女师大再被毁坏的牢骚。我看《世界日报》,似乎程千云还在那里;罗静轩却只得滚出了,报上有一封她的公开信,说卖文也可以过活。我想:怕很难罢。

今天白天有雾,器具都有点潮湿;蚊子很多,过于夏天,真是奇怪。叮得可以,要躲进帐子里去了。下次再写。

十四日灯下。

天气今气[天]仍热,但大风,蚊子却忽而很少了,真不知是怎么一回事。于是编了一篇讲义。印泥已从上海寄来,所以此刻就在《桃色的云》上写了几个字,将那"玻璃"印和印泥都第一次用在这上面;预备《莽原》第二十三期到来时,一同寄出。但因为天气热,印泥软,所以印得不大好,不过那也不要紧。必须如此办理,才觉舒服,虽被斥为"多事",都不再辩,横竖已经失败,受点申斥算得什么。

本校并无新事发生。惟顾颉刚是日日夜夜布置安插私人;黄坚从北京到了,一个太太,四个小孩,两个用人,四十件行李,大有"山河永固"之意。我的要走已经宣传开去,大半是我自己故意说的。下午一个广大的学生来,他是本地人,问我广大来聘,我已应聘的话,可是真的。我说都真。他才高兴,说,我来厦门,他们都以为奇,但大概系不知内容之故,想总是住不久的,今果然,云云。可见能久在厦大者,必须不死不活的人才合宜,大家都以为我还不至于此。此人本是厦大学生,因去年的风潮而转广大,所以深知情形。

十五夜。

十二日的来信,今天(十六)上午就收到了,也算快的。我想广厦间的邮信船大约每周有二次,假如星期二五开的罢,那么,星期一四发的信便快,三六发的就慢了,但我终于研究不出那船期是星期几。

贵校的情形,实在不大高妙,也如别处的学校一样,恐怕不过是不死不活,不上不下。一接手,一定为难。倘使直截痛快,或改革,或被攻倒,爽快,或苦痛,那倒好了,然而大抵不如此。就是办也办不好,放也放不下,不爽快,也并不大苦痛,只是终日浑身不舒服,那种感觉,我们那里有一句俗话,叫作"穿'湿布衫'",就是有如将没有晒干的小衫,穿在身体上。我所经过的事,无不如此,近来的作文印书，即是其一。我想接手之后，随俗敷衍，你一定不能；改革呢，能够固然好，即使因此失职，然而未必有改革之望矣。那就最好是不接手，倘难却，就仿"前校长"的方法：躲起来。待有结束后另觅事做。

政治经济，我觉得你是没有研究的，幸而只有三星期。我也有这类苦恼，常不免被逼去做"非所长""非所好"的事。然而往往只得做，如在戏台下一般，被挤在中间，退不开去了，不但于己有损，事情也做不好；而别人看见推辞，却以为客气，仍坚执要你去做。这样地玩"杂耍"一两年，就都只剩下油滑学问，失了专长，而也逐渐被社会所弃，变了"药渣"了，虽然也曾煎熬了请人喝过汁。一变药渣，便什么人都来践踏，连先前吃过汁的人也来践踏；不但践踏，还要冷笑。

牺牲论究竟是谁的"不通"而该打手心，还是一个疑问。人们有自志取舍，和牛羊不同，仆虽不敏，是知道的。然而这"自志"又岂出于天然，还不是很受一时代的学说和别人的情形的影响的么？那么，那学说是否真实，那人是否好人，配受赠与，也就成为问题。我先前何尝不出于自愿，在生活的路上，将血一滴一滴地滴过去，以饲别人，虽自觉渐渐瘦弱，也以为快活。而现在呢，人们笑我瘦了，除掉那一个人之外。连饮过我的血的人，也都在嘲笑我的瘦了，这实在使我愤怒。我并没有略存求得好报之心，不过觉得他们加以嘲笑，是太过的。我的渐渐倾向个人主义，就是为此；常常想到像我先前那样以为"自所甘愿即非牺牲"的人，也就是为此；常欲人要顾及自己，也是为此。但这是我的思想上如此，至于行为，和这矛盾的却很多，所以终于是言行不一致，好在不远就有面承训谕的机会，那时再争斗罢。

我离厦门的日子，还有四十多天，说三十多，少算了十天了，然则性急而傻，似乎也和"傻气的傻子"差不多，"半斤八两相等也"。伏园大约一两日内启行，此信或者也和他同船出发。从今天起，我们兼包饭菜了；先前单包饭的时候，饭很少，每人只得一碗半（中小碗），饭量大的，兼吃两人的也不够，今天是多一点了，你看厨房多么可怕。这里的仆役，似乎都和当权者有些关系，换不掉的，所以无论如何，只能教员吃苦。即如这厨子，是国学院听差中之最懒而最可恶的，兼士费了许多力，才将他弄走，而他的地位却更好了。他那时的主张，是：他是国学院的听差，所以别人不能使他做事。你想，国学院是一所房子，能叫他做事的么？

我上海买书很便当，那两本当即去寄，但到后还是即寄呢，还是年底面呈？

迅　十六日下午

十七日

日记　昙。午郝秉衡，罗心田，陈定谟招饮于南普陀寺，同席八人。午后收《魏略辑本》二本，《有不为斋随笔》二本，共泉二元，三弟购寄。夜风。

十八日

日记　晴，大风。午后伏园南去。下午林木土字筱甫等来访。

十九日

日记　星期。昙。上午得春台信，十二日发。得三弟信，十三日发。得淑卿信，九日发，附福冈君函。得有麟信，十日发。得兼士信，十日发，即复之。下午张亮丞来谈。赵风和来。夜小雨。

致　沈兼士

兼士兄：

　　十四日奉一函，系寄至天津，想已达。顷得十四日手书，具悉种种。厦校本系削减经费,经语堂以辞职力争后,已复原,但仍难信,可减可复,既复亦仍可减耳。语堂恐终不能久居,近亦颇思他往,然一时亦难定,因有家室之累。亮公则甚适,悠悠然。弟仍定于学期末离去;此校国文科第一年级生,因见沪报而来者,恐亦多将相率转学,留者至多一人而已。季黻多日无信,弟亦不知其何往,殊奇。孙公于今日上船;程某(前函误作郑)渴欲补缺,顾公语语堂,谓得 兄信,如此主张,而不出信相示,弟颇疑之。黄坚到厦,向语堂言兄当于阴历新年复来,而告孙公则云不来,其说颇不可究诘。语堂究竟忠厚,似乎不甚有所知,然亦无法救之,但冀其一旦大悟,速离此间,乃幸耳。文学史稿编制太草率,至正月末约可至汉末,挂漏滋多,可否免其献丑,稍积岁月,倘得修正,当奉览也。丁公亦大有去志;而矛尘大约将到矣;陈石遗忽来,居于镇南关,国学院中人纷纷往拜之。专此,敬颂

褆福

弟迅　十二月十九日上午

二十日

日记　昙。上午寄福冈君信。寄淑卿信。寄三弟信。夜风。

关于《三藏取经记》等

阔别了多年的 SF 君,忽然从日本东京寄给我一封信,转来转去,待我收到时,去发信的日子已经有二十天了。但这在我,却真如空谷里听到跫然的足音。信函中还附着一片十一月十四日东京《国民新闻》的记载,是德富苏峰氏纠正我那《小说史略》的谬误的。

凡一本书的作者,对于外来的纠正,以为然的就遵从,以为非的就缄默,本不必有一一说明下笔时是什么意思,怎样取舍的必要。但苏峰氏是日本深通"支那"的耆宿,《三藏取经记》的收藏者,那措辞又很波俏,因此也就想来说几句话。

首先还得翻出他的原文来——

鲁迅氏之《中国小说史略》　　　　　苏峰生

顷读鲁迅氏之《中国小说史略》,有云:

《大唐三藏法师取经记》三卷,旧本在日本,又有一小本曰《大唐三藏取经诗话》,内容悉同,卷尾一行云"中瓦子张家印",张家为宋时临安书铺,世因以为宋刊,然逮于元朝,张家或亦无恙,则此书或为元人所撰,未可知矣。……

这倒并非没有聊加辩正的必要。

《大唐三藏取经记》者,实是我的成箦堂的插架中之一,而《取经诗话》的袖珍本,则是故三浦观树将军的珍藏。这两书,是都由明慧上人和红叶广知于世,从京都栂尾高山寺散出的。看那书中的高山寺的印记,又看高山寺藏书目录,都证明着如此。

这不但作为宋椠的稀本;作为宋代所著的说话本(日本之所谓言文一致体),也最可珍重的的罢。然而鲁迅氏却轻轻地断定道,"此书或为元人撰,未可知矣。"过于太早计了。

鲁迅氏未见这两书的原板,所以不知究竟,倘一见,则其为宋椠,决不容疑。其纸质,其墨色,其字体,无不皆然。不仅因为张家是宋时的临安的书铺。

加之,至于成箦堂的《取经记》,则有着可以说是宋版的特色的阙字。好个罗振玉氏,于此早已觉到了。

　　皆(三浦本,成箦堂本)为高山寺旧藏。而此本(成箦堂藏《取经记》)刊刻尤精,书中驚字作驚,敬字缺末笔,盖亦宋椠也。(《雪堂校刊群书叙录》)

想鲁迅氏未读罗氏此文,所以疑是或为元人之作的罢。即使世间多不可思议事,元人著作的宋刻,是未必有可以存在的理由的。

　　罗振玉氏对于此书,曾这样说。宋代平话,旧但有《宣和遗事》而已。近年若《五代平话》,《京本小说》,渐有重刊本。宋人平话之传于人间者,至是遂得四种。因为是斯学界中如此重要的书籍,所以明白其真相,未必一定是无用之业罢。

　　总之,苏峰氏的意思,无非在证明《三藏取经记》等是宋椠。其论据有三——

一　　纸墨字体是宋;

二　　宋讳缺笔;

三　　罗振玉氏说是宋刻。

说起来也惭愧,我虽然草草编了一本《小说史略》,而家无储书,罕见旧刻,所用为资料的,几乎都是翻刻本,新印本,甚而至于是石印本,序跋及撰人名,往往缺失,所以漏略错误,一定很多。但《三藏法师取经记》及《诗话》两种,所见的却是罗氏影印本,纸墨虽新,而字体和缺笔是看得出的。那后面就有罗跋,正不必再求之于《雪堂校刊群书叙录》,我所谓"世因以为宋刊",即指罗跋而言。现在苏峰氏所举的三证中,除纸墨因确未目睹,无从然否外,其余二事,则那时便已不足使我信受,因此就不免"疑"起来了。

某朝讳缺笔是某朝刻本,是藏书家考定版本的初步秘诀,只要稍看过几部旧书的人，大抵知道的。何况缺笔的驚字的怎样地触目。但我却以为这并不足以确定为宋本。前朝的缺笔字，因为故意或习惯，也可以沿至后一朝。例如我们民国已至十五年了，而遗老们所刻的书，儀字还"敬缺末笔"。非遗老们所刻的书，寧字玄字也常常缺笔，或者以甯代寧，以元代玄。这都是在民国而讳清讳；不足为清朝刻本的证据。京师图书馆所藏的《易林注》残本（现有影印本，在《四部丛刊》中），恆字搆字都缺笔的，纸质，墨色，字体，都似宋；而且是蝶装，缪荃荪氏便定为宋本。但细看内容，却引用着阴时夫的《韵府群玉》，而阴时夫则是道道地地的元人。所以我以为不能据缺笔字便确定为某朝刻，尤其是当时视为无足重轻的小说和剧曲之类。

罗氏的论断，在日本或者很被引为典据罢，但我却并不尽信奉，不但书跋，连书画金石的题跋，无不皆然。即如罗氏所举宋代平话四种中，《宣和遗事》我也定为元人作，但这并非我的轻轻断定，是根据了明人胡应麟氏所说的。而且那书是抄撮而成，文言和白话都有，也不尽是"平话"。

我的看书，和藏书家稍不同，是不尽相信缺笔，抬头，以及罗氏题跋的。因此那时便疑；只是疑，所以说"或"，说"未可知"。我并非想要唐突宋椠和收藏者，即使如何廓大其冒昧，似乎也不过轻疑而已，至于"轻轻地断定"，则殆未也。

但在未有更确的证明之前，我的"疑"是存在的。待证明之后，就成为这样的事：鲁迅疑是元刻，为元人作；今确是宋椠，故为宋人作。无论如何，苏峰氏所豫想的"元人著作的宋版"这滑稽剧，是未必能够开演的。

然而在考辨的文字中杂入一点滑稽轻薄的论调，每容易迷眩一般读者，使之失去冷静，坠入彀中，所以我便译出，并略加说明，如上。

十二月二十日。

427

原载 1927 年 1 月 15 日《北新》周刊第 21 期。
初收 1927 年 5 月上海、北京北新书局版《华盖集续编》。

致 许广平

广平兄：

十六日得十二日信后，即复一函，想已到。我猜想一两日内当有信到，但此刻还没有，就先写几句，豫备明天发出。

伏园前天晚上走了，昨晨开船。你也许已见过。有否可做的事，我已托他问朱家骅，但不知如何。季巿南归，杳无消息，真是奇怪，所以他的事也无从计画。

我这里是什么事也没有发生，不过前几天很阔了一通。将伏园的火腿用江瑶柱煮了一大锅，吃了。我又从杭州带来两斤茶叶，每斤二元，喝着。伏园走后，庶务科便派人来和我商量，要我搬到他所住过的小房子里去。我便很和气的回答他：一定可以，不过可否再迟一个月的样子，那时我一定搬。他们满意而去了。

其实教员的薪水，少一点倒不妨的，只是必须顾到他的居住饮食，并给以相当的尊敬。可怜他们全不知道，看人如一把椅子或一个箱子，搬来搬去，弄不完。于是凡有能忍受而留下的便只有坏种，别有所图，或者是奄奄无生气之辈。

我走后，这里的国文一年级，明年学生至多怕只剩一个人了，其余的是转学到武昌或广州。但学校当局是不以为意的，这里的目的是与其出事，不如无人。顾颉刚的学问似乎已经讲完，听说渐渐讲不出。陈万里只能在会场上唱昆腔，真是受了所谓"俳优蓄之"的遭遇。但这些人正和此地相宜。

我很好，手指早已不抖，前信已声明。厨房的饭又克减了，每餐只有一碗半，幸我还够吃，又幸而只有四十天了。北京上海的信虽有来的,而印刷物多日不到,不知其故何也。再谈。

迅　十二月二十日午后

现已夜十一时,终不得信,此信明天寄出罢。

二十日夜。

二十一日

日记　昙。上午寄广平信。寄遇安信。得达夫及遇安信,十四日发。午得中山大学信,十五日发。下午捐浙江同乡会泉二元。夜风。

二十二日

日记　冬节。晴,风。上午得矛尘信,十五日发。寄有麟信。

《走到出版界》的"战略"

"他(鲁迅)的战略是'暗示',我的战略是'同情'。"

——长虹——

> 狂飙社广告
> ……与思想界先驱者鲁迅及少数最进步的
> 青年合办《莽原》……

"鲁迅是一个深刻的思想家,同时代的人没有及得上他的。"

"…………"

"我们思想上的差异本来很甚,但关系毕竟是好的。《莽原》便是这样好的精神的表现。"

"…………"

"但如能得到你的助力,我们竭诚地欢喜。"

"…………"

"但他说不能做批评,因为他向来不做批评,因为他觉得自己是党同伐异的。我以为他这种态度是很好的。但是,如对于做批评的朋友,却要希望他党同伐异,便至少也是为人谋而不忠了!"

"…………"

"已经成名的人,我想能够得到他们的帮助便是很好的了。鲁迅当初提议办《莽原》的时候,我以为他便是这样态度。但以后的事实却……只证明他想得到一个'思想界的权威者'的空名便够了!同他反对的话都不要说,……而他还不以为他是受了人的帮助,有时倒反疑惑是别人在利用他呢?"

"…………"

"于是'思想界权威者'的大广告便在《民报》上登出来了。我看了真觉'瘟臭'痛惋而且呕吐。"

"…………"

"须知年龄尊卑,是乃父乃祖们的因袭思想,在新的时代是最大的阻碍物。鲁迅去年不过四十五岁,……如自谓老人,是精神的堕落!"

"…………"

"直到实际的反抗者从哭声中被迫出校后,……鲁迅遂戴其纸糊的权威者的假冠入于身心交病之状况矣!"

> 所谓"思想界先驱者"鲁迅启事
> ……而狂飙社一面又锡以第三顶"纸糊的
> 假冠",真是头少帽多,欺人害己……

"未名社诸君的创作力,我们是知道的,在目前并不十分丰富。所以,《莽原》自然要偏重介绍的工作了。……但这实际上也便是《未名半月刊》了。如仍用《莽原》的名义,便不免有假冒的嫌疑。"

"…………"

"至少亦希望彼等勿挟其历史的势力,而倒卧在青年的脚下以行其绊脚石式的开倒车狡计,亦勿一面介绍外国作品,一面则蝎子撩尾以中伤青年作者的毫兴也!"

"…………"

"正义:我来写光明日记——救救老人!

不再吃人的老人或者还有?

救救老人!!!"

"…………"

"请大家认清界限——到'知其故而不能言其理'时,用别的方法来排斥新思想,那便是所谓开倒车,如林琴南,章士钊之所为是也。我们希望《新青年》时代的思想家不要再学他们去!"

"…………"

"正义:我深望彼等觉悟,但恐不容易吧!

公理:我即以其人之道反诸其人之身。"

二二,一二,一九二六。鲁迅掠。

原载 1927 年 1 月 8 日《语丝》周刊第 113 期。

初未收集。

二十三日

日记 晴。下午得景宋信,十九日发。晚林洪亮来。夜大风。

致 许广平

广平兄:

十九日信今天到:十六的信没有收到,怕是遗失了,所以终于不知寄信的地方，此信也不知能收到否？我于十二上午寄一信，此外尚有十六，二十一两信，均寄学校。

前日得郁达夫和遇安信，十四日发的，似于中大颇不满，都走了。次日又得中大委员会十五来信，言所定"正教授"只我一人，催我速往，那么，恐怕是主任了。但我只能结束了学期才走，拟即复信说明，但伏园大概已经替我说过。至于主任，我想不做，只要教教书就够了。

这里一月十五考起，看卷完毕，当在廿五左右，等薪水，所以至早恐怕要在一月廿八九才可以动身罢。我想先住客栈，此后如何，看情形再定，此时不必先酌定。

电灯坏了，洋烛所余无几，只得睡了。如此信收到，告我更详细的地名，可写信面。

迅　十二月廿三夜

怕此信失落，另写一信寄学校。

致 许广平

广平兄：

今日得十九来信，十六日信终于未到，所以我不知你住址，但照信面所写的发了一信，不知能到否？因此另写一信，挂号寄学校，冀两信有一信可到。

前日得郁达夫及遇安信，说当于十五离粤，似于中大颇不满。又得中大委员会信，十五发，催我速往，言正教授只我一人。然则当是主任。拟即作复，说一月底才可以离厦，或者伏园已替我说明了。

我想不做主任，只教书。

厦校一月十五考试，阅卷及等薪水等等，恐至早须二十八九才能动身。我拟先住客栈，此后则看形情再定。

我除十二，十三，各寄一信外，十六，二十一，又俱发信，不知收到否？

电灯坏了，洋烛已短，又无处买添，只得睡觉，这学校真可恨极了。

此地现颇冷，我白天穿夹袍，夜穿皮袍，其实棉被已够，而我懒于取出。

迅　十二月廿三夜

告我通信地址。

二十四日

日记　晴。上午寄景宋信。下午县。矛尘至。下午得景宋信，十六日发。得钦文信，十五日发。得振铎信，廿日发。收三弟所寄《阿Q正传》两本。收振新书局所寄费氏影宋刻《唐诗》合本一本，《峭帆楼丛书》一部二十本。夜看电影。风。赠艾锷风，萧恩承英译《阿Q正传》各一本。

新的世故

一　"普通的批评看去像广告"

"批评工作的开始。所批评的作品，现在也大概举出几种如下：——

《女神》《呐喊》《超人》《彷徨》《沉沦》《故乡》《三个叛逆的女

性》《飘渺的梦》《落叶》《荆棘》《咖啡店之一夜》《野草》《雨天的书》《心的探险》

此项文字都只在《狂飙周刊》上发表,现在也说不定几期可发表几篇,一切都决于我的时间的分配。"

二 "这里的广告却是批评"?

党同:"《心的探险》。实价六角。长虹的散文及诗集。将他的以虚无为实有,而又反抗这实有的精悍苦痛的战叫,尽量地吐露着。鲁迅选并画封面。"

伐异:"我早看过译出的一部分《察拉图斯德拉如是说》和一本《工人绥惠略夫》。"

三 "幽默与批评的冲突"

批评:你学学亚拉借夫!你学学哥哥尔!你学学罗曼罗兰!……

幽默:前清的世故老人纪晓岚的笔记里有一段故事,一个人想自杀,各种鬼便闻风而至,求作替代。缢鬼劝他上吊,溺鬼劝他投池,刀伤鬼劝他自刎。四面拖曳,又互相争持,闹得不可开交。那人先是左不是,右不是,后来晨鸡一叫,鬼们都一哄而散,他到底没有死成,仔细一想,索性不自杀了。

批评:唉,唉,我真不能不叹人心之死尽矣。

四 新时代的月令

八月,鲁迅化为"思想界先驱者"。

十一月,"思想界先驱者"化为"绊脚石"。

传曰:先驱云者,鞭之使冲锋,所谓"他是受了人的帮助"也。不受"帮助",于是"绊"矣。脚者,所谓"我们"之脚,非他们之脚也。其化在十二月,而云十一月者何,倒填年月也。

五　世故与绊脚石

世故:不要再写,中了计,反而给他们做广告。

石:不管。被做广告,由来久矣。

世故:那么,又做了背广告的"先驱者"了。

石:不,有时也"绊脚"的。

六　新旧时代和新时代间的冲突

新时代:我是青年,所以公理在我这里。

旧时代:我是前辈,所以公理在我这里。

新时代:须知年龄尊卑,是乃父乃祖们的因袭思想,在新的时代是最大的阻碍物。

七　希望与科学的冲突

希望:勿蝎子撩尾以中伤青年作者的毫兴也。

科学:"生存竞争,天演公例",是彪门书局出版的一本课本上就有的。

八　给⋯⋯

见面时一谈,

不见面时一战。

在厦门的鲁迅,

说在湖北的郭沫若骄傲，

还说了好几回，在北京。

倘不信，有科学的耳朵为证。

但到上海才记起来了，

真不能不早叹人心之死尽矣！

幸而新发见了近地的蔡孑民先生之雅量

和周建人先生为科学作战。

九　自由批评家走不到的出版界

光华书局。

十　忽而“认清界限”

以上也许近乎“蝎子撩尾”。倘是蝎子，要它不撩尾，“希望”是不行的，正如希望我之到所谓“我们的新时代”去一样，惟一的战略是打杀。

不过打的时候，须有说它要螫我，它是异类的小勇气。倘若它要螫“公理”和“正义”，所以打，那就是还未组织成功的科学家的话，在旧时代尚且要觉得有些支离。

知其故而言其理，极简单的：争夺一个《莽原》；或者，《狂飙》代了《莽原》。仍旧是天无二日，惟我独尊的酋长思想。不过“新时代的青年作者”却又似乎深恶痛疾这思想，而偏从别人的“心”里面看出来。我做了一篇《论他妈的》是真的，“论”而已矣，并不说这话是我所发明，现在却又在力争这发明的荣誉了。

因为稿件的纠葛，先前我曾主张将《莽原》半月刊停止或改名；现在却不这样了，还是办下去，内容也像第一年一样。也并没有作什么"运动"的豪兴，不过是有人做，有人译，便印出来，给要看的人看，不要看的自然会不看它，以前的印《乌合丛书》也是这意思。

创作翻译和批评，我没有研究过等次，但我都给以相当的尊重。对于常被奚落的翻译和介绍，也不轻视，反以为力量是非同小可的。我译了几种书，就会有一个中国的绥惠略夫出现，倘译一部世界史，不就会有许多拟中外古今的大人物猬集一堂么。但我想不干这件事。否则，拿破仑要我帮同打仗，秦始皇要我帮同烧书，科仑布拉去旅行，梅特涅加以压制，一个人撕得粉碎了。跟了一面，其余的英雄们又要造谣。

创作难，翻译也不易。批评，我不知道怎样，自己是不会做，却也不"希望"别人不做。大叫科学，斥人不懂科学，不就是科学；翻印几张外国画片，不就是新艺术，这是显而易见的。称为批评，不知道可能就是批评，做点杂感尚且支离，则伟大的工作也不难推见。"听见他怎么说"，"他'希望'怎样"，"他'想'怎样"，"他脸色怎样"，……还不如做自由新闻罢。

不过这也近乎蝎子撩尾，不多谈；但也不要紧。尼采先生说过，大毒使人死，小毒是使人舒服的。最无聊的倒是缠不清。我不想螫死谁，也不想绊某一只脚，如果躺在大路上，阻了谁的路了，情愿力疾爬开，而且从速。但倘若我并不躺在大路上，而偏有人绕到我背后，忽然用作前驱，忽然斥为绊脚，那可真是"闭门家里坐，祸从天上来"，有些知其故而不欲言其理了。

本来隐姓埋名的躲着，未曾登报招贤，也没有奔走求友，而终于被人查出，并且来访了。据"世故"所训示：青年们说，不见，是摆架子。于是乎见。有的是一见而去了；有的是提出各种要求，见我无能为力而去了；有的是不过谈谈闲天；有的是播弄一点是非；有的是不过要一点物质上的补助；有的却这样那样，纠缠不清，知有己而不知有人，硬要将我造成合于他的胃口的人物。从此我就添了一门新功课，除陪客之外，投稿，看稿，绍介，写回信，催稿费，编辑，校对。

但我毫无不平，有时简直一面吃药，一面做事，就是长虹所笑为"身心交病"的时候。我自甘这样用去若干生命，不但不以生命来放阎王债，想收得重大的利息，而且毫不希望一点报偿。有人要我做一回踏脚而升到什么地方去，也可以的，只希望不要踏不完，又不许别人踏。

然而人究竟不是一块踏脚石或绊脚石，要动转，要睡觉的；又有个性，不能适合各个访问者的胃口。因此，凡有人要我代说他所要说的话，攻击他所敌视的人的时候，我常说，我不会批评，我只能说自己的话，我是党同伐异的。的确，我还没有寻到公理或正义。就是去年的和章士钊闹，我何尝说是自己放出批评的眼光，环顾中国，比量是非，断定他是阻碍新文化的罪魁祸首，于是啸聚义师，厉兵秣马，天戈直指，将以澄清天下也哉？不过意见和利害，彼此不同，又适值在狭路上遇见，挥了几拳而已。所以，我就不挂什么"公理正义"，什么"批评"的金字招牌。那时，以我为是者我辈，以章为是者章辈；即自称公正的中立的批评之流，在我看来，也是以我为是者我辈，以章为是者章辈。其余一切等等，照此类推。再说一遍：我乃党同而伐异，"济私"而不"假公"，零卖气力而不全做牺牲，敢卖自己而不卖朋友，以为这样也好者不妨往来，以为不行者无须劳驾；也不收策略的同情，更不要人布施什么忠诚的友谊，简简单单，如此而已。

至于被利用呢，倒也无妨。有些人看见这字面，就面红耳赤，觉得扫了豪兴了，我却并不以为有这样坏。说得好看一点，就是"帮助"。文字上这样的玩艺儿是颇多的。"互相利用"也可以说"互助"；"妥协"，"调和"，都不好看，说"让步"就冠冕。但现在姑且称为帮助罢。叫我个人帮一点忙，是可以的，就是利用，也毫无反感；只是不要间接涉及别的人。八月底我到上海，看见狂飙社广告，连《未名丛刊》和《乌合丛书》都算作"狂飙运动"的工作了。我颇诧异，说：这广告大约是长虹登的罢，连《未名》和《乌合》都拉扯上，未免太会利用别个了，不应当的。因为这两种书，是只因由我编印，要用相似的形式，所以立了一个名目，书的著者译者，是不但并不互相认识，有几个我也只见过两三回。我不能骗取了他们的稿子,合成丛书,私自贩卖给别一个团体。

接着,在北京的《莽原》的投稿的纠葛发生了,在上海的长虹便发表一封公开信,要在厦门的我说一句话。这是只要有一点常识,就知道无从说起的,我并非千里眼,怎能见得这么远。我沉默着。但我也想将《莽原》停刊或别出。然而青年作家的豪兴是喷泉一般的,不久,在长虹的笔下,经我译过他那作品的厨川白村便先变了灰色,我是从"思想深刻"一直掉到只有"世故",而且说是去年已经看出,不说坦白的话了。原来我至少已被播弄了一年!

这且由他去罢。生病也算是笑柄了,年龄也成了大错处了,然而也由他。连别人所登的广告,也是我的罪状了;但是自己呢,也在广告上给我加上一个头衔。这样的双叉舌头,是要螫一下的,我就登一个《所谓"思想界先驱者"鲁迅启事》。

这一下螫出"新时代富于人类同情"的幽默来了,有公理和正义的谈话——

"不再吃人的老人或者还有?

救救老人!!!"

还有希望——

"至少亦希望彼等勿挟其历史的势力,而倒卧在青年的脚下以行其绊脚石式的开倒车的狡计,亦勿一面介绍外国作品,一面则蝎子撩尾以中伤青年作者的毫兴也!"

这两段只要将"介绍外国作品"改作"挂着批评招牌",就可以由未名社赠给他自己。

其实,先驱者本是容易变成绊脚石的。然而我幸不至此,因为我确是一个平凡的人;加以对于青年,自以为总是常常避道,即躺倒,跨过也很容易的,就因为很平凡。倘有人觉得横亘在前,乃是因为他自己绕到背后,而又眼小腿短,于是别的就看不见,走不开,从此开口鲁迅,闭口鲁迅,做梦也是鲁迅;文字里点几点虚线,也会给别人从中看出"鲁迅"两字来。连在泰东书局看见老先生问鲁迅的书,自己也要嘟哝着《小说史略》之类我是不要看。这样下去,怕真要成"鲁迅狂"了。病根盖在肝,"以其好喝醋也"。

只要能达目的,无论什么手段都敢用,倒也还不失为一个有些豪兴的青年。然而也要有敢于坦白地说出来的勇气,至少,也要有自己心里明白的勇气,费笔费墨,费纸费寿,归根结蒂,总逃不出争夺一个《莽原》的地盘,要说得冠冕一点,就是阵地。中国现在道路少,虽有,也很狭,"生存竞争,天演公例",须在同界中排斥异己,无论其为老人,或同是青年,"取而代之",本也无足怪的,是时代和环境所给与的运命。

但若满身挂着什么并不懂得的科学,空壳的人类同情,广告式的自由批评,新闻式的记载,复制铜版的新艺术,则小范围的"党同伐异"的真相,虽然似乎遮住,而走向新时代的脚,却绊得跨不开了。

这过误,在内是因为太要虚饰,在外是因为太依附或利用了先驱。但也都不要紧。只要唾弃了那些旧时代的好招牌,不要忽而不敢坦白地说话,则即使真有绊脚石,也就成为踏脚石的。

我并非出卖什么"友谊"或"同情",无论对于识者或不识者都就是这样说。

一九二六,十二,二四。

原载 1927 年 1 月 15 日《语丝》周刊第 114 期。
初未收集。

致 许 广 平

广平兄:

昨日(廿三)得十九日信,而十六信待到今晨未至,以为遗失的了,因写两信,一寄高第街,照信封上所写;一挂号寄学校,内容是一样的,上午寄出,想该有一封可以收到。但到下午,十六日发的一封信竟收到了,一共走了九天,真是奇特的邮政。

学校现状,可见学生之愚,和教职员之巧,独做傻子,实在不值得,实不如暂逃回家,不闻不问。这种事我遇过好几次,所以世故日深,而有量力为之,不拼死命之说。因为别人太巧,看得生气也。伏园想早到粤,已见过否?他曾说要为你向中大一问。

郁达夫已走了,有信来。又听说成仿吾也要走。创造社中人,似乎与中大有什么不协似的,但这不过是我的推测。达夫遇安则信上确有怨言。我则不管,旧历年底仍往粤,倘薪水能早取,就仅一个月略余几天了,容易敷衍过去。

中大委员会来信言正教授止我一个,不知何故。如是,则有做主任的危险,那种烦重的职务,我是不干的,大约当俟到后再看。现在在此倒还没有什么不舒服,因为横竖不远就走,什么都心平气和了。今晚去看了一回电影。川岛夫妇已到;我处常有学生来,也不大能看书,有几个还要转学广州,他们总是迷信我,真无法可想。长虹则专一攻击我,面红耳赤,可笑也,他以为将我打倒,中国便要算他。

陈仪独立是不确的,廿二日被孙缴械了,此人真无用。而国民一军则似乎确已过陕州而至观音堂,北京报上亦载。

北京报又记傅铜等十教授与林素园大闹,辞职了,继任教务长(?)是高一涵。群犬终于相争,而得利的还是现代评论派,正人君子之本领如此。罗静轩已走出,报上有一篇文章,可笑。

玉堂大约总弄不下去,然而国学院是不会倒的,不过是不死不活。一班江苏人正与此校相宜,黄坚与校长尤洽,他们就会弄下去。后天校长请客,我在知单上写了一个"敬谢",这是在此很少先例的,他由此知道我无留意,听说后天要来访我,我当避开。再谈。

迅　十二月二十四日灯下。

（电灯）修好了。

二十五日

日记 小雨。上午寄广平信。收中国书店书目一本。午后丁山来。下午霁。矛尘赠精印《杂纂四种》,《月夜》各一本,糟鹅,鱼干一盘,酥糖二十包。

二十六日

日记 星期。晴。上午寄中大信。夜风。崔真吾赠五香凤尾鱼一合。

二十七日

日记 晴。午后寄小峰稿二篇,下午发信。寄三弟信。夜大风。

二十八日

日记 晴。上午得季市信,廿一日发。得淑卿信,十八日发。得中国行信,即复。午寄小峰信。寄振铎信。寄季市信。下午得伏园信二,廿一及廿二发。得素园信,二十一发。得宋文翰信,二十一发。

致 许寿裳

季芾兄:

今日得廿一日来信,谨悉一一,前得北京信,言兄南旋,未携眷属，故信亦未寄嘉兴，曾以一笺托诗荃转寄，今味来书，似未到也。

此间多谣言，日前盛传公侠下野，亦未知其确否，故此函仍由禾转，希即与一确示。

厦大虽不欠薪，而甚无味，兼士早走，弟亦决于本学期结束后赴广大，大约居此不过尚有一月耳，盼复，余容续陈。

树人　上　十二月二十八日

二十九日

日记　晴。午后寄漱园信。下午开会。陈万里赠泉州十字石刻拓本一枚。

致 韦素园

漱园兄：

二十日的来信，昨天收到了。《莽原》第二十三期，至今没有到，似已遗失，望补寄两本。

霁野学费的事，就这样办罢。这是我先说的，何必客气。我并非"从井救人"的仁人，决不会吃了苦来帮他，正不必不安于心。此款大约至迟于明年（阳历）一月十日以前必可寄出，惟邮寄抑汇寄则未定。

《阶级与鲁迅》那一篇，你误解了。这稿是我到厦门不久，从上海先寄给我的；作者姓张，住中国大学，似是一个女生（倘给长虹知道，又要生气），问我可否发表。我答以评论一个人，无须征求本人同意，如登《语丝》，也可以。因给写了一张信给小峰作绍介。其时还在《莽原》投稿发生纠葛之前，但寄来寄去，登出时却在这事之后了。况且你也未曾和我"捣乱",原文所指,我想也许是《明珠》上的人们罢。但文中所谓 H.M. 女校,我至今终于想不出是什么学校。

至于关于《给——》的传说,我先前倒没有料想到。《狂飙》也没有细看,今天才将那诗看了一回。我想原因不外三种:一,是别人神经过敏的推测,因为长虹的痛哭流涕的做《给——》的诗,似乎已很久了;二,是《狂飙》社中人故意附会宣传,作为攻击我的别一法;三,是他真疑心我破坏了他的梦,——其实我并没有注意到他做什么梦,何况破坏——因为景宋在京时,确是常来我寓,并替我校对,抄写过不少稿子《坟》的一部分,即她抄的,这回又同车离京,到沪后她回故乡,我来厦门,而长虹遂以为我带她到了厦门了。倘这推测是真的,则长虹大约在京时,对她有过各种计划,而不成功,因疑我从中作梗。其实是我虽然也许是"黑夜",但并没有吞没这"月儿"。

如果真属于末一说,则太可恶,使我愤怒。我竟一向在阿胡卢中,以为骂我只因为《莽原》的事。我从此倒要细心研究他究竟是怎样的梦,或者简直动手撕碎它,给他更其痛哭流涕。只要我敢于捣乱,什么"太阳"之类都不行的。

我还听到一种传说,说《伤逝》是我自己的事,因为没有经验,是写不出这样的小说的。哈哈,做人真愈做愈难了。

厦门有北新之书出售,而无未名的。校内有一人朴社的书,是他代卖的很可靠,我想大可以每种各寄五本不够,则由他函索,托他代售,折扣之例等等,可直接函知他,寄书时只要说系我介绍就是了。明年的《莽原》,亦可按期寄五本。人名地址是——

福建厦门大学

毛简先生(他号瑞章,但寄书籍等,以写名为宜。他是图书馆的办事员,和我很熟识)。

迅　十二,二九。

致 许寿裳

季茀兄：

　　昨寄一函,已达否? 此间甚无聊,所谓国学院者,虚有其名,不求实际。而景宋故乡之大学,催我去甚亟。聘书且是正教授,似属望甚切,因此不能不勉力一行,现拟至迟于一月底前往,速则月初。伏园已去,但在彼不久住,仍须他往,昨得其来信,言兄教书事早说妥,所以未发聘书者,乃在专等我去之后,接洽一次也。现在因审慎,聘定之教员似尚甚少云。信到后请告我最便之通信处,来信寄此不妨,即我他去,亦有友人收转也。此布,即颂

曼福。

树人　上　十二月廿九日

致 许广平

广平兄：

　　廿五日寄一函,想已到。今天以为当得来信,而竟没有,别的粤信,都到了。伏园已寄来一函,今附上,可借知中大情形。季黻与你的地方,大概都极易设法。我一面已写信通知季黻,他本在杭州,目下不知怎样。

　　看来中大似乎等我很急,所以我想就与玉堂商量,能早走则早走,自然另外也还有原因。此外,则厦大与我,太格格不入,所以我也不必拘拘于约束,为之收束学期也。但你信只管发,即我已走,也有人代收寄回。

　　厦大是废物,不足道了。中大如有可为,我也想为之出一点力,但自然以不损自己之身心为限。我来厦门,本意是休息几时,及有

些豫备，而有些人以为我放下兵刃了，不再有发表言论的便利，即翻脸攻击，自逞英雄；北京似乎也有流言，和在上海所闻者相似，且说长虹之攻击我，乃为此。用这样的手段，想来征服我，是不行的。我先前的不甚竞争，乃是退让，何尝是无力战斗。现在就偏出来做点事，而且索性在广州，住得更近点，看他们卑劣诸公其奈我何？然而这也是将计就计，其实是即使并无他们的闲话，也还是到广州的。

再谈。

迅　十二月廿九日灯下

三十日

日记　晴。上午寄季市信。寄景宋信。午寄春台稿。下午丁山来。晚玉堂来。夜风。访矛尘。

奔　月

一

聪明的牲口确乎知道人意，刚刚望见宅门，那马便立刻放缓脚步了，并且和它背上的主人同时垂了头，一步一顿，像捣米一样。

暮霭笼罩了大宅，邻屋上都腾起浓黑的炊烟，已经是晚饭时候。家将们听得马蹄声，早已迎了出来，都在宅门外垂着手直挺挺地站着。羿在垃圾堆边懒懒地下了马，家将们便接过缰绳和鞭子去。他刚要跨进大门，低头看看挂在腰间的满壶的簇新的箭和网里的三匹乌老鸦和一匹射碎了的小麻雀，心里就非常踌蹰。但到底硬着头皮,大踏步走进去了;箭在壶里豁朗豁朗地响着。

刚到内院,他便见嫦娥在圆窗里探了一探头。他知道她眼睛快,一定早瞧见那几匹乌鸦的了,不觉一吓,脚步登时也一停,——但只得往里走。使女们都迎出来,给他卸了弓箭,解下网兜。他仿佛觉得她们都在苦笑。

"太太……。"他擦过手脸,走进内房去,一面叫。

嫦娥正在看着圆窗外的暮天,慢慢回过头来,似理不理的向他看了一眼,没有答应。

这种情形,羿倒久已习惯的了,至少已有一年多。他仍旧走近去,坐在对面的铺着脱毛的旧豹皮的木榻上,搔着头皮,支支梧梧地说——

"今天的运气仍旧不见佳,还是只有乌鸦……。"

"哼!"嫦娥将柳眉一扬,忽然站起来,风似的往外走,嘴里咕噜着,"又是乌鸦的炸酱面,又是乌鸦的炸酱面! 你去问问去,谁家是一年到头只吃乌鸦肉的炸酱面的? 我真不知道是走了什么运,竟嫁到这里来,整年的就吃乌鸦的炸酱面!"

"太太,"羿赶紧也站起,跟在后面,低声说,"不过今天倒还好,另外还射了一匹麻雀,可以给你做菜的。女辛!"他大声地叫使女,"你把那一匹麻雀拿过来请太太看!"

野味已经拿到厨房里去了,女辛便跑去挑出来,两手捧着,送在嫦娥的眼前。

"哼!"她瞥了一眼,慢慢地伸手一捏,不高兴地说,"一团糟! 不是全都粉碎了么? 肉在那里?"

"是的,"羿很惶恐,"射碎的。我的弓太强,箭头太大了。"

"你不能用小一点的箭头的么?"

"我没有小的。自从我射封豕长蛇……。"

"这是封豕长蛇么?"她说着,一面回转头去对着女辛道,"放一碗汤罢!"便又退回房里去了。

447

只有羿呆呆地留在堂屋里,靠壁坐下,听着厨房里柴草爆炸的声音。他回忆当年的封豕是多么大,远远望去就像一坐小土冈,如果那时不去射杀它,留到现在,足可以吃半年,又何用天天愁饭菜。还有长蛇,也可以做羹喝……。

女乙来点灯了,对面墙上挂着的彤弓,彤矢,卢弓,卢矢,弩机,长剑,短剑,便都在昏暗的灯光中出现。羿看了一眼,就低了头,叹一口气;只见女辛搬进夜饭来,放在中间的案上,左边是五大碗白面;右边两大碗,一碗汤;中央是一大碗乌鸦肉做的炸酱。

羿吃着炸酱面,自己觉得确也不好吃;偷眼去看嫦娥,她炸酱是看也不看,只用汤泡了面,吃了半碗,又放下了。他觉得她脸上仿佛比往常黄瘦些,生怕她生了病。

到二更时,她似乎和气一些了,默坐在床沿上喝水。羿就坐在旁边的木榻上,手摩着脱毛的旧豹皮。

"唉,"他和蔼地说,"这西山的文豹,还是我们结婚以前射得的,那时多么好看,全体黄金光。"他于是回想当年的食物,熊是只吃四个掌,驼留峰,其余的就都赏给使女和家将们。后来大动物射完了,就吃野猪,兔,山鸡;射法又高强,要多少有多少。"唉,"他不觉叹息,"我的箭法真太巧妙了,竟射得遍地精光。那时谁料到只剩下乌鸦做菜……。"

"哼。"嫦娥微微一笑。

"今天总还要算运气的,"羿也高兴起来,"居然猎到一只麻雀。这是远绕了三十里路才找到的。"

"你不能走得更远一点的么?!"

"对。太太。我也这样想。明天我想起得早些。倘若你醒得早,那就叫醒我。我准备再远走五十里,看看可有獐子兔子。……但是,怕也难。当我射封豕长蛇的时候,野兽是那么多。你还该记得罢,丈母的门前就常有黑熊走过,叫我去射了好几回……。"

"是么?"嫦娥似乎不大记得。

"谁料到现在竟至于精光的呢。想起来,真不知道将来怎么过日子。我呢,倒不要紧,只要将那道士送给我的金丹吃下去,就会飞升。但是我第一先得替你打算,……所以我决计明天再走得远一点……。"

"哼。"嫦娥已经喝完水,慢慢躺下,合上眼睛了。

残膏的灯火照着残妆,粉有些褪了,眼圈显得微黄,眉毛的黛色也仿佛两边不一样。但嘴唇依然红得如火;虽然并不笑,颊上也还有浅浅的酒窝。

"唉唉,这样的人,我就整年地只给她吃乌鸦的炸酱面……。"羿想着,觉得惭愧,两颊连耳根都热起来。

二

过了一夜就是第二天。

羿忽然睁开眼睛,只见一道阳光斜射在西壁上,知道时候不早了;看看嫦娥,兀自摊开了四肢沉睡着。他悄悄地披上衣服,爬下豹皮榻,蹩出堂前,一面洗脸,一面叫女庚去吩咐王升备马。

他因为事情忙,是早就废止了朝食的;女乙将五个炊饼,五株葱和一包辣酱都放在网兜里,并弓箭一齐替他系在腰间。他将腰带紧了一紧,轻轻地跨出堂外面,一面告诉那正从对面进来的女庚道——

"我今天打算到远地方去寻食物去,回来也许晚一些。看太太醒后,用过早点心,有些高兴的时候,你便去禀告,说晚饭请她等一等,对不起得很。记得么?你说:对不起得很。"

他快步出门,跨上马,将站班的家将们扔在脑后,不一会便跑出村庄了。前面是天天走熟的高粱田,他毫不注意,早知道什么也没有的。加上两鞭,一径飞奔前去,一气就跑了六十里上下,望见前面有一簇很茂盛的树林,马也喘气不迭,浑身流汗,自然慢下去了。大约又走了十多里,这才接近树林,然而满眼是胡蜂,粉蝶,蚂蚁,蚱蜢,那里有一点禽兽的踪迹。他望见这一块新地方时,本以为至少总可以有一两匹狐儿兔儿的,现在才知道又是梦想。他只得绕出树林,看那后面却又是碧绿的高粱田,远处散点着几间小小的土屋。风和日暖,鸦雀无声。

"倒楣!"他尽量地大叫了一声,出出闷气。

但再前行了十多步,他即刻心花怒放了,远远地望见一间土屋外面的平地上,的确停着一匹飞禽,一步一啄,像是很大的鸽子。他慌忙拈弓搭箭,引满弦,将手一放,那箭便流星般出去了。

这是无须迟疑的,向来有发必中;他只要策马跟着箭路飞跑前去,便可以拾得猎物。谁知道他将要临近,却已有一个老婆子捧着带箭的大鸽子,大声嚷着,正对着他的马头抢过来。

"你是谁哪?怎么把我家的顶好的黑母鸡射死了?你的手怎的有这么闲哪?……"

羿的心不觉跳了一跳,赶紧勒住马。

"阿呀!鸡么?我只道是一只鹁鸪。"他惶恐地说。

"瞎了你的眼睛!看你也有四十多岁了罢。"

"是的。老太太。我去年就有四十五岁了。"

"你真是枉长白大!连母鸡也不认识,会当作鹁鸪!你究竟是谁哪?"

"我就是夷羿。"他说着,看看自己所射的箭,是正贯了母鸡的心,当然死了,末后的两个字便说得不大响亮;一面从马上跨下来。

"夷羿?……谁呢?我不知道。"她看着他的脸,说。

"有些人是一听就知道的。尧爷的时候,我曾经射死过几匹野猪,几条蛇……。"

"哈哈,骗子!那是逢蒙老爷和别人合伙射死的。也许有你在内罢;但你倒说是你自己了,好不识羞!"

"阿阿,老太太。逢蒙那人,不过近几年时常到我那里来走走,我并没有和他合伙，全不相干的。"

"说谎。近来常有人说，我一月就听到四五回。"

"那也好。我们且谈正经事罢。这鸡怎么办呢？"

"赔。这是我家最好的母鸡，天天生蛋。你得赔我两柄锄头，三个纺锤。"

"老太太，你瞧我这模样，是不耕不织的，那里来的锄头和纺锤。我身边又没有钱，只有五个炊饼，倒是白面做的，就拿来赔了你的鸡，还添上五株葱和一包甜辣酱。你以为怎样？……"他一只手去网兜里掏炊饼，伸出那一只手去取鸡。

老婆子看见白面的炊饼，倒有些愿意了，但是定要十五个。磋商的结果，好容易才定为十个，约好至迟明天正午送到，就用那射鸡的箭作抵押。羿这时才放了心，将死鸡塞进网兜里，跨上鞍鞯，回马就走，虽然肚饿，心里却很喜欢，他们不喝鸡汤实在已经有一年多了。

他绕出树林时，还是下午，于是赶紧加鞭向家里走；但是马力乏了，刚到走惯的高粱田近旁，已是黄昏时候。只见对面远处有人影子一闪，接着就有一枝箭忽地向他飞来。

羿并不勒住马，任它跑着，一面却也拈弓搭箭，只一发，只听得铮的一声，箭尖正触着箭尖，在空中发出几点火花，两枝箭便向上挤成一个"人"字，又翻身落在地上了。第一箭刚刚相触，两面立刻又来了第二箭，还是铮的一声，相触在半空中。那样地射了九箭，羿的箭都用尽了；但他这时已经看清逢蒙得意地站在对面，却还有一枝箭搭在弦上正在瞄准他的咽喉。

"哈哈，我以为他早到海边摸鱼去了，原来还在这些地方干这些勾当，怪不得那老婆子有那些话……。"羿想。

那时快，对面是弓如满月，箭似流星。飕的一声，径向羿的咽喉飞过来。也许是瞄准差了一点了，却正中了他的嘴；一个筋斗，他带箭掉下马去了，马也就站住。

逢蒙见羿已死，便慢慢地蹩过来，微笑着去看他的死脸，当作喝一杯胜利的白干。

刚在定睛看时，只见羿张开眼，忽然直坐起来。

"你真是白来了一百多回。"他吐出箭，笑着说，"难道连我的'啮镞法'都没有知道么？这怎么行。你闹这些小玩艺儿是不行的，偷去的拳头打不死本人，要自己练练才好。"

"即以其人之道，反诸其人之身……。"胜者低声说。

"哈哈哈！"他一面大笑，一面站了起来，"又是引经据典。但这些话你只可以哄哄老婆子，本人面前捣什么鬼？俺向来就只是打猎，没有弄过你似的剪径的玩艺儿……。"他说着，又看看网兜里的母鸡，倒并没有压坏，便跨上马，径自走了。

"……你打了丧钟！……"远远地还送来叫骂。

"真不料有这样没出息。青青年纪，倒学会了诅咒，怪不得那老婆子会那么相信他。"羿想着，不觉在马上绝望地摇了摇头。

三

还没有走完高粱田，天色已经昏黑；蓝的空中现出明星来，长庚在西方格外灿烂。马只能认着白色的田塍走，而且早已筋疲力竭，自然走得更慢了。幸而月亮却在天际渐渐吐出银白的清辉。

"讨厌！"羿听到自己的肚子里骨碌骨碌地响了一阵，便在马上焦躁了起来。"偏是谋生忙，便偏是多碰到些无聊事，白费工夫！"他将两腿在马肚子上一磕，催它快走，但马却只将后半身一扭，照旧地慢腾腾。

"嫦娥一定生气了，你看今天多么晚。"他想。"说不定要装怎样的脸给我看哩。但幸而有这一只小母鸡，可以引她高兴。我只要说：太太，这是我来回跑了二百里路才找来的。不，不好，这话似乎太逞能。"

他望见人家的灯火已在前面，一高兴便不再想下去了。马也不待鞭策，自然飞奔。圆的雪白的月亮照着前途，凉风吹脸，真是比大猎回来时还有趣。

马自然而然地停在垃圾堆边；羿一看，仿佛觉得异样，不知怎地似乎家里乱纷纷。迎出来的也只有一个赵富。

"怎的？王升呢？"他奇怪地问。

"王升到姚家找太太去了。"

"什么？太太到姚家去了么？"羿还呆坐在马上，问。

"喳……。"他一面答应着，一面去接马缰和马鞭。

羿这才爬下马来，跨进门，想了一想，又回过头去问道——

"不是等不迭了，自己上饭馆去了么？"

"喳。三个饭馆，小的都去问过了，没有在。"

羿低了头，想着，往里面走，三个使女都惶惑地聚在堂前。他便很诧异，大声的问道——

"你们都在家么？姚家，太太一个人不是向来不去的么？"

她们不回答，只看看他的脸，便来给他解下弓袋和箭壶和装着小母鸡的网兜。羿忽然心惊肉跳起来，觉得嫦娥是因为气忿寻了短见了，便叫女庚去叫赵富来，要他到后园的池里树上去看一遍。但他一跨进房，便知道这推测是不确的了：房里也很乱，衣箱是开着，向床里一看，首先就看出失少了首饰箱。他这时正如头上淋了一盆冷水，金珠自然不算什么，然而那道士送给他的仙药，也就放在这首饰箱里的。

羿转了两个圆圈，才看见王升站在门外面。

"回老爷，"王升说，"太太没有到姚家去；他们今天也不打牌。"

羿看了他一眼，不开口。王升就退出去了。

"老爷叫？……"赵富上来，问。

羿将头一摇，又用手一挥，叫他也退出去。

羿又在房里转了几个圈子，走到堂前，坐下，仰头看着对面壁上的彤弓,彤矢,卢弓,卢矢,弩机,长剑,短剑,想了些时,才问那呆立在下面的使女们道——

"太太是什么时候不见的?"

"掌灯时候就不看见了,"女乙说,"可是谁也没见她走出去。"

"你们可见太太吃了那箱里的药没有?"

"那倒没有见。但她下午要我倒水喝是有的。"

羿急得站了起来,他似乎觉得,自己一个人被留在地上了。

"你们看见有什么向天上飞升的么?"他问。

"哦!"女辛想了一想,大悟似的说,"我点了灯出去的时候,的确看见一个黑影向这边飞去的,但我那时万想不到是太太……。"于是她的脸色苍白了。

"一定是了!"羿在膝上一拍,即刻站起,走出屋外去,回头问着女辛道,"那边?"

女辛用手一指,他跟着看去时,只见那边是一轮雪白的圆月,挂在空中,其中还隐约现出楼台,树木;当他还是孩子时候祖母讲给他听的月宫中的美景,他依稀记得起来了。他对着浮游在碧海里似的月亮,觉得自己的身子非常沉重。

他忽然愤怒了。从愤怒里又发了杀机,圆睁着眼睛,大声向使女们叱咤道——

"拿我的射日弓来! 和三枝箭!"

女乙和女庚从堂屋中央取下那强大的弓,拂去尘埃,并三枝长箭都交在他手里。

他一手拈弓,一手捏着三枝箭,都搭上去,拉了一个满弓,正对着月亮。身子是岩石一般挺立着,眼光直射,闪闪如岩下电,须发开张飘动,像黑色火,这一瞬息,使人仿佛想见他当年射日的雄姿。

飗的一声,——只一声,已经连发了三枝箭,刚发便搭,一搭又发,眼睛不及看清那手法,耳朵也不及分别那声音。本来对面是虽然受了三枝箭,应该都聚在一处的,因为箭箭相衔,不差丝发。但他

454

为必中起见,这时却将手微微一动,使箭到时分成三点,有三个伤。

使女们发一声喊,大家都看见月亮只一抖,以为要掉下来了,——但却还是安然地悬着,发出和悦的更大的光辉,似乎毫无伤损。

"哒!"羿仰天大喝一声,看了片刻;然而月亮不理他。他前进三步,月亮便退了三步;他退三步,月亮却又照数前进了。

他们都默着,各人看各人的脸。

羿懒懒地将射日弓靠在堂门上,走进屋里去。使女们也一齐跟着他。

"唉,"羿坐下,叹一口气,"那么,你们的太太就永远一个人快乐了。她竟忍心撇了我独自飞升?莫非看得我老起来了?但她上月还说:并不算老,若以老人自居,是思想的堕落。"

"这一定不是的。"女乙说,"有人说老爷还是一个战士。"

"有时看去简直好像艺术家。"女丰说。

"放屁!——不过乌老鸦的炸酱面确也不好吃,难怪她忍不住……。"

"那豹皮褥子脱毛的地方,我去剪一点靠墙的脚上的皮来补一补罢,怪不好看的。"女辛就往房里走。

"且慢,"羿说着,想了一想,"那倒不忙。我实在饿极了,还是赶快去做一盘辣子鸡,烙五斤饼来,给我吃了好睡觉。明天再去找那道士要一服仙药,吃了追上去罢。女庚,你去吩咐王升,叫他量四升白豆喂马!"

一九二六年十二月作。

原载 1927 年 1 月 25 日《莽原》半月刊第 2 卷第 2 期。

初收 1936 年 1 月上海文化生活出版社版"文学丛刊"之

一《故事新编》。

三十一日

日记 晴。午周弁民招食薄饼,同坐有欧君,矛尘及各夫人。下午同矛尘访玉堂。收《文学大纲》一本,振铎寄赠。辞厦门大学一切职务。夜毛瑞章来。罗心田来。寄辛岛骁信。

厦门通信(三)

小峰兄:

二十七日寄出稿子两篇,想已到。其实这一类东西,本来也可做可不做,但是一则因为这里有几个少年希望我耍几下,二则正苦于没有文章做,所以便写了几张,寄上了。本地也有人要我做一点批评厦门的文字,然而至今一句也没有做,言语不通,又不知各种底细,从何说起。例如这里的报纸上,先前连日闹着"黄仲训霸占公地"的笔墨官司,我至今终于不知道黄仲训何人,曲折怎样,如果竟来批评,岂不要笑断真的批评家的肚肠。但别人批评,我是不妨害的。以为我不准别人批评者,诬也;我岂有这么大的权力。不过倘要我做编辑,那么,我以为不行的东西便不登,我委实不大愿意做一个莫名其妙的什么运动的傀儡。

前几天,卓治睁大着眼睛对我说,别人胡骂你,你要回骂。还有许多人要看你的东西,你不该默不作声,使他们迷惑。你现在不是你自己的了。我听了又打了一个寒噤,和先前听得有人说青年应该学我的多读古文时候相同。呜呼,一戴纸冠,遂成公物,负"帮忙"之义务,有回骂之必须,然则固不如从速坍台,还我自由之为得计也。质之高明,未识以为然否?

今天也遇到了一件要打寒噤的事。厦门大学的职务,我已经都称病辞去了。百无可为,溜之大吉。然而很有几个学生向我诉苦,说他们是看了厦门大学革新的消息而来的,现在不到半年,今天这个走,明天那个走,叫他们怎么办?这实在使我夹脊梁发冷,哑口无言。不料"思想界权威者"或"思想界先驱者"这一顶"纸糊的假冠",竟又是如此误人子弟。几回广告(却并不是我登的),将他们从别的学校里骗来,而结果是自己倒跑掉了,真是万分抱歉。我很惋惜没有人在北京早做黑幕式的记事,将学生们拦住。"见面时一谈,不见时一战"哲学,似乎有时也很是误人子弟的。

你大约还不知道底细,我最初的主意,倒的确想在这里住两年,除教书之外,还希望将先前所集成的《汉画象考》和《古小说钩沉》印出。这两种书自己印不起,也不敢请你印。因为看的人一定很少,折本无疑,惟有有钱的学校才合适。及至到了这里,看看情形,便将印《汉画象考》的希望取消,并且自己缩短年限为一年。其实是已经可以走了,但看着语堂的勤勉和为故乡做事的热心,我不好说出口。后来豫算不算数了,语堂力争;听说校长就说,只要你们有稿子拿来,立刻可以印。于是我将稿子拿出去,放了大约至多十分钟罢,拿回来了,从此没有后文。这结果,不过证明了我确有稿子,并不欺骗。那时我便将印《古小说钩沉》的意思也取消,并且自己再缩短年限为半年。语堂是除办事教书之外,还要防暗算,我看他在不相干的事情上,弄得力尽神疲,真是冤枉之至。

前天开会议,连国学院的周刊也几乎印不成了;然而校长的意思,却要添顾问,如理科主任之流,都是顾问,据说是所以连络感情的。我真不懂厦门的风俗,为什么研究国学,就会伤理科主任之流的感情,而必用顾问的绳,将他络住?联络感情法我没有研究过;兼士又已辞职,所以我决计也走了。现在去放假不过三星期,本来暂停也无妨,然而这里对于教职员的薪水,有时是锱铢必较的,离开学校十来天也想扣,所以我不想来沾放假中的薪水的便宜,至今天止,扣足一月。昨天已经出题考试,作一结束了。阅卷当在下月,但是不取分文。看完就走,刊物请暂勿寄来,待我有了驻足之所,当即函告,那时再寄罢。

临末,照例要说到天气。所谓例者,我之例也;怕有批评家指为我要勒令天下青年都照我的例,所以特此声明:并非如此。天气,确已冷了。草也比先前黄得多;然而我那门前的秋葵似的黄花却还在开着,山里也还有石榴花。苍蝇不见了,蚊子间或有之。

夜深了,再谈罢。

鲁迅 十二月三十一日。

再:睡了一觉醒来,听到柝声,已经是五更了。这是学校的新政,上月添设,更夫也不止一人。我听着,才知道各人的打法是不同的,声调最分明地可以区别的有两种——

托,托,托,托托!

托,托,托托! 托。

打更的声调也有派别,这是我先前所不知道的。并以奉告,当作一件新闻。

原载 1927 年 1 月 15 日《语丝》周刊第 114 期。

初收 1927 年 5 月上海、北京北新书局版《华盖集续编》。

致 辛岛骁

拝啓　先日斯文三冊及三国志演義抜萃を御送下さって有難ふ存じます。

厦門に来て以来手紙二通差し上げましたが支那の郵便は頗る乱雑ですからついたか何か疑はしいです。

此地の学校は面白くないからつまらなくなりました。昨日遂に辞職し、一週間の内に広州へ行きます。

厦門は死の島らしい処で隠士に適当するものであると思ひ

ます。

　広州に行くと先づ中山大学へ行って講義しますが永く居るか何か今ではわかりません。校址は「文明路」です。

　先づ行先を報告するまで。　草々

魯迅　十二月卅一日

辛島兄へ

書　帳

H. Bahr：Expressionismus　張凤举贈　一月四日

M. Beerbohm：Firty Caricatures　五・二〇

アルス美術叢書四〔五〕本　七・二〇

校道藏本公孙龙子一本　〇・四〇　一月十二日

又尹文子一本　〇・四〇

词学丛书十本　八・〇〇

拜经楼丛书十本　四・二〇　一月二十九日　　　　　二七・四〇〇

中国文学史要略一本　〇・四〇　二月三日

字义类例一本　〇・六〇

戯曲の本質一本　二・五〇

仏蘭西文学の話一本　二・一〇

日本漫画史一本　二・二〇

アルス美術叢書四本　六・八〇　二月四日

吴稚晖学术论著一本　小峰贈　二月九日

袖珍本陶渊明集二本　〇・六〇　二月二十日

景印史通通释八本　一・六〇

支那文学研究一本　六・七〇　二月二十三日

支那小説戯曲概説一本　二・六〇

支那仏教遺物一本　二・七〇

支那南北記一本　三・〇〇

信と美一本　三・〇〇

文学入門一本　一・四〇

無産者文化論一本　一・二〇〇

ベトォフエン一本　一・二〇

芸術国巡礼一本　三・〇〇　　　　　　　　　　　　　　四一・六〇〇

知不足斋丛书二百四十本　三九・〇〇　三月二日

盛明杂剧十本　二・二〇

万古愁曲一本　〇・四〇

汉律考四本　一・〇〇　三月十六日

愛と死の戯一本　一・四〇　三月二十三日

支那上代画論研究一本　三・六〇

支那画人伝一本　二・四〇　　　　　　　　　　　　　　五〇・〇〇〇

嘉泰会稽志及续志十本　六・八〇　四月五日

有島武郎著作集三本　二・四〇　四月九日

美学一本　一・八〇

美学原論一本　二・五〇

有島著作第十一集一本　一・四〇　四月十七日

支那遊記一本　二・一〇

有島著作集第十二辑一本　一・二〇　四月二十六日

最近の英文学一本　二・〇〇　四月二十七日　　　　　一九・二〇〇

男女と性格一本　二・一〇　五月三日

作者の感想一本　一・五〇

永遠の幻影一本　〇・九〇

公孙龙子注一本　〇・六〇　五月十七日

春秋复始六本　一・六〇

史记探原二本　〇・六〇

460

有島著作集三本　三・七〇　五月二十一日

師曽遺墨第七至十集四本　六・四〇　五月二十八日　　一八・九〇〇

有島著作第十六集一本　一・三〇　六月一日

無産階級芸術論一本　一・〇〇

文芸辞典一本　二・三〇

文学に志す人に一本　一・四〇　六月二日

古史辨第一册一本　顧頡剛贈　六月十五日

太平广记六十三本　八・〇〇　六月十七日

观古堂汇刻书目十六本　一二・〇〇

仏蘭西文芸叢書四本　六・二〇　六月十九日

東西文学評論一本　二・〇〇

汉魏丛书四十本　一七・〇〇　六月二十日

顾氏文房小说十本　四・三〇

アルス美術叢書七本　一二・八〇　六月二十二日

猿の群から共和国まで一本　二・六〇　六月二十六日

小説から見たる支那の民族性一本　一・二〇　七一・九〇〇

新露西亜パンフレット二本　二・六〇　七月五日

文豪評伝叢書四本　五・六〇

詩魂礼賛一本　一・三〇　七月十日

仏国文芸叢書一本　一・四〇

文豪評伝叢書一本　一・四〇　七月十九日

新俄パンフレット一本　〇・八〇　　　　　　　　　　一二・七〇〇

風景は動く一本　二・〇〇　八月一日

アルス美術叢書一本　一・八〇　八月五日

近代英詩概論一本　三・六〇

仏教美術一本　三・一〇　八月十日

文学論一本　二・一〇

東西文学比較評論二本　七・四〇　八月十三日

全相三国志平话一部　盐谷教授寄赠　八月十八〔七〕日

儒学警悟十本　二四·〇〇　八月十九日

宋元旧书经眼录一本　二·四〇　八月三十一日

萝藦亭札记四本　二·四〇　　　　　　　　　　四八·八〇〇

南浔镇志八本　三·二〇　九月一日

教宗禁约两帖　叝士赠　九月九日

顾氏文房小说十本　四·〇〇　九月十三日

李卓吾墓碣拓本一分　辛岛骁君寄赠　九月十九日

石印说文解字四本　一·〇〇　九月三十〔二十九〕日

世说新语六本　〇·七〇

晋二俊文集三本　〇·九〇

玉台新咏集三本　〇·八〇

才调集三本　一·〇〇　　　　　　　　　　　一一·六〇〇

乐府诗集十六本　四·五〇　十月二日

唐艺文志二本　三·〇〇　十月五日

元祐党人传四本　一·八〇

眉山诗案广证二本　〇·五〇

湖雅八本　四·〇〇

月河精舍丛钞二十三本　六·〇〇

又满楼丛书八本　四·〇〇

离骚图二种四本　四·〇〇

建安七子集四本　一·〇〇

汉魏六朝名家集三十本　七·〇〇

唐蒋夫人墓志拓本一枚　兼士赠　十月九日

唐崔黄左墓志拓本一枚　兼士赠

历代名人年谱十本　二·五〇　十月十四日

山海经二本　〇·五〇

抽印古本三国〔志〕演义十二叶　文求堂赠　十月二十一日

462

八史经籍志十六本　　五·〇〇　十月二十五日

全汉三国晋南北朝诗廿本　　八·八〇　十月三十日

历代诗话十六本　　四·四〇

历代诗话续编廿四本　　五·八〇　　　　　　　　　　　六二·〇〇〇

抽印古本三国演义十二叶　辛岛君赠　十一月三日

旧晋书等辑本十本　　三·四〇　十一月五日

补艺文志等九种九本　　三·二〇

屈原赋注等三种五本　　二·二〇

少室山房集十本　　四·〇〇

资治通鉴考异六本　　一·四〇　十一月十日

笺注陶渊明集二本　　〇·六〇　　　　　　　　　　　一四·八〇〇

外国人名地名表一本　　一·三〇　十二月十日

魏略辑本二本　　一·五〇　十二月十七日

有不为斋随笔二本　　〇·五〇

费氏刻唐诗二种一本　　〇·八〇　十二月二十四日

峭帆楼丛书二十本　　七·三〇

泉州十字石刻拓本一枚　陈万里赠　十二月二十九日

文学大纲第一卷一本　郑振铎赠　十二月三十一日　　　一一·四〇〇

　　　总计四〇〇·三〇〇

　　　平均每月三三·三六元。

本月

汉文学史纲要

第一篇　自文字至文章

在昔原始之民，其居群中，盖惟以姿态声音，自达其情意而已。

声音繁变，寖成言辞，言辞谐美，乃兆歌咏。时属草昧，庶民朴淳，心志郁于内，则任情而歌呼，天地变于外，则祗畏以颂祝，踊跃吟叹，时越侪辈，为众所赏，默识不忘，口耳相传，或逮后世。复有巫觋，职在通神，盛为歌舞，以祈灵贶，而赞颂之在人群，其用乃愈益广大。试察今之蛮民，虽状极狉獉，未有衣服宫室文字，而颂神抒情之什，降灵召鬼之人，大抵有焉。吕不韦云，"昔葛天氏之乐，三人操牛尾，投足以歌八阕。"（《吕氏春秋》《仲夏纪》《古乐》）郑玄则谓"诗之兴也，谅不于上皇之世。"（《诗谱序》）虽荒古无文，并难征信，而证以今日之野人，揆之人间之心理，固当以吕氏所言，为较近于事理者矣。

　　然而言者，犹风波也，激荡既已，余踪杳然，独恃口耳之传，殊不足以行远或垂后。诗人感物，发为歌吟，吟已感漓，其事随讫。倘将记言行，存事功，则专凭言语，大惧遗忘，故古者尝结绳而治，而后之圣人易之以书契。结绳之法，今不能知；书契者，相传"古者庖牺氏之王天下也，仰则观象于天，俯则观法于地，观鸟兽之文与地之宜，近取诸身，远取诸物，于是始作八卦。"（《易》《下系辞》）"神农氏复重之为六十四爻。"（司马贞《补史记》）颇似为文字所由始。其文今具存于《易》，积画成象，短长错综，变易有穷，与后之文字不相系属。故许慎复以为"黄帝之史仓颉，见鸟兽蹄迒之迹，知分理之可相别异也，初造书契"（《说文解字序》）。要之文字成就，所当绵历岁时，且由众手，全群共喻，乃得流行，谁为作者，殊难确指，归功一圣，亦凭臆之说也。

　　许慎云，"仓颉之初作书，盖依类象形，故谓之文。其后形声相益，即谓之字。字者，言孳乳而浸多也。著于竹帛谓之书。书者，如也。……周礼八岁入小学，保氏教国子，先以六书。一曰指事，指事者，视而可识，察而可见，上下是也；二曰象形，象形者，画成其物，随体诘诎，日月是也；三曰形声，形声者，以事为名，取譬相成，江河是也；四曰会意，会意者，比类合谊，以见指㧑，武信是也；五曰转注，转注者，建类一首，同意相受，考老是也；六曰假借，假借者，本无其字，依声托事,令长是也。"(《说文解字序》)指事象形会意为形体之事,形声假借为声音之事,转注者,训诂之事也。虞夏书契,今不可见,岣嵝禹书,伪造不足论,商周以来,则刻于骨甲金石者多有,下及秦汉,文字弥繁,而摄以六事,大抵弗合。意者文字初作,首必象形,触目会心,不待授受,渐而演进,则会意指事之类兴焉。今之文字,形声转多,而察其缔构,什九以形象为本柢,诵习一字,当识形音义三:口诵耳闻其音,目察其形,心通其义,三识并用,一字之功乃全。其在文章,则写山曰峻嶒嵯峨,状水曰汪洋澎湃,蔽芾葱茏,恍逢丰木,鳟鲂鳗鲤,如见多鱼。故其所函,遂具三美:意美以感心,一也;音美以感耳,二也;形美以感目,三也。

连属文字,亦谓之文。而其兴盛,盖亦由巫史乎。巫以记神事,更进,则史以记人事也,然尚以上告于天;翻今之《易》与《书》,间能得其仿佛。至于上古实状,则荒漠不可考,君长之名,且难审知,世以天皇地皇人皇为三皇者,列三才开始之序,继以有巢燧人伏羲神农者,明人群进化之程,殆皆后人所命,非真号矣。降及轩辕,遂多传说,逮于虞夏,乃有箸于简策之文传于今。

巫史非诗人,其职虽止于传事,然厥初亦凭口耳,虑有愆误,则练句协音,以便记诵。文字既作,固无愆误之虞矣,而简策繁重,书削为劳,故复当俭约其文,以省物力,或因旧习,仍作韵言。今所传有黄帝《道言》(见《吕氏春秋》),《金人铭》(《说苑》),颛顼《丹书》(《大戴礼记》),帝喾《政语》(《贾谊新书》),虽并出秦汉人书,不足凭信,而大抵协其音,偶其词,使读者易于上口,则殆犹古之道也。

由前言更推度之,则初始之文,殆本与语言稍异,当有藻韵,以便传诵,"直言曰言,论难曰语",区以别矣。然汉时已并称凡箸于竹帛者为文章(《汉书》《艺文志》),后或更拓其封域,举一切可以图写,接于目睛者皆属之。梁之刘勰,至谓"人文之元,肇自太极"(《文心雕龙》《原道》),三才所显,并由道妙,"形立则章成矣,声发则文生矣",故凡虎斑霞绮,林籁泉韵,俱为文章。其说汗漫,不可审理。稍隘之义，则《易》有曰，"物相杂，故曰文。"《说文解字》曰，"文，错画也。"可知凡所谓文，必相错综，错而不乱，亦近丽尔之象。至刘熙云"文者，会集众彩以成锦绣，会集众字以成辞义，如文绣然也"（《释名》）。则确然以文章之事，当具辞义，且有华饰，如文绣矣。《说文》又有彣字，云："戫也"；"戫，彣彰也"。盖即此义。然后来不用，但书文章，今通称文学。

刘勰虽于《原道》一篇，以人"为五行之秀，实天地之心，心生而言立，言立而文明，自然之道也。傍及万品，动植皆文。……"而晋宋以来，文笔之辨又甚峻。其《总术篇》即云，"今之常言：有文有笔。以为无韵者笔也，有韵者文也。"萧绎所诠，尤为昭晰，曰："今之门徒，转相师受，通圣人之经者谓之儒；屈原宋玉枚乘长卿之徒，止于辞赋则谓之文。……至如不便为诗如阎纂，善为章奏如伯松，若是之流，泛谓之笔。吟咏风谣，流连哀思者谓之文。"又曰，"笔，退则非谓成篇，进则不云取义，神其巧惠，笔端而已。至如文者，惟须绮縠纷披，宫徵靡曼，唇吻遒会，精灵荡摇。而古之文笔今之文笔，其源又异。"（《金楼子》《立言篇》）盖其时文章界域，极可弛张，纵之则包举万汇之形声；严之则排摈简质之叙记，必有藻韵，善移人情，始得称文。其不然者，概谓之笔。

辞笔或诗笔对举，唐世犹然，逮及宋元，此义遂晦，于是散体之笔，并称曰文，且谓其用，所以载道，提挈经训，诛锄美辞，讲章告示，高张文苑矣。清阮元作《文言说》，其子福又作《文笔对》，复昭古谊，而其说亦不行。

第二篇 《书》与《诗》

《周礼》，外史掌三皇五帝之书，今已莫知其书为何等。假使五帝书诚为五典，则今惟《尧典》在《尚书》中。"尚者，上也。上所为，下所书也。"（王充《论衡》《须颂篇》）或曰："言此上代以来之书。"（孔颖达《尚书正义》)纬书谓"孔子求书,得黄帝玄孙帝魁之书,迄于秦穆公,凡三千二百四十篇。断远取近,定可为世法者百二十篇:以百二篇为《尚书》,十八篇为《中候》。去三千一百二十篇。"(《尚书璇玑钤》)乃汉人侈大之言,不可信。《尚书》盖本百篇:《虞夏书》二十篇,《商书》《周书》各四十篇。今本有序,相传孔子所为,言其作意(《汉书》《艺文志》),然亦难信,以其文不类也。秦燔烧经籍,济南伏生抱书藏山中,又失之。汉兴,景帝使晁错往从口授,而伏生旋老死,仅得自《尧典》至《秦誓》二十八篇;故汉人尝以拟二十八宿。

《书》之体例有六:曰典,曰谟,曰训,曰诰,曰誓,曰命,是称六体。然其中有《禹贡》,颇似记,余则概为训下与告上之词,犹后世之诏令与奏议也。其文质朴,亦诘屈难读,距以藻韵为饰,俾便颂习,便行远之时,盖已远矣。晋卫宏则云,"伏生老,不能正言,言不可晓,使其女传言教错。齐人语多与颖川异,错所不知,凡十二三,略以其意属读而已。"故难解之处多有。今即略录《尧典》中语,以见大凡:

"……帝曰:畴咨若时,登庸。放齐曰:胤子朱,启明。帝曰:吁!嚚讼,可乎?帝曰:畴咨若予采?驩兜曰:都!共工,方鸠僝工。帝曰:吁!静言庸违,象恭,滔天!帝曰:咨,四岳!汤汤洪水方割,荡荡怀山襄陵,浩浩滔天,下民其咨。有能,俾乂。金曰:於,鲧哉!帝曰:吁,咈哉!方命,圮族。岳曰:异哉!试可,乃已。帝曰:往,钦哉!九载,绩用弗成。帝曰:咨,四岳!朕在位七十载,汝能庸命,巽朕位。岳曰:否德,忝帝位。曰:明明,扬侧陋!师锡帝曰:有鳏在下,曰虞舜。帝曰:俞!予闻。如何?岳曰:瞽子。父顽,母嚚,象傲。克谐以孝,烝烝乂,不格奸。帝曰:我其试哉。女于时观厥刑于二女,釐降二女于妫汭,嫔于虞。"

扬雄曰,"昔之说《书》者序以百,……《虞》《夏》之书浑浑尔,《商书》灏灏尔,《周书》噩噩尔。"(《法言》《问神》)虞夏禅让,独饶治绩,敷扬休烈,故深大矣;周多征伐,上下相戒,事危而言切,则峻肃而不

467

阿借;惟《商书》时有哀激之音,若缘匦而失其援,以为夷旷,所未详也。如《西伯戡黎》:

> "西伯既戡黎,祖伊恐,奔告于王曰:天子! 天既讫我殷命,格人元龟,罔敢知吉。非先王不相我后人,惟王淫戏用自绝。故天弃我,不有康食。不虞天性,不迪率典。今我民罔弗欲丧,曰,天曷不降威,大命不挚? 今王其如台。王曰:呜呼! 我生不有命在天? 祖伊反曰:呜呼! 乃罪多参在上,乃能责命于天? 殷之即丧,指乃功,不无戮于尔邦!"

武帝时,鲁共王坏孔子旧宅,得其末孙惠所藏之书,字皆古文。孔安国以今文校之,得二十五篇,其五篇与伏生所诵相合,因并依古文,开其篇第,以隶古字写之,合成五十八篇。会巫蛊事起,不得奏上,乃私传其业于生徒,称《尚书》古文之学(《隋书》《经籍志》)。而先伏生所口授者,缘其写以汉隶,遂反称今文。

孔氏所传,既以值巫蛊不行,遂有张霸之徒,伪造《舜典》《汩作》等二十四篇,亦称古文书,而辞义芜鄙,不足取信于世。若今本孔传《古文尚书》,则为晋豫章梅赜所奏上,独失《舜典》;至隋购募,乃得其篇,唐孔颖达疏之,遂大行于世。宋吴棫始以为疑;朱熹更比较其词,以为"今文多艰涩,而古文反平易","却似晋宋间文章",并书序亦恐非安国作也。明梅鷟作《尚书考异》,尤力发其复,谓"《尚书》惟今文传自伏生口诵者为真古文。出孔壁中者,尽后儒伪作,大抵依约诸经《论》《孟》中语,并窃其字句而缘饰之"云。

诗歌之起,虽当早于记事,然葛天《八阕》,黄帝乐词,仅存其名。《家语》谓舜弹五弦之琴,造《南风》之诗曰:"南风之熏兮,可以解吾民之愠兮;南风之时兮,可以阜吾民之财兮。"《尚书大传》又载其《卿云歌》云:"卿云烂兮,糺缦缦兮,日月光华,旦复旦兮!"辞仅达意,颇有古风,而汉魏始传,殆亦后人拟作。其可征信者,乃在《尚书》《皋陶谟》,(伪孔传《尚书》分之为《益稷》)曰:

> "……夔曰:於! 予击石拊石,百兽率舞,庶尹允谐。帝庸

作歌曰:敕天之命,惟时惟几。乃歌曰:股肱喜哉,元首起哉,百工熙哉!皋陶拜手稽首扬言曰:念哉!率作兴事,慎乃宪,钦哉!屡省乃成,钦哉!乃赓载歌曰:元首明哉,股肱良哉,庶事康哉!又歌曰:元首丛脞哉,股肱惰哉,万事堕哉!帝曰:俞,往,钦哉!"

以体式言,至为单简,去其助字,实止三言,与后之"汤之《盘铭》曰:苟日新,日日新,又日新"同式;又虽亦偶字履韵,而朴陋无华,殊无以胜于记事。然此特君臣相勗,冀各慎其法宪,敬其职事而已,长言咏叹,故命曰歌,固非诗人之作也。

自商至周,诗乃圆备,存于今者三百五篇,称为《诗经》。其先虽遭秦火,而人所讽诵,不独在竹帛,故最完。司马迁始以为"古者《诗》三千余篇,及至孔子,去其重,取其可施于礼义,上采契后稷,中述殷周之盛,至幽厉之缺。"然唐孔颖达已疑其言;宋郑樵则谓诗皆商周人作,孔子得于鲁太师,编而录之。朱熹于诗,其意常与郑樵合,亦曰:"人言夫子删诗,看来只是采得许多诗,夫子不曾删去,只是刊定而已。"

《书》有六体,《诗》则有六义焉:一曰风,二曰赋,三曰比,四曰兴,五曰雅,六曰颂。风雅颂以性质言:风者,闾巷之情诗;雅者,朝廷之乐歌;颂者,宗庙之乐歌也。是为《诗》之三经。赋比兴以体制言:赋者直抒其情;比者借物言志;兴者托物兴辞也。是为《诗》之三纬。风以《关雎》始,雅有大小,小雅以《鹿鸣》始,大雅以《文王》始;颂以《清庙》始;是为四始。汉时,说《诗》者众,鲁有申培,齐有辕固,燕有韩婴,皆尝列于学官,而其书今并亡。存者独有赵人毛苌诗传,其学自谓传自子夏;河间献王尤好之。其诗每篇皆有序,郑玄以为首篇大序即子夏作,后之小序则子夏毛公合作也。而韩愈则云,"子夏不序诗。"朱熹解诗,亦但信诗不信序。然据范晔说,则实后汉卫宏之所为尔。

毛氏《诗序》既不可信,三家《诗》又失传,作诗本义遂难通晓。

而《诗》之篇目次第，又不甚以时代为先后，故后来异说滋多。明何楷作《毛诗世本古义》，乃以诗编年，谓上起于夏少康时（《公刘》、《七月》等）而讫于周敬王之世（《下泉》），虽与孟子知人论世之说合，然亦非必其本义矣。要之《商颂》五篇，事迹分明，词亦诘屈，与《尚书》近似，用以上续舜皋陶之歌，或非诬欤？今录其《玄鸟》一篇；《毛诗》序曰：祀高宗也。

> "天命玄鸟，降而生商，宅殷土芒芒。古帝命武汤，正域彼四方，方命厥后，奄有九有。商之先后，受命不殆，在武丁孙子。武丁孙子，武王靡不胜，龙旗十乘，大糦是承。邦畿千里，维民所止，肇域彼四海，四海来假。来假祁祁，景员维河，殷受命咸宜，百禄是何。"

至于二《雅》，则或美或刺，较足见作者之情，非如《颂》诗，大率叹美。如《小雅》《采薇》，言征人远戍，虽劳而不敢息云：

> "采薇采薇，薇亦作止。曰归曰归，岁亦莫止。靡室靡家，猃狁之故；不遑启居，猃狁之故。……彼尔维何？维常之华。彼路斯何？君子之车。戎车既驾，四牡业业；岂敢定居，一月三捷。……昔我往矣，杨柳依依；今我来思，雨雪霏霏，行道迟迟，载渴载饥。我心伤悲，莫知我哀！"

此盖所谓怨诽而不乱，温柔敦厚之言矣。然亦有甚激切者，如《大雅》《瞻卬》：

> "瞻卬昊天，则不我惠，孔填不宁，降此大厉。邦靡有定，士民其瘵。蟊贼蟊疾，靡有夷届；罪罟不收，靡有夷瘳！人有土田，女反有之；人有民人，女复夺之。此宜无罪，女反收之；彼宜有罪，女复说之！哲夫成城，哲妇倾城。……觱沸槛泉，维其深矣；心之忧矣，宁自今矣。不自我先，不自我后。藐藐昊天，无不克巩；无忝皇祖，式救尔后！"

《国风》之词，乃较平易，发抒情性，亦更分明。如：

> "野有死麕，白茅包之；有女怀春，吉士诱之。林有朴樕；野

有死鹿，白茅纯束；有女如玉。舒而脱脱兮；无感我帨兮；无使尨也吠！"(《召南》《野有死麕》)

"溱与洧，方涣涣兮；士与女，方秉蕳兮。女曰观乎，士曰既且。且往观乎，洧之外，洵讦且乐。维士与女，伊其相谑，赠之以勺药。……"(《郑风》《溱洧》)

"山有枢，隰有榆。子有衣裳，弗曳弗娄；子有车马，弗驰弗驱；宛其死矣，他人是愉。山有栲，隰有杻。子有廷内，弗洒弗扫；子有钟鼓，弗鼓弗考，宛其死矣，他人是保。山有漆，隰有栗。子有酒食，何不日鼓瑟？且以喜乐，且以永日。宛其死矣，他人入室。"(《唐风》《山有枢》)《诗》之次第，首《国风》，次《雅》，次《颂》。《国风》次第，则始周召二南，次邶鄘卫王郑齐魏唐秦陈桧曹而终以豳。其序列先后，宋人多以为即孔子微旨所寓，然古诗流传来久，篇次未必一如其故，今亦无以定之。惟《诗》以平易之《风》始，而渐及典重之《雅》与《颂》；《国风》又以所尊之周室始，次乃旁及于各国，则大致尚可推见而已。

《诗》三百篇，皆出北方，而以黄河为中心。其十五国中，周南召南王桧陈郑在河南，邶鄘卫曹齐魏唐在河北，豳秦则在泾渭之滨，疆域概不越今河南山西陕西山东四省之外。其民厚重，故虽直抒胸臆，犹能止乎礼义，忿而不戾，怨而不怒，哀而不伤，乐而不淫，虽诗歌，亦教训也。然此特后儒之言，实则激楚之言，奔放之词，《风》《雅》中亦常有，而孔子则曰："《诗》三百，一言以蔽之，曰：思无邪。"后儒因孔子告颜渊为邦，曰"放郑声"。又曰："恶郑声之乱雅乐也。"遂亦疑及《郑风》，以为淫逸，失其旨矣。自心不净，则外物随之，嵇康曰："若夫郑声，是音声之至妙，妙音感人，犹美色惑志，耽槃荒酒，易以丧业，自非至人，孰能御之。"(本集《声无哀乐论》)世之欲捐窈窕之声，盖由于此，其理亦并通于文章。

参考书：

《尚书正义》(唐孔颖达)

《毛诗正义》(同上)

《经义考》(清朱彝尊)卷七十二至七十六 卷九十八至一百

《支那文学史纲》(日本儿岛献吉郎)第二篇二至四章

《诗经研究》(谢无量)

第三篇 老 庄

周室寝衰,风人辍采;故曰:"王者之迹熄而诗亡。"志士欲救世弊,则穷竭神虑,举其知闻。而诸侯又方并争,厚招游学之士;或将取合世主,起行其言,乃复力斥异家,以自所执持者为要道,骋辩腾说,著作云起矣。然当时足称"显学"者,实止三家,曰道,曰儒,曰墨。

道家书据《汉书》《艺文志》所录有《伊尹》,《太公》,《辛甲》等,今皆不传;《鬻子》《笒子》亦后人作,故存于今者莫先于《老子》。老子名耳,字聃,姓李氏,楚人,盖生于周灵王初(约西历纪元前五七〇),尝为守藏室之史,见周之衰,遂去,至关,为关令尹喜著书上下篇,言道德之意五千余言而去,莫知其所终也。今书又离为八十一章,亦后人妄分,本文实惟杂述思想,颇无条贯;时亦对字协韵,以便记诵,与秦汉人所传之黄帝《金人铭》,颛顼《丹书》等(见第一篇)同:

"视之不见名曰夷,听之不闻名曰希,搏之不得名曰微。此三者不可致诘,故混而为一。其上不皦,其下不昧,绳绳不可名,复归于无物。是谓无状之状,无物之象,是谓惚恍。迎之不见其首,随之不见其后,执古之道,以御今之有。能知古始,是谓道纪。"

"执大象,天下往。往而不害,安平太。乐与饵,过客止;道之出口,淡乎其无味,视之不足见,听之不足闻,用之不足既。"

老子尝为周室守书,博见文典,又阅世变,所识甚多,班固谓"道家者流,盖出于史官,历记成败存亡祸福古今之道,然后知秉要执本,清虚以自守,卑弱以自持"者盖以此。然老子之言亦不纯一,戒

472

多言而时有愤辞，尚无为而仍欲治天下。其无为者，以欲"无不为"也。

"大道废，有仁义。智慧出，有大伪。六亲不和有孝慈，国家昏乱有忠臣。"

"民之饥，以其上食税之多，是以饥。民之难治，以其上之有为，是以难治。民之轻死，以其求生之厚，是以轻死。夫唯无以生为者，是贤于贵生。"

"……圣人处无为之事，行不言之教，万物作焉而不辞，生而不有，为而不恃，功成而弗居。夫唯弗居，是以不去。"

"为学日益，为道日损。损之又损，以至于无为。无为而无不为。取天下常以无事；及其有事，不足以取天下。"

儒墨二家起老氏之后，而各欲尽人力以救世乱。孔子以周灵王二十一年（前五五一）生于鲁昌平乡陬邑，年三十余，尝问礼于老聃，然祖述尧舜，欲以治世弊，道不行，则定《诗》《书》，订《礼》《乐》，序《易》，作《春秋》。既卒（敬王四十一年＝前四七九），门人又相与辑其言行而论纂之，谓之《论语》。墨子亦鲁人，名翟，盖后于孔子百三四十年（约威烈王一至十年生），而尚夏道，兼爱尚同，非古之礼乐，亦非儒，有书七十一篇，今存者作十五卷。然儒者崇实，墨家尚质，故《论语》《墨子》，其文辞皆略无华饰，取足达意而已。时又有杨朱，主"为我"，殆未尝著书，而其说亦盛行于战国之世。孟子名轲（前三七二生二八九卒）者，邹人，受学于子思，亦崇唐虞，说仁义，于杨墨则辞而辟之，著书七篇曰《孟子》。生当周季，渐有繁辞，而叙述则时特精妙，如墦间乞食一段，宋吴氏（《林下偶谈》）极推称之：

"齐人有一妻一妾而处室者。其良人出，则必餍酒食而后反；其妻问所与饮食者，尽富贵也。其妻告其妾曰：良人出，则必餍酒食而后反，问其与饮食者，尽富贵也，而未尝有显者来，吾将瞯良人之所之也。蚤起，施从良人之所之。遍国中无与立谈者，卒之东郭墦间之祭者，乞其余，不足，又顾而之他。此其为餍足之道也。其妻归,告其妾曰:良人者,所仰望而终身也,今若此。与其妾讪其良人,而相泣于中庭。而良人未之知也,施施从外来,骄其妻妾。"

然文辞之美富者,实惟道家,《列子》《鹖冠子》书晚出,皆后人伪作;今存者有《庄子》。庄子名周,宋之蒙人,盖稍后于孟子,尝为蒙漆园吏。著书十余万言,大抵寓言,人物土地,皆空言无事实,而其文则汪洋辟阖,仪态万方,晚周诸子之作,莫能先也。今存三十三篇,《内篇》七,《外篇》十五,《杂篇》十一;然《外篇》《杂篇》疑亦后人所加。于此略录《内篇》之文,以见大概:

"啮缺问乎王倪曰:子知物之所同是乎? 曰:吾恶乎知之。子知子之所不知邪? 曰:吾恶乎知之。然则物无知邪? 曰:吾恶乎知之。虽然,尝试言之:庸讵知吾所谓知之非不知邪? 庸讵知吾所谓不知之非知邪? 且吾尝试问乎女:民湿寝则要疾偏死,鳅然乎哉? 木处则惴栗恂惧,猿猴然乎哉? 三者孰知正处。……自我观之:仁义之端,是非之途,樊然淆乱。吾恶能知其辩。啮缺曰:子不知利害,则至人固不知利害乎? 王倪曰:至人神矣,大泽焚而不能热,河汉沍而不能寒,疾雷破山,风振海而不能惊。若然者乘云气,骑日月,而游乎四海之外。死生无变于己,而况利害之端乎?"(《齐物论》第二)

"泉涸,鱼相与处于陆,相呴以湿,相濡以沫,不如相忘于江湖。与其誉尧而非桀也,不如两忘而化其道。夫大块载我以形,劳我以生,佚我以老,息我以死,故善吾生者,乃所以善吾死也。"(《大宗师》第六)

"南海之帝为儵,北海之帝为忽,中央之帝为混沌。儵与忽时与相遇于混沌之地,混沌待之甚善。儵与忽谋报混沌之德,曰:人皆有七窍以视听食息,此独无有。尝试凿之。日凿一窍,七日而混沌死。"(《应帝王》第七)

末有《天下》一篇(胡适谓非庄周作),则历评"天下之治方术者",最推关尹老子，以为"古之博大真人"，而自述其文与意云：

　　"芴漠无形，变化无常。死与生与？天地并与？神明往与？芒乎何之，忽乎何适？万物毕罗，莫足以归。古之道术，有在于是者。庄周闻其风而悦之，以谬悠之说，荒唐之言，无端崖之辞，时纵恣而不傥，不以觭见之也。以天下为沉浊不可与庄语，以卮言为曼衍，以重言为真，以寓言为广。独与天地精神往来，而不敖倪于万物；不谴是非，以与世俗处。其书虽瑰玮，而连犿无伤也。其辞虽参差，而淑诡可观。彼其充实，不可以已。上与造物者游，而下与外死生无终始者为友。其于本也，弘大而辟，深闳而肆；其于宗也，可谓稠适而上遂矣。……"

　　故自史迁以来，均谓周之要本，归于老子之言。然老子尚欲言有无，别修短，知白黑，而措意于天下；周则欲并有无修短白黑而一之，以大归于"混沌"，其"不谴是非"，"外死生"，"无终始"，胥此意也。中国出世之说，至此乃始圆备。

　　察周季之思潮，略有四派。一邹鲁派，皆诵法先王，标榜仁义，以备世之急，儒有孔孟，墨有墨翟。二陈宋派，老子生于苦县，本陈地也，言清净之治，迨庄周生于宋，则且以"天下为沉浊不可与庄语"，自无为而入于虚无。三曰郑卫派，郑有邓析申不害，卫有公孙鞅，赵有慎到公孙龙，韩有韩非，皆言名法。四曰燕齐派，则多作空疏迂怪之谈，齐之驺衍，驺奭，田骈，接子等，皆其卓者，亦秦汉方士所从出也。

参考书：

　　《老子》（晋王弼注）

　　《庄子》（晋郭象注）

　　《史记》（《孔子世家》，孟、老、庄列传等）

　　《汉书》（《艺文志》）

　　《子略》（宋高似孙）

　　《支那文学史纲》（日本儿岛献吉郎）第二篇第六章

《中国大文学史》(谢无量)卷二第七章

《中国哲学史大纲》(胡适)上卷

第四篇　屈原及宋玉

　　战国之世,言道术既有庄周之蔑诗礼,贵虚无,尤以文辞,陵轹诸子。在韵言则有屈原起于楚,被谗放逐,乃作《离骚》。逸响伟辞,卓绝一世。后人惊其文采,相率仿效,以原楚产,故称"楚辞"。较之于《诗》,则其言甚长,其思甚幻,其文甚丽,其旨甚明,凭心而言,不遵矩度。故后儒之服膺诗教者,或訾而绌之,然其影响于后来之文章,乃甚或在三百篇以上。

　　屈原,名平,楚同姓也,事怀王为左徒,博闻强志,明于治乱,娴于辞令,王令原草宪令,上官大夫欲夺其稿,不得,谗之于王,王怒而疏屈原。原彷徨山泽,见先王之庙及公卿祠堂,图画天地山川神灵,琦玮僪佹,及古贤圣怪物行事。因书其壁,呵而问之,以抒愤懑,曰《天问》。辞句大率四言;以所图故事,今多失传,故往往难得其解:

　　"……雄虺九首,儵忽焉在? 何所不死,长人何守? 靡萍九衢,枲华安居? 一蛇吞象,厥大何如? 黑水玄趾,三危安在? 延年不死,寿何所止? 鲮鱼何所,鬿堆焉处? 羿焉彃日,乌焉解羽? ……"

　　"……中央共牧后何怒? 蜂蚁微命力何固? 惊女采薇鹿何祐? 北至回水萃何喜? 兄有噬犬弟何欲,易之以百两卒无禄? ……"

　　后盖又召还,尝欲联齐拒秦,不见用。怀王与秦婚,子兰劝王入秦,屈原止之,不听,卒为秦所留。长子顷襄王立,子兰为令尹,亦谗屈原,王怒而迁之。原在湘沅之间九年,行吟泽畔,颜色憔悴,作《离骚》,终怀石自投汨罗以死,时盖顷襄王十四五年(前二八五或六)也。

　　《离骚》者,司马迁以为"离忧",班固以为"遭忧",王逸释以离别之愁思，扬雄则解为"牢骚"，故作《反离骚》，又作《畔牢愁》矣。其辞述己之始生，以至壮大，迄于将终，虽怀内美，重以修能，正道直行，而罹谗贼，于是放言遐想，称古帝，怀神山，呼龙虬，思佚女，申纾其心，自明无罪，因以讽谏。其文几二千言，中有云：

>"……跪敷衽以陈辞兮，耿吾既得此中正。驷玉虬以乘鹥兮，溘埃风余上征。朝发轫于苍梧兮，夕余至乎县圃，欲少留此灵琐兮，日忽忽其将暮。吾令羲和弭节兮，望崦嵫而勿迫，路曼曼其修远兮，吾将上下而求索。饮余马于咸池兮，总余辔乎扶桑，折若木以拂日兮，聊逍遥以相羊。……览相观于四极兮，周流乎天余乃下，望瑶台之偃蹇兮，见有娀之佚女。吾令鸩为媒兮，鸩告余以不好；雄鸩之鸣逝兮，余犹恶其佻巧。……理弱而媒拙兮，恐导言之不固；时混浊而嫉贤兮，好蔽美而称恶。闺中既以邃远兮，哲王又不寤。怀朕情而不发兮，余焉能忍与此终古！……"

次述占于灵氛，问于巫咸，无不劝其远游，毋怀故宇，于是驰神纵意，将翱将翔，而瞥怀宗国，终又宁死而不忍去也：

>"……抑志而弭节兮，神高驰之邈邈；奏《九歌》而舞《韶》兮，聊假日以媮乐。陟升皇之赫戏兮，忽临睨夫旧乡；仆夫悲余马怀兮，蜷局顾而不行。乱曰：已矣哉！国无人，莫我知兮，又何怀乎故都？既莫足与为美政兮，吾将从彭咸之所居！"

今所传《楚辞》中有《九章》九篇，亦屈原作。又有《卜居》，《渔父》，述屈原既放，与卜者及渔人问答之辞，亦云自制，然或后人取故事仿作之，而其设为问难，履韵偶句之法，则颇为词人则效，近如宋玉之《风赋》，远如相如之《子虚》，《上林》，班固之《两都》皆是也。

《离骚》之出，其沾溉文林，既极广远，评骘之语，遂亦纷繁，扬之者谓可与日月争光，抑之者且不许与狂狷比迹，盖一则达观于文章，一乃局蹐于诗教，故其裁决，区以别矣。实则《离骚》之异于《诗》者，特在形式藻采之间耳。时与俗异，故声调不同；地异，故山川神灵动植皆不同；惟欲婚简狄，留二姚，或为北方人民所不敢道，若其怨愤责数之言，则三百篇中之甚于此者多矣。楚虽蛮夷，久为大国，春秋之世，已能赋诗，风雅之教，宁所未习？幸其固有文化，尚未沦亡，交错为文，遂生壮采。刘勰取其言辞，校之经典，谓有异有同，固雅颂之博徒，实战国之风雅，"虽取熔经义，亦自铸伟辞。……故能气往轹古，辞来切今，惊采绝艳，难与并能。"（《文心雕龙》《辨骚》）可谓知言者已。

形式文采之所以异者，由二因缘，曰时与地。古者交接邻国，揖让之际，盖必诵诗，故孔子曰："不学《诗》，无以言。"周室既衰，聘问歌咏，不行于列国，而游说之风寖盛，纵横之士，欲以唇吻奏功，遂竞为美辞，以动人主。如屈原同时有苏秦者，其说赵司寇李兑也，曰："雒阳乘轩里苏秦，家贫亲老，无罢车驽马，桑轮蓬箧，赢縢担囊，触尘埃，蒙霜露，越漳、河，足重茧，日百而舍，造外阙，愿造于前，口道天下之事。"（《赵策》一）自叙其来，华饰至此，则辩说之际，可以推知。余波流衍，渐及文苑，繁辞华句，固已非《诗》之朴质之体式所能载矣。况《离骚》产地，与《诗》不同，彼有河渭，此则沅湘，彼惟朴樕，此则兰茞；又重巫，浩歌曼舞，足以乐神，盛造歌辞，用于祀祭。《楚辞》中有《九歌》，谓"楚南郢之邑，沅湘之间，其俗信鬼而好祀，……屈原放逐，……愁思怫郁，出见俗人祭祀之礼，歌舞之乐，其词鄙俚，因为作《九歌》之曲"。而绮靡杳渺，与原他文颇不同，虽曰"为作"，固当有本。俗歌俚句，非不可沾溉词人，句不拘于四言，圣不限于尧舜，盖荆楚之常习，其所由来者远矣。今略录其《湘夫人》：

"帝子降兮北渚，目眇眇兮愁余。袅袅兮秋风，洞庭波兮木叶下。登白薠兮骋望，与佳期兮夕张。鸟何萃兮苹中，罾何为兮木上？沅有芷兮澧有兰，思公子兮未敢言；慌惚兮远望，观流水兮潺湲。麋何食兮庭中，蛟何为兮水裔？朝驰余马兮江皋，夕济兮西澨。闻佳人兮召予，将腾驾兮偕逝。筑室兮水中，葺之以荷盖。荪壁兮紫坛，播芳椒兮盈堂，桂栋兮兰橑，辛夷楣兮

478

药房。……芷葺兮荷盖，缭之兮杜衡，合百草兮实庭，建芳馨兮庑门。九疑缤兮并迎，灵之来兮如云。捐余袂兮江中，遗余褋兮澧浦，搴汀洲兮杜若，将以遗兮远者。时不可兮骤得，聊逍遥兮容与。"

同时有儒者赵人荀况（约前三一五至二三〇），年五十始游学于齐，三为祭酒；已而被谗适楚，春申君以为兰陵令。亦作赋，《汉书》云十篇，今有五篇在《荀子》中，曰《礼》，曰《知》，曰《云》，曰《蚕》，曰《箴》，臣以隐语设问，而王以隐语解之，文亦朴质，概为四言，与楚声不类。又有《佹诗》，实亦赋，言天下不治之意，即以遗春申君者，则词甚切激，殆不下于屈原，岂身临楚邦，居移其气，终亦生牢愁之思乎？

"天下不治，请陈佹诗：天地易位，四时易乡。列星殒坠，旦暮晦盲。……仁人绌约，敖暴擅强。天下幽险，恐失世英。螭龙为蝘蜓，鸱枭为凤凰。比干见刳，孔子拘匡。昭昭乎其知之明也，郁郁乎其遇时之不祥也。……圣人共手，时几将矣，与愚以疑，愿闻反辞。其小歌曰：念彼远方，何其塞矣。仁人绌约，暴人衍矣。忠臣危殆，谗人般矣。璇玉瑶珠，不知佩也。杂布与锦，不知异也。……以盲为明；以聋为聪；以危为安；以吉为凶。呜呼上天，曷维其同！"

稍后，楚又有宋玉唐勒景差之徒，皆好辞，而以赋见称。然虽学屈原之文辞，终莫敢直谏，盖掇其哀愁，猎其华艳，而"九死未悔"之概失矣。宋玉者，王逸以为屈原弟子；事怀王之子襄王，为大夫，然不得志。所作本十六篇，今存十一篇，殆多后人拟作，可信者有《九辩》。《九辩》本古辞，玉取其名，创为新制，虽驰神逞想，不如《离骚》，而凄怨之情，实为独绝。如：

"皇天平分四时兮，窃独悲此凛秋。白露既下降百草兮，奄离披此梧楸。去白日之昭昭兮，袭长夜之悠悠。离芳蔼之方壮兮，余萎约而悲愁。秋既先戒以白露兮，冬又申之以严霜。

……岁忽忽而遒尽兮，恐余寿之弗将。悼余生之不时兮，逢此世之俇攘。澹容与而独倚兮，蟋蟀鸣此西堂。心怵惕而震荡兮，何所忧之多方？卬明月而太息兮，步列星而极明。"

又有《招魂》一篇，外陈四方之恶，内崇楚国之美，欲召魂魄，来归修门。司马迁以为屈原作，然辞气殊不类。其文华靡，长于敷陈，言险难则天地间皆不可居，述逸乐则饮食声色必极其致，后人作赋，颇学其夸。句末俱用"些"字，亦为创格，宋沈存中云，"今夔峡湖湘及南北江獠人，凡禁咒句尾皆称些，乃楚人旧俗"也。

"……魂兮归来，南方不可以止些。雕题黑齿，得人肉以祀，以其骨为醢些。蝮蛇蓁蓁，封狐千里些。雄虺九首，往来儵忽，吞人以益其心些。魂兮归来，不可以久淫些。……魂兮归来，君无上天些。虎豹九关，啄害下人些。一夫九首，拔木九千些。豺狼从目，往来侁侁些。悬人以娭，投之深渊些。致命于帝，然后得瞑些。归来归来，往恐危身些。……魂兮归来，入修门些。……室家遂宗，食多方些。稻粢穱麦，挐黄粱些。大苦醎酸，辛甘行些。肥牛之腱，臑若芳些。和酸若苦，陈吴羹些。胹鳖炮羔，有柘浆些。……肴羞未通，女乐罗些。陈锺按鼓，造新歌些。涉江采菱，发扬荷些。美人既醉，朱颜酡些。娭光眇视，目曾波些。被文服纤，丽而不奇些。长发曼鬋，艳陆离些。……"

其称为赋者则九篇，（《文选》四篇；《古文苑》六篇，然《舞赋》实傅毅作）大率言玉与唐勒景差同侍楚王，即事兴情，因而成赋，然文辞繁缛填委，时涉神仙，与玉之《九辩》《招魂》及当时情景颇违异，疑亦犹屈原之《卜居》《渔父》，皆后人依托为之。又有《对楚王问》，（见《文选》及《说苑》）自辩所以不见誉于士民众庶之故，先征歌曲，次引鲸凤，以明俗士之不能知圣人。其辞甚繁，殆如游说之士所谈辩，或亦依托也。然与赋当并出汉初。刘勰谓赋萌于《骚》，荀卿宋玉，乃锡专名，与诗划境，蔚成大国；又谓"宋玉含才，始造'对问'"，于是枚乘《七发》,扬雄《连珠》,抒愤之文,郁然盛起。然则《骚》者,固亦受三百篇之泽,而特由其时游说之风而恢宏,因荆楚之俗而奇伟;赋与对问,又其长流之漫于后代者也。

唐勒景差之文,今所传尤少。《楚辞》中有《大招》,欲效《招魂》而甚不逮,王逸云,"屈原之所作也;或曰景差。"审其文辞,谓差为近。

参考书:

《楚辞集注》(宋朱熹)

《荀子》卷十八

《史记》卷八十四《屈原贾生列传》

《文心雕龙讲疏》(范文澜)卷一《辨骚》,卷二《诠赋》,卷三《杂文》

《支那文学之研究》(日本铃木虎雄)卷一《骚赋之生成》

《楚辞新论》(谢无量)

《楚辞概论》(游国恩)

第五篇　李　斯

秦始皇帝即位之初,相国吕不韦以列国常下士喜宾客,且多辩士,如荀况之徒,著书布天下,乃亦厚养士,使人人著其所知,集以为书,凡二十余万言,号曰《吕氏春秋》,布咸阳市门,延诸侯游士宾客,有能增损一字者予千金。始皇既壮,绌不韦;又渐并兼列国,虽亦召文学,置博士,而终则焚烧《诗》《书》,杀诸生甚众,重任丞相李斯,以法术为治。

李斯,楚上蔡人,少与韩非俱从荀况学帝王之术,成而入秦,为吕不韦舍人,说始皇,拜为长史,渐进至左丞相,二世二年(前二〇八)宦者赵高诬以谋反,杀之,具五刑,夷三族。斯虽出荀卿之门,而不师儒者之道,治尚严急,然于文字,则有殊勋,六国之时,文字异形,斯乃立意,罢其不与秦文合者,画一书体,作《仓颉》七章,与古文颇不同,后称秦篆;又始造隶书,盖起于官狱多事,苟趋简易,施之于徒隶也。法家大抵少文采,惟李斯奏议,尚有华辞,如上书《谏逐客》云:

> "……必秦国所生然后可,则是夜光之璧,不饰朝廷;犀象之器,不为玩好;郑卫之女,不充后宫;而骏良駃騠,不实外厩;江南金锡不为用,西蜀丹青不为采。……夫击瓮叩缶,弹筝搏髀,而歌呼呜呜快耳目者,真秦之声也。郑卫桑间,《昭虞》《武象》者,异国之乐也。今弃击瓮叩缶而就郑卫,退弹筝而取《昭虞》。若是者,何也?快意当前,适观而已矣。今取人则不然:不问可否,不论曲直,非秦者去,为客者逐。然则是所重者在乎色乐珠玉,而所轻者在乎人民也。此非所以跨海内,制诸侯之术也。……"

二十八年,始皇始东巡郡县,群臣乃相与诵其功德,刻于金石,以垂后世。其辞亦李斯所为,今尚有流传,质而能壮,实汉晋碑铭所从出也。如《泰山刻石文》:

> "皇帝临位,作制明法,臣下修饬。二十六年,初并天下,罔不宾服。亲巡天下黎民,登兹泰山,周览东极。从臣思迹,本原事业,祗诵功德。治道运行,诸产得宜,皆有法式。大义休明,垂于后世,顺承勿革。皇帝躬圣,既平天下,不懈于治。……昭隔内外,靡不清净,施于后嗣。化及无穷,遵奉遗诏,永承重戒。"

三十六年,东郡民刻陨石以诅始皇,案问不服,尽诛石旁居人。始皇终不乐,乃使博士作《仙真人诗》;及行所游天下,传令乐人歌弦之。其诗盖后世游仙诗之祖,然不传。《汉书》《艺文志》著秦时杂赋九篇;《礼乐志》云周有《房中乐》,至秦名曰《寿人》,今亦俱佚。故由现存者而言,秦之文章,李斯一人而已。

参考书:

《史记》卷六《秦始皇帝本纪》,卷八十五《吕不韦》,八十七《李斯列传》

《全秦文》(清严可均辑)

《中国大文学史》(谢无量)第二编第八章

第六篇　汉宫之楚声

秦既焚烧《诗》《书》,坑诸生于咸阳,儒者乃往往伏匿民间,或则委身于敌以舒愤怨。故陈涉起匹夫,旬月王楚,而鲁诸儒持孔氏之礼器归之;孔甲则为涉博士,与俱败死。汉兴,高祖亦不乐儒术,其佐又多刀笔之史,惟郦食其、陆贾,叔孙通文雅,有博士余风。然其厕足汉廷,亦非尽因文术,陆贾虽称说《诗》《书》,顾特以辩才见赏,郦生固自命儒者,而高祖实以说客视之;至叔孙通,则正以曲学阿世取容,非重其能定朝仪,知典礼也。即位之后,过鲁,虽曾以中牢祀孔子,盖亦英雄欺人,将借此收揽人心,俾知一反秦之所为而已。高祖崩,儒者亦不见用,《汉书》《儒林传》云:"孝惠高后时,公卿皆武力功臣。孝文本好刑名之言。及至孝景,不任儒;窦太后又好黄老术,故诸博士具官待问,未有进者。"

故在文章,则楚汉之际,诗教已熄,民间多乐楚声,刘邦以一亭长登帝位,其风遂亦被宫掖。盖秦灭六国,四方怨恨,而楚尤发愤,誓虽三户必亡秦,于是江湖激昂之士,遂以楚声为尚。项籍困于垓下,歌曰:"力拔山兮气盖世,时不利兮骓不逝!骓不逝兮可奈何?虞兮虞兮奈若何?"楚声也。高祖既定天下,因征黥布过沛,置酒沛宫,召故人父老子弟佐酒,自击筑歌曰:"大风起兮云飞扬。威加海内兮归故乡。安得猛士兮守四方!"亦楚声也。且发沛中儿百二十人教之歌,群儿皆和习之。其后欲立戚夫人子赵王如意,因而废太子,不果,戚夫人泣涕,亦令作楚舞,而自为楚歌:

"鸿鹄高飞,一举千里,羽翼已就,横绝四海。横绝四海,又可奈何?虽有赠缴,尚安所施?"

《房中乐》始于周,以乐祖先。汉初,高帝姬唐山夫人作乐词,以

从帝所好,亦楚声。至孝惠二年(前一九三)使乐府令夏侯宽备其箫管,更名《安世乐》,凡十六章,今录其二:

"丰草葽,女罗施。善何如,谁能回?大莫大,成教德;长莫长,被无极。"

"都荔遂芳,窅窊桂华。孝奏天仪,若日月光。乘玄四龙,回驰北行。羽旄殷盛,芬哉芒芒。孝道随世,我署文章。"

又以沛宫为原庙,令歌儿吹习高帝《大风》之歌,遂用百二十人为常员。文景相嗣,礼官肄之。楚声之在汉宫,其见重如此,故后来帝王仓卒言志,概用其声,而武帝词华,实为独绝。当其行幸河东,祠后土,顾视帝京,忻然中流,与群臣醼饮,自作《秋风辞》,缠绵流丽,虽词人不能过也:

"秋风起兮白云飞,草木黄落兮雁南归。兰有秀兮菊有芳,怀佳人兮不能忘。泛楼船兮济汾河,横中流兮扬素波,箫鼓鸣兮发棹歌。欢乐极兮哀情多,少壮几时兮奈老何。"

降及少帝,将为董卓所酖,与妻唐姬别,悲歌云:"天道易兮我何艰,弃万乘兮退守藩。逆臣见迫兮命不延,逝将去汝兮适幽玄!"唐姬歌曰:"皇天崩兮后土颓,身为帝兮命夭摧。死生路异兮从此乖,奈我茕独兮中心哀!"虽临危抒愤,词意浅露,而其体式,亦皆楚歌也。

参考书:

《汉书》(《帝纪》,《礼乐志》)

《全汉诗》(丁福保辑)

《中国大文学史》(谢无量)第三编第一章

第七篇　贾谊与晁错

汉初善言治道,亦擅文章者,先有陆贾佐高祖,每称说《诗》《书》;高帝命著书言秦所以失天下及古今成败,每奏一篇,帝未尝不称善,名其书曰《新语》;今存。文帝时则有颍川贾山,尝借秦为喻,言治乱之道,名曰《至言》,其后每上书,言多激切,善指事意,然不见用。所言今多亡失,惟《至言》见于《汉书》本传。

贾谊,雒阳人,尝从秦博士张苍受《春秋左氏传》。年十八,以能诵《诗》《书》属文称于郡中,廷尉吴公荐于文帝,召为博士,时年二十余,而善于答诏令,诸生莫能及。文帝悦之,一岁中超迁至大中大夫,且拟以任公卿。绛灌冯敬等毁之曰:"雒阳之人年少初学,专欲擅权,纷乱诸事。"于是帝亦疏之,不用其议;后以谊为长沙王太傅。谊既以谪去,意不自得,及渡湘水,为赋吊屈原,亦以自谕也:

"恭承嘉惠兮俟罪长沙,侧闻屈原兮自湛汨罗。造托湘流兮敬吊先生,遭世罔极兮乃殒厥身。呜呼哀哉兮逢时不祥,鸾凤伏窜兮鸱枭翱翔。阘茸尊显兮谗谀得志,贤圣逆曳兮方正倒植。……吁嗟默默,生之无故兮。斡弃周鼎,宝康瓠兮。腾驾罢牛,骖蹇驴兮。骥垂两耳,服盐车兮。章甫荐履,渐不可久兮。嗟苦先生,独离此咎兮。讯曰:已矣,国其莫我知兮,独壹郁其谁语。凤漂漂其高逝,夫固自引而远去。袭九渊之神龙兮,沕深潜以自珍;俪蟂獭以隐处兮,夫岂从虾与蛭蟥。所贵圣人之神德兮,远浊世而自藏;使骐骥可得系而羁兮,岂云异夫犬羊。般纷纷其离此尤兮,亦夫子之故也;历九州而相其君兮,何必怀此都也!凤凰翔于千仞兮,览德辉而下之;见细德之险征兮,遥曾击而去之。彼寻常之污渎兮,岂能容夫吞舟之巨鱼;横江湖之鳣鲸兮,固将制于蝼蚁。"

三年,有鸮飞入谊舍,止于坐隅。长沙卑湿,谊自惧不寿,因作《服赋》以自广,服者,楚人之谓鸮也。大意谓祸福纠缠,吉凶同域,生不足悦,死不足患,纵躯委命,乃与道俱,见服细故,无足疑虑。其外死生,顺造化之旨,盖得之于庄生。岁余,文帝征谊,问鬼神之本,自叹为不能及。顷之,拜为帝少子梁怀王太傅。时复封淮南厉王子四人为列侯,谊上疏以谏;又以诸侯王僭拟,地或连数郡,非古之制,乃屡上书陈政事,请稍削之。其治安之策,洋洋至六千言,以为天下"事势,有可为痛哭者一,可为流涕者二,可为长太息者六,若其它背理而伤道者,难遍以疏举",因历指其失,颇切事情,然不见听。居数年,怀王堕马死,无后;谊自伤为傅无状,哭泣岁余,亦死,年三十三(前二〇〇至一六八)。

晁错,颍川人,少学申商刑名于轵张恢所,文帝时以文学为太常掌故,被遣从济南伏生受《尚书》,还,因上便宜事,以《书》称说,诏以为太子舍人、门大夫,迁博士,拜太子家令。又以辩得幸太子,太子家号曰智囊。举贤良文学,对策高第,又数上书文帝,言削诸侯事及法令可更定者,帝不听,然奇其材,迁中大夫。景帝即位,以为内史,言事辄听,始宠幸倾九卿,法令多所更定,袁盎申屠嘉皆弗善之,而错愈贵,迁为御史大夫。又请削诸侯之地,收其枝郡。其说削吴云:

"昔高帝初定天下,昆弟少,诸子弱,大封同姓,故孽子悼惠王王齐七十二城,庶弟元王王楚四十城,兄子王吴五十余城。封三庶孽,分天下半。今吴王前有太子之隙,诈称病不朝,于古法当诛。文帝不忍,因赐几杖,德至厚也。不改过自新,乃益骄恣,公即山铸钱,煮海为盐,诱天下亡人,谋作乱逆。今削之亦反,不削亦反。削之,其反亟,祸小;不削,其反迟,祸大。"

错请削地之奏,诸贵人皆不敢难,惟窦婴争之,由是与错有隙。诸侯亦先疾其所更法令三十章,于是吴楚七国遂反,以诛错为名;窦婴袁盎又说文帝,令晁错衣朝衣,斩于东市(前一五四年)。

晁贾性行,其初盖颇同,一从伏生传《尚书》,一从张苍受《左氏》。错请削诸侯地,且更定法令;谊亦欲改正朔,易服色;又同被功臣贵幸所谮毁。为文皆疏直激切,尽所欲言;司马迁亦云:"贾生晁错明申商。"惟谊尤有文采,而沉实则稍逊,如其《治安策》、《过秦论》,与晁错之《贤良对策》、《言兵事疏》、《守边劝农疏》,皆为西汉鸿文,沾溉后人,其泽甚远;然以二人之论匈奴者相较,则可见贾生之言,乃颇疏阔,不能与晁错之深识为伦比矣。

惟其后之所以绝异者，盖以文帝守静，故贾生所议，皆不见用，为梁王傅，抑郁而终。晁错则适遭景帝，稍能改革，于是大获宠幸，得行其言，卒召变乱，斩于东市；又夙以刑名著称，遂复来"为人陗直刻深"之谤。使易地而处，所遇之主不同，则其晚节末路，盖未可知也。但贾谊能文章，平生又坎壈，司马迁哀其不遇，以与屈原同传，遂尤为后世所知闻。

参考书：

《史记》(卷八十四，一百一)

《汉书》(卷四十八，四十九)

《全汉文》(清严可均辑)

《中国大文学史》(第三编第二章)

《支那文学史纲》(第三篇第四章)

第八篇　藩国之文术

汉高祖虽不喜儒，文景二帝，亦好刑名黄老，而当时诸侯王中，则颇有倾心养士，致意于文术者。楚，吴，梁，淮南，河间五王，其尤著者也。

楚元王交为高祖同父少弟，好书多材艺，少时，与鲁穆生，白生，申公，俱受《诗》于孙卿门人浮丘伯。故好《诗》，既王楚，诸子亦皆读《诗》；申公始为《诗》传，号"鲁诗"；元王亦自为传，号"元王诗"。汉初治《诗》大师，皆居于楚；申公，白公之外，又有韦孟，为元王傅，傅子夷王，及孙王戊。戊荒淫不遵道，孟乃作诗讽谏；后遂去位，徙家于邹，又作诗一篇，其叙事布词，自为一体，皆有风雅遗韵。魏晋以来，逮相师法，用以叙先烈，述祖德，故任昉《文章缘起》以为"四言诗起于前汉楚王傅韦孟《谏楚夷王戊》诗"也。

吴王濞者，高祖兄仲之子。文帝时，吴太子入见，与皇太子争博道，皇太子引博局提杀之。吴王由是怨望，藏亡匿死，积三十余年，故能使其众。然所用多纵横游说之士；亦有并擅文词者，如严忌，邹阳，枚乘等。吴既败，皆游梁。

梁孝王名武，文帝窦皇后少子也。七国之叛，梁距吴楚最有功，又最为大国，卤簿拟天子；招延四方豪杰，自山东游士莫不至。传《易》者有丁宽，以授田王孙，田授施仇，孟喜，梁丘贺，由是《易》有施孟梁丘三家之学。又有羊胜，公孙诡，韩安国，各以辩智著称。吴败，吴客又皆游梁；司马相如亦尝游梁，皆词赋高手，天下文学之盛，当时盖未有如梁者也。

严忌本姓庄，后避明帝讳，称严，会稽吴人。好词赋，哀屈原忠贞不遇，作词曰《哀时命》。遭景帝不好词赋，无所得志，乃游吴；吴败，徒步入梁，受知孝王，与邹阳，枚乘同见尊重，而忌名尤盛，世称庄夫子。《汉志》有《庄夫子赋》二十四篇；今仅存《哀时命》一篇，在《楚辞》中。

邹阳，齐人，初与严忌，枚乘等俱仕吴，皆以文辩著名。吴王将叛，阳作书以谏，不见用，乃去而之梁，从孝王游。其为人有智略，慷慨不苟合，为羊胜，公孙诡所谗，孝王怒，下阳于狱，将杀之。阳在狱中，上书自明：

"……语曰：有白头如新，倾盖如故。何则？知与不知也。故樊於期逃秦之燕，借荆轲首以奉丹事；王奢去齐之魏，临城自刭，以却齐而存魏。夫王奢樊於期，非新于齐秦而故于燕魏也，所以去二国，死两君者，行合于志而慕义无穷也。……今人主诚能去骄傲之心，怀可报之意，披心腹，见情素，隳肝胆，施德厚，终与之穷达，无爱于士，则桀之犬可使吠尧，而跖之客可使刺由。何况因万乘之权，假圣王之资乎？然则荆轲湛七族，要离燔妻子，岂足为大王道哉？……"

书奏，孝王立出之，卒为上客。后羊胜公孙诡以罪死，阳独为梁王解深怒于天子。盖吴蓄深谋，偏好策士，故文辩之士，亦常有纵横家遗风，词令文章，并长辟阖，犹战国游士之口说也。《汉志》纵横家,有《邹阳》七篇,而不录其词赋,似阳之在汉,固以权略见称。《西京杂记》云:梁孝王游于忘忧之馆,集诸游士,使各为赋。枚乘《柳赋》,路乔如《鹤赋》,公孙诡《文鹿赋》,邹阳《酒赋》,公孙乘《月赋》,羊胜《屏风赋》,韩安国作《几赋》不成,邹阳代作。邹阳安国罚酒三升;赐枚乘路乔如绢,人五匹。《西京杂记》为晋葛洪作,托之刘歆,则诸赋或亦洪之所为耳。

枚乘,字叔,淮阴人,为吴王濞郎中。吴王谋为逆,乘上书以谏,吴王不纳,乃去而之梁。汉既平七国,乘由是知名,景帝召拜弘农都尉。乘久为大国上宾,不乐郡吏,以病去官;复游梁。梁客皆善属词,乘尤高。梁孝王薨,乘归淮阴。武帝自为太子闻乘名,及即位,乘年老,乃以安车蒲轮征乘,道死(前一四〇)。

《汉志》有《枚乘赋》九篇;今惟《梁王菟园赋》存。《临灞池远诀赋》仅存其目,《柳赋》盖伪托。然乘于文林,业绩之伟,乃在略依《楚辞》《七谏》之法,并取《招魂》《大招》之意,自造《七发》。借吴楚为客主,先言舆辇之损,宫室之疾,食色之害,宜听妙言要道,以疏神导体。于是说以声色逸游之乐等等,凡六事,最末为观涛于广陵:

"……其始起也,洪淋淋焉若白鹭之下翔;其少进也,浩浩澄澄,如素车白马帷盖之张。其波涌而云乱,扰扰焉如三军之腾装。其旁作而奔起也,飘飘焉如轻车之勒兵。六驾蛟龙,附从太白。纯驰浩蜺,前后骆驿。颙颙卬卬,椐椐强强,莘莘将将。壁垒重坚,沓杂似军行。訇隐匈盖,轧盘涌裔,原不可当。观其两傍,则滂渤怫郁,暗漠感突,上击下律。有似勇壮之卒,突怒而无畏,蹈壁冲津,穷曲随隈,逾岸出追,遇者死,当者坏。……"
其说皆不入,则云:

"将为太子奏方术之士,有资略者,若庄周,魏牟,杨朱,墨翟,便娟,詹何之伦,使之论天下之精微,理万物之是非;孔老览观,孟子持筹而算之,万不失一。此亦天下要言妙道也,太子岂欲闻之乎?于是太子据几而起,曰:涣乎若一听圣人辩士之言。

涩然汗出,霍然病已。"

由是遂有"七"体,后之文士,仿作者众,汉傅毅有《七激》,刘广有《七兴》,崔骃有《七依》,……凡十余家;递及魏晋,仍多拟造。谢灵运有《七集》十卷,卞景有《七林》十二卷,梁又有《七林》三十卷,盖即集众家此体为之,今俱佚;惟乘《七发》及曹植《七启》,张协《七命》,在《文选》中。

《文选》又有《古诗十九首》,皆五言,无撰人名。唐李善曰:"并云古诗,盖不知作者;或云枚乘,疑不能明也。"然陈徐陵所集《玉台新咏》,则其中九首,明题乘名。审如是,乘乃不特始创七体,且亦肇开五古者矣,今录其三:

"西北有高楼,上与浮云齐,交疏结绮窗,阿阁三重阶。上有弦歌声,音响一何悲,谁能为此曲,无乃杞梁妻。清商随风发,中曲正徘徊,一弹再三叹,慷慨有余哀。不惜歌者苦,但伤知音稀。愿为双鸿鹄,奋翅起高飞。"

"……相去日已远,衣带日已缓。浮云蔽白日,游子不复返。思君令人老,岁月忽已晚。弃捐勿复道,努力加餐饭。"

"迢迢牵牛星,皎皎河汉女。纤纤濯素手,札札弄机杼,终日不成章,泣涕零如雨。河汉清且浅,相去复几许,盈盈一水间,脉脉不得语。"

其词随语成韵,随韵成趣,不假雕琢,而意志自深,风神或近楚《骚》,体式实为独造,诚所谓"畜神奇于温厚,寓感怆于和平,意愈浅愈深,词愈近愈远"者也。稍后李陵与苏武赠答,亦为五言,盖文景以后,渐多此体,而天质自然,终当以乘为独绝矣。

淮南王安为文帝所封,好书,鼓琴;招致宾客方术之士数千人,作为《内书》二十一篇,《外书》甚众;又有《中篇》八卷,言神仙黄白之术,亦二十余万言。时武帝方好艺文,以安为诸父,辩博善文辞,甚尊重之。尝使为《离骚传》,旦受诏,日食时上。传今亡;所传者惟《淮南》二十一篇,亦曰《鸿烈》。其书盖与诸游士讲论,掇拾旧文而成。其诸游士著者,则为苏飞,李尚,左吴,田由,雷被,毛被,伍被,晋昌等八人,是曰八公;又分造词赋,以类相从,或称《大山》,或称《小山》,其义犹《诗》之有《大雅》《小雅》也。小山之徒有《招隐士》之赋,其源虽出《离骚》《招魂》等,而不泥于迹象,为汉代楚辞之新声:

> "桂树丛生兮山之幽,偃蹇连蜷兮枝相缭。山气巃嵸兮石嵯峨;溪谷崭岩兮水曾波。猿狖群啸兮虎豹嗥,攀援桂枝兮聊淹留。王孙游兮不归,春草生兮萋萋,岁暮兮不自聊,蟪蛄鸣兮啾啾。块兮轧,山曲岪,心淹留兮恫慌忽;罔兮沕,憭兮栗,虎豹穴,丛薄深林兮人上栗。嵚岑碕礒兮碅磳磈硊,树轮相纠兮林木茷骫;青莎杂树兮薠草靃靡;白鹿麏麚兮或腾或倚,状儿崟崟兮峨峨,凄凄兮漇漇。猕猴兮熊黑,慕类兮以悲。攀援桂枝兮聊淹留,虎豹斗兮熊黑咆,禽兽骇兮亡其曹。王孙兮归来,山中兮不可以久留。"

河间献王德为景帝子,亦好书,而所得皆古文先秦旧书。又立《毛氏诗》,《左氏春秋》博士;山东诸儒,多从而游。其所好盖与楚元王交相类。惟吴梁淮南三国之客,较富文词,梁客之上者,多来自吴,甚有纵横家余韵;聚淮南者,则大抵浮辩方术之士也。

参考书:

《史记》(卷一百六,一百十八)

《汉书》(卷三十六,四十四,四十七,五十一,五十三)

《全汉文》(清严可均辑)

《中国大文学史》(第三编第三章)

第九篇　武帝时文术之盛

武帝有雄材大略,而颇尚儒术。即位后,丞相卫绾即请奏罢郡国所举贤良治申商韩非苏秦张仪之言者。又以安车蒲轮征申公枚乘等;议立明堂;置"五经"博士。元光间亲策贤良,则董仲舒公孙弘等出焉。又早慕词赋,喜"楚辞",尝使淮南王安为《离骚》作传。其所自造,如《秋风辞》(见第六篇)《悼李夫人赋》(见《汉书》《外戚传》)等,亦入文家堂奥。复立乐府,集赵代秦楚之讴,以李延年为协律都尉,多举司马相如等数十人作诗颂,用于天地诸祠,是为《十九章》之歌。延年辄承意弦歌所造诗,谓之"新声曲",实则楚声之遗,又扩而变之者也。其《郊祀歌》十九章,今存《汉书》《礼乐志》中,第三至第六章,皆题"邹子乐"。

"朱明盛长,旉与万物。桐生茂豫,靡有所诎。敷华就实,既阜既昌,登成甫田,百鬼迪尝。广大建祀,肃雍不忘。神若宥之,传世无疆。"《朱明》四"邹子乐"

"日出入安穷,时世不与人同。故春非我春,夏非我夏,秋非我秋,冬非我冬。泊如四海之沱,遍观是邪谓何。吾知所乐,独乐六龙。六龙之调,使我心若。訾,黄其何不来下!"《日出入》九

是时河间献王以为治道非礼乐不成,因献所集雅乐;大乐官亦肄习之以备数,然不常用,用者皆新声。至敖游醵饮之时,则又有新声变曲。曲亦昉于李延年。延年中山人,身及父母兄弟皆故倡,坐法腐刑,给事狗监中。性知音,善歌舞,武帝爱之,每为新声变曲,闻者莫不感动。尝侍武帝,起舞,歌曰:"北方有佳人,绝世而独立,一顾倾人城,再顾倾人国。宁不知倾城与倾国,佳人难再得。"因进其女弟,得幸,号李夫人,早卒。武帝思念不已,方士齐人少翁言能致其魂,乃夜张烛设帐,而令帝居他帐遥望,见一好女,如李夫人之貌,然不得就视。帝愈益相思悲感,作为诗曰:"是耶非耶?立而望之,偏何姗姗其来迟。"令乐府诸音家弦歌之。随事兴咏,节促意长,殆即所谓新声变曲者也。

文学之士,在武帝左右者亦甚众。先有严助,会稽吴人,严忌子也,或云族家子,以贤良对策高第,擢为中大夫。助荐吴人朱买臣召见,说《春秋》,言"楚词",亦拜中大夫,与严助俱侍中。又有吾丘寿

王,司马相如,主父偃,徐乐,严安,东方朔,枚皋,胶仓,终军,严葱奇等;而东方朔,枚皋,严助,吾丘寿王,司马相如尤见亲幸。相如文最高,然常称疾避事;朔皋持论不根,见遇如俳优,惟严助与寿王见任用。助最先进,常与大臣辩论国家便宜,有奇异亦辄使为文及作赋颂数十篇。寿王字子赣,赵人,年少以善格五召待诏,迁侍中中郎;有赋十五篇,见《汉志》。

　　东方朔字曼倩,平原厌次人也。武帝初即位,征天下举方正贤良文学材力之士,待以不次之位,四方士多上书言得失,自衒鬻者以千数。朔初来,上书曰:"臣朔少失父母,长养兄嫂。年十二学书,三冬,文史足用。十五学击剑。十六学诗书,诵二十二万言。十九学孙吴兵法,战阵之具,钲鼓之教,亦诵二十二万言。凡臣朔固已诵四十四万言。又常服子路之言。臣朔年二十二;长九尺三寸,目若悬珠,齿若编贝,勇若孟贲,捷若庆忌,廉若鲍叔,信若尾生。若此,可以为天子大臣矣。臣朔昧死,再拜以闻。"其文辞不逊,高自称誉。帝伟之,令待诏公车;渐以奇计俳辞得亲近,诙达多端,不名一行,然时观察颜色,直言切谏,帝亦常用之。尝至太中大夫,与枚皋郭舍人俱在左右,但诙啁而已,不得大官,因以刑名家言求试用,辞数万言,指意放荡,颇复诙谐,终不见用,乃作《答客难》(见《汉书》本传)以自慰谕。又有《七谏》(见《楚辞》),则言君子失志,自古而然。临终诫子云:"明者处世,莫尚于中,优哉游哉,与道相从。首阳为拙,柳下为工。饱食安步,以仕代农。依隐玩世,诡时不逢。……圣人之道,一龙一蛇,形见神藏,与物变化,随时之宜,无有常家。"又黄老意也。朔盖多所通晓,然先以自衒进身,终以滑稽名世,后之好事者因取奇言怪语,附著之朔;方士又附会以为神仙,作《神异经》《十洲记》,托为朔造,其实皆非也。

　　枚皋者字少孺,枚乘孽子也。武帝征乘,道死,诏问乘子,无能为文者。皋上书自陈,得见,诏使作《平乐观赋》,善之,拜为郎,使匈奴。然皋好诙笑,为赋颂多嫚戏,故不得尊显,见视如倡,才比东方

493

朔郭舍人。作文甚疾,故所赋甚多,自谓不及司马相如,而颇诋娸东方朔,又自诋娸。班固云:"其文骪骳,曲随其事,皆得其意,颇诙笑,不甚闲靡。凡可读者百二十篇,其尤嫚戏不可读者尚数十篇。"

至于儒术之士,亦擅文词者,则有菑川薛人公孙弘,字次卿,元光中贤良对策第一,拜博士,终为丞相,封平津侯,于是天下学士,靡然向风矣。广川董仲舒与公孙弘同学,于经术尤著,景帝时已为博士,武帝即位,举贤良对策,除江都相,迁胶西相,卒。尝作《士不遇赋》(见《古文苑》),有云:

"……观上世之清辉兮,廉士亦荥荥而靡归。殷汤有卞随与务光兮,周武有伯夷与叔齐;卞随务光遁迹于深山兮,伯夷叔齐登山而采薇。使彼圣贤其繇周邈兮,矧举世而同迷。若伍员与屈原兮,固亦无所复顾。亦不能同彼数子兮,将远游而终古。……"

终则谓不若反身素业,归于一善,托声楚调,结以中庸,虽为粹然儒者之言,而牢愁狷狭之意尽矣。

小说家言,时亦兴盛。洛阳人虞初,以方士侍郎,号黄车使者,作《周说》九百四十三篇。齐人饶,不知其姓,为待诏,作《心术》二十五篇。又有《封禅方说》十八篇,不知何人作,然今俱亡。

诗之新制,亦复蔚起。《骚》《雅》遗声之外,遂有杂言,是为"乐府"。《汉书》云东方朔作八言及七言诗,各有上下篇,今虽不传,然元封三年作柏梁台,诏群臣二千石有能为七言诗,乃得上坐,则其辞今具存,通篇七言,亦联句之权舆也:

"日月星辰和四时^{皇帝},骖驾驷马从梁来^{梁王},郡国士马羽林材^{大司马},总领天下诚难治^{丞相},和抚四夷不易哉^{大将军},刀笔之吏臣执之^{御史大夫}。(中略)蛮吏朝贺常会期^{典属国},柱枅欂栌相枝持^{大匠},枇杷橘栗桃李梅^{太官令},走狗逐兔张罘罳^{上林令},啮妃女唇甘如饴^{郭舍人},迫窘诘屈几穷哉^{东方朔}。"

褚少孙补《史记》云:"东方朔行殿中,郎谓之曰:人皆以先生为狂。朔曰:如朔等,所谓避世于朝廷间者也。古之人乃避世于深山中。时坐席中酒酣,乃据地歌曰——

> 陆沉于俗,避世金马门。宫殿中,可以避世全身;何必深山之中,蒿庐之下。"

亦新体也,然或出后人附会。

五言有枚乘开其先,而是时苏李别诗,亦称佳制。苏武字子卿,京兆杜陵人,天汉元年,以中郎将使匈奴,留不遣。李陵字少卿,陇西成纪人,天汉二年击匈奴,兵败降虏,单于以女妻之,立为右校王;汉夷其族。至元始六年,苏武得归,故与陵以诗赠答:

> "携手上河梁,游子暮何之。徘徊蹊路侧,恨恨不能辞。行人难久留,各言长相思。安知非日月,弦望自有时。努力崇明德,皓首以为期。"李陵与苏武诗三首之一

> "二凫俱北飞,一凫独南翔。子当留斯馆,我当归故乡。一别如秦胡,会见何讵央。怆恨切中怀,不觉泪沾裳。愿子长努力,言笑莫相忘。"苏武别李陵。见《初学记》卷十八,然疑是后人拟作

武归后拜典属国;宣帝即位,赐爵关内侯,神爵二年(前六十)卒,年八十余。陵则在匈奴二十余年,卒,有集二卷。诗以外,后世又颇传其书问,在《文选》及《艺文类聚》中。

参考书:

《史记》(卷一百二十六)

《汉书》(卷六,二十二,五十一,五十四,六十五,九十三)

《乐府诗集》(宋郭茂倩编)

《全汉文》(清严可均辑)

《全汉诗》(丁福保辑)

《中国大文学史》(第三编第四章)

第十篇　司马相如与司马迁

武帝时文人,赋莫若司马相如,文莫若司马迁,而一则寥寂,一则被刑。盖雄于文者,常桀骜不欲迎雄主之意,故遇合常不及凡文人。

司马相如字长卿,蜀郡成都人。少时好读书,学击剑,故其亲名之曰犬子;既学,慕蔺相如之为人,更名相如。以訾为郎,事景帝。帝不好辞赋,时梁孝王来朝,游说之士邹阳枚乘严忌等皆从,相如见而悦之,因病免,游梁,与诸侯游士居,数岁,作《子虚赋》。武帝立,读而善之,曰:"朕独不得与此人同时哉?"蜀人杨得意为狗监侍帝,因言是其邑人司马相如作,乃召问相如。相如曰:有是。然此乃诸侯之事,未足观,请为天子游猎之赋。帝令尚书给笔札。相如以"子虚",虚言也,为楚称;"乌有先生"者,乌有此事也,为齐难;"亡是公"者,亡是人也,欲明天子之义。故虚借此三人为辞,以推天子诸侯之苑囿。其卒章归之于节俭,因以讽谏。其文具存《史记》及《汉书》本传中;《文选》则以后半为《上林赋》,或召问后之所续欤?

相如既奏赋,武帝大悦,以为郎;数岁,作《喻巴蜀檄》,旋拜中郎将,赴蜀,通西南夷,以蜀父老多言此事无益,大臣亦以为然,乃作《难蜀父老》文。其后,人有上书言相如使时受金,遂失官,岁余,复召为郎。然常闲居,不慕官爵,亦往往托辞讽谏,于游猎信谗之事,皆有微辞。拜孝文园令。武帝既以《子虚赋》为善,相如察其好神仙,乃曰:"上林之事,未足美也,尚有靡者。臣尝为《大人赋》,未就;请具而奏之。"意以为列仙之儒,居山泽间,形容甚臞,非帝王之仙意。惟彼大人,居于中州,悲世迫隘,于是轻举,乘虚无,超无友,亦忘天地,而乃独存也。中有云:

"……屯余车而万乘兮,粹云盖而树华旗。使句芒其将行兮,吾欲往乎南娭。……纷湛湛其差错兮,杂遝胶葛以方驰。

骚扰冲苁其纷挐兮,滂濞泱轧丽以林离。攒罗列聚丛以茏茸兮,曼衍流烂疾以陆离。径入雷室之砰磷郁律兮,洞出鬼谷之掘礨崴魁。……时若暧暧将混浊兮,召屏翳,诛风伯,刑雨师。西望昆仑之轧沕荒忽兮,直径驰乎三危。排阊阖而入帝宫兮,载玉女而与之俱归。登阆风而遥集兮,亢鸟腾而壹止。低徊阴山翔以纡曲兮,吾乃今日睹西王母,暠然白首戴胜而穴处兮,亦幸有三足乌为之使。必长生若此而不死兮,虽济万世不足以喜。……"

既奏,武帝大悦,飘飘有凌云之气,似游天地之间意。盖汉兴好楚声,武帝左右亲信,如朱买臣等,多以楚辞进,而相如独变其体,益以玮奇之意,饰以绮丽之辞,句之短长,亦不拘成法,与当时甚不同。故扬雄以为使孔门用赋,则贾谊升堂,相如入室。班固以为西蜀自相如游宦京师,而文章冠天下。盖后之扬雄,王褒,李尤,固皆蜀人也。然相如亦作短赋,则繁丽之词较少,如《哀二世赋》,《长门赋》。独《美人赋》颇靡丽,殆即扬雄所谓"劝百而讽一,犹骋郑卫之音,曲终而奏雅"者乎?

"……途出郑卫,道由桑中,朝发溱洧,暮宿上宫。上宫闲馆,寂寥空虚,门阖昼掩,暧若神居。臣排其户而造其堂,芳香芬烈,黼帐高张;有女独处,婉然在床,奇葩逸丽,淑质艳光,睹臣迁延,微笑而言曰:'上客何国之公子,所从来无乃远乎?'遂设旨酒,进鸣琴。臣遂抚弦为《幽兰》《白雪》之曲。女乃歌曰:'独处室兮廓无依,思佳人兮情伤悲。有美人兮来何迟?日既暮兮华色衰,敢托身兮长自私。'玉钗挂臣冠,罗袖拂臣衣。时日西夕,玄阴晦冥,流风惨洌,素雪飘零,闲房寂谧,不闻人声。……臣乃脉定于内,心正于怀,信誓旦旦,秉志不回,翻然高举,与彼长辞。"

相如既病免,居茂陵,武帝闻其病甚,使所忠往取书,至则已死(前一一七)。仅得一卷书,言封禅事。盖相如尝从胡安受经。故少以文词游宦,而晚年终奏封禅之礼矣。于小学,则有《凡将篇》,今不存。然其专长,终在辞赋,制作虽甚迟缓,而不师故辙,自撼妙才,广博闳丽,卓绝汉代,明王世贞评《子虚》《上林》,以为材极富,辞极丽,运笔极古雅,精神极流动,长沙有其意而无其材,班张潘有其材而无其笔,子云有其笔而不得其精神流动之处云云,其为历代评隲家所倾倒,可谓至矣。

司马迁字子长,河内人,生于龙门,年十岁诵古文,二十而南游吴会,北涉汶泗,游邹鲁,过梁楚以归,仕为郎中。父谈,为太史令,元封初卒。迁继其业,天汉中李陵降匈奴,迁明陵无罪,遂下吏,指为诬上,家贫不能自赎,交游莫救,卒坐宫刑。被刑后为中书令,因益发愤,据《左氏》,《国语》;采《世本》,《战国策》;述《楚汉春秋》,终成《史记》一百三十篇,始于黄帝,中述陶唐,而至武帝获白麟止,盖自谓其书所以继《春秋》也。其友益州刺史任安,尝责以古贤臣之义,迁报书有云:

"……所以隐忍苟活,函粪土之中而不辞者,恨私心有所不尽,鄙没世而文采不表于后也。古者富贵而名摩灭不可胜记,惟倜傥非常之人称焉。盖西伯拘而演《周易》;仲尼厄而作《春秋》;屈原放逐,乃赋《离骚》;左丘失明,厥有《国语》;孙子膑脚,《兵法》修列。……《诗》三百篇,大抵贤圣发愤之所为作也。此人皆意有所郁结,不得通其道,故述往事,思来者。及如左丘明无目,孙子断足,终不可用,退论书策,以舒其愤,思垂空文以自见。仆窃不逊,近自托于无能之辞,网罗天下放失旧闻,考之行事,稽其成败兴衰之理,凡百三十篇。亦欲以究天人之际,通古今之变,成一家之言。草创未就,适会此祸,惜其不成,是以就极刑而无愠色。仆诚已著此书,藏之名山,传之其人,通邑大都,则仆偿前辱之责,虽万被戮,岂有悔哉?然此可为智者道,难为俗人言也!……"

迁死后,书乃渐出;宣帝时,其外孙杨恽祖述其书,遂宣布焉。

班彪颇不满，以为"采经撮传，分散数家之事，甚多疏略，或有抵梧。亦其涉略者广博，贯穿经传，驰骋古今上下数千载间，斯以勤矣。又其是非颇缪于圣人：论大道则先黄老而后六经，序游侠则退处士而进奸雄，述货殖则崇势利而羞贫贱，此其所蔽也。"汉兴，陆贾作《楚汉春秋》，是非虽多本于儒者，而太史职守，原出道家，其父谈亦崇尚黄老，则《史记》虽缪于儒术，固亦能远绍其旧业者矣。况发愤著书，意旨自激，其与任安书有云："仆之先人，非有剖符丹书之功，文史星历，近乎卜祝之间，固主上所戏弄，倡优畜之，流俗之所轻也。假令仆伏法受诛，若九牛亡一毛，与蝼蚁何异。"恨为弄臣，寄心楮墨，感身世之戮辱，传畸人于千秋，虽背《春秋》之义，固不失为史家之绝唱，无韵之《离骚》矣。惟不拘于史法，不囿于字句，发于情，肆于心而为文，故能如茅坤所言："读游侠传即欲轻生，读屈原，贾谊传即欲流涕，读庄周，鲁仲连传即欲遗世，读李广传即欲立斗，读石建传即欲俯躬，读信陵，平原君传即欲养士"也。

然《汉书》已言《史记》有缺，于是续者纷起，如褚先生，冯商，刘歆等。《汉书》亦有出自刘歆者，故崔适以为《史记》之文有与全书乖，与《汉书》合者，亦歆所续也；至若年代悬隔，章句割裂，则当是后世妄人所增与钞胥所脱云。

迁雄于文，而亦爱赋，颇喜纳之列传中。于《贾谊传》录其《吊屈原赋》及《服赋》，而《汉书》则全载《治安策》，赋无一也。《司马相如传》上下篇，收赋尤多，为《子虚》（合《上林》），《哀二世》，《大人》等。自亦造赋，《汉志》云八篇，今仅传《士不遇赋》一篇，明胡应麟以为伪作。

至宣帝时，仍修武帝故事，讲论六艺群书，博尽奇异之好；征能为楚辞者，于是刘向，张子侨，华龙，柳褒等皆被召，待诏金马门。又得蜀人王褒字子渊，诏之作《圣主得贤臣颂》，与张子侨等并待诏。褒能为赋颂，亦作俳文，后方士言益州有金马碧鸡之宝，宣帝诏褒往祀，于道病死。

参考书：

《史记》(卷一百十七,一百三十)

《汉书》(卷五十七,六十二,六十四)

《史记探源》(崔适)

《中国大文学史》(第三编第四及第五章)

《支那文学史纲》(第三篇第六章)

《支那文学之研究》(日本铃木虎雄)第一卷

1926 年 9 至 12 月在厦门大学担任中国文学史课程时所编讲义,分篇陆续刻印,书名刻于每页中缝,前三篇为"中国文学史略"(或简称"文学史"),第四至第十篇均为"汉文学史纲要"。1938 年编入《鲁迅全集》首次正式出版时,取用后者为书名。